Nachtwolf

Katharyna Aschgart

Nachtwolf

Die Deutsche Nationalbibliothek verzeichnet diese Publikation in der Deutschen Nationalbibliografie.

1. Auflage, 2025

© Katharyna Aschgart 2025

katharyna@aschengarten.de

Tel.: 0157 82240385

Covergestaltung: Constanze Kramer, coverboutique.de

Bildnachweise:

©Krikit888, @_greta, ©oktay – stock.adobe.com

©faestock – shutterstock.com

©Kesu01 – depositphotos.com

freepik.com

Illustrationen im Innenteil: Katharyna Aschgart

Lektorat: Anke Unger

Verlag: BoD · Books on Demand GmbH, In de Tarpen 42, 22848 Norderstedt, bod@bod.de

Druck: Libri Plureos GmbH, Friedensallee 273, 22763 Hamburg

ISBN: 978-3-7693-5572-7

Finsternis,

ewige Heimat, verwehrte Wahrheit,
unerreichbar, obgleich so nah,
lockt dein Duft, der Verborgenes befreit,
in tiefste Nacht, lebendig und klar.

Entflohen dem Zwang des Lichts,
gefolgt dem Ruf deiner Stille,
verhasst und gejagt für nichts,
dein Schutz mein einziger Wille.

Füll die Sehnsucht, nimm das Leid,
hüll mich in dein Schattenkleid.

Das Felsrudel

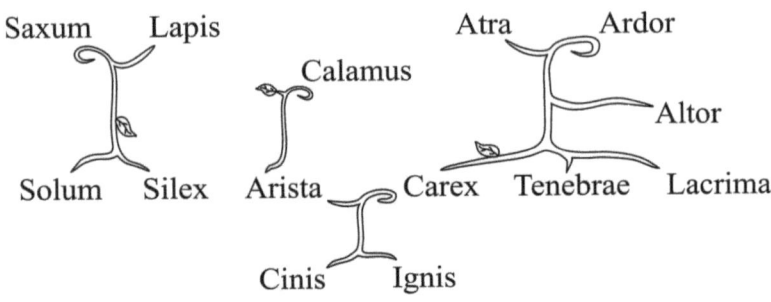

Saxum	dunkelgrauer, massiger Leitwolf, unnachgiebig und hartherzig
Lapis	große, grauschwarze Wölfin, selbstbewusst und gefasst
Tenebrae	kräftige, tiefschwarze Wölfin, treu und leidenschaftlich
Lacrima	hochbeinige, blauschwarze Wölfin, furchtsam und sanftmütig
Carex	braunschwarzer Rüde, freimütig und liebevoll
Arista	dunkelbraune Wölfin, warmherzig und geduldig
Ignis	dunkelbrauner Welpe, hitzig und energisch
Cinis	graubrauner Welpe, verträumt und gutgläubig
Silex	schmächtiger, grauschwarz gemusterter Rüde, schreckhaft und sensibel
Solum	erdschwarzer Rüde, einfühlsam und unbeirrt
Vertex	sehniger, blaugrauer Rüde, entschlossen und furchtlos
Agilitas	schlanker, gelenkiger Rüde, stammt aus dem Ginsterrudel
Altor	großer, kräftiger Rüde, kühn und hingebungsvoll
Belua	missgestaltete Wölfin, unerschrocken und humorvoll
Castanea	großzügige, unfruchtbare Wölfin, Beluas Ziehmutter

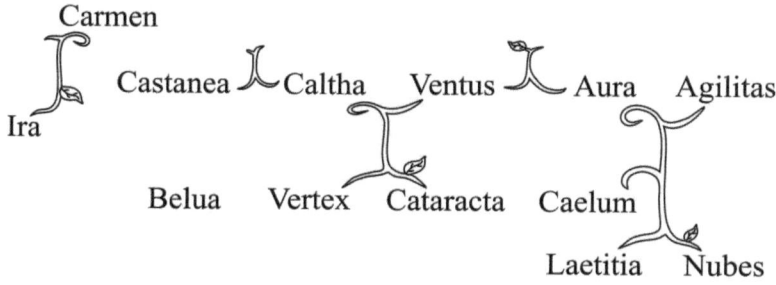

Carmen

Ira — Castanea — Caltha — Ventus — Aura — Agilitas

Belua — Vertex — Cataracta — Caelum

Laetitia — Nubes

Das Ginsterrudel

Genista	moorbraune Leitwölfin, misslaunig und pragmatisch
Raphanus	Ältester des Rudels, erfahren und besonnen
Litus & Unda	kleinwüchsige, lebensfrohe Geschwister, stammen aus dem Teichrudel
Cicatrix	großer, dürrer Rüde mit rotschwarzem Fell, irre und rätselhaft
Imber	zarte, graublaue Wölfin, stammt aus dem Teichrudel
Carbo & Cornix	Brüder und jüngste Welpen des Rudels
Aethra & Aerarius	Eltern von Carbo und Cornix
Rivus	stattlicher Rüde auf Partnersuche
Rixa & Flumen	ein junges Paar
Lacus	Flumens Bruder

Prolog

Sie waren nah, viel zu nah. Er stöhnte, zwang die schmerzenden Glieder zu beschleunigen. Seine Pfoten flogen über den Waldboden, die Lunge brannte. Es reichte nicht. Zwei waren so dicht hinter ihm, dass er ihr Keuchen hörte. Sie holten auf. Er sprang über eine Wurzel, rutschte fast auf dem Laub weg. *Das halte ich nicht mehr durch.*

Fand er keinen Weg, die Verfolger abzuschütteln, war es vorbei. Alles. Niemanden würde die Warnung erreichen, das wertvolle Wissen mit ihm sterben.

Er duckte sich unter einem tiefhängenden Ast hindurch. Seine ermüdeten Glieder schrien auf vor Schmerz, flehten um Rast. Warum dem nicht nachgeben? Wozu weiterkämpfen? Seine Welt war leer. Die Heimat zerstört, keine Lieben mehr da, nichts, wofür es sich zu leben lohnte. Er fiel zurück.

Du bist der Einzige, der sie retten kann, hallte die Stimme aus seinem Inneren zu ihm herauf, klar und stark wie der Mond. *Du musst leben!*

Sie entflammte die letzte Glut in ihm. Noch einmal trieb er sich an, versuchte den Schritten knapp hinter sich zu entkommen. Sein Herz hämmerte im Takt seines Laufs, drohte ihm aus der Brust zu springen. Er preschte durch Büsche aus dem Wald hinaus, über Gestein entlang einer rauschenden Schlucht.

Er schrie nicht, als sich die Pranken in seine Schultern krallten und brennende Linien in sein Fleisch rissen. Er stockte, das Gewicht des Angreifers zwang ihn nieder. Er wand sich im Griff, schwankte, kam dem Abgrund gefährlich nahe. Ein Schnabel hackte nach seinem Nacken, rammte sich in seinen Hals, sein Fell wurde feucht. Er ging in die Knie.

Du musst leben ...

Ein Strom unbändiger Energie durchfloss ihn, er bäumte sich auf und warf die Kreatur von seinem Rücken. Das Rauschen der Schlucht verschluckte ihren Schrei.

Vielleicht war es der Schwung, vielleicht die Erschöpfung, vielleicht beides. Er taumelte über die Kante, schabte mit den Krallen hilflos auf Stein. Dann stürzte er in die Tiefe.

1
Nacht, Nebel, Neumond

»Und so wurden die beiden trotz ihrer Unterschiede die besten Freunde«, endete Tenebrae und wartete die Reaktion ihrer kleinen Zuhörer ab.

»Oh, was für eine schöne Geschichte«, seufzte Cinis.

»Unsinn, die war langweilig!«, rief Ignis und sprang zum wiederholten Mal über ihre Schwester hinweg.

»Hättest du aufmerksamer zugehört, anstatt pausenlos durch den Bau zu flitzen, wären dir die spannenden Momente nicht entgangen«, ermahnte Tenebrae ihre Nichte sanft.

»Ich kann aber nicht stillsitzen! Ich bin so aufgeregt. Wie lange dauert es denn noch?«

»Eure Mutter wird euch rechtzeitig Bescheid geben. Bis dahin müsst ihr euch gedulden.«

»Du könntest ja so lange eine zweite Geschichte erzählen«, schlug Cinis vor.

»Nur, wenn sie spannend ist!«

»Und schön.«

»Also gut.« Tenebrae nahm eine erhabenere Haltung an und lächelte in sich hinein. Dies würde eine besondere Nacht für die Kleinen werden. »Die Geschichte, die ich euch erzähle, ist beides, spannend und schön. Aber vor allem ist sie die bedeutungsvollste für uns Nachtwölfe. Sie lehrt uns unseren Ursprung. Das, was wir sind.«

Nun spitzte sogar Ignis die Ohren. Die beiden Welpen kuschelten sich eng aneinander und schauten erwartungsvoll zu Tenebrae, die tief einatmete und zu erzählen begann.

»Magie ist der Schimmer des Besonderen, der uns alle eint. Sie ist der Funke, der erglüht, sobald wir die Macht in uns wecken. Sie ist das Licht, das uns auf unserem Weg führt, wenn wir diesem Funken erlauben zu tanzen. Die Energie, deren Flüsse durch die gesamte Welt ziehen und sich bisweilen zu mächtigen Strömen vereinen, an die Oberfläche quillen und den Ort um sich herum in ein zauberhaftes Reich verwandeln.«

Die Schwestern waren vollkommen still und lauschten ehrfürchtig.

»Solche Orte verfügen über die erstaunliche Kraft, neue Schöpfungen hervorzubringen. Deshalb nennen wir sie magische Mütter. Die bedeutendste Mutter für uns trägt den Namen Nomera, der Wald des magischen Ursprungs. Einst begegneten sich dort zwei unterschiedliche und doch sehr ähnliche Wesen. Der erste Besucher war ein Wolf, der auf der Suche nach einem erfüllten Leben, wie er es sich wünschte, umherstreifte. Er liebte die Gemeinschaft des Rudels und die Herausforderung bei der Jagd, aber er ahnte, dass die Welt mehr bereithielt. Geheimnisse und Fähigkeiten, die es zu ergründen und zu erlernen galt. Er fürchtete das Feuer und sehnte sich danach, es zu beherrschen und seine Macht zu nutzen.

Das andere Geschöpf gehörte den Menschen an, die das Wesen der Magie fast vollständig vergessen hatten und kaum mehr darin sahen als eine Bedrohung. Er war ausgezogen, um in Nomera Kräuter zu sammeln, denn er liebte die raue Pracht der Wälder. Und wie sehr er auch sein geordnetes Leben und die Fertigkeiten seiner Hände schätzte, nichts ersehnte er mehr, als seinen Körper im Einklang mit der Natur zu spüren, ihre Vielfalt wahrzunehmen und ihren Prüfungen entgegenzutreten.

Als diese beiden Wesen aufeinandertrafen, erkannten sie die Spiegelung ihrer ruhelosen Seelen in den Augen des anderen sofort. So blieben sie in der nächsten Nacht beisammen. Es war Neumond. Und in dieser Nacht, als sich die Nebel verdichteten, geschah das Wunder: Ihre Seelen vereinten sich und fanden sich in einem einzigen Geschöpf wieder, das zwei Körper besaß: den eines Wolfes und den eines Menschen. Jeder war für das Leben in seinem jeweiligen Reich ausgestattet, übernahm aber auch Eigenschaften und Fähigkeiten des anderen. So war der menschliche Körper kräftiger, mit schärferen Sinnen als zuvor, der wölfische geschickter und verständiger.«

Amüsiert beobachtete Tenebrae, wie ihre Nichten die Köpfe verdrehten, um sich selbst zu betrachten und die Figur aus der Geschichte darin wiederzuerkennen.

»Zwischen diesen beiden Körpern konnte das neue Geschöpf nach Belieben wechseln. Doch wo sollte es fortan leben? Wald oder Dorf? Hütte oder Höhle? Es beschloss, sein Dasein auf beide Seiten gleichgewichtig zu verteilen. Dabei würde es als Mensch den Tag nutzen, als Wolf die Nacht. So kam es zu seinem Namen: Nachtwolf.

So wie der erste wurden weitere unserer Vorfahren geboren, vereinten und vermehrten sich, bis etliche Rudel die Welt bewohnten. Verborgen mitten unter den Menschen lebten sie ihr Doppelleben, zufrieden und erfüllt.«

Tenebrae straffte ihre Haltung für den letzten Teil der Geschichte.

»Doch Nomera brachte nicht nur die Nachtwölfe hervor. Sie schuf eine weitere magische Spezies, die aus einer anderen Form der Vereinigung von Menschen und Tieren entstand. Allerdings setzten sich bei ihnen nur die Kraft und Wildheit der Tiere sowie die Intelligenz und Herrschsucht der Menschen durch und kombinierten sich zu einer grausamen Mischung. Man nannte sie Mischwesen, und sie leben versteckt in einem Reich hinter den Nebeln, das sich nur zu einer bestimmten Zeit öffnet: der Netris. In einer solchen Nacht, wenn sich die Nebel unter dem Neumond zu mächtigen Schleiern vereinen, können die Mischwesen in unsere Welt wechseln und Leid und Tod über Menschen und Tiere gleichermaßen bringen. Ihre menschliche Seite verlangt nach der Herrschaft über die gesamte Welt. Die Nachtwölfe machten es sich zur Aufgabe, dies zu verhindern, von dem Tage an, an dem unsere Vorfahren das erste Mal einem Angriff der Mischwesen auf eine Stadt beiwohnten. Sie kämpften so lange, bis sich die Eindringlinge in ihr Nebelreich zurückzogen und nie wieder blicken ließen. Wir haben gesiegt.«

»Und das ist alles wirklich passiert?«

»Ja, Ignis. Die Ursprungsgeschichte wird so seit Generationen weitergegeben.«

»Und die Mischwesen sind von da an nicht mehr aufgetaucht?«

»Nie wieder, Cinis.«

»Und Nomera gibt es wirklich?«

»Wo liegt sie denn?«

»Kommt man dahin?«

»Kinder, Kinder, lasst mich doch zu Wort kommen.« Gutmütig

sah Tenebrae auf die beiden Welpen hinab, die ihr mit aufgerissenen Augen an den Lefzen hingen. Ihr Strahlen erfüllte sie mit Freude. »Selbstverständlich existiert Nomera, aber niemand weiß, wo. Die Ursprungsgeschichte ist uralt.«

»Dann müssen wir sie suchen«, beschloss Cinis. »Gleich morgen.«

»Heute!«, rief Ignis und sprang auf.

Ein zartes Lachen, wie plätschernde Freudentränen, hallte durch den Bau. »Deine Worte haben die beiden gefangen«, raunte Lacrima, die an der gegenüberliegenden Seite lag und der Geschichte still gelauscht hatte. »Nomera wird in ihren Köpfen lebendig bleiben. Du bist eine wunderbare Geschichtenerzählerin.«

Tenebrae lächelte ihrer Schwester zu. Es war eine gute Idee gewesen, gemeinsam auf ihre zwei Nichten aufzupassen, während deren Eltern auf Jagd waren.

Die beiden Welpen berieten sich unterdessen, wo sie mit ihrer Suche anfangen sollten. Belustigt lauschten die Erwachsenen ihren Plänen, als von draußen hohe, liebevolle Laute hereindrangen.

Cinis spitzte die Ohren. »Mama!«

»Sie sind schon zurück?« Wie ein gezwicktes Eichhörnchen sauste Ignis aus dem Bau, dicht gefolgt von ihrer Schwester.

Lacrima streckte sich. »Geschichtsstunde beendet. Ich hätte gerne noch eine weitere von dir gehört. Du hast Talent, Schwesterchen.«

»Ach was«, meinte Tenebrae und stand auf. »Ich habe nur versucht, sie zum Stillhalten zu bringen.«

»Genau davon rede ich.« Die blauschwarze Wölfin zwinkerte ihr zu.

Lächelnd rieben die zwei ihre Köpfe aneinander. Dann traten sie hinaus in die kühle Nachtluft.

Die beiden Kleinen sprangen aufgeregt um Arista und Carex herum.

»Und deshalb suchen wir jetzt Nomera!«, verkündete Ignis.

»Jetzt? Oh je.« Sanft und rau wie raschelndes Gras war Carex' Stimme, genau wie sein Grinsen. »Dann müssen wir wohl ohne euch die Netris genießen.«

»Netris? Heute ist Netris?« Cinis' kleine Rute begann zu

wackeln.

Aristas warme Augen lächelten.»Ja. Die Nebel sind da.«
Cinis hüpfte vor Vorfreude in die Luft.»Dann können wir
Mischwesen treffen! Die jetzt in unsere Welt spazieren.«
Abrupt zerfiel Carex' Lächeln in Verwirrung.»Warum klingst
du so fröhlich? Ein Mischwesen wird dich nicht zum Spiel einladen. Außer zu einem sehr schmerzhaften. Und ganz bestimmt
spazieren sie nicht.« Leicht entrüstet, mit herausforderndem Blitzen grinste er seine Schwestern an.»Was habt ihr ihnen erzählt?«
Tenebrae lächelte entschuldigend.»Anscheinend sind ihnen die
Worte ›Herrschsucht‹ und ›Leid‹ in meiner Geschichte entgangen.«

»Mir nicht!«, rief Ignis und knuffte Cinis in die Flanke.
»Mischwesen sind böse, und wenn sie durch die Nebel schleichen, dann suchen sie nur eines ... kleine Wölfchen!« Mit einem
spielerischen Knurren warf sie sich auf ihre vor Überraschung
quiekende Schwester.

»Sie werden bestimmt nicht wiederkehren«, versicherte Tenebrae.»Dafür haben unsere Vorfahren gesorgt und sie ein für alle
Mal hinter die Nebel zurückgetrieben. Wir feiern die Netris aus
Tradition, als Zeichen unseres Sieges. Zur Erinnerung an die
tapferen Nachtwölfe, die sich früher an diesem Tag versammelten, um die Mischwesen abzufangen. Inzwischen ist diese
geheimnisvolle Nacht ein Fest, das wir genießen.«

»Worauf warten wir dann noch?«, rief Ignis und rannte ein
Stück in den Wald hinein, wo in der Ferne die ersten hellgrauen
Schleier zwischen den Bäumen schimmerten.

»Eure Kinder sind wunderbar«, seufzte Lacrima.»Es tut gut,
solch junges Blut um sich zu haben.«

Carex stellte sich neben sie und sah seiner Tochter nach.»Ihr
könntet euch selbst junges Blut anschaffen. Sucht euch einen
netten Rüden aus und auf geht's. Aber lasst uns vorher diese
Nacht genießen.«

Einen Moment standen die drei Geschwister einträchtig beieinander und sahen zu, wie sich Arista mit den Welpen langsam
auf die Nebel zu bewegte.

Dann schüttelte Carex sein schwarzbraunes Fell und wandte
sich mit einem Zwinkern seinen Schwestern zu.»Wagt euch
nicht zu tief hinein. Wir sehen uns morgen!« Er folgte seiner

Gefährtin und seinen Töchtern in die Sträucher, während die zwei Wölfinnen die Richtung nach Süden einschlugen.

Eine Weile liefen die beiden still nebeneinander durch die Dunkelheit, bis Tenebrae das Schweigen brach. »Lacrima, meinst du, wir sollten seinem Rat folgen und uns für einen Partner entscheiden? Zu warten vergrößert die Auswahl leider nicht. Was hältst du von Vertex? Er ist beeindruckend.«

»Aber ebenso rau und wild. Ein Gefährte sollte auch liebevoll sein, so wie Solum.«

»Ja, der wäre auch nicht schlecht.« Tenebrae gab sich Mühe, ihre Stimme möglichst gleichgültig klingen zu lassen. Ihre Schwester sollte nicht wissen, dass sie diesem besonnenen und umsichtigen Wolf bereits den ein oder anderen Blick nachgeworfen hatte. »Würde er sich bloß mehr zeigen.«

»Oder lieber Silex?« Lacrima kicherte.

»Selbstverständlich! Ich nehme den, der unsere Kinder nicht beschützt, sondern ihnen beibringt, sich vor seiner eigenen Rute zu erschrecken.« Lachend liefen die Schwestern weiter.

Auf einem kleinen Hügel inmitten einer Lichtung blieb Tenebrae stehen und schaute in die Schatten des Waldes hinaus, lauschte seinem Rauschen, den leisen Stimmen seiner Bewohner und atmete die lebendigen, schweren Düfte ein. Ja, sie liebte ihre Heimat, sie liebte ihre wölfische Seite. Sie schloss die Augen und genoss den leichten Herbstwind in ihrem Fell, das so tiefschwarz war, dass nicht einmal der Mond ihm einen Silberglanz entlocken konnte. Zwar war jeder Nachtwolf dunkel gefärbt, doch musste man lange suchen, um einen reinschwarzen Wolf wie Tenebrae zu finden. Sie konnte es nicht leugnen, natürlich war sie stolz darauf.

Sie sprang wieder zwischen die Bäume und folgte ihrer Schwester. Ein paar Schritte, dann blieben sie stehen und schauten in die Finsternis, wo sich nicht weit von ihnen die geheimnisvollen Schleier erhoben. Wie hell der Wald inzwischen aussah, durchzogen von wallenden Schwaden trüben Lichts. Als hätten tausend Spinnen feinste Fäden reiner Energie gewoben und sie zu Wolken verbunden.

Tenebraes Herz schlug begierig höher, während sie neben sich die Anspannung ihrer Schwester wahrnahm, ihr fast unmerkliches Seufzen. Es war so schade, dass Lacrima noch nie eine

Pfote in die Nebel gesetzt hatte, im Gegensatz zu Tenebrae, welche die Begegnung mit ihnen kaum erwarten konnte.

Lächelnd schaute die tiefschwarze Wölfin in die für alle Nachtwölfe typischen orangegelben Augen ihrer Schwester. »Die Netris ist nicht gefährlich, Lacrima. Solange du stets Acht gibst und den Nebeln Respekt zollst, hast du nichts zu befürchten.«

»Sie sind mächtig und unberechenbar. Ich habe *alles* zu befürchten.«

»Sie lassen es dich wissen, wenn du unerwünscht bist.«

Die Wölfin mit dem bläulich schwarzen Fell senkte den Kopf. »Es sind nicht nur die Nebel selbst, die mich ängstigen. Nicht zu sehen, was um einen herum geschieht, nicht zu wissen, wo man sich befindet ... jede Gefahr könnte sich unbemerkt anschleichen.«

»Ich verspreche dir, dort drinnen lauert keine Bedrohung«, bekräftigte Tenebrae. »Es wäre entgangenes Glück, dieses Wunder nicht endlich einmal zu erleben.«

Lacrima sog zitternd den Atem ein. »Vielleicht hast du recht. Heute ... heute könnte ich es versuchen.«

»Ja? Eine großartige Entscheidung! Du wirst sehen, es wird dir gefallen.«

Ein letztes Mal rieben die Schwestern ihre Köpfe aneinander, dann trennten sie sich und folgten jede für sich dem stillen Ruf der Nebel tief in den Wald hinein. Die machtvollen Schleier zu betreten, war eine persönliche Angelegenheit. Sie verlangten bedingungsloses Vertrauen und konnten leicht verstimmt werden, wenn jemand sie in Begleitung durchdrang, was von Angst zeugte. Allein Welpen wurden von je einem Familienmitglied wachsam hinein geführt.

Tenebrae schüttelte die Gedanken aus dem Kopf und richtete sich auf das Bevorstehende ein. Endlich war sie da, die Zeit, für die drei besondere Dinge vorhanden sein mussten: Nacht, Nebel und Neumond. Die Nebel waren die einzigen, die das Eintreten dieses Ereignisses so spannend machten, denn niemand vermochte ihre Anwesenheit vorherzusagen. Sie waren eigenwillige Erscheinungen. Gewöhnlicher Dunst war damit keinesfalls zu vergleichen. Was genau diese Nebel für Wesenheiten waren, wusste keiner zu sagen. Manche behaupteten, es seien die Seelen

Verstorbener, die auf der Erde weilten, bevor sie ihr nächstes Leben begannen. Andere meinten, es wären unbekannte Mächte aus einer anderen Welt, oder sogar lebendige, reine Magie. Und Tenebrae? Sie glaubte nichts. Sie wollte nicht wissen, was die Nebel waren, sondern nur ihre Anwesenheit genießen, was auch immer ihr Geheimnis war.

Ein weiteres Mysterium blieb, warum sie gerade an Neumond so friedlich waren. Nebel kamen, wann sie wollten, doch in anderen Nächten stieg das Risiko für böse Überraschungen, wenn man in ihre Mitte trat. Sie hatten die Macht, einem die Kraft zu entziehen. Nur zur Netris konnte man sich relativ sicher in ihnen bewegen.

Tenebrae blieb stehen, hob eine Pfote und ritzte eine Linie in die Erde, ein verschlungenes N, das Symbol für die Netris.

Mit diesem Akt bewies sie ihre Kenntnisse über die Nebel und bat um Einlass. Das allein reichte in der Regel aus, die Nebel friedfertig zu stimmen. Sie atmete noch einmal tief ein, dann trat sie in das verhangene Reich. Kühle, schwere Luft umfing sie, die Außenwelt war wie abgeschirmt. Es war vollkommen still, bis auf das Geflüster. Leise Stimmen in fremden Sprachen, unzähligen Tonlagen und Geräuschen. Ähnlich der magischen Sprache der Nachtwölfe, die zwar laut, aber nur für andere magische Wesen hörbar war. Sie wurde weder durch Lippen noch Zunge erzeugt, sondern durch reine Energie. Im Gegensatz dazu blieben die Worte der Nebel unverständlich.

Sie waren ohnehin nicht das Schönste an dieser Nacht. Die meisten kamen hierher, um die Gefühle zu spüren, die eine solche Stärke vermittelten, dass jeder Trauernde sein Leid sofort vergaß. Allerdings konnte ebenso ein Glücklicher in Ängste und Depressionen abrutschen, wenn er den Nebeln nicht genug Respekt entgegenbrachte, sei es außerhalb der Netris, durch Vergessen des Symbols oder ein zu tiefes und andauerndes Vordringen.

Doch Tenebrae wusste, wie sie sich zu verhalten hatte, weshalb sie nahezu nie schmerzhafte Begegnungen erfuhr. Erwartungsvoll wanderte sie durch die Schleierwelt, ihre Schritte fühlten sich leicht an, als würde eine unsichtbare Hand sie anheben. Eine Welle von Mut löste ihre Sorgen und schwemmte sie fort, machte Platz für eine Wolke der Unbeschwertheit und Siegesgewissheit, die in ihrem Inneren wuchs und ihr Gemüt schweben ließ. Bilder eines strahlenden Mondes tauchten in ihrem Geist auf, dessen Licht sie durchströmte und Glücksfunken versprühte. Tiefste Zufriedenheit erfüllte sie, das Gefühl, alles zu haben, was sie brauchte.

Viel zu bald schwächte es ab, zog sich gänzlich zurück. Die Stimmung wandelte sich in Desinteresse und allmählich in leise Wut. Widerstrebend begab sich Tenebrae zur nächsten lichteren Stelle, ließ das schwebende Reich hinter sich und trat auf Erde und Blätter, seltsam hart nach all der Leichtigkeit. Ein wenig wanderte sie umher, um sich wieder an die echte Welt zu gewöhnen. Schließlich wandte sie sich nach Südwesten, zum steinigsten Gebiet des Territoriums und kehrte zu ihrem eigenen Bau zurück.

Im gerade aufziehenden Zwielicht des Morgens trat sie auf den Felsstreifen, der den Wald im Süden begrenzte. Noch wenige Schritte, und sie würde die kleine Höhle erreichen. Doch bevor sie sich der Ruhe hingeben konnte, zog es sie noch einmal nach vorn, wo das Gestein abrupt in die Tiefe stürzte. Sie trat an den Rand der schmalen Schlucht, welche die südliche Grenze ihres Territoriums bildete, und schaute hinunter in den Fluss, die Zwenge, die sie von Westen nach Osten durchfloss. Schäumend wand sie sich um die hier überall aufragenden Felsspitzen herum.

Ein Sturz an dieser Stelle würde auf ihnen ein jähes Ende finden. Hatte dieses Schicksal diejenigen getroffen, die hier erst gestern gekämpft hatten? Tenebrae war in der Nähe gewesen, hatte die Geräusche gehört. Wildes Knurren und Keuchen, dann plötzlich Stille. Als sie angekommen war, hatte das Gestein leer und friedlich vor ihr gelegen. Wer war hier gewesen? Was hatten sie getan, und wohin waren sie verschwunden? Es lag nahe, dass der Kampf, was auch immer der Grund dafür gewesen sein mochte, mit einem Sturz beendet worden war.

Sie senkte ihre Nase auf den Boden. Ein Hauch des seltsamen Duftes war noch da. Wie mit Harz verklumpte Erde, wölfisch, doch fremd. Und ein weiterer, den sie nicht kannte. Hatte es sich wirklich nur um gewöhnliche Wölfe aus dem benachbarten Revier gehandelt, die sich einen Rangkampf geliefert und nicht aufgepasst hatten? Eine andere Erklärung fiel ihr nicht ein. Dennoch erschien es ihr nicht vollkommen plausibel.

Tenebrae hob ihren Blick zu den hohen Felsen vor dem blassvioletten Himmel, die hinter der Schlucht aufragten. Es waren all diese Steinformationen, wegen derer die hier lebende Nachtwolfsgemeinschaft ›Felsrudel‹ genannt wurde.

Sie seufzte, wandte sich um und begab sich zu der kleinen Höhle, die sich kaum sichtbar aus den flachen Felsen zwischen Schlucht und Wald erhob. Tenebrae und Lacrima waren stolz darauf, sie entdeckt zu haben, denn nicht viele Nachtwölfe konnten ihr Bedürfnis nach Geborgenheit mit einem solchen Unterschlupf befriedigen. Jegliche Baue waren Eltern mit Welpen vorbehalten, wofür diese zum Glück zu klein war. Sie war gerade so breit, dass beide Schwestern eng nebeneinander gekuschelt hineinpassten. Heute hingegen schien die tiefschwarze Wölfin allein einschlafen zu müssen. Die Höhle war leer, was für Lacrima zu dieser Zeit ungewöhnlich war.

Sie stutzte, ein Hauch von Sorge trübte ihr Gemüt. Die Müdigkeit jedoch verdrängte das unwohle Gefühl. Vielleicht hatte ihre Schwester mehr Gefallen an der Netris gefunden als erwartet, oder brauchte zunächst Zeit für sich, um die Begegnung zu verarbeiten.

Tenebrae legte sich hinein, grübelte noch eine Weile und glitt nach und nach in einen unruhigen Schlummer, voll wirrer und grausiger Träume. Sie sah ihr Rudel vor einer Horde Menschen fliehen. Tausende Wölfe, panisch, gehetzt, getrieben. Plötzlich tat sich die Erde auf, und sie fielen hinab in ein unendliches Nichts. Die schwarze Wölfin versuchte sie zu halten, wollte keinen einzigen aufgeben und konnte doch niemanden retten. Über allem erhob sich ein langes Heulen, voller Trauer, Klage und Sehnsucht.

Tenebrae schreckte hoch. Der Ruf schallte noch immer durch den Wald, schrecklich real und schmerzvoll. Sie hatte den Tag fast gänzlich verschlafen, die Dunkelheit war bereits dabei, die Macht zu übernehmen. Die Wölfin starrte auf die nach wie vor leere Fläche neben sich. Sie roch kalt. Ein Schaudern ergriff Tenebrae. Panisch stürzte sie aus der Höhle und raste in den Wald hinein, den qualvollen Lauten entgegen. Das Heulen übertrug einfache Nachrichten über große Entfernungen. Und diese Botschaft war klar wie ein Eissplitter:

Rudelmitglied gestorben.

2

Zerfurchte Erde

Schneller als der wilde Westwind hastete die schwarze Wölfin durch die Sträucher. Die Silhouetten der Bäume streckten sich dem dunklen Himmel unwirklich grau wie Schatten entgegen. *Sie ist es nicht. Sie kann es nicht sein. Nicht sie.* Doch Tenebrae wusste genau, dass Lacrima sich nie länger als nötig bei Tag im Wald aufhielt. Dass sie stets zu der kleinen Höhle zurückkehrte, ihre Schwester nie allein ließ. Stolpernd hetzte sie einen Hügel hinauf, auf dem bereits einige ihrer Rudelmitglieder standen. Oben angekommen stockte sie, sah hinab, entdeckte den Leichnam: Es war nicht Lacrima. Erst fiel Tenebrae ein Stein vom Herzen. Dann aber schlug ein neuer in ihr ein, als sie erkannte, wer dort lag: Solum. Ein geduldiger und kluger Nachtwolf, im Rudel gern gesehen und zugleich das Ziel ihrer heimlichen Träume. Der Einzige, den sie als Gefährten akzeptiert hätte.

Direkt neben ihm stand seine Mutter Lapis, welche die Botschaft ausgesandt hatte. Ihr gegenüber lag ihr zweiter Sohn Silex, die Nase an die seines Bruders gedrückt. Hätten sich seine Flanken nicht bewegt, hätte Tenebrae ihn ebenso für tot gehalten. Niemand würde so sehr unter diesem Verlust leiden wie er. Wenn überhaupt, dann war der kleine, schmächtige Rüde nur an der Seite seines größeren Bruders zu sehen.

Schließlich war das Rudel versammelt. Tenebrae sah sich um und entdeckte ihre Schwester zwischen Vertex und Carex, furchtsam, aber am Leben. Sie würde Lacrima später fragen, wo sie den Tag über geblieben war. Im Moment war für solch eine Banalität nicht der Zeitpunkt. Arista und ihre Welpen waren nicht anwesend, wahrscheinlich um den Kindern den Anblick zu ersparen.

Drückendes Schweigen hing über ihnen wie eine Regenwolke,

die sich nicht auszuschütten traute. Saxum, ein gewaltiger Wolf, Anführer des Rudels und Vater von Solum, schritt mit aufrechter Rute in die Mitte vor seine Familie. Seine volle, tiefe Stimme erschütterte die Stille:»Wie ist das passiert?«

Lapis antwortete leise:»Es war ein Mischwesen.«

Ein Keuchen und Winseln lief durch die Versammlung. Saxum erstarrte, dann knurrte er finster.»Das kann nicht sein. Sie haben sich seit Jahrhunderten verkrochen.«

»Es war eines. Ein übergroßer Dachs mit dem Gesicht und den Hinterbeinen eines Bussards. Er hat es gesehen.« Sie deutete mit der Nase auf Silex.

»Das ist unmöglich!«

»Behauptest du, er lügt?«, wisperte Lapis mit leiser Schärfe.»Sieh hin: Wer sonst könnte das getan haben?«

Sie hatte recht. Solums Leiche war voller Kratzer, die vorderen grob und flach wie von Dachskrallen, die hinteren schmal und tief wie von Vogelklauen. In seinem Hals klaffte ein Loch wie von einem riesigen Schnabel. Anscheinend war er von vorn attackiert und dann umklammert worden. Nur wenige Wesen waren imstande, einen Nachtwolf zu töten: Menschen, ein Rudel gewöhnlicher Wölfe oder ein wehrhafter Hirsch. Doch auf keine dieser Möglichkeiten deuteten die Spuren hin. Die Luft knisterte fast vor Magie, als alle Wölfe gleichzeitig miteinander flüsterten.

»Sie sind wieder da!«

»Was machen wir jetzt?«

»Was, wenn sie bereits überall im Wald sind?«

»Oder im Dorf?«

»Still!«, donnerte Saxum.»Wir wissen nicht, ob das Untier nur auf der Durchreise war. Wir werden abwarten und beobachten. Lauft doppelt so aufmerksam wie sonst durch den Wald, sucht Spuren, wittert. Vielleicht finden wir mehr heraus.«

Silex hob den Kopf und sah aus, als wollte er etwas sagen, schwieg aber unsicher.

Sein Vater betrachtete ihn abschätzend.»Wie lange ist er schon tot?«

Tenebrae lauschte ungläubig. Wie wenig Gefühl in Saxums Stimme lag. Als spräche er über ein Beutetier.

»Ich fand die beiden vor einer guten Stunde, bevor ich das Heulen ausstieß«, antwortete Lapis anstatt ihres Sohnes.

Der Leitwolf sprang vor. »Das bedeutet, es ist bereits viel früher passiert. Letzte Nacht, nicht wahr?« Zornig fuhren seine Krallen durch die Erde. »Warum hast du keinen Alarm geschlagen?!«

»Saxum, zügel deine Wut! Zeig doch Verständnis.« Aber Lapis konnte nichts mehr ausrichten. Silex war schon in den Wald davongerannt.

Seine Mutter warf ihrem Gefährten einen giftigen Blick zu und begann selbst zum Rudel zu sprechen. »Lasst uns die Mischwesen für ein paar Momente vergessen. Wir haben ein geliebtes Mitglied verloren ... einen ehrlichen und hilfsbereiten Wolf. Einen Freund, einen Sohn, einen Bruder. Sein Mut, seine Weisheit, Geduld und Sanftmut ... wir alle haben davon profitiert. Wie viele von uns er schon aus Konflikten führte, welche Einsicht uns seine klugen Worte schenkten. Seine Stärke und Beharrlichkeit waren beispielhaft ... Er wäre ein großartiger Leitwolf geworden.« Langsam legte sie den Kopf in den Nacken und begann leise zu heulen. Zart und leicht, dann immer lauter und herzzerreißender stimmte sie den Trauergesang an.

Das Rudel fiel ein, und das Lied schallte voll und vielfältig in die klare Nachtluft hinaus. Lange, sehr lange hatten sie kein so junges Mitglied mehr verabschieden müssen. Jeder Bewohner des Waldes, ja selbst die Bäume schienen innezuhalten, um zu lauschen und dem Betrauerten die Ehre zu erweisen.

Später, viel später, als es schon allmählich hell wurde, erschallte noch einmal eine einzelne Stimme. Obgleich ihr Gesang einsam und verloren durch den Wald hallte, war er schöner und tiefgehender als alle anderen zusammen.

Nach langer, schwermütiger Grübelei musste Tenebrae doch noch eingeschlafen sein. Mühsam erwachte sie aus einem qualvollen Traum, blinzelte und musste erkennen, dass der Platz neben ihr noch immer leer war. Sie hatte sich nach der gestrigen Versammlung nicht fähig gefühlt, mit Lacrima über ihre

Abwesenheit zu sprechen.

Müde durchstreifte sie das Territorium nach einer Spur ihrer Schwester. Nachtwolfrudel bestanden, anders als die Rudel gewöhnlicher Wölfe, aus mehreren Familien und lebten in diesen im gesamten Revier verteilt. Privatsphäre innerhalb der Menge, doch leider war es dadurch auch schwieriger, die einzelnen Mitglieder ausfindig zu machen.

Die Nacht war bereits weit fortgeschritten, die Suche dauerte an. Erst im nördlichen Bereich, in der Nähe des Dorfes, streichelte der Hauch von Seerosen ihre Nase – Lacrimas Duft. Aufmerksam folgte sie ihm. Dabei fiel ihr auf, dass ein weiterer Geruch der Fährte nicht von der Seite wich: Regen während eines Gewitters. Vertex?

Gespannt schlich Tenebrae weiter. Erste leise Worte erreichten ihre Ohren, zartes Lachen. Noch ein paar Schritte, dann sah sie die beiden: Ihre Schwester und der sehnige, graublaue Wolf standen dicht an dicht. Gerade murmelte Vertex etwas, worauf Lacrima lächelnd den Hals seitlich nach unten bog. Er legte sein Kinn auf ihren Nacken.

So war das also.

Tenebrae hätte ihrem Gewissen gerne beteuert, weder enttäuscht noch eifersüchtig zu sein. Doch beides wäre eine Lüge. Auch wenn sie wusste, sie sollte sich für Lacrima freuen, dankbar sein, dass wenigstens eine von ihnen jemand Passenden gefunden hatte, ihr Herz konnte sie nicht täuschen.

Sie wandte sich ab, schlurfte durch die Sträucher davon. Wenig später raschelte es hinter ihr, eilige Schritte holten auf. Kurz danach stand Lacrima vor ihr, reichlich verlegen.

»Tenebrae, verzeih mir. Bitte glaub nicht, du wärst mir nicht wichtig. Ich liebe dich, wie man eine Schwester lieben kann! Aber, es war alles so ... ich vergaß einfach, dir Bescheid zu geben.«

Die schwarze Wölfin wich dem Blick ihrer Schwester aus. »Ich habe mich gesorgt.«

»Ja, und das tut mir schrecklich leid. Ich hätte es dir gesagt, noch vor Sonnenaufgang. Wirklich!«

»Nun weiß ich es. Geh zurück zu Vertex, er wartet sicher.« Tenebrae erschien ihre eigene Stimme auf einmal fremd. So trocken hatte sie nicht klingen wollen. Mit gesenktem Kopf stapfte sie an Lacrima vorbei.

Aber so leicht ließ sich jene nicht abhängen. »Er kann auch noch länger warten. Du bist mir wichtiger!«

»Es geht mir gut.«

»Bitte, Tenebrae, ich sehe doch, dass du niedergeschlagen bist. Oh verzeih mir, ich wollte dich nicht verärgern.«

»Ich bin nicht verärgert, ich bin nur ...« Einsam? Verlassen? Neidisch? Sie blieb stehen und seufzte. »Es ist kalt in unserer Höhle.«

»Das wird nicht so bleiben! Ich verspreche dir, ab heute wieder jeden Tag mit dir dort zu verbringen. Lass uns gleich gehen. Es dämmert bereits.«

Tenebrae sah ihrer Schwester tief und ernst in die Augen. »Nein, Lacrima. Ich darf dir nicht im Weg stehen. Du hast endlich jemanden gefunden, der dein Glück bedeuten könnte. Finde heraus, ob er es wirklich ist. Wir können nicht ewig wie Welpen aneinanderkleben.«

»Ist das deine wahre Ansicht? Aber, Tenebrae ...«

In diesem Moment schallte ein Kreischen durch den Wald. Die beiden Wölfinnen zuckten zusammen und lauschten. Dann rasten sie auf das Dorf zu, von dem die schrillen Schreie ausgingen, menschliche Schreie. Qualvoll, panisch, wie im Feuer der Hölle. Kurz darauf erstarben sie.

Neue kamen hinzu: »WOOOLF! DÄMON!«

Die Schwestern spitzten schockiert die Ohren, rannten schneller und angespannter, da sie sich der Siedlung näherten. In einem Gebüsch stockten sie und lugten aus dem Wald hinaus Richtung Felder. Ein Schauer packte sie. Der zerfetzte Körper des Bauern war kaum noch zu erkennen, der ganze Boden rot.

Eine Bewegung im Augenwinkel ließ Tenebraes Kopf herumfahren. Inmitten der Sträucher ragte die Gestalt eines großen, grauen Wolfs auf, der das Geschehen um die Leiche still beobachtete. Dann wandte er sich um, rote Augen glühten auf, und er war verschwunden. Sie blinzelte. Rote Augen?

»Weg hier!«, erklang Vertex' tiefe Stimme, der die beiden erreicht hatte.

Tenebraes Blick sprang zurück. Immer mehr Bauern versammelten sich am Tatort. Lacrima stieß ihre Schwester in die Seite. Sie gab nach, und gemeinsam flohen sie tiefer in den Wald, bevor sie entdeckt werden konnten. Als sie weit genug gelaufen waren, blieben sie keuchend stehen und versuchten, das Erlebnis zu verarbeiten. Lacrima drängte sich an Vertex, dessen Miene zwischen Sorge und Entschlossenheit schwankte. Weitere Nachtwölfe stießen hinzu.

Zuletzt stürmte Saxum heran und stoppte für seine massige Gestalt bemerkenswert präzise vor Tenebrae. »Was habt ihr getan?«

Entrüstet starrte die Schwarze zurück. »Nichts! Es war ... ich weiß es nicht. Sie haben bloß ›Wolf‹ gerufen, doch niemand war mehr dort, als wir eintrafen. Bis auf ...«

»Bis auf wen?«

»Ein ... ich bin mir nicht sicher. Ein Nachtwolf, zumindest von der Gestalt her. Nur seine Augen ... sie waren rot. Es war gewiss niemand aus dem Felsrudel.«

»Rote Augen? Zweifellos?«

»Das ist, was ich sah.«

Der Rudelführer schüttelte den Kopf. »Kein Nachtwolf tötet grundlos einen Menschen. Du hast dich getäuscht.«

Tenebrae wurde wütend. »Der Augenblick war kurz, aber ich bin noch nicht so alt, dass ich mich auf meine Sinne nicht mehr verlassen könnte. Schließlich muss es den Schreien nach irgendeine wolfsartige Kreatur gewesen sein.«

»Menschen sehen in jedem Dachs einen Wolf, wenn sie wollen.«

»Und falls es dennoch einer war?«

Saxum bleckte die Zähne. »Ein Mischwesen, das einen Nachtwolf tötet, und nun ein Nachtwolf, der einen Menschen tötet? Was zum Henker soll hier noch auftauchen?!«

Vertex hob den Kopf. »Es ist unwichtig, wer es war. Nun wissen die Dörfler von einer Bestie, die im Wald lebt. Wie lange werden sie zögern, sie zu jagen?«

»Das werden sie nicht wagen«, zischte Lapis.

»Dann bitten sie den Burgherren um Hilfe« entgegnete Vertex. »Er wird sie ihnen nicht verweigern. Er kann es sich nicht leisten, seine Bauern an ein Ungeheuer zu verlieren.«

Saxum hob den Kopf. »Er wird nicht eingreifen, solange es bei *einem* Vorfall bleibt.«

»Falls«, knurrte Vertex finster.

In grimmiger Stimmung löste sich die kleine Versammlung auf. Auch Vertex führte Lacrima fort, doch die blauschwarze Wölfin kam noch einmal zurückgelaufen.

»Bitte, sag es mir ganz ehrlich: Ist es in Ordnung für dich?« Tenebrae seufzte, dann lächelte sie. »Ist er es wert?«

»Oh ja. Weißt du, er ist gar nicht so rau. Er hält seine Kraft im Zaum und lässt sie nur frei, wenn sie gebraucht wird. Er kann sogar sehr sanft sein. Zur Netris hat er mich gefunden, als mich die Nebel bedrängten, und mich hinaus geführt.«

»Er scheint tatsächlich ein annehmbarer Kerl zu sein. Ihr müsst viel Zeit miteinander verbringen, um euch kennenzulernen.« Die schwarze Wölfin sah zur Erde. »Es wird einsam werden.«

»Ich werde dich besuchen, so oft es sich anbietet! Du wirst immer meine kleine Schwester bleiben, daran wird sich niemals etwas ändern.«

Tenebrae schaute auf, sah in die leuchtenden Augen ihr gegenüber und musste lächeln. Innig rieben sie ihre Köpfe aneinander, dann löste sich Lacrima und verschwand mit Vertex im Wald. Tenebrae sah ihnen nach und konnte trotz allen Verständnisses ihren Schmerz nicht verbannen.

Tief sog sie die Luft ein und wandte sich in Richtung Schlucht. Dabei flogen ihre Gedanken noch einmal zu dem fremden Nachtwolf zurück. Falls es sich wirklich um einen solchen gehandelt hatte. Als sie jetzt genauer darüber nachdachte, erschien das alles doch sehr unglaubwürdig. War er tatsächlich da gewesen?

Vertex' Befürchtung bestätigte sich: Es blieb nicht bei einem Einzelfall. Wenig später berichtete Carex, die Bauern hätten einen weiteren, ebenso zugerichteten Menschen im Wald nahe dem Dorf gefunden, gerade noch als junger Mann erkennbar, der sich anscheinend auf eigene Faust um die Bestie hatte kümmern wollen. Seine einzige Waffe war eine Mistgabel gewesen, die ihm nicht viel genützt hatte.

Auch Vertex' weitere Vorhersagen trafen ein. Die Bauern baten den Burgherren um Hilfe und erhielten diese in Form einiger Ritter, die zu dieser Stunde das Revier des Felsrudels auskundschafteten. Tenebrae war noch bei Tageslicht von dem Warnheulen geweckt worden: *Gefahr. Menschen im Wald.* Wenn sie gewusst hätte, dass sie den *gesamten* Wald durchsuchten, wäre sie in der Höhle geblieben. Entgegen all ihrer Vernunft, von der sie zugegeben ohnehin schon nicht viel besaß, hatte sie den Felsstreifen nach Osten hin verlassen, um ein wenig zwischen den Bäumen entlang der Schlucht umherzulaufen. Im stetigen Westwind hatte sie der junge Mann dort vollkommen überrascht. Nun kauerte sie am Boden und beobachtete ihn, wie er durch die Sträucher schlich, ihre Sinne ebenso straff gespannt wie der Bogen mit dem verdammt spitz aussehenden Pfeil in seinen Händen.

So langsam und vorsichtig, wie eine Schnecke ihre Fühler ausstreckt, setzte sie Schritt für Schritt zurück Richtung Schlucht. Auf einmal trug ihr der Wind einen bekannten Duft zu. Sie sah sich um und entdeckte in einer schlammigen Kuhle einen grauschwarz gemusterten Hügel: Silex, flach zusammengerollt, die Nase im Schlick vergraben. Ob er den Mann noch nicht bemerkt hatte? Vorsichtshalber kroch sie näher. »Silex!«

Der junge Wolf zuckte so heftig zusammen, als hätte ihn der Pfeil getroffen. Sonst aber rührte er sich nicht.

»Silex, pass auf, hier ist ein Mensch, er ...«

»Mensch? Wo?«

»Dort hinten. Warte, der Wind dreht, du ...«

Silex sprang auf, raste davon und brachte dabei jedes Gestrüpp zum größtmöglichen Rascheln. Der Mann fuhr herum und schoss, verfehlte das Ziel und stieß ein schockiertes Gebet aus.

Still verfluchte Tenebrae den kleinen Rüden für sein törichtes Verhalten, duckte sich tief und schlich so vorsichtig wie möglich zur Höhle zurück. Davor blieb sie sitzen und harrte aus, während der Himmel immer dunkler wurde. Bald zu dunkel für Menschenaugen. Schließlich ertönte ein kurzer Heulruf der Entwarnung, zugleich mit dem Befehl zur Versammlung. Sofort machte sich die schwarze Wölfin auf den Weg und kam in einem Kreis besorgter und grimmiger Gesichter an.

»Das ist kein vorübergehendes Unglück mehr. Es wird ernst.« Mit glühenden Augen starrte Saxum in die Runde. »Cataractas

Bein wurde von einem Pfeil getroffen. Zum Glück haben sie keinen weiteren Nachtwolf bemerkt. Sie werden denken, es handle sich nur um einen, und hoffentlich auch, dass sie ihn erwischt haben.«

»Verzeih, sie haben einen zweiten gesehen.«

Saxum wandte scharf den Kopf. »Und wen, Tenebrae?«

Deinen idiotischen Sohn. »Mich. Ich dachte, sie kämen nicht so weit nach Süden.«

Der Leitwolf zog zischend die Lefzen hoch. »Somit wissen sie, es gibt mindestens zwei. Und wo zwei sind, sind auch mehr. Sie werden wiederkommen.«

Seine letzten Worte schwebten bedrohlich in der Luft. Tenebrae fühlte sich elend, als wäre sie selbst an der Misere schuld. Konnten sie denn nichts gegen die Gefahr tun? Als sich die Versammlung auflöste, trabte sie eilig Carex nach, der sich allein in die Richtung des Baus seiner Familie begab.

»Kann ich mit dir sprechen?«

Er drehte überrascht den Kopf. »Worüber?«

»Es muss doch irgendeine Erklärung für all das geben. Du hast den zweiten getöteten Bauern gesehen. War da irgendetwas Verdächtiges? Ein fremder Nachtwolf zum Beispiel?«

»Ich kam erst an, als es längst geschehen war. Tut mir leid, da war nichts.«

Sie seufzte, dann sah sie ihn fest an. »Du weißt, ich hatte beim ersten Mal diesen Wolf beobachtet, mit den roten Augen ... glaubst du, das war bloß ein Streich meiner Sinne?«

»Leider war ich nicht dabei. Wenn du dir sicher bist ...«

»Im Grunde schon. Und es wäre eine Erklärung für die Vorfälle.«

Carex sah sie zweifelnd an. »Aber wozu sollte er gleich zwei Menschen so zurichten?«

»Das frage ich mich auch. Er würde kein anderes Rudel absichtlich in Gefahr bringen. Davon gehe ich zumindest aus. Vielleicht war es nur ein Nebeneffekt, und er hat eigentlich etwas völlig anderes im Sinn. Oder er war ...«

»Tenebrae«, unterbrach sie ihr Bruder verlegen. »Du weißt, ich unterhalte mich gern mit dir. Doch so kommen wir zu keiner Lösung, und ich möchte wirklich dringend zu meiner Familie zurück. Die Kinder sind völlig verängstigt, und Arista wartet sicher auf meine Rückkehr.«

Die schwarze Wölfin senkte den Kopf.»Ja, du hast recht. Verzeih, dass ich dich aufhielt. Auf bald.« Sie sah ihm nach, wie er davon lief. Dann drehte sie ab und trottete betrübt zu ihrer Höhle zurück.

Der frische Herbstwind begleitete sie und fuhr durch ihr Fell. Um sie herum flatterten die Blätter, üppig kupfern und gelb gefärbt. Eine bunte, reichhaltige und schöne Zeit. Nur durfte die Wölfin sie dieses Jahr nicht genießen. Ihr Rudel war in Gefahr, und jene war deutlich komplexer als zunächst angenommen. Sie wollte, sie *musste* ihnen helfen. Keiner von ihnen durfte leiden, kein weiterer sollte sterben. Doch was sie über die Bedrohung wussten, war nahezu nichts, und Tenebrae hatte keine Ahnung, was sie tun konnte.

Sie sehnte sich danach, mit jemandem darüber zu sprechen, auf neue und klarere Gedanken zu kommen. Saxum glaubte ihrer Beobachtung nicht, und diejenigen, denen sie vertraute, waren beschäftigt: Carex hatte sich um seine Familie zu sorgen, Lacrima lernte Vertex kennen. Ihre eigenen Eltern, Atra und Ardor, hatten ebenfalls ihr eigenen Sorgen, da ihr Vater seit Längerem an einer Krankheit litt. Ihr älterer Bruder Altor unterstützte die beiden. Tenebrae stand ihm nicht besonders nahe.

Entschlossen blieb sie stehen. Nur eine kam ihr in den Sinn, die unerschrocken und scharfsinnig genug war, sich mit diesem Thema zu befassen. Tenebrae würde heute etwas länger wach bleiben und ihr am kommenden Morgen einen Besuch abstatten.

3
Ungeheure Begegnungen

Mit der steigenden Sonne näherte sich die schwarze Wölfin dem Dorf. Hinter den Sträuchern blieb sie sitzen, entzog ihren Geist dem Wolfskörper und glitt in den menschlichen über. Ein rascher Fall, mehr spürte sie nicht. Einen Herzschlag später fand sie sich als Frau wieder. Sie wischte sich die schwarzen Haare aus dem Gesicht und strich den graubraunen Leinenstoff ihres Kleids glatt, das sie zuletzt getragen hatte. Alles, was mit einem Körper verbunden war, blieb an ihm erhalten. Das galt auch für Verletzungen und Krankheiten. Nur, wenn jene zu tief vordrangen und das lebenswichtige Netz trafen, an dem beide Körper miteinander vereint waren, riss der Tod des einen den anderen mit sich.

Sie wartete kurz, bis der Schwindel vorbei war, der den Körperwechsel durch die unterschiedlichen Sinneseindrücke begleitete. Dann vergewisserte sie sich, dass kein Mensch in der Nähe war, erhob sich und huschte unauffällig in die Siedlung.

Die Holzhäuser mit den Strohdächern lagen weit auseinander, und obwohl kaum jemand auf den festgetretenen Erdwegen dazwischen unterwegs war, verfiel Tenebrae sofort in wachsame Spannung. Sie hasste das Dorf. Jedes Mal fühlte sie sich hier wie eine Fremde, mitten unter Feinden, die von ihrer Andersartigkeit nichts ahnten. Sie gab sich alle Mühe, nicht wie schutzlose Beute an den wenigen Menschen vorbeizuhuschen, denen sie begegnete, was ihrem tiefsten Drang widersprach.

Ihr Ziel waren ein paar armselige Hütten in der Nähe des Waldrandes, der Wohnraum des Rudels für die Hälfte ihres Lebens. Nach etwa einem halben Monat wechselten sie von ihrer wilden Welt hierher und kehrten nach genauso langer Zeit zurück. Natürlich nie alle zugleich und nie in exakt derselben Zeitspanne, sodass nicht immer die gleiche Hälfte zusammen an einem Ort lebte, die Menge aber gleich verteilt war.

Meist teilten sich zwei Familien eine Unterkunft, in der sie sich abwechselnd aufhielten. Mehr konnten sie sich nicht leisten. Sie besaßen im Gegensatz zu den meisten Menschen zwar einen kräftigen Körperbau, doch da immer nur die Hälfte des Rudels anwesend war, konnten auch nur halb so viele auf den Feldern arbeiten. Das blieb den Dörflern selbstverständlich nicht verborgen, zumal sie die Bewohner der einzelnen Hütten für große Familien hielten, von denen sich alle hätten nützlich machen können, jedoch stets nur ein Teil draußen anzutreffen war. Noch hatte niemand den Verdacht gehegt, dass die Fehlenden nicht einmal anwesend waren. Stattdessen wirkte es, als wären diese zurückgezogenen Leute besonders faul, was verständlicherweise wenig Sympathie weckte.

Daher hielt das Rudel kaum Kontakt zu den übrigen Bewohnern der Siedlung. Sie durften es nicht einmal, selbst wenn sie gewollt hätten. Das Verhalten der Nachtwölfe war zu auffällig, eine tiefere Bindung hätte mit der Zeit Fragen aufgeworfen, die niemand beschwichtigend zu beantworten gewusst hätte. Zielstrebige Personen wären dem nachgegangen und hätten leicht belastende Beweise finden können. Und wo *eine* Teufelskreatur war, da fanden sich weitere. Ein einziger Fehler konnte das gesamte Rudel in Gefahr bringen. Daher hielten sich die Nachtwölfe in der Regel von den Menschen fern. Sie lebten neben, nicht unter ihnen, sahen sich nie als Teil der Dorfgemeinschaft, sondern als dauerhafte Gäste.

Zu starke Abgrenzung erzeugte jedoch ebenfalls Misstrauen. Die meisten Wölfe pflegten deshalb eine oberflächliche Bekanntschaft zu ausgewählten Dörflern. Sie versuchten, einen Bereich zwischen Fremde und Vertrautheit zu finden und darin stabile Beziehungen aufzubauen. Eine unlösbare Aufgabe für Tenebrae. Entweder Freundschaft mit allem, was dazugehörte, oder gar nichts. Dementsprechend kannte sie niemanden hier wirklich, von manchen nicht einmal den Namen.

Dabei hatte sie schon öfter mit dem Gedanken gespielt, einen Freund zu haben, sich jemanden gewünscht, dem sie alles erzählen konnte, der ihr vielleicht sogar half, unauffällig zu bleiben. Doch die Angst hatte sie nie einen Versuch unternehmen lassen. Zu groß die Gefahr für sie selbst wie für ihr Rudel. So musste sie als einsamer Schatten unter lauter blinden Lichtern umherhuschen und konnte nur hoffen, dass sie blind blieben.

Sie seufzte innerlich. All das machte ihr das Leben zur Qual. Grundsätzlich hatte sie nichts gegen ihren menschlichen Körper, obgleich sie den wölfischen mehr genoss, doch die Umstände hatten sie den Hass auf das Dorf gelehrt. Jeder Nachtwolf hatte den Drang, beide seiner zwei Seiten zu nutzen. Das musste er auch, denn jede verlangte ihre Befriedigung. Wenn eine von ihnen zu lange vernachlässigt wurde, konnte das im schlimmsten Fall zu unwillkürlichen Verwandlungen führen.

Allerdings war es nicht leicht, im Wald den Bedürfnissen des menschlichen Körpers gerecht zu werden. Somit blieb nur das Dorf, wo den Nachtwölfen das Leben erschwert wurde. Tenebrae hatte bereits mit dem Gedanken gespielt, mit dem Rudel irgendwo eine eigene Siedlung zu gründen. Doch sie waren Leibeigene, Eigentum ihres Herren, der in seiner Burg nordwestlich von ihnen lebte. Er gewährte ihnen Schutz vor Gefahren und forderte im Gegenzug Abgaben ihres Ertrags. Sie konnten sich nicht einfach davonmachen, wenn sie nicht zu Gesuchten werden wollten. Zumal Nachtwölfe handwerklich nicht allzu begabt waren. Ein Feld bestellen, das machte ihnen nicht viel Mühe, aber Häuser bauen ...

Nein, ihr Leben war das, was sie seit jeher führten. Sie stellte sich ihre Vorfahren vor, die ersten Nachtwölfe, die sicher auch hauptsächlich Bauern gewesen waren und ihre zweite Seite in dieses Dasein integriert, heimlich ein Rudel aufgebaut hatten. Damit hatten sie den Grundstein für ihr heutiges Leben gelegt. Doch verborgen unter den Menschen ihr Dasein zu fristen ... konnte das der Sinn ihrer Zweigestaltigkeit sein?

Tenebrae blieb stehen, hob das Gesicht zum blassgrauen Himmel und vergaß für einen Augenblick ihr eigentliches Anliegen. Gab es keine Möglichkeit, wie ihre Art beide Teile ihres Wesens ohne Angst und Zwang leben konnte?

Plötzlich spürte sie eine Gefahr hinter sich, hörte leise eilende Schritte. Sie fuhr herum. Vor ihr streckte eine kleine Frau zischend die Arme aus.

»Belua!«, keuchte Tenebrae.»Musst du mich so erschrecken?«

»Nicht Belua«, raunte die Kleinere warnend.

Verdammt, natürlich nicht. Hier brauchten sie ihre menschlichen Namen. Tenebrae schaute sich rasch um, ob jemand in der

Nähe war, der sie hätte hören können, und wandte sich beruhigt zurück. »Beatrix, genau dich habe ich gesucht.«

Belua legte den runden Kopf schief, das kurze, dunkelbraune Haar hing ihr strähnig ins Gesicht. Ihr eines Auge, das nicht wie das andere zur Hälfte vom Lid verdeckt war, funkelte. »Mich?« Tenebrae musste beim Anblick ihrer alten Freundin lächeln. Es schien, als könne nichts dieses unbefangene Wesen betrüben. Sie hatte das Aussehen einer Göre in der Trotzphase, war aber deutlich älter als Tenebrae und mit einem Charakter irgendwo zwischen aufgewecktem Kind und kluger Erwachsener.

»Ich muss mit dir reden. Lass uns dorthin laufen, wo uns niemand belauschen kann.«

Gemeinsam gingen sie gemächlichen Schrittes abseits der Häuser am Waldrand entlang, während Tenebrae der kleinwüchsigen Nachtwölfin von den Geschehnissen der letzten Tage berichtete, von Solum, den ermordeten Menschen und der mysteriösen Erscheinung zwischen den Sträuchern.

»Es war bloß ein winziger Moment. Eigentlich weiß ich, was ich gesehen habe, aber es erscheint mir inzwischen so widersinnig, dass ich daran zweifle.«

Belua sah sie provozierend an. »Wieso widersinnig?«

»Zunächst: Warum sollte ein Nachtwolf existieren, der keine orangegelben Augen besitzt wie wir, sondern rote?«

»Die Welt probiert viel aus. Wer bestimmt, was normal ist?«

Da hatte sie recht. Tenebrae warf einen Blick auf ihre Begleiterin. Niemand wusste besser über Andersartigkeit Bescheid als Belua. Ihr Humpeln auf dem kürzeren, schief abstehenden Bein war das erste, was ins Auge stach. Wer genauer hinsah, konnte weitere Unförmigkeiten an ihrem Körper erkennen, allein die Proportionen wollten einfach nicht zusammenpassen. Ähnliche kleine Fehler galten für ihre wölfische Gestalt. Viele, vorrangig Menschen, sahen in ihr das Ungeheuer, das auch ihre eigene Mutter in ihr gesehen hatte; Belua war verstoßen worden. Aufgezogen hatte sie Castanea, eine unfruchtbare Wölfin, die sich mit aller Liebe der aufwendigen Fürsorge hingegeben hatte und es immer noch tat, denn durch ihre vielen Deformierungen« konnte die kleine Nachtwölfin kaum jagen.

»Gut, sagen wir, er existiert. Warum ist er hier?«

»Zusammenhänge erkennen. Warst du früher gut drin.«

Tenebrae wischte einen herabhängenden Ast beiseite.»Ja, natürlich ist mir bewusst, dass es mit all den anderen Ereignissen zu tun haben muss. Aber inwiefern? Wenn er die Bauern getötet hat: wozu?«

»Um uns das Dorf auf den Hals zu hetzen?«

Die schwarzhaarige Frau blieb stehen. »Du meinst, er will uns absichtlich in Gefahr bringen?«

»Ich meine nichts. Weiß nichts. Grübel nur.«

Tenebrae zupfte einen abgebrochenen Zweig von ihrem Oberteil und drehte ihn zwischen den Fingern. In ihr sträubte sich alles gegen diese Vorstellung. Sie war immer von der Nächstenliebe eines Nachtwolfs zu seinen Artgenossen überzeugt gewesen. Nun geriet dies ins Wanken.

Sie warf das Ästchen weg. »Fällt dir noch eine andere Erklärung ein?«

Belua sah in den Himmel hinauf. »Ein zufällig vorbeigekommener Beobachter? Umherziehender Mörder? Von Gott gesandter Dämon, damit die Menschen wieder zu ihm beten?«

»Ich könnte mir allmählich alles vorstellen.« Tenebrae seufzte und hob den Blick zu den Baumkronen. »Wenn er nur länger da gewesen wäre ... Ich habe nur diese große, graue Gestalt gesehen und diese seltsamen roten Augen. Vielleicht war es nicht einmal ein Nachtwolf.« Sie schaute wieder ihre Freundin an und lächelte schwer. »Danke, mir sind jetzt ein paar Dinge klar geworden. Vor allem, dass ich nicht genug weiß und unbedingt mehr herausfinden muss. Sieh dich vor, Belua. Bald sehen wir uns wieder.«

Jene grinste durch mehrere Zahnlücken zurück. »Auf den Tag folgt immer die Nacht.«

Während die mickrige Nachtwölfin davonhinkte, schaute sich Tenebrae um, ob jemand ihren Weg zurück in den Wald beobachten könnte. Bloß ein Mann fiel ihr auf, der in einiger Entfernung langsam vorüberstapfte, den Blick gesenkt. Er wirkte nachdenklich und zornig. Hatte er die beiden Wölfinnen belauscht? Doch er war zu weit weg, als dass die kümmerlichen Fähigkeiten seiner Menschenohren ihr Gespräch hätten mitanhören können. Tenebrae sah ihm skeptisch nach. Er hatte rotes Haar. Ihr war noch nie ein Rotschopf im Dorf aufgefallen. War er neu?

Sie schüttelte den Kopf. Sie konnte sich nicht um noch mehr fremde Rottöne kümmern. Schließlich war er aus ihrem Sichtfeld verschwunden und sie konnte sich unbemerkt in den Wald hineinschleichen, wo sie sich verwandelte und in seinen Schatten verschwand. Es galt, Nachforschungen anzustellen.

Bereits am frühen Abend verließ Tenebrae ihre Höhle, streckte sich kurz und lief danach zielstrebig in den Wald hinein. Niemand kreuzte ihren Weg. Nach einiger Zeit erreichte sie das Gesträuch in der Nähe des Dorfes, in dem sich der fremde Nachtwolf verborgen hatte. Natürlich konnte sie keine Duftspur mehr finden, aber sie hoffte, hier vielleicht auf etwas anderes zu stoßen. Irgendetwas, das ihr einen Hinweis geben konnte.

Konzentriert durchschnüffelte sie den Boden, fegte das Laub beiseite und schlich weiter in die Richtung, in welche die rätselhafte Gestalt verschwunden sein musste. Nichts. Keine Spur, keine ungewöhnlichen Entdeckungen. Unzufrieden hob sie den Kopf. Sie hatte nicht erwartet, auf etwas Spektakuläres zu stoßen, doch so völlig erfolglos hatte sie sich ihre Unternehmung nicht vorgestellt.

Resigniert lief sie auf gut Glück weiter durch den Wald und dachte nach, versuchte auf andere Ideen zu kommen und ihr nächstes Vorgehen zu planen. Das Laub raschelte unter ihren Pfoten, kalter Wind blies ihr ins Gesicht. Kurz meinte sie, es hinter sich knistern zu hören, der Hauch einer Stimme. Sie blieb stehen und lauschte. Stille. Umdrehen? Weitergehen? Einen Moment zögerte sie.

Schnelle Schritte.

Einen Moment zu lang.

Etwas landete auf ihrem Rücken und krallte sich fest. Tenebrae jaulte auf, warf sich hin und her, doch der Angreifer war schwer. Er knurrte erbittert, schnappte gierig nach ihrem Nacken. Ein merkwürdiger, nicht einzuordnender Geruch umwehte ihn. Sie versuchte sich aufzubäumen. Schaffte es nicht. Solums Leiche blitzte vor ihr auf. Verzweifelt wand sie sich im Griff, spürte einen Biss in ihrer Schulter.

»Hinweg mit dir!«

Die Kreatur jaulte schrill auf, sprang herunter und lief davon. Tenebrae fuhr herum und konnte bloß ein großes Raubtier erkennen, bevor die Sträucher es verschluckten.

»Bist du wohlauf?«

Sie blickte zur Seite und erschrak. Dort hockte ein junger Mann, ein blutiges Messer in der Hand. Seine goldbraunen Augen schauten sie besorgt an. Besorgt? Ein Mensch? Sie stutzte. Seine schulterlangen, sanft gewellten Haare waren rostrot. Es war derselbe, den sie gestern im Dorf beobachtet hatte. Ungläubig starrte sie ihn an.

»Ich muss dir gewiss nicht erklären, dass ich dich, solltest du gerade etwas sagen, nicht verstehen kann. Würdest du dich bitte verwandeln? Hab keine Angst. Ich kenne euch. Ich bin so etwas wie der Hüter der Nachtwölfe.«

Er sprach mit einer hellen Stimme, sanft und angenehm. Tenebrae zögerte. Obwohl er ein Mensch war, kannte er sich offensichtlich mit ihrer Art aus und schien ihr nicht feindselig zu sein. Flehend schaute er sie an. Doch ihr Misstrauen saß tief. Ein Fehler konnte ihr Rudel vernichten. Sie kroch ein Stück rückwärts, fixierte den Fremden skeptisch. Er ließ enttäuscht die Schultern sinken, dann wandte er den Blick ab. Überrascht verfolgte Tenebrae die Geste. Wenn er sich sogar mit wölfischer Höflichkeit auskannte ...

Sie überwand ihre Angst und wechselte den Körper. Schlagartig verdunkelte sich der Wald vor ihren Augen, die dennoch bedeutend besser sahen als die eines Menschen und alles Nötige zu erkennen vermochten. Vor allem das Gesicht ihres Gegenübers. Wie glatt und gepflegt seine Haut war, wie weich seine Züge.

Lächelnd schaute er sie wieder an. »Vielen Dank. So verstehen wir uns besser.«

»Was ... was war das eben?«

»Nur ein räudiger Köter. Der sucht bereits seit Tagen das Dorf heim. Jetzt hat er hoffentlich genug.« Er ließ sich nach hinten gleiten und lehnte sich an einen Baum. »Geht es dir gut? Mein Name ist Casimir.«

Tenebrae brauchte noch einen Moment, um einen klaren Kopf zu bekommen, und durchsuchte schwerfällig ihren Geist nach ihrem menschlichen Namen. »Ich heiße Eleyn.«

Casimir sah etwas gekränkt aus, nickte aber verständnisvoll. »Ich kann nachvollziehen, dass du mir deinen wahren Namen nicht verraten willst. Ich weiß, ihr traut Menschen nicht. Mein Großvater war ein Nachtwolf, deswegen bin ich mit dem Wissen über euch aufgewachsen. Das geteilte Dasein, die Gefahr ... Er starb, weil er enttarnt wurde. Seitdem widme ich mein Leben eurem Schutz.« Sein Blick verdüsterte sich. »Doch ich bin mir nicht sicher, ob ihr ihn weiter verdient. Was geht da vor sich? Warum greift ihr Menschen an?«

»Wir waren es nicht!« Tenebrae krallte ihre Finger in die Erde. »Wir haben keine Ahnung, wer dafür verantwortlich ist, das schwöre ich.«

Er nickte kummervoll. »Ich dachte es mir. Es ist genau wie damals ... Auf der Durchreise blieb ich einige Zeit lang in einem Dorf, nicht weit weg, westlich von hier. Auch dort lebte ein Nachtwolfrudel. Und auch dort wurden Menschen auf dieselbe Weise getötet wie hier. Alles begann mit dem Erscheinen eines Fremden: ein großer, grauer Wolf mit roten Augen.«

Tenebrae schluckte.

»Er sah nicht so aus, wie ich sie sonst kannte«, fuhr Casimir fort. »Ich wollte das heimische Rudel dazu befragen, aber im Dorf fand ich kein einziges Mitglied mehr. Sie hatten sich alle in den Wald zurückgezogen, wahrscheinlich, um sich der Gefahr gemeinsam zu stellen.« Er seufzte. »Indessen wurden die Angriffe häufiger, die Maßnahmen der Dörfler drastischer. Als ich erkannte, welche Bedrohung sich anbahnte, war es bereits zu spät. Ich konnte nicht mehr in den Wald gehen, um nach den Nachtwölfen zu suchen. Sie haben die Grenze ununterbrochen bewacht. Ich habe nicht rechtzeitig reagiert.« Er schloss kurz die Augen. »Dieses Mal werde ich nicht tatenlos zusehen. Ich muss herausfinden, was hier geschieht. Ich muss euch helfen. Was kann ich für euch tun?«

Unschlüssig schwieg Tenebrae und sah auf den Boden. Konnte sie diesem Menschen wirklich trauen? Sollte sie ihn einweihen?

»Ich sehe, du weißt etwas. Eleyn, selbst der kleinste Hinweis kann wichtig sein und für euer Überleben sorgen. Dieses Rudel, von dem ich komme, nun ja.« Er sah zur Seite. »Es existiert nicht mehr.«

Also doch. Ein Nachtwolf wollte ihre Familie vernichten, seine eigenen Genossen. Sie hob den Kopf.»Ich sah einen fremden Wolf mit roten Augen, für einen Moment, kurz nachdem der erste Bauer getötet worden war.«

Casimir schaute auf.»Dann ist es wahr. *Er* steckt hinter alldem.«

»Falls er es wirklich ist. Es ging alles so schnell, ich bin mir nicht vollkommen sicher. Und schließlich ... wozu sollte er uns schaden? Was hat er davon?«

»Das weiß nur Nomera. Wahnsinnige werden immer irgendwo auf der Welt geboren. Die Frage ist nun, was wir dagegen unternehmen.«

Einer der eigenen Art als Feind? Zuerst hatte Tenebrae gedacht, von Solums Mörder ginge eine neue Gefahr aus. Jenen hatte sie bei all den kuriosen Vorfällen beinahe vergessen.»Aber wie hängt das alles mit den Mischwesen zusammen?«

Er stutzte.»Mischwesen? Was sollen sie damit zu tun haben? Sie sind seit Jahrhunderten verschwunden.«

»Nein, leider nicht. Ein Mitglied meines Rudels wurde erst kürzlich von genau solch einem ermordet.«

Er wurde ernst»Wann?«

»Zur letzten Ne... Neumondnacht.«

»Und wie sah es aus?«

»Es ... ich habe es nicht selbst gesehen, aber es soll ein Dachs mit dem Gesicht und den Hinterbeinen eines Bussards gewesen sein.«

Sein Blick verfinsterte sich.»Vielleicht unterstützen sie ihn. Was auch immer sie im Schilde führen, er könnte sie befehligen.«

»Ein Nachtwolf, der seine ehemaligen Feinde gegen seine ehemaligen Freunde anführt? Das ist unmöglich.«

»Oh glaub mir, Eleyn, auf meinen Reisen habe ich viel gelernt. Vor allem, dass nichts unmöglich ist.« Er stand auf.»Ich werde euch helfen. Ich habe eine freundliche Familie gefunden, die mich in ihrer Hütte wohnen lässt, gleich am Waldrand bei den Haselsträuchern. Besuch mich, wenn es etwas Neues gibt. Viel Glück!« Trotz der Dunkelheit lief er ebenso sicher wie ein Wolf durch die Sträucher Richtung Dorf davon. Er schien sich im Wald gut auszukennen.

Tenebrae verwandelte sich zurück und blieb unschlüssig sitzen. Zunächst leckte sie ihre Wunde an der Schulter, die zum Glück nicht tief war. Und was jetzt? So viele Rätsel, so viele Fragen, und statt Antworten neue Mysterien.

Nur eines war klar: Sie mussten diesen fremden Nachtwolf loswerden. Wenn das gesamte Rudel nach ihm suchte, ihn vertrieb oder notfalls tötete, wäre das die Lösung. Sofern die Menschen dann wirklich aufhörten, sie zu jagen. Aber es war auf jeden Fall ein Beginn.

Die schwarze Wölfin erhob sich und wollte gerade eine Versammlung einberufen, als ihr ein warnendes Heulen zuvorkam.

Achtung! Gefahr durch Ritter!

Statt eines eigenen Rufs sandte Tenebrae einen stillen Fluch in den Himmel hinauf, wandte sich um und lief geradewegs Richtung Schlucht. Die Ritter drangen erneut in den Wald ein, diesmal bei Nacht. Wahrscheinlich hatten sie aus ihren bisherigen Versuchen gelernt, dass sich die gesuchten Ungeheuer nur bei Dunkelheit zeigten.

Frustriert und hungrig kehrte sie zu ihrer Höhle zurück, die sie diesmal nicht verlassen würde, bis die Gefahr sich zurückzog. Angespannt legte sie sich davor und nutzte die Zeit, um über ihre Möglichkeiten und nächsten Schritte nachzudenken.

Den Fremden suchen. Mehr fiel ihr nicht ein. Den Fremden suchen, den Fremden finden, den Fremden ...

... der einfach dort vorbei trottete. Bloß zwei Sprünge von der Höhle entfernt, mit schleppenden Schritten und gesenktem Kopf, zielstrebig vom Wald zur Schlucht, groß und grau. Tenebrae erstarrte. Er hatte sie nicht einmal bemerkt.

Da huschten seine Augen für einen Moment zur Seite, er blieb stehen und sah direkt zu ihr herüber. Überrascht. Abweisend. Dann wandte er sich wieder der Felskante zu, wollte weitergehen, besann sich und senkte den Blick resigniert zu Boden. »Schau einfach weg und vergiss mich.«

Seine Stimme klang rau und tonlos, als hätte er lange nicht mehr gesprochen und wollte es auch nicht.

Tenebrae reagierte nicht. Sie starrte ihn weiter an, wartete und wusste nicht, worauf.

Er drehte den Kopf zu ihr zurück, fixierte sie eindringlich. Dann trat er auf sie zu.

Die Wölfin zog sich panisch in die enge Höhle zurück. Genau das Falsche: Hier gab es keine Möglichkeit zur Flucht. Der Fremde hielt inne.»Fürchtest du dich vor mir?« Es klang ungläubig. Dabei müsste ihm klar sein, dass ... andererseits ... ahnte er womöglich nicht, dass Tenebrae seine Taten erkannt hatte? War er sich sicher, nicht verdächtigt zu werden? Solange sie ihn in dem Glauben ließ, bestand für ihn auch kein Grund, ihr gefährlich zu werden.

Sie kroch so weit aus dem Unterschlupf hervor, dass ihr der Fluchtweg in den Wald jederzeit offen stand, umweht von dem herben, harzig erdigen Geruch des Fremden, der ihr bekannt vorkam. Von Nahem erkannte sie, dass das Rot in seinen Augen in einen schimmernden Kupferton eingebettet war.

»Wer bist du?«, raunte sie.

»Das ist nicht von Belang. Ich bin ein Schatten, der allein durch das Land streicht, um eine Bestimmung zu erfüllen.«

Seine Stimme erinnerte sie an das Brummen der Nachtfalter, von denen einige mit im Mondlicht schillernden Flügeln über die Gesteinsfläche flatterten. Tenebraes Augen folgten einem besonders zielstrebigen Exemplar in den Wald hinein. »So, wie diese Insekten, schwärmst du also durch die Dunkelheit? Wozu? Was ist deine Bestimmung?«

»Nichts, was dich etwas angeht.« Er sah zur Seite, schien kurz unschlüssig, dann schaute er sie wieder an. »Wie ihr gewiss längst erkannt habt, ist euer Rudel in Gefahr. Und dabei geht es um weitaus mehr als um ermordete Menschen und Mischwesen, die einen der euren angreifen.«

»Du weißt von Solum?«

»Ich bin dem Heulen gefolgt und habe der Versammlung beigewohnt. Bereits seit der letzten Netris schleiche ich durch den Wald und versuche mehr herauszufinden. Bislang ohne Erfolg.«

»Du sagst, es wäre nicht wichtig für uns, zu wissen, wer du bist oder wonach du strebst. Und dennoch mischst du dich in die Vorgänge hier ein und beobachtest uns? Ich glaube, du weißt mehr, als du preisgibst, und was du verschweigst, könnte uns mit Sicherheit weiterhelfen. Wenn du dich weiterhin so wahrheitsscheu gibst, sehe ich keinen Grund, dich *nicht* als Bedrohung zu erkennen und als solche zu behandeln.«

Missbilligend sah er auf sie herab. »Du zirpst wie eine verängs-

tigte Zikade und faselst Schaum, um dich darin zu verstecken.«
Schlagartig verlor Tenebrae ihren neu gewonnenen Mut. Hatte sie zu viel verraten?

Der schattenhafte Nachtschwärmer starrte sie noch einen Moment lang an, dann seufzte er leise. »Vergiss, was ich gesagt habe. Ich bin keine Gefahr für euch, kann euch aber auch nicht helfen. Lasst mich, und ihr werdet nichts von mir bemerken. Sieh jetzt bitte einfach weg und schließ die Augen, nur für drei Herzschläge. Ist das zu viel verlangt?«

Tenebrae starrte ihn unsicher an, ihr Blick glitt von seinen harten Augen über sein langes, rauchgraues Fell. Er hatte eine merkwürdige Ausstrahlung, nicht direkt bedrohlich, aber unheimlich. Verschlossen und ... sehr herrisch.

Sie konnte sich gegen seine Autorität kaum wehren. Aus einem bloßen Impuls heraus folgte sie seinem Wunsch. Sie wusste nicht, warum. Zum Glück war ihr Herz sehr in Aufruhr, sodass sie nicht lange zählen musste. *Eins. Zwei. Drei.*

Sie schlug die Augen auf, ihr Kopf fuhr herum. Still und leer lag das Gestein im Mondlicht.

4
Nachtschwärmer und Schaumzikade

»Und er war es wirklich? Groß, grau, zottig?«

»Und mit rotkupfernen Augen, ja.«

Casimir seufzte. »Dann ist er wahrhaftig bis hierher vorgedrungen. Wo, sagtest du, hast du ihn getroffen?«

Tenebrae wartete, bis zwei spielende Kinder, die gerade vorbeirannten, wieder hinter dem nächsten Haus verschwanden. »Bei der Schlucht, ganz im Süden unseres Territoriums. Er kam aus dem Wald, nachdem die Warnung ausgerufen worden war.«

»Und du hast allen Ernstes mit ihm gesprochen? Eleyn, das hätte sehr gefährlich werden können.«

»Ich weiß, aber die Sache hat auch etwas Gutes: Er ahnt nicht, dass ich ihm auf die Schliche gekommen bin. Er hat mich nicht bedroht, nur ein paar merkwürdige Dinge erzählt.«

»Wirklich? Was für Dinge?«

»Dass er für irgendeine Bestimmung umherziehen würde, und dass er uns weder schaden noch helfen, sondern nur beobachten wolle.«

»Tatsächlich? Mehr nicht?« Casimir grinste. »Das ist großartig, Eleyn! Er wird sich sicher fühlen, und mit deiner Hilfe könnten wir ihn in eine Falle locken. Aber überlass das mir. Du hast bereits genug getan, und ich bitte dich: Versuch nicht noch einmal, mit ihm zu sprechen. Er könnte misstrauisch werden und herausfinden, was wir wissen, und ich möchte nicht, dass dir etwas geschieht.« Er hielt inne und wurde ernster. »Eleyn, weiß noch jemand von ihm außer uns beiden? Hast du deinem Rudel davon erzählt?«

»Nur, dass ich flüchtig eine wolfsartige Gestalt gesehen habe. Und die meisten glauben, ich hätte mich getäuscht.«

»Gut. Ich schätze, es wäre besser, wenn es dabei bleibt.«

Tenebrae blinzelte verwirrt. »Weshalb?«

»Wenn alle von ihm wissen, könnten sie unbedacht über ihn reden. Da er ständig umherschleicht, könnte er sie dabei belauschen, und unser Trumpf wäre dahin.«

Und ich soll dir mehr trauen als meiner eigenen Familie? Tenebraes altes Misstrauen erwachte wieder. Hatte dieser Mann vielleicht doch etwas anderes im Sinn als reine Hilfe? Wäre ihr Rudel tatsächlich so töricht, die Neuigkeit durch den Wald zu posaunen? Nun, ein paar Klatschbasen kamen ihr in den Sinn, aber wenn sie ihnen ausdrücklich einschärfte, darüber zu schweigen ...

»Zunächst sollten nur wir beide davon Kenntnis haben«, fuhr Casimir fort. »Keine Sorge, ich lasse dich damit nicht allein. Ich werde mir, wann immer ich Zeit habe, Gedanken machen, wie ich euch helfen kann. Du solltest nun zurückgehen. Vielen Dank für deine Tatkraft, Eleyn. Unterrichte mich, sobald es Neuigkeiten gibt.«

Sie würde später darüber nachdenken, ob sie es nicht doch dem ein oder anderen erzählte. »Das werde ich. Auf bald!«

Casimir trat zurück in den Schatten der Hütte, in welcher er Obdach gefunden hatte. Tenebrae schaute sich noch einmal um. Es waren wenige Menschen, vorrangig Frauen, auf den Wegen unterwegs, die meisten Männer holten auf den Feldern die üppige Ernte ein. Dennoch ging es recht geschäftig zu. Die stumme Sorge war zwar in jedem Gesicht zu lesen, ständig wurden misstrauische Blicke zum Wald geworfen, doch es herrschte keine unmittelbare Angst mehr.

Gegenüber an der Ecke eines Hauses entdeckte sie einen unbekannten Mann mit kupferblonden Locken, die eisenharte Miene fest auf sie gerichtet. Schnell sah er weg. Der Moment war zu knapp, um seinen Blick sicher zu deuten. Nachdenklich, vielleicht wütend.

Sie schüttelte den Kopf. Ihrer Meinung nach tauchten hier neuerdings zu viele rätselhafte Fremde auf. Sie wartete auf einen günstigen Augenblick, dann verschwand sie hinter einer Hauswand und eilte von dort aus als Wolf in den Wald.

Es war noch früh am Abend, die Sonne hielt ihr Auge krampfhaft offen. Das Röhren einiger Hirsche war weithin zu hören. Tenebrae dachte über die Lage ihres Rudels nach. Seit den ersten zwei Bauern war kein weiterer getötet worden, und nun behielten die Gesandten des Burgherren den Wald im Auge. Wenn nichts weiter geschah, könnte auch das bald überflüssig werden. War dem Fremden etwas dazwischengekommen? Schwand die Bedrohung für das Felsrudel? Es wäre zu schön, doch Tenebrae war nicht so naiv zu glauben, dass eine kleine Erholungsphase bereits das Ende bedeutete.

Auf einmal vernahm sie rasche Pfotenschritte. Ein Nachtwolf bewegte sich nicht weit vor ihr durch das Unterholz. Tenebrae lief ihm nach und versuchte, einen Geruch aufzuschnappen, um zu erkennen, um wen es sich handelte: ein Tannenwald in den kalten Höhen des Gebirges. Das war Lapis' Duft, vermischt mit dem bitteren Odem von Sorge. Beunruhigt folgte ihr Tenebrae.

Als sie die große, kräftig gebaute Nachtwölfin beinahe erreicht hatte, rief sie:»Lapis, ist etwas geschehen?«

Die dunkelgraue Gestalt blieb stehen und drehte sich um.»Oh Tenebrae, bitte sag mir, dass du Silex gesehen hast!«

»Ist er verschwunden?«

»Er ist seit der Nacht, als ... sein Bruder starb, nicht zu unserem gemeinsamen Schlafplatz zurückgekehrt. Ich wusste, dass er seine Zeit brauchen würde, mehr als wir alle, aber ... inzwischen bin ich ernsthaft besorgt. Niemand hat ihn seither gesehen. Ich suche bereits zwei Nächte lang und kann ihn nirgends finden.«

Flehentlich sah sie Tenebrae an.»Bist du seiner Spur begegnet?«

»Nicht kürzlich, tut mir leid. Zuletzt sah ich ihn an dem Abend, als die Ritter das erste Mal den Wald durchstreiften. Er war aufgeregt und verhielt sich merkwürdig. Er stürmte einfach los, obwohl ein Mensch ganz in der Nähe war und er in seinem Versteck sicher gewesen wäre. Sonst habe ich kein Zeichen von ihm bemerkt.«

Lapis schüttelte verzweifelt den Kopf.»Oh Nebel, ich hoffe, sie haben ihn nicht erwischt.«

»Bestimmt nicht. Ich war kürzlich im Dorf und habe nichts davon gehört, dass jemand eine Bestie erlegt hätte.«

»Aber wo ist er dann?« Sie schloss fest die Augen.»Arx und Mons, meine Erstgeborenen, schwach und bald nach der Geburt tot. Dann unser zweiter Wurf, Saltus und Sabulum, gestohlen von einem Bären.« Ihre kräftige Stimme senkte sich auf ein Flüstern.»Sie dürfen mir nicht auch noch meinen letzten Sohn nehmen.«

Schleppend wandte sie sich um und eilte weiter.

Wehmütig sah Tenebrae ihr nach. Lapis war eine beeindruckende Nachtwölfin, die mit ihrer Gleichmut und Stärke ihre eigenen Gefühle stets zugunsten des Rudels zurückhielt. Diese Eigenschaften rührten wohl von ihrer Partnerschaft mit einem hartherzigen Leitwolf. Auch hatte sie zu oft lernen müssen, mit Verlusten umzugehen. Die jüngsten Ereignisse schienen sie allerdings an ihre Grenzen zu treiben. Wie viel würde sie noch erdulden müssen?

Tenebrae beschloss, ihr zu helfen. Das Verschwinden ihres Sohnes ließ sie nicht los, also trabte sie durch den Wald auf der Suche nach einer Spur von ihm. Doch es erschien ihr sinnlos. Wenn selbst Lapis seit zwei Nächten nichts gefunden hatte, warum sollte sie dann mehr Glück haben? Womöglich brachte gezieltes Vorgehen mehr, als planlos herumzulaufen. In ihr gärte der Drang, über Silex' seltsames Verhalten nachzudenken.

Vorerst aber machte sie sich auf die Jagd. Für gewöhnlich bildete sie mit anderen Rudelmitgliedern eine Jagdgemeinschaft, um große Huftiere zu erlegen, doch da ihre Gedanken heute Wichtigeres zu tun hatten, tat es auch ein Hase. Danach lief sie zur Schlucht, deren Stille, in der nur die Zwenge sacht rauschte, ihr beim Denken half.

Sie ließ sich nieder und hob ihren Blick hinauf zu den Felsen. Silex musste zutiefst betrübt sein über Solums Tod, das war verständlich, aber konnte es ihn derart erschüttert haben, dass er sich von seiner Familie, seiner Heimat fernhielt? Oder steckte mehr dahinter? War Lapis' Befürchtung vielleicht richtig? War ihr Sohn, vom Schock zerstreut, in eine Auseinandersetzung geraten? Mit einem brünstigen Hirsch? Oder versehentlich in die Schlucht zu Tode gestürzt?

Sie erinnerte sich an ihre letzte Begegnung und an jene davor, als der schmächtige Wolf an der Seite seines toten Bruders gekauert hatte. Was hatte er erleben müssen? Hatte er den gesamten Vorgang mitangesehen? Wie hatte es überhaupt dazu kommen können, dass urplötzlich ein Mischwesen einen Nachtwolf angriff? Und warum hatte es Silex nicht gleich mit beseitigt?

Tenebrae verengte ihre Augen. Was genau war damals geschehen? Sie hatte mit einem Mal das Gefühl, es könnte von Bedeutung sein. Und nur Silex konnte es ihr berichten. Sofern er noch am Leben war, doch davon *musste* sie ausgehen, für seine Familie und für das ganze Rudel. Sie durften nicht noch ein weiteres Mitglied verlieren.

Auf einmal hörte sie Krallen auf Stein schaben. Sie fuhr herum und erschrak, als sie den Fremden am Rand der Schlucht stehen sah. Jener sah beinahe genervt aus, als sich ihre Blicke begegneten.»Darf ich erfahren, ob du dich ständig hier aufhältst?«

»Ja, hier ist mein ...« Konnte sie ihm verraten, dass sich hier ihr Tagesunterschlupf befand? Sie betrachtete skeptisch seine mächtige Gestalt und schätzte sein Alter ein paar Jahre höher als ihres. In einem Kampf wäre sie ihm trotz ihres eigenen kräftigen Körperbaus wohl unterlegen; obgleich ihr Gegenüber ein wenig unterernährt wirkte.»Hier ist der Ort, an dem ich gut nachdenken kann. Und du scheinst ebenso gerne herzukommen.«

Der Fremde kniff seine rotkupfernen Augen zusammen und trabte wortlos Richtung Wald. Wahrscheinlich für weitere Beobachtungen.

Tenebrae kam ein Geistesblitz.»Halt, äh ... Schwärmer! Kann ich dich noch etwas fragen, bevor du zu deinem Nachtflug davonfliegst?«

Er blieb stehen und wandte ihr das Gesicht zu.»Und das wäre, Zikade?«

»Wenn du über die Vorgänge hier so gut Bescheid weißt, kannst du mir sicher auch verraten, wo sich derzeit ein kleiner, grauschwarzer Rüde aufhält? Er riecht wie eine Kiefer auf Granitboden.«

»Der Erste. Bald wird es mehr wie ihn geben. Er hielt sich die Zeit nach den Angriffen im westlichen Bereich auf und zog sich stetig weiter zurück. Letztens nahm ich seine Spur hinter eurer Reviergrenze wahr.« Ohne eine Reaktion abzuwarten, stapfte er weiter und wurde von den Schatten des Waldes verschlungen.

Tenebrae blieb um eine Erkenntnis reicher zurück. Und um noch mehr Rätsel. Was wollte Silex außerhalb ihres Territoriums? Noch dazu im Revier des Rudels gewöhnlicher Wölfe, das sich an das der Nachtwölfe anschloss? Und was meinte Schwärmer mit ›der Erste‹?

Tenebrae schüttelte den Kopf, wandte sich um und trabte zielstrebig nach Westen. Sie allein konnte die Antworten nicht geben, wohl aber herausfinden.

Als sie nach kurzer Zeit die Grenze erreichte, nahm ihr Eifer erheblich ab. Zwischen den beiden Rudeln kam es fast nie zu Streit, denn beide respektierten ihre Territorien. Kein Wolf würde ohne triftigen Grund diese Regel brechen. Doch Tenebrae *hatte* einen triftigen Grund.

Nervös übertrat sie die scharfen Markierungen und fühlte sich auf der Stelle unwohl. Ihr inneres Wissen schrie nach Umkehr, aber heute musste dieser wertvolle Begleiter zu schweigen lernen.

Und jetzt? Wie sollte sie Silex hier finden? Auf gut Glück schlich sie los, versuchte sich dabei ein verängstigtes, gebrochenes Herz vorzustellen und sich davon leiten zu lassen. Immer wieder senkte sie die Nase zu Boden, fand jedoch keinerlei Spur. Planlos und in gezackter Linie huschte sie durch die Bäume, über einen Bach, vorbei an Sträuchern, an Hügeln, an Felsen, an ... Sie hielt inne. War da nicht ein Mensch gewesen? Sie setzte ein Stück zurück zu einer Lichtung, auf der mehrere Gesteinsbrocken verstreut und mit Flechten überwuchert dalagen. Auf einem davon saß zusammengekauert ein junger Mann, ein Nachtwolf in seiner menschlichen Gestalt, wie sie nun erkannte. Gleichgültig, in welchem Körper, Nachtwölfe erspürten einander immer.

Tenebrae trat vorsichtig näher. Silex hatte sie noch nicht bemerkt, hockte zusammengekrümmt mit angezogenen Beinen da, das Gesicht halb in seinen um sich geschlungenen Armen vergraben, still wie eine Statue. Früher hatte sie diesen stets furchtsamen Wolf nie wirklich beachtet. Nun überkam sie eine Welle des Mitgefühls. Ohne nachzudenken, verwandelte sie sich, wartete die Verwirrung ihres Geistes durch die veränderten Sinneseindrücke ab, erhob sich und trat langsam auf die schmächtige Gestalt zu.

Unschlüssig, wie sie sich bemerkbar machen sollte, blieb sie stehen. Ein Wiegenlied kam ihr in den Sinn, das ihre Mutter früher oft gesungen hatte. Sie begann, es zu summen. Zunächst nur ein Seufzen des Windes, dann allmählich lauter. Silex' Schultern spannten sich, bis sie sich langsam wieder lockerten. Sonst reagierte er nicht.

Tenebrae ließ ihr Lied verklingen, überrascht von so viel nie gekannter Sanftmut in sich. »Silex, warum hältst du dich so fern von deinem Rudel, deiner Familie? Deine Mutter sorgt sich um dich.«

Er schwieg eine Weile.»Ist sie die Einzige?«

Seine Stimme klang unter dem Belag von Trauer hell und klar wie silberne Klangstäbe.

Tenebrae überlegte.»Nein. Ich ebenfalls.«

Er erwiderte nichts. Schließlich setzte sie sich neben ihn. Er war ein Jahr älter als sie, dennoch wirkte er wie ein kleiner, verlassener Junge.»Silex, ich weiß, mit welchen Qualen du zu kämpfen hast, und ich kann verstehen, dass du allein sein willst. Es gibt für alles eine Zeit, aber jede geht auch einmal vorüber. Du hilfst weder deinem Bruder noch dir, wenn du dich weiterhin isolierst. Du solltest den Weg zurückfinden, bevor er sich dir verschließt. Du hast eine Familie, die dich vermisst, das ganze Rudel ist deine Familie. Und wir alle können dir helfen. Lass nicht zu, dass die Trauer dein einziger Freund wird. Bitte, komm zurück.«

Er regte sich nicht, seufzte nur.»Wenn es nur das wäre ...«

Seine Worte waren kaum hörbar. Tenebrae rückte näher, senkte ihre Stimme auf ein vertrauliches Raunen.»Was plagt dich noch? Was ist los mit dir?«

Er starrte stumm vor sich hin.

»Was es auch ist, ich muss es wissen, Silex. Ich werde dich nicht verurteilen, nicht auslachen, nicht hassen oder sonst etwas. Und ich werde es auch niemandem erzählen, solange du nicht damit einverstanden bist. Ich habe nur eines im Sinn: dir zu helfen. Aber dazu muss ich wissen, worum es geht.«

Tief atmete er ein, zittrig wieder aus.»Diese Menschen«, flüsterte er.»Die beiden Bauern ... Ich war es, der ... der sie ... umbrachte.«

Tenebrae wäre fast vom Felsen gesprungen, unterdrückte ihre Gefühle bis auf ein Keuchen.»Du warst das? Ist das dein Ernst?«

»Ich wollte das nicht, glaub mir! Aber ich ... ich begreife nicht, was in mir vorgeht ... es ist alles so ...« Seine Worte verloren sich in einem Wimmern.

Tenebrae fühlte sich sofort schuldig für ihre Reaktion und zwang sich, Ruhe und eine besänftigende Stimme zu bewahren. »Wie kam es dazu? Was trieb dich an?«

Er sah aus der von seinem eigenen Körper gebildeten Grube auf. Es war das erste Mal, dass seine braungrauen Augen die ihren trafen.»Du möchtest das hören? Ehrlich?«

»Ich *will* es hören, denn ich muss es verstehen. Was du mir gerade erzählst, wirft alle meine bisherigen Vermutungen über den Haufen. Wir müssen herausfinden, was hier vor sich geht, das Leben des gesamten Rudels hängt davon ab.« Sie legte ihre Hand auf seinen Arm.»Und ich will noch mehr wissen: Der Angriff des Mischwesens, du warst der Einzige, der ihn beobachtete. Vielleicht findet sich darin eine wichtige Einzelheit. Bitte, Silex, du musst mir alles erzählen. Nur so kann ich dem Rudel helfen, und vor allem: Nur so kann ich *dir* helfen.«

Er zögerte.»Also gut.«

5
Kiesel

Kalte Luft strich über Silex' Flanke, als Solum stehenblieb und sein Fell ihm entglitt. Hektisch drängte sich der kleine Rüde zurück an seine Seite und fühlte die Wärme, die ihn mit Geborgenheit erfüllte.

»Keine Sorge«, sprach die liebevolle und zugleich kräftige Stimme seines Bruders. »Ich verlasse dich nicht. Ich habe nur die Nebel entdeckt.«

Sofort beruhigte sich Silex und drehte suchend den Kopf.

»Schau, da sind sie.«

Er folgte Solums Blick zu den Nebeln, die in der Ferne zwischen den Bäumen hingen. Sie wirkten wie losgelöste Gedanken, ungebunden und zerstreut, nicht mehr fähig, eine klare Idee hervorzubringen.

»Selbst von außen ein wundersamer Anblick, nicht wahr?«, erzählte sein Bruder weiter. »Sie sind so leicht, so zart, wie aus nichts, und tragen doch diese gewaltige Kraft in sich.«

»Vater sagt, diese Kraft besteht nur in unserer Einbildung. Es wäre nichts als dichte Luft, die uns verwirrt.«

»Was weiß Saxum schon. Sein Blick ist so flach wie eine Fischschuppe. Manchmal steckt hinter den Dingen mehr, als er sieht. Als wir alle sehen.« Solum sah seinen Bruder an. »Er hat vorhin mit dir gesprochen, nicht wahr? Hatte es mit den Kampfübungen zu tun?«

Silex antwortete nicht sofort. Gespannt huschten seine Augen umher. Ihm war, als stünde er unter ständiger Beobachtung. Als könnte jederzeit eine Gefahr aus dem Gesträuch brechen. »Ja, mit der Übung letzte Nacht. Schon bei seinem ersten Angriff bin ich geflohen. Dabei wollte ich es diesmal ... ich wollte es wirklich versuchen! Aber dann ... dann hat die Angst übernommen. Ich konnte nicht denken, konnte nicht ... ich weiß nicht, wie ich diesen Feigling in mir jemals besiegen soll.«

»Gib acht, Feigheit nicht mit Vorsicht zu verwechseln. Wir wissen beide, was Saxum auszeichnet. Ich bezweifle, dass er seine Kraft deinen Fähigkeiten angepasst hätte. Seine Weise ist nicht die Deine. Ich bin sicher, du wirst deinen eigenen Weg eines Tages finden.« Langsam ging er weiter.

Silex folgte ihm wachsam und achtete darauf, dass sich ihre Felle stets berührten. Dann hielt er inne. »Was ist das für ein Geruch?«

Solum hob ebenfalls die Nase in den Wind. »Ich weiß es nicht.« Er klang beunruhigt. »Das rieche ich zum ersten Mal. Es kommt von dem Hügel dort, dahinter muss sich die Quelle befinden. Folge mir leise, aber nur, wenn du möchtest.« Der erdschwarze Nachtwolf schlich davon.

Ein Gefühl zwischen Angst und Mut trieb Silex dazu, bei seinem Bruder zu bleiben.

Hintereinander zwängten sich die beiden den Hügel hinauf durch dornige Büsche, die nach ihrem Fell griffen. Oben angekommen erstarrte Solum und presste sich auf das Laub. Als Silex sich neben ihn kauerte, erkannte er den Grund: Unter ihnen, bloß ein paar Schritte weg, hockte eine Kreatur, wie sie die beiden noch nie gesehen hatten: ein Dachs, deutlich größer als diese Tiere gewöhnlich sind, mit den Hinterbeinen und dem Gesicht eines Bussards.

»Ist das ...?«

»Ja, das ist ein Mischwesen.« Solums Stimme war kaum mehr als ein Hauch. »Was treibt es dort?«

Silex sah genauer hin. Es hatte ihnen die Flanke zugewandt und schien angestrengt in etwas vertieft zu sein. Seine Vordertatzen ruhten auf der Erde, bläuliche Lichtwellen wallten darum herum. Es erinnerte ihn an das silbrige Glitzern, das den Moment der Verwandlung der Nachtwölfe begleitete ... die Freisetzung von Magie.

»Das gefällt mir nicht. Hol Saxum, er wird wissen, was zu tun ist. Ich bleibe hier und beobachte es.«

So schnell und zugleich leise wie möglich schlich Silex den Hügel hinab. Aus einem Impuls heraus stockte er und drehte sich noch einmal nach seinem Bruder um. Gerade verlagerte jener sein Gewicht. Ein paar Kiesel rollten herab. Solum erstarrte.

Einen Herzschlag später riss ihn etwas die andere Seite hinab.
Solum! NEIN!
Silex sprang zurück und sah nur noch, wie das Mischwesen davonrannte.

Die Leere erdrückte ihn. Leere um ihn herum, Leere in seinem Inneren. Hunger zog seinen Bauch zusammen. Wann hatte er zuletzt gegessen? Es war unwichtig. Er würde nicht jagen. Es würde nichts ändern. Ziellos taumelte er durch den Wald. Suchte. Etwas. Er wusste nicht was. Nicht wo.

Die Einsamkeit zerriss ihm fast das Herz. Trotzdem mied er Gesellschaft. Sie verschlimmerte das Gefühl bloß. Müde und doch unfähig zu schlafen blieb er stehen und schaute auf. Der Morgen graute. Hinter den Stämmen waren die Häuser des Dorfes zu sehen.

Stimmen kamen von dort. Er witterte. Ein Geruch wehte heran.

Sein Blick war verschwommen. Er wusste nicht, wo er war, was er wollte. Für einen Moment nicht einmal, wer er war.

Das Bild klarte auf. Wurde rot. Körperteile wurden darin sichtbar. Menschlich. Der Geruch des Blutes stach ihm in die Nase. Seine Zunge schleifte an seinen Zähnen entlang. Ebenfalls Blut.

Er schluckte, und mit einem Schlag begriff er. *Was* ... Rufe hinter ihm, Schritte. Der junge Wolf fuhr herum und floh tief, tief in den Wald hinein.

6
Es werden mehr

Der Wald schwieg. Nur ein paar Blätter wisperten im seichten Wind, ein Raunen fing sich zwischen den Stämmen. Tenebrae bemerkte erst jetzt, dass sie ihren Arm um Silex' Schultern gelegt hatte. Statt ihn zurückzunehmen, zog sie den Nachtwolf näher zu sich heran und vergrub ihre Nase in seinem wirren, schwarzen Haar. Eine Weile saßen sie so da, während das Leben um sie herum allmählich weiterzufließen begann.

»Ich wusste nicht, was ich tat. Ich habe nicht einmal Erinnerungen daran. Es war, als wäre mein Geist in dem Moment, bevor es geschah, in einen tiefen See gefallen und erst wieder aufgetaucht, als es bereits vorbei war.« Er schluchzte. »Ich verstehe das alles nicht. Ich hatte nie vor ... Irgendetwas hat ... hat einfach meinen Körper übernommen. Ich wollte sie nicht töten. Ich wollte es doch gar nicht.« Er fuhr sich mit dem Ärmel seines schmutzigen grauen Hemdes über das Gesicht. »Die Menschen haben recht. Ich bin eine Bestie.«

»Nein, Silex, du bist alles Andere als das. Es gibt dafür gewiss eine Erklärung. Und die werden wir finden, vertrau mir.« Sie überlegte. »Gibt es noch irgendetwas, das dir dabei aufgefallen ist? Irgendein Hinweis?«

»Ich ... ich glaube, es wird durch Menschengeruch ausgelöst. Das ist das Letzte, woran ich mich erinnern kann, eine Ahnung nur. Einmal sah ich einen Menschen, doch ich griff ihn nicht an. Der Wind kam aus meiner Richtung. Es ist nur eine Theorie, aber bisher ... Daher habe ich mich hier versteckt, wo hoffentlich kein Mensch hinkommt. Und in diesem Körper sollte ich keine große Gefahr sein. Vielleicht gilt es für ihn nicht einmal. Es wäre wenigstens eine kleine Zuflucht.«

Es klang so niedergeschlagen, dass Tenebrae meinte, in Mitleid zu ertrinken. Verzweifelt suchte sie nach einer Aufmunterung.

»Dein Geheul für Solum, am Morgen nach der Versammlung, das war der schönste Gesang, der jemals einem Nachtwolf gewidmet wurde.«

Silex sah sie verschreckt an. »Den hast du gehört?«

»Und ob. Er war ergreifend.«

Es schien ihn ein wenig abzulenken, allerdings auch mehr zu betrüben. Einige Atemzüge lang schwiegen sie. »Warum hast du niemandem etwas erzählt? Nicht einmal deinen Eltern?«

»Sie hätten es nicht verstanden. Lapis vielleicht, aber Saxum ... Er hätte die Gründe wieder nur bei mir gefunden. Und ich würde ihn einmal mehr enttäuschen.«

Tenebrae fühlte Wut auf den Leitwolf in sich aufsteigen. »Darf ich fragen, weshalb er gerade zu dir so hart ist? Du bist schließlich sein Sohn. Nunmehr sein einziger.«

»Ich bin aber nicht mein Bruder.« Er seufzte. »Ich bin der Erstgeborene, und Saxum ist Rudelführer. Er ist einer der Ältesten, eines Tages braucht er einen Nachfolger. Natürlich will er einen von seinem Blut, und das soll unbedingt ich sein. Solum hatte alle Eigenschaften, die ein Anführer haben sollte, und ich habe keine. Das ist mein Fehler.«

Irgendwo raschelte es. Es erinnerte Tenebrae daran, dass sie sich noch immer in verbotenem Terrain befanden. Wenigstens wusste sie jetzt, was sie zu tun hatte. Die ganze Zeit über hatten ihre Gedanken fieberhaft gearbeitet und einen Plan entworfen, zumindest einen vorläufigen, wie ihre nächsten Schritte aussehen könnten.

»Sorge dich nicht, Silex. Wir werden gemeinsam eine Lösung für all diese Probleme finden, aber zunächst musst du dich erholen. Und weißt du was? Zufällig kenne ich da eine hübsche kleine Höhle in größtmöglicher Entfernung zum Dorf, wo alles nach feuchtem Stein duftet und derzeit noch ein Platz frei ist.«

Silex antwortete nicht.

»Bitte, lass mich dir helfen.« Sie legte ihre Hand an sein Gesicht, drehte es sanft in ihre Richtung und strich ihm die dunklen Strähnen aus der Stirn. »Lass mich deine Schwester sein.«

Er sah sie misstrauisch an, wagte nicht einmal, ihr direkt in die Augen zu schauen. Schließlich fixierte er sie zögerlich, ließ für einige Momente den Blickkontakt zu und schloss dann seufzend

die Lider.»In Ordnung. Aber ich werde mich nicht verwandeln.«
»Dann trage ich dich eben. Wir sollten schleunigst hier weg,
ehe die Wölfe uns bemerken.« Sie standen auf, Tenebrae wechselte den Körper und ließ Silex auf ihren Rücken steigen.
Ohne Zwischenfälle verließen sie das fremde Revier und
erreichten die Schlucht. Als Silex von ihr herunterkletterte, sich
auf der felsigen Fläche umsah und zur Höhle vortastete wie auf
wackeligen Beinen, fiel Tenebrae auf, wie dünn er war. In Menschengestalt begab sie sich noch einmal in den Wald. Auf blutige
Mahlzeiten war Silex zurzeit sicherlich nicht gut zu sprechen.

Ihre auch in diesem Körper vergleichsweise feine Nase folgte
dem Duft von Pilzen und fand eine Gruppe Maronen, die sie in
ihren hochgehaltenen Rock legte. Anschließend lief sie zu einer
Lichtung und suchte den Kornelkirschenstrauch auf, von dem sie
wusste, dass er hier wuchs. Seine satt roten Kugeln leuchteten ihr
bereits entgegen. Rasch pflückte sie einige der Früchte und
machte sich auf den Rückweg, wobei sie von diesem und jenem
Gewächs ein paar Blätter mitnahm. Damit kehrte sie zu Silex
zurück.

»Ich verstehe, wenn du noch kein Fleisch essen möchtest. Aber
du musst dringend für dich sorgen. Hier, das sollte für heute reichen.« Sie legte ihre Sammlung vor dem jungen Mann auf dem
Stein ab, an dessen Kante sich seine Hände krallten, um seinen
zittrigen Stand abzustützen.

Zögerlich probierte er Stückchen für Stückchen. Nicht lange,
und er nahm die Gaben dankbar an.

»Es wird ein kühler Tag. Wir sollten ihn als Wölfe verbringen.
Beide.«

»Und wenn die Ritter wiederkommen?«

Tenebrae legte ein paar Kornelkirschen, die sie den anderen
zuvor abgezweigt hatte, auf den Boden und mischte sie mit
Tannennadeln und Knoblauchraukenblättern zu einem kräftig
duftenden Brei zusammen.»Leg deine Nase da hinein, wenn du
schläfst. Dann kannst du gar nichts Anderes wahrnehmen.«

Ein frischer Wind zog auf, der beide frösteln ließ und Silex
überzeugte. Die Verwandlung kostete ihn Überwindung, doch
schließlich zwängten sich zwei Wölfe in die Höhle. Der Rüde
legte sich vorsichtig hin und richtete seinen Kopf so aus, dass
seine Nase über dem Kirschkräuterbrei schwebte. Zunächst hielt

die Spannung seinen gesamten Körper fest im Griff. Tenebrae schmiegte sich an ihn und bemühte sich selbst um eine sorglose, friedliche Ausstrahlung. Nach und nach, schneller als erwartet, wurde sein Atem entspannter und fiel in einen gleichmäßigen Rhythmus.

Die Wölfin blieb noch eine Weile wach und dachte nach. Diese Mordanfälle waren ein unglaubliches Rätsel, wofür ihr keinerlei Erklärung einfiel. War Magie im Spiel? Die Magie, die das Mischwesen angewandt hatte, als die beiden Brüder es beobachteten? Möglich. Sie sollte jenen Ort genauer untersuchen.

Doch vorerst galt ihre Aufmerksamkeit etwas anderem. Entspannt kuschelte sie sich an den warmen Körper neben sich. Wie weich Silex' Fell war. Ein wenig zerzaust, aber mit der Zeit und viel Liebe würde es sich anfühlen wie auf Wolken an einem stillen Nachthimmel.

Eine Schnecke auf einem Eichblatt, ein davonhuschender Igel, eine Straße emsiger Ameisen, einige geschäftige Asseln und – huch, eine Maus. Zu jeder anderen Zeit durchaus interessante Dinge, doch nicht, was Tenebrae suchte. Und was suchte sie? So genau wusste sie das selbst nicht. Etwas Magisches eben, etwas Ungewöhnliches.

Unermüdlich stöberte ihre Nase durch das modrig duftende Laub nahe der Stelle, an der Solum getötet worden war, stieß an Äste, an Steine, an ... Was war das? Mit ihren Pfoten scharrte sie die Blätter beiseite ... nein, nur eine Wurzel. Zugleich hatte sie ein Netriszeichen freigelegt, das ein Felswolf hier in die Erde gekratzt haben musste. Sie betrachtete es eine Weile. Auch diese Symbole waren mit Magie verbunden. Könnten Silex' Anfälle etwas damit zu tun haben?

Sie verließ den Ort, schlenderte durch den Wald und dachte darüber nach, was sie mit der Entdeckung anfangen und was sie als Nächstes tun sollte. Wenig später stieg ihr der Duft frisch gerissener Beute in die Nase, zeitgleich fühlte sie das Verlangen ihres Leibes nach Nahrung. Ob der Jäger ihr ein paar Bissen gestatten würde?

Sie hatte Glück. Es war Carex, der mit Arista einen alten Keiler erlegt hatte, an dem er sich gerade mit seiner Familie gütlich tat. Genug für alle.

»He, Brüderchen! Bleiben da auch ein paar Stücke für mich übrig?«

Der schwarzbraune Nachtwolf hob die blutverschmierte Schnauze und grinste. »Selbstverständlich! Du kannst die Knochen und das Fell haben. Wenn du nett bist, vielleicht sogar die Klauen.«

»Die kann man auch essen?«, fragte Cinis erstaunt.

»Wie die wohl schmecken ...« Ignis leckte an einer der Schweinsklauen und begann daran zu nagen.

»Nicht doch, meine Kleinen«, konnte Aristas warme Stimme ihre Töchter gerade noch zurückhalten. »Euer Vater hat sich bloß einen Scherz erlaubt.«

Tenebrae trat näher und versenkte ihre Zähne im Fleisch. »Recht hat sie. Das Beste ist immer das Weichste.«

Gemeinsam machten sie sich über die Beute her. Carex und Tenebrae versuchten die besten Gedärme vor dem jeweils Anderen wegzuschnappen, während Arista ihren Töchtern zeigte, welche Teile die Nahrhaftesten waren, die sie ihnen anschließend vorkaute.

Am Ende des Festmahls streckte sich Carex ausgiebig und fixierte die Augen seiner Schwester. »Ich habe Neuigkeiten für dich, allerdings werden sie dir nicht gefallen. Wir werden kommende Nacht bei Morgengrauen ins menschliche Leben überwechseln. Hier ist es zu gefährlich. Auch wenn in letzter Zeit nichts passiert ist, die Lage ist uns nicht geheuer. Wir haben beschlossen, dass es für unsere Töchter im Dorf sicherer ist. Wir sind ohnehin seit fast einem halben Mond im Wald. Ventus, Caltha und Cataracta wollen sich uns anschließen.«

Tenebrae fühlte einen leisen Stich. Erst entglitt ihr Lacrima, jetzt ihr Bruder. Aber trotzdem besser, als sie an den Tod zu verlieren. »Tut, was ihr müsst. Ich werde euch bis zum Dorf begleiten.«

»Gern. Wir warten auf dich an unserem Bau.«

Die Familie verabschiedete sich. Tenebrae riss dem Wildschwein den letzten Schenkel aus, leckte ihn sorgfältig von Blut sauber und nahm ihn mit zur Schlucht. Das Laub war feucht, über den Tag hatte es viel geregnet, auch jetzt nieselte es noch. Glück für Silex. Er schlabberte gerade aus einer Pfütze, die sich zwischen den Felsen gebildet hatte, und musste nicht zum Trinken in den Wald. Der Anblick verschaffte Tenebrae Erleichterung. Wenigstens traute er sich wieder, in seinem Wolfskörper zu bleiben.

»Falls du hungrig bist.« Sie ließ ihr Beutestück fallen. »Pflanzen können dich nicht ewig satt halten.«

Er blickte auf und roch argwöhnisch am Fleisch. Leckte daran. »Hungrig schon ... Und eigentlich riecht das ziemlich gut.« Er hielt inne und prüfte die Luft. »Der Wind dreht. Ich sollte zurück in die Höhle. Und, Tenebrae ... danke, dass du dich so um mich kümmerst.« Er packte den Schenkel und schleppte ihn in den steinernen Unterschlupf.

Die schwarze Wölfin lächelte ihm nach. Sie hatte in kurzer Zeit bereits einiges bei ihm erreicht. Ihn in ein normales Leben zurückzubringen, würde sie auch noch schaffen.

Die Nacht war jung. Voll Enthusiasmus lief sie in den Wald, stockte aber nach ein paar Schritten. Was sollte sie jetzt überhaupt tun? Sie hatte neue Hinweise erhalten, aber keine Anhaltspunkte, wie sie weitermachen konnte. Was hatte das Mischwesen für eine magische Handlung vollzogen, bevor es Solum ermordete? Darüber konnte sie nur spekulieren.

Immerhin wusste sie nun, dass *Silex* für die getöteten Menschen verantwortlich war, und nicht Schwärmer, wie zuvor vermutet. Dabei war sie sich dieser Theorie so sicher gewesen, Casimir hatte sie davon überzeugt. Offensichtlich hatte der rothaarige junge Mann seine Beobachtungen ebenso falsch gedeutet wie sie. Oder gar gelogen? Bei diesem Gedanken wurde ihr schlecht. Zwar hatte sie bereits vor langer Zeit für sich entschieden, dass Menschen nicht zu trauen war. Doch sollte Casimir da keine Ausnahme bilden ... Schmerzende Enttäuschung keimte in ihr auf.

»Du denkst wieder nach.«

Sie fuhr herum. Wenige Schritte vor ihr stand Schwärmer. Seine Haltung war leicht geduckt, er beobachtete sie scharf, als könnte sie eine Bedrohung sein, seine Ohren waren halb angelegt.

Tenebrae wusste nicht, was sie antworten sollte. Es hatte weder wie eine Frage, noch wie eine Feststellung geklungen. Dabei kam ihr eine Idee. Vielleicht konnte sie ein paar von Casimirs Aussagen überprüfen.»Ja. Ich denke über viele Dinge nach. Vor allem über dich. Woher kommst du eigentlich?«

Er schien zu überlegen, ob es sicher war, ihr eine Antwort zu geben.»Aus dem Westen.«

»Ah, Westen, das ist interessant. Ich hörte, in dieser Richtung soll ein weiteres Nachtwolfrudel leben. Bist du ihm auf deinen Wanderungen begegnet?«

Er kniff die Augen zusammen.»Es existiert nicht mehr.«

»Oh, was ist ihm zugestoßen?«

Der rauchgraue Wolf richtete sich auf, seine Stimme wurde rau.»Dasselbe, was auch euch derzeit heimsucht. Doch vielleicht ist es für euch noch nicht zu spät. Ich habe noch einmal nachgedacht und festgestellt, dass es einen Versuch wert ist, euch zu helfen. Daher habe ich beschlossen, euch zu erzählen, was ich weiß. Es ist nicht viel, aber es könnte nützlich sein. Hütet euch vor der Netris. Haltet euch in dieser Zeit nicht im Wald auf. Es muss damit zusammenhängen.«

»Das wissen wir bereits. Aber warum? Was passiert zur Netris?«

»Wüsste ich es, würde ich es sagen.« Ein leises Grollen begleitete seine Stimme.»Ich versuche es herauszufinden. Noch kann ich nicht mehr tun, als euch zu warnen.«

»Aha. Hast du noch weitere solcher genialer Ratschläge zu bieten?«

Die kupferroten Augen wurden kalt. Er wollte sich abwenden, hielt jedoch inne und sah sie seitlich an.»Einen. In eurem Dorf muss ein Mann namens Caspar eingetroffen sein, der die Bauern gegen euch aufhetzen will, und das mit unnachgiebiger Vehemenz. Vertraut nicht darauf, dass sie ihm kein Gehör schenken. Er wird sie für sich gewinnen und in ihnen den Zorn und Willen entfachen, euch zu vernichten. Versucht, ihn aufzuhalten, bevor es ihm gelingt.«

In Tenebrae wuchs eine Mauer aus Skepsis.»Woher weißt du, dass er kommt? Und wer ist dieser Mann, dass er wichtiger als all die anderen hasserfüllten Menschen ist?«

»Er ist ...« Schwärmer betrachtete sie scharf, schien angestrengt nachzudenken. »Er ist der ... Anführer ... der Mischwesen.«

Belustigt stellte sich Tenebrae die Szene vor. »Logisch. Ein harmloser Mensch führt die mächtigen Mischwesen an. Was hat er ihnen denn versprochen, damit sie ihm brav folgen? Einmal hinter den Ohren kraulen? Klingt ziemlich lächerlich, findest du nicht?«

»Hör mir lieber zu, anstatt Schaum vor dich hin zu plappern, Zikade.« Er senkte den Kopf, ein leises, tiefes Knurren kam aus seiner Kehle. »Sonst wird dein Rudel genauso untergehen wie ...« Er brach ab, sein Gesicht wurde ausdruckslos wie Stein.

Tenebrae war einen Schritt zurückgewichen. Würde sie jemals lernen, wann der Punkt zum Aufhören erreicht war? Man reizte niemanden, der mächtiger war als man selbst. Gespannt starrte sie den großen, grauen Nachtwolf an und bereitete sich vor, falls er auf sie losgehen sollte.

Er wandte bloß den Blick ab. »Haltet euch an meinen Rat«, grollte er nachdrücklich. Dann war er zwischen dornigem Gestrüpp verschwunden.

Widersprüchliche Aussagen, nutzlose Ratschläge, aberwitzige Behauptungen und einschüchterndes Verhalten. Was Tenebrae bisher über Schwärmer herausgefunden hatte, sprach deutlich gegen ihn. Dennoch blieb da ein gewisser Zweifel, denn Casimirs Annahme, er sei der Mörder der Bauern, war widerlegt. Und wenn sie die Wahl hatte, wem sie glauben sollte, würde sie normalerweise den Wolf dem Menschen vorziehen. Irrte sich ihr menschlicher Freund grundlegend? Hatte er sie belogen?

»Tenebrae, selbst, wenn er es wollte, der Baum kann dir leider nicht ausweichen.«

Sie stockte, bevor ihre Nase gegen eine Buche stieß. »Danke Carex, ich war wohl in Gedanken vertieft.«

Sie schüttelte den Kopf frei und lief weiter den sieben Nachtwölfen nach, die heute in ihr menschliches Leben wechseln würden. Zwischen den Stämmen konnte sie bereits die Schemen der ersten Häuser ausmachen. Der Moment nahte, in dem sie sich von ihrem Bruder verabschieden musste. Natürlich, es würde nicht für immer sein, wahrscheinlich nicht einmal einen Mond lang, aber allmählich kam es ihr vor, als würden all ihre Liebsten sie nach und nach verlassen.

Die acht Nachtwölfe drosselten ihren Schritt, bis sie schlichen und sich im Gesträuch am Waldrand verbargen; Carex und seine Familie an Tenebraes einer Seite, Cataracta und ihre Eltern, Caltha und Ventus, an ihrer anderen.

»Viel Glück euch allen«, raunte die schwarze Wölfin.»Der Mond möge über euch wachen.«

Carex knuffte seine Schwester liebevoll in die Seite.»Keine Sorge. Niemand wird uns zu nahe kommen.« Er schaute wieder nach vorn, wo sich drei Männer auf den Weg zu den Feldern machten.»Seid bereit«, flüsterte er seinen Töchtern zu.»Nach denen dort verwandeln wir uns und laufen unauffällig hinein.«

Ruhig warteten die dunklen Geschöpfe. Das Dorf lag im fahlen Licht der Morgendämmerung, die Luft war beinahe gänzlich still. Arista verwandelte sich bereits, blieb aber noch hocken.

Dann drehte der Wind.

Und das Chaos brach los.

Ventus und Caltha preschten vor und sprangen zwei der Männer an. Diese stürzten, ihr Kreischen gellte durch die Luft, erstarb. Stattdessen Reißen, Schmatzen, der einnehmende Geruch von Blut. Tenebrae stockte der Atem. *Ich wollte sie nicht töten ...*

»Was tut ihr da?!«, kreischte Cataracta fassungslos.»Seid ihr wahnsinnig? Hört sofort auf!«

Tenebrae erwachte aus ihrer Starre.»Sie sind nicht sie selbst! Wir müssen ihnen helfen: Zerrt sie in den Wald!«

Sie sprang aus ihrer Deckung, während sie in ihrem Augenwinkel erfasste, wie sich Arista zurückverwandelte und umgehend auf den dritten Mann zuschoss, der tapfer seine Kameraden zu retten versuchte. Sie packte seine Schultern und riss ihn zu Boden. Wie im Wahn verbiss sie sich in seinen Gliedern und zerriss seinen Körper. Der Anblick der sonst so warmherzigen Wölfin in diesem unheimlichen Zustand erfüllte Tenebrae mit Entsetzen. Die drei Nachtwölfe töteten nicht auf dem schnellsten

Weg, zielten nicht auf die empfindlichsten Stellen, sondern zerfetzten, was ihnen am nächsten war. Ohne einen einzigen Laut, kein Knurren, kein Jaulen, bloß Reißen und Knacken.

Tenebrae stürzte sich auf Ventus, versuchte ihn zu packen und wegzuzerren, doch der Wolf hörte nicht auf, nicht einmal, als sein Opfer längst tot war. Eine Erinnerung blinkte in ihr auf, sie biss Ventus in die Schnauze und blies ihm ihren Atem in die Nase.

Er stockte. »Was ...«

»Renn in den Wald und atme nicht, solange du kannst!«

Perplex folgte er ihrem Befehl. Gleich darauf sprang sie Cataracta zu Hilfe, die ihre Mutter wegzuzerren versuchte. Auf einmal hörte Caltha von selbst auf und starrte auf das viele Rot vor sich.

»Weg hier, in den Wald, sofort!«, schrie Cataracta ihrer Mutter ins Ohr und stieß sie energisch vorwärts.

Carex drängte Arista weg, die wieder zu sich gekommen war, sich im Schock jedoch nicht rühren konnte. Die Rufe weiterer Menschen näherten sich. Endlich löste sich Arista aus ihrer Starre und die drei flohen in die Büsche. Dort trafen sie auf zwei aufgeregt fiepende Welpen, die kurzerhand von ihren Eltern mitten im Lauf gepackt und mitgeschleppt wurden.

Sie rasten so lange durch die Sträucher, bis ihnen das Herz aus der Brust zu springen drohte. Bald stießen sie auf die Vorausgelaufenen, die keuchend auf einer Lichtung stehengeblieben waren und sich verstört anstarrten. Erschöpft setzten sie sich dazu.

Calthas Augen sprangen entsetzt von einem zum anderen. »Was, bei der magischen Erde Nomeras, ist gerade geschehen?«

»Ich glaube, ich kann das erklären«, meldete sich Tenebrae zögerlich zu Wort. »Zumindest einen Teil.«

Saxums Augen weiteten sich fassungslos. »Ihr habt *was* getan?«

»Sie können nichts dafür!«, warf Tenebrae ein und wiederholte all das, was sie den drei Betroffenen am Morgen zuvor bereits dargelegt hatte. »Es scheint eine Art ... Krankheit zu sein«, endete sie.

»So, Tenebrae, und warum weißt ausgerechnet du darüber so gut Bescheid?«

»Weil diese drei nicht die Ersten sind, die in diesen Zustand gerieten.«

Der Rudelführer sah scharf auf sie herab. »Meinst du damit etwa erneut dich selbst?«

»Nein. Deinen Sohn.«

Ein Tuscheln lief durch die Versammlung. Saxum riss seine Augen auf, in denen ein schwer deutbares Gemisch aus Gefühlen schwamm, etwas zwischen Ungläubigkeit, Wut und ... Kummer?

»Er war es, der die ersten beiden Opfer anfiel«, fuhr Tenebrae fort. »Er konnte euch bisher nicht selbst davon berichten, da er sich versteckt hält, um nicht noch mehr Schaden anzurichten. Ich bin ihm in seinem Exil begegnet, da hat er es mir erzählt. Er vermutete bereits, dass menschlicher Geruch diese Anfälle auslöst, was sich nun bestätigt hat. Und offensichtlich müssen die Betroffenen dafür in ihrer wölfischen Gestalt sein, denn Arista hat es erst überkommen, als sie sich verwandelte. Nur woher diese Seuche kommt, wissen wir nicht.«

»Ist sie ansteckend?«, fragte Nubes besorgt und warf einen argwöhnischen Blick auf die drei betreten beieinanderstehenden Wölfe.

»Ich glaube nicht«, meinte Carex und schmiegte sich an die Flanke seiner Gefährtin. »Mich hat es nicht erwischt. Cataracta und Tenebrae ebenfalls nicht, obwohl sie Kontakt zu Ventus, Caltha und Silex hatten. Es muss eine andere Ursache geben.«

Aufgeregt redeten die Anwesenden miteinander. Lange erhob niemand seine Stimme, als wäre die Versammlung bereits vorbei.

»Ruhe!«, donnerte Saxum schließlich. Das Rudel verstummte und sah so erschrocken auf, als hätte es vergessen, dass unter ihnen ein Anführer weilte.

»Solange wir nicht wissen, woher diese Seuche kommt und wie wir sie loswerden, werden wir folgende Maßnahmen ergreifen: Alle, die davon betroffen sind, wechseln umgehend ins Dorf. Dort seid ihr keine Gefahr und vom Rest isoliert, falls sie doch übertragbar ist. Außerdem werde ich Kundschafter zu unseren

Nachbarrudeln entsenden. Ich will wissen, ob diese Fälle auch bei ihnen aufgetreten sind oder ob sie davon gehört haben. Agilitas, du wirst zum Ginsterrudel gehen. Such dir noch einen Begleiter aus. Ira und Altor, ihr reist zum Weidenrudel. Brecht auf, sobald ihr bereit seid, aber spätestens mit Beginn der nächsten Nacht.«

Tenebrae verstand Saxums Wahl. Agilitas war im Ginsterrudel geboren worden, welches eine Nachtreise weg im Osten lebte, und der erste Wurf von Ira und Altor hatte sich einst entschlossen, in das weiter entfernte Weidenrudel im Süden hinter den Bergen zu wechseln. Es geschah öfter, dass sich ein Mitglied eines Rudels in diesem nicht wohlfühlte und sich eine neue Heimat suchte. Außerdem konnte so der Fortbestand der einzelnen Rudel gesichert werden, ohne im Blut zu stagnieren.

Saxum ließ seinen Blick schweifen, ob jemand etwas einzuwerfen hatte.»Damit ist die Versammlung beendet.«

Tenebrae wandte sich um und lief ein paar Schritte, als ein »Warte!« sie aufhielt. Sie stoppte und drehte den Kopf.

Lapis rannte auf sie zu, kam direkt vor ihr zum Stehen und sah ihr drängend und flehentlich in die Augen.»Wo ist mein Sohn? Wie geht es ihm? Ich werde Saxum nichts erzählen, aber wenigstens ich muss es wissen!«

»Er ist in Sicherheit. Er lebt zurzeit in meiner Höhle bei der Schlucht. Und ihm ... nun ja, für seine Situation hält er sich tapfer. Mit der Zeit wird er über alles hinwegkommen, da bin ich sicher.«

Lapis schloss erleichtert die Augen und öffnete sie wieder mit glimmendem Schmerz.»Ich verstehe, wenn er sich nicht zu uns zurück traut. Ich verstehe es ja so sehr! Aber ich will endlich wieder das Fell wenigstens eines meiner Kinder an meiner Seite spüren. Ganz gleich, was Saxum von ihm hält, ich liebe ihn und ich will ihn zurück. Ich möchte ihn zu nichts zwingen, aber bitte, richte ihm das aus!«

»Das werde ich, keine Sorge.«

Tenebrae sah der großen, dunkelgrauen Nachtwölfin nach, die dorthin zurücklief, wo ihr Gefährte stand und sie wachsam, beinahe gierig beobachtete. Doch Lapis trabte mit waagerechter Rute an ihm vorbei, ohne ihn eines Blickes zu würdigen.

7
ℱell und ℱeder

»Verzeih mir, dass ich ihnen ohne deine Erlaubnis davon erzählt habe. Aber das alles hat auch etwas Gutes: Wir wissen jetzt, dass es nicht allein an dir liegt.«

Silex war verständlicherweise wenig begeistert gewesen, als Tenebrae ihm betreten gestanden hatte, dass nun das gesamte Rudel von seinen seltsamen Anfällen wusste. Doch die Neuigkeit, damit nicht länger allein zu sein, schien einen Teil der Schwere aus seinen Augen zu lösen.

»Schon gut, ich mache dir keine Vorwürfe. Aber ... selbst, wenn es nichts mit mir zu tun hat, jedenfalls nicht direkt ... woran liegt es dann? Woher kommt das?«

»Ich weiß es nicht. Doch ich werde die Ursache finden.« Sie klang zuversichtlicher, als sie wirklich war. Zwar brannte in ihr der unaufhaltbare Wille, die Gefahr für ihr Rudel zu bannen und die Qual der kranken Nachtwölfe zu beenden. Aber sie wusste nicht, wie. Allmählich verzweifelte sie, fühlte sich verloren und machtlos angesichts der rätselhaften Bedrohung, und wenn ihre letzte Unterstützung, ein Mensch, sich nun doch als genauso trügerisch wie all die anderen herausstellte ...

Sie schüttelte den Kopf. »Ich habe noch eine weitere Botschaft für dich: Deine Mutter hat sich nach dir erkundigt. Sie wünscht sich nichts sehnlicher, als dass du zu ihr zurückkehrst, wie auch immer Saxum darauf reagieren wird. Ich hatte den Eindruck, sie würde sogar auf ihn losgehen, sollte er sich zu grob aufführen. Sie vermisst dich. Und denk daran, dass du zwar einen Bruder verloren hast, sie aber zwei Söhne.« *Sechs, um genau zu sein.*

Silex waren der Schmerz und die Zerrissenheit deutlich anzusehen. In seinen Augen flimmerten Angst, Schuld und Sehnsucht gleichzeitig, so stark, dass sie sich fragte, ob der magere Rüde diesen Wirbelstürmen standhalten konnte. Wieder einmal zog tiefstes Mitgefühl Tenebrae zu diesem Nachtwolf hin, für den auf jedem Weg ein Hindernis bereitzustehen schien. »Lapis überlässt allein dir die Wahl«, fügte sie hinzu. »Und ich tue es ebenfalls. Du kannst so lange hierbleiben, wie du willst, und falls du gehst, ebenso jederzeit zurückkommen.« Silex schloss die Augen, atmete tief ein und aus und öffnete sie wieder. »Ich überlege es mir. Ich kann mich nicht ewig hier verstecken, und das will ich auch nicht, aber ... ich weiß noch nicht, wann ich bereit bin.«

Tenebrae leckte ihm liebevoll das Ohr. »Nimm dir so viel Zeit, wie du brauchst. Aber zunächst solltest du schlafen, es wird schon hell.«

»Ja ...«, murmelte er, dann sah er sie erstaunt und ein wenig erschrocken an. »Und du? Verbringst du den Tag nicht hier?«

»Doch, ich muss bloß vorher etwas erledigen. Warte nicht auf mich. Ich werde kommen, keine Sorge.«

War das ein Schatten von Enttäuschung, der sich da über Silex' Augen legte? Im nächsten Moment sah er zu Boden, bevor sie seinen Blick weiterlesen konnte. Fürchtete er sich so sehr davor, allein zu sein?

»In Ordnung. Geh nur, aber pass bitte auf dich auf.« Der schmale Nachtwolf kroch in die Höhle zurück.

Tenebrae betrachtete noch eine Weile betrübt den dunklen Eingang. Warum musste ausgerechnet derjenige, der es am schwersten hatte, der Erste sein, den diese furchtbare Seuche traf?

Sie fuhr auf, eine Erkenntnis durchzuckte sie wie ein Blitz. *Der Erste. Bald wird es mehr wie ihn geben.*

Das hatte Schwärmer gemeint! Und seine Vorhersage war eingetroffen. Ein weiteres Thema, das sie bei ihrem Vorhaben anbringen konnte. Sie wirbelte herum und eilte Richtung Dorf. Sie wollte endlich wissen, ob Casimir wirklich ihr Freund war und ihr helfen wollte. Sollte sich das Gegenteil bestätigen ... Sie spürte einen enttäuschten Stich.

Sie hatte es so eilig, dass sie nicht einmal den Schwindel der Verwandlung abwarten wollte. In Menschengestalt taumelte sie in die Siedlung. Sie musste eine Weile suchen, bis sie Casimir fand, an die hintere Wand eines Hauses gelehnt, fernab von neugierigen Blicken und nahe dem Wald.

Als sie sich näherte, hob er den Blick und seine goldbraunen

Augen leuchteten auf.»Ah, Eleyn, ich habe dich erwartet! Sucht euch jetzt eine ganze Meute von rotäugigen Fremden heim?«
»Nein, das waren wir selbst. Auch die ersten beiden Leichen gehen auf die Kosten eines unserer Mitglieder. Es scheint irgendeine Krankheit unter uns auszubrechen, die uns dazu treibt, ohne dass wir es wollen. Der Fremde war es nicht, kein einziges Mal. Deine Vermutung war anscheinend falsch.«

»Hm ... vielleicht hat er die Tat nicht selbst ausgeführt, doch das muss nicht heißen, dass er nicht dafür verantwortlich ist.« Er zog die Stirn in Falten.»Dass du es Krankheit nennst, finde ich interessant. Möglicherweise hat *er* sie hierher gebracht? Durch die Mischwesen?«

»Wie meinst du das?«

»Schau, mir ist keine Krankheit mit einem solch grotesken Verlauf bekannt. Irgendwoher muss sie stammen, und wie auch immer er daran gekommen ist, er muss sie verbreiten. Was eignet sich da besser als lauter kleine Mischwesen, die nichts lieber tun würden, als ihren Erzfeinden das Leben schwer zu machen? Er könnte einen Pakt mit ihnen eingegangen sein: Sie bringen für ihn die Krankheit unter die Nachtwölfe und können sich auf diese Weise an ihnen rächen.«

Der eine hielt einen Nachtwolf für den Anführer der Mischwesen, der andere einen Menschen. Sie konnte nicht sagen, was absurder klang.»Warum hätte er mir dann den Hinweis geben sollen, dass bald mehr Nachtwölfe krank werden würden?«

Er starrte sie erstaunt an.»Er hat dir einen Hinweis gegeben?«

Sie holte Luft.»Ja. Trotz deiner Warnung habe ich zwei weitere Male mit ihm gesprochen. Ich habe es nicht darauf angelegt. Wir sind uns zufällig begegnet, bei der Schlucht. Er ahnt nicht, dass ich ihn verdächtige. Außerdem bin ich an interessante Informationen gekommen. Er sagte, er wolle mir helfen.«

»Das würde jeder Übeltäter tun, um dein Vertrauen zu gewinnen. Er füttert dich mit nutzlosen Fakten, die du später selbst herausgefunden hättest, um dir seine Ehrlichkeit zu beweisen. Was hat er noch erzählt?«

»Dass wir uns zur Netris nicht im Wald aufhalten sollen. Das klingt plausibel, denn ...«

Casimir lachte trocken.»Natürlich klingt es das! Ein schöner Versuch. Er will, dass ihr nicht zufällig etwas Bedeutungsvolles bemerkt, das zu dieser Zeit geschieht.«

Das war ein völlig neuer Gedanke.»Meinst du?«

»Das liegt auf der Hand. Ich an eurer Stelle würde das Gegenteil von dem tun, was er sagt. Ihr feiert die Netris, richtig? Das solltet ihr weiterhin tun, ihr braucht in dieser schweren Zeit etwas Aufmunterung. Und seid achtsam: Vielleicht seht ihr, was ihr nicht sehen sollt.«

Tenebrae zog die Stirn in Falten. Ja, irgendetwas Wichtiges geschah zur Netris, und es würde sie gewiss weiterbringen, wenn sie es in Erfahrung brachten. Wenn die Nachtwölfe dabei in größeren Gruppen blieben, könnten sie die Vorgänge sicher beobachten.»Das ist mir nicht in den Sinn gekommen. Danke für den Hinweis.« Ihr Herz schlug höher. War er doch der Helfer, den sie so dringend nötig hatten? Sie wollte ihm so gerne glauben. Ihre Zweifel aber hinderten die Hoffnung am Aufsteigen.»Eins noch: Ist hier kürzlich ein Mann namens Caspar aufgetaucht?«

Er hob eine Braue.»Warum fragst du?«

»Weil der Fremde davon gesprochen hat. Er soll eine Gefahr darstellen.«

»Hier ist kein Neuling erschienen, weder ein Caspar noch sonst jemand. Eleyn, bitte nimm einen Rat von mir an: Ich bewundere deinen Mut und bin dir zutiefst dankbar dafür, aber du solltest von jetzt an jedes Gespräch mit diesem fremden Wolf vermeiden. Wir wissen nicht, was er noch alles tun wird, und ich will dich nicht verlieren.«

Ich dich auch nicht. Doch seine Aussage allein war noch keine Bestätigung.»Keine Sorge, ich gebe auf mich acht.«

Er seufzte.»Eleyn, ich sehe, dass du zweifelst. Ich habe einen Vorschlag: Wenn du mir nicht glaubst, dann überprüfe meine Vermutungen einfach selbst. Du sagtest, er taucht immer wieder bei der Schlucht auf. Warum, frage ich mich? Könnte sich dort etwas Wichtiges befinden? Ein geheimer Treffpunkt, um sich mit den Mischwesen auszutauschen? Es ist nur eine Vermutung. Aber vielleicht solltest du dort die Augen offen halten. Und wenn du Mischwesen siehst, warum sonst sollten sie sich dort aufhalten?«

Es war einen Versuch wert.»Ich gehe dem nach. Auf bald!«

Vorerst klapperte sie alle Hütten ab, wo derzeit Nachtwölfe

lebten, und fragte sie nach Caspar. Niemand hatte einen weiteren Fremden abgesehen von Casimir bemerkt. Selbst der Mann mit den kupferblonden Locken war verschwunden. Hatte Schwärmer das vielleicht gesagt, damit sie im Dorf nach dem Kerl suchte und dabei verpasste, was im Wald vor sich ging?

Wieder in ihrer Wolfsgestalt raste sie los, als hinge ihr Leben davon ab. Die Sonne stand schon hoch, als sie schließlich bei der Schlucht ankam. Und da war es: Ein unförmiges Tier, halb Igel, halb Eichhorn, schreckte auf, als es sie bemerkte, huschte an der Felskante entlang und entschwand ihrem Blickfeld. Sie sprang ihm nach, doch es hastete einen Baum hinauf. Sie überprüfte die Spur. Kein Geruch, den sie zuordnen konnte. Und auch Schwärmers hing etwas schwächer in der Luft. Zufall? Vielleicht. Ihre Rute hingegen begann sacht zu wedeln.

Mit neuer Zuversicht trat sie auf ihre Höhle zu. So behutsam wie möglich zwängte sie sich hinein, trotzdem hob Silex den Kopf.

»Tut mir leid, ich wollte dich nicht wecken.«

»Hast du nicht. Ich bin wach geblieben.«

»Ich hab dir gesagt, du sollst nicht auf mich warten.« Ein wenig ärgerlich legte sie sich hin.

»Nicht deshalb. Ich habe nachgedacht. Ich bin zu dem Schluss gekommen, dass ich morgen noch hierbleibe und dann zu meinen Eltern zurückkehre.«

»Schon so bald?« Tenebrae konnte sich nicht entscheiden, ob sie erleichtert oder verwundert sein sollte.

»Ja, ich denke schon. Ist das zu früh?«

»Nein, nein«, beeilte sie sich zu sagen. »Es ist großartig, dass du dich so schnell entschlossen hast und dazu stehst. Das zeugt von Selbstbewusstsein, und das brauchst du, wenn du deiner Familie gegenübertrittst. Ich bin stolz auf dich.« Diese Worte klangen wie die einer Mutter. Es hörte sich falsch an.

Sie kuschelte sich an den grau gemaserten Rüden und legte ihre Schnauze auf seine Schultern. »Ich werde dein weiches Fell vermissen, weißt du«, raunte sie in sein Ohr.

Ein leises Winseln von ihm verriet ihr, dass er ähnlich fühlte.

Tenebrae fragte sich, wie es wohl war, einen Sohn zu verlieren. Es erschien ihr, als würde sie es bald erfahren. Tief vergrub sie ihre Nase in Silex' Pelz, als wäre es Lacrimas. Und auf einmal schmerzte sie das Verschwinden ihrer Schwester nicht mehr so sehr.

Nein, er war nicht ihr Sohn. Er war ihr Bruder.

Silex überstand die Rückkehr zu seinen Eltern gut. Er war sogar mutig genug, allein zu gehen, obwohl Tenebrae angeboten hatte, ihn zu begleiten. Da er seitdem nicht mehr zurückgekehrt war, schien alles glimpflich verlaufen zu sein. Oder Saxum hatte Gattin und Sohn in einem geheimen Schacht eingeschlossen. So etwas traute sie allerdings nicht einmal dem rauen Rudelführer zu. Vom Gegenteil konnte sie sich kurze Zeit später selbst überzeugen, als Saxum eine Versammlung einberief. Der kleine Rüde war zwischen all den dunklen Gestalten schwer auszumachen, doch schließlich entdeckte sie ihn dicht an seine Mutter gedrängt. Seine Augen huschten nach wie vor schreckhaft umher, aber wenigstens stand er gerade da, nicht mehr vor Angst und Kummer zusammengekrümmt.

Sie hätte ihn gerne nach seinem Befinden gefragt, doch dazu blieb keine Zeit. Saxum trat vor, neben ihm stand Agilitas, der die Botschaftsmission ins Ginsterrudel übernommen hatte. Der Leitwolf kam direkt zur Sache.»Felsrudel! Unsere Nachbarn aus dem Osten haben diese Seuche ebenfalls weder je erlebt noch Erklärungen dafür. Jedoch hat ihre Anführerin darauf bestanden, uns Unterstützung zu schicken.«

Erstmals fielen Tenebrae die vier fremden Nachtwölfe neben Agilitas auf: Ein recht alter, zwei ungewöhnlich kleine und – ein toter? Der Wolf ganz am Rand lag auf dem Rücken und hatte die Beine angewinkelt in die Luft gestreckt. Dennoch entströmte ihm ein ziemlich lebendiger Geruch, scharf und pilzig wie Pfifferling.

»Agilitas, stell uns den Besuch vor«, forderte Saxum.

»Ich komme und du nimmst, Abschaum!«

Alle Anwesenden, mit Ausnahme der Ginstergruppe, stellten die Ohren auf und sahen sich irritiert um, woher diese helle, klirrende Stimme kam. Tenebrae hielt den Leichen imitierenden Wolf für deren Besitzer, war sich aber nicht sicher.

Agilitas hingegen reagierte gelassen.»Sehr gern. Raphanus ist der Älteste des Ginsterrudels. Dies sind die Geschwister Litus und Unda und das ...«

»Bim-Bam-Buttermann!« Der letzte Wolf sprang urplötzlich auf, stellte sich wild hechelnd hin und grinste mit irren, weit offenen Augen in die Runde. Er war groß, geradezu riesig, sein rotschwarz gemustertes Fell borstig und wirr. Durch sein linkes Ohr zog sich ein langer Riss. Sein Körper war sehnig und spindeldürr, eindeutig unterernährt, was auf seine Genossen keinesfalls zutraf.

»... ist Cicatrix. Beachtet ihn einfach nicht weiter.«

»Vielleicht werden sie uns nützen.« Saxum klang so begeistert, als hätte das Ginsterrudel ihm vier Flöhe geschickt. »Gibt es sonst Neuigkeiten?«

»Ja. Aber keine guten.«

Tenebrae horchte auf, als sie Castaneas Stimme erkannte. Erfreut reckte sie den Kopf und erspähte die dunkelbraune Wölfin in der Menge, neben sich ihre Ziehtochter Belua.

»Die Bauern wollen zum Schutz einen hohen Zaun zwischen Dorf und Wald errichten, auf der Südseite, wo der Fluss nicht fließt. Bloß am Ost- und Westende werden zwei stets bewachte Eingänge freigelassen. Das bedeutet, wir kommen nicht mehr ohne Weiteres hinein und heraus. Sie haben bereits Bäume gefällt. Uns bleibt nicht mehr viel Zeit, uns zu entscheiden, wie wir damit umgehen. Zudem sollen Fallen rundherum im Wald verteilt werden.«

»Als hätten wir nicht genug Ärger«, knurrte Saxum. »Dann beschließe ich, dass jeder, der länger nicht in den Hütten gewesen ist, möglichst bald dorthin wechselt und die anderen ablöst. Was die Fallen anbelangt: Gebt acht, wenn ihr euch dem Dorf nähert. Und entfernt alle, die ihr findet.«

»Ich habe ebenfalls schlechte Nachrichten«, meldete sich Tenebrae. »Wir sollten uns vorsichtig im Wald verhalten. Ich habe ein Mischwesen bei der Schlucht gesehen, ein kleines nur, nicht gefährlich. Aber ich vermute, sie beobachten uns, und wir dürfen ihnen keine Angriffsfläche bieten.«

»Sie sollten darauf achten, dass sie *uns* keine Angriffsfläche bieten«, grollte Saxum.

Damit war die Versammlung beendet. Die Nachtwölfe verteilten sich, nur Tenebrae drängelte sich zwischen ihnen hindurch, um zu ihrer Freundin zu gelangen. »Belua! Du kleiner Naseweis, du hast mir eure Rückkehr vorenthalten.«

Die kleinwüchsige Wölfin grinste bloß, ihre Fledermausohren

wackelten.»Jetzt weißt du es! Was meinst du? Zeigen wir den neuen Ginsterbüschen die Reviergrenze und wo sie Beute finden?«

»Darf sie, Castanea?«

»Aber natürlich. Wenn die Ginsterwölfe euch lassen. Agilitas erzählte, viele von ihnen seien ausgesprochen garstig.«

»Sobald sie mit Belua unterwegs sind, bleibt ihre Garstigkeit am nächsten Gestrüpp hängen.« Eifrig sah sich Tenebrae um. Raphanus entfernte sich bereits zusammen mit Saxum. Cicatrix war nirgends zu entdecken. Nur die zwei Geschwister standen noch da und schauten unschlüssig umher.

Die schwarze Wölfin ergriff die Gelegenheit und trabte los. Nebenbei wurde sie von Belua überholt, die auf ihren deformierten Beinen schief, aber begeistert auf die beiden zusprang. »Seid ihr hungrig? Wir können euch zeigen, wo ihr gute Beute findet.«

Die Wölfin, Unda, fuhr herum und betrachtete neugierig die seltsame Gestalt vor sich. Ihr Bruder stellte die Ohren auf und trat interessiert näher. »Wer bist du denn?«

»Das ist Belua. Und mein Name ist Tenebrae. Wir wollten euch anbieten, euch in unserem Territorium herumzuführen.«

»Nun, hungrig bin ich schon.« Unda hatte ein fröhliches Grinsen aufgesetzt, das ihre Augen nicht mehr verlassen wollte. »Was meinst du, Litus?«

Der Rüde bedachte die beiden Fremden, besonders Belua, mit einem leichten Lächeln, das in sein Gesicht zu gehören schien wie seine Nase. »Gern. Wann trifft man sonst solch freundliche Mitglieder eines anderen Rudels?«

Unbeschwert zogen die vier Nachtwölfe los. Zunächst führten die beiden Felswölfe die Geschwister nahe der Schlucht entlang nach Westen, der südlichen Grenze. Belua plauderte unentwegt über alle erdenklichen Themen, sprang übergangslos von einem zum nächsten und ließ das vorige unabgeschlossen fallen. Tenebrae befürchtete, die Ginsterwölfe würden ihre Entscheidung bald bereuen, doch sie ließen es sich gelassen gefallen. Besonders Litus lauschte den purzelnden Worten geduldig und aufmerksam, während der Blick seiner Schwester begeistert in der unbekannten Gegend herumhüpfte.

Tenebrae lief gemütlich hinter ihnen, der Rattenschwanz ihrer

Freundin baumelte vor ihrer Schnauze hin und her, ihr Duft nach Walderdbeeren hing ihr reizvoll in der Nase. Währenddessen fiel ihr auf, dass alle drei fast gleichgroß wirkten. Die zwei Ginsterwölfe schienen genauso klein geraten wie Belua. Raphanus und Cicatrix hingegen überragten die beiden bei Weitem, und selbst Agilitas mit seiner im Felsrudel auffallend schmächtigen Gestalt war deutlich größer. Es konnte sich demnach nicht um ein typisches Merkmal des Ginsterrudels handeln.

»Darf ich fragen«, nutzte sie eine der seltenen Redepausen Beluas, »warum ihr beide im Vergleich zu euren anderen Reisemitgliedern ein wenig klein erscheint?«

»Darfst du«, antwortete Litus bereitwillig. »Erstens sind wir zwar im Ginsterrudel zur Welt gekommen, stammen aber ursprünglich aus dem Teichrudel, welches unsere Eltern vor vielen Jahren verließen. Der Hauptgrund ist jedoch, dass wir einige Tage zu früh geboren wurden und unsere Entwicklung dadurch zurückgeblieben ist. Wir können froh sein, überhaupt überlebt zu haben.«

»Und solche Wölfe schickt eure Anführerin auf eine gefährliche Mission? Wohl überlegt scheint sie diese Gruppe nicht zusammengestellt zu haben.«

»Oh doch«, entgegnete Unda, während sie über einen Baumstamm sprangen. »Sie will ja schließlich nicht ihre besten Kämpfer verlieren.«

»Wie meinst du das?«, fragte Belua.

»Glaubt ihr, Genista schickte euch Unterstützung, weil sie eine hilfsbereite, aufopferungsvolle Wölfin ist? Als Agilitas bei uns ankam, bat er mit keinem Wort um Verstärkung. Doch Genista versprach ihm sofort eine Eskorte. Obwohl er noch so standhaft abzuwinken und zu erklären versuchte, dass es bloß um Informationen ging, bestand sie darauf. Als sie dann die Wölfe auswählte, die mitgehen sollten, wurde uns allen klar, dass sie die Lage genutzt hat, um ein paar von denjenigen loszuwerden, die sie nicht haben will.«

Belua und Tenebrae schnappten gleichzeitig nach Luft.

»Wie fies!«, stieß die verkrüppelte Wölfin aus.

»Und ihr seid ihrem Befehl gefolgt, obwohl ihr den Plan erkannt habt?«

»Mit Genista lässt sich nicht diskutieren. Und wir hatten nichts gegen eine kleine Reise mit neuen Erfahrungen. Außerdem kann man es einer Anführerin nicht verübeln, wenn sie ihr Rudel stark halten will. Zugegeben, bei einem von uns wären wohl alle froh, wenn ihm etwas zustieße.«

»Meinst du Cicatrix?« Tenebrae rief sich die ersten Eindrücke ins Bewusstsein, die sie von dem dürren, rötlichen Nachtwolf erhalten hatte. »Ist er immer so seltsam?«

Litus lachte. »Seltsam ist milde ausgedrückt. Irre trifft es eher.«

»Oder vollkommen wahnsinnig«, fügte Unda hinzu. »Ist er schon immer so? Missgeburt? Wie ich?«

Litus wandte sich mit warmem Blick der neben ihm her hinkenden Wölfin zu. »Du bist keineswegs eine Missgeburt, Belua.«

»Doch. Ich bin anders.«

»Wer ist das nicht? Jeder hat seine Eigenheiten. Wer kann da schon sagen, was normal ist?«

»Um auf Cicatrix zurückzukommen«, warf Unda dazwischen. »Früher war er völlig anders. Er war ein Hitzkopf, ein Draufgänger. Ständig trieb er sich abseits des Rudels herum, suchte Abenteuer. Er zählte zu denen, die eine Grube lieber auf einem wackligen Baumstamm überquerten, als sie zu umrunden. Seine Haltung gegenüber dem Leben war merkwürdig, eine groteske Mischung aus Spaß und Ernst. Eines Tages verschwand er und kehrte nicht wieder. Erst vor ungefähr einem Jahr tauchte er urplötzlich auf. Erwachsen und ... verändert. Als hätte der Blitz in ihn eingeschlagen.«

»Seitdem gibt er kein sinnvolles Wort mehr von sich«, fuhr Litus fort. »Er redet wirres Zeug, seine Stimmung wechselt schlagartig. Eben zischt er bösartig vor sich hin, dann trägt er ein Minnelied vor. Mal stößt er Laute aus, die klingen, als versuche eine Kröte zu wiehern, und einen Moment später entspringt ihm ein kluger Satz, dessen Weisheit dich erschlägt. Dann beginnst du, dich zu fragen, ob sich in dem Verrückten nicht doch ein Philosoph verbirgt, und prompt wird deine Hoffnung von einem schlechten Witz zunichtegemacht.«

»Und er erzählte niemandem, was geschehen ist?«

»Tja.« Litus lächelte entschuldigend. »Darüber können wir alle nur munkeln.«

Sie unterhielten sich noch lange, doch kein weiteres Thema konnte die Geschichte des seltsamen Wolfes aus Tenebraes

Gedanken vertreiben. Schließlich erlegten alle vier gemeinsam eine Hirschkuh und schlugen sich die Bäuche voll, bis sich allmählich die erste Helligkeit in den Himmel reckte. Belua lud die beiden Ginsterwölfe ein, auf ihrem und Castaneas Schlafplatz unter einer Kastanie den Tag zu verbringen, womit sich Tenebrae in ihre eigene kalte Höhle aufmachte. Sie fand nur schwer Ruhe, da ihr fortwährend Bilder eines verrückten, rotschwarzen Wolfes durch den Kopf geisterten.

Mit einem Mal nahm sie eine Bewegung bei der Schlucht wahr. Ein Kaninchen hüpfte über die Felsen wie ein Frosch, schnüffelte kurz. Dann sprang es ins nächste Gebüsch, zu schnell, um ihm zu folgen, und zog dabei einen langen Schwanz mit sich. Nein, das war gewiss kein Zufall mehr. Zufrieden schloss sie die Augen.

Ein Blitz zerschnitt die Nacht, zischender Donner folgte. Regen prasselte unentwegt aus einem tiefgrauen Himmel.

»In unserer Hütte wäre es ein wenig behaglicher gewesen«, meinte Arista.

»Ja, Mama, aber dort lassen sich nicht so gut Geschichten erzählen, nicht wahr, Tenebrae?«

»Ganz bestimmt nicht, Ignis.« Tenebrae saß gemeinsam mit Arista und ihren Töchtern in deren Bau. Den Kleinen sei so fürchterlich langweilig gewesen – sie hatten schon damit gedroht, in den Wald zurückzulaufen – dass ihre Mutter mit ihnen hierhergekommen war. Carex war im Dorf geblieben, um sich von den Feldarbeiten zu erholen.

»Sag mal, Tenebrae«, fragte Cinis. »Wie wollten die Mischwesen eigentlich über die Menschen herrschen? Die können doch ihre Sprache nicht verstehen, und mit ihren Gestalten hätten die Menschen sicher Angst vor ihnen gehabt.«

»Sie haben eine besondere Fähigkeit, sich zu tarnen. Sie nennen es die menschliche Hülle. Bei Bedarf können sie sich in jene magische Illusion kleiden und unerkannt in Siedlungen herumlaufen. Selbst die Laute der Menschen können sie magisch erzeugen. Nachtwölfe hingegen durchschauen diese Hülle sofort. Beide Kreaturen spüren es, wenn ihr Gegenüber der anderen Gruppe angehört.«

»Kannst du uns jetzt endlich eine Geschichte erzählen, Tenebrae?«, quengelte Ignis.

»Wenn ihr gerne möchtet. Wovon soll sie denn handeln?«

»Von den Mischwesen!«, rief Cinis.

Tenebrae wechselte einen erstaunten Blick mit Arista. »Tut mir leid, keine Geschichte handelt allein von Mischwesen.«

»Warum denn nicht? Ich würde so gerne mehr von ihnen erfahren.«

»Wie wäre es mit Pellis und Penna?«, schlug Arista vor. »In dieser Erzählung kommt immerhin ein Mischwesen namentlich vor.«

»Nun gut. Dies ist die Geschichte von Pellis und Penna.«

Die Wölfchen rückten gebannt näher.

»Einst lebte ein stattlicher Nachtwolf namens Pellis. Er war groß, kräftig und weise. Oder eher: Er hielt sich dafür. Eines Tages sah er im Wald ein Mischwesen herumschleichen, ein Wolf mit dem Kopf und den Flügeln eines Adlers. Sofort stürzte er sich darauf, konnte es überraschen und wollte es töten, doch es bat: ›Lass mich leben, sonst wirst du es bereuen!‹

Pellis hörte sich die Geschichte der Kreatur an, die sich ihm als Penna vorstellte und ihm verriet, dass die anderen Mischwesen einen Angriff auf das Dorf planten. ›Aber das ist ja solchermaßen hinterhältig, selbst ich kann das nicht verantworten‹, beteuerte sie. ›Deshalb entschloss ich mich, meine Freunde zu verraten und meine Feinde zu warnen.‹ Sie erklärte, dass die Mischwesen eine neue Macht erhalten hätten, mit der sie sich nun auch hinter tierischen Hüllen verstecken konnten, die zu durchschauen selbst ein Nachtwolf nicht in der Lage war. ›Der Plan‹, erzählte sie, ›besteht darin, dass die Mischwesen als Hirschherde getarnt unbemerkt zum Dorf gelangen sollen.‹ Pellis vertraute ihr, ließ sie gehen und berichtete die schlechten Neuigkeiten seinem Rudel, das gemeinsam beschloss, den vermeintlichen Hirschen aufzulauern.«

Cinis' Augen begannen zu leuchten, während Ignis zu zweifeln schien.

»Indes schlichen die Mischwesen zu einer echten Hirschherde

und scheuchten sie genau dort entlang, wo die Nachtwölfe lauerten. Im Glauben, den Plan zu kennen, griff das Rudel an und meinte, die Gefahr gebannt zu haben. Erst später bemerkten sie, dass in der Zwischenzeit eine riesige Rotte Mischwesen ungehindert in das Dorf eingedrungen war. Pellis wurde die alleinige Schuld zugeschrieben und gewaltsam von seinem Rudel verstoßen. Verletzt und erschöpft zog er davon. Wie es der Zufall wollte, traf er dabei noch einmal auf Penna. ›Vielen Dank nochmals, ich hätte wirklich nicht gedacht, dass du auf solch einen Unsinn hereinfällst‹, sagte sie lächelnd und tötete ihn.«

»Das ist ein blödes Ende«, maulte Cinis.

»Ein wahres. Es zeigt, dass Mischwesen niemals zu trauen ist.«

»Ein wahres Ende?« Ignis schien skeptisch. »Das ist bloß eine Geschichte. Niemand weiß, ob sie wahr ist.«

»Da hast du recht. Keiner kann das mit Bestimmtheit sagen. Doch ein wahrer Kern steckt in jeder Geschichte.«

Der Regen trommelte auf die Blätter, der Himmel grollte, als stritten sich Götter um das Wetter. Dazwischen zischten Blitze. Jedes Mal erstarrte er, wenn das Licht für einen Wimpernschlag die Welt erhellte. Er fühlte sich ertappt und war fast enttäuscht, keine Strafe zu erhalten.

»Können wir nicht endlich umkehren? Wenn uns jemand sieht! Du weißt, dass du gar nicht hier sein dürftest.« Raunend und fluchend zwängte sich sein kleiner Freund durch das Gestrüpp.

»Bei solch einem Wetter hält sich zweifellos niemand von ihnen hier auf«, antwortete er. »Kein Nachtwolf wird draußen sein, kein Nachtwolf kann reden. Es besteht somit kein Grund für sie.«

»Für uns aber auch nicht. Sieh nur! Ich tropf ja schon überall.«

»Du kennst unsere Aufgabe. Wir müssen ihn finden, bevor es die anderen tun.« Er grollte. »Und nebenbei meine Schwester einfangen.«

»Ist sie schon wieder ausgebüxt?«

»Ich habe ihr unmissverständlich eingeschärft zu bleiben. Trotzdem ist sie beim letzten Mal mit durchgeschlüpft. Sandyx hat es beobachtet.«

»Das Kind ist einfach taub für Befehle. Ganz ihr Bruder. Übrigens: Steckt da nicht ein winzig kleiner Logikfehler drin, wenn du sagst, keiner ist draußen, und wir jemanden suchen und nur finden können, wenn er *eben draußen* ist?«

»Er nutzt womöglich wie wir das Wetter.«

»Und wozu bitte schön? Um Regenwürmer zu sammeln?« Er schüttelte sich und nieste. »Ich bin ja zu vielem bereit, aber das hier bringt doch nichts. Wir werden niemals eine Spur finden. Lass uns bei Tag suchen, da haben wir sicher mehr Glück.«

Ob es tatsächlich aussichtslos war? Vielleicht hätte er von vorneherein auf die Nörgeleien seines Freundes hören sollen. Aber er hatte es unbedingt versuchen wollen, sie mussten doch endlich etwas tun. Eine Weile starrte er in die Dunkelheit, während es um ihn herum trippelte und plätscherte. Auf einmal war über ihm ein stärkeres Prasseln zu hören, und im nächsten Moment überschüttete ihn ein ganzer Wasserfall eines nachgebenden Blätterdachs.

Angewidert, jedoch eisern sich beherrschend, seinen Ekel nicht zu zeigen, schüttelte er sein Fell aus.

»Eben. Such meinetwegen noch die ganze Nacht weiter nach ihm. Aber wehe, du holst dir den großen Husten und stirbst mir weg!« Damit war der kleine Kerl verschwunden.

Es hat wirklich keinen Sinn. Widerstrebend folgte er ihm, sorgsam darauf bedacht, keine Federn im Geäst zu verlieren.

»Regen ist toll! Zumindest die Zeit danach.« Das Dreckwasser spritzte nach allen Seiten weg, als Ignis durch die Pfützen sprang, den Schlamm jeden Lochs zwischen Dorf und Schlucht an den Pfoten. Im morgendlichen Nieselregen hatten die beiden Schwestern jede Menge Spaß, auch wenn sie inzwischen aussahen wie Sumpfmonster.

Gerade raste Cinis heran und stoppte erst kurz vor Ignis, die daraufhin ausrutschte und im Matsch versank.

»Na warte!« Spuckend wand sie sich aus dem Schlamm wie eine Made aus dem Apfel und flitzte Cinis nach, die längst geflohen war.

»Wenn doch nur jeder von uns Gründe fände, so ausgelassen zu sein«, seufzte Arista. »Sie sehen überhaupt keinen Ernst in unserer Lage.«

»Damit helfen sie uns wenigstens, nicht zu vergessen, was Freude ist.« Tenebrae sah den beiden Welpen nach, bis sie im Gesträuch verschwanden.

»Dennoch müssen sie lernen, als Nachtwolf zu überleben«, meinte die dunkelbraune Wölfin. »Unser Dasein ist alles andere als leicht.«

»Aber ein Leben ohne glückliche Augenblicke ist es nicht wert, gelebt zu werden«, antwortete die schwarze. »Vielleicht schaffen sie beides. Vielleicht schaffen wir alle eines Tages beides.«

Arista schaute in den Wald hinaus, dann in den rosigen Himmel und wieder zurück. »Ignis, Cinis! Kommt, es wird Zeit.«

Ein paar Augenblicke später kam Ignis angesprungen. »Ich kann Cinis nicht finden. Sie muss irgendwo da hinten sein.«

Sie warteten eine Weile. Arista rief ein zweites Mal, heulte sogar. Nach weiteren Momenten der Stille trabte sie schließlich los, Tenebrae folgte ihr beunruhigt. Sie liefen nicht lange, da brach unvermittelt ein grauer Welpe aus den Sträuchern hervor.

»Wo warst du? Antworte doch, wenn ich dich rufe.«

»Tut mir leid, ich ...«, stammelte Cinis. »Hier ist es so schön, ich möchte nicht in die öde Hütte.«

»Ich weiß, aber wir müssen Papa helfen.« Arista wandte sich Tenebrae zu. »Viel Glück. Wie werden uns wohl bloß noch selten sehen, wenn dieser Holzwall erst zwischen uns steht.«

»Passt gut auf euch auf, Nomera sei mit euch.« Die tief-schwarze Wölfin drehte sich um und schlenderte durch den Wald zu ihrer Höhle zurück. Die Sorglosigkeit der Kleinen hatte ihr verdeutlicht, dass sie endlich eine Lösung für die Bedrohung finden mussten.

Mit einem Schauder erinnerte sie sich an die Worte ihres älteren Bruders Altor, als jener kürzlich mit seiner Gefährtin Ira aus dem Gebiet des Weidenrudels heimgekehrt war. »Das Revier war vollkommen leer. Kein Nachtwolf war aufzufinden, nicht einmal Geruchsspuren. Es wirkte zwar, als hätte ein Feuer am Rand des Waldes gewütet, aber das allein kann unmöglich der Auslöser gewesen sein.«

Ein ganzes Rudel, weitergezogen, ohne einen erkennbaren Grund? Oder absichtlich vernichtet? Sie fürchtete mehr denn je um ihre Familie. Doch im Gegensatz zu ihren armen Nachbarn kannte sie den Übeltäter. Die Voraussetzung, ihrer aller Leiden zu beenden. Aber nicht jetzt, nicht heute. Sie blinzelte in das blasse Morgenlicht. Die ganze Nacht lang hatte sie sich mit Cinis um Geschichten und Mischwesen gestritten – dass es doch auch freundliche Mischwesen gegeben haben musste, dass die Geschichten im Nachhinein erfunden worden waren und so weiter. Wenn sie etwas bewirken wollte, musste sie ausgeruht sein.

Wäre das kleine, dunkle Tier ein paar Bäume vor ihr nicht so verstohlen durch das Unterholz gehüpft und hätte es dabei nicht gelegentlich zwei ledrige Schwingen entfaltet, sie wäre einfach weitergelaufen. Angesichts dieser Unstimmigkeiten jedoch blieb sie stehen und spähte dem Geschöpf mit wachen Sinnen hinterher. Es war ein Marder mit Fledermausflügeln. Ein Mischwesen. Tenebrae fiel in Lauerstellung und kroch ihm nach, bis sie nah genug war. Kurzes Abwägen, dann sprang sie. Das Wesen stieß einen winzigen Schrei aus, bevor sie es packte und auf den Boden schleuderte. Benommen blieb es liegen, sie setzte zum Sprung an und zielte auf seinen Hals.

Rascheln, Grollen, etwas schoss aus dem Gebüsch und stieß sie weg. Sie rollte über die Erde, stemmte sich dagegen, sprang auf und stand einem weiteren Mischwesen gegenüber: ein Luchs, die Eulenflügel drohend aufgerichtet. Er fauchte, die funkelnden Augen fest auf sie gerichtet. Tenebrae erwiderte seinen Blick etwas weniger sicher. Einen Moment lang rührte sich niemand. Schließlich beugte sich der Luchs vor, packte den Marder behutsam am Nackenfell und zog sich Stück für Stück zurück, bis er kehrtmachte und verschwand.

Tenebrae blieb, wo sie war, und versuchte, den Vorgang zu begreifen. Es spionierten mehr Mischwesen im Wald, als sie angenommen hatte. Ihr Rudel war bereits informiert, vielleicht sollte sie nun auch Casimir davon unterrichten. Aber das hatte Zeit. Sie war müde, also setzte sie ihren Weg zur Schlucht fort, den bunten Geruch der Mischwesen unangenehm in der Nase.

8
Entführt

Tenebrae erwachte, als die Nacht noch damit beschäftigt war, das letzte Tageslicht zu vertreiben. Wenn sie sich beeilte, konnte sie Casimir vielleicht noch antreffen.

Sie lief direkt nach Norden. Alles war ruhig. Der Wald leuchtete in seinen prächtigsten Farben, das letzte dankbare Aufglühen, bevor er sich schlafen legen würde. Ein paar silbrige Wolken zogen über den Himmel, die Luft duftete nach Laub und Harz, feuchter Wind brachte die Sträucher und Bäume zum Tanzen. Es versprach, eine erfolgreiche Nacht zu werden. Voller Zuversicht trabte sie einen Hügel hinunter.

»Keinen Schritt weiter.«

Der Eulenluchs stand vor ihr. Von der Seite löste sich ein weiteres Mischwesen aus den Büschen, ein Wildschwein mit dem Hinterteil eines hellbraunen Pferdes, passend zusammen gestaucht, mit weißer Mähne und weißem Schweif. Tenebrae stockte. Hinter ihr der Hügel, vor ihr die Mischwesen. Schwierige Bedingungen für eine Flucht.

»Es wäre uns ein Leichtes, dich zu töten«, sagte das Pferdeschwein ruhig, eine Bache, wie Tenebrae nun erkannte. »Aber wir wollen das nicht. Und du sicher auch nicht. Ich schlage vor, du kommst mit uns, ohne Fluchtversuche zu unternehmen oder um Hilfe zu rufen.«

»Wir meinen es ernst«, fügte der Luchs mit fester, metallischer Stimme hinzu. »Es gibt etwas, das wertvoller ist als dein Leben. Und dafür tun wir alles, wenn es sein muss.«

»Was wollt ihr von mir?«

»Das wirst du früh genug erfahren«, grunzte die Bache.

»Nein, ich lasse mich nicht einfach von euch einfangen!«

»Wir lassen uns auch nicht von dir stören. Komm jetzt zwischen uns und sei still, dann wird dir auch nichts geschehen.«

Der Kater fauchte leise.

Tenebrae war zu stolz, um sich herumkommandieren zu lassen, schon gar nicht von Mischwesen, aber diese zwei stellten ernsthafte Gegner dar. So ließ sie sich von den beiden in ihre Mitte nehmen. Vielleicht ergab sich später eine Chance zur Flucht.

Nun erkannte sie, dass der Luchs ebenso das Hinterteil einer Eule besaß, mit großen, krallenbewehrten Vogelklauen, allerdings auch einem langen Katzenschwanz, der unter den Schwanzfedern hervorragte und entschieden nicht zu einem Luchs gehörte.

Die Mischwesen führten sie nach Westen und passierten nach einer Weile ein ausgetrocknetes, kiesiges Flussbett. Die Pferdebache hatte mit ihren Hufen Schwierigkeiten, auf den lockeren Steinen Halt zu finden. Tenebrae sah ihre Chance.

Überraschend rammte sie das Stutenschwein. Es rutschte weg, die Wölfin wirbelte herum und preschte los. Entsetzlich feste Kiefer schlossen sich um ihren Nacken und rissen sie zu Boden. Der Luchs presste sie mit seinem ganzen Gewicht in das harte Flussbett. Tenebrae versuchte erbittert, sich aus dem Griff zu winden, doch als ein weiterer Körper sie niederdrückte, sah sie ihre Unterlegenheit ein.

»Ich hoffe, das passiert nicht noch einmal«, zischte der Eulenkater. »Für so etwas habe ich keine Geduld.«

Tenebrae gab auf. Widerstandslos ließ sie sich weiter durch den Wald führen. Bald übertrat sie die letzten Duftmarkierungen und verließ damit das vertraute Revier ihres Rudels. Jetzt würde sie niemand mehr finden können.

Die Mischwesen brachten sie auf eine Lichtung und bedeuteten ihr, stehen zu bleiben. Einen Augenblick später teilten sich die Sträucher vor ihnen, und ein Hirsch trat bedächtig und erhaben hervor. Ein gewaltiger Krebsschwanz wippte an seinem Hinterteil, rote Flossen zierten seinen Rücken sowie seine Flanken. Die beiden Entführer setzten ein paar Schritte zurück, sodass sie mit dem dritten Mischwesen einen Ring um Tenebrae bildeten.

»Antworte ehrlich. Solange du nichts auslässt, wird dir kein Leid widerfahren.« Die Stimme des Wasserhirsches hätte sanft sein können, wie die eines liebevollen Vaters, der sein Kind zurechtwies. In diesem Moment hingegen sprach er mit einem herrschenden Unterton, wie derselbe Vater, der zugleich König war und harte, aber gerechte Entscheidungen zu fällen hatte. »Bist du die Nachtwölfin, die dem Fremden mit den roten Augen begegnete?«

Alles in Tenebrae sträubte sich dagegen, diesen Mischwesen machtlos wie ein Leibeigener gehorchen zu müssen. Doch sie musste sich eingestehen, dass sie im Augenblick genau das war. »Ja.« Sie sah keinen Grund, mehr zu sagen.

»Sprachst du mit ihm?«

»Ja.«

»Was brachtest du in Erfahrung?«

Sie zögerte. War das ein Test, um herauszufinden, ob sie Schwärmers wahres Vorhaben durchschaut hatte? Wenn ja, welche Einzelheiten konnte sie ihnen unauffällig vorenthalten? »Nicht viel. Er kommt aus dem Westen und will uns mit seinem Wissen helfen. Er sagte beispielsweise voraus, dass sich diese seltsame Krankheit unter uns ausbreiten würde.«

»Woher, glaubst du, kommt diese Krankheit?«

Tenebrae kniff die Augen zusammen und betrachtete den Hirsch scharf. »Brauche ich da noch zu raten?«

Das Mischwesen schaute unverwandt zurück. »Du beschuldigst uns? Und wen hältst du für unseren Anführer?«

Die Nachtwölfin schluckte nervös. Sie hatten längst ihre Vermutung. Was sollte sie bloß sagen? Ihr Zögern musste ihnen Antwort genug sein.

»Keine Ahnung!«, entfuhr es ihr. »Diese Frage müsstet *ihr* mir beantworten und nicht umgekehrt. *Wir* haben am meisten zu leiden und hätten Antworten dringend nötig, und ihr behaltet sie für euch!«

Für einen Moment huschte ein Schatten von Schuldbewusstsein über die Augen des Fischhirsches. Er schüttelte den Kopf. »Ein Letztes: Kennst du das Versteck des Fremden? Wo taucht er am häufigsten auf?«

Tenebrae blinzelte. Jetzt wurde es seltsam. Müssten sie das nicht selbst wissen? Da sie keine Gefahr dahinter sehen konnte, antwortete sie wahrheitsgemäß: »Er erschien jedes Mal in der Nähe der Schlucht, wo der Felsstreifen breiter wird.«

Das Mischwesen neigte den Kopf. »Gut. Wir überlegen, wie wir weiter mit dir verfahren. So lange wirst du bei uns bleiben. Fürchte dich nicht. Dir wird es nicht schlecht ergehen.«

Die Bache und der Luchs nahmen die Nachtwölfin wieder zwischen sich und drängten sie weg von der Lichtung. Sie brachten sie zu einem flachen Hügel, in dem unter den überhängenden Wurzeln einer Buche ein winziger Raum ausgehöhlt worden war, und stießen sie dort hinein. Mit Mühe drehte sie sich, um den Ausgang im Blick zu behalten, doch als die durchdringenden Augen des Pferdeschweins die ihren trafen, wandte sie sich missmutig nach hinten um. So bequem es möglich war, rollte sie sich zusammen und schätzte ihre Lage ein.

Sie war also eine Gefangene. Wozu das alles? Was steckte hinter diesen seltsamen Fragen? Bloß eine Überprüfung? Oder suchten sie selbst nach Antworten? Im Fall von Letzterem: Waren Tenebraes bisherige Annahmen falsch? Aber was ging hier dann vor sich?

Und warum hatten sie die Wölfin nicht getötet? Sie hatte noch nie davon gehört, dass Mischwesen Geiseln nahmen. Wie lange würde sie hier festsitzen? Irgendjemand würde sie doch gewiss bald vermissen und suchen? Silex war bei seinen Eltern, Lacrima bei Vertex, Carex im Dorf, Belua bei den beiden Ginsterwölfen. Und Tenebrae selbst von Ungeheuern bewacht in einer winzigen Höhle außerhalb ihres Territoriums. Nach und nach wurde ihr die Aussichtslosigkeit ihrer Lage bewusst.

Tenebrae seufzte. Solange das Schicksal ihr keine günstige Fügung schenkte, war sie der Willkür der Mischwesen ausgeliefert. Sie steckte die Nase tief in ihr dunkles Fell. Im verheißungsvollen Geflüster des Abends war sie aufgebrochen. Nun meinte sie, das gehässige Lachen dieser trügerischen Nacht zu hören.

Bis zum Morgen war nicht viel geschehen. Irgendwann hatte der Eulenluchs die Pferdebache als Wache abgelöst. Seine Anwesenheit war weitaus schwerer zu ertragen. Sein Blick brannte sich in Tenebraes Fell wie heißes Eisen.

Den Tag über hatte sie eigentlich wach bleiben wollen, musste aber dennoch eingenickt sein. Mühsam blinzelte sie sich in ihre

Situation zurück. Mit dem wenigen Licht in ihrem Gefängnis war die Tageszeit schwer zu bestimmen, es schien fortgeschrittener Abend zu sein. Sie erwartete jederzeit irgendeinen Befehl der Mischwesen, ein weiteres Verhör oder sogar Folter, doch nichts geschah. Ereignislos wie zuvor schleppte sich die Nacht dahin.

Nur einmal vernahm Tenebrae ein unerwartetes Geräusch: trippelnde Pfoten. Kurz darauf wandte sich ein feines, etwas biestiges Stimmchen leise an den Luchs. Sie spitzte die Ohren.

»Immer noch nichts Neues. Eigentlich gut so. Da schleichen so viele rum, die würden ihn niemals übersehen. So langsam zweifelt allerdings jeder, ob das der richtige Ort ist.«

»Es ist unser einziger Hinweis. Wenn den anderen die Geduld ausgeht, umso besser. Wir werden in jedem Fall ausharren. Ruh dich aus, falls es nötig ist, aber sei nicht zu lange fort.«

Die Schritte huschten davon. Offensichtlich suchten oder erwarteten die Mischwesen jemanden. Weitere Nachtwölfe, um sie gefangen zu nehmen? Schwärmer? Das würde allerdings ihre gesamte Theorie über den Haufen werfen. Und wer waren ›die anderen‹? Fremde Mischwesen? Noch mehr rotäugige Wölfe? Unbekannte Kreaturen, von denen nie jemand gehört hatte? Von wie vielen Feinden wurde ihr Rudel eigentlich bedroht?!

Sie gab ihre Überlegungen auf. Inzwischen hatte es zu regnen begonnen. Wenigstens musste sie nicht fürchten zu verdursten, sondern konnte die herabrinnenden Tropfen von den Wurzeln lecken, die über ihr aus der Erde ragten.

Ein fahles Licht um sie herum deutete den Morgen an. Tenebrae versuchte, die bequemste Lage zum Schlafen zu finden. Mit einem Schlag war sie hellwach. Schrille Rufe näherten sich, das Stimmchen des Unbekannten.

»Ferrum, sie greifen ihn an! Bei der Schlucht!«

Tenebrae fuhr zur Öffnung herum, ihr Fell schrammte über Lehm. Der Eulenluchs war hochgeschreckt, sein Kopf drehte sich der Stimme zu. Die Nachtwölfin reagierte sofort. Mit aller Kraft preschte sie vor, stieß ihren Wärter um und raste Richtung Schlucht. Dabei wetzte ihr mit entsetzt geweiteten Augen der Fledermarder entgegen und hüpfte eilends aus dem Weg. Sie hatte es geschafft, sie war entkommen! Niemand konnte sie mehr aufhalten. Nun musste sie in Erfahrung bringen, was es mit dem Kampf an der Schlucht auf sich hatte.

Mit Pfoten, welche die feuchte Erde kaum berührten, flog sie durch den Wald, übersprang die Grenze zu ihrem vertrauten Revier, sah bereits die Felsen, die Gesteinsfläche, die Schlucht. Dort, unweit ihrer Höhle, kämpfte ein Nachtwolf erbittert gegen zwei Mischwesen. Ein drittes lag reglos am Boden. Gleich, um welches Mitglied ihres Rudels es sich handelte, Tenebrae würde es mit der Kraft ihrer Treue verteidigen!

Sie sprang dem ersten Mischwesen auf den Rücken, einem Rehbock mit Katzenbeinen, und erledigte die unvorbereitete Kreatur mit einem Nackenbiss. Der graue Nachtwolf schaffte es daraufhin, das andere in die Schlucht zu stoßen.

»Alles in Ordnung?«, fragte Tenebrae keuchend. »Bist du verwundet?«

Er wandte ihr sein Gesicht zu.

Vielleicht lag es an dem regenglatten Gestein, vielleicht an der Erschöpfung durch die Gefangenschaft, vielleicht an dem Schock durch die kupferroten Augen. Tenebrae taumelte zwei Schritte zurück und stürzte rücklings in die Tiefe.

Es rauschte. Laut und hallend. Lange war nichts weiter wahrzunehmen als dieser Krach. Nach und nach kamen Schmerzen hinzu. Besonders an Rücken und Nacken. Ihr Kopf dröhnte. Es roch feucht, kalt und mineralisch.

Tenebrae lebte. Zumindest glaubte sie das. Aber sie wollte die Augen nicht öffnen, um es zu überprüfen. Nicht, bevor dieses Rauschen aufhörte. Sie wartete. Doch es hörte nicht auf, wurde nicht einmal leiser. Schließlich wurde ihr Erkenntnisdurst zu groß und sie hob langsam und vorsichtig die Lider.

Es war dunkel. Die Spuren von Licht brauchten eine Weile, um den Weg zu ihren Augen zu finden. Trotz ihrer ausgeprägten Nachtsicht konnte sie zunächst wenig erkennen. Unförmige Wände umringten sie, über ihr wölbte sich die Decke gerade so hoch, dass sie wohl bequem stehen konnte. Hinter und unter sich spürte sie kaltes Gestein. Eine Höhle? Jedenfalls nicht ihre. Diese hier war geräumiger, ohne Ausblick auf den Felsstreifen. Gab es hier überhaupt einen Ausgang? Nur ein großes Loch in einer der Wände kam dafür infrage, hinter dem jedoch eine weitere Wand wartete. Zumindest war dies die Quelle des wenigen Lichtes.

In ihren Ohren rauschte es noch immer. Dennoch schien ihr Schädel keinen Schaden genommen zu haben. Allmählich konnte sie feinere Formen erkennen: Gebilde aus Stein um sie herum, die raue Struktur des Untergrunds, einen dunkleren Schatten ihr gegenüber ... Sie fuhr auf. Zwei kupferrote Augen funkelten sie an. Nicht wütend. Nicht kalt. Nur ruhig und aufmerksam.

»Verzeih, wenn ich deinen Nacken zu fest gepackt habe. Ich musste dich auf den Vorsprung zerren, und du bist schwer.«

Tenebrae starrte ihn an und versuchte zu verstehen. Bei dem Gedanken, wie sie mit dem Nacken zwischen seinen Kiefern hing, überkam sie ein seltsamer Schauder. Verwirrung vertrieb ihn. »Was ... was für ein Vorsprung?«

»Der einzige Zugang hier herein.« Schwärmer deutete auf das Loch. »Ihm gegenüber ragt ein weiteres Plateau aus dem Gestein, auf welches dein Kopf aufschlug, was dir dein Bewusstsein nahm. Bevor du hinabstürzen konntest, packte ich dich und zog dich hier herüber. Dabei prallte deine Hüfte gegen den Fels und schürfte über die Kante. Ich hoffe, es hat dir keine größeren Schmerzen bereitet.«

Tenebrae blinzelte, das Brennen ihres Körpers pulsierte sacht. »Nein ... sie sind ertragbar. Bloß das Rauschen in meinem Kopf will nicht nachlassen.«

»Das ist der Fluss.«

»Der Fluss? Die Zwenge?« Tenebrae sog scharf die Luft ein. »Wir sind *in* der Schlucht?«

»Überzeug dich selbst. Aber halt dich dicht am Untergrund.«

Die schwarze Wölfin betrachtete ihn skeptisch, doch wenn Schwärmer sie hätte töten wollen, hätte er das längst getan. So kroch sie mit dem Bauch am Boden bis zu der Öffnung der Höhle vor. Ihre Pfoten klammerten sich an die Kante des Felsens, der unter ihr senkrecht abfiel. Vorsichtig spähte sie hinunter. Näher als sonst wand sich das Wasser schäumend und donnernd um die Steine und bildete dazwischen kleine Strudel, vertraut und fremd zugleich.

Ein Blick hinauf war weniger aufschlussreich. Über ihr wölbte sich das Gestein ein Stück hinaus und versperrte die Sicht in den Himmel. Ihr gegenüber, etwa so weit weg, wie sie von der Nase bis zur Schwanzspitze lang war, stieg die zweite Felswand an. Dort, ein wenig über ihr, ragte ein Vorsprung heraus. Die oberste

Kante der Schlucht konnte sie nicht sehen, aber es kam eindeutig Licht von oben.

»Du hattest Glück, exakt an dieser Stelle abzustürzen.« Schwärmers summende Stimme erinnerte Tenebrae daran, in wessen Gesellschaft sie sich befand. Sie schleppte sich zu ihrem Platz ihm gegenüber zurück. »Du kanntest die Höhle bereits, richtig?«

»Ja. Ich entdeckte sie vor einiger Zeit auf einem ähnlichen Weg wie du.« Sein Duft nach Erde und Harz berührte ihre Nase. Und da erkannte sie, wo sie ihn schon einmal gerochen hatte. Das wilde Knurren, die Stille ...»Bist du in der Nacht vor Netris hier hineingestürzt? Weil du in einen Kampf verwickelt warst?«

»Ich bin von zwei Mischwesen verfolgt und angegriffen worden. Eines konnte ich von meinem Rücken schleudern, doch dabei verlor ich das Gleichgewicht und fiel auf den Felsvorsprung. Von diesem aus rettete ich mich mit einem verzweifelten Sprung in die Höhle. Es war ideal. Das zweite Mischwesen sah mich abstürzen, die Nachricht meines Todes gab mir die benötigte Sicherheit.«

Tenebrae starrte den großen, grauen Nachtwolf an, in ihr wallte eine Welle an Gefühlen auf, die sie kaum benennen konnte. »Ist das alles wirklich wahr? Du bist weder der Anführer der Mischwesen, noch für die Krankheit verantwortlich?«

Er verengte die Augen. »Wie kommst du zu solchen Annahmen?«

Sie senkte den Blick. »Ich ... es deuteten einfach alle Vorkommnisse darauf hin. Ich konnte mir all die seltsamen Todesfälle nicht erklären, und genauso wenig dein merkwürdiges Verhalten, also verknüpfte ich beides. Außerdem ... sprach ich mit jemandem, der mir die fehlenden Glieder lieferte. Der berichtete, dass das Rudel im Westen genau dann von derselben Krankheit wie hier heimgesucht wurde, als dort ein Fremder mit roten Augen erschien.« Zögerlich sah sie auf.

Schwärmer starrte sie mit steinkaltem Zorn an. »Wer hat das erzählt? War es der, vor dem ich dich warnte? War es Caspar?«

»Nein, dieser Kerl ist nie aufgetaucht. Es war ein Mensch namens Casimir.«

Ungläubig schaute er zurück, dann stellten sich seine Ohren

auf.»Hat er rostrotes Haar, jugendliche Haut und spricht mit heller, sanfter Stimme?«

»Ja, das trifft zu.«

Schwärmer schloss die Augen.»Er hat für alles gesorgt. Er hat sich *zwei* Decknamen gewählt.«

»*Er* ist Caspar?« Tenebrae starrte ihn verblüfft an.»Stimmt ... stimmt es tatsächlich, dass er ... die Mischwesen anführt?«

»Ich konnte es selbst nicht glauben.« Der rauchgraue Nachtwolf ließ seinen Blick zur Öffnung der Höhle schweifen.»Sein wahrer Name ist Caedes. Was hat er dir noch alles eingeflüstert?«

Sie sah beschämt zu Boden.»Du wärest irgendwie an diese Krankheit gekommen und lässt sie über die Mischwesen an uns verteilen. Mit mir hättest du gesprochen, um mein Vertrauen zu gewinnen und von deinen Taten abzulenken. Du würdest jedes Nachtwolfrudel zerstören wollen, so wie du es mit dem westlichen getan hättest.«

»Dieses Rudel war meines.« Seine Stimme war unter der Bitterkeit beinahe gefühllos.»Woher weiß er, dass ich noch lebe?«

»Ich fürchte, dafür bin ich verantwortlich. Ich habe dich gesehen, damals, nach Silex' erstem Anfall. Casi... Caedes muss davon erfahren haben. Er suchte mich auf, erzählte mir Märchen von Fürsorge und Vertrauen. Und ich habe ihm geglaubt. Ihm vertraut und alles gesagt, was ich wusste. Ich war so süchtig nach jemandem, der mich in dieser schrecklichen Zeit unterstützt. Und so ... Es tut mir leid, Schwärmer.«

»Nein. Ich bin derjenige, der sich entschuldigen muss.«

Überrascht sah Tenebrae auf und traf seinen festen Blick.

»Nachdem ich mein Rudel verloren hatte, war ich überzeugt, jegliche Liebe sei für immer aus meinem Leben gewichen. Die Welt war zu einem nüchternen, rein zweckorientierten Ort geworden, durch den ich mich wand, ohne ein Teil von ihm zu sein.« Er seufzte.»Ursprünglich hatte ich vor, alle anderen Nachtwölfe vor der Gefahr zu warnen. Als ich nach meinem Sturz diese Höhle erstmals wieder verließ, bemerkte ich zunächst mit Freuden, bereits ein fremdes Revier erreicht zu haben. Doch dann stellte ich fest, dass die Netris längst angebrochen war und mir keine Zeit mehr für Warnungen blieb. Mit dieser Erkenntnis gab ich dein Rudel auf.«

Tenebrae war erschüttert.»Warum? Jeder Hinweis hätte uns trotzdem helfen und Schlimmeres verhindern können!«

»Ich weiß. Doch zu diesem Zeitpunkt schien es mir die Mühe nicht wert. Ich verlagerte den Fokus und nahm mir schlicht vor, die Vorgänge genau zu beobachten, damit ich das nächste Rudel präzise warnen konnte. Dabei wollte ich unauffällig bleiben, aber unentwegt erspähten mich deine Augen auf meinem Weg, als seiest du die Wächterin der Schlucht. Die Sicherheit meines Verstecks war gefährdet. Außerdem weckten die Begegnungen mit dir, mit einer Nachtwölfin voller Gefühl, Eifer und Ziel, in mir Schuldgefühle. Das brachte mich zu dem Entschluss, euch alles zu erzählen, was euch helfen könnte.« Er wandte den Blick ab. »Ich war zu spät. Dank meiner Gleichmut und Unentschlossenheit ist Caedes mir zuvorgekommen. Ich kann dir nicht vorwerfen, ihm vertraut und mich für eure Schwierigkeiten beschuldigt zu haben. Mit meinem Verhalten unterstützte ich das zusätzlich. Verzeih mir, Zikade. Dein Rudel war vielleicht nicht von Beginn an dem Untergang geweiht, aber ich habe seinem allmählichen Sturz zugesehen, obwohl ich ihn hätte drosseln können.« Seine Stimme senkte sich auf ein Raunen, welches nicht mehr der Wölfin ihm gegenüber zu gelten schien.»Ich war nicht stark genug. All das Erlebte hat mich ... Beinahe wäre ich erneut zu dem geworden, der ich einst war. Es tut mir leid.«

Es klang derart niedergeschlagen und hoffnungslos, dass Tenebrae meinte, sie hätte statt dieses gewaltigen Nachtwolfs die zerbrechliche Gestalt von Silex vor sich.»Du magst Fehler gemacht haben. Doch es ist nicht zu spät, um sie zu korrigieren. Nun bin ich hier, und ich bin bereit, dir zuzuhören, damit wir das Unheil gemeinsam abwenden können. Aber dazu muss ich die ganze Geschichte kennen. Alles, angefangen bei deinem Namen.«

Der rauchgraue Wolf sah sie an, von seinen kupferfarbenen Augen schien sich eine trübe Schicht zu lösen und die schimmernde Tiefe darunter freizugeben. Als hätte sich ein Strudel darin geöffnet, hatte Tenebrae auf einmal das Gefühl, von ihnen eingesogen zu werden.

»Arcanus.« Der tief summende Ton seiner rauen Stimme hallte von den Felsen wider.

»Mein Name ist Arcanus.«

9
Der Geheimnisvolle

»Im fernen Westen, wo die Bäume in den Winden wispern und die Steine mit stiller Stimme sprechen, liegt meine Heimat. Die Heimat des Nebelrudels, der ältesten Gemeinschaft von Nachtwölfen. Eine Familie, die den wahren Geist der Nebel nicht vergessen hat und ihr Geschenk zur Netris voller Hingabe ehrte.« Er schwieg einen Moment, als fiele es ihm schwer, die Erinnerungen zu finden. Oder als hätte er Angst davor, sie zuzulassen.

»Dieser Ort war erfüllt von dem Leuchten eines Herzens, welches strahlte wie der Mond: das Herz meiner Luna. Sie trug das hellste Fell, das einen Nachtwolf einhüllen kann, noch heller als das unserer Anführerin Nebula, deren Enkelin sie war. Hellgrau wie dichte Wolken im Schein des nächtlichen Lichts. Ihr Gemüt war so sanft wie Seide, doch schlummerte tief darunter ein Feuer, welches in bestimmten Momenten entflammte.« Er hob seinen Blick hinaus in die Schlucht. »Das Jahr begann glücklich und vielversprechend ... bis der Sommer kam und mit seiner Wärme das Verderben. Alles nahm seinen Anfang mit einer Netris wie jeder anderen. Am folgenden Morgen zerfetzten sechs von uns eine ganze Menschenfamilie. Zeitgleich erschien Caspar im Dorf und redete auf die Bauern ein. Bald wachten sie an der Grenze zum Wald oder wagten sich tief in ihn hinein, bewaffnet mit Messern und Mistgabeln und allem anderen, was spitz ist. Sie hielten uns für dumme, blutgierige Bestien, auf die man bloß eine Waffe zu richten brauchte, um sie zu erledigen.

Nach der zweiten Netris war jeder von uns, der noch am Leben war, mit diesem abscheulichen Fluch belegt. Alle bis auf einen, denn mich traf er nie. ›Der Unverfluchte‹ wurde mein neuer Name. Ob es schlichtweg mit Glück zu tun oder eine andere Ursache hatte, ich konnte es mir nicht erklären und hätte es angesichts der unangenehmen Blicke meines Rudels vorgezogen, sein

Schicksal zu teilen.

Indes hatte Caspar das gesamte Dorf unter seine Kontrolle gebracht. Zuletzt rief er zu einem finalen Schlag auf, in der alle Bestien vernichtet werden sollten. Wir zogen uns in den Wald zurück, um zu entscheiden, was zu tun war. Unsere einzige Überlebenschance schien Flucht, doch das bedeutete, unsere Heimat aufzugeben. Ein Opfer, welches niemand erbringen wollte.

Das besiegelte unser Schicksal. Die Menschen drangen in einer geschlossenen Reihe in den Wald vor, in der einen Hand eine Waffe, in der anderen eine flammende Fackel. Wir verließen unser Reich in die entgegengesetzte Richtung, im Glauben, leicht entkommen zu können. Aber dort ... erwartete uns das letzte und heftigste Entsetzen: an die hundert riesige, kampfbereite Mischwesen, die uns umzingelten und jeden Fluchtweg abschnitten. Für dich mag das keine Überraschung sein, doch wir hatten bis zu diesem Zeitpunkt nichts von ihrer Anwesenheit geahnt. Erst in diesem Moment begriff ich den gewaltigen Plan, der dahinterstecken musste. Mit dieser Erkenntnis musste ich dem Nebelrudel, meinen Kumpanen und Familienmitgliedern bei ihrem Untergang zusehen. Sei es durch den verzweifelten Kampf gegen die Übermacht der Mischwesen oder den vom Fluch getriebenen Lauf in das offene Messer. Und Luna ... Ich ließ sie zurück. Allein ihren eindringlichen letzten Worten ist es zu verdanken, dass ich mich nicht vor Wahnsinn in den Tod stürzte. Als der Unverfluchte war ... *ist* es meine Aufgabe, alle anderen Nachtwölfe vor diesem Elend zu bewahren: Ich musste leben.

Ich wählte als Fluchtweg den bereits brennenden Teil des Waldes, durch den die Bauern erbarmungslos weiter vordrangen. Wegen des dichten Rauchs wurden sie des schleichenden Schattens zwischen sich nicht gewahr, und ich gelangte unbemerkt aus dem Todeskreis hinaus, wo ich erschöpft zusammenbrach.

Auf einmal stand Caspar vor mir und sah lächelnd auf mich herab. Ich erinnere mich genau an seine Worte: ›Du bist also derjenige, der einfach nicht krank werden will. Arcanus, nicht wahr? Für diese Hartnäckigkeit möchte ich dir ein wenig Ehre erweisen und dir verraten, wer ich wirklich bin: Ich bin Caedes, der Anführer der Mischwesen. Du fragst dich sicher, warum ich? Warum ein Mensch? Nun, das werde ich dir sagen. Ich kann es dir sogar zeigen.‹

Danach hörte ich nichts mehr. Meine Augen wurden von einer hellen Erscheinung hinter ihm angezogen: Ein weißer Wolf wie aus verdichtetem Dampf, der auf Caedes zusprang. Mit dem Moment ihrer Berührung waren wir schlagartig von Nebeln umgeben. Caedes schrie auf vor Schmerz, mich hingegen durchfuhr ein Schwall neuer Kraft, die es mir ermöglichte, meine beschwerliche Flucht anzutreten. Die Nebel geleiteten meinen Weg und gaben mir alles, was ich brauchte.«

Arcanus hielt einige Augenblicke inne und starrte durch die Felsen hindurch. »Ich lief Tag und Nacht, rastete nur, wenn es unumgänglich war. Dennoch holten die Mischwesen auf, bis zwei von ihnen bei dem Übertritt in euer Territorium direkt hinter mir waren. Es kam zu dem Sturz, und endlich war meine Flucht vorüber. Danach begann ich mit meinen Beobachtungen. Viel Neues fand ich bisher nicht heraus. Die Mischwesen schleichen unablässig umher, besonders zahlreich zur Netris; derselben Zeit, welche die ersten Verfluchten hervorbringt und später mehr hinzufügt. Wodurch genau der Fluch sein Opfer trifft, konnte ich allerdings nicht ermitteln.«

»Vielleicht aber ich.« Tenebrae richtete sich auf. »Silex und sein Bruder beobachteten zur Netris ein Mischwesen bei einer mysteriösen Handlung. Es schien Magie benutzt zu haben. Später suchte ich den Ort nach Spuren ab und fand ein Netrissymbol.«

Arcanus' Augen fixierten nach langer Zeit wieder die ihren. »Das könnte uns tatsächlich einen Hinweis geben. Wie auch immer sie an diesen Fluch gelangt sind, es dürfte möglich sein, ihn an dieses Zeichen zu binden. Es ist ein Träger von Magie, allerdings ein schwacher. Berührt eine magische Kreatur solch eine verfluchte Aura, wird die schädliche Energie unbemerkt auf sie übergehen. Zikade, deine Entdeckung könnte die Nachtwölfe vor ihrem Untergang bewahren: Solange sie zur Netris keine Symbole nutzen, bleibt der Fluch machtlos. Leider kommt diese Erkenntnis für dein Rudel zu spät. Tut dennoch alles, was ihr könnt, und schützt die noch nicht Betroffenen.«

»Ich werde es ihnen mitteilen, sobald ich mich erholt genug fühle, um aus dieser Höhle zu kommen.« Sie seufzte tief und behaglich, machte es sich bequem und legte den Kopf auf die Pfoten. *Womit ich es ehrlich gesagt nicht eilig habe.* Tatsächlich war sie ausnahmsweise froh darüber, sich einmal nicht um die

Bekämpfung der Gefahr kümmern zu können. Sie hatte in all der Sorge um ihr Rudel zu wenige ruhige Phasen gehabt. Das gleichmäßige Rauschen hatte eine entspannende Wirkung entfaltet. Ihr Blick glitt über den schimmernden Kupferton in den verschlossenen Augen des Nachtwolfs ihr gegenüber, der trotz aller Stärke so verletzlich wirkte. Auf einmal verspürte sie den Wunsch, ihn aus seiner Einsamkeit zu befreien. Sie seufzte.»Ich bin so glücklich, dass du nicht mein Feind bist, Arcanus.«

Er sah sie irritiert an.

»Um Hilfe zu haben«, fügte sie rasch hinzu.»Ich bin dir so dankbar.«

»Was ich bisher getan habe, ist deinen Dank kaum wert, Zikade. Doch von nun an werde ich alles mir Mögliche tun, um dein Rudel vor dem Verderben zu schützen.«

»Eines noch: Mein Name ist Tenebrae.«

Seine Ohren zuckten, die rotkupfernen Augen musterten sie klar.»Kein Wort sämtlicher Sprachen dieser Welt könnte dir näher kommen.«

Nachdem Tenebrae in der folgenden Nacht erwacht war, erklärte Arcanus ihr, wie sie die Höhle sicher verlassen konnte: Zunächst ein Satz auf den gegenüberliegenden Felsvorsprung, dann ein vorsichtiger Blick über die Kante, ob jemand sie beobachten konnte, und ein letzter Zug aus Klettern und Springen.

Sie folgte der Anweisung und betrat erleichtert ihre vertraute Gesteinsfläche. Tief atmete sie die windige Luft ein. Noch einmal wandte sie sich um und schaute in die Schlucht hinab. Von hier aus war die Höhle nicht zu sehen, verborgen von hervorstehenden Felsgebilden.

Energisch fuhr sie herum und rannte zielstrebig in den Wald hinein. Sie hatte etwas zu erledigen.

Einige Zeit lang streifte sie umher, bis sie Saxum gefunden hatte. Auf ihre Bitte hin zogen sie sich diskret in einen unbenutzten Bau zurück, wo sich der Rudelführer still ihren Bericht anhörte. Die genauen Umstände ihrer Begegnung mit Arcanus ließ sie aus, doch all seine relevanten Erfahrungen fügte sie mit an. Nachdrücklich machte sie dem Leitwolf klar, dass zur nächsten Netris keine Symbole mehr verwendet werden durften und dieses Verbot keinesfalls öffentlich kundgegeben werden sollte, sondern heimlich von Wolf zu Wolf jedes Mitglied erreichen musste. Das galt ebenso für alle weiteren Fakten dieser Thematik, besonders jene, die Arcanus betrafen, da der Wald unter ständiger Beobachtung der Mischwesen stand.

Saxum war deutlich anzusehen, wie suspekt ihm die Angelegenheit vorkam. Von Tenebraes Aufrichtigkeit war er überzeugt, nicht jedoch von der des fremden Wolfes. Er teilte ihre Ansicht eines vertrauenswürdigen Verbündeten nicht, ging aber ebenso wenig vom Gegenteil aus, was ihm niemand verübeln konnte; schließlich oblag ihm die Verantwortung für das gesamte Rudel, welches durch einen einzigen Fehler vernichtet werden konnte. Somit entschloss er sich für alle Sicherheitsmaßnahmen, die Tenebrae vorgeschlagen hatte, allerdings ohne Arcanus zu vertrauen. Zunächst sollte die Entwicklung jedes Beteiligten beobachtet und später bewertet werden.

Die schwarze Wölfin war damit mehr als zufrieden, hatte sie doch Saxums gänzliche Ablehnung befürchtet. Sogleich machte sie sich selbst auf den Weg, um den ersten Rudelmitgliedern die wichtigen Neuigkeiten mitzuteilen.

Nach dem vierten erfolgreichen Gespräch zog sie eine letzte Runde entlang des Dorfes, mit genügend Abstand zu den ersten Häusern. Allmählich drängte sich das zarte Morgenlicht in den dunklen Himmel.

Ein Rascheln erregte ihre Aufmerksamkeit. Ein kleines, schwarzes Tier flitzte Richtung Siedlung davon. Der Fledermarder? Sie sprang ihm nach, doch in seinem raschen Lauf würde sie es nicht rechtzeitig einholen. Sie hielt inne und senkte ihre Nase auf die hinterlassene Spur: ein Geruch wie die Asche verbrannten Laubes. Das war Cinis' Duft. Sie stutzte. Carex und Arista waren mit ihren Töchtern noch nicht aus dem menschlichen Leben zurückgekehrt. Was also wollte der Welpe hier draußen? Es war gefährlich, häufiger zwischen Dorf und Wald zu wechseln.

Ein paar Nächte darauf bekam sie Gelegenheit, diesem seltsamen Verhalten auf den Grund zu gehen. Diesmal roch sie

Cinis, bevor das Rascheln an ihr vorbeischoss. Im richtigen Augenblick stürzte Tenebrae vor und hielt wenig später den sich wild windenden Welpen unter ihren Pfoten fest.

»Jetzt ist Schluss, du kleiner Ausreißer. Wissen deine Eltern, dass du hier bist?«

»Das geht dich überhaupt nichts an!«

»Mich geht alles an, was in meiner Familie vorgeht. Zufälligerweise ist dein Vater mein Bruder, und er würde mich in Stücke reißen, wenn dir ein Unglück auf deinen heimlichen Erkundungen widerfährt und ich davon wusste. Was willst du hier?«

»Einen Freund treffen!«

»Und der wäre?«

»Niemand für dich.« Cinis schaffte es, sich aus ihrem Griff zu befreien und raste davon. Tenebrae ließ sie laufen und sah ihr ernst und resigniert nach.

Unterdessen schritt die Zeit voran. Die kahlen Kronen der Buchen wankten im kühlen Wind, ihre Wurzeln lagen unter den kupfernen Fetzen ihrer gefallenen Kleider verborgen. Die nächste Netris kam und ging, ohne weitere Verfluchte hervorzubringen; die neue Bezeichnung der Kranken.

Der Schutzzaun war inzwischen so gut wie fertiggestellt. Nun bestand keine Möglichkeit mehr, zwischen Dorf und Wald zu wechseln. Immerhin gab das Tenebrae die Ausrede, sich nicht mehr mit Casimir-Caedes treffen zu müssen.

Trotz der Abwesenheit beinahe all ihrer Verwandten und Freunde blieb Tenebrae nicht allein. Hin und wieder bekam sie Besuch von Silex. Der schmächtige Wolf brachte nie ein bestimmtes Anliegen vor und näherte sich ihr stets etwas schüchtern, aber mit zart leuchtenden Augen. Was genau ihn zu ihr trieb, war ihr gleichgültig. Sie genoss seine Gesellschaft.

Außerdem war da noch Arcanus, um den sie sich von nun an gewissenhaft kümmerte, indem sie ihm täglich einen Teil ihrer Beute an den Rand der Schlucht legte. Auf diese Weise versorgt, musste er sich nicht der Gefahr aussetzen, während einer selbstständigen Jagd von Mischwesen entdeckt zu werden.

Viele Mondaufgänge lang ereignete sich kein nennenswertes Übel. Tenebrae war sich sicher, all ihre Schwierigkeiten würden von jetzt an ihrem Leben nach und nach entweichen wie die Wärme aus den Felsen bei sich niedersenkender Nacht.

10

Getrennte Wege

Das Blut des Hasen, der zwischen Tenebraes Kiefern hin und her baumelte, rann ihr verführerisch die Zunge hinab. Leider war er nicht für sie bestimmt. Leicht flogen ihre Pfoten über das nasse Laub, der Wald blies ihr seinen kalten Atem ins Gesicht. Die Bäume hatten ihre farbenfrohen Kleider endgültig abgelegt und zogen sich für den bevorstehenden Winter zurück. Das Fest war vorbei, jedes Lebewesen bereitete sich auf die Ruhephase vor. Der Dezember musste begonnen haben.

Fröstelnd lief die schwarze Wölfin unter dem dunkelgrauen Himmel dahin. Als sie ihre Pfoten auf den Felsstreifen setzte, schlug ihr mit einem Mal ein stechender Geruch entgegen. Sie erstarrte, ließ ihre Beute fallen und den Blick schweifen, der am Rand der Schlucht an zwei reglosen Körpern hängenblieb. Erschrocken raste sie darauf zu, stockte, sah hinab – Mischwesen, tot. Keine Spur von Arcanus. Eilig kletterte sie auf den Felsvorsprung hinunter, rutschte dort beinahe aus und sprang in die Höhle.

»Schwärmer?«

Keine Antwort. Die Höhle war leer.

Angst packte Tenebrae. Wo konnte er sein?

Wieder draußen sah sie sich hektisch um. Auf einmal sprang ihr eine Blutspur ins Auge, die weg von der Schlucht führte. Die Wölfin senkte ihre Nase darauf hinab, nahm den von bitterem Schmerz fast überlagerten Duft nach Harzerde wahr, folgte ihm und stand nach ein paar Schritten unerwartet vor ihrer eigenen Höhle. Erleichterung und Schock durchfuhren sie zeitgleich, als sie den großen, grauen Wolf darin sah: auf der Seite liegend, von Wunden übersät. Er atmete flach und reagierte auf keinen ihrer Versuche, ihn zu wecken. Behutsam begann sie seine Verletzungen zu lecken, die zahlreich, aber allesamt nicht tief waren.

Dabei fiel es ihr merkwürdig schwer, ihn zu berühren. Beinahe, als wäre er eine Art Geist, ein Heiliger, dem niemand zu nah kommen durfte, da er sich andernfalls auflösen könnte. Betrachtete sie ihn tatsächlich als höheres Wesen, dem man ehrerbietig und mit Respekt zu begegnen hatte? Oder lag es daran, dass er nicht zu ihrem Rudel gehörte?

Rasch hatte sie seinen Körper sauber geleckt, der sich immer kühler anfühlte. Sie legte sich an seine Seite, was sie einiges an Überwindung kostete, wand sich vorsichtig um ihn herum und schirmte die Kälte ab. Die Berührung ihrer Felle schien Funken zu sprühen und Blitze durch ihren Leib zu jagen. Es fühlte sich schmerzhaft falsch an. Zugleich gab es in diesem Moment nichts, wonach sie sich mehr sehnte.

Eng an ihn geschmiegt wachte sie den gesamten nächsten Tag lang über seinen unruhigen Schlaf.

Am folgenden Abend begann er sich zu regen. Die Ohren zuckten, ein raues Stöhnen füllte die Stille.

»Schwärmer?«

Ein Auge öffnete sich, halb, ganz, schloss sich wieder. »Zikade ... Verzeih mir.« Er versuchte, auf die Pfoten zu kommen und sich von ihr wegzuziehen.

»Nein, nicht, bleib liegen! Du musst dich erholen. Bitte, bleib liegen.«

Einen Moment noch hielt er sich krampfhaft auf halber Höhe, dann ließ er sich zurücksinken. »Ich hätte nicht in deine Höhle eindringen dürfen.«

»Nicht doch, das war die beste Entscheidung. Wie fühlst du dich?«

Er zuckte mit den Gliedern und grollte leise: »Meiner Lage entsprechend.«

Tenebrae spürte in ihm deutlich das Verlangen, sich von ihr zu entfernen, aber nach einer Weile gab er auf und erlaubte seinem Körper, sich zu entspannen. Sein Fell lag noch immer dicht an ihrem, doch erschien es ihr auf einmal wie aus Draht. Unsicher, ob sie etwas tun sollte, starrte sie auf ihn hinab und ließ ihren Blick über seine zahllosen Wunden gleiten.

»Arcanus, eines beschäftigt mich: Wie konnten nur zwei Mischwesen dich so zurichten?«

»Es waren vier.«

Sie schnappte nach Luft. »Vier?«

»Die anderen beiden ruhen nun in der Schlucht. Ich kletterte gerade hinauf, um etwas zu trinken, als sie auf mich losgingen. Zu schwach für den Weg zurück, sah ich hier eine Zuflucht. Bloß für kurze Zeit, um auszuruhen. Ich wollte dir keine Umstände bereiten.«

»Keine Sorge, das hast du nicht. Außerdem hatte ich eine Schuld zu begleichen. Bist du hungrig? Der Hase, den ich dir gefangen hatte, erkundet inzwischen wohl das Innenleben eines zufrieden schlummernden Fuchses, aber ich könnte dir einen neuen besorgen. Oder ein Kaninchen.«

»Das brauchst du nicht.« Er schaute eine Weile hinaus auf die Felsen. »Obwohl, ein Kaninchen wäre mir ganz recht.«

Tenebrae brauchte eine Weile, um eines zu finden, aber schließlich konnte sie erfolgreich zurückkehren. Als das Kaninchen vor Arcanus' Nase fiel, sah er auf, doch statt sich darüber herzumachen, blickte er ihr direkt in die Augen.

»Verzeih mir, Tenebrae. Bisher habe ich nicht einen Gedanken dafür aufgebracht, mich bei dir zu bedanken. Du hättest mit mir verfahren können, wie es dir beliebte. Stattdessen sorgtest du für mich mit allem, was in deiner Macht stand. Das verdient Achtung.« Er wandte den Blick ab. »Kaum zwei Monde reichten aus, um mich alles vergessen zu lassen, was in einer Gemeinschaft zählt. Ich hatte geglaubt, mit meinem Rudel wären die letzten Vertrauenswürdigen dieser Welt gestorben. Du lehrst mich nun, wie falsch ich lag.«

»Schon in Ordnung. Dafür war *ich* anfangs davon überzeugt, du seiest unser Feind.«

Er wandte sich ihr wieder zu. »Und nun vertraust du mir?«

»Jedem deiner Worte.«

Er schaute so ungläubig wie bewundernd zurück, schien irgendetwas in ihrem Blick zu suchen. Tenebrae verfiel ihren Emotionen und konnte sich nicht von ihm lösen, starrte unverhohlen tief in seine kupferroten Augen. Für einige Momente erwiderte er ihr Bohren und ließ die Bindung zu, schien sich für sie zu öffnen ... Der Schlag seines Blinzelns schloss alle Tore. Rigoros sah er weg.

Sie seufzte leise und gutmütig.»Ich kann es verstehen, wenn du niemandem zu nah kommen willst. Inmitten eines fremden Rudels würde ich mich auch nicht wohlfühlen. Darum frage ich dich: Möchtest du diese Nacht lieber hier allein verbringen, oder soll ich bei dir bleiben und über dich wachen? Ich werde jedenfalls nicht zulassen, dass du in diesem Zustand in deine Höhle zurückkehrst.«

Er musterte sie aus den Augenwinkeln.»Da scheine ich auf eine sehr hartnäckige Wölfin getroffen zu sein.«

Tenebrae war sich nicht sicher, ob sie das als Kompliment nehmen sollte. Sie tat es einfach und fühlte sich unerwartet wohl damit.

Arcanus sog tief die Luft ein und ließ sie langsam wieder hinaus.»Da ich deine Höhle besetze und gewissermaßen in dein eigenes Revier eingedrungen bin, überlasse ich dir diese Entscheidung. Falls du Angelegenheiten zu klären hast oder jagen willst, tu das. Wenn du hierbleiben möchtest, werde ich mich nicht daran stören.«

Sie entschloss sich dafür, ihn zunächst zu sich selbst finden zu lassen, und lief in den Wald, um für sich etwas Nahrhaftes zu beschaffen. Sie hatte Glück und fand die Reste eines Hirsches, die eine Gruppe Rudelmitglieder zurückgelassen haben musste. In einem Wolfsrudel jagten alle fast immer gemeinsam und sparten so Kraft und Zeit, da sie zusammen leicht ein großes Tier erlegen konnten, das ihnen anschließend mehrere Tage lang reichte. Die einzelnen Nachtwolffamilien hingegen lebten meistens für sich, doch auch für sie hatte der Zusammenhalt im Rudel hohen Wert. So schlossen sich manche von ihnen hin und wieder zu einer Jagdgemeinschaft zusammen, und wann immer sie dabei Beute machten, die größer war, als in sie hineinpasste, konnten weitere Mitglieder davon profitieren.

Wie nun Tenebrae, die sich bequem satt fraß. Danach trabte sie ziellos durch den Wald, versuchte die Düfte und lebendigen Geräusche zu genießen. Doch ihr Verlangen konnte sie damit nicht betäuben. Ihre Gedanken nutzten jede Lücke ihrer Konzentration aus, um zurück zur Schlucht und zu Schwärmer zu eilen. Zwar fing die schwarze Wölfin sie sofort ein, sobald sie ihr Ausreißen bemerkte, schaffte es anschließend jedoch kaum, sie festzuhalten.

Schließlich ergab sie sich ihnen und kehrte eher zurück, als sie vorgehabt hatte. Dabei schien sich in Arcanus' verschlossene Miene kurzzeitig sogar Erleichterung zu schleichen. Gemeinsam erwarteten sie den Morgen, schauten dem Farbgesang des Himmels zu und sprachen nicht viel. Eine für sie beide angenehme Mischung aus Distanz und Nähe, Wachsamkeit und Hingabe war zwischen ihnen entstanden, wie ein schmaler Spalt, der sie trennte, über den sie sich dennoch erreichen konnten.

Als der Tag schließlich anbrach, suchten sie sich die bequemste Lage zum Schlafen, was in der engen Höhle nicht einfach war. Tenebrae gab sich Mühe, ihrem neuen Nachbarn so viel Raum wie möglich zu lassen, kam aber nicht dagegen an, für eine zarte Berührung ihrer Pelze zu sorgen. Sie musste sich regelrecht zügeln, ihn dabei nicht zu bedrängen.

Dennoch fand sie sich bei jedem zwischenzeitlichen Erwachen dicht an seine Seite geschmiegt vor. Was Arcanus, der friedlich weiter schlummerte, nicht zu stören schien. Im Gegenteil, es wirkte, als hätte er sich ebenfalls im Schlaf an sie angenähert.

Mit seinem gleichmäßigen Atem in den Ohren schlief sie jedes Mal vollkommen zufrieden ein. Als hätte sie Lacrima und Silex zugleich neben sich.

In der folgenden, von Nebelflecken durchzogenen Nacht, als Tenebrae nach ihrem erneuten Rundgang die Gesteinsfläche betrat, saß der große Graue bereits vor der Höhle. Nichts an seiner Haltung ließ die vielen, noch nicht gänzlich verheilten Verletzungen erahnen. Er schien seine Kräfte erstaunlich rasch zurückerlangt zu haben.

»Wir müssen reden«, sagte er ohne Begrüßung und verschwand nach drinnen.

Unsicher folgte ihm die schwarze Wölfin, ließ sich ihm gegenüber nieder und erwartete sein Anliegen.

»Tenebrae, ich kann nicht hierbleiben. Sie haben längst erkannt, wo ich am häufigsten erscheine, und werden mir weiterhin auflauern, bis sie mich beseitigt haben. Ich bin im Besitz der für sie gefährlichen Kenntnisse, der Unverfluchte, mit dem ihr

Rückschlag begann. All mein Wissen konnte ich inzwischen an dich weitergeben. Damit hast du die Voraussetzungen, dein Rudel zu schützen. Ich kann euch guten Gewissens verlassen.«

»Verlassen?« Das Wort peitschte durch ihre Seele wie ein Ast.

»Aber ... wohin willst du gehen?«

»Weiter nach Osten, zum Revier des Ginsterrudels. Ich muss sie vor dem drohenden Unheil warnen. Danach werde ich weiterziehen und weitere Nachtwölfe suchen. Wir benötigen Verstärkung, um Caedes etwas entgegenzusetzen. Er wird seinen Vernichtungsfeldzug gegen unsere Art nicht abbrechen, solange ihm niemand Widerstand leistet. Dafür muss ich sorgen. Das ist meine letzte Aufgabe, ihre Erfüllung der einzige Sinn meines Lebens. Hier hält mich nichts mehr.«

Tenebrae senkte den Kopf. Sie hegte keinen größeren Wunsch, als dass er blieb, doch dafür fehlten ihr die Argumente. »Tu, was du tun musst.«

»Aber dazu brauche ich deine Hilfe. Bei meiner Flucht darf mich kein einziges Mischwesen beobachten. Andernfalls wäre mein Plan bereits gescheitert.«

Sie sah auf. Sie durfte sich nicht von ihren Gefühlen benebeln lassen. Ihr oblag die Verantwortung für Arcanus' Sicherheit, also musste sie alles daran setzen, dass er ungestört fliehen konnte. Angestrengt dachte sie nach. »Wir müssten sie von der gesamten Schlucht fernhalten, damit du dich dort unbemerkt entlangschleichen kannst. Vielleicht, wenn wir die Aufmerksamkeit aller auf einen Punkt fernab konzentrieren. Was wäre für ein Mischwesen unwiderstehlich anziehend?«

»Während all eurer Versammlungen habe ich beobachtet, wie einige kleine von ihnen in der Nähe umhergeschlichen sind. Sie müssen dem Heulen gefolgt sein, damit ihnen keine womöglich wichtigen Informationen entgehen.« Er schwieg kurz. »Ich vermute, sie können die Bedeutungen unserer Rufe nicht unterscheiden und würden jedem Laut nachgehen, der drängend genug klingt.«

Eine Idee glühte in Tenebrae auf. »Sei unbesorgt. Ich kenne jemanden, der das für uns erledigen kann. Währenddessen werde ich dich bis zur Grenze geleiten und dafür sorgen, dass niemand dich aufhält.«

Arcanus seufzte leise und entspannt. »Ich danke dir, Zikade.«

Eine Weile spähten sie still in die Nacht hinaus. Ein Kauz rief. »Tenebrae, hast du jemals einen weißen Nachtwolf gesehen oder von einem gehört?«

Sie stellte überrascht die Ohren auf. »Weiß? Nein. Ich war immer der Meinung, die hellstmögliche Fellfarbe bei uns kommt gerade an den Ton einer dünnen Regenwolke heran. Nicht einmal solche, wie du sie aus deinem eigenen Rudel beschreibst, habe ich je gesehen. Weshalb?«

»Aus bloßem Interesse. Ich bin überzeugt, irgendwo auf der weiten Welt existiert auch ein weißer.«

Ein paar Nächte später warteten Arcanus und Tenebrae schweigend und angespannt in der Höhle. Endlich ertönte ein fordernder, hoher Heulruf mit der Bedeutung: *Hilfe! Meine Angst ist weg!*

Die schwarze Wölfin musste schmunzeln. Auf Belua war immer Verlass, vor allem bei albernen Dingen. Und besonders, wenn sie nicht einmal wusste, worum es überhaupt ging.

Kein Nachtwolf würde solch einem Ruf folgen, und jedes Mischwesen würde vergeblich nach der vermeintlichen Versammlung suchen. Tenebrae und Arcanus harrten noch einige Augenblicke lang aus, dann erhoben sie sich, schlichen zum Rand der Schlucht und liefen mit gespitzten Ohren daran entlang nach Osten. Ständig hielten sie an, lauschten, witterten, glitten weiter, stets das Rauschen des Wildbachs neben sich, der ihre Tritte übertönte.

Ohne Zwischenfälle erreichten sie die Grenze. Still schauten sie über das weite Land, welches, abgesehen von vereinzelt wachsenden Birken, offen vor ihnen lag. Einladend für Reisende, abschreckend für heimatliebende Bewohner.

»Dieser Teil des Waldes wurde einst von Menschen für deren Bedarf gefällt«, erklärte Tenebrae. »Sobald die Vegetation dichter und größer wird, näherst du dich dem Revier des Ginsterrudels. Dieses Gebiet wurde noch früher abgeholzt und kehrt bereits mit jungen Sträuchern zurück. Soweit ich weiß, lässt sich die Etappe in einer einzigen Nacht bewältigen, sofern man zügig läuft und nicht rastet.«

Arcanus wandte ihr das Gesicht zu. »Ich bin dir zu tiefstem Dank verpflichtet. Was du für mich getan hast, ist bemerkenswert, und ich werde es niemals vergessen. Selbst, falls wir uns nicht wiedersehen.« Sein Blick wurde ernster. »Du bist im Besitz des nötigen Wissens und hast die Verantwortung für dein Rudel. Beobachte, entscheide vorausschauend und handle, ohne zu zögern. Denke stets an diese Worte: Wenn die letzte Jagd beginnt, wenn Bauern zu Waffen greifen, wenn der Wald Feuer fängt, ist es zu spät.« Ein letztes Mal leckte er Tenebraes Gesicht. Dann fuhr er herum und sprang in die Nacht hinaus, wo er bald hinter den Hügeln verschwand.

Sie sah ihm nach, ein Krater öffnete sich tief in ihrer Brust. Dennoch: Der Plan war reibungslos vonstattengegangen, ein voller Erfolg, über den sie froh sein sollte.

Zwei geschlitzte Augen beobachteten den Flüchtenden ebenfalls. Und grinsten.

Zur nächsten Neumondnacht weigerten sich die Nebel, zu erscheinen. Es musste äußerst frustrierend für die Mischwesen sein, keine neuen Flüche säen zu können. Dennoch kam gelegentlich ein neuer Kranker hinzu, was wohl darauf zurückzuführen war, dass einige der ersten Netrissymbole noch immer aktiv waren.

Mittlerweile war Tenebrae über Arcanus' Abschied hinweggekommen. Nun, nach all der Dramatik, verzehrte sie sich regelrecht nach einem Freudenrausch. Am besten mit Belua; vielleicht auch mit Silex oder ihrer Schwester. Am liebsten mit allen zusammen. Nichts eignete sich besser dafür als eine gemeinschaftliche Jagd.

Belua konnte sie das nicht zumuten, also fragte sie zuerst Silex.

Jener schien bei der Aussicht, mit ihr gemeinsam einen Funken in seinen trostlosen Alltag zu bringen, sofort ein wenig glücklicher, auch wenn ihm die Aktion nicht ganz geheuer war. Die Jagd auf ein großes Tier barg immer das Risiko für Verletzungen. Lapis schloss sich ihnen ebenfalls an.

Lacrima fand sie am Bach trinkend vor, und Tenebrae konnte nicht widerstehen: Sie schlich sich an und überfiel ihre Schwester von hinten. Kurzzeitig verloren sich beide in einem Knäuel aus ausgelassenem Rangeln und Knuffen, wobei Tenebrae erstmals Mühe hatte, sich zu behaupten.

»Nun ja«, meinte Lacrima auf ihre Bemerkung hin ein wenig verlegen. »Das habe ich Vertex zu verdanken. Er kämpfte mit mir, um meine Fertigkeiten zu stärken. Er begann ganz zart, und ich lernte so schnell von ihm wie niemals zuvor.« Und ja, sie hätte nichts gegen eine gemeinsame Jagd, solange Vertex dabei war.

So waren sie letztlich zu fünft.

Nun fehlten bloß noch die Opfer. Jene fanden sich im Morgengrauen nicht weit vom Dorf entfernt: eine Hirschherde, die auf einer Lichtung verteilt ruhte. Die Nachtwölfe beobachteten sie im sicheren Gegenwind und hatten bald die beiden schwächsten Mitglieder erspäht: zwei ältere, kränkliche Hirschkühe, die sich am Rand aufhielten, abgesondert von der eigenen Herde, um die Krankheit nicht zu verbreiten. Es waren ihr Geruch und winzige schwerfälligere Bewegungen, die keinem Raubtier entgingen.

Der Jagdverband brachte sich in Stellung, wortlos und ohne Zeichen. Gespannt und Stück für Stück zogen sie sich vorwärts, bis eine der zwei Kühe den Kopf hob und die Ohren in ihre Richtung stellte. Das Signal für jeden Jäger. Augenblicklich brachen die Wölfe aus ihrer Deckung und schossen auf die Hirsche zu, die panisch davon rannten, während der Rest der Herde nur erschrocken aufsah.

Die fünf Räuber verteilten sich perfekt aneinander angeglichen um ihre Beute, um sie auf einer eigens gewählten Strecke zu halten, und verfolgten sie in dieser Formation bis zu den ersten Anzeichen von Erschöpfung. Die linke Kuh fiel bereits zurück. Lapis als Erfahrenste passte den richtigen Augenblick ab und verbiss sich in ihren Hinterlauf, worauf alle in ihrer Nähe ebenfalls angriffen und Schenkel, Hinterteil und Flanke aufrissen.

Tenebrae, die ganz rechts lief, kam dabei nicht heran, da ihr die zweite Kuh sowie ihre Genossen den Weg versperrten. Kurz darauf stürzte die Beute und wurde sogleich am Hals attackiert. Während die schwarze Wölfin versuchte, eine Lücke in dem Gerangel zu erwischen, hatten die Anderen das große Geschöpf bereits erlegt.

Die Bewegung der zweiten, fliehenden Hirschdame blitzte in ihrem Augenwinkel auf. Tenebrae verfiel ihrem tiefsten Drang und setzte ihr sofort nach. Ihre wölfische Seite war hellwach und verlangte Befriedigung.

Sie hetzte die Beute, forderte ihrem Körper jegliche Energie ab, spürte seine Kraft, genoss seine Ausdauer und holte rasch auf. Die Rufe von hinten hörte sie kaum. Die Schreie von vorne noch viel weniger. Erst ein Pfeil musste über sie hinweg sirren, damit sie stoppte. Die Kuh erstarrte ebenfalls. Einige Schritte vor ihnen ragte eine hohe, hölzerne Wand auf, davor Menschen, Äxte, Lanzen, Bögen. Befehle gellten, weitere Pfeile sausten durch die Luft. War das Dorf so nah gewesen?

Jäger und Beute wirbelten herum und rasten in unterschiedliche Richtungen davon, panisch und orientierungslos.

»Tenebrae, hierher!«, erklang die helle Stimme von Silex, der ihr entgegengelaufen kam. Ohne zu zögern, folgte sie seiner Anweisung und ließ sich von ihm durch ein ausgetrocknetes Flussbett führen, zu beiden Seiten von hohen, mit Gestrüpp bewachsenen Hängen geschützt.

Die Rufe der Männer schallten ihnen hinterher, beruhigend weit weg. Solange sie ihre Geschwindigkeit beibehielten, würden sie problemlos entkommen.

Ein Blitz von Schmerz durchzuckte Tenebraes Bein, riss ihren ganzen Körper zurück, der hart auf dem Boden aufschlug. Hastig rappelte sie sich wieder auf, doch einer ihrer Hinterläufe gehorchte ihr nicht. Ein Blick nach hinten verriet: Ihre Pfote hing in einer Seilschlinge fest, an einem Pfahl befestigt. Verzweifelt versuchte sie, die Falle abzuschütteln. Das zornige Gebrüll kam näher.

»Nicht rühren.« Silex stand plötzlich neben ihr, griff mit einer Tatze in die Schlinge, biss hinein und zog. Sein Leib vibrierte vor angespannter Angst, trotzdem arbeitete er zielgerichtet und konzentriert. Dann war Tenebrae frei. Hektisch sprang sie auf und knickte sofort wieder ein. Ihre Pfote schmerzte fürchterlich, ließ sich kaum aufsetzen.

»Das Seil hat zu heftig daran gerissen.« Silex sah zweifelnd auf sie herab, seine Augen flackerten furchtsam, doch dahinter glomm eine nie gekannte Klarsicht, nüchtern und ernst. »So wirst du ihnen niemals entkommen.«

Und jetzt? Sie werden mich holen! Sie werden mich töten!

»Verwandel dich.«

»Was? Wozu?«

»Tu es einfach!«

Er sah so herrschend aus, so bestimmt, so sicher.

Sie tat es. Während sie noch mit dem Schwindel kämpfte, redete Silex' ungewohnt feste Stimme auf sie ein. »Du wirst ihnen sagen, dass du im Wald Kräuter gesammelt und dich vor den Wölfen erschreckt hast, die Böschung heruntergefallen bist und dir den Fuß verletzt hast. Sie werden nicht verstehen, warum sie dich dabei nicht angriffen, also machen wir es glaubhafter.« Er biss sie in den Arm. Ein Schmerz, den sie kaum spürte. »Ich muss weg. Pass auf dich auf!« Der kleine Nachtwolf rannte davon.

Tenebrae konnte ihm nur verwirrt nachsehen. Was war gerade geschehen?

»Bist du verletzt?«

11
Verstecken und Suchen

Tenebrae wandte sich um und sah in das Gesicht eines Jünglings, der vor ihr kniete und sie besorgt musterte, hinter ihm zwei weitere Männer.

»Äh ... nein. Ich meine ja ... es geht schon, glaube ich.«

»Du bist Eleyn, nicht wahr? Was machst du hier draußen?«

»Ich ... ich wollte Kräuter pflücken für den Winter. Da haben mich die Wölfe erschreckt und ich fiel die Böschung hinunter. Einer hat mich dabei bemerkt und angegriffen. Zum Glück seid ihr gekommen und habt ihn verjagt.«

»Da kannst du wahrlich von Glück reden. Bisher kümmerte es die Bestien nicht, ob Jäger in der Nähe waren.« Er schaute dorthin, wo Silex verschwunden war. »Leider sind sie entkommen. Wir hofften, wenigstens einer würde in die Fallen geraten, die wir hier auslegten.« Er betrachtete die Bisswunde und berührte behutsam die Haut darum herum. »Schmerzt es sehr?«

Reflexartig zog sie den Arm weg. »Das ist nicht schlimm, wirklich. Darum kümmere ich mich gleich.«

»Wie du willst. Nun sollten wir heimkehren, ehe die Bestien wiederkommen. Wir begleiten dich sicher zurück.«

»Nicht nötig, ich komme allein zurecht.«

Der junge Mann sah sie an, als hätte sie verkündet, erst einmal alle Wölfe des Waldes zu erledigen. »Willst du etwa einen Umweg zum Dorf nehmen? Für noch mehr Kräuter? Du solltest dich uns anschließen, nur dann droht dir keine Gefahr.« Er lachte. »Oder möchtest du im Wald bleiben?«

Ja, genau das hatte ich vor.

»Nun komm, ich helfe dir hoch.«

Beim Aufstehen flammte der Schmerz ihrer gezerrten Wolfspfote erneut auf. Zwar war es ein anderer Körper, der Fuß ihres menschlichen Teils vollkommen heil, doch ihre zweite Gestalt war stets bei ihr und damit auch die Verletzung, deren Anwesenheit dumpf in ihr hallte.

»Ist alles in Ordnung?«

»Ich habe mir bloß den Fuß umgeknickt.«

»Dann sollten wir keine Zeit verlieren.« Den kräftigen Arm um ihre Taille gelegt, brachte er sie mit den anderen zwei Männern zum Dorf. Tenebrae überlegte verzweifelt, wie sie dieser Misslage entkommen konnte, doch ihr kam nichts in den Sinn. Andererseits, was machte es schon. Ihre Wochen als Mensch waren längst überfällig. Somit versuchte sie, sich in der kurzen Zeit gedanklich auf das Menschenleben vorzubereiten. Dabei fiel ihr auch der Name des Jünglings wieder ein: Matthias, der Sohn eines Bauern und der beste Holzfäller des Dorfes, was man seiner Statur ansah. Doch eine Sache an ihm war ungewöhnlich.

»Matthias, wo hast du den Bogen her? Und seit wann kannst du damit umgehen?«

»Du hast dich wohl den letzten Monat nicht aus dem Haus getraut. Derzeit mehr als verständlich. Die Männer von der Burg reichen nicht aus, um uns ständig zu schützen. Deshalb hat man einigen von uns Waffen gegeben und den Umgang damit beigebracht. Seither wechseln wir uns mit dem Wachehalten am Holzwall ab.« Er hielt inne. »Wie hast du es eigentlich geschafft, dass die Wächter dich passieren ließen? Niemand wäre so töricht, in dieser schrecklichen Zeit eine junge Frau ohne Begleitung in den Wald zu lassen.«

»Ich ... sie ... sie ...« *Haben geschlafen? Nein, so etwas tun Wachen nicht. Ich habe sie verführt? Unglaubwürdig. Zu Boden geschlagen? Unmöglich!*

Tenebrae biss die Zähne zusammen. Sie sah nur eine Möglichkeit, der Erklärung zu entgehen. Die beschämendste von allen.

Sie täuschte einen Schwächeanfall vor und ließ sich in Matthias' Arme fallen.

»Oh Eleyn, nicht ... komm zu dir! Das alles muss dich sehr mitgenommen haben. Sei unbesorgt, ich bringe dich nach Hause.«

Alles andere als unbesorgt ließ sie sich von ihm und den übrigen beiden Männern durch den Wald führen. Bald kam der Grenzwall in Sicht, der zur Abwehr der Nachtwölfe erbaut worden war. Er bestand aus drei Meter hohen Pfählen, in Abständen nebeneinander in den Boden gerammt, sowie Ranken und

Seilen, die jene zum besseren Halt miteinander verbanden. Zu groß zum Überspringen, zu stark zum Umstoßen. Und er umringte das gesamte Dorf bis zum Fluss, der Reiße, die es auf der gegenüberliegenden Seite begrenzte. Tenebrae fühlte sich beim Passieren der schmalen Lücke, dem einzigen Durchgang, so weit sie sehen konnte, als würde sie einen Kerker betreten.

Der junge Mann brachte sie zu der Hütte, die sie selbst sowie ihre Eltern und Geschwister bewohnten. Carex sollte sich mit seiner Familie dort einquartiert haben. Nachdem sie Matthias losgeworden war, trat sie ein.

Arista empfing sie herzlich, doch vor allem verwirrt und besorgt. Ignis und Cinis sprangen fröhlich um sie herum. Tenebrae hingegen war absolut nicht nach Hüpfen zumute. Ein Rundblick in dem großen Raum mit den Schlafstätten, dem Tisch und den Bänken erinnerte sie daran, was sie hier erwartete.

Einigermaßen gemütlich zusammensitzend klärten sie sich gegenseitig über die Geschehnisse in Wald und Dorf auf. Die Getreideernte war dieses Jahr so schlecht wie lange nicht ausgefallen. Es läge am Wetter, meinte Arista, doch den meisten Bauern reichte das nicht als Erklärung. Manche hielten es für einen Fluch, den die Bestien mit sich gebracht hätten. Hinzu kam die Angst vor der Pest, die in der Stadt im Osten ausgebrochen sei. Alles Gründe, die aus einer Gemeinschaft hilfsbereiter Bauern einen hasserfüllten Haufen gemacht hatten. Überall im Dorf sprühten Funken, die aufflammten, sobald sie auf brennbares Material trafen.

Daraus konnten leicht gewaltige Brände entstehen. Arista erzählte, dass eine Bauersfrau kürzlich eine Totgeburt erlitten hatte. Margarethe, die Hebamme, die ihr beigestanden hatte, war daraufhin angeklagt und inzwischen in die Stadt gebracht worden, damit man dort über sie richtete. Verdacht: Hexerei. Dabei ging es nicht bloß um Kindsmord. Margarethe war schon seit Längerem misstraut worden, der jüngste Vorfall hatte das lediglich bestätigt. Zusätzlich hatte sich die Meinung verbreitet, sie habe ebenso die Ernte verdorben und sogar mithilfe der Macht des Teufels die Wolfsbestien erschaffen, um das Dorf zu vernichten.

Tenebrae und die kleine Familie wurden daraufhin still. All diese Anschuldigungen konnten sie weder bestätigen noch entkräften, doch bei der letzten *wussten* sie, wie falsch sie war. Und hatten dennoch keine Möglichkeit, ihre Kenntnisse offenzulegen.

Das war eines der Dinge, die ein Nachtwolf in der menschlichen Welt als Erstes lernen musste: sich den Meinungen der Masse anzupassen. Zustimmung zu heucheln. Am sichersten lebte, wer stets Gründe entdeckte, andere zu beschuldigen.

Schließlich schwang die Tür auf. Carex durchbrach die bedrückte Stimmung und begrüßte seine Schwester trotz des harten Arbeitstages voller Herzblut.

Dennoch fand Tenebrae in dieser Nacht kaum Schlaf. Noch nie war sie unbeabsichtigt und derart unvorbereitet in das Dorfleben übergetreten. Das Rascheln der Blätter und die Düfte des Waldes zogen durch ihren Geist. Fest hielt sie die Lider geschlossen, um diese Eindrücke zu bewahren.

Es war kalt geworden. Im frühen Licht funkelte Reif auf Dächern und Feldern. Manchmal fielen Flocken, die noch nicht liegen blieben.

Tenebrae zog ihren wollenen Umhang enger. Im Winter hasste sie es am meisten, in ihrem felllosen Menschenkörper zu stecken. Ihre Wolfsgestalt hätte nicht gefroren. Dafür konnte sich ihre verletzte Pfote ungestört erholen und war kaum mehr zu spüren. Silex' Biss war zwar noch sichtbar, schmerzte aber nur leicht.

Es gab wenig zu tun. Obwohl das Feuer im Kamin die Hütte angenehm erwärmte, fühlte sich Tenebrae in dem geschlossenen Raum unwohl. Wenn sie sich nicht um die Hausarbeiten kümmerte, mit denen sich Arista und sie abwechselten, lief sie ungeachtet der Kälte draußen herum. So wie jetzt.

Dabei beschäftigte sie sich vor allem damit, ein gewisses Mädchen zu beschatten: Cinis. Tenebrae hatte überlegt, ihre Eltern von den Streifzügen ihrer Tochter in Kenntnis zu setzen, es aber angesichts der Wiedersehensfreude der Kinder nicht über sich gebracht. Außerdem war sie selbst in ihren jungen Jahren gerne ausgerissen und konnte es ihren Nichten nicht missgönnen.

Tatenlos bleiben aber ebenso wenig, nicht in diesen gefährlichen Zeiten.

Daher versuchte sie die beiden Schwestern zu beobachten, wann immer sie sich draußen aufhielten. Heute war sie besonders gespannt, denn Ignis fühlte sich nicht gut und war im Haus geblieben, worauf Cinis allein draußen spielen wollte. Tenebrae ging kurz danach hinterher, konnte sie jedoch nicht finden und lief vor dem Tor zum Wald auf und ab. Wie schaffte die Kleine es an den Wachen vorbei? Noch war nichts von ihr zu sehen.

In der Ferne huschte ein dunkelhaariges Mädchen über die Straße. Es sah nach der Gesuchten aus, doch steuerte sie nicht den Ausgang an, sondern eine andere Stelle des Schutzzauns; sehr zielstrebig und mit Blicken in alle Richtungen.

Unauffällig eilte Tenebrae ihr nach, folgte ihr bis zum Grenzwall und sah sie hinter einer Hütte verschwinden. Langsam schlich sie näher und spähte in den Spalt zwischen Haus und Zaun. Von dem Mädchen keine Spur. Aufmerksam suchten Tenebraes Augen den schmalen Bereich ab. Da fiel ihr ein Loch in der Umzäunung auf. Offenbar hatten die Erbauer an dieser Stelle schlampig gearbeitet. Einer der Stämme stand schief, unten zu weit vom vorigen entfernt, dafür berührten sich ihre Spitzen. Die Lücken waren mit Seilen zugebunden worden, doch ganz unten hatte jemand das Material zerschnitten und einen Durchschlupf freigelegt; gerade breit genug für einen Welpen.

Tenebrae würde hier auf das Mädchen warten und es zur Rede stellen.

Unauffällig stellte sie sich neben die Hütte.

»Sei gegrüßt, Eleyn.«

Sie zuckte zusammen. Wohl nicht unauffällig genug. Sie drehte den Kopf und sah denjenigen lächelnd auf sie zu spazieren, den sie gerade am wenigsten sehen wollte.

»Ich habe von deinem kleinen Unfall gehört und wollte dich gerne wiedersehen. Jetzt können wir über alles reden, was in der Zwischenzeit vorgefallen ist.«

»Nun, nicht viel. Eigentlich gar nichts.«

»Tatsächlich?« Caedes' Blick war erstaunt. Im nächsten Moment betrachtete er sie distanzierter.

Verdammt, warum kann ich nicht besser lügen?

»Das ist gewiss dem Erfolg unserer bisherigen Arbeit zu verdanken. Doch viel Raum zum Feiern bleibt uns nicht mehr. Du hast sicherlich die Unruhen bemerkt, Eleyn. Bleib wachsam und sieh dich vor. Du weißt, falls einer von euch Hilfe braucht, findest du bei mir immer ein offenes Ohr.«

Damit verabschiedete er sich. Tenebrae sah ihm zweifelnd nach und atmete auf, als er aus ihrem Blickfeld verschwand.

Um sich abzuregen, spazierte sie ein wenig Richtung Ostende des Dorfes, nicht weit weg, sodass sie rechtzeitig zu Cinis' Rückkehr wieder bei der Zaunlücke sein sollte.

In der Ferne begrenzte der Holzwall die Siedlung. Zwei Wachen standen im Durchgang, der so breit war wie die Straße, um auch Wagen den Weg freizugeben. Sie würden nur diejenigen hinauslassen, die triftige Gründe dafür hatten, und welche konnten das zu dieser Jahreszeit schon sein? Es sah schlecht aus für die Nachtwölfe.

Ein Schatten huschte am Rand ihres Blickfelds vorüber. Wachsam drehte sie den Kopf. Links von ihr, in einer kleinen Senke innerhalb einer Flussbiegung, stand ein Ring aus Erlen, Weiden und deren jüngeren Gebüschen. Dahinter versteckte sich, kaum zu sehen hinter den feinen Zweigen, ein winziges Häuschen, von Efeu und Geißblatt umwunden. So unauffällig und doch so fremd, als würde es nicht hierher gehören. Tenebrae wusste, dass eine Frau allein darin wohnte, mehr nicht.

Davor kauerte das, was ihre Aufmerksamkeit erregt hatte: eine Katze mit satt schwarzem Fell. Das geschmeidige Tier starrte die Nachtwölfin mit funkelndem Blick an, so durchdringend, dass sie glaubte, es könne ihre tiefsten Geheimnisse sehen.

Energisch schüttelte Tenebrae den Kopf. Danach war die Katze verschwunden. Die Nachtwölfin blieb noch einige Augenblicke stehen, dann ging sie zurück zu der Hütte, die Cinis' Fluchtweg verbarg.

Wolke für Wolke zog am Himmel vorüber, während sie an der Ecke wartete. Da endlich ein Rascheln. Eine kleine Wolfsnase lugte aus dem Loch hervor, eine Schnauze folgte und schließlich quetschte sich der gesamte Welpe durch die Lücke, verwandelte sich, stürmte los und lief direkt in Tenebraes Arme.

»He, lass los, was soll das?!«

»Jetzt weiß ich endlich, wie du in den Wald gelangst. Hat dir Arista nicht beigebracht, wie gefährlich es ist, sich innerhalb des

Dorfes zu verwandeln? Wenn dich jemand sieht, ist das dein Tod. Ich will wissen, was das soll, und erzähl mir nicht wieder, du würdest einen Freund treffen. Du hast keine Gleichaltrigen im Rudel.«

»Ich treffe sehr wohl einen Freund! Bloß nicht aus dem Rudel.«

»Dann verrate mir, wer dieser ominöse Freund ist, und ich überlege mir noch einmal, das alles deiner Mutter zu erzählen.« Sie erwartete nicht wirklich eine Antwort.

»Ein Mischwesen.«

Tenebraes Blick wäre nicht schockierter gewesen, hätte Cinis ›der König‹ gesagt. »Das meinst du nicht ernst.«

»Oh doch.«

»Hast du Pellis und Penna schon vergessen?«

»Keinesfalls. Und *sie* hasst die Geschichte genauso wie ich.«

»Cinis, diese *sie* könnte das nur vortäuschen, um dein Vertrauen zu gewinnen und dich zu unser aller Schaden zu missbrauchen. Jedes Mischwesen will nichts anderes als unseren Untergang.«

»Dieses nicht. Ihr Erwachsenen denkt immer, ihr wisst alles besser, und wir naiven Kleinen können nichts durchschauen. Manchmal ist es aber genau andersherum!«

Damit schlüpfte sie aus Tenebraes Griff. Jene versuchte nicht einmal, sie aufzuhalten, sondern richtete sich bloß auf und starrte die Lücke im Zaun an.

Schlagartig kam ihr eine Idee. Egal, ob Cinis' Ausflüge richtig oder falsch waren, durch sie ergab sich eine Möglichkeit, mit dem Rest des Rudels Kontakt aufzunehmen. Vielleicht konnte das trotzige Kind ihnen noch nützlich sein.

Ächzend setzte sich der Karren in Bewegung und holperte davon, beladen mit Benusch, einer weiteren Frau, die verdächtigt wurde, sich mit dem Teufel eingelassen zu haben. Die Menge sah ihr zufrieden und verächtlich hinterher, als hätten sie sich einer

Plage entledigt. Tenebrae hingegen beobachtete, in den Schatten einer Hauswand gedrängt, das Schauspiel mit Wut und Furcht.

Benusch war für sie wie alle anderen Menschen des Dorfes nichts weiter als eine Person unter vielen. Eine alte Frau, die oft übellaunig war und Selbstgespräche führte. *Unterredungen mit dem Teufel*, wisperten die Leute. Eine Witwe, die sich, ohne verbliebene Kinder, kaum selbst versorgen konnte. *Sie hat allen Grund, einen Pakt einzugehen*, zischten die Leute. Eine einsame Seele, die allein mit einer Katze zusammen lebte. *Ein Dämon in ihrem Haus!*, riefen die Leute.

Tenebrae fühlte eine Spur von Mitleid. Sie verstand nicht, wie diese Beobachtungen ausreichten, jemanden in den Kerker zu werfen oder gar hinzurichten. Sie selbst hatte den Teufel noch nie gesehen und glaubte nicht an die Existenz irgendeines unsichtbaren Wesens, dessen Präsenz sie nicht einmal spürte. Für sie als Wölfin zählten andere Mächte: Mond und Sonne, Erde und Wasser, die Wechsel der Jahreszeiten. Aber eine über allem schwebende Gottheit? Darunter konnte sie sich nichts vorstellen und somit besaß es keine Bedeutung.

»Ich weiß, wie du dich fühlst.«

Tenebrae schrak auf. Eine Frau war neben sie getreten, mit langen Haaren, so schwarz wie die ihren. Ebenso betrübt schaute sie dem sich entfernenden Wagen nach.

»Es ist fürchterlich, solche Ungerechtigkeiten widerstandslos ertragen zu müssen.«

Die Nachtwölfin betrachtete sie skeptisch. »Wer bist du? Ich habe dich hier noch nie gesehen.«

»Das konntest du auch nicht. Ich floh aus einem anderen Dorf genau vor den Dingen, die hier auch nicht besser sind. Mein Name ist Ursula.«

»Eleyn.« Sie gab ihr die Hand. »Du glaubst demnach den Anschuldigungen gegen Benusch nicht?«

»Es sind Gerüchte, mehr nicht.« Sie seufzte. »Es ist so schwer, die Wahrheit hinter allem zu erkennen. Wer harmlos ist, wer eine Bedrohung. Vielleicht haben sie recht, vielleicht irren sie sich. Man kann sich nie sicher sein. Es gibt viele, deren Rolle mir schleierhaft erscheint. Wie der mit dem flammenden Haar, Casimir. Er lebt hier auch erst seit kurzem. Kennst du ihn?«

»Ja«, antwortete Tenebrae vorsichtig.

»Ich weiß nicht recht, was ich von ihm halten soll. Er glaubt, die Angriffe dieser schwarzen Wölfe seien nun vorüber. Auch fiel mir auf, dass er die Gerüchte um Benusch nicht unterstützte. Allerdings unternahm er ebenso wenig aktiv dagegen.«

»Das würde niemand tun, dem sein Leben etwas wert ist.«

»Er verhält sich dennoch merkwürdig. Wie denkst du über ihn?«

»Ich habe keine Ahnung.« Das hatte sie wirklich nicht mehr. Weshalb sollte Caedes die Meinung vertreten, die Gefahr durch die Bestien bestünde nicht länger? Ein Hauch von Zweifel gegenüber Arcanus wuchs in ihr, den sie vehement beiseite wischte. »Ich weiß zu wenig über ihn, um ihn wahrheitsgetreu zu beurteilen.«

»Ja, das geht mir ebenso. Er scheint sich sehr für die schwarzen Wölfe zu interessieren, erkundigt sich nach jeglichen Beobachtungen und zeigt weder Furcht noch Abscheu. Beinahe, als wolle er sich auf ihre Seite stellen.«

Redeten sie wirklich über denselben Caedes? Es musste für all das eine Erklärung geben. Arcanus konnte nicht gelogen haben. Er durfte es nicht!

»Nun, was auch immer in ihm vorgeht, Eleyn, ich werde ihn nicht verurteilen. Man muss den Dingen Zeit geben. Auch Caedes wird sich irgendwann offenbaren.«

Ursula verabschiedete sich und ging langsam davon.

Tenebrae sah ihr nach und wandte dann den Blick ab. Sie konnte nur hoffen, Caedes' wahre Absichten baldmöglichst zu erfahren.

Schlagartig überkam sie ein seltsames Gefühl. Als würde etwas nicht stimmen. Ganz und gar nicht stimmen.

Da traf sie die Erkenntnis wie ein Pfeil. Heiß und kalt lief es ihr den Rücken hinunter, als sie das Ausmaß ihres Fehlers erkannte. Der letzte Satz glühte in ihrem Gedächtnis auf, und das Wort, das falsche Wort, dröhnte ihr in den Ohren wie die Versagen verkündende Glocke des Kirchturms:

Auch Caedes wird sich irgendwann offenbaren.

Caedes. Nicht Casimir!

12

Der Funke flammt auf

»Und deshalb, Freunde, müssen wir sie ein für alle Mal erledigen!«

Die Leute in der Menge schauten sich unsicher an, gleich einer Schafherde, die nicht wusste, ob sie dem rothaarigen Hund auf dem Holzstapel gehorchen soll oder nicht.

Caedes seufzte. »Brüder, Schwestern, ich weiß, ihr kennt mich nicht, und ich kenne euch nicht. Und dennoch riskierte ich so viel, um euch zu warnen.« Er warf die Hände in die Luft. »Ich erlebte es! Alles! Jeden Angriff, das Leid, die Angst. Ihr sagt, ihr habt einen Grenzwall errichtet? Ein paar Pfähle und Seile? Um euch vor wilden, mächtigen Bestien zu schützen? Glaubt ihr wirklich, das könnte sie aufhalten?« Seine Augen bohrten sich in jeden Anwesenden. »Sicher, sie werden nicht alle von euch auf einmal angreifen. Aber immer wieder. Und nach und nach werden eure Frauen verschwinden, eure Männer nicht mehr heimkehren, eure Kinder von reißenden Kiefern verschleppt werden. So lange, bis niemand mehr von euch übrig ist, die armen Opfer zu betrauern. Wenn das euer Wunsch ist, so werde ich euch nicht aufhalten. Und gehen.«

Schluchzen und leise Jammerlaute ertönten aus der Menge. Man drängte sich aneinander, tuschelte. Jemand weinte.

»Doch wenn ihr leben, das Böse besiegen wollt, müsst ihr mir zuhören. Ich kenne diese Kreaturen. Und ich kenne ihre Schwachstellen. Es sind dumme, nach Blut lechzende Bestien, die nichts sehen außer ihrer eigenen Gier. Ihr braucht ihnen lediglich eine Waffe entgegenzuhalten, und sie werden direkt hineinlaufen.« Caedes schlug die Faust in seine hohle Hand. »Ruft alle Männer zusammen, die stark genug sind, eine zu tragen. Holt Pfeil und Bogen! Ihr könnt euch nicht auf eurem Burgherren ausruhen. Nehmt euer Schicksal in die eigene Hand!«

Er streckte die Faust zum Himmel. »Fürchtet euch nicht vor der Dunkelheit. Es sind Geschöpfe der Nacht, am Tage werdet ihr sie nicht finden. Die Wolken ziehen weiter. Der Mond wird voller.« Theatralisch breitete er die Arme aus. »Die heutige Nacht wird hell erleuchtet sein. Wir werden vielleicht nicht alle erwischen, aber den Großteil. Genug, um später zum finalen Angriff überzugehen.« Kurz wartete er die Reaktion ab, die noch nicht seinen Wünschen zu entsprechen schien. »Nun antwortet: Wollt ihr euch verstecken wie feige Hunde und auf die Hilfe eures Herrn warten? Oder wollt ihr für eure Familien in den Kampf ziehen, wie es sich für einen Mann gehört?«

Gebrüll schlug ihm entgegen:

»Für unsere Familien!«

»Pfeift auf den Herrn!«

»Nieder mit den Bestien!«

Tenebrae schloss die Augen. Einige Augenblicke lang hatte sie gehofft, das Dorf würde Caedes nicht ernst nehmen. Wenigstens zu feige sein für seine Pläne.

Sie sah wieder auf. Die Ersten zerstreuten sich bereits für die Vorbereitungen, die Übrigen jubelten ihrem Helden zu. Jener strahlte über das ganze Gesicht. Begeistert ließ er seinen Blick über die Menge schweifen, bis er an Tenebrae hängenblieb. Sein Grinsen wurde so widerwärtig wie der Geruch nach verbranntem Fleisch.

Verbissen wandte sie sich ab. Es war ihre Schuld, dass Caedes in die Offensive gegangen war. Ihr letztes Gespräch musste sein Misstrauen geweckt haben. Vermutlich hatte er überprüfen wollen, ob Arcanus sie inzwischen über alles aufgeklärt hatte. Das gesamte Gerede Ursulas war nichts weiter als ein Verhör gewesen, das Tenebrae bereitwillig beantwortet hatte. Missmutig trat sie zu den restlichen Nachtwölfen, die sich am Rand versammelt hatten.

»Es ist aussichtslos«, sagte Ventus gerade. »Auf diese Weise werden ihnen etliche zum Opfer fallen. Und wir haben keine Möglichkeit, sie zu warnen.«

»Könnten sich nicht ein paar von uns zum Wachdienst einteilen lassen?«

»Nein, Caltha, leider nicht. Das übernehmen immer die Wachen von der Burg. Manchmal ist ein Bauer dabei, aber nie ausschließlich.«

»Und sie ziehen bereits heute Abend hinaus!«

»Das heißt, wir haben noch einen Tag Zeit.« Tenebrae zog die Stirn in Falten. »Es besteht eine Möglichkeit, das Rudel zu warnen. Doch hierfür brauche ich das Einverständnis einer bestimmten Person.«

»Nein, oh nein. Unter keinen Umständen!«

»Sie ist die einzige Chance, die das Rudel hat, Arista.«

»Und zufällig meine Tochter. Die Idee ist gut, Tenebrae, und natürlich will ich das Rudel schützen. Aber nicht durch sie!«

»Durch wen sonst, Liebes?«, brachte sich Carex ein und legte den Arm um die Schultern seiner Gefährtin. »Keiner ist klein genug für solch ein Loch.«

Aristas Gesicht fuhr entgeistert zu ihm herum. »Du willst doch nicht ernsthaft dein Kind da durchschicken?«

»Sie kann es«, bekräftigte Tenebrae. »Sie hat es bereits öfter getan, und nie ist sie gesichtet worden. Wir können in der Nähe warten und aufpassen, dass niemand sie entdeckt. Lange muss sie nicht draußen bleiben. Sie soll bloß dem ersten Nachtwolf, den sie trifft, alles erklären, damit jener es dem Rest weitergeben kann.«

»Hab Vertrauen, Arista. Die Gefahr für Cinis ist gering. Ganz im Gegensatz zu der, in der das Rudel schwebt, wenn wir nichts unternehmen.« Carex zog seine Gattin sanft an sich.

»Also schön. Aber lasst mich vorher ein Wort mit ihr reden.«

Während sich Mutter und Tochter unterhielten, versuchte Tenebrae, den Kopf in der frischkühlen Luft frei für Überlegungen zu bekommen. Anscheinend hatte Caedes nicht bloß Kontrolle über die Mischwesen, sondern auch über den ein oder anderen Menschen. War Ursula Teil seines Gefolges? Andernfalls hätte sie wohl kaum seinen wahren Namen gekannt. Und dieser Fremde damals mit den rotgoldenen Haaren, gehörte er ebenfalls dazu? Wie viele gab es von ihnen? Und was nützte ihnen ihre Folgsamkeit?

Tenebrae blieb stehen. Sie war bis ans Ostende gewandert, in die Nähe des verborgenen Häuschens. Gelegentlich stieß die Sonne durch die Wolkendecke, verschwand aber sofort wieder. In den Lichtflecken räkelte sich nicht weit von ihr die schwarze Katze. Sie hatte die Augen halb geöffnet, diesmal nicht mit einem durchdringenden, sondern sanften, beobachtenden und fragenden Blick. Sie rollte sich auf den Bauch und sah die Nachtwölfin erwartungsvoll an. Das Fell des Tieres glänzte seidig im Licht, fast so dunkel wie das ihrer Wolfsgestalt.

Tenebrae konnte nicht anders. Sie kniete sich zu dem Geschöpf, streckte die Hand aus und wandte den Blick ab. Die Katze nahm die Einladung an und rieb ihren Kopf an den Fingern. Wenig später genossen sie beide gegenseitige Zuneigung. Trost für das schwere Leben, welches jede von ihnen führte.

Es hieß, dass sich der Teufel in den Gestalten von bestimmten Tieren unbemerkt in die Welt der Menschen schleichen konnte. Der durchdringende, manchmal grünlich schimmernde Blick der Katze galt als deutlichstes Zeichen dafür und verurteilte sie als Hauptträger des Bösen. Für Tenebrae waren das nichts weiter als Ammenmärchen. Das angeblich unheimliche Leuchten kannte sie von den Augen vieler Tiere. Sogar bis hin zu Insekten. Sie war sich nicht sicher, was es zu bedeuten hatte, und scherte sich auch nicht darum. Aber irgendeine erfundene Figur steckte bestimmt nicht dahinter.

Während sie das schwarze Geschöpf kraulte, ruhte ihr Blick auf dem Wald. Ihrer Heimat. Würde sie je wieder dorthin zurückkehren können? Würde es ihr gelingen, ihr Rudel zu retten? Nach allem, was Caedes vorhin gesagt hatte, stand der letzte Schlag noch nicht unmittelbar bevor. Doch er hatte bereits vom Finale gesprochen. Viel Zeit blieb ihr nicht mehr, das drohende Unheil abzuwenden.

Sie seufzte. Warum mussten sie sich zusätzlich mit diesen Problemen auseinandersetzen, wenn die Nachtwölfe es ohnehin schon so schwer hatten? Tenebrae war es leid, sich all der Qual beugen zu müssen. Die Sicherheit vor den Menschen und Mischwesen war wichtig; doch sie war ihr nicht länger genug.

Die ganze Existenz ihrer Art beruhte auf drei Grundsätzen: verstecken, verstellen und beschränken. Sie wollte das nicht mehr. Ihr wildes Herz sehnte sich nach bedingungsloser Freiheit, nach einem Leben, welches sie offen, voller Aufrichtigkeit und Erfüllung genau so führen konnte, wie es ihrem zweigestaltigen Wesen entsprach.

Plötzlich fühlte sie sich beobachtet. Wachsam schaute sie sich um und entdeckte das Gesicht der Frau in der Tür des hinter Zweigen verborgenen Häuschens. Zu schnell, um ihren Ausdruck zu deuten, verschwand sie wieder.

Die Katze erhob sich, streckte ihren Körper und folgte der Frau ins Haus. Tenebrae kehrte zurück zur Hütte ihres Bruders. Gemeinsam begleiteten sie Cinis zum Durchschlupf.

Alles war tadellos verlaufen. Cinis hatte ihre Aufgabe ohne Schwierigkeiten erledigt. Die Nacht verbrachte die Familie angespannt und wach. Sie konnten nur hoffen, dass das Rudel die Warnung eines Welpen ernst nahm und entsprechende Vorkehrungen treffen würde.

Im Morgengrauen warteten sie vor dem Durchgang in den Wald unruhig auf die Rückkehr der Männer. Nicht als Einzige. Fast die gesamte Gemeinde war versammelt.

Endlich Schritte, schwer und müde. Die mutigen Bauern betraten das Dorf, von einer sich vorsichtig öffnenden Blüte aus Jubel empfangen, die sofort wieder in sich zusammenfiel. Mit finsteren, vor Wut und Enttäuschung verzogenen Gesichtern schlurften sie herein. So sehr sich ihre Gattinnen auch reckten und verrenkten, sie konnten keine Beute entdecken, keinen Kopf, nicht einmal ein Fell. Die Köcher waren gut gefüllt, die Lanzen, Äxte und Heugabeln rostig, doch unbefleckt.

»Aber ihr habt sie gewiss gesehen?«, raunte eine Frau.

»Nichts haben wir gesehen!« Ein Mann rammte seine Axt in den Boden und schleuderte den Köcher weg. Seine Gefährten taten es ihm gleich.

»Wo ist dieser schwachsinnige Narr?! Du.« Einer zeigte auf Caedes, der die Ankunft in der vordersten Reihe erwartet hatte. »Was sollte das? Die ganze Nacht haben wir dort draußen in der Kälte ausgeharrt, müde und hungrig, und kein einziges Geschöpf größer als ein Igel ließ sich blicken! Jetzt lass dir mal eine gute Entschuldigung einfallen.«

Tenebrae konnte ihr Grinsen kaum im Zaum halten. Wie tat es gut, den wortgewandten Redner mal völlig sprachlos zu sehen.

»Ich ... ich verstehe das nicht. Das muss ein dummer Zufall sein. Ich kann ...«

»Ach, bleib mir weg mit deinem Gefasel. Komm wieder, wenn du eine bessere Erklärung hast.«

»Aber es ist nicht meine Schuld. Sie haben mich überlistet!«

»Wer? Die Bestien? Sagtest du nicht, sie seien dumm?«

Ein höhnisches Lachen polterte durch die gaffenden Reihen. Caedes lief indes so rot an wie seine Haare. »Ich weiß, warum sie nicht dort draußen waren. Sie sind unter uns!«

Einen Herzschlag lang war Stille. Bis ein so herzhaftes und lautes Gelächter ausbrach, dass selbst die Kirchenglocke nicht dagegen angekommen wäre.

»Ich schwöre! Ihr Narren, ich werde es euch beweisen!« Wutschnaubend zog er sich aus der Affäre, ließ die sich langsam auflösende, noch immer lachende Menge hinter sich, entdeckte Tenebrae am Rand und lief mit geballten Fäusten auf sie zu.

»Du! Du und der Abschaum von deinesgleichen, was habt ihr getan? Wie konntet ihr sie warnen?«

»Bist du so dumm zu glauben, ich würde dir das sagen, du feiger Heuchler?« Wozu sich unschuldig stellen? Was konnte er hier schon tun, im Blickfeld aller anderen.

»Ich warne dich, Eleyn. Treib es nicht zu weit. Ich werde nicht vergessen, was ihr mir angetan habt!«

»Angetan? Ich finde, die Leute waren viel zu gütig.«

»Sie haben mich ausgelacht!«

Es klang wie der Weltuntergang.

»Ein wenig mehr Spaß täte dir sicher gut.«

»Du wirst es noch bereuen, mich lächerlich gemacht zu haben. Darauf kannst du dich verlassen. Es ist noch nicht vorbei!« Zornig stapfte er davon.

»Weiß er von unserem Schlupfloch?« Carex war hinter Tenebrae getreten.

»Nein. Doch das bedeutet nicht, dass wir sicher vor ihm sind. Er wird andere Wege versuchen.«

Ihr Bruder schüttelte den Kopf. »Trotz jedes kleinen Sieges sieht es übel für uns aus. Zu alledem ist Ignis seit heute Morgen krank. Sie hustet und hat Fieber.«

»Weidenrinde könnte ihr helfen«, überlegte Tenebrae. »Es wachsen welche am Ufer der Reiße, nahe dem Osttor. Ich statte ihnen einen Besuch ab und sehe dich dann im Haus.«

Am Ostende angekommen betrachtete sie die Bäume mit Argwohn. Sie standen dem versteckten Häuschen viel zu nah. Es strahlte eine gewisse Drohung aus, wie die Duftmarke einer Reviergrenze.

Tenebrae schlich darum herum bis zur Rückseite, wo sie sich ein wenig verborgener, aber noch immer unwohl fühlte. Rasch nahm sie ihr Messer zur Hand und legte es am nächstgelegenen Stamm an.

»Hat der Baum dir etwas getan?«

Tenebrae fuhr herum. Die tiefe Stimme gehörte der Besitzerin des Häuschens. Sie war ein paar Jahre älter als die Nachtwölfin. Unbändige, fahlbraune Locken umrahmten ihre kräftige, in ein borkenbraunes Kleid gehüllte Gestalt bis zur Hüfte.

»Ich brauche die Rinde für meine Nichte.«

»Dann komm. Ich habe welche übrig.«

Eine seltsame Aura umgab diese Frau, fremd und zugleich bekannt. Ehe sie es richtig bemerkte, stand sie bereits vor ihrem Haus und trat durch die Türöffnung, verhangen von einem Stoff, der von der Holzmaserung des restlichen Häuschens kaum zu unterscheiden war.

Eine Welle von Macht und würzig süßlichem Duft schlug ihr entgegen. Sie liefen durch einen schmalen Gang, links und rechts von Tüchern eingerahmt, welche die beiden Ecken abtrennten, sodass zwei kleine zusätzliche Räume entstanden. Drei Schritte weiter war der restliche Innenraum komplett zu sehen. Es war warm, obwohl kein Feuer brannte. Es existierte nicht einmal eine Stelle dafür.

Auf der einen Seite standen schmale Tische mit allerlei Pflanzenteilen, Haushaltsgegenständen und anderen, teils unbekannten Dingen darauf und darunter. Dort kramte die Frau herum. Tenebrae entdeckte Kräuter, Blätter, Zweige und getrocknetes Obst, Schalen, Mörser, Töpfe und Messer, kunstvoll geschnitzte Äste und Steine, auch kleine Erdhaufen.

Der Raum wurde von einem zarten Schein erhellt, obwohl kein Fenster vorhanden war. In den Wänden waren Pflanzenteile eingearbeitet und Symbole eingeritzt worden. Aus dem Schatten einer Ecke funkelten zwei grünliche Punkte. Die schwarze Katze trat hervor, strich der Nachtwölfin einmal um die Beine und legte sich wieder hin.

»Diese Katze gehört also dir.«

»Nein.«

»Nicht?«

»Kein Lebewesen gehört irgendwem. Wir ziehen uns bloß zufälligerweise in dasselbe Haus zurück.«

»Hat sie einen Namen?«

»Sicher.«

»Und wie lautet er?«

»Keine Ahnung. Sie hat ihn mir noch nicht verraten.«

»Ich meine, wie nennst du sie?«

»Alraune.«

Die Benannte ließ sich mit halbgeschlossenen Augen nieder und gähnte.

»Mir scheint fast, du legst es darauf an, als Hexe verurteilt zu werden.«

»Ich weiß mich zu schützen.«

»Wie lange noch? Die Unruhen werden heftiger. Sobald der Winter mit seinen Stürmen und Frösten gekommen ist, werden die Anklagen nur so fliegen.«

»Wem sagst du das.« Die Frau reichte Tenebrae die Rinde. »Deswegen solltest du von hier verschwinden.«

Sie wäre gerne noch länger geblieben, wurde aber förmlich aus dem Haus geschoben. Immerhin hatte sie, was sie wollte.

Der Scheiterhaufen vor der Kirche war geradezu winzig. Alles, was die Reste hergaben, die keine Verwendung für den Schutzwall gefunden hatten. Weniger unheilvoll machte ihn das nicht.

Margarethe war bereits daran festgebunden. Die Gemeinde hatte darum gefleht, sie hier und nicht wie üblich in der Stadt hinzurichten, um durch diese Tat dem Bösen, welches ihr Dorf heimsuchte, etwas entgegenzusetzen. Als Zeichen, dass sie den guten Glauben nicht verloren hatten.

Der Abend drängte das Licht immer mehr zurück. Die Menge auf dem Platz raunte durcheinander. Tenebrae hörte sie kaum. Ihr war, als stünde sie nicht wirklich hier.

Unser Verdacht war richtig. Sie hat es gestanden. Eine echte Hexe.

Es war der Frau auf dem Scheiterhaufen nicht anzusehen. Margarethe starrte blicklos vor sich hin, eine Spur Reue in den müden Augen, doch noch viel mehr Angst und verzweifeltes Unverständnis.

Tenebrae konnte nicht beurteilen, was von den Gerüchten stimmte. Dennoch fühlte sie nichts als Mitleid. Sie wusste, es könnte genauso gut sie selbst sein, die dort auf Gottes Strafe wartete. Eigentlich hätte sie zu ihrem eigenen Schutz alles daran setzen müssen, erfreut auszusehen. Doch dazu fand sie nicht die Kraft.

Die Flammen züngelten gen Himmel, das Knistern des Holzes begleitete die Schreie. Das grelle Licht vertrieb die Dunkelheit und verbreitete seine Wärme. Dieser Gewalt Herr zu werden, es war der brennende Wunsch der Menschen seit Anbeginn der Zeit. Inzwischen glaubten sie, das Feuer kontrollieren zu können. Doch das war ein Irrtum. Sie waren lediglich einen Pakt mit ihm eingegangen und mussten dafür hin und wieder zahlen.

Der Geruch des Rauchs stach ihr immer schärfer in die Nase. Schließlich hielt sie es nicht mehr aus und verließ das Geschehen, scherte sich nicht darum, ob jemand sie beobachtete. Im Dunkeln lief sie allein bis zum Haus zurück und wartete auf die anderen.

In dieser Nacht entfachte kein Nachtwolf ein Feuer. In ihren Seelen brannte es heiß genug.

13
Vollmondnacht

Sie rannte. Hinter ihr Feuer. Neben ihr Feuer. Vor ihr ein Ungetüm. Ein gigantisches Mischwesen. Es scharrte. Heulte. Bellte.

Tenebrae schlug die Augen auf. Die Bilder des Traumes verblassten. Das Scharren blieb. Erneut ein leises Bellen, ein Jammern. Zart, aber nicht weniger verzweifelt. Mit wachen Sinnen richtete sie sich auf. Die anderen schliefen fest auf ihren Strohmatten, vollzählig.

Nur Arista hob den Kopf und blinzelte ihr verschlafen entgegen. »Ist etwas?«

»Diese Geräusche«, flüsterte Tenebrae. »Da scheint jemand zu leiden.«

Die Nachtwölfin ihr gegenüber lauschte. »Wahrscheinlich ein streunender Hund. Nichts, wofür wir uns verantwortlich fühlen müssten.« Arista drehte sich um und schlief kurz darauf ein.

Das Jaulen hörte nicht auf. Noch einmal ein Scharren, und die Laute ertönten aus größerer Entfernung.

Tenebrae stieß leise die Luft aus. Obgleich es sich nicht um ein Rudelmitglied handelte, sie wusste, sie würde nicht ruhen können, ehe sie herausgefunden hatte, wer da in Not war. Angespannt griff sie nach ihrem Umhang und trat hinaus in die Dunkelheit. Rund und strahlend schaute der Mond ihr aus einem leicht bewölkten Himmel entgegen. Wie gern hätte sie ihn besungen.

Mit leisen Tritten folgte sie den Geräuschen die Straße entlang. Still lagen die Häuser um sie herum verstreut, das Jammern ließ die übrigen Dorfbewohner kalt. Wieder ertönte es, begleitet von einem Knurren. Sein Ursprung befand sich hinter einem der Gebäude. So langsam und vorsichtig wie möglich schlich sie an der Längswand nach vorn und spähte um die Ecke.

Eine Falle. Der letzte Gedanke, den sie noch fassen konnte, bevor jemand sie zu Boden warf und ihr die Kehle zudrückte. Tenebrae japste nach Luft und schlug um sich. Kein Entrinnen. Ihre menschliche Gestalt war zu schwach, der Angreifer riesig. Sie versuchte zu schreien, brachte keinen Laut heraus. Ihr Gegner riss nicht an ihrem Hals, er durchtrennte ihn nicht. Er drückte bloß zu und hielt still.

Tenebrae musste den Körper wechseln. Ihr war klar, dass genau darin der Plan bestand. Doch was blieb ihr für eine Wahl? Sie erstickte. Allen inneren Warnungen zum Trotz verwandelte sie sich. Sofort ließ der Angreifer los, stürzte sich nun in einem richtigen Kampf auf die noch leicht benommene Wölfin und gab dabei einen höllischen Lärm von sich.

Tenebrae versuchte vergeblich, ihn abzuwehren. Es war ein Mischwesen, bedeutend riesiger, als die Tierkörper es hätten hergeben dürfen: vorne Fuchs und hinten Molch, mit einem zusätzlichen Käferbeinpaar sowie roten Flügeldecken. Sein intensiver Geruch drang in ihre Nase, und für einen Moment glaubte sie, ihn wiederzuerkennen.

Doch für eine tiefere Gedächtnisleistung blieb keine Zeit. Erbittert zwang ihr Gegner sie nieder und presste sie auf den Bauch. Aus den Augenwinkeln sah sie seine erhobene Pranke, die mit bläulichem Schimmer auf ihre Schulter niedersauste. Dem Schmerz folgte ein ebenso heftiges Echo, ein nie empfundenes Gefühl. Gellend jaulte sie auf und befreite sich aus seinem Griff. Bereit für den nächsten Angriff stellte sie sich ihm entgegen. Er jedoch zog sich zurück und beschwor seine Hülle herauf. Einen Moment später sah sie einen Mann vor sich, der qualvolle menschliche Schreie ausstieß. Rote Flecken entstanden an seinem ganzen Körper. Da erst erkannte sie, was er vorhatte.

Tenebrae fuhr herum. Vom Gebrüll alarmiert rannten von überall Menschen mit Fackeln herbei und kreischten bei ihrem Anblick. Panisch stürzte sie davon, der Finsternis in die schützenden Arme. Folgte ihr jemand? Schossen sie auf sie? Vorsichtshalber schlug sie Haken, raste durch die Straßen, so weit sie konnte.

Im Schatten einer Scheune fand die Wölfin ein Versteck. Horchte. Witterte. Suchte die Gegend ab. Erst, als sie vollkommen sicher war, nicht beobachtet zu werden, verwandelte sie sich, wartete kurz die Umgewöhnung ab und lief dann geduckt um die Häuser herum zurück zur Straße, an der die rettende Hütte lag. Überall rannten Menschen rufend umher. Sie zögerte, sammelte ihre letzte Energie und stürmte im richtigen Augenblick durch die Tür, schlug sie zu und war in Sicherheit. Vorerst. Vor ihr stand Arista mit ihren Töchtern. Alle starrten sie entgeistert an.

»Was, bei der magischen Erde Nomeras, hast du getan?«

Tenebrae bemühte sich krampfhaft, ihr Keuchen in den Griff zu bekommen.

»Ich bin in eine Falle getappt.«

Keine Sorge, Tenebrae, sie haben keine Beweise. Es besteht kein Grund zur Annahme, dass du es gewesen bist. Das war eine der Bestien und kein Nachtwolf.

Tenebrae atmete tief ein und schritt so locker und beherrscht wie möglich zu der Menschenansammlung vor dem Tor zum Wald und nahm ihren Platz neben Carex ein. Sie musste erscheinen, wenn sie sich nicht verdächtig machen wollte.

Nicht einmal der vergleichsweise warme Morgen konnte die besorgten und ernsten Gesichter der Leute aufheitern. Inmitten der Menge stand das Mischwesen von gestern, unter der Hülle eines Mannes mittlerer Jahre verborgen, der sich scheinbar nur schwer auf den Beinen halten konnte und von Ursula gestützt wurde. Sie mussten zu weitaus mehr fähig sein, als die Geschichten erzählten, und nicht nur das bloße Wesen eines Menschen imitieren können. Nur so ließ sich erklären, warum der Kerl Verletzungen an Stellen trug, die Tenebrae nie getroffen hatte. Nicht weit von ihm stand Caedes, das Gesicht fest und ausdruckslos.

»Ich bin auf der Durchreise in die Stadt gewesen und hoffte, mich hier ausruhen zu können.« Das Mischwesen bemühte sich unter falschem Stöhnen um Standhaftigkeit. »Da sprang mich aus dem Nichts ein großer, schwarzer Wolf an. Er riss mich zu Boden und biss mehrmals zu. Es war kein gewöhnlicher Wolf. Solch eine aggressive Kreatur habe ich noch nie gesehen.«

»Der Beschreibung nach muss es sich um eine der Bestien handeln, die uns derzeit heimsuchen«, überlegte einer der Dörfler.

»Doch das ist unmöglich! Sie können nicht ins Dorf gelangen.«

»Und auch nicht wieder einfach so verschwinden.«

»Aber so viele von uns haben das Biest mit eigenen Augen gesehen. Es war tatsächlich da!«

»Und *ich* kann euch erklären, wo es sich versteckt.« Caedes war vorgetreten. »Ja, ich weiß, ich bin derjenige, der euch kürzlich zu einem erfolglosen Plan riet. Ehe ihr mich erneut abweist, hört mich an: Ich glaube, den Grund für mein Versagen erkannt zu haben. Ich meine, es handelt sich bei diesen Bestien um Werwölfe.«

»Werwölfe? Uns sind die Gerüchte von diesen Menschen bekannt, die bisweilen das Aussehen und Verhalten von Wölfen annehmen. Aber sie sind anders als diese hier. Die Geschichten sprechen von Ungetümen, die auf zwei Beinen laufen.«

»Warum sollten sich diese Wesen nicht im Laufe der Zeit verändert haben? Es gibt keine andere Erklärung für das, was hier passiert ist. Letzte Nacht war Vollmond, nicht wahr? Eine magische Nacht. Lieben nicht alle Wölfe den Mond? Ist ihr Geheul nicht ihm gewidmet? Seine Macht könnte zu der Verwandlung geführt haben. Auch er ändert jeden Abend seine Gestalt. Wird er voll, ist die Verwandlung abgeschlossen und seine Macht am größten. Ich sage euch, er hat einen Menschen zur Bestie werden lassen und diesen Wandel auch wieder rückgängig gemacht. Und damit weilt dieses Ungeheuer noch immer unter uns!«

Ängstliches Murmeln brach unter den Zuhörern aus. Tenebrae schluckte. Carex nahm ihre Hand fest in seine.

»Wenn das stimmt, was du sagst, hätten wir davon bereits etwas mitbekommen müssen. Schließlich hat das Jahr viele Vollmonde.«

»Der Zweifel ist berechtigt. Was aber, wenn dieses Geschöpf zuvor ein ganz gewöhnlicher Mensch war und erst zur Bestie umgewandelt wurde? Das Gift dieser Dämonen fließt durch ihren gesamten Körper. Warum sollten sie es nicht übertragen können? Etwa durch einen Biss?«

Ein Schwall Blut jagte durch Tenebraes Leib. Sie schloss die Augen. Caedes hatte nicht zu viel versprochen. Er rächte sich bitterlichst an ihr.

»Keine Angst«, flüsterte Carex. »Er hat keine Beweise.«

»Und, meine Freunde, weilt nicht eine unter euch, die genau

das erlebte? Die von den Bestien angefallen wurde und auf wundersame Weise nicht den Tod, sondern lediglich einen Biss erfuhr? Ich weiß nicht, was ihr denkt, aber ich finde, sie verhielt sich von diesem Tag an merkwürdig.«

»Das stimmt«, warf Matthias ein. »Sie schien verwirrt nach dem Vorfall und wollte allein sein.«

»Ich habe sie mit einer schwarzen Katze gesehen!«

»Und ich, wie sie sich im Dunkeln zurechtfand, als wäre es Tag.«

»Hier ist sie!«

Tenebraes Hand wurde emporgerissen, jemand zog sie aus den Reihen ins Zentrum. Alle Augen richteten sich auf sie.

Ihr Herz sprang auf und galoppierte davon. »Lass mich los. Das ist reinster Unsinn ohne jeden Beweis!«

»Ich weiß, wie ihr es überprüfen könnt«, meldete sich der angebliche Durchreisende zu Wort. Sein Blick war neutral, doch die Nachtwölfin spürte in ihm die Genugtuung der Siegesgewissheit. »Es gelang mir, die Bestie an der linken Schulter zu verletzen, als sie mich anfiel.«

Tenebrae beruhigte sich wieder. Sie war in ihrer Wolfsgestalt verletzt worden. Die Wunde würde somit nicht an ihrem menschlichen Körper zu sehen sein.

Jemand riss ihren Umhang und den Ärmel ihres Kleides herunter. Selbstsicher hob sie das Kinn und ließ sich begutachten. Gesichter erstarrten, Stille breitete sich aus. Beunruhigt warf sie einen Blick hinüber.

Lang, rot und echt glühte ihr der Kratzer auf ihrem Arm entgegen.

Ihre Augen hetzten in der Menge umher. Fanden Carex. Er formte mit den Lippen ein einziges Wort:

Lauf.

Ihr Kampfgeist explodierte. Dem, der sie gepackt hielt, rammte sie den Ellbogen ins Gesicht. Einem anderen in den Bauch. Sie kreischte, knurrte und schlug wild um sich. Wer nicht vor ihr auswich, den ließ sie stolpern, warf sie zur Seite, traf zielsicher die empfindlichsten Stellen. Gnadenlos kämpfte sie sich den Weg in rasantem Tempo frei, ehe er sich schließen konnte. Dann raste sie los und sandte ein Stoßgebet an ihren kräftigen Körper.

Sie war schneller. Kein Mann vermochte es, sie einzuholen.

Haus für Haus umrundete sie, schlug Haken, rannte, bis sie glaubte, Feuer zu atmen. Sie erreichte die Reiße, folgte ihrem Lauf, bog ab und landete auf der Hauptstraße, wo sie sich hinter eine Gruppe Büsche hockte. Etwas weiter weg markierte das Osttor mit den Wachen ihren unerreichbaren Fluchtweg. Sie hatte ihre Verfolger zwar abgehängt, doch sie brauchte dringend einen Ort, an dem sie sich dauerhaft verstecken konnte, solange ihr der Weg zurück in den Wald versperrt war. Von überall tönte das Brüllen ihrer Verfolger durcheinander.

Vor ihr tauchte unvermittelt Alraune auf. Die Katze fixierte sie mit ihren tiefen, gelbgrünen Augen, lief weiter und verschwand im verborgenen Häuschen. Sollte sie ...? Aber würde seine Besitzerin ihr wirklich Zuflucht gewähren? Eher sie als jeder andere. Und die Lage ihrer Behausung war ideal. Notfalls musste Tenebrae die Frau töten, niemandem würde ihr Fehlen auffallen.

Die sich nähernden Rufe und Schritte gaben den nötigen Impuls. Die Gesuchte sprang auf und huschte durch die Türöffnung.

Dunkel war es diesmal. Genau richtig. Seufzend ließ sie sich in der finstersten Ecke nieder. Ihr ganzer Körper schmerzte. Doch in der Sicherheit dieser Hütte, dem wohligen Duft, der Aura und mit dem weichen, schnurrenden Wesen an ihrer Seite fiel die Spannung allmählich von ihr ab.

Sie schloss einige Momente lang die Augen, atmete tief ein und aus und begrüßte die Stille.

Ein leises Rascheln ließ ihre Lider hochschnellen. Der linke der beiden Vorhänge, welche die Ecken verbargen, schob sich zur Seite und die Frau trat heraus. Tenebrae bereitete sich auf jede Reaktion vor. Eine Weile stand das Weib einfach nur da und betrachtete die Nachtwölfin von oben bis unten mit unergründlicher Miene. Sie schien nicht überrascht zu sein.

Mit ihrer dunklen Stimme, die aus der tiefsten Erde Nomeras aufzusteigen schien, sprach sie:»Ich schätze, du könntest ein neues Kleid gebrauchen.«

Tenebrae sah an sich hinab. Der Stoff war im Kampf zerrissen worden und hing ihr in Fetzen am Leib, der linke Ärmel war eingerissen.

Die Frau wartete nicht auf eine Antwort, sondern verschwand hinter dem rechten Vorhang. Wenig später kam sie mit einem moosgrünen Kleid wieder, kürzer als das zerfetzte. Praktisch, schlicht und doch zauberhaft. Kleine, getrocknete Blüten und Blätter waren im Stoff eingenäht, und es passte sich ihrem kräftigen Körper gut an. In der Wärme des Häuschens reichte das allemal aus.

Magie. Das war die Aura an diesem Ort.

»Du bist eine Hexe, nicht wahr?«

»Kommt darauf an, was du unter einer Hexe verstehst.«

»Eine Frau, die Magie benutzt.«

»So bin ich eine Hexe. Ich bevorzuge allerdings Zauberin oder Magierin.« Sie sah die Nachtwölfin nachdenklich an. »Wie ist dein Name?«

»Eleyn. Nein ... eigentlich Tenebrae.« Wenn ihr diese Frau schon ihr Wesen offenbarte und ein Kleid schenkte, verdiente sie die Wahrheit. »Wir alle tragen zwei, einen wahren und einen Tarnnamen.«

»Nun, Tenebrae: Bevor ich dir Obdach gebe, will ich wissen, wie viel an den Gerüchten dran ist.«

»Was ist dir zu Ohren gekommen?«

»Alles.«

Sie seufzte. »Es ist wahr, dass ich mich in einen Wolf verwandeln kann. Aber nicht nur zu Vollmond, sondern wann ich will, und dabei behalte ich mein volles Selbst. Diesen Wechsel vollführe ich bereits seit meiner Geburt, wie alle meines Rudels. Wir sind Nachtwölfe, Geschöpfe, die sowohl im Wald als auch im Dorf zusammen mit den Menschen leben, vor denen wir unser Wolfswesen verbergen.«

»Was ist mit dem Angriff letzte Nacht? Und denen davor?«

»Ich wurde in eine Falle gelockt. Nichts von dem, was dieser Durchreisende erzählte, ist wahr. Für die anderen Unfälle ist ein Fluch verantwortlich, den uns unsere Erzfeinde, die Mischwesen, eine andere magische Spezies, auferlegt haben. Ihr Anführer heißt Caedes und nennt sich hier Casimir.«

»Sieh einer an. Ich hatte mir gleich gedacht, dass mit dem etwas nicht stimmt.«

»Nun zu dir: Wer bist du? Und wie lange wohnst du schon hier?«

Die Hexe zögerte. »Ich heiße Maluneth. Und lebe hier, wie du vermutlich auch, seit meiner Geburt.« Sie seufzte, wandte sich der linken Wand zu und trat vor den Tisch mit den Utensilien. »So viele Jahre ist das her, so wenig hat sich verändert. Als ich in meiner Kindheit diese ... Fähigkeiten entdeckte, bin ich fast geplatzt vor Freude. Meine Eltern jedoch platzten fast vor Sorge. Sie liebten mich weiterhin, trotz Ehrfurcht, verboten mir aber, irgendjemandem davon zu erzählen.« Maluneth öffnete eine kleine Kiste und blickte beinahe verträumt hinein. »Ich hielt mich daran. Doch es war schwer. Ich wünschte mir nichts mehr als einen Freund, den ich in meine Andersartigkeit einweihen konnte. Dann kam der Vorfall mit dieser Bäuerin. Ich erlebte alles mit: die Beschuldigung, die Verurteilung. Ich bin sicher, dass sie keine Hexe war. Aber dieser Tag lehrte die kleine Malu Verschwiegenheit.« Die Frau strich mit den Fingern durch den Inhalt des Kästchens, der Tenebrae verborgen blieb. »Als ich erwachsen wurde, beschloss ich, nur jemanden zum Mann zu nehmen, wenn ich mir vollkommen sicher sein konnte, ihm mein Geheimnis anvertrauen zu können. Alles oder nichts. Und da ich diesen Mann nicht fand, blieb ich allein.« Sie nahm einen tiefen Atemzug und schloss die Kiste. »Nachdem meine Eltern gestorben waren, bezog mein Bruder mit seiner Familie unser Haus. Ich wich auf diese ungenutzte, verfallene Scheune aus und richtete sie nach meinen Bedürfnissen her. Seitdem warte ich ... warte darauf, dass die Welt bereit ist, mich mit allem, was zu mir gehört, anzunehmen. Oder auf wenigstens einen. Rate mal, wie vielen von denen ich schon begegnet bin.«

Tenebrae antwortete nicht. Stattdessen fragte sie: »Warum bist du nicht fortgezogen, um dein Glück anderswo zu suchen?«

Maluneth drehte sich energisch um. »Weshalb sollte es im nächsten Dorf besser sein? Der Aufwand ist das Risiko nicht wert. Ich gebe zu, ich habe öfter mit dem Gedanken gespielt. Doch da ist diese Hoffnung, diese dumme Hoffnung, dass das Glück zu mir kommen wird. Dass jemand auftaucht, um mein Leben zu teilen. Bin ich naiv? Feige? Vielleicht. Aber zumindest habe ich noch nicht aufgegeben.«

»Und wartest, während die Gefahr immer größer wird.« Tenebrae zupfte an einem der Blättchen im Stoff ihres neuen Kleids. »Wie lange noch, bis sie dich verdächtigen?«

»Ich habe meine Praktiken, um unauffällig zu bleiben. Die Randlage meines Häuschens ist ausgezeichnet dafür. Sobald ich mich im Dorf blicken lasse, schützt mich meine Magie. Ich kann denen, welchen ich flüchtig auffalle, die Gedanken wegpusten, bevor sie Fuß fassen. In meiner Kleidung arbeite ich Pflanzenteile ein, die als Energiespeicher fungieren und eine Schutzhülle bilden. Sie macht mich unscheinbarer und vertreibt negative Gemüter – neugierige Blicke wandern weiter, grimmige Leute grüßen freundlich.« Sie legte eine Hand auf die mit Lehm verkleidete Wand. »Ebenso ist mein Häuschen voll von Magieträgern. Hier kann ich genügend Kräfte bündeln, um Größeres zu vollbringen. Ich kann ... wie erkläre ich das ... Es ist, als ob ich meine Gedanken vom Körper löse und durch das Dorf spaziere, um alles zu sehen und zu hören, ohne gesehen und gehört zu werden. Manchmal spüren sie mich, das kann gefährlich werden.« Sie gluckste. »Oder lustig. Wie auch immer, auf diese Weise habe ich alles Wichtige erlebt und deine Flucht beobachtet.« Sie wandte sich der Nachtwölfin zu. »Wir teilen ein ähnliches Schicksal. Und obgleich es den Anschein hat, ich kümmere mich nur um mich selbst: Es lässt mich nicht kalt, wenn anderen widerfährt, was auch mir jederzeit zustoßen könnte. Meine Lebensweise bedeutet Einsamkeit, für Mitleid war kein Platz. Bisher. Erst seit kurzem sind die Schuldgefühle über mich hereingebrochen, die sich angesammelt hatten, während ich tatenlos andere leiden sah. Es wird Zeit, meine Macht nicht länger für mich allein zu nutzen, sondern Gleichgesinnten damit zu helfen. Mein Häuschen und ich, wir werden dich schützen, Tenebrae. Allerdings kann ich nicht versprechen, für wie lange.«

»Wer kann schon irgendetwas versprechen.« Die Nachtwölfin seufzte. »Ich danke dir aus tiefstem Herzen, Maluneth, für alles, was du bereits getan hast. Und lange kann ich hier ohnehin nicht bleiben. Caedes wird sicher bald zum finalen Akt übergehen. Ich fürchte, wir können ihn nicht mehr aufhalten.« *Du bist im Besitz des nötigen Wissens und hast die Verantwortung für dein Rudel. Beobachte, entscheide vorausschauend und handle, ohne zu zögern.* Blieb ihnen wirklich nur die Flucht als einzige Rettung?

Ein Brüllen von draußen ließ sie aufspringen. Jemand hämmerte an eine hölzerne Wand, nicht dieses Hauses, aber auch nicht weit weg. »Was ist da los?«

Maluneth spähte am Vorhang ihrer Tür vorbei. »Eine Hausdurchsuchung. Ich schätze, sie suchen dich.«

Die Stimmen klangen gedämpfter und verschwanden. Die gerade abgefallene Panik ergriff Tenebrae erneut. »Nein, ich muss hier weg ... Sie werden mich finden!«

»Das werden wir sehen ...« Die Hexe stellte sich vor den Eingang und legte die Hände ineinander. »Bleib hier.«

Bleib hier? Was hatte das Weib vor? Tenebrae überlegte kurz, dann schüttelte sie den Kopf. *Tut mir leid, aber so weit vertraue ich dir noch nicht.* Sie wollte an Maluneth vorbeistürmen, als die Stimmen draußen wieder lauter wurden. Sie stockte. Wenn sie jetzt hinausstürzte, würde man sie sehen.

Zitternd lauschte sie. Die Schritte bewegten sich weiter. Klopfen an eine andere Tür. Gewaltsamer Eintritt. Die Wölfin wagte noch nicht aufzuatmen und wartete, bis sie wieder herauskamen. Abgesehen von Maluneths Hütte befanden sich nur diese zwei Häuser am Ostende. Und ... tatsächlich, die Stimmen entfernten sich.

Tenebrae ließ sich an der nächsten Wand niedersinken. »Was hast du gemacht?«

»Was ich dir bereits erzählt habe: ihre Gedanken weggepustet, in dem Moment, als mein Häuschen in ihr Blickfeld trat und in ihnen der Entschluss aufkam, auch dieses zu durchsuchen. Bevor er sich festsetzte, vergaßen sie ihn, und das nächste Objekt zog ihre Aufmerksamkeit auf sich. Wäre mein Hüttchen größer gewesen, hätte das wahrscheinlich nicht funktioniert. Das meinte ich mit: Mein Haus und ich schützen dich.«

Die Nachtwölfin starrte die Hexe verblüfft und ungläubig an. »Warum tust du so viel für mich?«

Maluneth sah zur Seite. »Wie gesagt, mein Leben ist Einsamkeit. Während ich jeden Tag versuche, zu überleben, versäume ich, ihm einen Sinn zu verleihen und es zu genießen. Vielleicht wünsche ich mir einen Freund mit ähnlichem Schicksal. Ach, eine ganze Familie. Einen Ort nur für solche wie uns.«

»Der existiert leider nicht.«

Die Hexe nahm einen tiefen Atemzug und stieß ihn als Seufzen wieder aus. »Nun denn, ich sollte mich draußen umhören, was die nächsten Schritte dieser Tölpel sind.«

»Könntest du dabei meinem Bruder unauffällig mitteilen, wo ich bin? Er heißt Carex, nennt sich hier Alexander, hat struppiges, braunes Haar, Stoppelbart, nicht sonderlich gepflegt. Er hat zwei Töchter und lebt in der von hier aus dritten Hütte an der Hauptstraße, neben dem Wacholderbusch.«

»Ich werde ihn finden. Schon bei dir fühlte ich diese mondgleiche Magie und Dunkelheit, welche dich umgaben. Da ich nun weiß, was sich dahinter verbirgt, werde ich einen Nachtwolf erkennen. Niemand sonst strahlt diese Macht aus.«

Tenebrae seufzte entspannt. »Vielen Dank, Maluneth.« Nachdem die Hexe gegangen war, schloss sie die Augen und kraulte nebenbei Alraune, die sich an sie geschmiegt hatte. »Danke auch dir«, flüsterte sie ihr zu.

Wenig später kehrte Maluneth zurück, die Nachricht an Carex war ausgerichtet. Außerdem hatte er ihr Tenebraes Umhang mitgegeben, den er nach ihrer Flucht an sich genommen hatte.

»Der arme Kerl kann einem wirklich leidtun«, berichtete die Hexe. »Mit einer Schwester, die sich in solche Gefahr bringt. Das Dorf hat sich zwischenzeitlich in einen Ameisenhaufen verwandelt. Überall laufen die Ritter herum und suchen dich. Die Bauern sind durch den Gedanken, mit Werwölfen in einem Dorf zu leben, in Panik geraten. Dieser Casimir hat versucht sie zu beruhigen. Verdächtigungen würden nichts nützen, weil praktisch jeder Freund einer sein könnte. Stattdessen schlug er einen Werwolfstest vor. Ich glaube aber kaum, dass er euch enttarnt: Dieser Wanderer, den du angegriffen hast, meinte, seine Wunden hätten wieder angefangen zu bluten, als du ihm zu nahe kamst. Das gleiche habe er auch bei weiteren Dorfbewohnern festgestellt, während der Blutfluss bei anderen wiederum sofort versiegte.«

Tenebrae stöhnte. »Doch, das ist ein Problem. Der Kerl ist ein Mischwesen, das sich mit einer menschlichen Hülle tarnt. Diese können sie gestalten, wie sie wollen, auch bluten lassen. Er spürt es, wenn er einen Nachtwolf vor sich hat, und erzeugt selbst das ›Zeichen‹. Wann soll dieser Test durchgeführt werden?«

»Zuerst will Casimir dich. Er schäumt vor Wut, dass du unauffindbar bist. Aber er wird sicher nicht mehr lange damit warten. Er faselte außerdem etwas davon, dass es geborene und gewordene Werwölfe gäbe, wobei Erstere schon die ganze Zeit im Dorf gelebt hätten und sich nun auf die Zerstörung der Menschheit vorbereiteten. Du seiest ein Versuch zur Verstärkung ihres Rudels gewesen, das sich währenddessen im Wald für den finalen Schlag sammelt. Demzufolge rät er, noch heute Nacht zum letzten Gegenangriff aufzumarschieren.«

Tenebrae schloss die Augen. Nur noch wenige Stunden blieben für die rettende Idee.

»Ach, eins noch: Dein Bruder meinte, irgendeine Lücke im Zaun sei gestopft worden.«

»Auch das noch. Jetzt haben wir jeglichen Kontakt zum Rest des Rudels verloren.« Sie stand auf. »Fassen wir zusammen: Alle, die sich derzeit im Dorf aufhalten, müssen raus, schnellstmöglich. Der Zaun ist zum Springen zu hoch und zum Einreißen zu stabil. Sich mit der Reiße hinaustragen zu lassen, wäre von überall zu sehen und wir können den Pfeilen nicht schnell genug entkommen, sobald man uns entdeckt. Unsere einzige Hoffnung ist einer der Durchgänge. Doch die werden bewacht.« Tenebrae zog die Stirn in Falten und grübelte mit aller Konzentration. »Wenn man die Wachen ablenkte ... mit etwas, das ausreichend relevant ist, um beide wegzulocken ... ein fliehender Nachtwolf wäre ideal. Aber das hieße, einer von uns müsste sich opfern.«

Es wurde still, abgesehen vom Wind, der um die Hütte pfiff und die Kälte hinein presste. Er roch feucht. Der nächste Schnee war nicht mehr fern.

»Wenn deine Gedanken stark genug sind, und alles Weitere gelingt, dann könnten wir die Wachen auf genau diese Weise ablenken, ohne jemanden zu opfern.«

Tenebrae sah auf. »Meine Gedanken?«

»Nun, du hast jemanden vor dir, der die Kunst der Illusion beherrscht. Meine Magie kann das Abbild eines Wolfs erschaffen. Das allerdings benötigt gewaltige Konzentration. Ich kann es nur in der Ecke dort hinten verüben, am mächtigsten Ort hier, angereichert mit Magie und Talismanen. Hat allerdings kein Fenster. Nützt sowieso nichts, ich muss die Augen geschlossen halten. Wenn du also nicht willst, dass die Wachen einen Wolf sehen, der durch Wände geht und senkrecht die Luft hinauf rennt, musst du mir helfen, ihn zu lenken.«

»Sofern ich kann, tue ich alles. Sag mir nur, wie.«

»Zunächst musst du dich im Gesträuch verstecken. Nein, zu wenig Blätter. Spring auf das Dach. Es ist gerade und wird dich aushalten. Pass nur auf das Loch an der Ecke vorne links auf.

Ach nein, das habe ich im Frühling gestopft, vergiss es. Sobald du in Position bist, werde ich das Abbild erschaffen und von irgendwo neben dem Häuschen auf die Straße rennen lassen. Du musst genau zusehen und mir gedanklich mitteilen, in welche Richtung es gehen und was es machen soll.«

»Und wie mache ich das? Einfach denken?«

»Ich kann eine geistige Bindung mit dir eingehen. Aber um deine Vorstellungen klar und deutlich zu verstehen, müssen deine Gedanken wirklich stark sein. Eben laut genug. Du darfst dich nicht ablenken lassen und musst wollen, dass ich es empfange. Lass es uns gleich üben. Vorerst brauche ich allerdings das genaue Aussehen eines Nachtwolfs. Wärest du so freundlich, mir Modell zu stehen?«

Tenebrae verstand nicht sofort. Dann begriff sie, hockte sich auf den Boden und verwandelte sich. Als sie den Schwindel des Überflusses an neuen Empfindungen überwunden hatte und die Hexe mit schief gelegtem Kopf erwartungsvoll ansah, schienen Maluneths Augen kurz davor, aus ihrem Gesicht zu springen.

»Überwältigend. Du bist das schönste und stärkste Geschöpf, das ich je gesehen habe. Nach Alraune, versteht sich.« Sie untersuchte Tenebrae eingehend, ließ sich die Bewegungen ihrer Beine im Gehen, Laufen und Springen zeigen, was sich in der kleinen Hütte als nicht unerhebliche Schwierigkeit herausstellte, und machte sich nebenbei einen Spaß daraus, sie alle erdenklichen dämlichen Haltungen einnehmen zu lassen.

Als sie endlich verkündete, genug gesehen zu haben, übte sie mit Tenebrae den Plan. Die Wölfin verwandelte sich zurück und setzte sich in eine Ecke des Raumes. Maluneth verschwand hinter dem linken Vorhang und blieb für lange Zeit mucksmäuschenstill. Nach und nach formte sich eine durchscheinende, schwarze Wolke im Zimmer, bekam Ausbeulungen, wurde dichter und formte sich zu einem Tier, bis schließlich eine winzige Tenebrae vor ihr stand. Zumindest ansatzweise. Das kaninchengroße Wölfchen hatte viel zu matte Augen und zu kurze Beine.

Tenebrae schüttelte den Kopf und konzentrierte sich auf ihre Aufgabe.

Lauf.

Das Wolfsninchen rührte sich nicht.

Geh.

Noch immer nichts. Tenebrae versuchte sich vorzustellen, wie sich ein Teil von ihr mit Maluneth verband. Bemühte sich sogar, auch wenn es ihr schwerfiel, ihren Geist der Magierin zu öffnen. *Meine Gedanken seien deine.* Doch das Abbild weigerte sich, ihren Befehlen zu gehorchen.

Worte sind nur ein Haufen Striche und Laute ohne Wert. Tenebrae wusste nicht, ob sie diese Gedanken selbst gedacht oder empfangen hatte. Es war unwichtig. Statt das Wort zu denken, stellte sie sich vor, wie der Wolf vorwärtsging.

Prompt stakste er los.

Völlig perplex von ihrem Erfolg sah sie ihm zu, wie er die Wand durchschritt und verschwand. Rasch ließ sie ihn vor ihrem geistigen Auge umkehren, und wenig später kehrte auch das Abbild zurück.

Und nun etwas schneller. Ihre Gedanken schufen ein neues Bild, und schon rannte das Wölfchen los. Es flitzte durch den Raum, um Ecken, im Kreis und schlug Haken. Mehr und mehr probierte Tenebrae aus, ließ ihr Spiegelbild hüpfen und springen, anhalten, sich umschauen und setzen. Nur das Aufbäumen war wenig überzeugend.

Schließlich war sie müde und wünschte sich, das Wölfchen möge sich in Luft auflösen – was es umgehend tat.

Kurz darauf trat Maluneth hinter dem Vorhang hervor. »Und? Wie sah es aus?«

»Die Bewegungen etwas eckig, aber Menschen sehen meist nicht so genau hin.«

»Na, das klingt doch nach einem Erfolg. Ich werde gleich gehen und deinem Bruder erklären, dass sich alle auf die Flucht vorbereiten sollen.«

Erschöpft und zufrieden ließ sich Tenebrae auf dem Boden nieder und genoss die kurze Erholung. Noch war ein wenig Zeit. *Danke, Arcanus. Ich erfülle meine Aufgabe!* Sie würden es schaffen. Das Bild ihres flüchtenden Rudels entstand in ihrem Geist. Schlagartig wandelte es ihre Gefühle in Schock, als ihr bewusst wurde, was es bedeutete: Sie würden nie mehr zurückkehren können. Die Dörfler würden bemerken, welche Bauern verschwunden waren, und ihre richtigen Schlüsse daraus ziehen. Vielleicht konnte das Felsrudel eines Tages sein Territorium wieder besetzen, aber was waren sie schon ohne ihren menschlichen Teil, der auch seine Befriedigung verlangte?

Mit gemischten Gefühlen wartete sie auf Maluneths Rückkehr. Doch jene machte es nicht besser.

»Wir müssen sofort loslegen. Sie treiben alle Dörfler für den Test zusammen!«

Nein ... Tenebrae sprang auf und eilte zur Tür.

»Halt! Die Ritter sind da draußen und holen die Leute aus ihren Häusern.«

»Wenn wir warten, bis alle versammelt sind, ist es zu spät!«

»Ist es nicht. Lass sie mich erst von meinem Haus ablenken. Dann lässt du die Wolfsillusion direkt auf die Versammlung zulaufen. Sie wird genug Panik und Chaos anrichten, damit deine Kameraden ungehindert fliehen können.«

Tenebrae blieb mit geballten Fäusten stehen. »Wenn nicht, fress ich Alraune.«

»Die fängst du niemals. Und jetzt sei still, ich muss mich konzentrieren.«

Die Nachtwölfin lief auf und ab und versuchte den Plan noch einmal durchzugehen, was sie mehr aufwühlte als vorbereitete.

Endlich gab Maluneth Entwarnung und zog sich hinter den linken Vorhang zurück. Tenebrae linste durch die Türöffnung, schlich hinaus und sprang als Wolf auf das Dach. In Menschengestalt schob sie sich auf dem Bauch nach vorn und spähte Richtung Dorfmitte. Geradeso konnte sie die Menge sehen, die sich in einer Reihe aufgestellt hatte. War das an ihrer Spitze Carex? Oder Arista? Obwohl sie keine der Gestalten erkennen konnte, hatte sie das Gefühl, in jeder ein Rudelmitglied zu sehen.

Sie versuchte ihre Anspannung abzuschütteln und konzentrierte sich auf die Hexe. Ungeduldig wartete sie auf die Verbindung zu ihr, bis sie nach einer gefühlten Ewigkeit eine zarte Bereitschaft empfing. Sie spähte an der rechten Hauswand hinunter, wo das Abbild eines Nachtwolfs erschienen war, diesmal in Echtgröße; und wieder mit zu kurzen Beinen.

Tenebrae atmete einige Male tief ein und aus. Dann sandte sie ein bestätigendes Gefühl an Maluneth. Einen Moment später sprang das Wolfsabbild aus seinem Versteck. Tenebrae ließ es auf der Mitte der Straße stocken und den Kopf nach links wenden, sodass es die Wachen anstarrte, beziehungsweise schräg an ihnen vorbei. Die zwei Männer jedoch, den Blick nach draußen gerichtet, bemerkten es nicht. *Nun schaut doch, ihr Trottel!* In ihrer Panik erzeugte sie ein jaulendes Geräusch. Endlich drehten die Wachen die Köpfe, entdeckten den Wolf. *Los!* Das Abbild fuhr nach rechts herum und rannte davon. Es klappte: Die beiden schossen Pfeile ab, die ungehindert durch das Trugbild hindurch sausten, brüllten und folgten ihm. Die Bewegungen der Illusion waren noch immer kantig und schleppend, jedem Tier wäre der Unterschied aufgefallen. Menschen jedoch ließen sich leichter täuschen.

Langsamer. Der Wolf drohte, den Wachen aus dem Blickfeld zu laufen. Tenebrae musste sich aufrecht hinstellen, um das Bildnis nicht aus den Augen zu verlieren. Ständig korrigierte sie die Richtung. Rasch näherte es sich der Reihe der Versammelten, vor denen sich bereits zwei Gruppen Getesteter gebildet hatten. *Bitte, bitte lass es glücken!*

Die ersten hatten den Wolf entdeckt und schrien. Im nächsten Moment stoben alle auseinander, als das Abbild zwischen ihnen hindurch schoss. Dabei lösten sich einzelne Gestalten und rannten Richtung Ostende. Tenebrae konnte sie nicht zählen und nur hoffen, dass es alle schafften. Das Wolfsbild forderte ihre volle Aufmerksamkeit. Kurz ließ sie es weiterlaufen, dann bog es nach links ab und auf den Holzwall zu. *Spring!* Das Geschöpf lief eher in der Luft weiter, als dass es sprang. *Höher!* Geradeso flog die Illusion über die Spitzen des Zauns und verschwand dahinter. *Auflösen.* Tenebrae brach die Verbindung ab und sackte erschöpft auf das Dach zurück.

Ein kurzes Durchatmen, dann raffte sie sich auf und sprang auf den Boden, im gleichen Moment, als Maluneth aus dem Haus trat.

»Ist alles glatt verlaufen?«

Aus dem Augenwinkel beobachtete Tenebrae, wie Ventus als letzter Nachtwolf durch den Ausgang stürmte. »Ja! Maluneth, ich bin dir ...«

»Ich weiß. Nun geh, beeil dich!«

»Aber was wird aus euch?« Stimmen hinter ihr kündigten die Ritter an, welche die Verfolgung aufnahmen.

»Wir reisen wohl auch ab. Mach dir keine Gedanken. Geh jetzt!«

Die Nachtwölfin sah der Hexe einen Moment in die Augen,

ihre eigene Sorge spiegelte sich darin wider. Dann riss sie sich los und fuhr herum. Noch im Rennen verwandelte sie sich und raste durch das Tor.

Der Himmel leuchtete ihr dunkelweiß entgegen, der Abend zog bereits auf und die ersten Flocken begannen zu fallen. Ihre Pfoten flogen über die Erde, an dem Zaun vorbei und hinein in den Wald.

14
Feuer und Eis

Die übrigen Nachtwölfe erwarteten Tenebrae bereits. Gemeinsam liefen sie ihrer Heimat entgegen und heulten eindringlich zur Versammlung. Bald war das ganze Rudel im Zentrum ihres Territoriums eingetroffen. Schwanzwedelnd wurden die Geflüchteten empfangen und rasch die ernsten Neuigkeiten ausgetauscht. Saxum hörte sich von Ventus den beunruhigenden Bericht an.

Jemand rief Tenebraes Namen. Einen Herzschlag später preschte Lacrima in sie hinein, warf sie um und leckte sie ungestüm ab.

Silex folgte ähnlich begeistert und etwas zurückhaltender. »Du bist wohlauf!«, stieß er nur hervor. »Ich hatte solche Angst. Sie haben dir alles geglaubt?«

»Ja. Deine Idee hat mir das Leben gerettet, wenn auch später in ziemliche Bedrängnis gebracht. Ich erzähle es dir, sobald wir die Flucht überstanden haben.«

»Flucht? So schlimm ist es?«

»Felsrudel, hört zu!«, donnerte Saxums mächtige Stimme. »Wir sind wieder vereint, doch leider aufgrund schlechter Nachrichten: Die letzte Jagd beginnt. Die Menschen wollen uns heute Nacht alle auf einmal auslöschen. Sie kommen zahlreich und bewaffnet, aber uns bleibt noch etwas Zeit, uns darauf vorzubereiten. Sämtliche Verfluchten werden sich in den südlichsten Teil zurückziehen, während der Rest die Feinde zurückdrängt. Wir werden ihnen zeigen, wozu Nachtwölfe imstande sind!«

Die meisten Anwesenden jaulten zustimmend.

Nein, was tut ihr da? Wir müssen fliehen! Tenebrae sah sich verzweifelt um. Beinahe jeder schien bereit, sich in den Kampf und den sicheren Tod zu stürzen.

Du bist im Besitz des nötigen Wissens und hast die Verantwortung.

»Nein! Wir dürfen nicht bleiben.«

Das Rudel verstummte und starrte sie an.

»Du möchtest lieber fliehen wie ein feiger Hund?«, höhnte Tenebraes Bruder Altor. Er war das imposanteste Mitglied ihrer Familie, groß, kräftig und schreckte vor keinem Kampf zurück. »Und dabei unsere Heimat aufgeben und alles, was uns ausmacht?«

Die tiefschwarze Wölfin blickte in lauter verständnislose bis verächtliche Augenpaare. Sie nahm ihre ganze Überzeugungskraft zusammen und wählte ihre Worte mit Bedacht. »Ich will dieses Territorium ebenso wenig verlassen wie ihr, doch uns bleibt keine Wahl. Ihr wisst nicht, worauf ihr euch einlasst. Ihr habt alle von Arcanus erfahren und woher er stammt: aus einem Rudel, welches sich zu spät für die Flucht entschied und dadurch vernichtet wurde. Den Ablauf hat er mir genau beschrieben: Die Menschen werden mit Fackeln und allen erdenklichen Waffen in einer Reihe vorrücken. Ihnen gegenüber, vom südlichen Teil unseres Revieres, wird sich zur selben Zeit eine Armee von Mischwesen aufmachen, um uns von hinten anzugreifen. Gegen diese Übermacht haben wir keine Chance. Sie werden uns einkreisen, es wird kein Entrinnen geben. Uns bleibt nur die Flucht, um zu überleben, seht das ein!«

Die Anwesenden waren still geworden, nachdenklich. Als niemand reagierte, wandte sich Tenebrae direkt an ihren Leitwolf. »Saxum, ein Anführer sollte weise entscheiden und das Beste für sein Rudel bezwecken. Was nützt es uns, um unsere Ehre zu kämpfen und dabei zu sterben? Wir können diesen Kampf nicht allein gewinnen. Wir brauchen Mitstreiter. Wir sollten andere Rudel suchen, sie warnen und uns mit ihnen verbünden. Vielleicht können wir Caedes so besiegen.« *Auch wenn wir wohl nie wieder hierher zurückkehren können.* »Ich weiß, es ist schwer, all das Vertraute zurückzulassen. Doch wenn wir bleiben, wird unsere Heimat zu unserem Grab.«

Saxum sah verkrampft auf sie herab. Dann stellte er die Ohren auf, seine Nase zuckte. Dumpfe Geräusche ertönten vom Dorf her. Dazu beißender Geruch. Tenebrae drehte den Kopf in die Richtung und erstarrte. Trotz des Frostes hatten ein paar Bäume und Sträucher Feuer gefangen – der Wald begann zu brennen.

»Caedes hat unsere Flucht bemerkt und verschiebt den finalen

Akt auf jetzt«, stellte Vertex klar und schaute eindringlich zu seinem Anführer. »Saxum!«

»Nach Osten!«, entschied der Leitwolf. »Zum Ginsterrudel!« Das Feuer entflammte in jedem Tier den Drang, davonzulaufen. Eilig trabten die Wölfe los, weg von ihrer Heimat. Es verlangte einen angemessenen Abschied, wenigstens einen kurzen. Aber nicht einmal dafür blieb noch Zeit: Vor ihnen kreischte, bellte, brüllte und wieherte es. Eine Wand aus Mischwesen preschte auf sie zu, unorganisiert und übereilt, doch bei Weitem nicht harmlos.

Die Horde verteilte sich rasch zu einer Linie und ließ kein Ausweichen zu, also rasten die Nachtwölfe einfach weiter in der Hoffnung, Schlupflöcher zu finden, was fast unmöglich war; es waren viel zu viele. Allesamt mächtige Kämpfer, die kleinsten rehgroß, die größten reichten an die Höhe von Pferden heran.

Gleich drei stürzten sich auf die schwarze Wölfin und brachten sie zu Fall. Sie wand sich unter ihnen hindurch und sah einen weiteren Haufen auf sich zu stürmen. *Wir schaffen es niemals hier durch!* Sie sprang zur Seite und sah sich hektisch um. Immer tiefer drängten die Mischwesen sie in den Wald zurück, auf die Menschen zu, die unablässig näher rückten. Sie entdeckte Calamus, der viel zu zielstrebig auf einen Bauern und seine Mistgabel zuschoss.

Ein panisches Jaulen lenkte sie ab. Ignis flitzte an ihr vorbei, gefolgt von einem schlangenköpfigen Hund mit Menschenarmen, hinter dem wiederum Carex her hetzte. Sofort rannte Tenebrae ihnen nach.

Das Welpenmädchen steuerte hakenschlagend auf die Schlucht zu. Erst knapp vor der Kante konnte ihr Vater das Mischwesen aufhalten, verbiss sich in ihm und drängte es so weit zurück, bis es den Halt verlor und abstürzte.

Erleichtert kam Tenebrae hinzu, gerade als die Arme der Kreatur nach oben schnellten. Die kräftigen Hände packten ihren Bruder und rissen ihn mit sich.

»Carex!« Sie sprang an den Abgrund, sah bloß noch den dunkelbraunen Wolf in das schäumende Wasser stürzen. Fassungslos starrte sie hinterher.

Ein verzweifeltes Winseln neben ihr erinnerte sie an die Gegenwart. Ohne zu zögern, packte sie Ignis am Nackenfell und rannte an der Schlucht entlang gen Osten. Hier war der Weg frei von Mischwesen, die das Zentrum des Kampfes tiefer in den Wald verlagert hatten.

Tenebrae vermied jeden Blick zur Seite oder zurück. Was sie hörte und roch, war genug: das Kreischen der Kämpfenden, die Schläge der Waffen und über allem der Gestank der Panik vermischt mit dem beißenden Atem des Feuers. Aus den Augenwinkeln nahm sie die Schemen von Wölfen und Mischwesen wahr, angreifend, fliehend, fallend. Hin und wieder jedoch schaffte es ein Mitglied ihres Rudels durch eine Lücke. Der geringe Zeitvorteil der Nachtwölfe rettete manchen das Leben.

Tenebrae richtete ihren Blick straff nach vorn und rannte unaufhaltsam weiter. Der Wald wurde stetig lichter, bald öffnete sich die baumarme Ebene vor ihr. Inzwischen hatte es zu schneien begonnen. Dicke, dichte Flocken hüllten die schwarze Wölfin ein und erschwerten ihren Lauf. Dennoch behielt sie ihr Tempo bei, immer geradeaus, weg von der Schlacht, weg von ihrer Heimat.

Rechts, im Süden, erregte eine großflächige Bewegung Tenebraes Aufmerksamkeit. Ihr stockte der Atem. Eine weitere, noch gigantischere Streitmacht Mischwesen eilte auf den Ort der Zerstörung zu. Die vorigen waren demnach lediglich die Vorhut gewesen, insgesamt waren es weitaus mehr, als sie sich je hätte vorstellen können. In dieser zweiten Gruppe befanden sich zudem die wirklich großen Kämpfer, die sich wohl weitab der Nachtwölfe hatten verstecken müssen, um nicht bemerkt zu werden. Darunter mächtige Bärenartige, bei deren Anblick Tenebrae Schauer ergriffen, wenn sie daran dachte, sich gegen diese Kolosse verteidigen zu müssen. Zugleich stieß sie ihren innigsten Dank aus, dass sie sich nicht noch später zur Flucht entschieden hatten.

Mit etwas neuem Mut preschte sie weiter. Da tauchte vor ihr ein Schemen auf, der einen kleineren im Maul trug. Schließlich holte sie Arista mit Cinis ein.

Die dunkelbraune Wölfin warf den Kopf herum, ohne stehenzubleiben.»Oh, Ignis! Den Nebeln sei Dank, du lebst!«

»Das ist Carex zu verdanken. Er ... Arista, ich weiß nicht, ob er es geschafft hat. Er ist in die Schlucht gestürzt, dort, wo kaum mehr Felsen aufragen. Er könnte überlebt haben.«

Arista erwiderte nichts. Tenebrae sprach nicht aus, dass ihr Bruder erst noch mit nassem Fell den Schneefall überstehen musste. Allein. Womöglich von Mischwesen verfolgt. Es drängte sie danach, ihn zu suchen, und für seine Gefährtin musste dieses Verlangen noch weitaus schlimmer sein. Doch die Gewichte zwischen ihren Kiefern zwangen sie zu Wichtigerem.

»Ist das nicht Agilitas?«

Tenebrae folgte Aristas Blick. Durch den dichten Schneeschleier konnte sie in der Ferne einen weiteren Nachtwolf erkennen, humpelnd und unförmig.

»Er wird angegriffen! Da ist ein Mischwesen.«

Die Wölfinnen beschleunigten, setzten kurz vorm Sprung die Welpen ab und stürzten sich auf den Feind, der sich in Agilitas' Hinterlauf verbissen hatte. Gemeinsam setzten sie ihm so lange zu, bis er jammernd floh.

Das Bein des schlanken Nachtwolfs sah furchtbar aus. Er hatte Schmerzen und kam nur schwer voran. Treu blieben die Wölfinnen mit den Welpen an seiner Seite.

Die Flocken fielen indes immer stärker, obendrein bahnte sich ein Sturm an. Eisiger Wind pfiff ihnen um die Ohren, der sie mal antrieb, mal zurückdrängte. Die Landschaft leuchtete bereits in reinem Weiß.

Kurz meinte Tenebrae, ein Heulen wahrzunehmen. Als es noch einmal ertönte, lauter, drehte sie sich um und sah fünf Rudelmitglieder durch den Schnee auf sie zustreben. Ein Bröckchen des Steins auf ihrem Herzen fiel herab. Lacrima war unter ihnen, gemeinsam mit Vertex, Ira, Raphanus und Tenebraes Mutter Atra, bei deren Anblick sie einen Stich verspürte. Sie ging schleppend und war mit teils tiefen Wunden übersät.

Arista, Agilitas und Tenebrae warteten, bis die Gruppe sie eingeholt hatte, und kämpften sich anschließend gemeinsam weiter durch den Schneesturm. Lange geschah nichts, nicht einmal die Landschaft änderte sich, als würde kein Schritt sie vorwärtstragen.

Es war Vertex, der nach einiger Zeit mit einem Hauch Erleichterung aufjaulte und sie nach rechts auf einen halb umgestürzten Baum zuführte. Dessen weit verzweigtes Wurzelgeflecht hing in Schulterhöhe in der Luft und bot etwas Schutz vor dem Schneefall und dem eisigen Wind. Die Fläche darunter war nicht groß, sie mussten sich eng zusammendrängen, um alle darin Platz zu finden: die Schwächsten nach hinten, wo es geschützter und wärmer war, die Stärkeren nach außen, fast schon unter freiem Himmel.

Auch Tenebrae fügte sich in eine Lage am Rand und legte ihre Schnauze auf Lacrimas Schultern, sodass nur ihr Rücken mit Schneeflocken bedeckt wurde.

So ruhten sie in angespannter Stille. Schlafen konnte niemand. Leise fragten sie einander aus, ob sie diesen oder jenen gesehen hätten. Mal kamen beruhigende Antworten zurück, die meisten jedoch konnten entweder nichts dazu sagen oder nur schlechte Neuigkeiten bringen.

Um den schwächlichen und verfluchten Silex sorgte sich Tenebrae am meisten. Gesehen hatte ihn niemand. Stattdessen schilderte sie Lacrima den Unfall ihres Bruders, woraufhin ihre Schwester ihr vom Tod ihres Vaters erzählen musste.

Calamus, Ardor und Ventus – den Berichten nach hatten sie mindestens diese drei verloren.

Danach schwiegen die Wölfe und drängten sich so dicht aneinander, als wären sie ein einziges Geschöpf. Doch auch das konnte ebenso wie das löchrige Dach der Wurzeln nur milden Trost spenden und weder Kälte noch Angst und Trauer vertreiben.

»Wir sollten weiter.«

Vertex' tiefe und leise Stimme streifte Tenebraes Ohren. Es dauerte lange, bis sie Bewegung in ihren Körper bringen und den Kopf aus dem behelfsmäßigen Bau strecken konnte. Der Himmel leuchtete noch immer weiß, aber merklich dunkler. Es musste bereits Abend sein.

Sie gähnte. Erholt fühlte sie sich kein bisschen, doch vom Herumliegen würde es nicht besser werden.

»Tenebrae.« Lacrimas Stimme klang seltsam, drängend und kummervoll.

Die Schwarze drehte sich um. »Nein ...« Ein letztes Mal drückte sie ihre Nase in Atras tiefblaues, erkaltetes Fell, so dunkel wie ihres. Obgleich sie schon seit langer Zeit nicht mehr viel miteinander zu tun gehabt hatten, sie hatte ihre Mutter geliebt.

Die nunmehr sieben Wölfe und zwei Welpen zogen weiter. Inzwischen hatte sich eine dicke Schneedecke aufgeschichtet. Die Flocken fielen etwas weniger dicht, aber stetig und schienen alle Spuren des Entsetzens bedecken zu wollen. Es war eine Schande, die Verstorbenen nicht besingen zu dürfen.

Sie beschlossen, weiter dem Ginsterrevier entgegenzulaufen. Sofern weitere Mitglieder ihres Rudels überlebt hatten, sollten sie unterwegs auf sie stoßen. Hoffentlich.

Es passierte nicht viel auf ihrem Weg. Mit dem Tragen der Welpen wechselten sie sich ab. Mischwesen begegneten ihnen nicht.

Plötzlich hielt Raphanus an. In der Ferne war ein seltsames, nicht genau zu identifizierendes Tier zu sehen. Es lief geduckt, hüpfte und wackelte und erinnerte am ehesten an einen übergroßen Dachs. Allerdings mit einem viel zu langen Schwanz.

»Duckt euch«, knurrte Vertex. »Das muss ein Mischwesen sein.«

In den Schnee gedrückt warteten sie. Das Wesen kam nicht allzu schnell voran. Abrupt stockte es und drehte den Kopf in ihre Richtung. Sie hielten den Atem an. Die Kreatur zögerte, dann hüpfte sie auf sie zu. Nicht eilig und nicht mehr torkelnd.

»Das ist kein Mischwesen. Ich weiß, wer das ist.« Raphanus erhob sich und lief dem Geschöpf entgegen. Unsicher folgten die anderen, bis sie erkannten, um wen es sich handelte.

»Schöner Spaziergang, nicht? Oder ich fresse Licht!«

»Es freut mich auch, dich zu sehen, Cicatrix.«

Mit dem rotschwarzen Wolf, der neben ihnen abwechselnd wie ein Riesenhase hüpfte, auf Storchenbeinen durch den Schnee stakste oder ihn als Maulwurf durchwühlte, waren sie wieder zu zehnt. Wie das zu bewerten war ... Tenebrae war nicht sicher.

Allmählich begannen sie die Orientierung zu verlieren. Plötzlich standen sie vor der Zwenge, hier sehr viel breiter als in der Schlucht. Nach Verlassen ihres Revieres schlängelte sie sich zunächst nach Osten, würde in einiger Entfernung nach Süden abbiegen und sich irgendwann wieder gen Südosten krümmen. Offenbar hatten die Wölfe ihren Weg zu weit rechts gewählt. Um den richtigen nicht erneut zu verfehlen, schlug Raphanus vor, dem Lauf des Flusses bis zu seiner ersten Biegung zu folgen und diese Richtung darüber hinaus beizubehalten.

So liefen sie stetig am Ufer entlang. Immerhin schenkte ihnen das Schicksal nach endlos erscheinender eisiger Leere eine kleine Aufmunterung: ein vor kurzem verstorbener Hirsch. Womöglich war er durch die Brunftzeit so geschwächt worden, dass er den ersten Wintereinbruch nicht verkraftet hatte. Die Wölfe ehrten sein Opfer voller Hingabe und nährten ihre Körper wie auch ihre Seelen.

Die Nacht steuerte unaufhaltsam auf den Morgen zu. Der Schnee fiel wieder dichter. Die Nachtwölfe drängten sich eng zusammen, um sich nicht zu verlieren. Die Sicht reichte gerade ein paar Schritte weit.

Tenebrae konnte nicht sagen, wie lange sie gelaufen waren, als die links außen laufenden Mitglieder ihrer kleinen Gruppe leise und glücklich aufjaulten. Sie spähte an den anderen vorbei zur Seite: Zwei dunkle Gestalten tauchten aus dem Schneevorhang auf. Drei weitere. Fünf. Elf! Elf Nachtwölfe ihres Rudels und mit ihnen die Ginsterwölfe Litus und Unda kamen auf sie zugelaufen, angeführt von Saxum und Lapis. Direkt hinter ihnen trabte Silex. Auch Belua und Castanea waren darunter. Ira begrüßte ihren Gefährten Altor und ihre Mutter Carmen, Vertex seine Schwester Cataracta und Nubes seinen Vater Agilitas.

Zudem ließ Letzterer seinen noch immer schiefstehenden Hinterlauf von der alten Carmen begutachten.

»Nun«, murmelte die Geschichtenerzählerin und Erfahrenste des Felsrudels. »Ich sage es mal so: Entweder du ruhst dich aus, lässt es verheilen und dich anschließend von den Mischwesen in Stücke reißen, oder du fliehst mit uns weiter und wirst zum Krüppel.«

Ein harter Schlag für den einst flinken Rüden. Doch ihm blieb keine Wahl. Sonst hatte kaum jemand ernste Verletzungen davongetragen. Schrammen und Kratzer zeichneten fast alle.

Bis auf Carex, den noch immer niemand gesehen hatte, stand

nun fest, wer außer den bereits Bekannten zu Tode gekommen war: Caltha, Caelum, Laetitia und Aura. Die meisten der Opfer waren wie erwartet vom Fluch betroffen gewesen.

Schweigend trauerte jeder für sich um die Verluste. Erst im Ginsterrevier würden sie den großen Ehrgesang nachholen können.

Die zweite Gruppe hatte ebenfalls die Zwenge aufsuchen wollen, um sicherzugehen, die richtige Richtung anzustreben. Nun folgten sie ihr gemeinsam, aber das Vorankommen im tiefen Schnee fiel ihnen stetig schwerer. Unermüdlich trieb Saxum sie zur Eile an. Die Mischwesen waren ihnen mit Sicherheit auf der Spur.

Doch kaum ein Nachtwolf konnte die Kraft dafür aufbringen. Nahrung hätte ihre Energiereserven auffüllen können, aber eine Jagd war zu zeitaufwendig und kräftezehrend. Ihre einzige Hoffnung blieben andere Tiere, die unter dem Wetter genauso litten wie sie.

Normalerweise war der Winter eine gute Zeit für Wölfe. Der Körper der Raubtiere war den harten Bedingungen bestens angepasst, die Beute fand weniger Nahrung und war geschwächt, ließ sich somit leichter jagen.

Doch normalerweise erlebten sie diese Zeit im Wald, der ihnen genug Deckung und Schutz vor Wind bot. Und normalerweise mussten sie auch nicht um ihr Leben hetzen.

Endlich erreichten sie etwas Vielversprechendes: eine Grube mit felsigen Rändern und Bäumen, die für die Menschen zum Fällen zu ungünstig gestanden hatten. Sie würde den Flüchtenden Schutz bieten.

Die Felsen hinunterzuklettern war keine leichte Angelegenheit, noch dazu durch den Schnee, der scharfe Kanten und Löcher verdeckte. Endlich unten angekommen, kuschelten sich der übrig gebliebene Teil des Felsrudels und die vier Ginsterwölfe eng zusammen zwischen die Stämme. Saxum blieb am Rand der Mulde und hielt Wache, mit welcher sie sich für die Dauer ihrer Rast abwechseln würden.

Der Rest versuchte, so etwas wie Schlaf zu finden; es war, als würden sie nach den Sternen greifen. Sterne, die leuchteten und lockten, doch sobald man sie berührte, wie Schneeflocken dahinschmolzen.

15
Zurückgeblieben

»Steht auf! Sie kommen!«

Cataracta, derzeitige Wache, sprang die Felsen hinunter. Tenebrae schreckte aus ihrem Dämmerzustand auf. Ihr Körper fühlte sich an wie aus Stein.

»Ein Haufen Mischwesen. Sie haben uns noch nicht entdeckt, steuern aber zielsicher auf uns zu.«

»Dann brechen wir unverzüglich auf.« Saxum stieß die müden Leiber seines Rudels an. »Hier unten sind wir ihnen ausgeliefert.«

Ächzend kamen die Nachtwölfe auf die Pfoten. Einmal stehend schoss die Energie der Angst durch ihre Beine. Hastig kletterten sie auf der anderen Seite der Grube hinaus. Saxum führte sie zum etwas dichter bewachsenen Flussufer zurück und von dort weiter nach Südosten. Ihre Flucht schien gerade noch rechtzeitig, bis Vertex von hinten rief: »Schneller! Sie haben uns entdeckt!«

Sie rannten. Versuchten es zumindest. Viel zügiger kamen sie nicht voran. Bald tauchten die ersten Mischwesen um sie herum auf. Vorerst nur die Kleineren, die nicht wie die großen im Schnee einbrachen. Neben Tenebrae flitzte ein Iltis mit Forellenflossen, der die Zähne bleckte und immer wieder nach ihren Beinen schnappte. Beim nächsten Angriff packte sie ihn mit den Zähnen und warf ihn weg.

Eine riesige Wespe mit Eidechsenbeinen versuchte sie von oben zu stechen. Unda sprang flink in die Höhe und schleuderte sie mit der Pfote davon. Zwei weitere tauchten von der Seite auf. Ein Hase mit Fuchsschwanz und daneben ein alter Bekannter, der Fledermarder. Tenebrae knurrte. Der Marder zuckte zurück, als er sie erkannte, rannte aber weiter. Auf einmal sank er tiefer in den Schnee ein, stolperte und streckte wild flatternd seine Flügel aus, wobei er den Hasen mit zu Fall brachte.

Überall versuchten die Wölfe, ihre Verfolger fernzuhalten oder zu töten. Den großen Mischwesen hinter ihnen gelang es zum Glück nicht, sie einzuholen. Hoffentlich hatte die Schneewanderung sie genauso erschöpft wie ihre Opfer.

Es begann wieder zu schneien. Wind kam auf, der auch den kleinen Kreaturen das Mithalten erschwerte. Saxum nutzte die Gelegenheit und erhöhte das Tempo. Es klappte. Die Mischwesen verloren den Anschluss. Bald kam von Vertex die Meldung, dass auch die großen nicht mehr zu sehen waren. Die Nachtwölfe drosselten ihren Lauf. Ihre Verfolger zeigten sich nicht.

Die gute Seite des Schneefalls. Doch er war unstet. Immer wieder versiegte er, begann von Neuem, fiel nur leicht, dann wieder heftig. Gleichauf mit diesen Schwankungen blieben ihnen die Mischwesen dicht auf den Fersen und holten sie manchmal fast ein, um sie wieder zu verlieren. Und gleichgültig, wie schnell die Nachtwölfe liefen, sie zogen stets eine deutliche Spur hinter sich her, die selbst die Schneeflocken nicht rechtzeitig zudecken konnten.

»So kann das nicht weitergehen«, knurrte Raphanus. »Wir müssen sie abhängen, ein für alle Mal. Auf diese Weise führen wir sie direkt auf mein Rudel zu.« Sein Blick glitt über die Zwenge. »Das Wasser fließt. In ihm verbleiben keine Spuren.« Er wandte sich an Saxum. »Es wird unangenehm, aber es wäre eine Möglichkeit.«

Der Leitwolf hielt an, starrte auf das gegenüberliegende Ufer und nickte. »Alle von euch, die sich stark genug fühlen, durchqueren den Fluss zur anderen Seite. Lauft ein gutes Stück gerade nach Süden weiter. Setzt viele Schritte, als stammten sie von einem ganzen Rudel. Beeilt euch.«

Vertex, Cataracta, Altor, Ira und Litus meldeten sich freiwillig und schwammen durch die Zwenge. Der Rest wartete gebannt. Wenig später kehrten die fünf Wölfe zurück und hinterließen eine aufgewühlte Bahn etlicher Pfotenabdrücke, die für jedes Mischwesen gut sichtbar am gegenüberliegenden Ufer prangte.

Nun ließen sich die Übrigen in den Fluss gleiten. Gemeinsam wateten sie am Ufer entlang gen Osten. Das Wasser war eiskalt, ihr dickes Bauchfell rasch durchnässt. Cinis und Ignis überstanden es auf Aristas und Tenebraes Schultern als einzige trocken.

Sie bewegten sich so lange vorwärts, bis die Zwenge nach Süden abbog. Danach stiegen sie ans Ufer, schüttelten sich kräftig aus und rannten anschließend einen Hügel hinauf, auf dem eine kleine Baumgruppe wuchs.

Dort verwandelten sie sich abwechselnd, um sich mit ihrer menschlichen Kleidung gegenseitig trocken zu reiben. Wer besonders fror, bekam einen Umhang umgelegt.

Mit dem nächsten Schneefall wanderten sie weiter Richtung Nordosten, dem Ginsterrudel entgegen. Wenn sich ihre Mühe gelohnt hatte, setzten die Mischwesen ihre Suche nun südlich der Zwenge fort und würden ihnen die kommende Zeit fernbleiben.

Es schien gelungen zu sein. Die nächsten Tage störte sie kein Mischwesen mehr.

Den Gang durch den Fluss hatten die meisten gut überstanden, nur Carmen und Litus husteten. Wenigstens kamen sie nun leichter voran. Es schneite seltener, manchmal durchbrachen zarte Sonnenstrahlen die Wolkendecke, in welche die Wölfe blinzelten, als hätten sie noch nie ein solches Licht gesehen. Der Neuschnee schmolz an, pappte, gefror wieder, und sie brachen nicht mehr so schnell ein. Mehrere Tage lang ließ sich ihre Situation auf diese Weise ertragen. Die Zuversicht wuchs.

Dann brach erneut ein Schneesturm los. Wind kämpfte mit aller Macht gegen sie an, Flocken hüllten sie ein wie ein einziger Vorhang. Jeder Schritt wurde zum Kampf.

Tenebrae lief mit nahezu geschlossenen Augen. Das fliegende Eis stach wie Pfeilspitzen, zu sehen war ohnehin nichts als dunkle Flecken vor hellem Grund. Allein das Fell des Schwanzes vor ihr, zu dem ihre Nase stetigen Kontakt hielt, führte sie. Sie wusste nicht einmal, wem er gehörte.

Irgendwann stieß sie gegen etwas Festeres. Ihr Vordermann hatte angehalten. Sie vernahm ein Murmeln, dann ein wütendes Jaulen und darauf ein Knurren. Schließlich setzten sie sich wieder in Bewegung. Wenig später bog der Wolf vor Tenebrae nach außen ab, und sie folgte ihm, um Carmens Körper zu umrunden, der still im Schnee lag.

Ewig dauerte die Reise durch diese schwere Witterung, obwohl die Nächte kaum vergingen. Vielleicht war selbst die Zeit eingefroren. Tenebrae hatte längst jegliche Orientierung verloren und hoffte auf das Wissen der Alten.

Aus einem Impuls heraus warf sie irgendwann einen Blick hinter sich. Weiße Leere. Ihre Brust verengte sich. Sie wusste genau, dass sie nicht die Letzte gewesen war.

So schnell sie konnte, sprang sie durch den Schnee an den Reihen von Wölfen entlang nach vorn. Es stimmte. Castanea, Belua, Litus und Unda fehlten.

»Saxum! Wir müssen anhalten, es sind welche zurückgeblieben.«

Es dauerte eine Weile, bis sie zu ihrem Leitwolf vordringen konnte. Jener begegnete ihr mit rigorosem Blick. »Wir können nicht mitten im Sturm stehenbleiben und uns zuschneien lassen. Wir würden unser aller Leben riskieren für jene, die womöglich nicht mehr zu retten sind.«

»Wir müssen es versuchen! Sie gehören zum Rudel. Das Rudel muss zusammen bleiben!«

»Wir leben in einer Zeit, die nicht alle überstehen werden.« Er sagte es nicht gleichgültig, sondern ernst und sachlich. »Wir warten kurz. Vielleicht holen sie uns ein. Doch falls nicht, steht das Überleben des Rudels an erster Stelle. Und damit meine ich die größere Gruppe.«

Tenebrae wusste tief in ihrem Inneren, dass dies die Weisheit eines Anführers war. Aber sie wollte sich nicht damit zufriedengeben, dass der Großteil des Rudels überlebte. Sie wollte, dass *alle* überlebten.

Verzweifelt kehrte sie ans Ende der Prozession zurück, wo sie wartete und durch die Flocken spähte, durch die sie nur ein paar Körperlängen weit sehen konnte. Sie mussten es schaffen, sie mussten zu ihnen aufschließen! Ihre Existenz durfte nicht einfach unter Schnee begraben und für immer vergessen werden. Doch da draußen war nichts. Sie ließ ihre Augen die gesamte Umgebung durchstreifen. Erhob sich dort nicht etwas dunkles Großes? Hoffnungsvoll preschte sie auf die Gestalt zu.

»Tenebrae, bleib hier!«

Sie hörte es kaum. Freudig jaulend sprang sie weiter, bis sie vor dem vermeintlichen Rudelmitglied stand.

Ein Baumstamm. Dick, schief, ein paar Äste. Fassungslos starrte sie das Gebilde an. Wütend und traurig wollte sie umkehren – und blickte in weiße Leere. Kein Rudel, kein einziger Wolf, nicht einmal ihre eigenen Fußspuren. Nichts.

Tenebrae heulte. Sie konnte sich selbst kaum hören. Sie rief erneut, lauter. Doch wieder verschwand ihre Stimme wie ein Flüstern im Sturm. Ihre vor Kälte taube Nase konnte keine Gerüche aufnehmen, die im ständig wechselnden Wind ohnehin nicht zu orten gewesen wären.

Wohin nun? Alles sah gleich aus. Sie stellte sich so vor den Baumstamm, wie sie auf ihn zugelaufen war, und versuchte dann, sich exakt der entgegengesetzten Richtung zuzuwenden. Zielstrebig schritt sie geradeaus. Weiter. Noch weiter. Eine Pfote nach der anderen durchbrach die Schneedecke.

Sie hielt an. Sie wollte es sich nicht eingestehen, nicht einmal daran denken. Aber sie wusste, wusste mit der Sicherheit eines Tierinstinktes, dass sie zu weit gelaufen war. Dass sie längst auf ihr Rudel hätte treffen müssen, wäre es die richtige Richtung gewesen.

Tenebrae hatte sich verirrt.

16
Es ist nur eine Illusion

Sie war nicht leicht auszumachen zwischen den glänzenden Eisnadeln, den funkelnden Zweigen, der gesamten gläsernen Pracht des Frostwaldes. Tausendfach glitzerte jeder kleinste Lichtstrahl auf den gefrorenen und schneebedeckten Schätzen der Welt. Doch er sah sie, die Geisterwölfin. Immer wieder. Am Rand seines Blickes, an seiner Seite, zwischen den Bäumen in der Ferne.

Richtete Arcanus seine Augen direkt auf sie, verschwand sie zwar, doch in deren Winkeln tauchte sie wieder auf. Häufig genug, dass er sicher war: Sie existierte.

Was brachte ihn eigentlich dazu, zu glauben, es sei eine *sie*? Hatten Geister überhaupt Geschlechter? Er wusste es nicht. In ihm blühte schlicht das Gefühl, sie wäre eine Wölfin. Ebenso wie das Gefühl, dass sie tatsächlich da war. Nicht leibhaftig. Nicht so wie er. Anders, aber real.

Früher war sie nie in sein Blickfeld getreten. Sie begleitete ihn erst seit seiner Flucht. Und sie war es auch gewesen – an dieser Meinung hielt er fest – die Caedes angegriffen hatte. Sehr viel dichter, sehr viel stärker, doch ein und dieselbe. Von diesem Tag an war sie bei ihm geblieben. Führte ihn durch die Welt, half ihm auf seiner Reise, zeigte ihm den Weg.

So auch hier, weit im Osten, hinter dem Revier des Ginsterrudels. Seit er es verlassen hatte, war er auf keine weiteren Nachtwölfe gestoßen. Der harte Winter erschwerte seinen Weg, aber er fühlte sich stark, unaufhaltsam, unerschütterlich. Nichts als seine Aufgabe erfüllte seinen Geist. Seine Erinnerungen reichten nur bis zum Beginn seiner Flucht zurück. Alles davor hatte er aus seinen Gedanken verbannt, fest eingeschlossen tief in seiner Seele.

Und als säße dort ein flüsterndes Wesen, hallten hin und wieder

Worte zu ihm herauf.

Finde die weiße Wölfin. Suche sie. Sie wird auch dich suchen. In den Nebeln verstand er es noch deutlicher. Weder wusste er, wo er nach ihr suchen sollte, noch was sie ihm nützte. Doch er hegte keinen Zweifel daran, dass es wichtig war. Dass er sie finden musste.

Ob die nebelfarbene Erscheinung in Wolfsgestalt, die nicht von seiner Seite wich, ein Abbild dieser Gesuchten darstellte? Wer war sie? Was war ihr Ziel? Er glaubte fest daran, es herauszu-finden, sobald er die Weiße gefunden hatte. Warum sonst wurde es ihm so oft und so eindringlich befohlen. *Finde die weiße Wölfin.* Wann immer er in die Nebel trat, flüsterten sie ihm genau das zu. Doch da war noch etwas anderes.

Es ist nur eine Illusion.

Dieser Hinweis trat deutlich seltener auf. Nicht drängend, nicht bittend. Jedoch nicht weniger bedeutungsvoll. War von der Nebelerscheinung in seinem Augenwinkel die Rede? Dass es keine echte Wölfin war? Nur eine Einbildung? Doch dafür war ihr Beistand zu intensiv. Er grübelte fortwährend darüber nach, was damit gemeint sein konnte, kam aber nicht allzu weit. Es ließ sich auf nahezu alles anwenden. *Es ist nur eine Illusion.*

Arcanus blieb stehen. Seine Begleiterin war verschwunden. Er spürte eine rasche, sachte Bewegung an seiner Seite wie einen kühlen Windhauch – in die Richtung, aus der er gekommen war. Er richtete seine Augen hinter sich, versuchte, nichts Konkretes zu fixieren.

Da, ein Schimmern am Rand, welches sich geschwind ent-fernte. Zurückkam, um ihn herum tanzte und erneut Richtung Westen davonflog. Arcanus brauchte nicht zu überlegen, was das bedeutete. Er war schon lange gewandert, ohne auf weitere Rudel getroffen zu sein. Wie lange wollte er noch erfolglos suchen?

Zielsicher fuhr er herum und folgte dem Hauchgeschöpf. Unerwartet hob sich dabei seine Stimmung. Es war kein Gefühl von Heimat, das ihn so erfreute und antrieb. Aber ein ähnliches. Vielleicht ein Wiedersehen, sich vereinen, unterstützt werden. Er lief schneller.

Ich komme.

17
Rabenwille

Wer mehr will, als ihm zusteht, wird alles verlieren. Dieser Spruch ging Tenebrae nicht mehr aus dem Kopf. Leider würde sie ihn niemandem mitteilen können. Nicht, solange keine Fee kam, um sie zu retten.

Standhaft kämpfte sie sich durch Wind und Eis, wenn auch kein so heftiger Sturm mehr tobte wie zuvor. Immer wieder hielt sie an, um so kräftig zu heulen, als würde sie all ihre Kraft ausspeien. Aber wie sehr sie sich auch bemühte, es war, als verließe kein Ton ihre Kehle. Was der Wind nicht wegblies, das schluckte der Schneefall.

Selbst als sich beides legte, erhielt sie keine Antwort. Nomera allein wusste, wie weit sie bereits von der ursprünglichen Route abgekommen war. Mit gesenktem Kopf, der fast auf der Eisdecke schleifte, stapfte sie weiter durch das Meer gefrorenen Wassers und sank mit jedem Schritt tiefer ein.

Allmählich wandelte sich Tenebraes Einstellung. Sie wollte nicht mehr um jeden Preis zum Rudel zurück – Rudel, was war das noch? –, sondern fragte sich immer öfter, wozu sie überhaupt weitermachte. Warum sie sich nicht einfach ergab, hinlegte und ausruhte. Jeder Tritt schien ihr bedeutungslos. Die ganze Welt war ein leerer Kreis, den sie nicht verlassen konnte.

Doch gänzlich stehenzubleiben schaffte sie nicht. Eine Stimme befahl ihr, weiterzugehen, obgleich sie keine Argumente dafür vorbringen konnte. Müde, mit halb oder komplett geschlossenen Augen zwang sie sich weiter.

Für lange Zeit war sie der Meinung, sie bewegte sich stetig voran. Sah das Bild deutlich in ihrem Geist und hielt es für echt.

Es dauerte eine Ewigkeit, bis sie bemerkte, dass ihre Schritte sie keine Anstrengung mehr kosteten. Und eine weitere, bis sie feststellte, dass sich ihre Beine nicht mehr rührten.

Unendlich langsam öffnete sie die Augen. Weiß. Überall und direkt unter ihr. Ihr Kopf lag auf der Eisschicht. Der Rest ihres Körpers steckte im Schnee fest.

Sie wusste, sie musste die Kraft aufbringen, aufzustehen und sich aus ihrer Hülle zu befreien. Aber nicht sofort. Gleich. Später. Bloß ein wenig ausruhen ... Ihre Augen fielen zu. Es war so angenehm, hier zu liegen, sich um nichts zu kümmern. Kein Schmerz war zu spüren, keine Kälte. Sie war in einer Höhle. Es rauschte. Neben ihr lag Arcanus, eng an sie gekuschelt. Lange lagen sie so da. Die Wölfin wollte nie mehr aufstehen, nie mehr von hier fort. Es war so schön.

Arcanus stupste sie an. Erneut. Dann begann er zu picken, schmerzhaft. Sie wollte ihm sagen, er solle aufhören. Ihn wegschieben. Doch sie konnte sich nicht rühren. Unfähig lag sie da und spürte das Hacken.

Sie schlug die Augen auf. Die Welt war weiß. Die Höhle und der Wolf verschwunden. Nur das Piken nicht. Wieder und wieder stach etwas auf ihre Flanke ein.

Mühsam brachte sie es fertig, den Kopf zu heben und zur Seite zu drehen. Schwarz wie ein Loch in all dem kalten Licht starrte ihr ein Rabe entgegen. Kurz trafen sich ihre Blicke, dann hackte der Vogel erneut zu. *Auch das noch.* Nicht nur, dass er sie in ihrem glücklichsten Traum gestört hatte – die schönste Art zu sterben, die man sich wünschen konnte –, nun wollte er sie zu allem Überfluss bei lebendigem Leib verspeisen. Konnte er nicht geduldig auf ihren Tod warten? Danach konnte es ihr gleichgültig sein, was mit ihrem Körper geschah.

Aber jetzt noch nicht.

Schwach schnappte sie nach dem Vogel. Der musste nicht einmal hüpfen, sondern wackelte ein paar Schritte weg und zwickte sie ins Hinterteil.

Tenebrae schaffte es, ihre Rute aus dem Schnee zu ziehen und umher zu schleudern. Daraufhin flog der Rabe auf. Erschöpft ließ sie ihren Kopf wieder auf das Eis sinken. Wie anstrengend diese Haltung war. Wie wohltuend das Liegen. Zumal Wind und Schneefall inzwischen versiegt waren.

Ein Zwacken ins Ohr.

Wütend schwang Tenebrae ihren Kopf zur Seite. Das Tier

hüpfte zurück, um daraufhin auf ihre Schultern zu fliegen und von dort aus weiter ihre Ohren zu traktieren. Sie reckte den Hals, warf ihren Körper hin und her, der sich ein wenig aus dem Griff des Eises lockerte, und versuchte, mit den Beinen zu strampeln.

Endlich flatterte der Rabe herunter und wackelte vor ihrer Schnauze hin und her. Drohend bleckte sie ihre Zähne und ließ den Kopf sinken.

Lass mich doch einfach in Ruhe.

Das Tier mit dem bläulich schimmernden Gefieder dachte jedoch nicht daran. Langsam stakste es auf sie zu, drehte sein Haupt ruckartig in alle Richtungen, sah ihr tief in die Augen – und hackte ihr in die Nase.

Tenebrae winselte auf. Ihre Ohren waren schon empfindlich genug, aber das ging zu weit. Sie zwang ihre Pfoten dazu, sich gegen den Untergrund zu stemmen und ihren Körper aus der Eisfessel zu heben.

Der Rabe lief unterdessen zur Höchstform auf. Wild flog er um sie herum, pickte hier, hackte dort und zog an allem, was in seinen Schnabel passte. Tenebrae wandte und drehte sich, krümmte ihren Leib und drückte gegen den Schnee. Erst zog sie ein Vorderbein heraus, dann das zweite, und schließlich konnte sie auch ihre Hinterläufe befreien.

Wutentbrannt stürzte sie sich auf den Raben, der zwar aufflog, sie aber weiterhin umkreiste und frech vor ihrer Schnauze auf und ab flatterte. Sie sprang, sie schnappte, sie folgte dem Vogel, der, obwohl er viel schneller war als der ständig im Schnee versinkende Wolf, stets umdrehte und in ihrer Reichweite blieb.

Tenebrae erklomm einen kleinen Hügel, während der Rabe beschleunigte und im Morgendunst verschwand.

Oben angekommen hielt sie keuchend inne – und wäre fast vornüber hinunter gekippt.

Wölfe. Schwarz. Ihr Rudel!

Tenebrae stieß ein raues Jaulen aus, kaum hörbar. Doch das sollte sie nicht aufhalten. Sie hatte ein Ziel, sie konnte es in einiger Entfernung klar und deutlich sehen. Sie musste es bloß noch erreichen.

Mit neuem Mut sprang sie den Hügel hinab und durch den Schnee auf ihre Familie zu. Es dauerte eine Weile, bis sie nah genug war, um es noch einmal mit dem Heulen zu versuchen.

Wohlklingend war etwas anderes, aber es erfüllte seinen Zweck. Erleichtert zurück jaulend wartete die Gruppe auf ihr fehlendes Mitglied. Freudig und stürmisch, soweit ihre Kräfte es zuließen, wurde sie empfangen. Auch Belua und die übrigen drei zurückgebliebenen Wölfe waren dabei. Sie hatten es geschafft. Die Wärme um ihr Herz vertrieb jede Kälte, und ihrer aller Schritte wurden von neuer Energie beflügelt. Gemeinsam bewältigten sie den letzten Abschnitt ihrer Strecke.

Bald vermehrten sich die Bäume um sie herum, die Sträucher wurden dichter. Endlich übertraten sie die Grenze und waren vom Wald des Ginsterrudels umringt. Schließlich begegnete ihnen der erste Nachtwolf und starrte sie überrascht an. Raphanus erläuterte ihm knapp die Sachlage, und während jener vorauslief, um es seiner Leitwölfin mitzuteilen, führte der ältere Ginsterwolf sie durch das Gestrüpp bis ins Herz des Territoriums. Hier, auf einer spärlich bewachsenen, von Bäumen umringten Fläche ließen sie sich erschöpft nieder und kuschelten sich eng aneinander.

Das fremde Rudel zeigte eine gewisse Gastfreundschaft und schleppte ein paar Rehe und Kaninchen heran. Nicht im Überfluss, doch für die ausgehungerten Wölfe das reinste Festmahl. So erfüllt und gesättigt wie lange nicht mehr fanden sie endlich wieder erholsamen Schlaf.

Der große Trauergesang erhob sich so vielfältig wie noch nie in die Weite des Himmels. Jeder trug seine persönlichen Klänge für die Zurückgebliebenen bei. Tenebrae heulte in liebevollen Tönen ein Dankeslied an ihre Eltern. Auch einige Mitglieder des Ginsterrudels waren anwesend und lauschten betroffen.

Ausgiebig erholten sie sich, bis ihnen zur nächsten Neumondnacht die Nebel eine Netris schenkten, ein kleiner Trost nach all dem Schmerz. Endlich konnten sie diese Zeit wieder sorglos genießen.

Tenebrae kratzte das Symbol in die harte Erde vor einer

Schleierwand und trat ein. Wohl vertraut umfing sie die lebendige, fahlweiße Luft, und doch schien sie sich einen Hauch anders zu verhalten, als sie es gewohnt war. Das Flüstern war rauer, humorvoller, und statt die schwarze Wölfin einzunehmen, tanzten die Nebel eher um sie herum. Gefühle von Spaß, Glück und Gelassenheit durchdrangen sie und schoben die schlechten Erinnerungen sowie die Zukunftssorgen beiseite. Ihr unverständliches Raunen floss durcheinander, sie unterbrachen sich gegenseitig, bestätigten einander und neckten sich.

Schlagartig schwiegen sie, schienen sich gegen etwas zu wehren, dann zu diskutieren. Eine klare Stimme aus lauter leisen Tonlagen erhob sich:

Die Weiße ist nah. Führe ihn zu ihr.

Perplex blieb Tenebrae stehen. Nie zuvor hatte sie auch nur ein einziges Wort der Nebel verstanden.

Im nächsten Moment nahmen sie wieder ihr gewohntes Geflüster auf, aufgewühlter nun.

Weshalb hatten sie das getan? Eine weiße *was* war nah? Und wen sollte sie hinführen? Tenebrae schüttelte verwirrt den Kopf, ging weiter und suchte nach lichteren Stellen, um die schleierhafte Welt zu verlassen.

Draußen stakste sie nachdenklich durch die Büsche. Zweige und Dornen griffen nach ihrem Fell. Eigentlich war ihr das Erlebnis zu unheimlich, um sich näher damit zu beschäftigen. Andererseits hatte es wichtig und eindringlich geklungen, und da sie es als tiefe Ehre empfand, eine solch klare Botschaft von den Nebeln erhalten zu haben, musste sie dies auch ernst nehmen.

»Äh, verzeih, aber da solltest du nicht entlang gehen.«

Tenebrae blieb stehen und sah sich nach dem Träger des feinen Stimmchens um. Eine zarte, graublaue Wölfin kam vorsichtig auf sie zu.

»Entschuldigung, aber dort ist Moor. Und die letzten Tage haben sich etwas wärmer angefühlt. Ich bin mir nicht sicher, ob die Eisschicht dich tragen wird. Du bist ja so groß und schwer. Du bist vom Felsrudel, nicht wahr?«

»Richtig. Und danke für den Hinweis, du musst dich nicht entschuldigen.« Die Schwarze wandte sich der Fremden gänzlich zu. »Mein Name ist Tenebrae. Und wer steht mir gegenüber?«

»Imber.« Die Wölfin betrachtete sie mitleidig. »Konntet ihr

euch gut erholen? Es muss furchtbar gewesen sein.«

»Ja, das war es. Es ist wohltuend, dass eine Ginsterwölfin so viel Anteilnahme an unserem Schicksal zeigt.«

Imber wandte verlegen den Kopf ab. »Nun, eigentlich bin ich keine echte Ginsterwölfin. Ich komme vom Teichrudel, südöstlich von hier.«

Tenebrae stellte neugierig die Ohren auf. »Von diesem habe ich noch nie gehört. Fühlst du dich hier wohler als dort?«

»Ein wenig ... Nein, eher nicht. Das Revier, in dem ich aufwuchs, war wunderschön. Es liegt an einem großen Teich mit viel hohem Schilf, Weiden und Seerosen. Aber ich fand dort keinen passenden Gefährten, und meine Eltern meinten, ich solle mein Glück in anderen Rudeln versuchen. Sie schlugen das Ginsterrudel vor, da ich hier nicht ganz allein wäre. Es sind schon andere Teichwölfe hierher übergewechselt.«

»Hast du inzwischen einen Partner gefunden?«

»Nun ja, ich weiß noch nicht recht.«

Also nein, übersetzte Tenebrae für sich. »Gefällt dir wenigstens das Gebiet?«

»Es ist etwas anderes. Man kann sich hier gut verstecken. Allerdings vermisse ich unseren See. Die Heimat, die ich mir wünsche, muss ja nicht genauso aussehen. Aber einen kleinen Teich hätte ich schon gerne. Und Schilf. Ich mochte das Schilf.«

Tenebrae sah die schlanke Wölfin nachdenklich an. »Möchtest du mich ein wenig herumführen? Damit ich zur Nebelzeit nicht irgendwo steckenbleibe?«

»Oh, natürlich, gerne.« Imber lotste sie um das Moor herum, durch einen Hain junger Buchen hindurch und an Wacholderbüschen vorbei. Ihr Duft nach Frühlingsregen entspannte Tenebrae ebenso wie ihre sanft plätschernde Stimme.

Nachdem sie eine Weile umhergewandert waren, hielt die schwarze Wölfin den Zeitpunkt für gekommen, um das zu erfragen, was ihr schon seit ihrer Ankunft auf der Seele lag. »Ist vor einiger Zeit ein fremder Nachtwolf mit roten Augen eingetroffen?«

»Du meinst Arcanus? Ja, er war hier.«

»War?« Ihr Herz sackte ein Stück ab.

»Er ist vor fast zwei Wochen weiter gezogen, nach Osten. Wir wussten nicht, ob dort andere Nachtwolfrudel leben, deshalb wollte er es selbst überprüfen.«

Verpasst. Wären sie doch nur eher geflohen.

»Ich hielt es nicht für möglich«, erzählte Imber, »aber nach euren Erlebnissen ist wohl alles wahr, was er gesagt hat, oder?«

»Oh ja, viel zu wahr.«

»Ich bin gespannt, was morgen auf der Versammlung entschieden wird. Ich hoffe, Genista schickt euch nicht weg. Sie ist sehr ... nun, desinteressiert, wenn es um die Probleme anderer geht.«

Sie blieben stehen, da sie die Lichtung erreicht hatten, auf der sich das Felsrudel niedergelassen hatte. »Danke für die Rundwanderung, Imber. Wir sehen uns morgen.«

Genista nahm an der Besprechung mit einem Blick teil, als diskutiere sie mit einem Welpen.

Nachdem Saxum die Lage dargelegt hatte, schaute sie eine Weile gleichgültig auf die Felswölfe herab, bevor sie sprach. »Da ihr wenigstens den Anstand hattet, die Mischwesen nicht bis hierher mitzubringen, sehe ich keinen Grund, weitere Maßnahmen zu ergreifen. Dein Rudel ist nun ausgeruht, Saxum, deshalb werdet ihr umgehend in euer Territorium zurückkehren.« Sie hatte eine Stimme, die man bei einer Nixe erwartete, die statt eines Flusses einen Sumpf bewohnte.

»Genista, nach dieser mühsamen Flucht wäre es eine Schande, sie derartig zu behandeln«, hielt Raphanus dagegen.

Saxum baute sich vor der Rudelführerin auf. Seine gewaltige Gestalt überragte ihre breite, kurzbeinige bei weitem. »Wir *wollen* zurück. Aber es ist unmöglich. Abgesehen von dem Zaun, der einen Wechsel zwischen Wald und Dorf kaum mehr zulässt: Glaubst du, den Menschen fällt das Verschwinden eines Großteils ihrer Mitbewohner nicht auf? Zeitgleich mit den angeblichen Bestien? Was sähen sie wohl in uns, kehrten wir zurück?«

»Das ist euer Problem, nicht meines.«

Raphanus sah seufzend zur Erde und murmelte etwas Entschuldigendes.

»Genista«, knurrte Saxum. »Diese Angelegenheit ist nicht länger nur die des Felsrudels. Euch könnte das gleiche Leid widerfahren, und dann werden wir alle unsere gegenseitige Unterstützung benötigen, um es zu überstehen. Ich rate dir daher eindringlich, mein Angebot anzunehmen. Gewähre meinem Rudel Obdach. Es wird sich nur die Beute vom Rand eures Territoriums nehmen. Es wird eure Schlafplätze nicht betreten. Es wird euch kaum zur Last fallen. Dafür bieten wir unsere Hilfe an, falls ihr angegriffen werdet. Sobald wir uns erholt und für ein weiteres Vorgehen entschieden haben, werden wir weiterziehen. Wirst du eine Unterstützung ablehnen, die nahezu keine Gegenleistung verlangt?«

Saxums machtvolle Ausstrahlung konnte durchaus nützlich sein. Die moorbraune Leitwölfin hatte nachdenklich ihre Augen verengt.

»Solange sich dein Rudel daran hält, meinetwegen. Wagt jedoch auch nur ein Felswolf, diese Bedingungen zu missachten, ist meine Güte dahin!«

Saxum war es anzusehen, wie gerne er etwas auf Genistas ›Güte‹ erwidert hätte. Stattdessen nickte er bloß und verließ die Versammlung mit der Rute auf halber Höhe, dafür erhobenen Hauptes. Genista sah ihm missbilligend nach und stolzierte dann in entgegengesetzter Richtung davon, den Schwanz steif aufgerichtet.

Immerhin, das Felsrudel durfte bleiben. Nach der Konferenz spazierte Tenebrae zusammen mit Arista und ihren Töchtern durch den fremden Wald. Seit Carex' Verschwinden war die dunkelbraune Wölfin die meiste Zeit betrübt, versuchte aber dennoch, voll und ganz für ihre zwei Welpen da zu sein und ihren Vater zu ersetzen. Die tiefschwarze Wölfin half ihr dabei, so oft sie konnte. Sie hatte noch immer die Hoffnung, ihr Bruder könnte überlebt haben. Doch in diesem Fall wäre er wahrscheinlich geradeaus weitergelaufen und längst hier angekommen. Allein? Im Schneesturm? Es sah schlecht für seine Rückkehr aus.

Auch die sonst so elanvollen Kleinen hatten einen Großteil ihrer Energie verloren. Ignis hüpfte zwar gelegentlich über Äste und Steine, schnüffelte aber, wie auch jetzt, die meiste Zeit lustlos an den unbekannten Gewächsen herum.

Plötzlich preschte etwas Dunkles aus dem Dickicht hervor und warf sie um. Zornig knurrend sprang sie wieder auf – zurzeit verstand sie keinen Spaß – und schlug nach dem Angreifer. Es war ebenfalls ein Welpe, rabenschwarz und ein wenig älter als sie, der dem Schlag mit fröhlich wedelnder Rute auswich und umher hüpfte. Dann hielt er inne und legte den Kopf schief. »Du bist ja gar nicht Carbo!«

»Nein, ich bin Ignis aus dem Felsrudel«, keifte das Wolfsmädchen zurück. »Und du könntest nächstes Mal genauer hinsehen, bevor du jemanden anfällst!«

»Tut mir leid, wir haben nur Versteckfangen gespielt. Darf ich dich als Entschuldigung zum Mitspielen einladen? Ich bin Cornix. Ah, und das hier ist mein Bruder.«

Ein zweiter Welpe mit tiefgrau glänzendem Fell trat aus dem Gebüsch. Auch Cinis kam nun interessiert näher.

»Hast du zwei neue Spielkameraden für uns gefunden, Brüderchen? Großartig, dann wird es endlich spannender! Es leben nämlich keine anderen Spielgefährten in unserem Rudel.«

»Oh ja, bei uns ist das genauso«, erwiderte Ignis nun etwas freundlicher.

»Wollen wir spielen?«, fragte Carbo und stellte abenteuerlustig die Ohren auf.

»Oh ja, fangen! Bitte fangen!«, rief Cornix. »Ihr kriegt mich nie, ich bin schnell wie der Wind. Eines Tages werde ich fliegen! Dann kann mich niemand mehr einholen.« Eifrig sauste er los.

»Fliegen?« Cinis sah ihm verwirrt nach.

»Davon ist er überzeugt, seit er das erste Mal eine Krähe gesehen hat«, erklärte Carbo. »Jeden Tag übt er. Sehr hoch kommt er noch nicht, aber er ist schon unglaublich schnell. Wenn ihr es schafft, ihn zu fangen, zeig ich euch meinen Lieblingsplatz!« Er sprang seinem Bruder nach.

Die Schwestern sahen sich kurz an. Ignis' Ohren zuckten, dann rannte sie hinterher, während Cinis noch einmal bittend zu Arista schaute.

»Spielt ruhig, solange ihr euch nicht zu weit entfernt.«

Das Welpenmädchen bellte freudig und lief den anderen nach. Tenebrae und Arista folgten ihnen gemächlich. Das dichte Gebüsch bot den Kleinen völlig neue Möglichkeiten für ihre Spiele. Sie tauchten ab, versteckten sich, überraschten und jagten einander.

Es tat gut, die Kinder so glücklich zu sehen. Auch von Arista schien ein Teil ihrer Schwermut abzufallen. Der kleinere Cornix war tatsächlich sehr flink. Immer wieder sprang er hoch in die Lüfte, höher und länger als alle anderen. Es rührte Tenebrae, wie Carbo seinen Bruder in seinem Vorhaben unterstützte, ihm zurief, ob sein Körper lang genug gestreckt war und wie weit hinauf er kam. Er erklärte ihm nie, wie unerreichbar sein Wunsch war, schien nicht einmal zu denken, dass es unmöglich sei. Die beiden erinnerten sie ein wenig an Silex und Solum. Wobei ihr auffiel, dass sie seit der Flucht nicht mehr mit ihrem Schützling gesprochen hatte.

Unerwartet brach Cinis aus dem Ginster hervor und kam direkt vor den Wölfinnen zum Stehen. Ihr Aussehen glich einem Igel, mit all den Dornen und Zweigen im Fell.»Ich hab's geschafft! Ich hab Cornix erwischt! Jetzt wollen sie uns ihren Lieblingsort zeigen. Der ist aber etwas weiter weg. Dürfen wir?«

Arista lächelte.»Nur, wenn ich mitkommen darf.«

»Oh, bestimmt! Ich frag sie.«

»Geht ohne mich. Ich werde Silex suchen.«

»Tu das nur. Auf bald, Tenebrae.«

Dazu musste sie ihn zunächst finden. In dem unvertrauten Gebiet keine leichte Aufgabe, da sich jeder Felswolf inzwischen einen eigenen Platz innerhalb des fremden Reviers gesucht hatte. Sie dachte nach. Wahrscheinlich würde er sich nicht durch offene Bereiche bewegen, sondern sich an einem festen Ort aufhalten, womöglich einem günstigen Schlafplatz. Und dieser befände sich gewiss in größtmöglichem Abstand zu dem diesem Territorium zugehörigen Dorf.

Dort suchte sie. Nach einer Weile vernahm sie eine klirrende Stimme, die sang:»Eieiei, das Kuckucksei, ich schlag's zu Brei, dann ist's vorbei, hihihi!«

Kurz darauf stakste ihr Cicatrix mit seinem stechend pilzigen Geruch über den Weg. Nicht gerade die gewünschte Begegnung. Wenig später traf sie auf Lapis, die ihr den Weg zu einem Wacholdergebüsch beschrieb, welches sie und ihre kleine Familie derzeit beherbergte.

»Er hat sich bisher kaum ein paar Schritte von dort wegbewegt«, fügte die dunkelgraue Wölfin an.»Zum Trinken leckt er Schnee. Er hat so viel hinter sich, ich bin nicht sicher, ob er jemals wieder aus seiner Grube herausfindet. Es wäre wundervoll, wenn du ein wenig Lebensfreude und Mut in ihm wecken könntest. Ich fürchte, er braucht etwas, das ich ihm nicht geben kann.«

Die Wacholderbüsche machten einen verlassenen und abwehrenden Eindruck. Tenebrae senkte den Kopf und durchsuchte mit den Augen die Tiefe darunter. Ganz hinten kauerte Silex.

»Hallo, kleiner Bruder. Ich dachte, ich besuche dich mal wieder.«

Ein zartes Leuchten trat in sein Gesicht. »Wie lieb von dir, danke.«

»Wie fühlst du dich? Ich meine außer dem Kummer nach dieser schweren Zeit.«

»Es ist erträglich.« Er ließ den Kopf hängen. »Nein, ist es überhaupt nicht. Diese Flucht, dieser Schlag, der uns alles genommen hat ... wie eine gewaltige Faust. Und nun ... wer kann versprechen, dass die Gefahr uns nicht wieder einholt? Wie viel Erholung bleibt uns, bis sie uns erneut finden?« Er seufzte. »Und warum muss das alles zu einer Zeit geschehen, in der *ich* lebe.«

»Das fragt sich bestimmt jeder hier. Und im Vergleich zu den meisten kannst du dich fast glücklich schätzen. Dir sind immerhin beide Eltern geblieben.«

»Oh, das ...« Er sah beschämt zur Seite. »Es tut mir leid, Tenebrae. Daran habe ich nicht gedacht.«

Sie trat einen Schritt vor. »Was auch immer jedem von uns widerfahren ist, Silex, wir haben es überstanden und es bis hierher geschafft. Und wir sind nicht allein. Niemand weiß, was uns noch bevorsteht, welche Schläge uns ereilen werden. Aber ebenso wenig, welcher Lohn uns erwartet und welche Helden hinter der nächsten Ecke hervortreten. Wir werden niemals wissen, was für schöne Dinge auf unseren Wegen verborgen sind, solange wir nicht die ganze Welt nach ihnen abgesucht haben. Wer weiß; vielleicht wird eines Tages sogar alles besser als zuvor.«

Silex schaute nachdenklich vor sich hin. Ein zarter Hoffnungsschimmer glomm in seinen Augen.

»Deshalb solltest du dich nicht ewig in diesem Gestrüpp verstecken. Das Ginsterrevier ist nicht so unbehaglich, wie es auf den ersten Blick wirkt. Es gibt viel zu entdecken. Und im Winter hat kein Mensch einen Grund, sich in den Wald zu verirren.« Sie trat etwas näher. »Verlasse dein Loch, Silex. Tritt heraus. Lebe. Dort draußen warten lauter wunderbare Dinge darauf, dir die Pracht der Welt zu offenbaren. Doch dazu musst du sie suchen. Nur weil dir dein Leben nicht gefällt, so wie es jetzt ist, kannst du es nicht einfach wegwerfen wie einen abgenagten Knochen. Dafür ist es viel zu wertvoll, einzigartig, mit all seinen Facetten, dem Pech und dem Glück. Komm und versuche zu finden, was dir fehlt!«

Er lächelte zaghaft. »Bedeutet das, dass ich mich auch als Igel verkleiden muss?«

Tenebrae starrte ihn verdattert an. Dann betrachtete sie ihr seidiges Fell, das mit lauter Ginsternadeln gespickt war. Sie schluckte ihre Abscheu herunter. »So sieht man in diesem Reich eben aus. Und es ist sehr unhöflich, sich nicht dem Äußeren seiner Gäste anzupassen, findest du nicht?«

»Das ist es wohl.« Er seufzte tief. »Wenn du mit mir sprichst, wirkt alles leichter. Als bekäme mein Herz Flügel. Also gut. Hilf mir, mich einzukleiden.«

18

Begegnung im Mondlicht

Silex hatte der Ausflug gutgetan. Seitdem begleitete Tenebrae ihn fast jede Nacht. Allein ihre Anwesenheit ließ seine Augen leuchten und seine Rute sacht wedeln. So strich die Zeit stetig voran, ohne dass etwas passierte. Zu ihrem weiteren Vorgehen hatte Saxum nichts verlauten lassen. Sie vermutete, dass er aus Trotz blieb, um der Anführerin des Ginsterrudels ihre Ignoranz heimzuzahlen.

Was konnten sie schon tun? Sie brauchten ein neues Revier. Sie konnten nicht darauf vertrauen, dass die Bauern ihres ehemaligen Dorfes die Vorfälle vergessen würden. Obwohl Menschen manchmal schnell vergaßen.

Da die Furcht vor den mysteriösen Bestien noch nicht bis hierher vorgedrungen war, nutzte Tenebrae die Zeit, um wenigstens für ein paar Stunden sorglos in ihrer Menschengestalt durch das hiesige Dorf zu wandeln. Um nicht als Fremde aufzufallen, ging sie im Schutz der Dunkelheit. Hier würde eine nachtwandernde Frau nicht sofort Misstrauen erregen, hoffte sie.

So spazierte sie zwischen den still daliegenden Häusern die breiten Straßen entlang. Hier und da stieg Rauch auf. Obwohl der Winter für die Menschen eine schwere Zeit darstellte, zeichnete er in diesem Augenblick ein friedliches Bild. Eine dünne Schneeschicht nahm die Welt sanft, aber bestimmt ein und ließ sie glitzern, wie um ihre Pracht zu verdeutlichen.

Tenebrae blieb stehen und sah sich um. Sie spürte die Anwesenheit eines Nachtwolfs. Einen Moment später sah sie ihn. Mit gemessenen und unbeirrten Schritten ging ein Mann in langem Umhang die Straße entlang. Den Kopf mit tief ins Gesicht gezogener Kapuze hielt er leicht gesenkt, sein Gang schien schwer.

Sie kannte ihn nicht. Wahrscheinlich ein Mitglied des Ginsterrudels. Doch irgendetwas an seinen Bewegungen, seiner Gestalt kam ihr vertraut vor. Sie folgte ihm.

Er lief in nördliche Richtung bis zur Reiße, die auch an diesem Dorf vorbei floss. In einer Biegung ließ er sich an ihrem Ufer nieder und schaute in den westlichen Himmel empor. Einige große, weiche Wolken zogen in einer Herde vorüber und ließen nur wenige Lücken zwischen sich. Immer wieder brach der weiße Schein eines nicht mehr vollen Mondes hindurch und zauberte einen silbrigen Glanz auf deren Ränder.

Wie er da saß und beinahe sehnsuchtsvoll zu dem leuchtenden Auge aufschaute, so still und einsam, stieg Mitleid in Tenebrae auf. Er wirkte so verletzlich.

Behutsam trat sie auf ihn zu und setzte sich zu ihm ans Ufer.

»Du siehst müde aus.«

Schweigend betrachtete er weiter den Himmel. Dann seufzte er leise. Es schien, als störe ihn Tenebrae.

»Eine lange Reise liegt hinter mir. Ich bin gerade angekommen.«

Sanft, melodisch, doch auch rau und schwer klang seine Stimme. Ein singendes Brummen, bedächtig wie sein Gang. Sie kam ihr noch bekannter vor.

»Wie ist dein Name?«

Er wandte ihr das Gesicht zu. Halb verdeckt konnte sie dunkelbraunes, welliges Haar erkennen, einen gekräuselten Bartansatz.

»Erasmus.«

Enttäuscht sah Tenebrae ihn an. Warum verriet er ihr nicht seinen wahren Namen? Sie war ein Nachtwolf wie er. Reichte das nicht aus, um ihn ihr anzuvertrauen?

Sie wollte ihm genauso kalt begegnen. »Eleyn«. Ihre Stimme wurde viel sanfter als beabsichtigt. Sie rückte näher an ihn heran, um mehr von seinem Gesicht zu sehen. Er wandte den Blick zum Fluss.

»Sieh mich an. Nur kurz. Bitte.«

Er drehte den Kopf zurück, weniger abweisend als zuvor. Tief schaute sie in seine rindenbraunen Augen.

»Schwärmer?«

Einen Herzschlag lang war nur das Rauschen des Wassers zu hören.

»Zikade.«

Im nächsten Moment lagen sie sich in den Armen. Tenebrae spürte die Erleichterung durch sie beide hindurch strömen, wie ein Band, das sie enger zusammenzog.

»Ich fürchtete schon, dich nie wieder zu sehen. Eine Ginsterwölfin erzählte mir, dich verpasst zu haben, und ich wusste nicht, ob du zurückkommen wirst.«

»Ich habe auf euch gewartet. Aber ich durfte meine Aufgabe nicht vergessen. Die Sorgen jedoch, euch könnte die Flucht nicht rechtzeitig gelungen sein, begleiteten mich stets. Zum Glück umsonst, wie ich sehe.«

»Nicht ganz. Ich habe versucht sie zu überreden, doch es war zu spät. Neun Mitglieder hat unser Rudel seitdem verloren.«

Mindestens.

Er löste sich von ihr und sah sie fest an. »Das sind weniger, als ich je zu hoffen gewagt hatte.«

Sie senkte den Blick. Sie hatte vergessen, was *ihm* genommen worden war.

»Wo halten sich die Mischwesen derzeit auf? Gewiss haben sie euch verfolgt.«

»Ja, aber wir konnten sie mit einem Trick abhängen. Wo sie jetzt sind, wissen wir nicht. Wenn wir Glück haben, suchen sie uns irgendwo südlich der Zwenge, die von unserer Schlucht aus nach Südosten fließt.«

»Nach Südosten, sagst du? Ein Grund mehr, in diese Richtung weiterzureisen.«

»Ein Grund? Du willst den Mischwesen nachgehen? Bist du irre?«

»Ich habe nachgedacht. Weiterzuziehen und Rudel zu warnen, wie es mein ursprünglicher Plan war, wird uns nicht retten. Caedes wird immer neue Mittel und Wege finden, die Nachtwölfe zu überlisten und zu ermorden. Wir müssen ihn aufhalten. Die Mischwesen besiegen. Ich weiß, das scheint unmöglich, aber ich bin mir sicher, dass wir es schaffen können. Dafür brauchen wir allerdings Verstärkung. Wir haben euch, das Ginsterrudel, und als nächstes möchte ich das Teichrudel dafür gewinnen, das im Südosten lebt. Selbst, falls es uns nicht unterstützen will, sollten wir es warnen. Wenn die Mischwesen tatsächlich in dieser Richtung unterwegs sind, werden sie es finden.«

»Den Beistand des Felsrudels kann ich dir versichern. Wir

müssen uns ohnehin ein neues Revier suchen, und Saxum ist ein Kämpfer, der zu gerne denjenigen bezahlen lässt, der sein Rudel so zugerichtet hat. Aber dass das Ginsterrudel uns unterstützt, bezweifle ich.«

»Nicht alle müssen so sein wie ihre Anführerin. Sie werden die Notwendigkeit erkennen und sich uns anschließen. Caedes wird eines Tages auch ihr Rudel finden. Bis dahin überzeugen wir so viele wie möglich, mit uns zum Teichrudel zu reisen. Danach überlegen wir neu. Und suchen weiter. Nach anderen Rudeln.« Für einen Moment schien es, als wolle er etwas anfügen. Er schwieg ein paar Augenblicke, sagte dann aber bloß: »Wir sollten keine Zeit verlieren«, und stand auf. Ein letztes Mal sah er hinauf zum Mond, bis er zielstrebig auf den Wald zusteuerte.

Tenebrae folgte ihm, wie von seiner anziehenden Präsenz gefangen.

Die Argumente überzeugten Saxum. Er berief eine weitere Versammlung ein, in der er beide Rudel von den Plänen unterrichtete, mit der Einladung an alle Ginsterwölfe, ihrem Kampf gegen Caedes beizustehen. Wie erwartet war niemand besonders erpicht darauf. Lediglich Raphanus, Litus, Unda und Imber meldeten sich. Letztere wollten vor allem die Gelegenheit nutzen, ihr Stammrudel zu besuchen. Genista hielt zwar nicht viel davon, aufhalten konnte sie aber keinen.

Für die Abreise warteten sie auf günstigeres Wetter. Erst kurz vor der nächsten Netris wurde es wärmer, der Schnee taute ein wenig ab und kein Sturm war in Sicht. Die Nachtwölfe der Reisegruppe versammelten sich auf der zentralen Lichtung und redeten angespannt miteinander, während sie den Zeitpunkt des Aufbruchs erwarteten. Tenebrae unterhielt sich gerade mit Imber, als Lacrima mit besorgter Miene auf sie zukam.

»Tenebrae, ich wollte dich nur rasch um deine Meinung bitten. Ich ... Wir ... Vertex und ich fragen uns, ob es vielleicht sicherer wäre, hierzubleiben. Noch so eine weite Reise ... und jederzeit könnten wir auf Mischwesen stoßen.«

Die schwarze Wölfin starrte ihre Schwester entsetzt an. »Aber dies ist nicht dein Revier und deine Familie. Du gehörst zu uns! Wir werden dich beschützen, so wie jedes Mitglied, und die Bedingungen sind diesmal um einiges angenehmer.«

»Vielleicht ja, aber wird es auch nicht zu mühevoll sein?«

»Mühevoll? Es wird nicht einmal halb so schwer werden wie die Wanderung hierher. Und selbst jene hast du wohlbehalten überstanden.« Tenebrae hielt inne und betrachtete ihre Schwester, die schüchtern den Kopf senkte. »Lacrima, bist du ... Erwartest du Junge?«

Als Antwort bog sie ihren Hals verlegen weg.

»Oh, Lacrima ...« Tenebrae war sprachlos, schwankte zwischen überschwänglicher Freude und einem Anflug von bitterem Neid. »Wenigstens hat eine von uns ihren Weg gefunden. Und diesen willst du ohne dein Rudel, deine Familie fortführen? Nur weil du es hier für ungefährlich hältst? Die Mischwesen könnten jederzeit auch hier auftauchen. Solange Caedes unterwegs ist, ist kein Nachtwolf sicher. Außerdem ist bis zur Ankunft der Welpen noch genug Zeit. Bitte, bleibt bei uns, besser kann es euch nicht ergehen.«

Lacrima zögerte. »Ich gestehe, mir würde es schwerfallen, euch zu verlassen, besonders dich. Also gut, du hast mich überzeugt.«

Erleichtert drückte Tenebrae ihren Kopf an den Hals ihrer Schwester. Nun gab auch Saxum endlich das Zeichen und sie brachen auf.

19
Diamantenes Wolfsblut

Es war ein seltsames Gefühl, in dieser Gemeinschaft zu laufen. Nun mussten sie sich nicht jeden Schritt erkämpfen und den Kopf gegen den beißenden Wind gesenkt halten. Somit hatte Tenebrae stets den Überblick, wer sich da alles um sie herum befand. Einerseits wurde ihr so das Fehlen einiger vertrauter Gestalten schmerzlicher bewusst, andererseits nahm sie die neuen wahr, die auf einmal Teil der Gruppe geworden waren. Daneben gab es aber auch die Zeiten, in denen alles normal schien. In denen sie Silex ein paar zarte Glücksmomente schenken konnte, der auf Befehl seines Vaters ganz vorn mitlaufen musste und so ständig unter Beobachtung stand. Dazwischen führte sie lockere Unterhaltungen mit Lacrima oder lernte Imber näher kennen.

Zu einem jedoch blieb ihr der Zugang wie von einer unsichtbaren Wand versperrt. Es schien, als liefe Arcanus bloß zufällig in dieselbe Richtung und nicht *mit* ihnen. Wie ein Ausgestoßener erschloss er sich seinen Weg abseits der großen Gruppe, ein Schatten, wahrnehmbar, doch unmöglich zu berühren. Als könnte ihm etwas Wichtiges abhandenkommen, wenn er ihnen für mehr als ein paar Momente zu nahe kam.

Natürlich, es war nicht sein Rudel. Aber könnte es nicht seines werden? Nach all dem, was ihm widerfahren war, wollte Tenebrae ihm so gerne helfen. Ihm eine Heimat geben. Eine Familie.

Doch bald verlangte etwas anderes ihre Aufmerksamkeit. Überrascht nahmen sie den Geruch von Nachtwölfen wahr.

»Haben wir das Teichrudel schon erreicht, Imber?«, fragte Tenebrae irritiert.

»Oh nein, noch lange nicht. Und es riecht auch nicht so süßlich.«

Ein paar Augenblicke später standen sie unerwartet vor ihnen:

eine Gruppe von acht Nachtwölfen, allesamt mit auffallend schlanken, sehnigen Leibern.

»Wer seid ihr?«, fragte Saxum wachsam. »Gehört ihr zu einem Rudel oder seid ihr Wanderer?«

»Beides, selbstverständlich«, antwortete der vorderste Wolf grinsend, ein Riese mit rotschwarzem Fell. Seine Stimme klang hoch, spitz und hastig. »Erlaubt mir, mich vorzustellen: Ich bin Adamas, Anführer des Rudels, das umherwandert und Suchende, Geflohene und Ausgestoßene gleichgültig welcher Herkunft aufnimmt und das Blut verschiedenster Nachtwölfe vereint. Wir sind das Wolfsblutrudel!«

Stolz hob Adamas das Haupt und stellte dabei sein verunstaltetes Gesicht zur Schau. Es sah aus, als habe ihm jemand mit vollster Hingabe die Schnauze abbeißen und die Augen auskratzen wollen, was ihm bei einem auch gelungen war. Zudem prangte ein tiefer Riss in seinem linken Ohr. Was mochte dieser Wolf erlebt haben?

Trotz seines Aussehens strahlte er von der Nase bis zur Schwanzspitze Stolz und Zuversicht aus. Ebenso lächelten die meisten seiner Rudelmitglieder auf euphorische Weise.

»Wir sind lange keinen anderen Wölfen mehr begegnet«, fuhr Adamas fort. »Vor allem nicht einer so großen Reisegruppe. Wohin führt euch euer Weg?«

Saxum betrachtete die Fremden skeptisch. »Wir wurden aus unserem Territorium vertrieben. Die Mischwesen sind wieder aufgetaucht und scheinen jedes Nachtwolfrudel auslöschen zu wollen.«

Adamas spitzte die Ohren. »Das ist mit Abstand die außergewöhnlichste Geschichte, die ich je gehört habe. Ihr habt gewiss viel zu erzählen, lasst uns eine Zeit lang gemeinsam reisen.«

»Wir sind nicht zum Vergnügen unterwegs«, grollte der Leitwolf des Felsrudels. »Uns könnte jederzeit Gefahr auflauern.«

»Und dann sind wir da, um an eurer Seite zu kämpfen. Ihr könntet Unterstützung gebrauchen, oder täusche ich mich?«

»Damit hat er recht«, warf Raphanus ein. »Jeder Mitstreiter ist wertvoll. Besonders ein herumgekommenes Rudel. Ihr Wissen könnte uns zu weiteren führen, oder zu einem für euch günstigen, unbesetzten Revier. Wir können sie ohnehin nicht aufhalten, sollten sie uns unbedingt begleiten wollen.«

Saxum dachte grimmig nach.»Gut, ihr dürft mit. Aber ich muss euch warnen: Die Bedrohung ist groß. Sollten wir angegriffen werden, sind wir nicht für eure Sicherheit verantwortlich.«»Selbstverständlich. Habt Dank, ihr werdet es nicht bereuen!« Adamas schloss sich der vordersten Reihe an, während sich der Rest seines Gefolges mitten unter die Reisegemeinschaft mischte und lockere Gespräche begann.

Bei einer der folgenden Rasten bot Tenebrae zweien von ihnen, den Geschwistern Noctifer und Noctiluca, eine gemeinsame Beutesuche an, doch sie gaben sich ein wenig scheu und lehnten ab. Stattdessen suchte sie sich einen anderen Jagdgenossen und traf dabei auf Castanea, die ungewohnterweise allein unterwegs war.

»Warum ist Belua nicht bei dir?«

»Sie hat sich Litus und Unda angeschlossen, die mit ihr jagen üben. Mit Erfolg! Ist das nicht wunderbar? Gewiss, allein ein Beutetier erlegen kann meine Ziehtochter noch nicht und wird es wohl auch nie. Aber nun eröffnen sich ihr endlich Wege, wie sie die anderen unterstützen kann.« Castanea schloss kurz die Augen und nahm einen glückseligen Atemzug.»Ich befürchtete immer, nur in meinen Träumen würde sie einen liebenden, sorgenden Partner finden. Und nun ist da dieser Litus, der tiefer sieht und Beluas Humor besitzt. Die beiden kommen so beispiellos miteinander aus, als wären sie zwei Hälften derselben Seele.«

»Ist es nicht schwer für dich zu ertragen, seltener mit ihr zusammen zu sein?«

»Keinesfalls. Das war mein Ziel, welchem ich immer entgegengestrebt bin.«

Tenebrae bewunderte die warmherzige Wölfin, welche den Weg ihrer Ziehtochter so gütig hinnahm. Nachdem die beiden Wölfinnen zwei Hasen erlegt und verspeist hatten, trennten sie sich wieder auf der Suche nach einem geeigneten Ruheplatz für den kommenden Tag. Jenen fand Tenebrae bei Silex, an dessen weiche Flanke sie sich kuschelte. Zärtlich drängte er sich an sie. Bald gingen seine Atemzüge in tiefe Gleichmäßigkeit über, von weiter hinten war das donnernde Schnarchen Saxums zu hören und etwas leiser das seiner Gefährtin.

Für Tenebrae jedoch war an Schlaf vorerst nicht zu denken. Beluas neuer Weg und Castaneas Worte darüber wirbelten ihr noch immer durch den Kopf. War die liebevolle, unfruchtbare Wölfin wirklich keinen Hauch gekränkt über die zunehmende Abwesenheit ihrer Ziehtochter? Reichte für das eigene Glück tatsächlich das Wissen aus, dass eine geliebte Person ihres gefunden hatte?

Es raschelte sacht und rhythmisch; Pfotenschritte. Die schwarze Wölfin hob wachsam den Kopf. Sie erkannte ihn am Gang, bevor sein harziger Duft um ihre Nase strich. Ein paar Momente später trottete Arcanus vorbei, entdeckte sie und hielt inne. »Verzeih, Tenebrae, ich wollte dich nicht wecken.«

»Hast du nicht, ich war bereits wach«, antwortete sie leise.

»Weshalb wanderst du zu dieser Zeit noch umher?«

»Eine bestimmte Angelegenheit lässt mir keine Ruhe.«

»Welche ist es? Vielleicht kann ich dir helfen.«

Arcanus' Augen verengten sich, wurden hart und abweisend. Die schwarze Wölfin fürchtete, er könne jeden Augenblick einfach weitergehen. »Ach Schwärmer, was zieht dich bloß in deine Einsamkeit? Was hält dich fern von Gesellschaft, Treue und Unterstützung? Ist ein kleines Gespräch, ein wenig Vertrauen so schwer zu ertragen?«

Er senkte den Kopf gleichermaßen wie die Stimme. »Das sollte jedem verständlich sein.«

»Ich verstehe es, aber ist es nötig? Fördert es deine Mission? Bin nicht wenigstens ich diejenige, die dir bewiesen hat, dir ein wenig Glück schenken zu können? Komm, was hast du zu verlieren? Auch meine Gedanken laufen gerade im Kreis. Vielleicht können wir uns gegenseitig helfen und auf neue Ideen bringen.«

Er musterte sie für einige Momente kritisch. Dann endlich fiel die Spannung von ihm ab, er bewegte sich bedächtig ein paar Schritte weg und ließ sich nieder. Tenebrae erhob sich vorsichtig und legte sich neben ihn, sodass sich ihre Felle berührten. Er jedoch rückte ein Stück von ihr weg.

Nach längerem Schweigen seufzte er leise und begann: »Was, glaubst du, könnte von all dem, was wir bisher erlebt und gesehen haben, eine Illusion sein?«

»Bitte?« Tenebrae blinzelte ihn verständnislos an. Vielleicht war das mit der gegenseitigen Unterstützung doch nicht die beste Idee gewesen. »Bei all meinem guten Willen, damit kann ich nun wirklich nichts anfangen.«

»In Ordnung, ich beginne anderweitig.« Er zögerte. »Damals ... der Wolf aus Nebel, der Caedes angriff und mir zu meiner Flucht verhalf ... hat mich seither begleitet. Der Schemen einer Wölfin, kaum mehr als eine Ahnung am Rande meiner Wahrnehmung. Doch sie ist da, und sie spricht zu mir. Nicht oft und nicht viel, nur ein paar Worte, ein Hinweis. Einer davon rät: Finde die weiße Wölfin.«

Tenebrae horchte auf. War damit etwa dieselbe Weiße gemeint wie in ihrer eigenen Nebelbotschaft?

Führe ihn zu ihr.

Die beiden Weisungen passten aufeinander wie ein Insektenrüssel in die Blüte.

Doch wie sollte sie ihn zu jemandem führen, wenn sie selbst nicht wusste, wohin? Sollte sie ihm sagen, dass sie nah sei? Aber was hieß ›nah‹? Vielleicht im Teichrudel?

Tenebrae beschloss, Schwärmer nichts davon zu erzählen. Es würde ihn bloß aufwühlen. Außerdem war verlangt, dass *sie* ihn hinführte.

»Obgleich ich nicht weiß, wer genau diese weiße Wölfin ist und wozu ich sie finden muss, ist diese Botschaft klar«, sprach Arcanus weiter. »Eine andere allerdings macht mir Sorgen. Ich verstehe sie nicht und sie wird zunehmend drängender. Sie ist, was mir keine Ruhe lässt: Es ist nur eine Illusion.«

Die schwarze Wölfin zuckte ratlos mit den Ohren. »Das kann alles und nichts heißen.«

»Zikade, glaubst du, ich fände wegen einer Nichtigkeit keinen Schlaf? Du hast mir deine Hilfe angeboten. Nun halte dich daran.«

Tenebrae schluckte und strengte eilig ihren Kopf an. »Vielleicht ist diese Nebelwölfin damit gemeint?«

»Das liegt nahe, aber es ergibt keinen Sinn. Weshalb sollte sie mir Beistand geben und mir zugleich einprägen, es sei nicht echt? Nein, es muss sich um etwas Bedeutsames handeln, eine große Sache, die uns alle betrifft und uns enorm helfen könnte, wenn wir sie verstünden.«

»Müsste es dann nicht mit den Mischwesen zusammenhängen? Womöglich haben wir etwas noch nicht durchschaut, oder eine Einzelheit ist anders, als sie scheint. Ihr wahres Vorhaben? Ihr

Aussehen? Der Fluch?«

»Der Fluch. Er drängt die Betroffenen zum Angriff, indem er ihnen eine Notwendigkeit vortäuscht, die nicht besteht. Er illusioniert in gewisser Weise. Doch wie kann uns das helfen? Bisher hat sich niemand gegen die Befehle des Fluchs wehren können.«

»Möglicherweise ist es deine Aufgabe, das herauszufinden. Anscheinend hast du es unbewusst geschafft.«

Arcanus schwieg nachdenklich. »Das ist ein neuer Ansatz. Vielleicht konntest du mir tatsächlich den richtigen Weg weisen. Wie kann ich dir nun bei deinen Überlegungen behilflich sein?«

Sie sammelte rasch ihre Gedanken. »Ist es für das persönliche Glück ausreichend, zu wissen, dass ein Freund das seine gefunden hat?«

»Das ist nicht schwer zu beantworten. Solange dieser Freund dir mehr bedeutet als alles andere, dann ja. Falls nicht, ist es zwar angenehm, aber nicht genug.«

Tenebrae stellte erstaunt fest, dass dies die Angelegenheit ziemlich exakt traf.

Eine Weile lagen sie einfach schweigend nebeneinander, und die tiefschwarze Wölfin machte sich bereits Hoffnungen, sie könnten den restlichen Tag gemeinsam verbringen. Dann erhob sich Arcanus, trottete ohne ein weiteres Wort davon und ließ sie mit ihren Träumen zurück.

Er blieb nicht der Einzige, der sich wortlos verabschiedete. Zwei Nächte später, an einem rosig gefärbten Abend, schallte Agilitas' klagendes Heulen durch den Wald. Es drückte gleichermaßen Trauer und Zorn sowie die drängende Aufforderung zur Versammlung aus.

Als Tenebrae bei jener eintraf, hingen Schock und Unverständnis beinahe greifbar in der Luft. Das Zentrum all dessen bildete der rotbraune Körper Castaneas. Ein präziser Biss in den Nacken hatte ihrem Leben ein Ende bereitet. Weshalb zusätzlich ihre

Flanke und Kehle wie die einer Beute aufgerissen worden waren, blieb schleierhaft. Zahllose Blutstropfen waren in die Schneeflecken um sie herum verspritzt worden. Sie funkelten wie rote Diamanten.

Daneben humpelte Belua auf und ab und quiekte unablässig.

»Die Mischwesen haben uns also eingeholt«, murmelte Vertex. Lapis schüttelte entschieden den Kopf. »Sie hätten uns alle zugleich überfallen und niemals heimlich eine einzige getötet.«

»Was sollte sonst dahinter stecken? Gezielter Mord?«

»Offensichtlich«, warf Agilitas ein. »Und möglicherweise kenne ich den Täter.«

Alle Augen wandten sich ihm zu.

»Hast du ihn gesehen?«, wollte Saxum wissen.

»Was ich sah, war ein Nachtwolf, der ihre Leiche fortzog. Anscheinend, um sie zu verstecken. Als er mein Folgen bemerkte, stürzte er davon, und ich konnte ihm wegen meines Beines nicht nachjagen. Aber er ist anwesend. Es war Noctifer.«

Sämtliche Blicke richteten sich auf das Wolfsblutrudel.

»Nun, dann kann er uns das sicher erklären.« Adamas stellte sich dem nachtschwarzen Rüden aus seinem Gefolge gegenüber, der unruhig auf der Stelle trat. »Stimmt das, was er sagt?«

Der Beschuldigte senkte den Kopf und schien nach Worten zu suchen.

»Noctifer, denk an deinen Schwur. Sieh mich an und antworte: TRÄGST DU SCHULD AN CASTANEAS TOD?«

Alle hielten den Atem an. Manche Leitwölfe besaßen eine so mächtige Ausstrahlung, dass niemand vor ihnen lügen konnte.

»ANTWORTE!«

»Ja!«

»Und was hast du als Erklärung für deine Schandtat anzubieten?«

Der nachtschwarze Wolf schwieg.

»Das dachte ich mir«, zischte Adamas. »Lauf, so weit du kannst, Verräter. Du weißt, was dir sonst droht.«

Noctifer sah hektisch um sich, sein Blick blieb an seiner Schwester Noctiluca hängen, die ihm auswich. Dann machte er kehrt und rannte davon.

»Ich verstehe nicht!«, jammerte Belua. »Warum hat er das getan?«

»Wen kümmert das?«, entgegnete der Anführer des Wolfsblutrudels. »Kann auch nur irgendein Motiv eine solch grausame Tat rechtfertigen?«

»Ich zweifele an deinem Urteilsvermögen, Adamas«, knurrte Saxum. »Du hast einen gnadenlosen Mörder in mein Rudel gebracht.«

»Was mir aufrichtig leidtut, verzeih. Er hat noch nie eine derart wichtige Regel gebrochen und ich hätte es niemals von ihm erwartet. Ich verstehe nur zu gut, wenn sich unsere Wege von jetzt an wieder trennen.«

»Wo einer war, muss kein zweiter sein. Und wenn ihr bei uns bleibt, kann ich euch wenigstens im Auge behalten. Aber sollte das noch einmal geschehen, werde ich jedes einzelne Mitglied deines Rudels in Stücke reißen und dich selbst mit ihren Knochen vollstopfen, bis du erstickst. Also überleg dir gut, ob du dieses Risiko eingehen willst.«

Adamas neigte den Kopf. »Von deiner Durchsetzungskraft bin ich absolut überzeugt. Doch die Mühe wirst du dir sparen können. Von nun an steht mein Rudel unter meiner vollsten Kontrolle. Ich sorge dafür, dass so etwas nie wieder geschieht. Und bei solchen Themen bin ich äußerst zuverlässig.«

20

Wenn der Nachtträger erscheint

Die folgenden zwei Nächte liefen sie durch, um so viel Abstand zu Noctifer zu gewinnen wie möglich. Auch danach legten sie nur selten und vorrangig kurze Rasten ein.

Während einer ausgedehnteren nutzte Tenebrae die Zeit, um ein wenig für sich zu sein, und trabte ziellos durch die Nacht. In den letzten Tagen hatte es häufiger geschneit, die Welt glitzerte friedlich und still. An dem nun wieder klaren Himmel funkelten ihr die Sterne entgegen.

Sie hielt Ausschau nach einem besonders hellen. Leider konnte sie ihn nicht entdecken, was bedeutete, dass die Jahreshälfte der Dunkelheit, die Zeit der Nachttiere, ihren Höhepunkt bereits überschritten haben musste. Dieses bestimmte Gestirn, der Abendstern, sei der Träger der Nacht, hatte Atra ihr immer erklärt. Er brachte die langen Nächte und verschwand, sobald das Ende des Jahres nahte. Dafür tauchte von da an morgens ein ebenso heller Stern auf, der Lichtträger, der die Zeit der längeren Tage ankündigte.

Ein einzelnes Heulen mit der Botschaft ›Wo bist du?‹ schallte durch die Luft. Niemand antwortete.

Tenebrae schaute noch eine Weile dem Blinzeln der Himmelslichter entgegen. Dann trat sie den Rückweg zu der Lichtung an, auf welcher der Großteil des Rudels rastete.

Ein Geruch streifte ihre Nase, der sie stocken ließ: Noctifer. Angespannt folgte sie ihm, bis sie den großen, schlanken Rüden sah. Verstohlen huschte er durch die Sträucher, wachsam und zielgerichtet. Tenebrae nahm sofort die Verfolgung auf. War er auf der Suche eines weiteren Opfers? Wenn ja, was sollte sie tun? Sie befürchtete, ihm im Kampf unterlegen zu sein. Schließlich hatte er einen anderen Nachtwolf getötet, und Castanea war trotz ihrer Güte eine kräftige Wölfin gewesen. Verstärkung rufen war ebenfalls riskant. Ehe jene eingetroffen wäre, hätte Noctifer eine weitere Wölfin zerfetzen können.

Der Mörder hielt mit gespitzten Ohren inne, seine Verfolgerin verharrte ebenfalls. Dann schlich er weiter und ließ sich schließlich in Lauerstellung nieder. Tenebrae umrundete ihn weitläufig, um einen Blick auf das zu erhaschen, was er entdeckt hatte. Es war eine blaugraue, zierliche Nachtwölfin. Mit Schrecken erkannte sie Imber. *Oh nein, sie wirst du nicht bekommen!* Sie spannte bereits die Muskeln zum Sprung, da trat ein zweiter Nachtwolf auf die Bildfläche und gesellte sich zu der Teichwölfin: Adamas. Er drängte sich an sie heran, legte zärtlich seine Schnauze auf ihre Schultern und raunte ihr freundliche Worte zu. Im selben Moment nahm Tenebrae eine Bewegung im Augenwinkel wahr. Noctifer hatte die Hinterläufe sprungbereit angezogen. Sie durfte nicht länger zögern.

Sie preschte los und stieß ihn weg, gerade als er lossprinten wollte. Er rollte sich über den Rücken ab, kam auf die Pfoten und fixierte sie mit funkelndem Blick. »Was ...«

Ein Kreischen verschluckte den Rest. Beide Wölfe fuhren herum. Der Anblick war ein Schlag in Tenebraes Gesicht: Adamas hatte seine Zähne seitlich in Imbers Nacken versenkt, ließ los, zog den Kopf zurück, riss das Maul auf.

Ehe Tenebrae reagieren konnte, war Noctifer vorgeschossen. Er warf sich gegen Adamas, dessen Schnauze zum zweiten Biss niedersauste und die Fänge in Noctifers Kehle grub. Er schrie und versuchte sich zu befreien, doch den rotschwarzen Riesen schien es nicht zu kümmern, das falsche Ziel erwischt zu haben.

Tenebrae rannte auf die Lichtung zu Imber, die an den Rand gekrochen war. Ihr flehentlicher Blick durchdrang ihr Herz. »Hilf ihm, *bitte*!«

Sie musste nicht fragen, wer gemeint war, und wandte sich den beiden noch immer ineinander hängenden Wölfen zu. Rasch schätzte sie die Lage ein, dann sprang sie vor und biss Adamas ins Gesicht, direkt bei seinem verbliebenen Auge. Mit einer Kraft, die selbst Saxum weggeschleudert hätte, rammte er sie beiseite und ließ Noctifer los.

Der Verwundete schleppte sich weg. Tenebrae stand Adamas allein gegenüber und wurde sich bewusst, in welche Lage sie sich gebracht hatte. Sie konnte fliehen, doch sie durfte Imber nicht im Stich lassen. Stattdessen stieß sie ein drängendes Heulen aus. Der panisch hohe Klang erschreckte sie selbst.

»Wie töricht dich so einzusetzen.« Adamas' Stimme floss wie heißes Blut. »Du hättest abhauen sollen, nun sterbt ihr alle drei.«

»Unterschätz mich nicht! Ich werde lange genug standhalten, bis Verstärkung eintrifft.«

Und da kam sie schon: Erleichtert sah Tenebrae sechs Nachtwölfe auf sie zu kommen und Adamas von hinten umstellen. In ihren Augen blitzte heiße Gier. Tenebrae erstarrte. Es waren die übrigen Mitglieder des Wolfsblutrudels.

»Oh glaub mir, das wirst du nicht.« Ihr Anführer grinste. »Was sagt ihr dazu, drei auf einmal! Die werden uns ins höchste Paradies befördern.« Von seinem leicht geöffneten Maul hingen tiefrote, zähe Sabberfäden.

Tenebrae ergriff eine Panik, wie sie sie in ihrem schlimmsten Alptraum nicht erlebt hatte.

»Was ist hier los?!«

Bei Saxums donnernder Stimme schienen alle Knochen aus ihrem Körper zu rutschen. Er und eine Vielzahl weiterer Nachtwölfe stürzten auf die Lichtung.

»Tenebrae«, rief Lacrima besorgt. »Bist du wohlauf? Oh, Imber!«

»Adamas hat sie angegriffen!«, schrie Tenebrae. »Die da sind die Mörder! Ist es nicht so? Ihr habt Castanea alle zusammen getötet.«

Saxum sprang knurrend vor. »Ihr dreckiger Haufen Scheusale! Ich hätte euch sofort vernichten sollen. Doch das werde ich nun nachholen.«

Adamas' Blick glitt unbeeindruckt und geradezu herablassend über den Koloss von einem Wolf. »Das hat bereits jemand versucht, der wesentlich cleverer war als du, und selbst er hat es nicht geschafft. Willst du wirklich so viele Verluste riskieren?«

Der Leitwolf des Felsrudels zögerte. Er stand sieben kampferprobten Nachtwölfen gegenüber, an seiner Seite nicht viel mehr Mitglieder seines eigenen Rudels.

»Dachte ich es mir. Nun denn, habt vielen Dank für eure Gastfreundschaft, sie hat uns sehr bereichert.« Adamas und sein Gefolge machten betont gelassen kehrt und wurden bald vom Wald verschluckt.

Saxum grollte frustriert und konnte sich nur mit Mühe daran hindern, ihnen nachzupreschen.

»Noctifer ist noch hier!«, schrie Ira zornig auf.

Tenebrae fuhr herum und sah, wie sie sich auf den verletzten Rüden stürzen wollte, der unter einem blattlosen Strauch Schutz gesucht hatte. »Nein!«, brüllte sie und schoss vor, rammte Ira beiseite. »Er hat sich von ihnen abgespalten. Nur dank ihm ist Imber noch am Leben.« *Weil ich zu stumpfsinnig war, um rechtzeitig zu reagieren.*

»Trotzdem ist er einer von ihnen«, knurrte Saxum. »Er hat sich am Mord beteiligt.«

»Aber wozu das alles? Möchtest du nicht erfahren, was es mit diesem Rudel auf sich hat? Hier bietet sich uns die Möglichkeit dazu. Lass ihn sprechen. Danach können wir immer noch entscheiden, ob wir ihn am Leben lassen.«

Imber hinter ihr quiekte entsetzt, doch sie ignorierte es. Es galt, einen Anführer zu überzeugen.

»Gut. Dann sprich.«

»Er ist verwundet. Lass mich ihn erst versorgen, damit er bereit dazu ist.«

Saxum zischte entnervt. »Du verstehst es wirklich, deine Argumente geschickt aneinanderzureihen. Also schön, dann kümmer dich um ihn. Ich, Vertex und Ira bleiben in der Nähe. Die Übrigen berichten dem Rest, was geschehen ist. Bleibt zusammen, seid wachsam und haltet euch immer in Gruppen von mindestens acht Wölfen auf.« Nach dieser Ansage setzte er sich ein paar Schritte weiter auf einen Felsen und wartete still.

Erleichtert näherte sich Tenebrae nun Noctifer und betrachtete dessen blutende Kehle. Zu viel für eine Zunge. Sie verwandelte sich, ignorierte den Schwindel und wollte ein Stück ihres Umhangs abreißen. Da fiel ihr Blick auf das mit Blüten und Blättern durchsetzte Kleid, Maluneths Geschenk. Die darin gespeicherte Magie war einer Heilung gewiss zuträglich. Sie packte seinen unteren Teil mit beiden Händen. Die Hexe möge ihr verzeihen.

Sie zog. Mit einem großen Stoffstreifen kniete sie sich neben Noctifer. Der schwer atmende Rüde hob den Kopf und fixierte sie argwöhnisch. Tenebrae holte tief Luft. »Es tut mir leid. Hätte ich nicht eingegriffen, wäre keiner von euch beiden verletzt worden. Bitte, lass es mich wieder gut machen und dir die Chance geben, alles zu erklären.«

Er sah sie abschätzend an, dann ließ er sich zurücksinken. Ob aus Vertrauen oder Erschöpfung, war schwer zu beurteilen. Sacht hob sie seinen Kopf hoch und begann, den Stoff um seinen Hals zu wickeln.

»Stimmt das wirklich, dass ihr Castanea alle zusammen umgebracht habt?«, fragte Imber zaghaft.

Noctifer seufzte. »Ja. Daher trage ich die Mitschuld an ihrem Tod. Wenn auch nicht mehr als die anderen.«

Die zarte Nachtwölfin kroch ganz nah an ihn heran. »Aber warum?«, flüsterte sie. »Warum nur?« In ihrer Stimme lag keinerlei Vorwurf oder Zorn. Bloß Unverständnis und ein tiefes Flehen, es möge eine annehmbare Erklärung hinter alldem stecken.

Der große Rüde wandte ihr das Gesicht zu und schwieg eine Weile. »Hat Adamas dich schwer getroffen?«, fragte er schließlich sanft.

Imber blinzelte. »Er wollte mein Genick brechen, nicht wahr? Als ich das Rascheln hörte, drehte ich erschrocken den Kopf. In dem Moment muss er zugeschnappt haben. Deshalb hat er meinen Hals bloß an der Seite erwischt. Es ist nicht schlimm.«

Noctifer reckte sich vor und leckte ihr behutsam den Nacken. Kurz darauf begann er zu zittern und zu keuchen, dann zuckte er zurück und schüttelte sich Speichelfäden vom Kinn.

»Ruh dich lieber aus«, drängte ihn Tenebrae. »Imber ist nicht so schwer angeschlagen wie du. Ich werde mich gleich um sie kümmern.«

Noch immer leise keuchend legte er sich wieder hin und blieb still. Mehrere Momente verstrichen in Schweigen. Schließlich verknotete Tenebrae den behelfsmäßigen Verband und wandte sich daraufhin Imber zu. Sie hatte tatsächlich bloß eine kleine Wunde davongetragen, die lediglich der Arbeit einer Wolfszunge bedurfte. Während sie die Gestalt erneut wechselte und Imbers Hals ableckte, wartete sie, ob Noctifer von selbst die Gründe für die Tat des Wolfsblutrudels nennen würde. Doch sie wartete vergebens.

»Noctifer, ich kann mir vorstellen, wie unangenehm es für dich ist, den Hintergrund für euren Mord zu erläutern, was auch immer das sein mag. Aber ohne jeglichen Versuch wird Saxum nicht lange zögern, dich einfach zu töten, und das kann man ihm nicht verübeln. Jetzt hast du die Möglichkeit, uns beiden alles zu erklären, damit wir es verstehen und dir helfen können, dich zu verteidigen.«

Noctifer sog den Atem tief ein und stieß ihn resigniert wieder aus. »Nein. Diese Tat soll niemand rechtfertigen dürfen. Hol Saxum, ich werde es ihm direkt offenbaren.«

Tenebrae stellte überrascht die Ohren auf, tat wie geheißen und legte sich anschließend zurück zu Imber, den Leitwolf im Schlepptau, der sich ruhig und erhaben daneben setzte.

»Ich höre.«

Noctifer schluckte, wirkte aber entschlossen. »Einst war jedes Mitglied der Wolfsblüter Teil eines gewöhnlichen Rudels. Unterschiedliche Motive machten sie zu Wanderern, und das Schicksal führte sie zu Adamas. Er nahm uns herzlichst auf, bot uns eine Familie, belog uns wie auch euch über den Ursprung seines Rudelnamens. Die Vereinigung verschiedener Geblüte interessiert ihn nicht im Geringsten. ›Wolfsblut‹ hat eine andere Bedeutung. Wir ... wir trinken es.«

Imber schnappte entsetzt nach Luft. Tenebrae entfuhr ein Keuchen und ließ von ihrem Hals ab. Beinahe hätte sie sich an dem Blut verschluckt. Saxums Blick verfinsterte sich, sonst blieb er still.

»Ich schäme mich zutiefst dafür, Adamas' Plan nicht durchschaut zu haben. Zuerst sollte ich euch erzählen, wie er dazu kam, sein abscheuliches Rudel zu gründen.

Einst war er ein junger, abenteuerlustiger Wolf, der sein Rudel aus Sehnsucht nach der weiten Welt verließ. Unterwegs traf er auf eine Wanderin, mit der er sich gut verstand und einige Zeit lang zusammen reiste.

Dann, eines eisigen Wintertages, geschah das Unglück: Geschwächt und durch den dichten Schnee orientierungslos stürzten die beiden in eine tiefe Grube, von Menschen ausgehoben, die ihre Falle offenbar vergessen hatten.

So wurden Adamas und seine Begleiterin durch Hunger und Kälte immer schwächer, bis es für die Wölfin zu spät war. Da sie nun ohnehin nicht wieder aufstehen würde, sollte sie ihm einen letzten Nutzen bringen. Er beschloss, ihr Fleisch zu essen, um lange genug zu überleben, um sich vielleicht befreien zu können.« Noctifer durchlief ein Schauer.»Als Adamas ihr Blut leckte, geschah etwas Seltsames mit ihm. Die Welt offenbarte sich ihm auf eine nie gekannte Weise. Er spürte all ihre feinen Lebensadern um sich herum wallen, schmeckte unbeschreibliche Düfte, erkannte deutlich jede Faser gleich welchen Materials. Neue Kraft durchflutete ihn, er fühlte sich warm und unaufhaltbar. Und auf einmal befand er sich außerhalb der Grube. Er war frei. Leichtfüßig und wie getragen rannte er durch die Schneelandschaft. Doch die Wirkung hielt nicht lange an. Nach diesem Erlebnis konnte er die Gier nach einer Wiederholung dieses Phänomens nicht überwinden. Allerdings musste er dazu einen Nachtwolf erlegen, und das braucht viel Geschick – oder viele Helfer.«

Noctifer machte eine Pause, um zu Atem zu kommen.»Noctiluca und ich waren auf der Suche nach einer neuen Heimat. Da stießen wir auf Adamas' Rudel. Er sprach freundlich, als wir auf ihn trafen, und bot uns an, eine Weile mit ihnen zu reisen. Als Willkommensgeschenk gab er uns etwas Fleisch. Besonderes Fleisch. Wir vermuteten nichts Böses und aßen es. Ich kann leider nicht leugnen, wie köstlich es schmeckte. Dann setzten unerwartet diese Eindrücke ein, diese zauberhaften Gefühle.« Er sah zur Seite.»Ich wünschte, es wäre anders gewesen.

Mehrere Nächte lang fütterte Adamas uns damit, bis er uns fragte, ob wir eine viel stärkere Wirkung dessen erleben wollten. Selbstverständlich wollten wir. Die einzige Bedingung dafür war der Eintritt in das Wolfsblutrudel. Das bedeutet uneingeschränkte Treue, wozu ebenso zählt, dass wir das Rudel niemals verlassen dürfen. Jegliches Vergehen heißt, bis zum Tod verfolgt zu werden. Doch die Gier hatte uns bereits eingenommen, und so stimmten wir zu. Wir erhielten das Zeichen unserer Zugehörigkeit, einen speziellen Riss ins linke Ohr, auch in das menschliche: ein gerader Schlitz und ein kürzerer, der schräg davon abzweigt.

Danach nahmen wir an unserem ersten Blutmahl teil und erkannten, worauf wir uns eingelassen hatten. Zu gern wären wir sofort geflohen, doch dafür war es zu spät.« Noctifer verlagerte seine Haltung.

»Frisches Blut ruft eine viel stärkere Wirkung hervor als trockenes Fleisch. Die Magie eines Nachtwolfs gelangt bei dessen Tod über seine Säfte zurück in die Außenwelt. Nehmen wir jene auf, erzeugt das in uns ein Übermaß dieser Energie, welches die wundersamen Wahrnehmungen hervorruft. Zu phantastisch, um sie zu vergessen. Die Sucht setzt zwar nicht von Anfang an ein. Aber mit jedem Mahl wird sie mächtiger, bis man durch den bloßen Duft des Blutes dem Drang verfällt, gleichgültig wie sehr man sich dagegen wehrt. Und wir haben uns gewehrt, das müsst ihr mir glauben. So groß wie die Gier, mit der wir uns darauf gestürzt haben, so groß war danach der Hass auf uns selbst. Unzählige Male schwor ich mir: Nein, nicht noch einmal. Doch sobald es vor mir liegt ... setzt die Vernunft aus. Da ist nur noch dieser Drang, diese unersättliche Gier. Es tut mir so leid.«

»Weshalb hat Agilitas dich allein mit Castaneas Leiche gesehen?«, wollte Saxum wissen.

»Ich vermute, das hat Adamas so geplant. Er war es, der mir aufgetragen hat, die Überreste zu verstecken. Es war ein schlauer Zug. Wäre diese Wölfin einfach nur verschwunden, hättet ihr darum gerätselt und uns möglicherweise verdächtigt. So aber schuf er sich einen Schuldigen, dem er jeglichen weiteren Mord anhängen konnte, und entledigte sich zugleich desjenigen, der am wenigsten in sein Rudel passte.«

»Trotz Verbannung bist du zurückgekommen. Warum?«

»Ich wollte Adamas das nicht durchgehen lassen. Daher folgte ich euch mit dem Ziel, jedes weitere Opfer zu retten. Der Heulruf ›Ich komme‹ wies mir schließlich die Richtung, denn er bedeutet bei uns: ›Ich habe ein Opfer gefunden‹. Ich sah, wie sich Adamas Imbers Nacken näherte, und wollte sofort eingreifen.«

Noctifer warf einen Blick hinüber zu Tenebrae, die beschämt den Kopf senkte.»Ich habe ihn davon abgehalten. Ich dachte, er wolle Imber töten. Doch durch unser Gerangel wurde sie abgelenkt und konnte dem Tod entkommen. Nur dank Noctifer ist sie noch am Leben.«

»Ich verstehe«, murmelte Saxum und sah scharf und nachdenklich auf den einstigen Wolfsblüter hinab.»Ich möchte dich ungern an Adamas verfüttern. Außerdem könntest du uns Hinweise geben, wie wir seinem Angriff entgehen. Trotzdem bist du eine Gefahr für uns. Ich sehe die einzige Möglichkeit, dich am

Leben zu lassen, darin, dich mitzunehmen und permanent zu bewachen. Falls dein Verlangen auszubrechen droht, werden wir alles Nötige tun, um dich davon abzuhalten.«

Imber stieß entsetzt die Luft aus.

Noctifer hingegen schaute dem Leitwolf unverwandt in die Augen.»So soll es sein. Sorgt dafür, dass ich nie wieder einem Nachtwolf schade und seine Überreste missbrauche.«

Saxum nickte ernst.»Ich wähle zwei Wachen für dich aus. Morgen Abend ziehen wir weiter.« Damit stand er auf und trottete davon.

»Stumpfsinniger Brocken«, murmelte die Teichwölfin.

»Imber«, raunte Noctifer warnend.»Seine Sorge ist berechtigt.« Er seufzte schwer.»Einmal Wolfsblut, immer Wolfsblut. So lautet das ungeschriebene Gesetz. Unsere Sucht sitzt zu tief, um sie zu überwinden. Ich erlebte es einst selbst bei einem anderen Mitglied: Nach mehreren Monaten ohne Befriedigung wurde er vollkommen wahnsinnig, führte irre Selbstgespräche und litt an Wahnvorstellungen. Ruhelos und verzweifelt taumelte er durch die Welt, weigerte sich, irgendetwas zu essen, bis er eines Tages verschwand. Dieser Punkt liegt bei mir noch fern, aber wenn er naht, weiß ich nicht, was passieren wird.«

Bedrücktes Schweigen folgte. Imber schob sich ganz nah an Noctifer heran.»Ich werde dir helfen, dagegen zu bestehen. Wir finden einen Weg, wie du wieder als normaler Nachtwolf leben kannst.«

Er wandte sich ihr mit gerührtem Blick zu.»Wenn du das sagst, klingt es, als ob genau das geschehen wird.«

Die beiden schauten sich eine Weile einfach nur an und schienen still miteinander zu sprechen. Es war nicht Tenebraes Absicht, sie dabei zu stören, doch eine Sache wühlte noch in ihr herum und wollte endlich ausgesprochen werden.

»Eine Frage beschäftigt mich, Noctifer: Müsste man es nicht spüren, wenn man das Fleisch seiner eigenen Art isst?«

Er begegnete ihr mit hartem Blick.»Kein Lebewesen würde das. Glaub mir, auch du nicht. Du solltest nicht von dir meinen, derart feinfühlig zu sein, dass du inmitten der Vielfalt an Geschmack und Beschaffenheit dieses eine sofort erkennst.«

»Aber die Art und Weise, wie Adamas es euch überreicht hat, die Wirkung ... Hätte man nicht stutzig werden müssen?«

Seine Augen verengten sich. »Es ist leicht, das jetzt zu sagen, Tenebrae, da du alles weißt. Es hätte ebenso gut Fleisch eines anderen, als Beute ungewöhnlichen Tieres sein können, oder auf eine besondere Weise angerichtet. Weshalb sollten wir von einem wandernden Nachtwolf Böses erwarten? Niemand kann jede Tücke durchschauen. Dieser Verband zum Beispiel, er ist von Magie durchflossen, richtig? Ich will nicht wissen, woher du das hast, aber kannst du dir vollkommen sicher sein, dass er Gutes bewirkt und nicht schadet? Gewiss nicht, sofern du ihn nicht selbst gefertigt hast, was ich bezweifle. Dennoch vertraust du deinem Stoff. So, wie wir Adamas vertrauten.«

Tenebrae war es, als hätte er mit jedem seiner letzten Worte einen Stein auf ihre Schultern gelegt. Sie senkte den Kopf und schwieg betreten.

21

Vom See über den Stein ins Gras

Die Sichel des Mondes spiegelte sich friedlich tanzend in dem ruhig daliegenden Teich. Hohes Schilf wachte wispernd an seinen noch vereisten Ufern, und Trauerweiden ließen wie verträumt ihre langen Zweige ins Wasser hängen. Sacht fielen zarte Schneeflocken.

Allein diesen Ort zu sehen, war die Wanderung wert. Tenebrae genoss den Lauf über das allmählich absteigende Gelände durch einen lichten Eichenwald mit Blick über den See, der rechts neben ihnen still dalag. Noctifer hatte sich erholt, ebenso Imber, die ihm nicht von der Seite wich, genau wie seine derzeitigen Wachen, Vertex und Ira. Bisher verhielt sich der Wolfsblüter unauffällig, auch deutete kein Anzeichen darauf hin, dass das Wolfsblutrudel ihnen folgte.

Doch die friedliche Stimmung wurde zunehmend gespannter. Kein Teichwolf war ihnen bisher begegnet, nicht einmal eine Geruchsspur.

»Wo beginnt die Reviergrenze, Imber?«, fragte Saxum ernst.

»Wir haben sie längst übertreten«, gab jene besorgt zurück.

Der Rudelführer heulte einen höflichen Gruß hinaus. Lange trotteten sie weiter, ohne dass eine Antwort zu vernehmen war.

Immer tiefer drangen sie in das fremde Territorium vor, durchstreiften das ganze Gebiet, bis außer Zweifel stand, dass es verlassen war.

Zu erschöpft, um sich darüber Gedanken zu machen, kuschelten sich alle Nachtwölfe unter einer Gruppe junger Eichen zusammen und ruhten sich von den Strapazen aus.

Erst im Laufe des nächsten Tages erhielten sie eine mögliche Antwort, als Arcanus mit grimmigem Ausdruck aus dem Dorf nahe des Waldes zurückkam.

»Ich habe mich unter den Menschen umgehört. Sie berichten

von Bestien, welche sie im Frühjahr heimgesucht hätten, und deren Beschreibung Nachtwölfen gleichkommt. Zugleich sei ein Fremder erschienen, der ihnen mit klugen Ratschlägen half, sie zu besiegen.«

»Casimir«, folgerte Tenebrae.

»Falsch.«

»Nicht?«

»Caspar.«

»Dann eben der.« Saxum schaute mit verengten Augen zwischen den beiden hin und her. »Und wer ist *das* nun wieder?«

»Caedes' zweiter Deckname«, erklärte Tenebrae. »Wie auch immer, die Mischwesen waren hier, und damit steht fest, was mit dem Teichrudel geschehen ist.«

Imber winselte. Noctifer drückte ihr sanft die Stirn an den Hals.

Saxum atmete schwer ein und aus. »Hat jemand einen Vorschlag, wie es jetzt weitergehen soll?«

Niemand gab einen Laut von sich. Der Leitwolf richtete den Blick auf Arcanus. Der rauchgraue Wolf erwiderte ihn unverwandt. »Wir können die Mischwesen nur mit Verstärkung aufhalten. Wenn wir in dieser Richtung weitersuchen, stoßen wir vermutlich nur auf weitere leere Reviere. Wir wissen nicht, wie viele Rudel Caedes inzwischen auf dem Gewissen hat. Meiner Meinung nach sollten wir jene zusammenhalten, die wir bereits haben, und zum Ginsterrudel zurückkehren. Mit dieser neuen Nachricht sollten sie endlich den Ernst der Lage erkennen, wenn sie nicht das gleiche Schicksal erleiden wollen.«

Saxum nickte grimmig. »So soll es sein. Wir bleiben zwei Nächte lang zur Erholung hier. Dann gehen wir zurück.«

»Und deshalb ist es notwendig, uns zusammenzuschließen.«

Genista betrachtete wenig beeindruckt den Leitwolf des Felsrudels, als höre sie sich die übereifrige Idee eines Jungspunds an. »Und warum sollten wir gegen Feinde kämpfen, die nicht da

sind?«
»Sie werden kommen. Caedes will alle Nachtwölfe auslöschen. Früher oder später wird er auch das Ginsterrudel finden.«
»Früher oder später. Wieso sollten wir unsere Heimat aufgeben und uns mit euch auf einen Kampf vorbereiten, der irgendwann mal stattfinden könnte? Vielleicht nie?«
»Sicher, du kannst warten«, knurrte Saxum. »So lange, bis es zu spät ist.«
»Oder vergessen. Erst will ich wissen, ob sich dieser Caedes überhaupt an uns aufhalten würde, wenn er doch hinter euch her ist.«
»Uns sucht er, damit wir kein anderes Rudel warnen können. Wenn er dabei auf ein weiteres trifft, wird er kaum zögern, es mit in den Untergang zu stürzen. Sie sind genug, sich um zwei gleichzeitig zu kümmern.«
Genista lachte auf. »Wenn es so viele sind, wozu sollten wir uns gegen sie zusammenschließen? Um gemeinsam vernichtet zu werden? Dein Plan ist reiner Selbstmord.«
»Unsere beiden Rudel sind Teil des Plans«, entgegnete Saxum. »Aber nicht alles. Wir werden gemeinsam nach weiteren Nachtwölfen suchen. So lange, bis wir genug zusammen haben, um unsere Feinde ein für alle Mal in den Staub niederzuringen, aus dem sie gekrochen sind.«
»Wie viele sind genug? Kennst du die genaue Anzahl an Mischwesen? Dein Vorhaben steht auf wackligen Beinen, Saxum.«
»Es ist immerhin überhaupt eines«, grollte der Leitwolf. »Im Gegensatz zu dir sehe ich unserem Untergang nicht tatenlos zu.«
»Und wo willst du deine Verstärkung herbekommen? Ich kenne kein anderes Rudel mehr in der Umgebung.«
»Wir suchen sie im Norden, der Richtung, über die wir noch nicht Bescheid wissen. Womöglich führte Caedes' Vernichtungsfeldzug von Osten und Süden hierher.«
Genista gähnte. »Im Norden beginnt das Bergland. Es ist von hier aus nur über einen steilen, zerklüfteten Felshang zu erreichen. Willst du deinem Rudel zumuten, nach tagelangem Umherwandern auch noch da hinauf zu klettern?«
»Klingt nach einem sicheren Weg, um von den Mischwesen nicht so leicht verfolgt zu werden. Die meisten von ihnen werden

dabei mehr Schwierigkeiten haben als wir.«

»Und du glaubst, meine Ginsterwölfe geben ihr friedliches Leben auf und folgen dir da hoch? Du kannst sie gerne fragen, aber ich bezweifle, dass sie besonders erpicht darauf sind ...«

Tenebraes Wachsamkeit driftete allmählich ab und glitt über all die vollzählig versammelten Mitglieder beider Rudel hinweg, von denen die meisten wohl das gleiche dachten. Würden sich die Ginsterwölfe ihnen anschließen und ihre Heimat verlassen? Die Eindrücke ihrer eigenen Flucht aus ihrem vertrauten Revier überschwemmten Tenebrae. Für ein paar Momente gab sie sich ihnen hin ...

»Mama, was ist das?«, drang die furchtsame Stimme des Welpen Carbo zu ihr hindurch.

Im nächsten Augenblick zerriss ein spitzer Schrei die Versammlung.

»Mischwesen! Sie sind hier!«

»ANGRIFF!«

Schlagartig waren sie da, sprangen aus den Büschen überall um sie herum, als hätten sie die Nachtwölfe einzukreisen versucht. Nur ein Bereich war noch frei.

»Folgt mir, wer leben will!«, riss Saxums tiefe Stimme sie alle wie ein Strudel mit sich. Selbst das komplette Ginsterrudel schloss sich dem Band aus schwarzen Wölfen an, das Richtung Nordosten floh. Tenebrae kam gerade noch rechtzeitig der Gedanke, dass Arista Hilfe brauchen würde, und schnappte sich mitten im Lauf Ignis, während die dunkelbraune Wölfin ihre andere Tochter am Nackenfell trug.

Sie umrundeten das Dorf weiträumig, sprangen in die Reiße und durchquerten sie. Am anderen Ufer strebten sie weiter nach Norden, wo wenig später der besagte Felshang vor ihnen aufragte, übersät mit lauter losen Brocken verschiedenster Größe. Tenebrae starrte hinauf und meinte, bereits den Boden unter sich schwanken zu fühlen. Klettern allein war schon waghalsig genug, und dann auch noch mit Verfolgern im Nacken und einem Welpen im Maul?

Sie schluckte die Sorge hinunter, sprang auf den ersten Felsen und gab ihr Bestes, damit Ignis' kleiner Körper nicht an den scharfen Kanten entlang schrammte.

Weiter und weiter, ohne jedes Gefühl für die bereits erreichte

Höhe, erklommen sie Brocken um Stein um Fels. Irgendwo unter ihnen waren die Rufe der Mischwesen zu hören, in einer Entfernung, die Anlass für Zuversicht gab. Tenebrae zwang sich, nicht zurückzuschauen, sondern immer nur nach vorn, wo auf einmal ein großer Felsklotz wie ein grimmiger Troll im Weg hockte. Mit einem Sprung sollte ein erwachsener Nachtwolf die obere Fläche erreichen können, doch nicht mit einer Last zwischen den Zähnen.

»Gib mir die beiden hoch«, entschied Tenebrae, setzte Ignis ab und sprang. Sie musste sich mit den Pfoten festhalten und mit den Hinterläufen nachhelfen. Oben angekommen drehte sie sich um, schob sich so weit wie möglich über den Rand vor und beugte den Kopf hinab, um Cinis von Arista entgegenzunehmen, die sich am Fels abgestützt zu ihr hochreckte. Mit dem Welpen im Maul wandte sie sich um und wollte ihn gerade absetzen, als sie in ein vernarbtes Gesicht mit einem fanatisch grinsenden Auge blickte.

»Welch zuckersüßes Wölfchen.«

Vor Schreck ließ sie Cinis fallen. »Adamas ...«, keuchte sie. »Was ... willst du hier?«

»Speisen wie ein Kaiser. Man darf sich so eine Gelegenheit doch nicht entgehen lassen.«

Sofort stellte sie sich über den angststarren Welpen. Trotz ihrer Entschlossenheit kostete es enormen Mut, nicht vor dem Anführer des Wolfsblutrudels zurückzuweichen. Normalerweise war sie für das Wohl ihres Rudels zu allem bereit, doch die tödliche Ausstrahlung dieses Geschöpfes überwältigte beinahe ihren Beschützerdrang. Sie hatte ihn kämpfen erlebt, seine wilde, kaltblütige Art.

»Du wirst ihr nichts antun!« Ihre Stimme zitterte.

»Was sollte ich mit der halben Portion wollen, wenn ich ein ganzes Festmahl haben kann.« Adamas schwang seinen Kopf zum Abgrund und sah auf die hinauf kletternden Nachtwölfe hinab. »Sieh dir dein geliebtes Rudel noch einmal genau an, bevor es ...«

Ein Krachen über ihnen erschütterte das Gestein und zerschlug seine Worte.

»Ihr Tölpel solltet auf mein Zeichen warten!«, knurrte er, schaute den Hang hinauf und erstarrte.

Die Wölfin wagte einen Blick nach oben. Ein mächtiger Felsbrocken hatte sich gelöst und rollte abwärts.

»Passt doch auf!«, schrie Adamas.

Erst da entdeckte Tenebrae die Nachtwölfe, die an der Kante eines Plateaus kauerten und zu ihrem Anführer hinabschauten. Auf sein Rufen hin drehten sie die Köpfe, zu spät. Nur die zwei Äußeren schafften es, sich zur Seite zu retten. Der Rest wurde jaulend von dem Felsbrocken mitgerissen.

Tenebrae ergriff die Gelegenheit, preschte mit aller Kraft vor und rammte den abgelenkten Adamas. Er stolperte vorwärts und fiel kopfüber hinab. Noch im Sturz drehte er sich und fing seinen Sturz geschickt ab, sprang über die Felsen davon und entglitt ihrem Sichtfeld. Sie hatte ohnehin andere Sorgen.

Der Felsbrocken würde gefahrlos an ihrem eigenen Standort vorüber rollen, doch ein Großteil ihres Rudels kletterte mitten in seiner Bahn. Sicherheitshalber schob sie Cinis in eine Nische und schaute danach den Hang hinab. Jeder Nachtwolf hatte die Gefahr bemerkt und sprang hastig an die Seite. In einer Staubwolke krachte der Felsklotz zwischen ihnen hindurch und zerbrach in immer mehr Teile. Tenebraes Augen verschlangen den Anblick, obwohl sie zitterte vor Angst, was sie sehen würde. Doch jeder schaffte es rechtzeitig aus dem Weg. Sie winselte auf vor Erleichterung.

Weiter unten rammte der Brocken eine Gruppe großer Steine, die mit ihm den Hang hinab stürzten, immer mehr Felsen mitrissen und zu einer Lawine anschwollen. Unaufhaltsam schob sie sich auf die Mischwesen zu, die bereits das erste Drittel erklommen hatten. Ihre gewaltige Menge zog sich wie ein einziges Monster voran, dem Felssturz hatte sie jedoch nichts entgegenzusetzen. Im Gegenteil, sie wurde ihnen erstmals zum Verhängnis. Die Mischwesen kletterten so dicht beieinander, dass sie sich auf der panischen Suche nach einem Ausweg gegenseitig von den Klippen stießen, bevor die steinerne Welle sie überrollte.

Obwohl es sich um ihre Feinde handelte, wandte Tenebrae erschüttert die Augen ab. Erst, nachdem das vielfache Hallen des Grollens und der Schreie verklungen war, wagte sie erneut den Blick hinunter. Dichte Staubwolken hingen über dem Gestein und gaben nach und nach das Bild der Verwüstung preis. Eine Furche zog sich wie eine Narbe durch den Hang, an dessen Fuß sich die Felstrümmer auf die Wiese ergossen hatten. Darum gruppiert standen, starr vor Schock, die verbliebenen Mischwesen. Zwischen manchen Brocken rührte sich etwas. Ein paar Überlebende krochen hervor. Andere schrien. Das riss den Rest aus seiner Reglosigkeit und bewegte einige dazu, über die Steine zu springen und ihre Kameraden aus den Trümmern zu befreien.

Tenebraes Augen wanderten zurück nach oben, wo sich die Nachtwölfe aus ihren Verstecken hinter Vorsprüngen und in Spalten hervortrauten und nach einem raschen Blick hinunter den Aufstieg fortsetzten.

»Tenebrae? Ich könnte ein wenig Hilfe gebrauchen.«

»Oh, verzeih, Arista. Ich komme.« Eilig kroch sie an die andere Seite des Felsbrockens und nahm der dunkelbraunen Wölfin ihre zweite Tochter ab, bevor sie selbst mit kurzem Anlauf den Felsen erklomm.

»Das ist er!«, schrie Ignis plötzlich, und Tenebrae hätte sie vor Schreck beinahe fallengelassen. »Da oben, er ist es!«

Die schwarze Wölfin setzte den aufgeregt zappelnden Welpen ab, der sofort das Gestein hinauf hastete, das ab hier flacher abgestuft war. Auch die verängstigte Cinis hatte sich inzwischen aus ihrer Nische getraut und folgte ebenso eilig ihrer Schwester.

Tenebrae warf einen Blick nach oben, um zu erfahren, was die beiden Welpen so erregt hatte. Sie erkannte die Silhouette eines Wolfs, der dort stand und den Hang hinab sah, eine unförmige Erhebung auf den Schultern. Zunächst verstand sie nicht, aber als selbst Arista aufkeuchte und ihren Töchtern nachjagte, keimte eine Ahnung in ihr auf, ungläubig, doch prickelnd vor hoffnungsvollem Glück.

Voller Erwartung sprang sie hinterher, kletterte die letzten Felsen hinauf und hörte bereits das überglückliche Quieken.

»PAPA!«

Sie stolperte fast. Ein Satz noch, und da war er, eingenommen von den wilden Sprüngen seiner Familie.

»Carex!«

Seine Augen tauchten aus den Wogen wedelnder Ruten auf, lachend und liebevoll. »Tene...«

Sie krachte in ihn hinein, schleckte sein Gesicht ab und grub ihre Nase in seinen Hals. Ein weiterer Körper tauchte etwas sanfter ins Gewimmel, und Tenebrae nahm Lacrimas Duft wahr. Für ein paar Momente versanken die sechs Wölfe in dem Bund der Familie. Arista murmelte etwas, ihre Worte spielten ebenso wenig eine Rolle wie Carex' leise lachende Antwort. Allein die Musik ihrer Stimmen zählte, begleitet vom Fiepen ihrer Töchter.

Trunken vor Glück bemerkte Tenebrae erst eine ganze Zeit später, dass sich ihre Pfoten in lockerem Trab bewegten und sie längst wieder unterwegs waren, beide Rudel um sich herum, in Richtung Nordosten.

»... und dann entdeckte ich diese schaurigen Nachtwölfe«, wurde sie Carex' Stimme neben sich gewahr. »Die Worte klangen bedenklich, also schlich ich näher, um mehr zu verstehen. Schnell wurde mir klar, dass sie vorhatten, euch zu töten, und damit war jede Güte weggewischt. Einer erwähnte sogar, dass sie so aber auch die Mischwesen gefährden würden, mit denen sie gemeinsame Sache gemacht hätten, doch darüber haben sie nur gelacht.«

»Das Wolfsblutrudel mit den Mischwesen?«, entfuhr es Arista. »Wie viel tiefer kann dieses Pack noch sinken ... Es sind Mörder, Kannibalen, die Ihresgleichen für bloße Berauschung opfern.«

»Allmächtige Nomera! Ist das wahr? Dann habe ich vollkommen richtig entschieden.«

»Du hast den Felssturz ausgelöst?«, fragte Tenebrae verblüfft.

»Ich dachte mir, ich greife die Idee dieser Monster einfach auf und komme ihnen zuvor. Statt einer ganzen Reihe Steine stieß ich jedoch nur einen Brocken um, der genau diese Truppe erwischen sollte. Ihr hingegen hättet genug Zeit zum Ausweichen. Zudem hatte ich die Hoffnung, er würde weiter unten eine Lawine loslösen, welche euch die Mischwesen vom Hals hält. Exakt so, wie es geschehen ist.«

»Du hättest uns auch alle zusammen begraben können«, bemerkte Tenebrae. »Wie konntest du so präzise berechnen, welchen Felsen du umstoßen musst?«

»Gar nicht. Ich hatte Hilfe von jemand Schlauerem.« Ihr Bruder hob den Blick nach oben, wo eine Krähe über sie hinweg flog. Sie war die ganze Zeit schon da gewesen, und nun ließ sie sich hinab gleiten, um auf Carex' Schulter zu landen. Der Rüde grinste. »Darf ich vorstellen: Das ist Rätselhafter Gefährte.«

22
Der Zauber des Lebens

»Beim Sturz in die Schlucht dachte ich, jetzt ist es endgültig vorbei. Doch anscheinend hatte jemand etwas dagegen. Ich landete in einem tiefen Becken ohne jegliche Felsspitzen, und nach einer durchrüttelnden Fahrt durch die Schlucht konnte ich mich endlich am Ufer festhalten. Dort versuchte ich, mein tropfendes Fell zu trocknen. Danach dachte ich über mein weiteres Vorgehen nach und beschloss, den Mischwesen nicht direkt hinterherzulaufen.« Carex lachte. »Nicht, dass ich noch in eines hineinrenne. Stattdessen wollte ich den Weg weiter nördlich nutzen, der unser Dorf mit dem des Ginsterrudels verbindet. Ein Umweg, aber sicherer. Dachte ich zumindest.

Allerdings unterschätzte ich den Schneesturm. Er raubte mir nach und nach jede Kraft, bis in mir die Angst wuchs, es nicht zu überstehen.« Er schielte nach dem Vogel auf seiner Schulter. »Irgendwann begann eine Krähe mich zu begleiten und ein Verhalten zu entwickeln, welches ich nie zuvor erlebt habe. Wann immer ich ausruhen wollte, flatterte sie so lange lärmend um mich herum, bis ich es nicht mehr aushielt und weiterging. Nach ein paar Tagen verschwand sie plötzlich. Mich hatte unterdessen die Erschöpfung eingenommen und ich brach zusammen. Erwacht bin ich in wohltuender Wärme, gefangen unter einer Blase reiner Magie, die jeglichen Wind und Schnee fernhielt: Die Krähe hatte Maluneth zu mir geführt.«

Tenebrae stellte erfreut die Ohren auf. Nicht einmal das raue Wetter hatte sie von ihrem Aufbruch abhalten können.

»Sie päppelte mich mit ihrem Proviant – Brot, Wurzeln, getrocknete Früchte und derlei – wieder auf, bis wir zusammen weiterreisen konnten. Die Krähe blieb die ganze Zeit bei uns. Sie brachte uns auf den richtigen Weg zurück, wenn wir die Orientierung verloren hatten, oder führte mich zu Beutetieren. Ich habe nicht die leiseste Ahnung, warum sie das tat. Maluneth meinte nur, sie hätte ihre Gründe. Schließlich wich ihre Katze uns auch nicht von der Seite. Damit hatte ich einen Namen für meinen Begleiter: Rätselhafter Gefährte.

Gemeinsam kämpften wir uns durch den Winter. Allerdings war es ohne Deckung schwierig, allein zu jagen. Die wenige Beute entdeckte uns sofort. Im Norden, wo das Gelände ansteigt und dichterer Wald wächst, standen die Chancen besser, doch Malu würde dort nur mühsam vorankommen. Schließlich trafen wir die Entscheidung, uns zu trennen. Zum Abschied gab sie mir das Band, in das mit Magie angereicherte Steine und Rinden-stücke eingebunden sind.«

Tenebrae spähte nach seinem Hals. Dort hing tatsächlich das beschriebene Schmuckstück.

»Während Maluneth mit Alraune auf die Straße zurückkehrte, folgte mir Rätselhafter Gefährte auf meinem Weg durch den Wald. Meine Kenntnisse über dieses Gebiet waren nicht allzu gut, und so schweifte ich auf der Suche nach dem Ginsterrudel recht weitläufig durch die Gegend. Verzeiht, dass ich so lange gebraucht habe. Andererseits ... wären wir jetzt sonst alle zer-malmt und zusätzlich noch Monsterfutter. Ach, da wir gerade dabei sind: Wie bitte seid ihr auf diesen schaurigen Haufen gestoßen?«

Abwechselnd berichteten Arista, Tenebrae und Lacrima ihre Erlebnisse des letzten Monats. Unterdessen liefen die vereinigten Rudel einträchtig und erstmals seit dem Beginn des Unheils in gelöster Stimmung weiter gen Nordosten. Unbemerkt flog so die Zeit dahin. Nie berieten sie sich über die anzustrebende Richtung oder die nächsten Schritte. Sie alle wanderten unbeirrt vorwärts, ohne es zu hinterfragen, wie von einem unsichtbaren Band gezogen.

Sacht und stetig stieg das Land an. Die Reste des Schnees schmolzen allmählich dahin, die Nacht, tiefblau und schön wie lange nicht mehr, brach herein. Und nebenbei, nahezu unmerk-lich, begann der Wald, sich zu verändern. Große, uralte Bäume mit dicken Stämmen säumten ihren Weg und schwangen ihre flüsternden Zweige durch die Luft, als wachten sie über jeden ihrer Schritte. Einladend tanzten kahle Büsche und Sträucher um sie herum und winkten sie näher, kräftige Äste wölbten sich über den Pfad wie eine sanfte Hand, die sich ihnen schützend auflegte, aber dennoch genug Sicht in den Sternenhimmel bot. Leicht setzten sie ihre Pfoten über Wurzelgeflechte und glitzernde Steine hinweg. Wiesen aus Efeu raschelten unter ihren Ballen. In behutsamem Trab teilten sie eine wispernde Gruppe Sträucher und betraten eine lichte Senke, an deren rechten Rand sich ein Teich schmiegte. Zart plätschernd balgten sich die Wellen des klaren Wassers am Ufer, hindurch schimmerten buntgraue Kieselsteine. Ein paar Seerosenblätter trieben wie Träume auf den sachten Wogen. Der Mond warf einen silbrigen Schein auf das Gewässer, in dessen Mitte sich ein breiter, weißrosa glitzernder Felsen erhob. Der gesamte Ort lag wie in einer Schale geschützt da, begrenzt von niedrigem Gestein am äußeren Rand des Teichs. An dessen nördlichem Ende rauschte eine schmale Kaskade hinab und speiste ihn mit schillerndem Wasser. Verspielt flossen die Rinnsale diverse Vertiefungen entlang, vereinigten und trennten sich und fanden letztlich alle den Weg in den Teich. Und gleichfalls hinaus, geführt von einem nach Süden strömenden Fluss am gegenüberliegenden Ufer.

Niemand sprach ein Wort. Sie mussten nicht beraten, ob sie weiterziehen sollten. Einzeln oder gruppenweise verteilten sich die Nachtwölfe in den Wald. Bald stand Tenebrae allein in der Senke, der kühle Atem des Windes strich über ihre Flanken. Sie hatte so viele Freunde und Familienmitglieder, und doch war niemand bereit, bei ihr statt bei seinen anderen Lieben zu bleiben. Sie lauschte der Stille und ließ ihren Blick über die karge Erde und die wenigen Pflanzen wandern, die dem Winter getrotzt hatten. Obwohl sie enttäuscht war, dass sowohl Carex und Lacrima als auch Silex und Imber, selbst Arcanus sie zurückgelassen hatten, drückte die Einsamkeit nicht so schwer. Alles um sie herum, von den Bäumen über die Erde bis zur Luft, schien von Energie durchflossen und wisperte ihr Trost zu.

Sie seufzte, schlenderte am Ufer entlang und genoss die lebendige Stille. Nach einer Weile fand sie eine einladende Kuhle unter zwei noch blattleeren Sträuchern. Weich spürte sie das Moos unter ihrem Körper, als sie sich zum Teich hin gewandt darauf niederließ und ihre Augen über das Bild vor ihr schweiften. Die ganze Senke erschien ihr wie eine hohle Hand, die sie behutsam tragen wollte.

Von einer tiefen Ruhe erfüllt legte sie den Kopf auf die Pfoten und richtete den Blick auf das sanft wallende Wasser. Für den Rest der Nacht lag sie so da und nahm mit all ihren Sinnen die Präsenz des Ortes in sich auf, als würde allein das ausreichen, sie zu nähren.

Es musste Mitte März sein. Der Frühling war bereits zu spüren, wenn auch noch recht kalt. Neue Energie erwachte allmählich in jeder Pflanze, die ersten Blüten sprossen. Die kühle Luft roch nach Neubeginn, nach süßen Knospen und zarten Blumendüften.

Die Rudel hielten sich noch immer am gleichen Ort auf. Fataler Fehler oder wohlverdiente Pause? Tenebrae konnte es nicht sagen. Ihre Feinde waren weiterhin dort draußen und könnten sie jederzeit finden. Doch die lange Zeit der Flucht und Qual hatte besonders im Felsrudel den Wunsch nach Erholung geweckt, nach einer Heimat, wo sie ungestört bleiben konnten. Dieser Wunsch hielt sie hier fest und verdrängte ihre Sorgen. Könnte dieser Wald ihr neues Zuhause werden? Es wäre traumhaft.

Andererseits ... gab es hier kein Dorf. Sie brauchten eine Siedlung, um die Bedürfnisse ihres menschlichen Teils zu erfüllen. Schon lange waren sie als Wolf unterwegs, Tenebrae spürte längst das Bitten ihres Inneren. Es war weniger drängend, als wenn der tierische Körper seinen Anteil einforderte, doch ebenso störend: nachlassende Konzentration und Lust bei der Jagd, Grübeleien, die sich ständig einmischten, der Wunsch, zweibeinig zu laufen und die Hände zu benutzen.

Natürlich konnten sie den Wald als Mensch durchwandern, was einige taten. Aber es war nicht das, was ihr zweiter Körper verlangte, und konnte sein Drängen nur dämpfen.

Tenebrae schüttelte die Gedanken aus dem Kopf und sog tief die erfrischende Luft ein, während sie auf dem federnden Boden dahin trabte. Nun, da die Rudel sich in kleine Gruppen aufgeteilt hatten, war sie häufig allein unterwegs und genoss selten eine gemeinsame Jagd oder Unterhaltung. All ihre Verwandten und

Freunde hatten entweder genug Gesellschaft mit ihren eigenen Familien und Bekannten oder waren wie in Arcanus' Fall schlichtweg unauffindbar.

Es hatte kürzlich geregnet, satt glänzten die Efeuwiesen und Brombeerblätter. Tenebrae sprang über ein ausladendes Wurzelgeflecht hinweg, als ihr eine rotschwarze Erhebung zwischen zwei Büschen auffiel. Sie erkannte einen Nachtwolf, still und steif kauernd, ohne ersichtlichen Grund. Der Geruch nach Pfifferling stach ihr in die Nase.

»Cicatrix, ist alles in Ordnung? Was tust du da?«

»Ich schlafe.«

»So unbequem und ungeschützt, mitten in der Nacht?«

»Ich bin hungrig.«

»Ah ja ... warum gehst du dann nicht jagen?«

»Geht nicht. Muss mich vor'm Fispelhörnchen verstecken.«

Tenebrae blinzelte den dürren Wolf an. »Bitte was für ein Hörnchen?«

Cicatrix seufzte, hob den Kopf und sah sie mit einem Blick an, als hätte sie ihn nach dem Aussehen eines Rehs gefragt. Selbst in dieser Haltung sah man ihm seine ungewöhnliche Größe an. »Kennst du denn nicht das Fispelhörnchen?«

»Ehrlich gesagt habe ich noch nie davon gehört«, antwortete sie und bereute allmählich, ihn angesprochen zu haben.

»Das Fispelhörnchen, es ist fies und hinterlistig. Es sieht zuckersüß und putzig aus, doch wehe, du kommst ihm zu nah ... Schlupps! Und du bist in seiner Falle. Aber eines Tages, glaub mir, da werde ich mich nicht mehr verstecken. Da bin ich bereit, es ein für alle Mal zu erledigen!«

»Dann sollte ich dich wohl nicht länger stören.« Eilig lief sie an ihm vorbei. Eine Weile grübelte sie noch über den merkwürdigen Wolf nach, dann warf sie ihn kopfschüttelnd aus dem Geist und trabte weiter.

Dabei kam sie an den Fluss, spürte die Trockenheit ihrer Kehle und nahm sich einige Schlucke.

»Tenebrae!«, wisperte es mit einem Mal hinter ihr.

Sie hielt inne, drehte sich um und suchte mit den Augen das Gebüsch ab, bis sie die zarte Nachtwölfin entdeckte. »Imber, was treibst du da? Warum versteckst du dich?«

»Bist du allein?«

»Ja«, antwortete sie argwöhnisch.»Was ist los?«
Langsam, beinahe verstohlen schob sich die Teichwölfin aus den Sträuchern.»Ich habe Neuigkeiten, und bevor beide Rudel davon erfahren, sollst du sie zuerst hören. Und sehen.« Sie wandte sich nach hinten und raunte:»Ihr könnt rauskommen.« Die Zweige bewegten sich, und Noctifer trat hervor. Etwas zögerlicher folgte der Schemen eines zweiten Nachtwolfs, und Noctiluca stand neben ihm, den Kopf gesenkt, die Augen fahrig und furchtsam.

»Sie konnte den Gedanken nicht ertragen, ihren Bruder unter Felsbrocken zu begraben«, erklärte Imber.»Daher hat sie sich weggeschlichen, noch bevor der Steinsturz losbrach. Als sie sah, dass er das Wolfsblutrudel fast vollständig vernichtete, *wir* aber alle überlebten, beschloss sie, sich Noctifer anzuschließen. Und uns, wenn die Leitwölfe sie lassen.« Sie warf den beiden einen kurzen Blick zu.»Doch mit diesen ständigen Wächtern an unserer Seite war es schwer für sie, sich uns zu nähern. Also folgte sie uns heimlich und zeigte sich schließlich mir allein. Die ganze Zeit habe ich mich bemüht, sie zu verstecken, und heute konnte ich die Wächter endlich dazu überreden, Noctifer und mir einen einzigen Spaziergang zu zweit zu gönnen. Der Frieden hier scheint sie nachlässiger werden zu lassen. Und nun können sie ihre Arbeit gänzlich niederlegen! Denn inzwischen ist etwas Unglaubliches geschehen. Erzählt es ihr.« Fordernd sah sie die Geschwister an.

»Unsere ... Gier hat sich verändert«, begann Noctifer.»Meine ist während der Reise immer drängender geworden, und es war schwer, ihr standzuhalten. Seit wir aber an diesem Ort sind, wurde sie stetig schwächer und ist nun nicht mehr als eine Ahnung, eine Bitte, der man leicht widerstehen kann. Noctiluca spürt das Gleiche. Es scheint, als ob die Sucht tatsächlich nach einiger Zeit nachlässt. Womöglich waren Adamas' Geschichten bloß Märchen. Versuche, uns zum Bleiben zu zwingen.«

»Ist das nicht großartig? Jetzt können sie sich einem der Rudel anschließen und wieder ganz normale Nachtwölfe werden!« Imber vollführte einen Freudenhüpfer.

»Das ist ... wundervoll!« Strahlend sah Tenebrae Noctifer an, der ihren Blick mit einem zaghaften Lächeln erwiderte, und danach Noctiluca, die scheu die Augen abwandte.

»Was meinst du?«, fragte Imber. »Ob ich es Genista und Saxum sage? Jetzt gleich?«

»Ich denke, es würde ihnen ein Problem abnehmen«, antwortete die Felswölfin, »wenngleich sie nicht gerade vor Erleichterung aufgehen werden.«

»Solange sie die beiden nicht verjagen, ist mir das egal. Kommt, wenn die letzte Hürde geschafft ist, braucht uns nichts mehr zu kümmern!« Eifrig stürzte Imber davon, die Geschwister folgten zögerlicher.

Die schwarze Wölfin blieb allein zurück und schaute ihnen nach. Wenn selbst diese angeblich unüberwindbare Sucht geheilt werden konnte, dann galt das gewiss auch für den Fluch der Mischwesen und all das andere damit zusammenhängende Leid.

Von neuer Zuversicht erfüllt drehte sie sich um und trabte den Fluss entlang. Nach ein paar Schritten hörte sie eine tiefe, kraftvolle Stimme hinter sich.

»Tenebrae, warte!«

Bei den Nebeln, wer wollte heute denn noch alles etwas von ihr? Nächtelang hatte sich niemand um sie gekümmert.

Sie hielt an und wandte sich um. »Was gibt es, Vertex?«

Der blaugraue Rüde raste auf sie zu und stockte erst kurz vor ihr. »Es ist wegen Lacrima, sie möchte dich sprechen, dringend.« Er sah ungewohnt verstört und gehetzt aus. Was war da los?

»In Ordnung. Ich komme.«

23
Das Gespenst

Vertex jagte durch den Wald, als ginge es ums Überleben. Mit klopfendem Herzen blieb Tenebrae ihm dicht auf den Fersen. Was war mit Lacrima? Ging es um die Welpen? Der Zeitpunkt könnte stimmen.

Der Rüde stockte vor einer Erdhöhle, die in einen Hügel unter das Wurzelgeflecht einer Eiche gegraben worden war. Unruhig schaute er sich um, dann bedeutete er Tenebrae, hineinzugehen. Sein Verhalten verunsicherte sie. Das war nicht der stolze Vater, der seine Jungen präsentieren wollte. Irgendetwas stimmte nicht. Sie holte tief Luft, betrat den Bau und machte sich auf alles gefasst.

Das war allerdings nicht dabei: Weiß wie Schnee, blass wie Nebel, strahlend wie der Mond. Ein einzelner kleiner Körper, neben dem Lacrimas dunkelblaue Gestalt beinahe mit der Finsternis verschmolz. Ihre Augen öffneten sich, sie hob den Kopf und flüsterte:»Ihr Name ist Larva.«

»Sie ist wunderschön.« Tenebrae trat näher zu dem saugenden Welpen und berührte sein helles Fell sanft mit der Nase. Es fühlte sich so weich an, als wäre es nicht real, wie bloße, feuchte Luft. Dieselben Worte, mit denen sich Larvas Geruch beschreiben ließ. »Ich hätte nie gedacht, dass so etwas möglich ist.«

»Und deshalb mache ich mir große Sorgen.«

»Bis auf die Farbe scheint sie ein ganz normaler Welpe zu sein, und völlig gesund.«

»Sie hat bisher noch keinen Ton von sich gegeben, weder ein Winseln noch ein Bellen. Sie ist vollkommen still.«

Erstaunt schaute Tenebrae auf den weißen Winzling herab, versuchte aber, zuversichtlich zu klingen.»Sie ist erst in dieser Nacht geboren worden, oder? Gib ihr etwas Zeit.«

»Und später?« Lacrima schaute sie furchtsam an.»Wird das

Rudel sie akzeptieren? Oder bleibt sie für immer eine Fremde, eine Absonderlichkeit, die man begafft und über die man tuschelt? Wenn sie es überhaupt bis dahin schafft. Sie ist so klein und zart ...«

»Darunter strahlt sie Stärke aus. Ich glaube, ihr Inneres ist nicht so zerbrechlich, wie ihr Äußeres wirkt.« Tenebrae leckte ihrer Schwester über das Ohr. »Sorge dich nicht so viel. Sie ist ein einzigartiger Nachtwolf wie jeder andere, und irgendwann wird das Rudel das erkennen. Bis dahin: Liebe deine Tochter. Sie ist ein Geschenk.«

Lacrima seufzte. »Hoffentlich behältst du Recht.« Sie schaute ihr tief in die Augen. »Tenebrae, versprichst du mir, keinem von ihr zu erzählen, nicht ohne meine Erlaubnis?«

Selbstverständlich, wollte sie erwidern, bis schlagartig ein Gedanke in ihr aufblitzte. *Die Weiße ist nah. Führe ihn zu ihr ...*
»Ich verspreche es. Niemand wird es erfahren, weder Fels- noch Ginsterwolf.«

Lacrima lächelte erleichtert. »Danke, Tenebrae. Du bist eine wahre Schwester.«

Sie verabschiedeten sich mit einer zärtlichen Berührung ihrer Nasen, dann verließ die Besucherin die Höhle.

»Und?«, wurde sie draußen von einem aufgelösten Vater bestürmt. »Was ist mit ihr? Wird das je verschwinden? Was sollen wir bloß dem Rudel sagen!«

»Dass ihr stolz auf eure wundervolle Tochter sein könnt. Schließlich ist sie eine kräftige, gesunde Nachtwölfin. Es hat nur jemand die Farbe vergessen.«

»Aber wie werden sie darauf reagieren? So etwas ist niemals vorgekommen. Was, wenn sie einen Fluch darin sehen? Wie werde ich sie bloß verteidigen können ...«

»Darum sorgen wir uns, sobald es so weit ist. Vorerst werdet ihr nichts verlauten lassen. Doch der Tag wird kommen, und bis dahin überlegen wir uns gemeinsam, wie ihr euer kleines Wunder vorstellen könnt. Sei so lange ein hingebungsvoller Vater und Gefährte. Gib den beiden das Gefühl, vollkommen und nicht allein zu sein. Das ist alles, was du tun kannst, und es ist das Beste.«

Vertex wirkte noch immer aufgewühlt, hob dann aber entschlossen den Kopf und verschwand im Bau.

Tenebrae lief durch den Wald, während die Gedanken in ihr sprudelten. *Die Weiße ist nah.* Und wie nah! Sie war die ganze Zeit unter ihnen gewesen. Sie hätte dieses Geschöpf irgendwo weit weg in einem fernen Reich vermutet. Ein weises Wesen, so etwas wie ein Geist. Nun war sie hier, mitten in ihrem Rudel, ein kleiner Welpe. Ihre eigene Nichte! Großartige Neuigkeiten für Arcanus. Und für Tenebrae, denn nun gab es endlich einen Grund, ihn finden zu müssen.

Sie fühlte sich zwar ein wenig schuldig, da sie Lacrima gegenüber nicht vollkommen ehrlich gewesen war. Doch es war ihre Pflicht, Schwärmer von diesem Geschöpf zu erzählen und ihn eines Tages zu ihr zu führen, sobald sie die Einwilligung der Mutter bekam. Er musste es erfahren, so bald wie möglich. Er hatte es verdient.

Sie hatte sich sofort der Suche nach Arcanus gewidmet. Und tat seit fast einer Woche nichts anderes. Es war schwierig, um nicht zu sagen unmöglich, ihn in dem weitläufigen Gebiet zu finden. Selbst auf ihr Heulen reagierte er nicht. Er war ein Meister des Verschwindens. Somit blieb ihr wenig mehr übrig, als immer wieder kreuz und quer durch den Wald zu traben. Manchmal auch tagsüber, wie jetzt. Vielleicht führte sie der Zufall irgendwann zu ihm.

Locker lief sie zwischen den gewaltigen Bäumen und üppigen Sträuchern hindurch. Die ersten Vögel zwitscherten bereits, das Unterholz raschelte vor Leben, frische Triebe verströmten ihren spritzig herben Duft. Von der Senke am Teich aus wandte sie sich nach Norden und folgte dem Bach entgegen der Strömung, der das Gewässer über die verspielt verzweigten Kaskaden nährte. Das allmählich sprießende Blätterdach spiegelte sich in dem klaren, gemächlich plätschernden Wasser. Die Sonne strahlte mild, tanzende Schattenmuster huschten über den Boden. Die weiche Erde trug ihre Schritte aufnehmend und zugleich standhaft.

Bald drangen fröhliche Stimmen an ihre Ohren. Der Bach bog sich nach rechts, wurde schmaler und zeigte ein Bild reiner Harmonie: Arista, die in Menschengestalt am Ufer lag und mit halb geschlossenen Augen in den Lichtpfützen badete, Cinis, die vergnügt mit Carbo balgte, und Carex, der daneben saß und den beiden glücklich zusah. Auf der anderen Seite des Bachs ruhten zwei unbekannte Nachtwölfe aus dem Ginsterrudel. Während Tenebrae sich näherte, kam Ignis mit Cornix direkt dahinter aus dem Gebüsch geschossen, ein Eichhörnchen im Maul, über dessen langen Schwanz der Welpe fast stolperte.

»Mama, schau mal, das hab ich ganz allein erlegt!«

»Stimmt gar nicht, ich hab es aufgescheucht«, maulte Cornix.

»Was kann ich dafür, wenn es dann zufällig in meine Richtung rennt?«

Arista öffnete die Augen ein wenig weiter und begutachtete stolz den Fang ihrer Tochter. »Hervorragend, Ignis! Ich bin sicher, ich war bei meiner ersten Beute um einiges älter. Aus dir wird einmal eine fabelhafte Jägerin.«

»Das war doch bloß Glück. Ich kann das bestimmt viel besser! Wetten, ich erwisch ein Kaninchen?« Cornix schoss davon, seine Spielgefährten jagten ihm hinterher.

Tenebrae betrat den Platz, begrüßte die Anwesenden und erkundigte sich, weshalb sie sich mitten am Tag hier aufhielten.

»Es war nötig«, antwortete Arista. »Unter der Sonne kommt eine ganz andere Stimmung auf, die uns allen seit langem fehlt. Besonders den Kindern. Und da sich die vier ohnehin dringend wieder sehen wollten, entschieden Aerarius und Aethra«, sie wies auf die beiden Ginsterwölfe, offenbar die Eltern der Brüder, »und wir uns für diesen gemeinsamen Ausgang.«

Und sie hätten keinen idealeren Ort wählen können. Er lag nicht irgendwo am Bach, sondern an dessen Ursprung: Aus einem sandigen, von Sträuchern und Kräutern umringten Becken zwischen in der Sonne glitzernden Gesteinsplatten sprudelte munter eine Quelle hervor. Ihr klares Wasser glitzerte einladend, sodass Tenebrae nicht widerstehen konnte, davon zu trinken. Kalt und erquickend rann es ihre Kehle hinab, ein Strom, der aus reiner Energie zu bestehen schien.

Auf einmal erschien der schwarzen Wölfin ihr ursprüngliches Anliegen nicht mehr so dringlich. Vielmehr war ihr danach zumute, sich dem Frieden dieses Platzes hinzugeben, für ein paar Momente alles andere zu vergessen. Sie verwandelte sich, woraufhin nur noch ein Bruchteil der Eindrücke um sie herum an die stumpfen Sinne ihres Menschenkörpers drangen; wohltuend wenig.

Vom kurzen Schwindel wankend ließ sie sich neben der Quelle nieder und drehte sich auf den Rücken, bettete ihn in die Rundungen der Erde, legte die Arme unter den Kopf und schloss die Augen.

Das leise Plätschern des Bächleins streichelte ihre Ohren, unter sich spürte sie die weichen Spitzen der Gräser und hinter ihren Lidern balgten sich Licht und Schatten. Von irgendwoher ertönte das raue Schnarren eines Eichelhähers, das Keckern einer Elster antwortete.

Nach einer Weile fiel Dunkelheit über sie, dann schlug warmer Atem ihr entgegen und etwas Feuchtes glitt über ihr Gesicht. Sie öffnete die Augen und sah nur mit Sabber bedecktes Rosa.

»Lass das, Carex!«, schimpfte sie lachend und kreuzte abwehrend die Arme vor sich. »Nicht, es war doch gerade so friedlich.« Sie versuchte sich aufzurichten und nebenbei den tiefbraunen Wolf beiseitezuschieben, der kein bisschen lockerließ.

»Spaß muss sein, Schwesterlein!«

»Von wegen Schwesterlein. Du bist der Jüngste des Wurfs, oder irre ich mich?«

»Die paar Minuten zählen nicht.« Endlich ließ Carex von ihr ab, verwandelte sich ebenfalls und setzte sich neben sie.

Nach Luft schnappend richtete sie sich auf und betrachtete ihren grinsenden Bruder liebevoll. »Ich bin so froh, dass du wieder da bist.«

»Und ich erst! Es gab mehr als einen Moment, in dem ich gedacht hatte, es wäre vorbei.«

Tenebrae richtete ihren Blick gen Himmel. »An einem Punkt auf unserer Wanderung erging es mir genauso. Ich hatte das Rudel im Schneesturm verloren und irrte solange umher, bis ich nicht mehr weiter konnte und langsam im Eis versank. Und weißt du was? Es war ein Rabe, der mich schließlich dazu brachte, weiterzugehen, und mich zu den Anderen zurückführte.«

»Ehrlich? Dann ist Rätselhafter Gefährte gar kein Einzelfall.«

»Genau genommen schon, denn mein Lebensretter ist seither

nicht mehr aufgetaucht. Wo ist eigentlich deine Krähe?«

Carex streckte sich und ließ sich ins Gras fallen. »Er treibt sich hier irgendwo herum, da bin ich mir völlig sicher. Schließlich hat auch er ein eigenes Leben, er muss es nicht dauerhaft auf meiner Schulter verbringen. Hin und wieder zeigt er sich, und das reicht mir. Ich weiß, dass er da ist und mir folgen wird, sobald wir weiterziehen.«

»Ist es nicht seltsam, warum er sich so verhält? Das Gleiche gilt für meinen Raben. Bei Alraune ist es schon verständlicher, sie bekommt Schutz und Pflege von Maluneth. Aber was haben die Vögel davon, wenn sie uns beistehen?«

Er sah sie direkt an, seine warmbraunen Augen blickten klar und klug. »Gibt es nicht manchmal auch andere Gründe als den bloßen Zweck? Katzen, Raben, Krähen ... wir haben mehr Gemeinsamkeiten mit ihnen, als wir denken. Sie werden von den Menschen genauso verachtet und gehasst wie wir, oder? Warum sollten sie ihren Seelenverwandten nicht helfen, wenn sie können? Wir sind schließlich auf eine gewisse Weise miteinander verbunden.«

»Mhm, das ist interessant. Erinnerst du dich an die Legenden? Von Wolfsrudeln, die mit Rabenscharen befreundet waren? Die Vögel kundschafteten die Gegend aus und führten die Jäger zu Beutetieren, damit sie sie erlegten und so genug Fleisch für alle beschafften. Sogar die Rabenküken spielten mit den Welpen der Wölfe. Manche Geschichten gehen darüber hinaus und berichten von besonderen Bindungen einzelner. Ich hatte nie allzu viel Wahrheit darin vermutet. Doch vielleicht steckt mehr dahinter.«

Eine Weile schwiegen sie.

Dann stieß Tenebrae einen tiefen Seufzer aus. »Ich dachte immer, wir wären eigenständige Kreaturen. Niemandem wirklich zugehörig, weder den Menschen, noch den Wölfen. Und so ist es auch, aber gänzlich allein scheinen wir nicht zu sein. Wir sind einzigartig und spiegeln uns zugleich in anderen Wesen wider. Beides. Und nichts. Ach, an diesem Ort kommt man auf ganz seltsame Gedanken.«

Still lagen sie nebeneinander und schauten in den von Zweigen durchflochtenen Himmel hinauf.

»Was mich schon lange beschäftigt«, begann Carex von Neuem, »warum fühlt sich dieser Wald so anders an? So ...

sonderbar?«

»Ist das wichtig? Können wir ihn nicht einfach genießen?«

»Was, wenn wir genau das sollen? Darüber nicht nachdenken?«

»Meinst du, die Schönheit hier ist trügerisch? Sie ist nur ... «

»Ich weiß es nicht. Es beschäftigt mich bloß.« Er seufzte kurz, dann richtete er sich auf. »Nun denn, genug gegrübelt. Ich sehe mal nach meinen Töchtern. All die Zeit getrennt von ihrem Papa muss ich unbedingt nachholen.«

»Du bist ein großartiger Vater.«

»Und du würdest eine ebenso gute Mutter abgeben. Möchtest du es nicht endlich selbst versuchen? Du bist die letzte partnerlose Felswölfin.«

»Nicht ganz«, entgegnete sie selbstbewusst. »Du hast Cataracta vergessen.«

»Oh, mitnichten. Ich habe sie erst kürzlich getroffen, mit Rivus vom Ginsterrudel, und die beiden schienen sich ziemlich gut zu verstehen. Also, worauf wartest du? So viel Auswahl wie jetzt bekommst du nie wieder.«

»Und wenn sie zehnmal so groß wäre. Die Menge ist unwichtig. Es kommt darauf an, ob der Richtige dabei ist, und das ist er nun mal nicht.«

Carex begann zu schmunzeln, seine Augen blitzten herausfordernd. »Und was ist mit Arcanus? Dir scheint einiges an ihm zu liegen, oder irre ich mich da? Ein einsamer, schwermütiger und noch dazu ansehnlicher Nachtwolf ohne Rudel. Klingt geradezu nach einer Einladung, findest du nicht?«

»Ich versuche bloß, ihm zu helfen«, erwiderte Tenebrae schlicht, wandte aber den Blick ab. »Außerdem bin ich ihm anscheinend nicht wichtig genug. Er versteckt sich vor mir, so wie vor jedem. Er ist ein heimatloser Schatten, ein unverständliches Rätsel. Sein Rudel sind klagende Geister, er würde kein neues als sein eigenes akzeptieren. Nein, sich von ihm angezogen zu fühlen, wäre vergeudete Hoffnung.« Sie hatte nicht beabsichtigt, so viel zu sagen, den immer bitterer gewordenen Ton ihrer Stimme erst recht nicht.

»Du kennst ihn schon ziemlich gut.« Carex schwieg eine Weile, dann stand er auf. »Nun, du weißt sicher am besten, wohin du gehörst. Einen schönen Nachmittag noch!«

Sich von ihm angezogen zu fühlen, wäre vergeudete Hoffnung. Diese Worte ließen sie nicht mehr los. Was, wenn sie der Wahrheit entsprachen? Wenn Arcanus niemals eine Wölfin aus einem fremden Rudel akzeptieren würde? Ja, er war einsam, und sie war diejenige, der er bisher das meiste Vertrauen entgegengebracht hatte. Aber reichte das? Konnte daraus mehr werden? Die Ungewissheit machte ihr zu schaffen. Sie wollte ihn nicht schon nach so kurzer Zeit aufgeben, doch ebenso wollte sie sich unnötige Enttäuschung ersparen. Sie dachte an ihre Mühen vor ein paar Jahren zurück, als sie versucht hatte, allein mit Solum eine Unterhaltung zu beginnen. Der selbstlose Rüde hatte sich jedoch nie von Silex' Seite fortlocken lassen. Seine Aufmerksamkeit schien so sehr von der Fürsorge um seinen Bruder bestimmt gewesen zu sein, dass sie sich auf jemand anderen gar nicht hatte einlassen können.

War sie bei Arcanus nicht bereits um einiges weiter? Sie rief sich all ihre bisherigen gemeinsamen Erlebnisse in Erinnerung. Viele waren es inzwischen, durchzogen von Zuneigung und Vertraulichkeit, auf beiden Seiten. Es konnte nicht sein, dass das keine Bedeutung besaß. Vielleicht war der Samen längst gesät, vielleicht konnte daraus eine prächtige Blüte sprießen. Wenn sie sich anstrengte.

Voll frischen Elans durchstreifte sie den Wald. Gleichgültig, wie lange sie bereits erfolglos suchte, jeden Abend zog sie von Neuem los. In der letzten, etwas kühleren Zeit zeigten sich wieder einmal zarte Nebelschleier, die in der heutigen Nacht besonders dicht erschienen.

Entschlossen trat Tenebrae direkt vor eine der Schwaden. Sie hatten ihr einst diese Aufgabe überantwortet, also konnten sie ihr nun auch bei deren Erfüllung helfen. Doch nichts geschah. Nach einiger Zeit setzte die Wölfin ein paar Schritte hinein, ein riskanter Versuch außerhalb des Neumonds, und wartete fordernd. Einen Moment später spürte sie ein leises Kribbeln in ihrer Haut bis hin zu nadelfeinem Stechen, woraufhin sie das Reich verließ. Und jetzt? Frustriert, doch noch lange nicht bereit aufzugeben, lief sie um die Nebelflächen zwischen den Bäumen herum und verfluchte sie still. Sie hatte ihre Hilfe nicht nötig, sie würde Arcanus auch allein finden.

Das ziellose Ausweichen führte sie weit in selten betretenes Gebiet. Und da saß er. Einfach so, wie von einem stummen Blitz abgesetzt.

Tenebrae hielt inne, starrte ihn an und wollte erfreut aufjaulen. Seine Haltung jedoch verengte ihre Kehle. Gekrümmt, den Kopf gesenkt, die Ohren hängend.

Behutsam trat sie näher. »Schwärmer?«

Er rührte sich nicht. Nach ein paar Momenten erklang ein raues Murmeln, so leise wie das Hallen aus einer anderen Welt. »Sie ist weg.«

»Wer?«

»Die Geisterwölfin. Sie hat mich verlassen, weil ich ihre Botschaft nicht verstanden habe. Es ist nur eine Illusion. Immer wieder sagte sie es, häufiger, eindringlicher. Ein dröhnendes Wispern, und ich war zu taub, den Sinn zu erkennen. Nun ist sie fort, bereits seit Vollmond, und wird nicht mehr zurückkehren.«

Es klang so hoffnungslos, dass Tenebrae sich in einen See aus Mitleid gezogen fühlte. Sie näherte sich ihm bis auf einen Spalt zwischen ihren Fellen, wagte nicht, ihn zu berühren. *Sieh, eine andere hat dich noch nicht verlassen. Und wird es niemals tun.* Sie wollte die Worte aussprechen, wollte ihm zeigen, wie ernst sie es meinte, schaffte es aber nicht. Stattdessen sagte sie: »Schwärmer, ich habe die Weiße gefunden.«

Er schien sie nicht gehört zu haben. Dann durchzuckte ihn eine Welle von Energie. Sein Kopf fuhr herum, die kupfernen Augen glommen in einer Mischung aus Unglaube und Erregung. »Ist das wahr?«

»Ja. Sie ist vor einer Woche geboren worden. Ihr Name ist Larva.«

»Larva.« Er schien den Klang aufzulecken wie zartesten Tau. »Wessen Tochter ist sie? Ich muss sie sehen.«

»Das darfst du nicht. Ihre Mutter ist Lacrima, meine Schwester, und ich versprach ihr, dass niemand davon erfährt. Für dich habe ich diesen Schwur bereits gebrochen. Mehr kann ich nicht tun.«

Er hielt seine Enttäuschung zurück, schloss die Augen und bat:
»Beschreib sie mir.«

»Sie ist das zarteste Geschöpf, dem ich je begegnet bin. Als könne sie sich jeden Moment auflösen. Ihr Geruch gleicht feuchter Luft, ihr Fell ist so weich und kaum spürbar wie Daunen, und seine Farbe ist im Grunde nicht weiß, sondern ... leuchtend blass. Wie Nebel.«

»Wie Nebel ...« Er hielt die Lider eine Weile geschlossen, dann öffnete er sie und schaute Tenebrae voller Dankbarkeit an. »Endlich. Ein Teil meiner Aufgabe ist erfüllt.«

»Und jetzt? Wozu solltest du sie finden? Wie wird sie uns nützen?«

»Das wird sich zeigen. Nun, da sie erschienen ist, bin ich zuversichtlich, dass sich auch diese Fragen klären werden.«

Die schwarze Wölfin überlegte, ob sie noch etwas erwidern oder sich einfach an ihn schmiegen sollte. Ehe sie sich entschieden hatte, wandte er den Kopf ab und sah abwesend in den Himmel hinauf. Aus seinen Augen schien der Mond zu leuchten.

Mit dieser schlichten Bewegung war er erneut in sein eigenes Reich übergetreten. Tenebraes Achtung war zu groß, um ihn zurückzuholen, und so sah sie ihre Niederlage für heute ein. Einige Momente lang beobachtete sie ihn noch, dann schlich sie davon und ließ ihn allein. Oder bei demjenigen, der jetzt bei ihm war, wer immer das sein mochte.

24
Die Quelle, der Felsen und das Mondlicht

Ein paar Nächte später brachte Ira ihre Jungen zur Welt. Da der Vater Tenebraes Bruder Altor war, durfte sie die Welpen sehen. Alacritas und Clementia hießen die beiden, waren kräftig, gesund und vor allem schwarz. Bald darauf bekam auch das Ginsterrudel Nachwuchs, durch das Paar Rixa und Flumen, die ihre Kinder Ripa und Rapax tauften. Erstere schwächelte jedoch und starb leider wenige Nächte danach.

Inzwischen spross der Frühling im Wald. Die Luft verlor allmählich ihre Kälte und war erfüllt von unterschiedlichsten Gerüchen, süß und krautig. Die Bäume und Sträucher trieben weiße und gelbe Blüten aus, überall entrollten sich frische Farne.

Imbers Hoffnung war nicht enttäuscht worden. Noctifer und Noctiluca hatten weiterhin keine Mühe, ihrem Verlangen zu widerstehen, und somit auch keine Wächter mehr nötig. Offiziell waren sie zwar in keines der beiden Rudel aufgenommen worden, aber solange ihre Anwesenheit von allen akzeptiert wurde, störte sie das nicht.

Tenebrae suchte nur noch beiläufig nach Arcanus und überließ es dem Schicksal, wann sie sich trafen, auch wenn es ihr schwerfiel. Umso häufiger besuchte sie ihre Schwester. Larva entwickelte sich prächtig, wuchs erstaunlich rasch und blieb dennoch das zarteste Geschöpf der Welt.

Heute hielt das weiße Wölfchen eine weitere Überraschung bereit. Als Tenebrae den Bau betrat, wäre sie beinahe über ihre eigenen Pfoten gestolpert. Der Welpe hatte seine Augen geöffnet, und damit nicht genug: Statt im üblichen orangegelben Ton leuchteten sie ihr blau entgegen. Außen winterhimmelfarben, innen ein unvergleichlich satter Ton. Ihr Blick war so durchdringend und abschätzend, dass es fast den Anschein erweckte, in dem kleinen Körper stecke eine Erwachsene.

»Sie hat sie bereits letzte Nacht geöffnet«, berichtete Lacrima besorgt. »Das ist zu früh, oder?«

»Ein wenig schon«, gab die Besucherin zu. »Aber bloß ein paar Tage. Und es ist ein gutes Zeichen, wenn sie sich rasch entwickelt.«

»Tenebrae, ich mache mir allmählich wirklich Sorgen.« Lacrima ließ ihre Tochter in Vertex' Obhut und trat mit ihrer Schwester vor die Höhle. »Sie hat noch immer keinen einzigen Mucks von sich gegeben. Kein Jaulen, kein Fiepen, nicht einmal ein Wort in der magischen Sprache. Selbst, wenn sie sich bewegt, wenn sie trinkt oder schluckt, ist sie vollkommen still. Als existiere sie überhaupt nicht. Langsam fürchte ich nicht nur um ihr eigenes Wohl, sondern auch um unseres.«

»Wie meinst du das?«

»Sie ist so seltsam ... was, wenn sie gefährlich ist? Wenn ein böser Geist in ihr steckt?«

»Nun übertreibst du, Lacrima.«

»Bist du dir da vollkommen sicher? Du hast sie erlebt. Sie ist kein normaler Nachtwolf, selbst wenn sie schwarz wäre. Das kannst auch du nicht leugnen. Natürlich, vielleicht ist sie einfach nur speziell. Doch wer kann das mit Gewissheit sagen?«

Tenebrae dachte an all die ungewöhnlichen Eigenschaften des Welpen. War sie zu gutgläubig? Gar blind? »Niemand, schätze ich. Aber deswegen darfst du sie noch lange nicht verstoßen.«

Lacrima seufzte. »Natürlich. Das werde ich auch nicht. Allerdings scheint sie manchmal genau das zu wollen. Seit gestern versucht sie immer wieder, den Bau zu verlassen. Egal, wie oft wir sie daran hindern, sie beachtet uns überhaupt nicht. Nach einer Weile hat sie uns ganz seltsam angesehen, fordernd. Ihr Blick ist unheimlich.«

»Anscheinend ist sie bereit für Erkundungen. Ihr solltet das unterstützen.«

Die blauschwarze Wölfin sah betreten zur Seite. »Ja, vielleicht, es ist nur ... ich habe Angst, was passieren könnte. Versteh mich nicht falsch. Ich liebe sie ja, ich liebe sie, wie eine Mutter ihr Kind nur lieben kann. Und deshalb bin ich so vorsichtig. Sie ist meine einzige Tochter, und nur Nomera weiß, ob ich jemals weitere bekommen werde. Ich muss sichergehen, dass nichts geschieht, weder ihr, noch uns. Und in der Höhle ist es nun mal am sichersten. Zumindest glaube ich das. Ach, das ist alles so schwer ...«

Tenebrae schmiegte sich an die Flanke ihrer Schwester und stupste ihren Kopf mit der Nase hoch. »Keine Sorge, gemeinsam bewältigen wir das. Du trägst genug Stärke in dir, mit dieser Situation umzugehen, das beweist du jede Nacht. Und ebenso stehe ich dir jederzeit zur Seite, wann immer du mich brauchst.«

Lacrima sah sie an, allmählich füllte sich ihr Blick mit Dankbarkeit und Zuversicht. Tief atmete sie ein und kroch zurück in den Bau.

Um die begonnene Nacht abzurunden, beschloss Tenebrae, bei Silex vorbeizuschauen. Inzwischen hatte sie den Rückzugsort seiner Familie auf ihren Erkundungen entdeckt und von da an ihre Rolle als große Schwester wieder aufgenommen, indem sie ihn regelmäßig besuchte. Auch wenn er den gröbsten Schmerz über den Verlust seines Bruders allmählich überwunden hatte, spürte sie, wie sehr er die Treffen mit ihr brauchte. Sie erkannte es jedes Mal an seinen zaghaft leuchtenden Augen, an der Welle von Glück, die seinen schmächtigen Körper durchlief, sobald er sie kommen sah.

Heute allerdings hob er nicht einmal den Kopf. Er lag an der gleichen Stelle wie immer, in der Kuhle unter dem Haselnussstrauch, doch seine Haltung wirkte anders, schlaffer. Als sie näher trat, sah sie, wie sich seine Flanken rasch und mühevoll blähten, und ihre Nase nahm den schweren Geruch von Blut auf.

»Silex!« Sie sprang an seine Seite. »Bei den Nebeln, was ist geschehen?«

»Ist nicht weiter schlimm«, keuchte er leise. »Ich muss mich bloß ausruhen.«

Tenebrae lief besorgt um ihn herum und entdeckte eine flache Bisswunde an seiner Schulter. Das konnte nur von einem großen Tier stammen. »Wolf? Bär? Mischwesen? Sprich doch mit mir! Wer hat dich angegriffen?«

»Es ... war mein Vater.«

»Was?!« Sie geriet außer sich vor fassungsloser Wut. »Ist er vollkommen wahnsinnig? Wie kann er seinen eigenen Sohn anfallen!«

»Beruhige dich, das ist schon in Ordnung. Es war schließlich nicht das erste Mal, und ...«

»Wie bitte?!«

»Wir haben bloß Kämpfen geübt«, beschwichtigte er sie eilig. »Er tut das regelmäßig, bereits seit meiner Jugend.«

Es minderte ihr Entsetzen kaum. »Silex, wir alle raufen hin und wieder miteinander, doch dabei verletzen wir uns nicht.«

»An dem Biss bin ich ja auch selbst schuld. Ich sah den Angriff nicht kommen.«

»*Du* seist an der Wunde schuld, die *Saxum* dir beigebracht hat? Das übersteigt jedes Maß!«

»Aber wie soll denn sonst ein guter Kämpfer aus mir werden?«

Die Verzweiflung in Silex' Stimme dämpfte ihren Zorn. Auf einmal kam es ihr vor, als hätte sie *ihn* beschimpft und nicht seinen Vater. Beherrschter fuhr sie fort: »Er will dich zu einem Kämpfer ausbilden?«

»Nicht nur er. Ich möchte es genauso.«

»Um gegen die Mischwesen zu bestehen?«

»Das auch. Ihm geht es aber vor allem darum, dass ich stärker als jeder andere im Rudel werde. Damit ich es eines Tages anführe.«

Sie starrte ihn sprachlos an. »Und du willst das auch?«

»Ich möchte mich einfach nur verteidigen können, ohne dass sich ständig jemand um mich sorgen muss«, jammerte er. »Ich wünsche mir so sehr, meinem Rudel eine Unterstützung zu sein und ihm nicht länger zur Last zu fallen.«

Tenebrae trat ganz nah an ihn heran und ließ sich nieder, während sie ihm fest und liebevoll in die Augen sah. »Und du meinst, dass dir Kampffertigkeiten dabei helfen werden? Glaubst du nicht, dass du auf andere Weise eine Bereicherung für das Rudel sein kannst?«

Er senkte den Blick. »Saxum sagt, das Geschick zum Kampf würde in mir stecken, und dass ich nur ausgiebig üben müsste, um es zu finden.«

»Das sagt *er*, aber was sagst du?«

Nach kurzem Schweigen flüsterte er: »Ich weiß es nicht.« Dann schaute er sie an, beinahe flehentlich. »Doch eines ist sicher: Ich muss lernen, mich und mein Rudel zu verteidigen. Gerade in solchen Zeiten entscheidet diese Fähigkeit viel. Und vielleicht hilft mir der Mut, der damit einhergeht, meinen Platz zu finden.«

»Nützen dir die Übungen denn?«

Er wich ihrem Blick aus. »Ich versuche es. Versuche jedes Mal, mir zu merken, was er mir aufträgt. Die einzelnen Schritte, die Möglichkeiten. Und dann ... ist plötzlich alles weg. Ich falle in mein altes Muster zurück, renne weg oder stehe starr vor Angst da, wehrlos wie ein Küken.«

Tenebrae seufzte. »Du bist kein Kämpfer, Silex. Und etwas werden zu wollen, was du nicht bist, raubt dir bloß Zeit und Kraft. Ich bin sicher, dass deine Stärken an anderer Stelle liegen und du dich dem Rudel auf andere Weise erkenntlich zeigen kannst. Und zwar auf deine ganz eigene und nicht auf Saxums oder sonst jemandes. Du bist nicht geschaffen für den Rang als Anführer. Wir finden etwas Besseres für dich.«

Der schmächtige Rüde wandte ihr erneut die Augen zu, doch anstatt der erwarteten Ermutigung fand sie nur tiefere Trauer darin. »Danke, dass du weiterhin zu mir hältst. Wenn du in meiner Nähe bist, dann ... fühlt sich die Welt nicht mehr so groß an.«

Tenebrae war sich nicht sicher, ob das als Anerkennung oder Vorwurf gemeint war. Es hörte sich in jedem Fall nicht glücklich an.

Sie war bis zu den späten Morgenstunden bei ihm geblieben. Als sie ihn verließ, beschloss sie, sich von nun an noch fürsorglicher um ihn zu kümmern.

In der folgenden Zeit kam sie dem gewissenhaft nach. Allerdings nicht lange. Denn dann kam die Nacht, in der Larva weglief.

Lacrima war völlig aufgelöst zu Tenebrae gekommen, und nun durchsuchten die beiden Schwestern und Vertex jeweils getrennt den Wald, wobei ihnen Larvas feuchter Luft gleichender Geruch jegliche Spuren verweigerte. Einzig ihr Fell war der ersehnte

Hinweis, der zugleich jeden weiteren Nachtwolf auf sie aufmerksam machen würde. Sie mussten den Welpen unbedingt vorher finden.

Kreuz und quer hetzte Tenebrae durch die Sträucher. Wie weit konnte ein so kleines Wölfchen in dieser kurzen Zeit gekommen sein? Und wie hatte sie es überhaupt ... Blitzte da nicht ein heller Fleck zwischen den Büschen auf? Sofort änderte sie die Richtung, bewegte sich leiser und langsamer und glitt wie ein Schatten durch den Wald. Tatsächlich: Vor ihr flammte gelegentlich eine geisterhafte Erscheinung auf, geschwind wie ein Windhauch, ungreifbar wie Nebel.

Tenebrae preschte vorwärts und musste alles aus ihrem Körper herausholen, um Larva nicht zu verlieren, die ihre Verfolgerin bemerkt haben musste, so hastig, wie sie davon stob. Vielleicht lag es aber auch an dem Nachtwolf, der in nicht mehr großer Entfernung vor ihnen saß, und auf den sie direkt zusteuerte.

Die schwarze Wölfin bündelte ihre Energie und flog über die Erde. Doch noch immer war ihr der Welpe voraus. Drei Sprünge noch, zwei, der Nachtwolf drehte bereits den Kopf. Im nächsten Moment drosselte Tenebrae erleichtert ihren Lauf und kam keuchend zum Stehen. Seine Augen funkelten kupfern.

Larva stockte ebenfalls und schaute zu ihm auf, während er auf sie herabsah, beide vollkommen still. Ganz langsam senkte Arcanus seine Nase zu ihr herab, die sich zu ihm hinauf streckte. Der Moment der Berührung war unsagbar zart und ließ die Zwei für ein paar Herzschläge erstarren, als hätte die Zeit innegehalten.

Sacht trat Tenebrae näher, blieb einen Schritt vor den beiden stehen und beobachtete gerührt ihre Zusammenkunft.

»Ich habe ihr welche versprochen«, murmelte Arcanus.

Die Schwarze blinzelte ihn verwirrt an. »Wie bitte?«

»Luna. Ich habe ihr Welpen versprochen. Für dieses Jahr.« Er hob den Kopf. »Es erschließt sich mir nicht, weshalb mir das jetzt in den Sinn kommt. Dieses kleine Wunder hier hat mich wohl daran erinnert, wie gern ich eine Tochter gehabt hätte.« Er wandte Tenebrae das Gesicht zu, in seinen Augen ein Schimmer von Glück, als würde ein einziger Tropfen am Zweig eines fast verdorrten Strauches haften. »Danke, dass du sie mir gebracht hast, Zikade.«

»Ich muss dich enttäuschen, das habe ich nicht. Sie hat sich selbst zu dir geführt.«

»So viel Mut und Willen in so jungen Jahren? Du bist etwas ganz Besonderes, Larva.« Arcanus blickte bewundernd in die blauen Augen, die keinen Moment lang von ihm abließen. Die Kleine schien ihn regelrecht anzuhimmeln.

»Zu viel Mut kann allerdings gefährlich werden. Deshalb sollte diese gewitzte Ausreißerin schleunigst zurück in ihren Bau. Komm, Larva.«

Der Welpe rührte sich nicht.

Kurzentschlossen trat Tenebrae vor und schnappte nach ihrem Nackenfell.

Die weiße Wölfin zog sich lichtschnell aus ihrer Reichweite und drängte sich dichter an Arcanus.

»Larva, deine Eltern machen sich große Sorgen«, sagte die Schwarze streng. »Hier draußen bist du in Gefahr. Du gehst jetzt mit mir in deinen Bau zurück.«

Der Welpe dachte nicht daran und betrachtete sie mit einem Blick, der zu bedeuten schien: *Du hast mir nichts zu sagen.*

Nach einer Weile gespannter Stille stupste Arcanus das Wölfchen sacht an. »Komm, Larva von den Nebeln. Dein Körper ist zu verletzlich für diese raue Welt, und dir darf nichts geschehen. Du bist ein Wunder, das bewahrt werden muss.«

Bedächtig lief er voraus, und Tenebrae konnte es nicht fassen: Ohne das geringste Zögern folgte Larva ihm dicht an der Seite. Verblüfft starrte sie den beiden nach.

»Wenn du mich nicht zu ihrem Schlafplatz führst, bringe ich sie zu meinem.«

Die schwarze Wölfin schüttelte sich und eilte ihnen nach. Nachdem sie ungesehen am Bau angekommen waren, stieß sie ein einfaches Heulen aus, worauf Lacrima und Vertex wenig später eintrafen. Arcanus erklärte den entsetzten Eltern, dass er ihre Tochter bewunderte und niemandem von ihr erzählen würde, was die beiden allerdings nicht gänzlich beruhigte. Wenigstens war Larva nun wohlbehalten zurück und blieb sogar auf Arcanus' Wort hin im Bau, wozu sie nicht einmal ihre Mutter hatte bringen können. Aber selbst das nur widerstrebend, und als sich der rauchgraue Wolf entfernte, blickte sie ihm beinahe sehnsüchtig nach.

Fortan nahmen Lacrima und Vertex ihre Tochter regelmäßig auf Erkundungen im Wald mit. Nie sehr weit und nur am Tag, aber Tenebrae war überzeugt davon, dass es bereits helfen würde. Doch Larva, mittlerweile so groß wie Cinis und Ignis, die vier Jahre älter waren, verhielt sich rein gar nicht, wie sie es erwartet hatte. Der Welpe flitzte nicht aufgeregt umher und beschnüffelte alles und jeden, lauschte keinen fremden Geräuschen und sah weder Vogel noch Schmetterling hinterher. Im Gegenteil, geradezu gelangweilt schlenderte sie durch das Gesträuch.

Und gleichgültig, wie oft die Kleine nach draußen kam, eines Nachts lief sie wieder davon. Lacrima, Vertex und Tenebrae suchten erfolglos bis zum Morgengrauen, kehrten schließlich zum Bau zurück, um sich zu erholen und zu beraten, und was erwartete sie dort? Ein weißer Welpe, friedlich schlummernd. Von da an schaffte es Larva fast jede Nacht, ihren noch so wachsamen Eltern zu entwischen. Was sie während ihrer Ausflüge tat, erfuhr niemand. Immerhin schien sie bisher nicht gesehen worden zu sein.

Seltsamerweise war ihr Bauchfell bei ihrer Rückkehr nass, auch wenn es nicht geregnet hatte.

Auch Tenebrae wusste allmählich keinen Rat mehr. Ihre Schwester indessen hielt die jede Nacht wiederkehrende Ungewissheit, wo ihr Kind gerade war, was sie tat und ob sie zurückkehren würde, nicht mehr aus. Einen Tag vor Vollmond fertigte sie ein Gitter aus Ästen und steckte es vor eine zuvor gegrabene Einbuchtung des Baus, in welche sie Larva sperrte. Dabei gab die Kleine noch immer keinen Laut von sich. Inmitten ihres Gefängnisses sah sie nicht einmal traurig aus. Eher wütend. Und entschlossen.

Als Tenebrae am folgenden Abend die Familie besuchte, lagen Lacrima und Vertex entspannt vor der Höhle. Mit gemischten Gefühlen trat sie ein, um nach ihrer Nichte zu sehen. Noch immer klemmte das Holzgitter robust in der Erde, nur saß kein nebelfarbener Welpe dahinter. Fahles Mondlicht fiel durch ein Loch auf den kahlen Boden.

Voller Verzweiflung stürzte Lacrima in den Wald, nachdem sie sich von dem Fehlen ihrer Tochter überzeugt hatte. Tenebrae folgte ihrem Beispiel nicht. Sie würden Larva auch diesmal nicht finden. Sobald die weiße Wölfin bereit war, würde sie zurückkommen.

Drei Nächte und drei Tage lang warteten die Eltern auf ihre Rückkehr. Am dritten Abend schließlich vibrierte der gesamte Wald vom Schall eines einzigen, langgezogenen Heulens. Es war ein verzweifelter Ruf der eingestandenen Schuld, des Flehens und der bitteren Erkenntnis, dass all das zu spät kam.

25
Abendasche

Ein Welpe in diesem zarten Alter konnte eigentlich nicht allein überleben. Larva hingegen schien fest entschlossen, jegliche Vorstellungen von einem gewöhnlichen Jungwolf zugrundezurichten. Obwohl sie nicht zu ihrer Familie zurückkehrte, wussten sie, dass sie noch lebte, denn hin und wieder waren Berichte von einer flüchtig gesehenen Erscheinung zu hören. Ein besonders dichter Nebelflecken? Ein Irrlicht? Ein Gespenst? So vielfältig das Gemunkel auch war, nichts davon kam der Wahrheit nahe, und niemand machte sich ernsthafte Gedanken.

Stattdessen machten andere Gerüchte die Runde, die stetig lauter wurden und Lacrima zusätzlich bedrückten. Ihre Schwangerschaft war nicht unbemerkt geblieben. Falls ihre Tochter tatsächlich nicht mehr zurückkehrte: Wie sollte sie erklären, was mit ihren Jungen geschehen war? Eine Totgeburt? Mangelnde Fürsorge? Jeder Grund, ob erfunden oder wahr, wäre schmerzhaft.

Tenebrae sehnte sich danach, ihrer Schwester zu helfen, weshalb sie sich diese Nacht zum Nachdenken an die Quelle zurückgezogen hatte. Aber so lange, so intensiv sie auch nachdachte, nichts Hilfreiches kam ihr in den Sinn.

Schließlich stand sie auf, streckte sich und schlurfte zurück zu ihrem Schlafplatz. Auf halbem Weg drangen gedämpfte Mädchenstimmen an ihre Ohren: Cinis, und ... eine weitere, die sie nicht kannte. Mit neuer Wachsamkeit schlich sie vorwärts, kam aber nicht nah genug heran, um sie zu sehen, ohne ein Auffliegen zu riskieren. Und sie hatte das Gefühl, unentdeckt bleiben zu müssen.

»... es war furchtbar, das alles zu sehen, ohne zu wissen, ob du ... Es tut mir so leid.«

»Ach, du kannst doch nichts dafür.« Die fremde Stimme klang

lässig und kess, aber ebenso herzlich wie Cinis'.»Sie sind selbst schuld, wenn sie euch nicht in Ruhe lassen. Und schließlich sind *sie* viel grausamer zu *euch* gewesen. Zu wissen, was sie euch alles antun ... *das* ist schrecklich! Und wenn sie nicht hören wollen, dann musste es ja irgendwann so kommen.«

»Aber wenn du darunter begraben worden wärst! Ich kam mir so schuldig vor. Die ganze Zeit hab ich gehofft, *gefleht*, dass dir nichts passiert ist.«

»Keine Sorge, mir und meinem Bruder geht's gut. Er war weiter hinten mit dabei, und ich bin sowieso nie mittendrin. Etliche andere hat es jedoch erwischt, ja. Deshalb sind sie auch alle ganz ernst und verspannt geworden. Keine Ahnung, was sie jetzt tun wollen. Doch sobald ich was weiß, werde ich es dir gleich sagen.«

Cinis seufzte tief.»Danke, Vesper.« Kurzes Schweigen.»Ich bin so froh, dich endlich wiederzusehen.«

»Und ich erst! Die ganze lange Zeit ohne dich, nur immer diese Hast und dieser Ehrgeiz.«

»Ob wir jemals richtige Freunde sein können?«, sinnierte Cinis verträumt.»Die sich nicht nur heimlich treffen müssen?«

»Bestimmt! Eines Tages wird alles gut werden, du wirst sehen.«

»Deine Zuversicht möchte ich haben. Ich sollte nun zurück, ehe meine Eltern mich vermissen.«

»Na dann, bis zum nächsten Mal. Und denk dran: Ich lass euch nicht im Stich!«

Flinke Schritte raschelten davon. Kurze Zeit war es still. Dann entfernte sich eine zweite Gruppe Pfoten in eine andere Richtung.

Tenebrae blieb noch ein paar Momente lang, wo sie war. Gemischte Gefühle wirbelten in ihr auf und ab und ließen keine endgültige Entscheidung zu, was sie nun tun sollte. Vorerst nichts, beschloss sie. Doch diesen Vorfall würde sie nicht vergessen.

In ihre Gedanken vertieft trabte sie die Senke zum Teich hinab. Geradewegs steuerte sie auf ihren Schlafplatz zu, als ihr im Augenwinkel eine Gestalt am Ufer auffiel. Groß, grau, gewelltes Haar. Arcanus? Bedachtsam trat sie näher.

Er saß still mit dem Rücken zu ihr da. Als sie neben ihm zum

Stehen kam, zeigte er noch immer keinerlei Reaktion und starrte weiterhin gebannt über das Wasser. Tenebrae folgte seinem Blick, glitt von den zarten Wellen vor ihnen über den Felsen in der Mitte des Teichs bis zum gegenüberliegenden Ufer – hielt inne und fuhr zurück.

Auf dem im Mondlicht rosig schimmernden Stein lag eine blassweiße Gestalt, ein Wolf, dessen Kopf entspannt auf den Pfoten ruhte.

»Da ist sie ja ...«, flüsterte Tenebrae. »Wie erleichtert wird Lacrima sein.«

Sie hob bereits die Schnauze zum Heulen, als Arcanus' leise, doch entschiedene Stimme sie zurückhielt: »Ruf sie nicht.«

Sie sah ihn verwundert an. »Warum nicht? Sie ist völlig aufgelöst vor Sorge und Schuld. Hat sie kein Recht darauf, zu erfahren, wo sich ihre Tochter befindet?«

»Sie würde sofort versuchen, Larva zurückzuholen, und das wäre fatal. Dieses lichtzarte Geschöpf braucht die Zeit auf dem Felsen. Es scheint ihr wichtig zu sein. Bereits seit über einer Woche liegt sie dort in jeder mondhellen Nacht.«

»Du beobachtest sie schon so lange? Und hast nichts erzählt?«

»Ich kann sie nicht verraten. Sie vertraut mir. Nach ihrem Ausbruch kam sie zu mir, und seitdem sorge ich für sie; teile meine Beute mit ihr, biete ihr meine Obhut.«

»So hat sie also überlebt.« Nachdenklich betrachtete Tenebrae das kleine, weiße Wunder. War es richtig, Lacrima diese Beobachtung zu verschweigen? Konnte sie ihr das antun? Andererseits, was würde es bringen, sie zu rufen? Es war kaum zu hoffen, dass Larva ihrer Mutter zurück zu ihrer Familie folgen würde. »Sollen wir also einfach stumm dasitzen und zuschauen?«

Arcanus setzte zu einer Erwiderung an, als sich von der linken Seite des Teichs ein eindringliches Heulen erhob. Tenebrae erstarrte. Es war ihr älterer Bruder Altor, und sein Ruf war eine warnende Meldung, in der ›Geistwolf‹ vorkam.

Larva warf den Kopf hoch, sprang auf und stieß sich ins Wasser.

»Schnell«, drängte Arcanus. »Sie schwimmt auf das südliche Ufer zu. Vielleicht können wir ihr zur Flucht verhelfen.«

Die beiden Nachtwölfe hasteten rechts am Teich entlang. Weitere Heulstöße hinter ihnen verrieten, dass sich auch Altor näherte. Und mit ihm nicht genug: Immer mehr Mitglieder des Felsrudels stießen alarmiert oder neugierig hinzu, und es dauerte nicht lange, bis die ersten Larva entdeckten. Die kleine, weiße Wölfin paddelte hektischer, änderte ständig ihren Kurs und setzte alles daran, irgendeine Stelle am Ufer vor jedem anderen zu erreichen. Doch je mehr Nachtwölfe sich am Teich versammelten, umso rascher schwanden die unbesetzten Bereiche. Als auch noch Saxum an den Rand des Wassers stürmte, brach Tenebraes Hoffnung zusammen.

»Umstellt ihn!«, befahl der Koloss. »Wir fangen ihn ab und finden heraus, wer oder was er ist und was er hier tut.«

Tenebrae war inzwischen mit Arcanus bei ihm angekommen. »Sollten wir diesem Geschöpf nicht lieber aus dem Weg treten?«, versuchte sie irgendetwas auszurichten. »Wir wissen nicht, wie mächtig es ist.«

»Und gerade deshalb sollten wir sicherstellen, dass es uns nicht gefährlich werden kann«, bellte Altor dazwischen. »Anstatt das Unbekannte aus Feigheit laufen zu lassen. So würde zumindest ein wahrer Anführer handeln, der für sein Rudel sorgt.«

Tenebrae hätte ihm zu gerne ins Ohr gebissen, doch dafür war jetzt nicht der Zeitpunkt. Inzwischen war das Ufer fast lückenlos mit aufgeregten Wölfen besetzt, deren Augen das geisterhafte Wesen gebannt verfolgten. Larva hatte bereits flaches Gewässer erreicht und watete unentschlossen hin und her.

Während die tiefschwarze Wölfin noch überlegte, schoss ein blauer Schatten an den gaffenden Reihen vorbei nach vorn.

»Lasst sie in Frieden! Sie ist meine Tochter!«

Mit einem Schlag herrschte Stille.

Lacrima sprang ins seichte Wasser, drehte sich um und stellte sich Saxum direkt gegenüber. »Ihr Name ist Larva, und wenn irgendjemand ihr etwas antun will, werde ich sie bis auf mein Blut verteidigen!«

»Für wie töricht hältst du uns?«, knurrte Altor. »Abgesehen von der Farbe; wenn dieses Wesen ein Nachtwolf ist, wäre er mindestens fünf Jahre alt.«

»Nein, nur einen Monat. Ich kann euch weder einen Beweis noch eine Erklärung für ihr Äußeres und ihr rasches Wachstum geben. Und ich bitte euch auch nicht darum, mir zu glauben. Nur, dass ihr sie gehen lasst.«

»Sie spricht die Wahrheit«, setzte Vertex nachdrücklich hinzu, der unterdessen neben Saxum aufgetaucht war. »Larva ist für niemanden eine Gefahr.«

Einige Momente lang hing angespanntes Schweigen in der Luft.

Abrupt sprang Larva in einem silbrigen Schleier aus Tropfen ans Ufer, an welches sie sich in der Zwischenzeit unbemerkt angenähert hatte. Ein einziger grauer Nachtwolf stand dort, der sie ungehindert vorbeilaufen ließ. Überrascht sah Tenebrae sich um und bemerkte erst jetzt, dass Arcanus nicht mehr neben ihr war.

»Haltet es auf!«, brüllte Altor und wollte lospreschen.

»Nein.« Saxums schwere Stimme krachte wie ein Felsbrocken dazwischen. »Lasst sie laufen.« Er überging Altors entgeisterten Blick und wandte sich an Lacrima. »Ob sie deine Tochter ist oder nicht, kann ich nicht beurteilen. Unabhängig davon willst du sie auf freien Füßen wissen, somit bist du dafür verantwortlich, dass sie uns nicht gefährdet. Sollte sie dennoch jemandem aus unserem Rudel schaden, werde ich sie umgehend töten und dich verstoßen. Kann ich auf deine Verlässlichkeit zählen?«

Für einen Augenblick trat Zweifel in Lacrimas Miene, den sie energisch wegwischte und standhaft Saxums Blick erwiderte.

Für den Rudelführer war die Angelegenheit damit geklärt. Gleichmütig wandte er sich ab und entfernte sich vom Ufer, wie nach und nach alle anderen Anwesenden, bis zuletzt noch drei Nachtwölfe übrig blieben. Tenebrae musste feststellen, dass Arcanus ebenfalls verschwunden war.

In der Stille trat Vertex bedächtig in den Teich zu Lacrima, die mit gesenktem Kopf dastand, und drückte sacht seine Schulter an ihre. Reglos standen sie dort im Wasser, ein Monument des Kummers und des Zusammenhalts.

Die tiefschwarze Wölfin am Rand sah ihnen unschlüssig zu, bis sie sich leise davonstahl. Hierbei war ihre Anwesenheit nicht geboten.

Seit dieser Nacht wurde Larva nicht mehr gesehen. Das Gleiche galt für Arcanus. Tenebrae sah dies mit zerrissenen Gefühlen. Einerseits war sie froh, dass Lacrima endlich die Wahrheit ausgesprochen hatte und damit auch den Druck durch die Gerüchte losgeworden war, andererseits hatte sie ihre Tochter nun offenbar endgültig verloren. Und dabei hatte sie Larva nicht einmal wirklich großgezogen, hatte ihr weder die Welt zeigen noch jagen beibringen können und darauf verzichten müssen, ihre kleinen Fehltritte sowie ihre Erfolge zu beobachten.

Warum hatte das Schicksal ihr solch ein Kind geschenkt? Ein Geschöpf, das gespenstisch schnell wuchs, kaum zwei Monate alt war und sich dennoch verhielt wie eine Erwachsene. Und das waren noch längst nicht alle ihrer unheimlichen Eigenschaften.

In ihren Gedanken wieder einmal gefangen streifte Tenebrae durch den Wald. Sein volles, vielfältiges Grün raschelte um sie herum, Farnsträucher strichen über ihr Fell. Efeuranken schwangen sich majestätische Bäume hinauf, als wollten sie mit ihnen tanzen. Und wie jedes Mal hatte sie das Gefühl, durch die Erde unter ihr würde reine Energie pulsieren. Wie anders dieser Ort war, wie prächtig. Ob sie hier eine neue Heimat gefunden hatten?

Wehmütig dachte sie an ihre alte zurück, stellte sich die halbverbrannten Bäume und Sträucher vor, die Asche, die den Boden einstaubte. Und vielleicht frische Fruchtbarkeit brachte, auf dass etwas Neues, Stärkeres daraus sprießen konnte.

Das Felsrudel würde wohl niemals in diesen Wald zurückkehren können. Er würde die Heimat anderer Bewohner werden, sowie ein anderer Ort die heimatlosen Nachtwölfe aufnehmen würde. Könnte dieser Ort genau hier sein?

Leise Laute unterbrachen ihre Überlegungen. Sie spitzte die Ohren. Es waren aufgeregte Rufe von Westen, die sich rasch näherten.

»Mischwesen! Sie kommen!«

Das war Cinis' Stimme. Sofort stürzte Tenebrae den Schreien

entgegen. Knapp vor ihr erreichten Arista und Carex den Welpen, der keuchend innehielt.

»Sie kommen von überall. Wir müssen uns beeilen!«

»Und du hast sie tatsächlich gesehen?«, konnte sich Tenebrae nicht zügeln, nachzuhaken.

»Natürlich. Wir dürfen keine Zeit verlieren!«

»Fliehen wir nach Osten«, entschied Carex und stieß ein drängendes Heulen aus, bevor er sich umdrehte und mit den anderen in diese Richtung losrannte.

»Ich hole Ignis, sie spielt noch mit den Brüdern«, verkündete Arista und verließ sie.

Unbehelligt liefen die beiden Geschwister durch den Wald und passten sich dem langsamen Lauf des Welpen an, der mit seinen vier Jahren inzwischen halb so groß war wie eine Erwachsene und nur noch mit Mühe zu tragen war. Um sie herum blieb es friedlich. Tenebrae zweifelte daran, ob die Mischwesen wirklich von überall angreifen würden und nicht eher aus einer bestimmten Richtung, womöglich jene, in die sie gerade rasten. Angestrengt überlegte sie, ob es der richtige Zeitpunkt war, Cinis' heimliche Freundschaft anzusprechen.

Ein Aufjaulen beendete ihre Gedanken. Wenige Schritte später entdeckten sie Nubes, der panisch versuchte, sich aus dem Griff eines Igeldachses zu befreien. Die beiden Geschwister stürzten sich auf das Mischwesen, bis es floh. Noch einmal heulten sie und rannten weiter. Erschrockenes Bellen und Knurren in ihrer Umgebung verdeutlichte den Ernst der Lage.

Wie lange lauerten ihre Feinde ihnen schon auf? Tenebrae verfluchte ihrer aller Sehnsucht nach Frieden. Jene hatte die unsichtbare, doch keinesfalls gebannte Gefahr aus ihren Köpfen verdrängt.

Aber vielleicht hatte ihnen Cinis' Warnung den nötigen Vorsprung verschafft. Cataracta und Rivus schlossen sich der kleinen Gruppe an, weitere Rudelmitglieder rannten in der Ferne durch die Sträucher. Tenebrae jagte zielstrebig vorwärts, während sich die Energie dieses wundersamen Ortes ihren Sinnen entzog wie das Erwachen aus einem phantastischen Traum.

Schrill jaulte Cataracta auf, als ein geflügeltes Wiesel seine Eulenkrallen in ihre Schulter grub. Weitere fliegende Mischwesen attackierten die Gruppe von oben. Die Nachtwölfe konnten sie zwar leicht abschütteln, doch der Vorfall drosselte ihr Tempo. Von hinten nahten größere Angreifer heran, stürmten zwischen ihnen hindurch und trieben sie auseinander. Eines wollte sich auf Cinis stürzen. Carex bemerkte es rechtzeitig, fuhr herum und verteidigte seine Tochter erbittert. Tenebrae wollte ihm zu Hilfe eilen, doch ein Hasenwolf schnitt ihr den Weg ab. Sie raste weiter, um seinem Angriff zu entgehen, und versuchte zugleich panisch das Geschehen hinter sich im Blick zu behalten. Rasch verlor sie die anderen aus den Augen, zu dicht wetzte das Mischwesen ihr nach und scheuchte sie vor sich her.

Weiter vorn entdeckte sie ihren Bruder Altor, der mit einem seiner Welpen im Maul von einem Keiler auf Luchsbeinen verfolgt wurde. Jener trieb ihn auf den Fluss zu, der vom Teich aus nach Südosten floss, und jagte ihn an dessen Ufer entlang. Immer wieder rammte das Mischwesen ihm seine Hauer in die Flanke, sprang ihn schließlich an und schlug die Krallen in seinen Rücken. Altor presste ein Knurren hervor und versuchte verbissen, die Schmerzen zu ertragen und weiterzulaufen. Mit seinem Kind zwischen den Kiefern, Clementia, wie Tenebrae nun erkannte, konnte er sich nicht wehren.

Sie beschleunigte, um ihm zur Seite zu eilen, aber ihr eigener Verfolger hetzte dazwischen und drängte sie weg. Wutentbrannt sprang sie ihn an. Sie musste ihre Familie retten!

Während sie mit dem Hasenwolf rang, nahm sie wahr, wie Altor stockte und seine Tochter absetzte, um seinem Gegner gegenüberzutreten. Doch ehe er angreifen konnte, rammte der Luchskeiler ihn beiseite und packte den Welpen selbst.

»Ergib dich«, hörte Tenebrae das Mischwesen zischen. »Oder sie wird ...«

Wild knurrend sprang Altor den Keiler an, der rückwärts ans Ufer stolperte, und verbiss sich in seinem Hals. Das Mischwesen warf den Kopf zur Seite, kreischte auf – und schleuderte den Welpen in den Fluss.

»Clementia!«, jaulte ihr Vater, ließ vom Keiler ab, der taumelte und ins Wasser stürzte, und preschte ihr dicht am Ufer nach.

Tenebrae wollte hinterher eilen, schaffte es aber noch immer nicht, den Hasenwolf abzuwehren. Ständig sprang er um sie herum und attackierte sie von allen Seiten, bis ihr Körper vor Bissen brannte.

Lautes Knurren hinter ihnen ließ das Mischwesen innehalten. Angesichts der vier herannahenden Nachtwölfe ergriff es die Flucht.

»Ist es schlimm?«, erkundigte sich Carex besorgt, als er, bis auf ein paar Kratzer unversehrt, mit den anderen dreien und seiner Tochter bei ihr ankam.

Das tiefe Heulen Saxums unterbrach sie. Es kam aus östlicher Richtung und forderte jeden auf, sich bei ihm zu versammeln.

»Es ist ertragbar. Zunächst müssen wir es heil zu unserem Rudel schaffen.«

Die Gruppe rannte dem Ruf entgegen, der ein zweites Mal erschallte. Ohne Zwischenfälle erreichten sie die versammelten Nachtwölfe, von denen sich bereits die Hälfte eingefunden hatte. Zähnefletschend starrten sie eine Schar Mischwesen an, die vor ihnen mit grimmigem Ausdruck auf und ab liefen, aber keinerlei Anstalten machten, sie anzufallen.

Tenebrae und ihre Begleiter stellten sich zu ihrem Rudel. Hier, vereint und geschlossen, boten sie weniger Angriffsfläche. Immer mehr Nachtwölfe wie auch Mischwesen stießen hinzu, knurrend und fauchend, doch ohne Übergriffe.

»Wo sind Altor und meine Tochter?!«, schrie Ira durch die Menge. »Hat sie jemand gesehen?«

»Ich«, rief Tenebrae und drang zu der Wölfin vor. »Allerdings unter schlechten Umständen: Ein Mischwesen warf Clementia in den Fluss, Altor rannte ihr nach. Mehr weiß ich nicht.«

Ira jaulte zornig auf und giftete jedes Mischwesen in ihrer Nähe an, während sie ungeduldig und besorgt auf die Rückkehr ihres Gatten wartete.

Cicatrix fand indes Gefallen daran, die vielgestaltigen Kreaturen um sie herum zu necken. »Wie niedlich, deine Flügelchen, tragen die deinen fetten Körper überhaupt?«, meinte er zu einem Dachs mit Spatzenfedern, und: »Sag mal, wachsen dir da Äste aus dem Kopf?«, zu einem Fuchs mit Hirschgeweih.

Inzwischen waren fast alle Nachtwölfe versammelt. Nur Altor, Arcanus und Larva fehlten.

Auch die Mischwesen schienen vollzählig, da kein weiteres mehr zu ihnen stieß. Noch immer standen sie den Nachtwölfen gegenüber, funkelten sie frustriert an und rührten sich nicht.

»Warum versuchen sie nicht, uns anzugreifen?«, wisperte

Nubes.

»Schaut sie euch an«, raunte Raphanus. »Es sind zu wenige.«

Es stimmte. Zwar waren es insgesamt mehr Mischwesen als Nachtwölfe, allerdings deutlich weniger als noch vor dem Felssturz. Tenebrae ließ die kleineren, die ihnen kaum gefährlich werden konnten, außer Acht und schätzte die größeren auf ungefähr fünf Dutzend. Gegenüber dreieinhalb Dutzend Nachtwölfen waren das vermutlich genug für einen Sieg, jedoch nicht ohne erhebliche Verluste.

Wenig später sprang Ira winselnd auf und drängte nach vorn. Tenebrae reckte den Hals und entdeckte Altor, der auf sie zu trottete, mit hängendem Kopf, ohne Welpen. Flüchtig sah er seiner Gefährtin in die Augen. Dann wandte er sich wieder ab.

Ira kreischte auf vor Wut und Trauer, beschimpfte ihre Feinde mit den hässlichsten Begriffen und konnte nur von den Nachtwölfen um sie herum davon abgehalten werden, die vielgestaltigen Kreaturen anzufallen. Schließlich gab sie auf und drückte ihren verbliebenen Sohn Alacritas fest an ihre Beine.

Etliche Mischwesen wirkten unerwartet betroffen. Sie hielten Altor nicht auf, als er zwischen ihnen hindurch zurück zu seinem Rudel sprang; einer mehr machte keinen Unterschied. Tenebrae erwartete, er würde sich an seine Gefährtin schmiegen und ihr Trost spenden. Stattdessen stand er starr neben ihr und vermied jedweden Kontakt.

»Ergebt euch, wenn ihr nicht noch mehr verlieren wollt!«, keifte der Luchskeiler und stieß den Kopf in Lapis' Richtung vor, die sich von den Scheinangriffen nicht im Geringsten beeindrucken ließ.

»Und wie willst du uns dazu zwingen?«, gab sie kühl zurück.

»Reize uns lieber nicht, oder es wird einen Haufen Verletzte geben« knurrte ein äußerst bunt gemischtes Bärenwesen, dessen Stimme Tenebrae bekannt vorkam.

»Fragt sich, auf welcher Seite«, grollte Saxum.

Einige Zeit noch standen sich beide Gruppen gegenüber und warfen sich Drohungen an die Köpfe, bis sich die Mischwesen eine neue Taktik überlegten. Allmählich verteilten sie sich um die Nachtwölfe und versuchten, sie einzukreisen. Die Leitwölfe bemerkten es rechtzeitig und gaben den Befehl zum Weitergehen. Würden ihre Feinde ihnen folgen? Ein paar sprangen vor.

»Bleibt hier«, hielt sie die feste Stimme des Bärenwesens zurück.

»Wir sollen sie entkommen lassen?«

»Sie werden uns niemals entkommen. Aber zunächst brauchen wir einen neuen Plan.« Lauter fügte es hinzu: »Flieht nur, ihr feigen Hunde! Kein Ort dieser Welt wird euch schützen.«

Tenebrae erschauderte. Es klang furchtbar wahr. Doch für diesen Moment waren sie davongekommen. Blieb die Frage, wie sie mit der neuen Lage umgingen. Die Leitwölfe führten sie unbeirrt vorwärts, die Geruchsspur würde ihren Verfolgern bereitwillig den Weg zeigen. Wie lange würden die Mischwesen zögern, bis sie erneut angriffen? Wie viele Mitglieder würde das Rudel noch verlieren?

Einige Zeit lang hatten sie Ruhe, einfach war es jedoch nicht. Sie trauten sich kaum zu jagen und litten Hunger. Ihr Schlaf war unruhig, obwohl genug Wölfe Wache hielten. Arcanus und Larva blieben verschwunden. Tenebrae hatte Angst um sie, doch sie musste darauf vertrauen, dass er für sie beide sorgte und wieder zu ihnen stoßen würde.

Am vierten Abend kamen hinter den Bäumen die Mauern der Stadt in Sicht. Tenebrae wusste, dass sie die nächstgelegene größere Siedlung von ihrem einstigen Dorf aus war, ein Handelspartner und zentraler Punkt für Gerichtsverhandlungen. Gesehen hatte die Wölfin sie noch nie. Im goldroten Schein der untergehenden Sonne leuchtete sie, als würde sie im Inneren in Flammen stehen.

Schlagartig hielt Saxum an. »Kein Ort wird uns schützen. Das werden wir sehen ...«

»Was faselst du?«, fragte Genista.

Der Anführer des Felsrudels senkte die Stimme. »Wir werden den Mischwesen nicht entkommen können. Unsere Fährte hält sie auf dem richtigen Weg. Vielleicht aber ...«

»Könnten wir es wie auf unserer ersten Flucht durch den Fluss versuchen?«, schlug Raphanus vor. »Die Reiße fließt auch an der Stadt vorbei. Wir sollten bald auf sie treffen.«

»Damals war die Witterung anders. Das Vorankommen für die Mischwesen war schwerer, die Kälte hat ihre Nasen betäubt, der Schnee unsere Spuren bedeckt. Nun bräuchten sie bloß beide Ufer nach unserer Fährte abzusuchen, wo wir wieder herausgekommen sind.« Saxum dachte angestrengt nach. »Was aber, wenn sich der Fluss teilt ... Ich bin mir sicher, sein Wasser wird für den Graben der Stadt genutzt. In diesen Graben werden wir waten. Wenn wir Glück haben, vermuten sie, wir wären dem Lauf des Flusses gefolgt. Was sollten wir schon im Graben wollen.«

»Und was wollen wir dort?«, fragte die Anführerin des Ginsterrudels ungeduldig.

»Einen Weg in die Stadt«, antwortete Saxum knapp.

Alle Ohren stellten sich entgeistert auf.

»Wozu, du Tor?«, keifte Genista. »Dort sind wir nichts als zerlumpte Bauern!«

»Dort sind wir vor allem sicher. Die Mischwesen können uns nicht angreifen. Im besten Fall verlieren sie unsere Spur und suchen uns irgendwo weit weg. Sobald wir uns dessen sicher sein können, verlassen wir die Siedlung und gehen unserem ursprünglichen Vorhaben nach.«

»Und wie sollen wir bis dahin überleben?«, fragte ein Ginsterwolf.

»Die Stadt ist nicht die Hölle, nur eine Herausforderung. Wir sollten dort für eine Weile Arbeit finden. Es wird Felder außerhalb geben. Kleine Gruppen können sich wegschleichen und jagen. Es ist nicht leicht, aber machbar.«

Beide Rudel schwiegen unsicher.

»Ist das klug?«, raunte Lapis.

»Ich weiß es nicht. Aber weiterzugehen mit den Mischwesen im Nacken und auf ihren nächsten Angriff zu warten, ist es mit Sicherheit nicht. Hinzu kommt das Verlangen unserer menschlichen Seite. Ihr spürt es gewiss ebenso drängend wie ich. Eine unwillkürliche Verwandlung während der Flucht wäre fatal. Es spricht viel für die Stadt.«

Nachdenkliches Gemurmel.

»Wie gelangen wir zum Tor, ohne den Turmwächtern aufzufallen?«, fragte Raphanus.

»Wir gehen im Schutz der Dunkelheit in den Graben. So werden uns die Wachen auf der Mauer nicht sehen. Unterhalb eines der Tore verwandeln wir uns und klettern das Ufer hinauf. Sie sind bei Nacht geschlossen, also werden wir davor lagern und warten, bis es geöffnet wird.«

Raphanus sah sich um. »Wir sollten uns rasch entscheiden, wenn wir wollen, dass die Mischwesen uns nicht dabei beobachten.«

Saxum sah zu Lapis, die mit ernstem, aber festen Blick nickte. Genistas grimmigen Ausdruck überging er und stapfte demonstrativ weiter.

Beide Rudel folgten ihm, inzwischen zu einem einzigen zusammengewachsen; mit zwei Anführern, wohlgemerkt. Gemeinsam trabten sie dahin, während die Nacht aufzog. Bald erreichten sie den Waldrand und ließen ihn hinter sich. Mond und Sterne waren hinter Wolken verborgen, nur die Mauern der Stadt füllten den Himmel.

Die Finsternis schützte sie vor den Blicken der Gestalten hinter den Zinnen. Sie schlichen auf die Reiße zu, die an dieser Stelle eine Kurve beschrieb und an der Westseite der Stadt entlang nach Süden weiterfloss. Unbemerkt glitten sie ins Wasser, wateten weiter und bogen in den Graben ein, der die Festung umgab. Sein strenger Geruch stach ihnen in die Nase, das dreckige Wasser kroch ihr Fell hinauf. Hier war der Unrat der Siedlung gesammelt. Gedämpftes Fackellicht von den Türmen drang zu ihnen hinab, nichts regte sich sonst.

Endlich erklommen sie das Ufer auf der Ostseite der Stadt, schüttelten die widerliche Nässe von sich und wechselten die Gestalt. Während sie sich vor dem geschlossenen Tor niederließen, wanderte Tenebraes Blick aufmerksam umher, um auch ihre neueren Bekannten in den menschlichen Körpern wiedererkennen zu können.

»Was sagen wir den Wächtern, sobald sie die Tore öffnen?«, wollte Raphanus von Saxum wissen.

»Dass wir Reisende auf der Suche nach einer neuen Heimat sind«, antwortete der stämmige Mann mit der üppigen schwarzen Behaarung im Gesicht. »Wir flüchteten aus verschiedenen Siedlungen im Osten vor der Pest und trafen unterwegs aufeinander.

Nun waren wir lange genug unterwegs, um sichergehen zu können, ...«

»... dass wir keine Reste der Seuche in uns tragen.«
Die beiden Wachen musterten die Gruppe skeptisch, die da vor ihnen im matten Morgenlicht stand. »Und ihr wollt euch alle hier, in Dreyfeld, niederlassen?«
»Wenn ihr uns aufnehmt, werden wir unsere Kräfte nutzen, um der Stadt zu dienen. Die meisten von uns sind Bauern, sind aber auch bereit, ein neues Handwerk zu erlernen.«
»Nun gut, ihr dürft eintreten. Wir haben ebenfalls einige Bewohner an die Pest verloren. Vor allem das Nordostviertel steht dadurch leer. Dort könnt ihr euch niederlassen. Zuvor jedoch muss jeder von euch diese Kugel in die Hand nehmen. Wir haben die Anweisung, alle Durchgehenden zu testen.«
Tenebrae horchte auf. Was für ein Test? Von ihrem Platz inmitten der Menge sah sie nicht viel. Nur, dass nacheinander jeder Nachtwolf nach kurzem Warten durch das Tor trat. Als sie an der Reihe war, legte ihr einer der Wächter eine silberne Kugel in die Hand. Sie hielt sie kurz, nichts geschah. Dann gab sie ihm das Objekt zurück und durfte passieren.
Sie erinnerte sich an die Sagen der Werwölfe und daran, wie man sie tötete: mit Silber. Offenbar glaubte man, allein die Berührung des Metalls würde ihnen Schmerz zufügen. Zum Glück für die Nachtwölfe galt das nicht für sie, wenn überhaupt etwas an dem Mythos dran war.
Hinter den Toren schlug ihnen ein übler Geruch entgegen, nur geringfügig schwächer als der des Grabens. Die breiten Straßen waren aufgewühlt und dreckig. Wehmütig dachte Tenebrae an den wundersamen Wald zurück.
Eng aneinandergedrängt schlichen die Nachtwölfe durch die Gassen. Menschenmengen teilten sich vor ihnen, manche beäugten sie argwöhnisch, die meisten jedoch gingen stumpf ihren Geschäften nach. Gelegentlich rumpelte ein Karren vorüber, ein Bauer trieb seine Schweine über die Straße. Tenebrae entdeckte einen Bettler am Straßenrand. Würden sie ein besseres Schicksal finden?
Sie erreichten das Nordostviertel. Ein grabesstiller Stadtteil aus

verschlammten Gassen voller Ratten und verlassenen Häusern, bei denen an einigen Fenstern die vorgehangenen Tierfelle fehlten. Der Wind heulte leise durch die Löcher, manch eine Tür klapperte. Erbärmlicher hätte der Anblick kaum sein können. Doch verglichen mit ihren übrigen Möglichkeiten konnten sie sich glücklich schätzen. Die Spuren der Pest sollten ihnen nichts mehr anhaben. Der tierische Anteil der Nachtwölfe machte sie gegenüber vielen Krankheiten der Menschen widerstandsfähig. Das Rudel teilte sich auf und erkundete die Behausungen. Keine Tür war verschlossen, Vorräte fanden sich hingegen kaum, ebenso wenig Decken und Geschirr. Manche der Wohnungen wirkten so ausgeräumt, als ob die Bewohner nicht einfach verstorben, sondern weggezogen wären. Zudem entdeckten sie Werkstätten, in denen offenbar mit Holz gearbeitet worden war, wo aber nahezu keine Werkzeuge zu finden waren. Die verhängnisvolle Krankheit hatte anscheinend das Viertel der Tischler getroffen.

Zwischen den Häusern fanden sie außerdem einen Stall, in dem noch der warme, schwere Geruch von Schafen hing. Nun tummelten sich lediglich Katzen im Stroh.

Tenebrae belegte eine Wohnung zusammen mit Lacrima und Vertex. Während sie in den vorgefundenen Betten Schlaf zu finden versuchten, kreisten ein rauchgrauer und ein nebelweißer Wolf durch den Geist der schwarzhaarigen Frau und wollten ihn nicht verlassen. Waren Arcanus und Larva den Mischwesen entkommen? Aber wenn ja, wo waren sie jetzt? Die Sorge um den Nebelwolf ließ sie nicht los und begleitete sie durch ihre wirren Träume.

26
In der engen Weite der Stadt

Ihr Aufenthalt in Dreyfeld wurde tatsächlich nicht so schlimm wie befürchtet. Zunächst hielten sie sich ausschließlich innerhalb der Mauern auf, um den Mischwesen keine Chance zu bieten, sie aufzuspüren. Nach wenigen Tagen trauten sie sich in kleinen Gruppen hinaus und gingen im Wald auf Beutesuche, ohne Zwischenfälle. Von da an verließen einmal täglich ein paar Nachtwölfe die Stadt.

Der erste Tag draußen war für Tenebrae eine reine Wohltat, obgleich sie sich aus Sorge vor den Mischwesen nicht gänzlich auf die Jagd ausrichten konnte. Umso mehr schockte sie das plötzliche Heulen Altors, das in einiger Entfernung hallte.

»Lass ihn«, meinte Carex. »Er hatte noch keine Gelegenheit, um Clementia zu trauern. Ihm steht es zu, den Klagegesang nachzuholen.«

»Aber nicht, wenn er dadurch die Mischwesen anlockt«, warf seine Schwester ernst ein.

»Die sind längst weit weg, und selbst wenn sie es hören, so schnell können sie es sicher nicht orten und auf unsere Spur kommen. Er hat seine Tochter verloren, Tenebrae. Du kannst ihm nicht verübeln, für sie zu singen.«

Sie spürte Schuldgefühle in sich aufsteigen und stimmte ihm zu, tat sich allerdings schwer damit, es gutzuheißen.

Wer gerade nicht jagte und trotzdem hungerte, suchte bewohnte Stadtteile auf, um sich dort umzuhören und Menschen zu finden, denen man seine Hilfe für eine milde Gegenleistung anbieten konnte. Manche von ihnen waren überraschend großzügig. Es war zwar nicht viel, doch eine kleine Mahlzeit oder ein paar Münzen reichten aus, um den größten Hunger zu stillen.

Auch Tenebrae, Lacrima und Vertex waren auf der Suche und hatten nach mehreren Misserfolgen Glück. Sie fanden einen

Schmied namens Tristram, der nach dem Tod seiner Frau mit seiner letzten, noch unverheirateten Tochter Nethe allein lebte. Er willigte ein, dass die beiden Schwestern für ihn regelmäßig die Hausarbeiten verrichteten, Besorgungen vom Markt erledigten und dass Vertex ihm in der Schmiede zur Hand ging. Zusätzlich versprachen sie ihm, des Nachts mit einer speziellen Fangmethode – Auflauern und Verschlingen – die Mäuseplage in Schach zu halten sowie das Haus vor streunenden Hunden zu schützen.

Heute hatte Tenebrae Wasser aus dem Brunnen vom Marktplatz zu holen. Für gewöhnlich keine schwere Aufgabe, hätte es nicht über Nacht geregnet. Nun versank sie bis zu den Knöcheln im aufgeweichten Schlamm, der an ihren Füßen saugte. Wie sie den Weg zurück mit einem vollen Eimer meistern sollte, ohne auszurutschen ... daran dachte sie jetzt einfach nicht.

Nach einem Weg, der ihrer Reise durch Eis und Schnee gleichkam, erreichte sie endlich den Brunnen und bediente sich. Gerade war sie dabei, den Eimer hochzuziehen, als sie die Anwesenheit eines Nachtwolfs spürte. Sie blickte sich um und entdeckte eine dunkelhaarige, unbekannte Frau hinter sich, wahrscheinlich vom Ginsterrudel. Ihre Blicke kreuzten sich. Tenebrae hätte eine neutrale Kenntnisnahme, vielleicht ein freundliches Lächeln erwartet. Stattdessen las sie erst Schock, dann tiefste Abscheu. Energisch wirbelte die andere herum.

»Warte!«, rief Tenebrae ihr nach. »Wer bist ...«

»Lass mich in Frieden, ich bin keine von euch!«, zischte sie und hastete erhobenen Hauptes davon.

Tenebrae wollte ihr nachstürzen, doch der schwere Eimer zog am Seil in ihren Händen und verlangte Vorrang. Verdattert starrte sie der Fremden nach. Eine solche Reaktion passte nicht einmal zu Genista. Gehörte diese Nachtwölfin vielleicht gar nicht zu ihnen? Lebte hier ein weiteres Rudel?

Grübelnd trat sie den Rückweg an. Es nieselte unaufhörlich, der Schlamm schmatzte unter ihren Füßen. Sie senkte den Kopf, um ihre Augen vor dem Regen zu schützen.

»Verzeihung.«

Die Stimme war leise, hart und rau wie rohes Metall und schien nicht ihr zu gelten. Sie hob den Blick und wäre fast gegen einen Mann gelaufen. Kupferblondes, weiches Haar ringelte sich unter seiner Kapuze hervor, wild und zugleich gepflegt. Eine Erinnerung blitzte in ihr auf. War das derselbe Kerl, der sie damals nach ihrem ersten Gespräch mit Caedes im Dorf so ernst beobachtet hatte?

»Du gehörst zu diesen Bauern, die noch nicht lange hier sind, richtig? Ich habe euch gesehen. Ihr lauft immer wieder in den Wald. Ich möchte nicht wissen, wozu ihr das tut, aber ich muss euch warnen: Da draußen lauern miese Wesen, die jeden überfallen, der sich zu weit hinaus wagt.«

Tenebrae starrte ihn ungläubig an. Seine Augen waren von einem hellen Grünbraun, wie Lehm, durchzogen von Flechten. »Was sollen das für Kreaturen sein? Und woher weißt du von ihnen?«

»Ich habe sie beobachtet. Ihr tätet gut daran, mir zu glauben.« Flink und geschmeidig drehte er sich um und verschwand in der nächsten Gasse.

Die Nachtwölfin sah ihm verwirrt nach, dann stapfte sie weiter. Niemand verwehrte ihrem Rudel seine benötigte Zeit im Wald. Besonders nicht dieser dubiose Kerl.

Lacrima hatte Tristrams kleiner Familie Hirsebrei gekocht. Der Schmied gewährte seinen drei Helfern je eine bescheidene Portion, die sie mit am Tisch einnehmen durften.

»Wie kommt ihr mit den Mäusen voran?«, grummelte Tristram in seinen krausen Bart.

»Es werden stetig weniger«, antwortete Lacrima.

»Wie genau macht ihr das überhaupt, Liliana?«, fragte die etwa elfjährige Nethe.

»Es ist alles eine Frage der Übung«, erklärte die Nachtwölfin mit den blauschwarzen Haaren. »Wir sind geschickt und flink.«

»Warum haltet ihr keine Katzen?«, erkundigte sich Tenebrae. »Die würden sich ohne Gegenleistung um die Mäuse kümmern.«

»Welch törichte Worte kommen da aus deinem Mund! In jeder Katze lauert der Teufel, wir würden ihn geradezu in unser Haus einladen. Es ist schon schlimm genug, dass diese Werwölfe unter uns leben. Was würde mit uns geschehen, wenn wir uns mit noch mehr Dämonen umgäben?«

Tenebrae tauschte einen besorgten Blick mit Lacrima. »Werwölfe?«

»Habt ihr denn nicht die Kunde gehört? Sie durchstreifen das ganze Land, um das Geschlecht der Menschheit auszulöschen.

Von überall erreichen uns die Berichte von riesigen, pechschwarzen Bestien, die Siedlungen überfallen. Dass es Werwölfe sind, wissen wir erst seit einigen Wochen. Sie kamen aus einem Dorf weit im Westen, überfielen das nächste und nahmen sich dort die Dreistigkeit, ihr Gift unter den Menschen zu verbreiten. Erst verwandelte sich eine Frau in eine reißende Bestie, kurz danach flüchteten ein paar der Dorfbewohner in den Wald. Die Männer dort versuchten, sie ein für alle Mal auszuräuchern, doch einige konnten fliehen. Zwei Monate später ist im nächsten Dorf mit einem Mal ein Haufen Bauern verschwunden. Sie vergrößern ihr Heer und ziehen auf ihr nächstes Ziel zu: Dreyfeld!«

Die drei Nachtwölfe bemühten sich krampfhaft, entsetzt und verängstigt zu wirken.

»Die Wächter unterziehen zwar jeden einer Prüfung, doch wenn ihr mich fragt, traue ich einer kleinen Silberkugel nicht zu, eine Teufelsbestie zu enttarnen. Hütet euch vor jedem! Selbst der beste Freund könnte von ihrem Gift befallen sein.«

»Soll das heißen, sie sind bereits hier?«, fragte Vertex ernst.

»Nur der Herr allein weiß das. Aber sie könnten. Gott schütze uns.«

Das Mahl war beendet und Tenebrae bemühte sich, das Haus nicht allzu überstürzt zu verlassen. Draußen atmete sie tief die Luft ein. Selbst der Regen hatte sie nicht reinigen können, es stank so schlimm wie immer, vielleicht mehr. Wütend stapfte sie durch den Matsch, das Gewicht der Schuld klebte auf ihren Schultern wie der Schlamm an ihren Füßen. Wäre sie damals nur nicht in diese Falle getappt! Ihretwegen schwebten die Nachtwölfe in noch größerer Gefahr als früher. Warum konnten die Menschen nicht hinter die Dinge blicken? Warum ließen sie sich so spielend leicht lenken?

Tenebrae blieb stehen. Sie war bis zu dem Platz vorgedrungen, auf dem die Kirche stand. Der einzige Bereich, der etwas höher angelegt worden und dessen Boden nicht so furchtbar aufgeweicht war. Vor ihren Füßen lag ein Stein. Ein Gedanke zuckte durch ihren Geist. Flink hob sie den Brocken auf und schleuderte ihn mit aller Kraft der Wut gegen die Kirchenmauer. Er zerbrach in zwei Teile.

Keuchend starrte sie vor sich hin. Tropfen rannen ihre Haut hinab, während sie versuchte, ihre aufgewühlten Gefühle zu beruhigen.

»Gleich, wie schwer die Schuld wiegt: Es steht in unser aller Macht, die Zukunft besser zu gestalten.«

Tenebrae erstarrte. Langsam drehte sie sich um, bis sie den Mann, einen Nachtwolf, ein paar Schritte hinter sich stehen sah. »Ar... Erasmus!« Ihre Stimme quiekte und drohte zu brechen. Sie bemühte sich, sie wieder in den Griff zu bekommen. »Du ... du bist hier! Wo warst du? Wie bist du hierher gekommen?« Sie zögerte. »Und woran siehst du, dass ich mich schuldig fühle?«

Er trat etwas näher. »Ich erkenne es, wenn jemand die Last der Schuld trägt. Die Verzweiflung, die Wut auf sich selbst.« Er sah nach unten. »Die man anschließend an wehrlosen Kieseln auslässt.«

»Der war bloß das Mittel. Eigentlich wollte ich die Kirche zum Einsturz bringen.« Sie vertrieb den Anflug von Ironie, die sie zusammen mit der Erleichterung und Wiedersehensfreude überkommen hatte. Nun drängte Wut nach oben. »Doch eigentlich müsste ich *dich* gegen die Wand klatschen! Warum hast du dich so lange nicht gezeigt? Wo warst du, als die Mischwesen uns jagten?«

Arcanus sah ihr einen Moment still in die Augen. »Hast du befürchtet, ich könnte euch verlassen haben?«

Ich hatte befürchtet, du könntest mich *verlassen haben.* »Natürlich nicht. Aber während unserer Flucht kein einziges Zeichen von dir ... Ich habe mich gesorgt.«

Ein Anflug von Betroffenheit milderte seinen gefassten Gesichtsausdruck. »Verzeih, Eleyn, es war nicht meine Absicht, diesen Eindruck zu vermitteln. Es war bloß den Umständen geschuldet. Wir hielten uns weit von euch entfernt auf, wo wir nichts vom Angriff der Mischwesen bemerkten. Erst das eindringliche Heulen machte uns darauf aufmerksam.«

Tenebrae legte den Kopf schief. »Wir? Du bist mehrfach vertreten?«

»Larva war bei mir.«

»War? Wo ist sie jetzt?«

»Irgendwo in der Stadt, vermute ich.«

»Hier? Und du lässt sie allein?«

»Sie kann auf sich selbst aufpassen. Sie hat beinahe die Größe einer Erwachsenen erreicht, ihre Jagdfähigkeiten sind kaum zu verbessern. Ich habe genug Zeit mit ihr verbracht, vertrau mir. Und vor allem ihr.«

Nein. Tenebrae hielt zwar viel von seiner Meinung, aber Larva traute sie nicht. Abgesehen davon wuchs der Groll in ihr erneut, diesmal richtete er sich gegen die nebelfarbene Wölfin. Was an ihr zog Arcanus bloß so an?

»Wir folgten euch und den Mischwesen in sicherem Abstand. Als sich eure Spur im Fluss verlor, dachte ich mir, dass ihr etwas vorhattet. Mir kam die Idee, ihr könntet in der Stadt Zuflucht suchen, und hier fand ich euch.«

»Und du hast Larva mit hierher genommen? Als Mensch?«

»Sie kommt mit ihrem zweiten Körper erstaunlich gut zurecht. Ich habe sie in meinen Umhang gehüllt und mich als ihren Gemahl ausgegeben.«

Als ihren Gemahl ... Tenebrae nahm kaum wahr, wie sich ihre Fäuste ballten. Es war die einfachste Ausrede, natürlich, aber ...

»Danach quartierten wir uns ins Wirtshaus ein, das sich nahe des Südtores befindet. Mein Geld reicht dafür eine Weile aus. Die Bauern meiner ehemaligen Heimat waren frei, daher konnten wir alles, was wir nicht selbst brauchten, verkaufen.« Sein Blick verdüsterte sich. »Im Wirtshaus ist mir ein Gerücht zu Ohren gekommen. Hast du von den Werwölfen gehört?«

Tenebrae hörte ihn kaum. Mit Schwärmer im Wirtshaus, als vorgebliche Ehepartner ... Warum hatte nicht *sie* dieses Schicksal erfahren dürfen? Ihr stand es viel mehr zu als dieser Geisterwölfin!

Dann erst begriff sie seine letzten Worte, vertrieb ihre Wut und senkte beschämt den Kopf. »Das ist mein Verdienst. Ich bin die Frau, die angeblich gebissen und zur Werwölfin verflucht wurde. Es war Caedes' Falle, und ich bin direkt hineingelaufen. Damals hatte mich mein Fehler fast das Leben gekostet. Nun erst habe ich erkannt, dass davon auch alle anderen Nachtwölfe betroffen sind.«

»Hier seid ihr vorerst sicher. Die Leute vertrauen darauf, dass die Silberkugel jeden Werwolf enttarnt.«

»Menschen glauben, was sie sehen. Wie lange noch werden sie zögern, eine große Gruppe heruntergekommener, angeblich geflohener Bauern zu verdächtigen? Es ist so offensichtlich ... Und niemand kann leugnen, dass es meine Schuld ist.«

Eine kräftige Hand legte sich auf ihre Schulter, eine Welle an Empfindungen rauschte durch ihren Leib. Er berührte sie so selten. »Die Vergangenheit ist vorbei. Es nützt niemandem, sich dafür zu schämen und zu bestrafen. Alles, was du tun kannst, ist es, von nun an so zu handeln, dass dein Fehler keinen Schaden mehr nach sich zieht. Und dabei werde ich dir helfen.«

Die Begegnung mit Schwärmer hatte in Tenebrae einen neuen Willen entflammt. Sie war fest entschlossen, alles dafür zu tun, um ihr Rudel heil durch diese schwere Zeit zu bringen.

Wie zum Hohn verschwanden kurz darauf zwei Ginsterwölfe während ihres Aufenthalts im Wald. Sie hatten getrennt von ihren drei übrigen Gefährten gejagt, die ohne sie in die Stadt zurückgekehrt waren und noch immer vergeblich auf die Vermissten warteten. Hatte der kupferblonde Lockenkopf doch nicht gelogen?

Bei der Beratung des gesamten Rudels stellte sich heraus, dass mehrere diesem merkwürdigen Kerl begegnet waren und allesamt seinen Warnungen keine Beachtung geschenkt hatten. War an den Märchen tatsächlich etwas dran oder gab es einen simplen Grund? Hatten die Mischwesen sie etwa schon aufgespürt?

Es schien sicherer, sich vorerst nicht noch einmal hinaus zu trauen. Doch die Vorsicht war nicht bei allen größer als der Hunger.

Tenebrae wusste nicht, was sie von der Sache halten sollte, und dachte ständig über den kupferblonden Mann nach. Nicht nur über seine rätselhafte Warnung; sie wurde das Gefühl nicht los, ihm abgesehen von dem flüchtigen Blickkontakt im Dorf noch ein weiteres Mal begegnet zu sein. Seine metallische Stimme, die Art seiner Bewegungen, die Haare ... all das kam ihr so vertraut vor. Doch so tief sie ihr Gedächtnis auch durchforschte, keinen Menschen mit solchen Merkmalen hatte sie jemals zu Gesicht bekommen.

Während Tenebrae weiter in Richtung Marktplatz schritt, die

Geräusche all der Leute um sich herum in den Ohren, filterten ihre feinen Sinne eine einzelne Stimme heraus, die anders klang: ernst und gedämpft, als habe sie etwas zu verbergen.

»Laureyn, ich muss mit dir reden.«

Sie hielt inne, schlich zur nächsten Ecke und spähte in eine Nebengasse. Dort entdeckte sie einen großen, hageren Mann mit rotbraunen Haaren, der auf einen anderen zuschritt, welcher ihn mit grimmiger Miene erwartete.

Überrascht erkannte Tenebrae den Kupfergoldschopf wieder. Laureyn also. Zu gern hätte sie das Gespräch belauscht, doch die beiden entfernten sich weiter die Gasse hinab, und sie sah keine Möglichkeit, ihnen unauffällig zu folgen. Während sie ihnen nachsah, den erhabenen Gang des hochgewachsenen Mannes verfolgte, beschlich sie das Gefühl, auch ihm schon einmal begegnet zu sein.

Sie schüttelte den Kopf, ging weiter zum Markt und versuchte sich darauf zu konzentrieren, Tristrams Wünsche zusammenzustellen.

Sie hatte ohnehin Mühe, sich an alles zu erinnern, da lenkte eine plötzlich in ihrem Blickfeld auftauchende Frau sie ab. Es war die seltsame Nachtwölfin von neulich, die gerade in eine schmale Gasse einbog. Tenebrae ergriff die Gelegenheit und folgte ihr.

Außer Hörweite aller anderen wollte sie die Frau ansprechen, als jene herumfuhr und ihr zuvorkam. »Verschwinde, Biest! Ich habe nichts mehr mit euch zu tun.«

»Beruhige dich, ich will bloß mit dir reden.«

»Spar dir die Mühe, ich kehre nie zu dir und deinesgleichen zurück. Ich bin kein Mörder!«

»Schön, da sind wir schon zwei.« Sie trat einen Schritt näher. »Lebst du ganz allein hier? Wo ist dein Rudel?«

»Ich rotte mich nicht mit anderen Bestien zusammen.«

»Wie du meinst. Hör zu, wenn du es so möchtest, können wir uns gerne aus dem Weg gehen. Ich bitte dich nur, uns nicht zu verraten.«

»Euch würde es nur Recht geschehen, enttarnt zu werden. Eurem giftigen Blut habe ich dieses furchtbare Leben zu verdanken. Ständig flüstert mir meine dunkle Seite zu, mich zu verwandeln, und um dem Drang nicht zu verfallen, muss ich mich regelmäßig aus der Stadt schleichen und draußen zum Biest werden, das durch den Wald hetzt und wahllos Tiere überfällt.«

»Dein wölfischer Teil verlangt seine Befriedigung, das ist normal, und würdest du dem öfter nachgehen, hättest du dich besser im Griff. Ich kann dir ...«

»Salomea! Bedrängt dieses Weib dich etwa?« Ein Jüngling kam herbeigerannt, zog die junge Frau an der Hand davon und warf Tenebrae einen finsteren Blick zu. Jene konnte ihnen bloß ratlos nachsehen. Was war nur mit dieser Nachtwölfin geschehen?

Kopfschüttelnd besorgte sie die restlichen Dinge vom Markt und lief anschließend zurück, um sie Tristram zu bringen. Als sie auf sein Haus zulief, zuckte eine helle Gestalt durch den Rand ihres Blickfelds wie ein Geist. Tenebrae erstarrte und fuhr herum. An der gegenüberliegenden Hauswand lehnte ein Mädchen, etwa vierzehn Jahre alt, den zarten Körper in einen viel zu weiten Umhang gehüllt, die Arme verschränkt. Ihre Haut war so blass wie mit Kreide bemalt, die weichen, gelockten Haare so hell, dass sie wie ein Heiligenschein um ihren Kopf schwebten. Tenebrae hätte überlegt, ob sie ein Gespenst vor sich hatte, wäre die junge Frau keine Nachtwölfin gewesen.

Eilig trat sie auf das weiße Geschöpf zu.»Larva, was bei Nomera treibst du hier? Es ist zu gefährlich für dich in aller Öffentlichkeit. Komm mit mir zu deinen Eltern oder bleib wenigstens bei Erasmus!«

Die rötlichen Augen des Mädchens starrten sie unverwandt an, keine Wimper zuckte. Ihr Blick war so durchdringend, dass Tenebrae kurz davor war, den Kontakt abzubrechen.

»Eleyn, hier bin ich!«

Entsetzt fuhr die Benannte herum und sah Nethe fröhlich winkend auf sich zu laufen.»Komm, ich helfe dir, die Sachen hereinzutragen. Oh, wer ist das denn?«

»Das? Das ist ... meine Nichte ... Alba. Sie ist stumm.«

»Oh, das tut mir leid. Kann ich etwas für dich tun, Alba?«

Larva reagierte nicht.

»Taubstumm«, fügte Tenebrae hinzu.»Aber sorge dich nicht, sie kommt zurecht.«

»Wie schön. Aber wenn sie etwas braucht, können wir ihr jederzeit helfen. Nun lass uns das alles erst einmal zu Vater bringen. Er wartet.« Nethe schleifte Tenebrae mit sich. Gruselte sich dieses Mädchen denn keine Spur vor Larva? Als die Wölfin Tristrams Haus wieder verließ, war die Weiße verschwunden.

Kopfschüttelnd stapfte Tenebrae im Abendlicht die Straße entlang. Bevor sie in ihre eigene Behausung zurückkehrte, suchte sie den Stall auf. Sie wollte nach den Katzen sehen. Der Hass der Menschen hatte sich längst auf sie ausgebreitet, in der ganzen Stadt hatte sie erlebt, wie die Bewohner sie verjagten oder töteten. Hier war einer der wenigen Zufluchtsorte für die Spitzohren. Doch wie lange noch? Wann würden die Menschen beginnen, sie gezielt aus ihrem Leben zu verbannen? Wenn es den Katzen nicht gelang, unbemerkt durch eines der Tore zu schlüpfen, waren sie dem Urteil der Stadtbewohner ausgeliefert.

Tenebrae ließ sich im Stroh nieder, atmete den beruhigenden Schafsduft ein und schaute auf die Katzen hinab, die allesamt verschreckt und unterernährt wirkten. Sie stellte sich vor, wie gemütlich es hier gewesen sein musste, als sich die wolligen Tiere regelmäßig aneinandergeschmiegt hatten. Was war wohl mit ihnen geschehen, als ihr Hirte der Pest zum Opfer fiel? Die Bilder der weißen, weichen Körper brachten Trauer und Trost zugleich. Sie schloss die Augen, um sie wirken zu lassen.

27
Gewichtig wie Eisen

Ein weiterer Ginsterwolf war während der Suche seiner vermiss-
ten Kameraden verschwunden. Es war wohl nur der geringeren
Menge des Felsrudels zu verdanken, dass dieses mysteriöse
Schicksal noch keinen von ihnen getroffen hatte.

Die Nachtwölfe waren ratlos. Keine Erkenntnisse, keine
Beschlüsse, weiterhin war es jedem selbst überlassen, ob er sich
der Gefahr stellte. Tenebrae wollte dem nicht mehr tatenlos
zusehen und mit jemandem, dem sie mehr Scharfsinn und Einfallsreichtum zutraute, gesondert darüber reden. Arcanus schien
ihr der Richtige dafür. Ob sie lediglich nach einem Grund suchte,
sich mit ihm zu treffen? Vielleicht. Aber ihr Ziel war die Sicherheit des Rudels, und jene rechtfertigte jeden Versuch.

An die Wand des Wirtshauses gelehnt, neben dem Grillspieß,
der über einer mit Steinen ausgelegten Feuerstelle stand, wartete
die schwarzhaarige Frau auf Schwärmers Erscheinen. Auf der
Straße vor ihr, nicht weit vom südlichen Tor, waren nur wenige
Menschen unterwegs, gelegentlich auch ein Nachtwolf. Tenebrae
beobachtete sie diskret. Sie wusste, dass ein paar von ihnen auf
Gelegenheiten zum Diebstahl lauerten. Ein riskantes Unter-
fangen, doch sie musste zugeben, manche waren geschickt darin.
Immerhin nahmen sie die Bedrohung im Wald ernst, und gütige
Leute, die Hilfe für eine Gegenleistung annahmen, waren rar. So
ging es in einer Welt zu, in der ein Teil so weit von dem Wohl-
ergehen eines anderen entfernt war.

»Was wollt ihr von mir?«

Tenebrae erstarrte, als sie die leise, latent drohende Stimme
erkannte: Laureyn. Bedachtsam schlich sie nach rechts an der
Wand entlang bis an die Kante zum Hof, der sich zwischen dem
Gasthaus und den Ställen bildete, und lauschte. Einen Blick auf
das Geschehen zu werfen, wagte sie nicht.

»Uns ist aufgefallen, dass du in letzter Zeit ... nun, seltsamen Tätigkeiten nachgehst.«

Diese Stimme war ihr unbekannt, und eine zweite setzte fort: »Es scheint fast, als verfolgst du deine eigenen Ziele und verrätst dabei die unseren.«

»Was sollte falsch daran sein, dass ich hier bin?«, antwortete Laureyn. »Ich beobachte sie.«

»Obwohl dich niemand dazu aufforderte.«

»Tust du das wirklich für uns, Stummel?«, fügte eine weitere Stimme hinzu. »Dein Alleingang gefällt unserem Anführer nicht.«

»Und ihr habt es ihm berichtet, um euch bei ihm beliebt zu machen? Brave Anhänger seid ihr.« Laureyn klang verärgert. »Dann lauft und sagt ihm, dass euer Verdacht unbegründet ist. Ich war und bin immer treu ergeben.«

»Fragt sich nur, zu wem.«

»Bist du sicher, du weißt, wohin du gehörst, Gewöllekotzer?«

»Beschuldigt ihr mich des Verrats? Ich tue alles für unser Wohlergehen.« Laureyn senkte die Stimme. »Ich warne euch: Ihr werdet gewaltige Probleme bekommen, solltet ihr einen Kämpfer umbringen.«

»Es ist auch nicht unsere Aufgabe, dich zu töten. Jedenfalls nicht direkt.«

Gespannte Stille folgte.

Dann zischte einer der Fremden: »Lass dir das eine Lehre sein.«

Gedämpfte Schreie, nicht weniger wild.

Tenebrae stürzte hinter der Hauswand hervor. Ein Knäuel aus erbittert ringenden Männern wälzte sich am Boden. Ehe sie reagieren konnte, sprangen die drei Angreifer auf und stürmten an ihr vorbei.

Laureyn lag zusammengekrümmt im Staub. Ohne nachzu-denken, rannte sie los und kniete sich zu ihm. Er keuchte schwer, der geschundene Körper verkrampft, übersät von Kratzern und ... Bissspuren?

Eine Frau trat neben sie. »Es sieht nicht lebensbedrohlich aus, bis auf diese.« Sie deutete auf eine große Wunde am Oberarm. »Die sollte verbunden werden.«

»Kannst du alles Nötige dazu besorgen?«

»Selbstverständlich, ich bin Hebamme. Es dauert nicht lange.«
Sie verschwand.

Tenebraes Blick fuhr verwundert über die Verletzungen. Die Männer hatten keinerlei Waffen getragen, und dennoch quoll Blut aus Laureyns Kleidung hervor. Obwohl sie nicht zerrissen schien.

»Nein, das darf sie nicht ... nicht berühren.«

»Bitte?«

Laureyn sammelte noch einmal Kraft, öffnete die grünlich lehmfarbenen Augen und wiederholte: »Sie darf mich nicht verbinden!«

»Was redest du da? Du könntest verbluten.«

»Niemand darf mich berühren, unter keinen Umständen. Es würde alles verschlimmern ...«

»Ich verstehe kein Wort. Was ist los?«

Laureyn warf einen Blick zur Seite. Ein paar Leute hatten sich dort versammelt und beobachteten das Geschehen, unter ihnen auch Nachtwölfe. Dann wandte er sich wieder Tenebrae zu.

»Schließ deine Augen!«

»Was?«

»Tu, was ich sage!«

Argwöhnisch gehorchte sie.

»Streck deine Hand aus. Langsam.«

Sie folgte der Anweisung. Unvoreingenommen hob sie den Arm und streckte ihn nach vorn. Ihre Fingerspitzen ertasteten etwas Weiches. Sie legte die ganze Hand darauf und fühlte Haare, dichtes, langes Fell. Ihre Augen glitten einen Spalt auf – sie zuckte zurück. Dort, an Laureyns Seite, war nichts als hellbraunes Leinen. Kurz, rau, fest. Zögernd tastete sie noch einmal danach. Wieder strich ihre Hand durch Fell, wo sie Kleidung sah. Ihr wurde schlecht.

Entsetzt starrte sie Laureyn an. »Du bist ein ...«

»So, hier sind die Tücher und Wasser.«

Die Frau war zurückgekehrt. Tenebrae sah, wie sie alles neben ihm abstellte, sah seinen drängenden Blick, die hinter all der Härte flackernde Angst.

»Lass mich das machen.«

»Nein, mein Kind, ich helfe gerne«, lachte sie und griff nach ihm. »Ich habe oft ...«

»*Ich* mache das!«

Tenebrae riss der Frau den Stoff aus der Hand. Während sie eine Mischung aus Verzeihung und Dankeschön murmelte, reinigte und verband sie etwas unbeholfen Laureyns Oberarm, wobei die Länge und Breite dessen, was sie fühlte, nicht exakt dem entsprach, was sie sah.

Sie bemerkte, wie sich die hilfsbereite Frau erhob und ein Stück entfernte, spürte ihren argwöhnischen Blick auf sich. Hoffentlich hatte sie sich nicht verdächtig gemacht. Auf einmal fiel ein Schatten über sie, und eine rau summende Stimme fragte: »Eleyn, was geht hier vor?«

Laureyn kam ihr zuvor und raunte kaum hörbar: »Schön, dich wohlauf wiederzusehen, Arcanus.«

Der sonst so gefasste Nachtwolf erstarrte, und Tenebrae ließ ihm keine Zeit zur Erholung. »Wir brauchen einen geschützten Ort in der Nähe, wo uns niemand sehen oder belauschen kann.«

Arcanus reagierte nicht. Kurzentschlossen nahm sie seine Hand, drückte sie an Laureyns Bein und sah zu, wie sich seine Augen weiteten. »Vertrau mir einfach, so, wie ich dir vertraut habe. Fällt dir ein günstiger Platz ein?«

Vielleicht hatte sie Schwärmers Scharfsinn überschätzt. Er schien in tiefsten Schock gefallen zu sein. Dann blinzelte er und zog die Stirn in Falten. »Ställe. Der Stall des Gasthauses!«

Tenebrae seufzte erleichtert. Sie bedankte sich noch einmal bei der Hebamme und drückte ihr mit einem »Nun kommen wir allein zurecht« ihre Sachen in die Hand. Mit frostigem Blick machte die Frau kehrt und entfernte sich.

Gemeinsam packten die beiden Nachtwölfe Laureyn und trugen ihn auf den Stall zu. Dabei versuchten sie nicht nur, die gaffenden Leute zu ignorieren, sondern auch die Übelkeit, die ihnen durch die Überforderung ihrer Sinne aufstieg. Augen und Hände konnten sich nicht einigen, was sie da eigentlich hielten. An manchen Stellen fühlten sie Körper, wo sie Luft sahen, oder griffen durch Teile, die sie hätten spüren sollen. Wenigstens war Laureyn leichter, als er aussah, und so hatten sie ihn rasch in den hintersten Bereich des Stalls gebracht und auf das Stroh gebettet. Erschöpft ließen sie sich neben ihm nieder, der warme Pferdegeruch strömte um sie herum, die Halme kratzten über ihre Kleider.

Eine Weile saßen sie schweigend da, nur Laureyns Keuchen und ihr eigener Herzschlag war zu hören. Tenebrae ließ dem Verwundeten ein wenig Zeit zur Erholung, sein Geruch nach einer Mischung aus Wald und Schmiede, wie metallene Eicheln, umfing sie. Dann hielt sie es nicht länger aus.

»Du hast uns einiges zu erzählen, Mischwesen.« Sie zuckte zusammen. Wie schwerwiegender es sich anfühlte, die Erkenntnis in ein Wort zu fassen. Erklärte sich nun nicht auch, warum er ihr so bekannt vorkam? »Sind wir uns schon einmal begegnet? Abgesehen von dem Tag, an dem ich mit Caedes im Dorf sprach?«

»Du meinst, in einer anderen Gestalt? Ja.«

Da endlich erkannte sie an der Stimme, den Bewegungen, sogar ein wenig am Aussehen, wen sie vor sich hatte. »Ferrum, der Eulenluchs.«

»Uhu, wenn ich bitten darf.«

»Wenn du hier bist – heißt das, Caedes und sein Gefolge hat uns aufgespürt?«

»Sie lauern draußen im Wald. Genau das habe ich euch die ganze Zeit zu sagen versucht.«

»Das bedeutet, diese drei Ginsterwölfe sind tot?« Tenebrae fühlte Hitze in sich aufsteigen.

»So planen die Mischwesen, euch zu dezimieren. Gelingt ihnen hervorragend. Warum habt ihr nicht auf meine Warnung gehört?«

»Weshalb hätten wir einem Fremden und seinen seltsamen Worten vertrauen sollen? Jetzt erst recht, einem Mischwesen. Wozu hast du das getan?«

»Ob ihr es glaubt oder nicht, auch unter uns gibt es manche, die den grausamen Vernichtungsfeldzug gegen euch nicht mehr verantworten können und helfen wollen.«

»Ach ja? Und das sollen wir dir glauben?«

»Wäre ich sonst überfallen worden? Ihnen ist aufgefallen, dass ich regelmäßig in die Stadt gehe, ohne Befehl. Das eben war eine Warnung.«

Oder ein ausgeklügelter Plan, um unser Vertrauen zu gewinnen. Tenebrae war vorsichtig geworden. Zu viele freundliche Worte hatten sie in ihre Fallen gelockt.

Auf einmal fiel ihr auf, dass sie das Mischwesen hinter Laureyns Hülle spüren konnte. Im selben Moment fragte Arcanus, der bis dahin nachdenklich geschwiegen hatte:»Zuvor konnten wir die magische Kreatur in dir nicht erkennen. Warum jetzt?«

»Weil ich es euch erlaube.«Ferrum verlagerte sein Gewicht.»Vor ein paar Jahren haben wir uns ... verändert. Wir sind mächtiger geworden und konnten unseren wahren Kern selbst vor so feinfühligen Geschöpfen wie euch verbergen. Das Prinzip ist simpel: Ein Mischwesen in menschlicher Hülle bleibt ein Mischwesen, doch allein der Anblick eines Menschen löst die Erwartung aus, einen Menschen zu hören, zu riechen und zu spüren. So schafft bloßer Schein eine neue Realität.

Normalerweise gelingt das nur bei Menschen, weil sie ihren Augen bedenkenlos vertrauen. Ihr hingegen beachtet eure gesamte Wahrnehmung und erkanntet die Wahrheit hinter dem Trug. Inzwischen jedoch können wir jeden Sinn überzeugen und bleiben selbst für euch unerkannt.« Er nahm einen tiefen Atemzug.»Das kostet allerdings mehr Energie. Es ist schon mühsam genug, jegliche Bewegungen der Hülle zu steuern, die nicht unseren realen entsprechen. Besonders, sie scheinbar Gegenstände halten zu lassen. Zusätzlich die übrigen Sinne zu täuschen, verlangt eine Menge Kraft. Nach dem Angriff stand mir jene nicht länger zur Verfügung. Ich musste die Hülle abschwächen, ohne von den anderen Nachtwölfen erkannt zu werden; nur das Fühlen kam dafür in Frage. Das brachte mich in eine äußerst missliche Situation. Nebenbei: danke, Eleyn.«

»Tenebrae.« Sie biss sich auf die Lippe. Warum hatte sie ihren wahren Namen genannt? Was hatte er schon getan, um ihn kennen zu dürfen?

»Ferrum«, fragte Arcanus unvermittelt.»Was du erzählst, bedeutet, dass wir bereits etlichen Mischwesen begegnet sein könnten, ohne sie zu erkennen. Und, Caedes ... ist er ...?«

»Ja. Caedes ist ein Mischwesen.«

Natürlich. Wie hatte es auch anders sein können? Das wacklig zusammengezimmerte Bild ihrer bisherigen Annahmen zerfiel, die Einzelteile formierten sich neu und fügten sich tadellos passend zusammen.

»Caedes ist ein gutes Stichwort. Mit ihm begann die große Wende. Ich schätze, dass ich euch seine Geschichte erzählen sollte. *Unsere* Geschichte.« Ferrum wiegte sich in eine bequemere Lage. Obgleich er noch immer erschöpft wirkte, schien etwas von ihm abgefallen zu sein, das ihm zuvor Kraft geraubt hatte.»So lange meine Erinnerungen zurückreichen, leben die Mischwesen als verborgene Bewohner in abgeschiedenen Reichen der Erde und hinter den Nebeln. Die Konflikte zwischen uns und euch waren sowohl für mich wie auch für jeden anderen nicht mehr als eine Geschichte. Bis zu dem Tag, als das drollige Geschöpf namens Calamitas geboren wurde, ein Biber mit den Beinen und Ohren eines Hasen und großen, weißen Schmetterlingsflügeln. Das niedlichste Mischwesen, das je mit seinem pummeligen Körper über die Erde hoppelte. Wo er auch auftauchte, zwang er jeden Anwesenden zu einem Schmunzeln, manch einen zu Gelächter. Das allein wäre für ihn vielleicht noch zu ertragen gewesen, doch es gab einen, der ihn nicht bloß lächerlich fand, sondern regelrecht hasste. Und das war er selbst. Er war nicht bereit, sich zu akzeptieren und seine Einstellung zu ändern. Er wollte seinen Körper ändern, und mit diesem Wunsch zog er fort.

Ein Jahr später erschien unvorhergesehen das gewaltigste und bunteste Mischwesen in unserer Mitte, das überhaupt möglich war. Und damit nicht genug: Vor unseren Augen änderte es permanent seine Gestalt und wurde am Ende kurz zu dem kleinen, verschwundenen Calamitas. Ungläubig nannten wir seinen Namen, doch er brachte uns zum Schweigen. Fortan sei er niemand anderes als Caedes.«

Jemand verschwand und kehrte verändert zurück. Das hatte Tenebrae schon einmal gehört.

»Dann begann er seine Rede, fing uns darin und wickelte uns ein. Er erzählte von Macht, Rache und Sieg, von Magie und Erlösung. Er rief den alten, längst vergessenen Groll gegen die Nachtwölfe wach, die uns von ihren Siedlungen und Wäldern in unser Schattendasein vertrieben hatten. Er entflammte den tief in uns sitzenden Wunsch nach Gerechtigkeit und Vergeltung. Er versprach uns eine Welt, in der wir leben konnten, wie wir wollten, das reine Paradies.

Noch am selben Tag brachen wir zu der Reise auf, die uns dorthin führen sollte. Welches das erste Ziel war, erfuhren wir erst, als wir es erreichten. Es war ein Ort, den wir bereits kannten, doch nicht geahnt hätten, dass er existierte.« Ferrum schwieg und sah seine Zuhörer erwartungsvoll an.

»Und welcher Ort war das?«, fragte Tenebrae ungeduldig.

»Ich hatte erwartet, ihr versteht gleich, wovon ich spreche. Ihr ward selbst dort.« Auf die verdutzten Blicke hin seufzte er. »Habt ihr nicht das unwiderstehliche Ziehen gespürt? Das Gefühl der Geborgenheit, die alles durchströmende Energie?«

»Der Wald«, sagte Arcanus unvermittelt. »Der Wald mit den uralten Bäumen und dem Teich in seinem Herzen.«

»Und welchen Namen trägt dieser Wald wohl?«

Erkenntnis durchzuckte die zwei Nachtwölfe. »Nomera«, flüsterten sie.

Ferrum grinste, wie nur ein Luchs es konnte.

Tenebrae konnte es nicht fassen. Wenn überhaupt, dann hatte sie sich den Wald des magischen Ursprungs als entlegenen Ort vorgestellt, unzugänglich für nicht Eingeweihte. Nun erfuhr sie, wie nah er wirklich war!

»Nomeras innerer Magiefluss war die Voraussetzung für die Erweiterung unserer Macht«, fuhr Ferrum fort. »Wenn man das Geheimnis kennt, um sie abzugreifen. Caedes vertraute es uns an, allerdings nur einen Teil davon. Der erste Beweis seiner Selbstsucht. In der Folge standen unsere neuen Kräfte den seinen deutlich nach. Wir konnten fortan zwar unsere Hülle wie auch unsere Angriffe verstärken. Uns war es sogar möglich, mit einem einzigen Schlag beide Körper eines Nachtwolfs zu verletzen.«

Die Falle im Dorf. Nun war auch dieses Rätsel gelöst.

»Doch die wahre Gestalt beliebig zu wandeln, diese Fähigkeit behielt Caedes allein sich vor. Lediglich kleine Änderungen konnten wir vornehmen, unsere Größe oder einzelne Teile anpassen. So, wie ich meinen armseligen Luchsschwanz verlängert habe. Was unserem Anführer zu seiner Macht verholfen hat, erfuhren wir nie. Wenn wir darüber redeten, sprachen wir bloß von der ›geheimen Quelle‹.

Caedes' weiterer Plan sah vor, uns das zu erarbeiten, was wir uns seit unserer Existenz am sehnlichsten wünschen, und dabei Rache an denen zu üben, die uns dies verwehrten. Wir sind das Verstecken und Beschränken leid, wir wollen eine Heimat ohne Bedingungen und Grenzen, mit allen Freiheiten, die wir brauchen, um unsere vielgestalte Natur ausleben zu können. Dazu benötigen wir Dörfer, um unseren menschlichen Anteilen gerecht zu werden, und vor allem Orte, die nicht von Nachtwölfen besetzt sind. Daraus entwickelte Caedes einen genialen Plan: mit dem einen Problem das andere lösen. Beide Gruppen sollten gegeneinander aufgehetzt werden, damit zunächst die Menschen die Nachtwölfe auslöschen und danach genug geschwächt sind, um anschließend von uns aus ihren Siedlungen vertrieben zu werden. Dazu schufen wir mithilfe unserer neuen Macht den Fluch, der den Geist der Wölfe überschwemmt und nur ihre tiefste Zerstörungswut an die Oberfläche spült, gebunden an ihren feinsten und zuverlässigsten Sinn. Wir brauchten bloß noch einen Weg, auf welchem wir ihn unseren Opfern zuführen konnten ...«

»Die Netrissymbole.«

Ferrums Augen leuchteten bei Tenebraes Worten erstaunt auf.

»Richtig. Sie tragen genug Energie, um den Fluch ein paar Tage lang zu binden, bis er ein vorüberlaufendes magisches Geschöpf befällt oder sich auflöst. Die letzte Hürde bestand darin, ihn unbemerkt über den Symbolen zu erschaffen. Caedes teilte dazu die Mischwesen anhand ihrer Größe und Fähigkeiten in zwei Gruppen ein: Schleicher wie Niger, der geflügelte Marder, sind für die Verbreitung des Fluchs und Beobachtungen zuständig, wohingegen Kämpfer wie ich nur zum finalen Schlag in Aktion treten.«

»Wozu zählt das Mischwesen, das zur ersten Netris Solum ermordete?«

»Du sprichst von Dextra. Sie ist eine derjenigen, die sich nicht eindeutig zuordnen lassen. Manche gehören beiden Gruppen an, andere keiner. Caedes schickt zur Absicherung stets auch kampffähige Schleicher los, falls ein unliebsamer Beobachter beseitigt werden muss. Zuvor war das nie nötig geworden. Als er erfuhr, dass eine seiner engsten Vertrauten während der Netris nicht nur einen Nachtwolf tötete, sondern darüber hinaus von einem zweiten gesehen wurde, zersprang er förmlich vor Zorn. Erstmals waren wir bereits vor dem letzten Kampf entdeckt worden. Dextra hatte etliche Male bettelnd zu Caedes kriechen müssen, um ihre Tauglichkeit bei einem Sonderauftrag beweisen zu dürfen. Diesmal hatte sie ihn nicht enttäuscht. Du, Eleyn, kennst sie übrigens unter dem Namen Ursula.«

Die freundliche Fremde im Dorf, die ihr Wissen über Caedes getestet hatte. Ein weiteres Mischwesen, das sie in sein Netz gesponnen hatte. Tenebrae sah weg.

»Dextras Fehler war allerdings nicht unser erster Rückschlag«, fuhr Ferrum fort. »Das warst du, Arcanus.«

Der Nachtwolf hob den Blick.

»Nachdem du sogar Caedes im finalen Kampf entkommen bist, verlor er zum ersten Mal die Zuversicht, nichts könne uns aufhalten. Ein ähnlicher Gedanke kam mir kurz zuvor. Ich sah dich fliehen und folgte dir, als plötzlich ohne erkennbare Ursache ein dicker Ast herabfiel und mich fast erschlug. All diese Zufälle, die dich am Leben hielten, konnte ich nicht ignorieren. Das Schicksal schien dich zu beschützen. Erstmals begann ich, unsere Taten zu hinterfragen, und da begriff ich ihre wahre Tragweite.« Ferrum atmete einmal tief durch. »Ich muss gestehen, die Routine hatte bei uns eine Art Sucht freigesetzt. Wir genossen die Vergeltung, das Gefühl des Sieges. Die ersten von Nachtwölfen bereinigten Wälder und Dörfer reichten uns nicht, wir wollten mehr. Unser Feldzug wurde so selbstverständlich, dass niemand innehielt und sich fragte, wann es genug sei. Nicht einmal Caedes schien ein konkretes Ziel zu verfolgen. Er blühte unter dem Ansehen und Ruhm jedes weiteren Erfolges mehr und mehr auf. Ein Ende dessen war offenbar nicht geplant.

Durch Arcanus wäre es jedoch beinahe eingetreten, hätte er sein Wissen mit allen übrigen Nachtwölfen geteilt. Um ihn aufzuhalten, bevor es so weit kommen konnte, trieb Caedes uns zur wildesten Jagd unserer gesamten Reise an, bis wir die Schlucht erreichten, die das Problem für uns verschlang. Allerdings nur zum Schein, denn erneut bewahrte das Schicksal Arcanus vor dem Tod.«

Tenebrae spürte, wie sich der Nachtwolf neben ihr anspannte.

»Zunächst aber schien die alte Ordnung wieder hergestellt, zumal wir ein neues Rudel gefunden hatten und die Netris kurz bevorstand. Für mich waren das erstmals furchtbare Neuigkeiten. Gerade hatte ich für mich entschieden, unsere Taten nicht länger verantworten zu können, als die einzige Hoffnung in einer Felsspalte verschwand. Denn für eine aktive Rebellion war ich noch nicht bereit. Das änderte sich, als ich erkannte, dass ich nicht allein war: Arbor, der Hirsch mit den Flossen und dem Krebsschwanz, der dein Verhör durchführte, hatte seine Ansichten schon Monate vor mir geändert und war seither auf der bedachtsamen Suche nach Gleichgesinnten, um seine längst entworfenen Pläne zu verwirklichen. Gemeinsam gelang es uns, die Pferdebache Avena sowie meinen Freund Niger dazu zu gewinnen. So gründeten wir die Gegenläufer, mit Arbor als unseren Anführer. Doch was konnten wir schon gegen die Übermacht unserer andersdenkenden Kumpane tun? Die Antwort darauf liefertest du uns, Tenebrae. Caedes belauschte dein Gespräch mit dieser kleinwüchsigen Nachtwölfin im Dorf und erkannte, dass du über Arcanus sprachst. Um mehr darüber herauszufinden, wollte er mit dir persönlich reden. Dazu inszenierte er den Angriff von Sandyx, dem Molchfuchs, vor dem er dich so heldenhaft rettete.«

Ihre erste Begegnung mit Casimir. Tenebrae hätte sich am liebsten ins Stroh vergraben. Ihr war, als hätten die Mischwesen Schlange gestanden, um jeder einmal die unbedarfteste Nachtwölfin der Welt am Narrenseil führen zu dürfen. Oder zweimal, wie Sandyx, der sie nicht nur im Wald, sondern später auch im Dorf angefallen und ihr die verräterische Wunde zugefügt hatte.

»Ich kann mich noch gut daran erinnern, wie stolz Caedes mir von einer willigen Komplizin und unwissenden Verräterin aus dem Wolfsrudel berichtete. Für uns Gegenläufer war das ein schwerer Schlag, doch zugleich erfuhren wir von Arcanus' Überleben, was uns endlich ein Ziel gab: Ihn um jeden Preis zu schützen, damit er sein wertvolles Wissen weitergeben konnte. Die Nachtwölfe sollten gewarnt werden, um Caedes' Taktik unwirksam werden zu lassen. Dazu versuchten wir zunächst, sein Versteck ausfindig zu machen, um alle anderen Mischwesen davon fernhalten zu können.«

»Habt ihr mich deshalb entführt?«

»Ach, das.« Ferrum lachte trocken. »Nein, nicht vorrangig aus diesem Grund. Wir waren einfach nur ungeübt und vor allem verzweifelt. Erinnerst du dich daran, wie du Niger angegriffen hast? Im Übrigen hast du dem kleinen Kerl ziemlich zugesetzt, du solltest dich bei ihm entschuldigen. Um ihn zu retten, musste ich mich zeigen, und dabei erkannte ich sofort, dass du Caedes' Gehilfin warst. Er sprach von einer Wölfin so schwarz, wie die Nacht niemals werden könnte. Gewiss hättest du ihm von dem Vorfall berichtet, und das hätte das Ende der Gegenläufer bedeuten können, denn Kämpfer dürfen sich vor dem finalen Angriff nicht in der Nähe der Nachtwölfe aufhalten. Nur so aber konnte ich nach Arcanus suchen. Also beschlossen wir, dich von Caedes fernzuhalten. Wir wussten nicht, was wir sonst tun sollten, und auch nicht, wie wir weiter mit dir verfahren wären. Immerhin konnten wir die Lage nutzen, um zu erfahren, was du über Arcanus wusstest und wo sein Versteck sein könnte. Als du schließlich entkamst, schien alles verloren. Jeden Tag erwartete ich Caedes' Befehl, unverzüglich bei ihm zu erscheinen. Doch dazu kam es nicht. Du hast ihm nichts erzählt.«

Ferrum fing ihren Blick. »Warum?«

Tenebrae sah zu Arcanus. »Ich überwand meine Vorurteile und wurde belohnt mit der Wahrheit. Ich erfuhr von Casimirs wahrer Identität. Der Schleier fiel, und ich erkannte, was ich zuvor nicht sehen konnte.«

Die rindenbraunen Augen des Nachtwolfs huschten für einen Moment in ihre Richtung. Verstand er? Viel zu rasch glitten sie wieder weg.

»Zu unser aller Glück. Du hättest die Gegenläufer noch in den ersten Tagen ihres Bestehens auflösen können. Zugleich warst du diejenige, die uns einen großen Gefallen getan hat, indem du Arcanus zur Flucht verhalfst.«

Tenebrae riss die Lider hoch. »Das hast du gesehen?«

Ferrum grinste. »Natürlich. Meinen Augen entgeht nichts. Schon dieses merkwürdige Heulen ließ mich ahnen, dass dahinter mehr steckt. Ihr könnt euch kaum vorstellen, wie beglückt ich war, Arcanus gehen zu sehen. Nun konnten sich die Gegenläufer vollkommen auf andere Aufgaben konzentrieren.

Viel Gelegenheit blieb uns jedoch nicht. Diese endlose Winterreise begann, und es wurde die grauenvollste Zeit für uns alle. In dieser Phase lernten wir Caedes' wahres Wesen kennen. Er trieb uns rücksichtslos durch Eis und Schnee, gönnte uns keine Rast, scherte sich nicht um unser Leid. Insekten und Echsentiere, Kleine und Schwache, Schwere, Langsame, sie alle blieben auf der Strecke. Opfer, die angesichts unserer ungeheuren Menge nur allzu leicht in Kauf zu nehmen waren. Ich glaube nicht, dass ich mir den aufkeimenden Unmut etlicher Genossen eingebildet habe.

Ziellos irrten wir umher, bis wie aus der Erde geschossen dieses unheimliche Pack Nachtwölfe vor uns stand. Erst rang ich mit meinem Intellekt auf der Suche nach einer Erklärung, was plötzlich in euch gefahren war, bis ich begriff, dass wir es mit einem völlig anderen Typus zu tun hatten. Sie sprachen von gleichen Zielen, auch wenn sie uns nicht verrieten, warum sie ihre eigenen Artgenossen tot sehen wollten. Caedes war skeptisch, doch diese Gelegenheit konnte er sich nicht entgehen lassen und von einer Handvoll Wölfe hatte er nicht viel zu befürchten, also willigte er ein. Dieses Rudel führte uns zu euch und verschwand danach. Alles Weitere überließen sie uns. Wir folgten euch unauffällig und warteten auf einen günstigen Zeitpunkt zum Angriff. Der kam, als ihr mit dem Ginsterrudel alle auf einem Fleck versammelt wart. Den Rest kennt ihr. Wir betraten diesen Felshang, und ein weiteres Mal schien das Schicksal über euch zu wachen. Anders kann ich mir diesen Steinsturz nicht erklären.«

»Ich schon«, meldete sich Tenebrae zu Wort. »Eure ›Partner‹ haben euch hintergangen. Ich schätze, sie waren die ganze Zeit über in eurer Nähe, und als sie unser Vorhaben hörten, den Hang hinaufzuklettern, fassten sie ihren eigenen Plan. Sie erwarteten uns oben, wo sie einige Felsen herunterstoßen wollten. Dass das auch Mischwesen mit in den Tod reißen würde, schien sie nicht gekümmert zu haben. Zum Glück kam ihnen einer von uns zuvor, und der größte Teil dieses abscheulichen Rudels wurde unter seinem eigenen Plan begraben, während wir es alle überstanden ... Was euch dabei widerfuhr, tut mir leid.«

Ferrum schwieg grimmig. »Niemandem muss es leidtun, um sein Leben gekämpft zu haben. Es ist unser eigener Verdienst, und es war der schwerste Schlag unserer gesamten Reise. In einem einzigen Moment verloren wir unsere stärkste Waffe, die Menge. Das sah Caedes darin. *Wir* sahen unsere Freunde und Verwandten. So heftig wie nie zuvor wurde uns vor Augen geführt, dass sich unser Vernichtungsmarsch nicht nur gegen unsere Feinde richtet, sondern vor allem gegen uns selbst.« Er schüttelte den Kopf. »Wir zogen los für ein besseres Leben, doch waren nie weiter davon entfernt. Wir kämpften um Gerechtigkeit und Freiheit, und der Lohn war Leid und Tod. Und je mehr wir uns bemühen, umso schlimmer wird es.

Dieser Wahn muss aufhören. Wir lange noch wollen wir das Paradies in der falschen Richtung suchen? Wie lange noch sollt ihr für das bestraft werden, was eure Vorfahren getan haben? Wie viele sollen noch sterben? Die Gegenläufer wollen all dem ein Ende setzen. Und dabei werdet ihr uns helfen.«

Die beiden Nachtwölfe schwiegen ernst. *Ach, wir sollen euch helfen?* Tenebrae musste sich zwingen, den Gedanken nicht laut auszusprechen.

»Wie stellst du dir das vor?«, fragte Arcanus.

»Keine Ahnung. Aber ihr werdet gewiss eine Rolle spielen. Bis jetzt sind noch nicht einmal wir Gegenläufer uns einig. Arbor ist der Meinung, wir sollten weiterhin unbemerkt von innen agieren, ich hingegen bin die Heimlichtuerei leid. Daher kommen wir kaum einen Schritt weiter, ein komplett durchdachter Plan existiert nicht. Doch das wird kommen.«

»Da wir gerade bei Plänen sind«, warf Tenebrae ein. »Habt ihr eines eurer Jungtiere dazu angestiftet, eine vorgetäuschte Freundschaft mit einem unserer Welpen einzugehen?«

Ferrum richtete irritiert und leise empört seinen Blick auf sie. »Wie kommst du darauf?«

»Meine Nichte traf sich mehrmals mit einem Mischwesenmädchen. Ihr Name ist Vesper.«

»Oh, diese verdammte Göre! Nomera steh mir bei ...«

»Du kennst sie?«

»Mein eigensinniger Plagegeist von Schwester. Ich hatte ihr eindeutig klar gemacht, sie solle hinter den Nebeln bleiben. Aber Gehorsamkeit ist ihr fremd.« Er seufzte. »Verstehen sie sich gut?«

Tenebrae blinzelte ihn verwirrt an. »*Das* ist dir wichtig? Sollten wir dieses Verhältnis nicht sofort unterbinden?«

»Wozu, solange sich beide damit wohlfühlen? Wenn unsere Kinder aus all diesem Elend noch einen Gewinn ziehen können, ist dies das Beste, was passieren kann, oder irre ich mich?« Das Mischwesen erhob sich. »Und ich werde dafür sorgen, dass sie ihren Schatz bewahren können. Ich lasse mich von dieser Drohung nicht beeindrucken. Von keiner.« Ferrum wandte sich mit mühsamen, aber zielsicheren Schritten zum Gehen.

»Fühlst du dich wirklich bereit?«, warf Tenebrae ihm nach.

Grinsend drehte er sich um. »Nie war ich es mehr.« Für einen Moment fiel seine menschliche Hülle und offenbarte seine wahre Luchsgestalt. Dann war er wieder Laureyn, der den Stall durchquerte und die beiden Nachtwölfe schweigend im Stroh zurückließ.

»Was, wenn das alles nur ein weiterer Versuch war, uns zu ködern?«, durchbrach Tenebrae die Stille.

Arcanus ließ sich Zeit für die Antwort. »Wir können jedem misstrauen und weisen einen aufrichtigen Helfer zurück. Vertrauen wir jedem, riskieren wir Verrat. Wir sollten unabhängig von unseren Erfahrungen in jedem Fall neu entscheiden. Und wenn unser Intellekt dabei versagt: Die Stimme unseres Herzens kennt jede Antwort. Wir müssen bloß lernen, sie von den anderen zu unterscheiden.«

28

Die Macht des Lichts

Die Wolken zogen in einer einzigen Herde gemächlich über den Himmel. Gelegentlich hatte es ein Mitglied eiliger, ein blauer Riss leuchtete auf und war ebenso rasch wieder geschlossen. Genauso fühlte sich Tenebraes Geist an. Sie streifte schon eine ganze Weile unter dem trüben Morgen umher, versuchte Arcanus' Hinweis zu folgen und die Stimme in sich zu finden, die ihr Klarheit über ihre neueste Begegnung geben konnte. Doch wann immer die Erkenntnis ein Loch durch ihren inneren Nebel stach, zog der Zweifel es wieder zu.

Ihre Wanderung führte sie zurück in die Gassen des Pestviertels, wo sie wie gestern an einer bestimmten Stelle ein Kaninchen vorfand. Der Geruch daran bestätigte, dass Ferrum es hierher gebracht hatte. Ein Beweis für seine Beharrlichkeit. Und für sein schattenhaftes Wesen, denn nie hatte sie ihn bei seiner heimlichen Tat beobachtet.

Bewies das seine Aufrichtigkeit? Es könnte lediglich dazu dienen, sie das glauben zu lassen. Trotzdem waren die Nachtwölfe froh über die kleine Hilfe, denn nun jagte niemand mehr draußen. Stattdessen verwandelten sie sich mit größter Sorgfalt nachts im Pestviertel und machten Jagd auf Ratten.

Tenebrae hatte ihnen erzählt, im Wald lauerten Mischwesen, sie habe eines gesehen. Immerhin war es nicht gelogen. Bis sie sich Ferrums wahrer Absichten sicher sein konnte, wollte sie es dabei belassen. Ob es Zeit war, die Stadt zu verlassen? Die Leitwölfe hatten dagegen entschieden. Ihre Feinde würden ihnen wieder nachjagen und sie hätten nichts gewonnen. Hier waren sie vorerst sicher.

Sie seufzte und machte sich auf den Weg zu ihrem zeitweiligen Haus, wo sie Lacrima und Vertex schlafend zurückgelassen hatte.

Da durchdrang ein Brüllen die morgendliche Stille, Krach von umstürzenden Möbeln, fallenden Gegenständen, einer zugeschlagenen Tür. Sie erstarrte. Kam das aus *ihrem* Haus? Sie rannte los, bog um Ecken, erreichte die Straße, wo sich ein Trupp Menschen mit lauten Stimmen fortbewegte. Sie hetzte zur Tür, stieß sie auf und fand Vertex vor, der sich unter dem Tisch und einigen Holzschalen hervor zu zwängen versuchte.

Sie sank nieder, um ihm zu helfen. »Was ist passiert? Wo ist Lacrima?«

»Haben sie mitgenommen.« Mit vor Zorn und Angst verzerrtem Gesicht stieß der Nachtwolf den Tisch beiseite und stemmte sich in die Höhe. »Leute von der Wache. Sie sagten, zwei Augenzeugen hätten einen Wolf beobachtet, der sich in eine schwarzhaarige Frau verwandelt und dieses Haus betreten habe.«

»Aber wir geben bei der Verwandlung immer Acht! Gerade Lacrima. Sie hätte sich nirgends verwandelt, wo sie hätte gesehen werden können.«

»Sie war letzte Nacht nicht einmal draußen! Ich habe versucht, sie zu verteidigen, doch sie stießen mich einfach weg.« Vertex stürzte bereits aus der Tür. »Sie bringen sie in den Kerker, in einen der Türme. Wenn sie erst dort ist, können wir ihre Gerichtsverhandlung nicht mehr aufhalten. Zwei Augenzeugen reichen zur Verurteilung!«

Tenebrae hastete dem sehnigen Mann hinterher und konnte ihn kaum einholen. Bald kam ein Pulk aus grölenden und gaffenden Menschen in Sicht, der sich um die Wachen mit ihrer Beute gebildet hatte. Inmitten der Menge war die zart gebaute Nachtwölfin nicht einmal zu erkennen.

»Liliana!«, schrie Tenebrae und versuchte sich durchzukämpfen.

Vertex hatte es schon weiter nach vorn geschafft und erhob die Stimme gegen einen der zwei Adligen, vermutlich Stadtregenten, welche die Wachmänner begleiteten. »Lasst sie frei. Sie ist unschuldig!«

»Und was willst du den beiden dort weismachen, hätten sie gesehen? Einen Geist?«

Tenebrae warf einen Blick in die gewiesene Richtung und entdeckte am Rand zwei Männer, die ihr siegreiches Grinsen kaum verbergen konnten. Da schoss die Erkenntnis durch ihren Kopf. Das mussten Mischwesen sein. Sie hatten bemerkt, dass die

Nachtwölfe die Stadt nicht mehr verließen, und holten nun zum direkten Schlag aus. Ein weiterer Verdacht ergriff Tenebrae: Jener hatte ein weiteres Mal sie selbst treffen sollen. Nun hatte ihn ihre Schwester abgefangen.

»Nein ... Ihr habt die Falsche. Ich war es!«

Ihr verzweifelter Ruf ging im Gebrüll unter. Sie hatten bereits den Platz vor dem südlichsten Turm erreicht.

In diesem Augenblick rastete Vertex aus und warf sich mit Gewalt gegen die Wachen. Die Überrumpelung verschaffte ihm einen Moment Zeit, doch bevor er seine Gefährtin erreichte, packten ihn die Männer an den Schultern, stießen ihn zurück und zischten eine deutliche Warnung hinterher. Eine feine Stimme kreischte auf, und einen Herzschlag lang erschien Lacrimas angsterfülltes Gesicht in einer Lücke inmitten der Menge, ein einzelner, strahlend klarer Tropfen im wogenden Meer. Noch einmal schrie Vertex ihren Namen, und seine entschlossene Wut war vollends der Verzweiflung und Panik gewichen.

»Haltet ein!«

Einer gewaltigen Welle gleich rollte die sanfte, von stiller Macht erfüllte Stimme über die Anwesenden hinweg und tauchte den Platz in Schweigen. Langsam drehte sich jeder nach Osten, wo die Wolkendecke rissig wurde und ein gleißender Sonnenstrahl auf eine Gruppe von etwa einem Dutzend älteren Männern fiel, gänzlich in weiße Kutten gekleidet. Erhaben wie Berge standen sie da, ihre beherrschten Blicke ruhten hart und zugleich gütig auf der Menge.

»Wer seid Ihr, Fremde?«, fragte einer der Adligen. »Und was führt Euch hierher?«

Der Vorderste der in Weiß gehüllten Gestalten trat vor. »Wenn Ihr erlaubt: Wir sind die Sacerdosolis, auch bekannt als Priester der Sonne, von dem Licht und der Wärme dieser mächtigen Schöpfung erfüllt. Als Diener Gottes ziehen wir durch die Lande, die Reinigung der Welt von allem Bösen treibt uns an. Wir erhielten Kunde von den Werwölfen und traten den Weg an, sie aufzuspüren. Sagt, soll dieses Weib zu ihrem Blute gehören?«

»So ist es. Ihr Gestaltwandel wurde beobachtet.«

»Wir zweifeln nicht an euren Augen, wohl aber an eurem Urteil. Zwar fließt dämonisches Gift durch die Adern dieser Frau, doch war sie einst ein unschuldiges Mädchen. Wir fragen euch: Wollt ihr wirklich diesen Menschen, dieses Geschöpf Gottes gemeinsam mit der Bestie töten?« Der Redner breitete die Arme aus. »Lasst uns diese armen Leute nicht als Täter, sondern als Opfer betrachten, die unserer Hilfe bedürfen. Die Sacerdosolis haben einen Weg, einen besseren Weg gefunden, das Böse zu vernichten und zugleich das Gute zu erhalten. Wir reinigen solche bedauernswürdigen Seelen, die dem Teufel nicht widerstehen konnten, von aller Dunkelheit. Übergebt uns diese Frau, auf dass wir den Dämon aus ihr vertreiben.« Der Priester ließ seinen Blick schweifen und schien jedem Einzelnen in die Augen zu blicken. »Wollt ihr den Tod eines Kindes unseres Herren verantworten, das hätte gerettet werden können?«

Die Menge schwieg betroffen, die Adligen berieten sich. Kurz darauf führten sie die Wachmänner mit Lacrima zu den Priestern. Der Vorderste legte seinen Arm sanft, aber bestimmt um ihre zitternden Schultern. Tenebrae sah angespannt zu, während ihre widersprüchlichen Gefühle durcheinander brüllten. Diese Fremden sollten sofort ihre Schwester loslassen! Doch waren sie vielleicht ihre einzige Chance, der Hinrichtung zu entgehen?

»Wir bestehen darauf, dass euch unsere Wachen begleiten«, verlautete einer der Adligen. »Diese Frau ist gefährlich.«

»Wenn ihr von uns verlangt, sie zu reinigen, so überlasst ihr uns die vollkommene Verantwortung für sie. Dieser Vorgang bedarf ausschließlich der Anwesenheit Gottes und der Sacerdosolis. Das ist die Bedingung.«

Die Adligen schienen skeptisch.

»Falls ihr versagt, werdet ihr der Stadt verwiesen«, entschied der eine.

»Hütet Euch, was Ihr sagt!«, zischte ihm der zweite zu. »Das sind Männer Gottes. Wir dürfen sie nicht verärgern.«

Ein weiterer Wortwechsel, dann nickten die beiden widerstrebend. Die Priester nahmen Lacrima in ihre Mitte und schritten bedächtig in Richtung Marktplatz zur Kirche davon. Die Menge blickte ihnen nach und löste sich allmählich auf, um den Alltagsgeschäften nachzugehen.

Tenebrae schlängelte sich zu Vertex durch, der mit geballten Fäusten und fassungslosem Blick dastand. Kurz darauf trat auch Carex zu ihnen und schaute auf die sich entfernenden weißen Gewänder. »Glaubt ihr, sie meinen das ernst?«, raunte er.

»Können sie einem Nachtwolf den Wolf austreiben?«

»Das ist unmöglich«, knurrte Vertex leise. »Wir sind, was wir sind, und das werden wir immer bleiben. Es ist das Beste, wir warten ab und lassen sie in dem Glauben, Lacrima bereinigt zu haben. Dann ist sie vor jeder Anklage sicher.«

»Meinen du, aber wissen auch?«

Die drei fuhren herum. Ein unbekannter Nachtwolf hockte in krummer Haltung hinter ihnen. Krauses, rotes Haar kroch über seine Schultern, das schmale Gesicht lief in einem spitzen Kinn mit ebenso spitzem Bart aus. An seiner knöchernen Gestalt hing die Kleidung in Fetzen herunter. Er erinnerte Tenebrae an irgendeine Märchenfigur ... Rumpelstilzchen.

»Was soll das heißen?«, knurrte Vertex. »Und wer bist du überhaupt?«

»Gestatten, Zacharias. Stets zu Diensten, wenn ihr mich nicht braucht. Die Erwartung keiner Gefahr erwartet Gefahr. Kletter tief, Entchen!« Er grinste ihnen mit unvollständigem Gebiss entgegen.

»Ach nein ...« Tenebrae rollte mit den Augen. »Das ist Cicatrix.«

»Auch das noch.« Vertex wandte sich zum Gehen.

»Wartet einen Moment.« Carex trat auf den rothaarigen Nachtwolf zu. »Zacharias, kennst du die Sacerdosolis?«

»Kennen, nicht kennen, wer kann schon trennen? Solltet lieber rennen!«

»Lass ihn, Carex. Das bringt nichts.«

»Aber in einem hat er recht: Wir wissen nicht, wozu diese Priester fähig sind. Vielleicht befindet sich Lacrima in größerer Gefahr, als wir denken. Außerdem sollte es uns leichter fallen, sie aus deren Händen zu befreien, als aus dem Kerker.«

»Falls wir sie noch einholen.« Kaum hatte Tenebrae zu Ende gesprochen, war Vertex losgestürmt. Die beiden Geschwister hatten Mühe, mit ihm Schritt zu halten. Sie liefen an den Häusern vorbei auf den Platz, wo die Kirche thronte, als Vertex abrupt stockte und in den Schatten einer Gasse zurückwich. Seine Begleiter drückten sich neben ihm an die Wand und spähten hinaus. Gerade schritten die Sonnenpriester in einer Reihe am Langhaus vorbei Richtung Eingang und betraten die heilige Stätte. Ohne Lacrima.

»Sie müssen sie irgendwo dort hinten gelassen haben«, raunte Vertex. »Das ist unsere Gelegenheit.« Er wartete, bis der Platz weitestgehend frei von Beobachtern war, dann eilte er hinüber und schlich denselben Weg neben der Kirchenmauer nach vorn, den die Priester zurückgegangen waren, dicht hinter sich die anderen zwei Nachtwölfe.

Tenebrae hatte eine geheime Tür oder einen Schacht erwartet. Stattdessen stockten alle drei zwischen zwei Pfeilern, wo die Gesuchte an die Wand gelehnt am Boden saß, umhüllt von einem hellen Schimmer.

»Lacrima!« Vertex stürzte auf sie zu, in demselben Moment, als sie ihre Hand hob.

»Nicht ...«

Er zischte vor Schmerz und taumelte mit vor das Gesicht geschlagenen Händen zurück.

»Bitte, kommt nicht näher! Ich habe bereits so viel versucht, aber es hat keinen Zweck. Niemand durchdringt diese Wand.«

Tenebrae näherte sich vorsichtig der Kuppel aus gelblichem Licht, die sich um Lacrima wölbte. Langsam streckte sie die Hand aus und spürte, wie sich die Luft stetig erwärmte, je näher sie dem magischen Gefängnis kam. Schlagartig war es so heiß, als berühre sie Feuer. Sie zuckte zurück und steckte die Finger in den Mund. Sie fühlten sich an wie verbrannt.

»Diese Priester müssen Zauberer sein!«, rief Carex. »Deshalb wollen sie keine Beobachter. Sie könnten ebenso der Hexerei verdächtigt werden. Was haben sie mit dir gemacht?«

»Bislang nicht viel. Sie sagten bloß, ich werde für eine Weile hierbleiben und solle mich nicht fürchten. Sie geben sich sehr fürsorglich. Aber ihre Ausstrahlung, sie ist so ... erdrückend. Es ist furchtbar, ihre Nähe zu ertragen. Als wäre ich ihnen vollkommen ausgeliefert ...«

»Keine Angst, wir holen dich zurück.« Vertex hatte sich von der heißen Begegnung erholt und trat so nah an die Lichtkuppel heran, wie es auszuhalten war. Die Haut seines Gesichts und seiner Hände leuchtete rot.

Carex hob etwas vom Boden auf. »Vielleicht können wir das Ding zerbrechen?«, schlug er vor und warf einen Stein gegen das magische Gebilde. Kurz glühte er auf, flog ungehindert hindurch und knallte an die Kirchenmauer.

Zweifelnd sah Tenebrae zu, wie ihr Bruder einen Stock nahm und damit auf die Lichtkuppel einprügelte, bis das Holz Feuer fing und er es erschrocken wegwarf.

»Das ist keine Wand, das ist reine Hitze«, stellte Vertex fest.

»Dann könnten wir sie vielleicht mit Wasser auflösen«, überlegte Tenebrae, drehte sich um und wollte zum Brunnen eilen, als sie vor sich ein weißblondes Mädchen stehen sah. »Alba! Was ... tust du hier?«

Die anderen zwei fuhren herum. »Wer ist das?«, flüsterte Vertex.

»Nun ja, das ist ...«

»Larva!« Lacrimas hohe Stimme ließ ihren Gemahl erstarren. Mit unbewegter Miene schritt das blasse Geschöpf zwischen den Dreien hindurch und blieb vor dem Lichtgefängnis stehen.

»Oh Larva, wie groß du geworden bist! Und so schön ... Es tut mir so leid. Ich war eine furchtbare Mutter. Bitte verzeih ...«

Die Weiße hob eine Hand. Lacrima verstummte. Dann hob sie die zweite, schloss die Augen und entspannte die Schultern. Ein silbriger, milder Schein schien von ihr auszugehen, der das gelbliche Licht zart durchdrang und allmählich ausfüllte. Nach einer Weile löste sich der Halt, das immer schwächere Leuchten zerfloss und war schließlich verschwunden. Larva öffnete die Augen, senkte die Hände und verließ den Ort wie ein vorüberströmender Windhauch.

Still blickten die vier ihr nach, bis sich Vertex als Erster regte und vorsichtig durch die Luft um Lacrima strich. »Es ist weg!« Er sprang zu seiner Gefährtin, half ihr auf und legte seinen Arm so fest um ihre Schultern, als wolle er sie nie wieder loslassen. »Verschwinden wir endlich.«

»Aber wohin?«, überlegte Tenebrae. »Sie werden Lacrima suchen, und die Wachmänner wissen, wo sie wohnt.«

»Ich nehme sie mit zu mir«, bot Carex an. »Sie wird das Haus nicht mehr verlassen können, doch dort ist sie sicher.«

Lacrima willigte ein. Bemüht um nicht zu große Hast, kehrten sie durch die einsamsten Gassen in ihr Viertel zurück. Die Neuigkeiten verbreiteten sich wie ein Heuschreckenschwarm unter den Nachtwölfen, lösten allerdings mal mehr, mal weniger Unbehagen aus. Es stand noch immer nicht fest, ob die Sacerdosolis tatsächlich in der Lage waren, sie ihrer Wolfsgestalt zu berauben.

Sicher war jedoch, dass sowohl die Menschen als auch die Mischwesen sie nun noch leichter verdächtigen und verraten konnten, da solch eine Reinigung laut der Priester eine reine Wohltat war und nicht erst den Aufwand eines Gerichtsverfahrens erforderte.

Mit der sinkenden Sonne legte sich allmählich der Aufruhr, und um auch seine letzten Reste loszuwerden, wanderte Tenebrae in der Dämmerung zwischen den Gassen umher. Die Luft war kühl und still, es regte sich nicht viel auf ihrem Weg. Da huschte eine Gestalt um die Ecke und schlüpfte hinter das nächste Haus. Die Nachtwölfin hielt inne, ahnte, um wen es sich handelte, und schlich hinterher. Tatsächlich: Laureyn. Es fiel ihr schwer, ihn mit seinem wahren Namen zu bezeichnen, wenn er in seiner Tarngestalt war. Zu lange hatte sie ihn für zwei Personen gehalten. Ein Grinsen breitete sich auf ihren Lippen aus. Endlich hatte sie es geschafft, ihn bei seiner heimlichen Nahrungsbeschaffung zu beobachten.

Sie folgte ihm durch die Gassen, überlegte, wann sie ihn überraschen sollte, als er abrupt stehen blieb. Sie erstarrte. Hatte er sie bemerkt? Sein Blick hatte sich an etwas am Boden geheftet. Sie erspähte den Haufen toter Ratten, den die Wölfe bei ihren nächtlichen Jagden zusammentrugen. Alles, was der Hunger nicht sofort einforderte, landete hier zur freien Verfügung.

Langsam ging Laureyn in die Knie, starrte mit wachem Blick geradeaus und wiegte seinen gespannten Körper hin und her. Tenebrae konnte seine nach vorn gerichteten, steil aufgestellten Pinselohren beinahe vor sich sehen. Plötzlich schoss er in die Höhe, stürzte sich mit zu Krallen versteiften Fingern auf eine Ratte und biss kräftig hinein.

Tenebrae lachte auf. »Verzeih die Einmischung, aber ich könnte schwören, die war bereits tot.«

Laureyn erschrak und machte einen Satz in die Luft. Hastig nahm er eine gerade Haltung an. »Guten Abend, Eleyn. Ideale Zeit für die Jagd, nicht wahr? Man muss schließlich in Übung bleiben. Denk nicht, ich könnte mich nicht beherrschen.«

»Natürlich. Das ändert allerdings nichts daran, dass deine Tarnung keineswegs so meisterhaft ist, wie du vielleicht glaubst. Ich konnte deine Schritte eine ganze Zeit lang verfolgen.«

»So. Dann ist dir der heutige Tag offenbar wohlgesinnt.«

»Abgesehen von deiner Überführung hätte er nicht schlimmer sein können.«

»Ich meine diese Priester. Sie werden euer Leben erheblich erleichtern.«

Tenebrae blinzelte ihn an. »Bitte?«

»Ist dir das noch nicht bewusst geworden? Sobald ihr euch ihrer Reinigung unterzieht, verlieren die Menschen ihren Grund, euch zu töten.«

»Nur, falls es unmöglich ist, uns unseren Wolf zu rauben.«

»Zweifelst du daran?«

»Anfangs war ich fest davon überzeugt. Inzwischen aber bin ich mir nicht mehr sicher. Die Sacerdosolis glauben nicht nur an ihre Macht, sie besitzen wirklich welche. Und wären sie wahrhaftig fähig ... Das Risiko ist zu groß.«

»Nun, ich kann dir zumindest versprechen, dass die Mischwesen euch vorerst nicht mehr an die Menschen verraten werden. Caedes hält nichts von dem Gefasel der Sonnenpriester und hat den gerade erst gefassten Plan aufgegeben, euch einen nach dem anderen in den sicheren Tod zu schicken. Die Weißkutten würden jeden abfangen und ihm ein schützendes Siegel aufdrücken. Jetzt arbeitet er hitzig an einem neuen.«

»Den bekommt er, sobald sich die Ankündigung der Sacerdosolis' bewahrheitet.«

»Oder sie bewahren euch vor dem Galgen. Es wäre euch zu wünschen. Die Gegenläufer können derzeit auch nicht viel tun.«

»Bis auf dich. Ich danke dir, Laureyn, besonders für die Auskunft. Es ist gut zu wissen, vorerst nichts von euch befürchten zu müssen. Gib auf dich acht.« Gemächlich schritt Tenebrae an ihm vorüber. Dabei versetzte sie einer der Ratten vom Haufen einen kräftigen Tritt. Die Beute rollte davon, Ferrum setzte ihr nach, packte sie und bearbeitete sie nach Katzenart.

»Was hast du vorhin noch gleich gesagt?«

Er hielt inne. »Vergiss es.«

Tatsächlich war seither kein weiterer Nachtwolf gegen seinen Willen fortgeschafft worden. Vielleicht war Ferrum wirklich der Freund in den feindlichen Reihen, den sie so dringend brauchten. Tenebrae musste gestehen, dass sie ihm seit ihrer letzten Begegnung bereits vertraute und wie wohl ihr damit war. Das Wissen, Hilfe von außen zu erhalten, setzte in ihr ein neues Gefühl der Sicherheit frei, das die Ängste und Sorgen erstmals dämpfte, obwohl die Gefahr noch lange nicht gebannt war.

Mit diesen Empfindungen stand sie im seichten Nebel dieses kühlen Maimorgens und beobachtete die steigende Helligkeit, das einzige Zeichen der Sonne, die wegen der hohen Stadtmauern noch nicht zu sehen war. Die letzte Nacht hatten Vertex und sie bei Carex' Familie verbracht, um wieder mit Lacrima zusammen sein zu können, die ihren Schock allmählich überwunden hatte.

Mit ihrer Bedingung, allein zu arbeiten, hatten sich die Sacerdosolis ihren eigenen Graben geschaufelt. Der Bericht der Geflohenen hatte den ersten Unmut der Adligen erzeugt. Ihre Meinung war klar: Die Priester hatten sich selbst um die Verschwundene zu kümmern und würden sich für jeden bis dahin entstandenen Schaden zu verantworten haben. Da die Weißkutten nichts von ihrem Wohnort wussten und sich nicht ausschließlich mit ihrer Flucht beschäftigen konnten, kamen sie mit der Suche beruhigend schwerfällig voran.

Eine Bewegung ein paar Häuser weiter lenkte sie ab. Es war Belua, die humpelnd dort entlang hastete, immer wieder stehen blieb und in die Gassen spähte, bis sie ihre Freundin entdeckte und auf sie zu sprang. »Hast du Litus und Unda gesehen?«

»Zuletzt vor einigen Tagen. Sind sie verschwunden?«

»Sie waren die ganze Nacht nicht da. Schon seit gestern Abend. Und haben nichts gesagt!«

In Tenebrae straffte sich jede Faser. »Suchen wir sie.« Sie sprintete los und stockte abrupt. Die zwei Geschwister waren in einiger Entfernung auf der Straße erschienen. Eng beieinander, die Arme um den anderen geschlungen, als müssten sie sich stützen, bewegten sie sich Schritt für Schritt vorwärts.

Belua stieß einen schrillen Ton aus und raste mit ihrer Freundin hinter sich auf die beiden zu. Als sie sich fast erreicht hatten, fiel Litus auf die Knie und der kleinwüchsigen Nachtwölfin in die

Arme. Über Undas Gesicht liefen Tränenbäche. Niemand sprach ein Wort. Tenebrae geleitete die wankende Gruppe durch den Nebel in ihr Haus.

»Er ist tot«, flüsterte Unda tonlos. »Unser Wolf. Sie haben ihn umgebracht.«

»Die Priester?« Tenebraes schlimmste Befürchtungen türmten sich in ihr auf.

Unda nickte.

»Sicher?«, quiekte Belua. »Das darf nicht möglich sein!«

»Es ist möglich. Und es ist geschehen.« Litus' Stimme klang hohl, seine Augen blickten leer. »Sie fesselten uns an Stämme. Zwangen uns zur Verwandlung. Wir konnten uns nicht weigern, ihre Macht ist zu groß. Sie umstellten uns im Kreis, hüllten uns in ihre Energie. Und dann, am Morgen, als der Tag die Nacht besiegte ... brannten sie unsere Wolfskörper ab.«

Tenebrae versuchte ihr Entsetzen zurückzudrängen, bevor es über sie hereinbrach. »Aber ihr seid noch immer Nachtwölfe. Ich kann die Magie in euch spüren.«

»Was uns ausmacht, ist mehr als nur der Wolf. All unsere anderen Fähigkeiten, sie sind erhalten geblieben. Vielleicht auch unsere Magie. Doch was nützt sie, ohne Körper, in den wir uns verwandeln können.«

»Wir holen ihn zurück!« Belua sprang auf. »Von den Sonnenzauberern!«

Litus schüttelte langsam den Kopf. »Nein, meine Liebe. Selbst sie können keine Toten erwecken.« Seine Stimme senkte sich auf ein kaum hörbares Flüstern. »Es ist vorbei.«

Qualvolles Schweigen erfüllte den Raum.

Tenebrae sah die Bedeutung all dessen wie einen Felsrutsch auf sich zurasen. Die Sacerdosolis könnten problemlos jeden Bewohner der Stadt reinigen, bis kein Nachtwolf mehr einen Wolfskörper besaß. Ohne ihn wären sie im Kampf gegen die Mischwesen machtlos, einfacher könnten jene ihre Feinde kaum niederzwingen ... Sie zog die Stirn in Falten. »Eines verstehe ich nicht. Warum haben sie sich gerade für euch entschieden? Wurdet ihr gesehen?«

»Angeblich ja«, flüsterte Unda. »Aber wir waren immer vorsichtig. Es war viel zu dunkel für Menschenaugen.«

»Mischwesen!«, knurrte Belua.

»Nein«, widersprach Tenebrae. »Ich hörte welche in der Stadt, die darüber redeten. Caedes glaubt nicht an die Macht der Priester. Uns an sie zu verraten würde ihm aus seiner Sicht schaden.«
»Und wem sollte es sonst nützen?« Beluas Stimme überschlug sich fast. »Wer kann unseren inneren Wolf sehen und will zwei davon tot haben?«
»Drei«, berichtigte Unda. »Noctiluca hat es ebenfalls durchlitten.«
In Tenebrae kochte der Zorn auf. Niemand durfte auch nur einem Mitglied ihres Rudels einen Teil seines Wesens abreißen! Zugleich überkam sie die Erkenntnis. »Oh ja, es wandelt noch jemand in dieser Stadt, der einen Nachtwolf erkennen kann und den sein Schmerz erfreuen würde. Und dafür wird er büßen!«

Sofort nach dem Gespräch marschierte Tenebrae auf den Marktplatz, wo sie sich an den Rand stellte und wartete. Hier war die Wahrscheinlichkeit am größten, diejenige zu treffen, die sie am liebsten öffentlich angefallen hätte. Doch die ideale Strafe für sie kam mit einem Lächeln dahergeschlichen, bevor sie langsam und umso tiefer zubiss.

Es brauchte viel Geduld, bis Salomea den Platz betrat. Unauffällig bewegte sich Tenebrae hinter den Ständen entlang auf einen Wachmann zu, der den Markt im Blick behielt. Sie sprach ihn an und wies auf die rudellose Nachtwölfin. »Diese Frau dort, ich fürchte, ihr wohnt der Teufel inne. Ich beobachtete seltsames Verhalten an ihr, und das darf ich nicht länger verschweigen. Bitte, bringt sie den Priestern der Sonne, auf dass sie ihrer armen Seele Gnade gewähren.«

Die Wache zögerte nicht, trat auf Salomea zu, wechselte ein paar rasche Worte mit ihr und packte schließlich ihren Arm. Kalt verfolgte Tenebrae, wie die Nachtwölfin weggeführt wurde. Ihre Aufgabe war erledigt.

In der folgenden Nacht schlich Tenebrae ruhelos durch die Gassen, getrieben von Hass, Trauer, Wut und Angst. Wie viel Zeit würde bleiben, bis die Mischwesen von der wahren Macht der Sacerdosolis erfuhren? Ihr Rudel war in höchster Gefahr. Beinahe hätte sie im Sturm ihrer Gefühle das Wimmern überhört, das aus einer Nebengasse drang. Sie folgte ihm und sah drei Nachtwölfe an einer Hauswand lehnen: Noctifer mit seiner Schwester im Arm und dem Blick in den Sternen, sowie Imber, die den Boden anstarrte, aber aufschaute, als Tenebrae sich näherte.

»Ich wünschte, ich könnte mich freuen, dich zu sehen«, raunte die zierliche junge Frau. »Doch ich glaube, nur eine gute Fee könnte mich jetzt glücklich stimmen.«

»Das verstehe ich zu gut. Ich hörte, was geschehen ist.« Tenebrae wies mit den Augen zu Noctiluca, die heftig schluchzte und jammerte.

»Es ist nicht nur das.« Imber rückte näher an die schwarzhaarige Nachtwölfin heran und dämpfte ihre Stimme. »Es war leider nicht die Zeit, die das Verlangen nach Wolfsblut der beiden schwächte. Inzwischen bin ich zu dem Schluss gekommen, es war dieser Wald. All die Energie, die durch die Erde zu fließen schien, das sprühende Leben, die ungehinderte Kraft ... ich glaube, das war Nomera.«

Tenebrae schwieg überrascht. Im Gegensatz zu ihr hatte dieses schüchterne Wesen die Wahrheit ganz von selbst erkannt.

»Ich weiß, das klingt unglaublich. Auch Noctifer ist skeptisch, aber wie sonst ließe sich all das erklären? Sieh, er und Noctiluca sind süchtig nach Magie, und wer könnte ihnen mehr davon geben als eine magische Mutter wie Nomera? Sie muss in ihren Wassern fließen, in ihren Pflanzen wachsen und in jedem Tier fortleben. Seit wir sie verlassen haben, wurde das Verlangen der beiden wieder stärker und ist schon jetzt fast unerträglich. Bei Noctiluca bleibt es selbst nach dem Verlust ihres Wolfskörpers bestehen. Das wäre ihre letzte Rettung gewesen. Es könnten schreckliche Dinge geschehen, wenn wir nicht so schnell wie möglich zurück nach Nomera kommen.«

»Und jetzt zu gehen, hieße, von den Mischwesen überfallen zu werden.« Tenebrae senkte den Blick. Wie viele furchtbare Neuigkeiten lauerten ihr heute noch auf? »Ich habe nie daran gedacht, dass es erneut so schlimm werden könnte. Es quält mich, nichts für euch tun zu können. Für uns alle.«

Imber seufzte tief, konnte ein Schluchzen nur schwer unterdrücken.»Ich ... ich glaubte wirklich, sie hätten es überwunden. Ich war mir so sicher. Wären wir bloß dortgeblieben ... Es ist so ungerecht.«

»Ja. Irgendjemand scheint der Meinung zu sein, unsere Art sollte mehr zu leiden haben als andere. Nun missbrauchen diese Priester uns Unbeteiligte, die es ohnehin schwer genug haben, und verstehen nicht einmal, was sie uns ...«

»Es tut mir so leid!«, stieß Noctiluca hervor.»Ich wusste nicht, wie es enden würde. Ich war so verzweifelt, irgendetwas musste doch ...«

»He, langsam, beruhige dich«, redete Noctifer auf seine Schwester ein.»Niemand von uns kann ändern, was geschehen ist. Lass es ruhen.«

Tenebrae trat einen Schritt auf sie zu.»Dir muss nichts leidtun, Noctiluca. Du bist hierfür nicht verantwortlich.«

»Oh doch, das bin ich.« Ihre Stimme wurde schrill.»Ich habe mich und die Zwillinge den Priestern ausgeliefert!«

Allen drei Zuhörern blieben die Worte im Hals stecken.

Noctifer zog seine Schwester enger an sich.»Erzähl es uns.«

Sie schloss die Augen.»Ich musste doch ... ich musste es versuchen! All diese Bilder von ... Blut und zappelnden Leibern, die nicht enden wollende Gier und ... der ständige Kampf, ihr nicht nachzugeben. Ich halte es nicht mehr aus! Die Priester waren meine einzige Hoffnung. Aber sie ... sie sagten, der Aufwand des Rituals sei hoch ... und dass sie es erst durchführen würden, sobald sich wenigstens drei Personen gefunden hatten. Ich konnte nicht länger warten. Ich sah diese zwei Kleinen in ihr Haus gehen, da holte ich sofort die Wachen. Es ... ich wusste doch nicht, wie schlimm es wird! Es tut mir so ... kann einfach nicht mehr. Und jetzt ... alles vorbei ...« Noctiluca war unter ihrem Wimmern kaum noch zu verstehen. Ihr Bruder schlang seine Arme um ihre Schultern und vergrub sein Gesicht in ihrem Haar. Beide zitterten.

Tenebrae stand starr da und wusste nicht, was sie sagen, fühlen oder denken sollte. Nur ein Wort drang klar hervor: *Salomea.*

Vielleicht war es noch nicht zu spät. Die Sacerdosolis hatten in dieser kurzen Zeit sicher keinen weiteren Nachtwolf aufspüren können. Tenebrae rannte Richtung Marktplatz. Der erste Schimmer des Morgens breitete sich bereits über den Himmel aus. Bei der Kirche angelangt steuerte sie sofort den Bereich zwischen den Säulen an. Er war leer. Auch überall rund um das Gebäude fand sich keine Spur von Salomea. Hatten sie die Nachtwölfin diesmal an einem anderen Ort untergebracht? Wo konnte das sein? Innerhalb der Kirche?

Tenebrae musste vorerst aufgeben. Bei Tag konnte sie unauffälliger in den heiligen Bau gelangen. Mehr Möglichkeiten sah sie nicht. In der Morgendämmerung kehrte sie zurück, stapfte auf das Pestviertel zu, hielt inne. Auf der Straße vor ihr wankte eine Gestalt in ihre Richtung, tastete sich mehr vorwärts, als dass sie ging. Tenebrae näherte sich ihr angespannt. Das durfte nicht wahr sein ...

»Salomea, du wirkst so ... bist du wohlauf?«

Sie hob den Blick, taumelte kurz und stützte sich an einer Hauswand ab.»Ah, du! Oh ja, ich fühle mich so gut wie nie. Du spürst den Grund, nicht wahr?«

Tenebrae schluckte.»Warst du bei den Sacerdosolis?«

»Ja, endlich! Ich hatte bereits darüber nachgedacht, sie um Hilfe zu bitten, war aber nicht sicher. Nun hat wohl ein weiser Engel mir die Entscheidung abgenommen. Und wie rasch es vonstattenging! Zwei völlig gewöhnliche Frauen erbaten sich ebenfalls Hilfe, aus Angst, besessen zu sein. Das reichte den Sacerdosolis aus, das Ritual noch am folgenden Morgen zu vollziehen. Und ich bin endlich frei!«

Unsicher betrachtete Tenebrae sie. Waren ihre Augen vorher schon so blass gewesen?»Und, dir ... ist wirklich wohl damit? Der Verwandlungsdrang ...?«

»Besteht noch, aber er wird sich gewiss legen. Schließlich bin ich nun ein reiner Mensch.«

»Bist du dir sicher? Du fühlst dich nicht hohl oder ... zerrissen?«

Salome spannte die Lippen zu einem Lächeln, doch es erreichte nicht ihre Augen.»Warum sollte ich? Ich bin gereinigt. Es geht mir wunderbar! Da ist diese Leere, die gefüllt werden möchte. Komm, wir fragen sie gleich, wann sie es bei dir machen können.«

»Nein, ich glaube, ich bleibe so. Du wirst mich doch nicht an sie verraten?«

»Das habe ich nicht nötig. Für mich ist es abgeschlossen. Mach, was du willst. Auf bald.« In kurzen Schritten, die Finger an der Wand, bewegte sie sich weiter die Straße hinauf. Tenebrae sah ihr nach, versuchte ihr Gewissen zu beruhigen. Aber so leichtgläubig war es nicht.

Langsam schlurfte sie im blassen Morgenlicht zurück, steuerte ihr Haus an und hielt inne. Ein Impuls drängte sie, noch einmal bei den Wolfsblutgeschwistern vorbeizuschauen. Sie gab ihm nach.

In der Gasse fand sie bloß Imber vor, die unruhig hin und her ging.

»Sie baten darum, allein zu sein«, antwortete jene auf ihre Frage hin.»Dann zogen sie sich ins Haus zurück. Tenebrae, ich habe kein gutes Gefühl. Könntest du nach ihnen sehen? Der Eingang ist gleich da hinten.«

Sie folgte der Bitte, stellte sich vor die Tür und drückte sie nach einem tiefen Atemzug langsam auf. In einer Ecke des Raumes kniete Noctifer am Boden, den schlaffen Körper seiner Schwester eng an sich gedrückt. Beim leisen Knarzen öffnete er die Augen und sah sie aus dem Winkel heraus an.»Hat Imber dich geschickt?« Seine Stimme klang belegt und rau.

»Wir sorgen uns beide um euch.«

»Uns ...« Der Nachtwolf ließ behutsam seine Arme sinken, bis Noctiluca auf seinem Schoß zu liegen kam. Aus ihrer Brust ragte der Griff eines Messers.

Tenebrae sog scharf die Luft ein. Mehr brachte sie nicht hervor.

»Wir haben beide unter der Mitgliedschaft des Wolfsblutrudels gelitten«, begann Noctifer leise.»Doch ihre Qualen waren von Anfang an schlimmer als bei jedem anderen. Ihre einzigen Glücksmomente fand sie in der Euphorie eines Blutmahls, bevor sie zurück in das Loch der Reue fiel. Dort versank sie in Pein und Verzweiflung, verfluchte sich selbst und schwor, nie wieder dem Drang zu verfallen, egal, was geschehen würde. Bis sie sich mit ungehemmter Lust auf das nächste Opfer stürzte. Sie brauchte es, um ihren Schmerz zu vergessen, und wickelte sich so immer tiefer in das Netz ihrer Sucht. Letztendlich war sie nicht einmal mehr fähig, auf andere Weise Freude zu empfinden. Selbst nach ihrer Flucht. Selbst in diesem Wald. Sie konnte mit ihrer neuen Freiheit nicht umgehen. Möge endlich jemand kommen, der Adamas aus dieser Welt schafft.« Noctifer packte den Stoff in seinen Händen fester. »Kurz, nachdem du gegangen bist, überwältigte sie der Schmerz. Sie wollte den Morgen nicht mehr erleben, flehte mich an, es zu beenden. Das Tier in uns verhindert Selbstmord, also erfüllte ich ihr den Wunsch.« Er starrte müde und beinahe ausdruckslos auf den stillen Leib in seinen Armen hinab. »Was auch immer nach dem Tod geschieht, möge es für sie das Schönste sein, was diese Welt zu bieten hat.«

Tenebrae wollte irgendetwas Bestärkendes erwidern, doch ihr kam nichts in den Sinn. Stattdessen sagte sie: »Ich kann euer Schicksal nicht ändern, aber ich werde dafür sorgen, dass kein weiterer von uns diese scheußliche Spaltung erfahren muss.«

Er seufzte, dann hob er den Kopf und betrachtete sie eine Weile. »Deinetwegen hätte mir Adamas fast die Kehle durchtrennt. Nun verlange ich deine Hilfe: Noctilucas Tod soll uns einen letzten Nutzen bringen. Ein Mahnmal für die Sacerdosolis, öffentlich sichtbar, vor der Kirche. Denk nicht, ich würde glauben, das werde etwas anstoßen, geschweige denn ändern. Ich mache mir nichts vor. Ich will ihnen bloß etwas mitteilen. Um nicht gesehen zu werden, werde ich es in der Dunkelheit tun, doch das allein wird mich nicht vor jedem Beobachter schützen. Ich könnte jemanden gebrauchen, der die Umgebung im Auge behält. Und ich möchte ungern Imber bitten.«

»Selbstverständlich. Sei unbesorgt, ich werde da sein.«

Er nickte. »Dann sehen wir uns heute Abend. Nun muss ich den richtigen Weg finden, um es Imber zu erklären.«

Tenebrae schaute bekümmert auf den mageren Nachtwolf hinab. Ein weiteres Mal suchte sie vergeblich nach trostspendenden Worten. »Es ... es tut mir leid. Alles.«

»Das muss es nicht. Du bist nicht schuld daran.«

Sie erwiderte nichts, als sie leise das Haus verließ. *Aber genau so fühle ich mich.*

29
Verraten

Sie hatten Noctilucas Leichnam direkt vor den Eingang der Kirche gelegt, zusammengekrümmt, als könne der Schmerz sie selbst im Tod nicht loslassen. Ihre Mission gelang ohne Erschwernisse, und anschließend versammelten sie sich gemeinsam mit allen anderen Nachtwölfen im größten Haus des verlassenen Viertels. Über den Tag hinweg hatten die neuesten Erkenntnisse jeden erreicht, und es war eindeutig, dass sie dringend einen Plan brauchten, damit ihr Schicksal nicht in einer Katastrophe endete.

Es wurde eng in dem vergleichsweise ausgedehnten Raum, die ohnehin angespannte Stimmung noch gereizter.

»In dieser Lage stecken wir«, beendete Saxum seine Zusammenfassung. »Wer hat einen Vorschlag?«

»Ganz einfach: Wir verlassen die Stadt«, verkündete Genista.

»Und werden erneut von den Mischwesen gejagt. Dann haben wir nichts gewonnen.«

»Ich fand deine Idee von Anfang an schon dumm.«

»So sind wir ihnen immerhin entkommen«, knurrte der Leitwolf des Felsrudels. »Wir könnten in einer schlimmeren Lage stecken.«

»Lasst uns nicht über das Vergangene streiten, sondern über jetzt«, ging Vertex dazwischen. »Bleiben oder gehen wir? Uns droht überall Gefahr.«

»Bliebe die Frage, welche wir leichter bannen können«, überlegte Lapis.

»Die Priester«, grollte Genista. »Wir töten sie einfach.«

»Einfach?«, erwiderte Vertex. »Trotz ihrer Macht?«

»Wir sind doppelt so viele wie sie.«

»Und wenn sie tot sind, dann was? Lassen wir sie auf der Straße liegen? Verstecken sie unter unseren Tischen? Wie lange soll es dauern, bis der Verdacht auf uns fällt?«

Genista gab ein schnippisches Schnauben von sich.

»Und wenn wir ihnen freundlich offenlegen, was ihre Reinigungen für uns bedeuten?«, schlug eine Ginsterwölfin vor. »Und darum bitten, uns zu verschonen?«

»Was sie selbstverständlich sofort respektieren und sich aufrichtig bei uns entschuldigen werden«, kommentierte ihr Nebenmann spöttisch.

»Wir überbringen es nicht als Bitte, sondern als Drohung«, sagte Lapis leise.

»Würden sie das ernstnehmen?«, hakte Ira nach.

»Vielleicht nicht beim ersten Mal, aber sobald einzelne ihrer Mitglieder spurlos verschwinden ...«

»Ach, auf einmal dürfen wir sie doch töten?«

»Solange wir nur eine Hand voll Leichen verstecken müssen, Genista, dann ja.«

Saxum zog die Stirn in Falten. »Eine Drohung also. Wie soll sie aussehen?«

»Auf jeden Fall dunkel«, stellte Ira klar. »Sie dürfen unsere Gesichter nicht sehen.«

»Und niemand sollte in der Nähe sein, der ihnen zu Hilfe eilen kann«, fuhr Lapis fort.

»Dafür gäbe es eine passende Gelegenheit«, meldete sich Unda zu Wort, deren einst bachgleich sprudelnde Stimme noch immer wie zäher Schlamm floss. »Wenn die Priester ihre Opfer nachts zum Ritualplatz durch das östliche Tor aus der Stadt bringen. Dabei kommen sie durch unser Viertel.«

»Dazu müssten wir warten, bis sie genügend neue Opfer beisammen haben«, überlegte Raphanus. »Aber sollte es uns gelingen, sie zu befreien und den Priestern zugleich einen Schrecken einzujagen, wäre es ideal.«

»Dann warten wir.« Saxum ließ seinen finsteren Blick schweifen. »Es ist riskant, weil ein paar hier in Gefahr geraten werden. Und wir dürfen den richtigen Moment nicht verpassen. Sollten euch die Priester gefangen nehmen, macht darauf aufmerksam. Schreit, ruft, teilt es anderen Nachtwölfen mit. Wir müssen genau wissen, wie viele sie bereits haben, um abzuschätzen, wann wir ihnen auflauern. Sorgt euch nicht. Das nächste Mal scheitern sie.«

Furchtsam erwarteten die Nachtwölfe die kommende Zeit. Jeden Abend unterrichteten sie sich gegenseitig von den neuesten Ereignissen, bis Agilitas' und Cataractas Gefangennahme bekannt gegeben wurde. Zwei Tage später machte Tenebraes Herz einen Satz und hörte fortan nicht mehr auf zu klopfen: Sie hatten auch ihren Schützling Silex mitgenommen.

Ab dieser Nacht hielt sich das Rudel verborgen in den Gassen bereit. Tatsächlich glühten bald flackernde Fackeln auf der Straße auf. Offenbar wollten die Sacerdosolis keine Zeit verschwenden.

Die Nachtwölfe warteten, bis sich die Gruppe an der richtigen Stelle befand, dann glitten sie wie Schatten hervor. Als die Priester sich von dunklen Gestalten umringt sahen, die Gesichter unter Kapuzen verborgen, blieben sie überrascht, aber nicht erschrocken stehen. Ruhig und aufrecht standen sie einander gegenüber.

Aus den Reihen der Nachtwölfe trat Lapis vor und erhob ihre kräftige Stimme. »Ihr wisst, wer wir sind, und wir haben eine Botschaft für euch: Euer gepriesenes Ritual reinigt uns nicht. Es zerstört die Hälfte unseres Körpers und damit unseres Wesens. Es hinterlässt tiefe Kratzer in unserer Seele, verkrüppelt unsere Person. Ihr zerreißt uns, die nie einem Menschen schaden wollten. Werden wir aber bedroht, verteidigen wir uns. Und ihr *seid* eine Bedrohung. Solltet ihr mit eurer Vernichtung fortfahren, sehen wir uns gezwungen, unsere Macht gegen euch einzusetzen. Das bedeutet auch Mord. Gebt uns einen Grund, das nicht zu tun. Lasst unsere Genossen frei.«

Die Sacerdosolis rührten sich nicht. Einige Herzschläge verstrichen, dann verwandelte sich ein Teil der Nachtwölfe in die Gestalt ihres Raubtieres. Knurrend näherten sie sich den weißgekleideten Männern, die standhaft blieben, doch einen winzigen Schritt zurückwichen. Sorge mischte sich in ihren Blick.

Die Demonstration schwächte deren majestätische Aura, sodass es den Dreien in ihrer Mitte gelang, in ihren Wolfskörper zu wechseln und zwischen den Priestern hindurch zu schlüpfen, die nichts dagegen unternahmen. Der schmächtige Rüde eilte auf Tenebrae zu, die ihm am nächsten stand, und verbarg sich hinter ihrer tiefschwarzen Gestalt.

»Bist du wohlauf?«, flüsterte sie, die glühenden Augen weiterhin auf die ernst blickenden Männer gerichtet.

»Ich hatte furchtbare Angst, ihr würdet es nicht schaffen«, raunte Silex zurück. »Aber nun ... ich bin so froh! Diese Rede ... meine Mutter ist beeindruckend.«

Ebenjene ergriff erneut das Wort. »Bedenkt unsere Macht. Ihr habt lediglich einen Teil davon erlebt. Ich kann euch keine weiteren harmlosen Warnungen versprechen, bis wir endgültigere Maßnahmen ergreifen. Betrachtet die heutige als gnädig.«

Der vorderste Priester stand Lapis ungerührt gegenüber. Wie auch alle anderen sah er keinem der Nachtwölfe direkt ins Gesicht, eher flogen seine Augen über sie hinweg wie durch Rauchschwaden. Sein Ausdruck war mild, beinahe mitleidig. »Die Dunkelheit eures Inneren zwingt euch zu diesen Worten. Sie allein empfindet den Schmerz und lässt ihn euch spüren. Eure Seelen wissen das, und sie schreien um Hilfe. Fürchtet euch nicht. Euch wird kein Leid widerfahren.« Ohne eine weitere Regung wandte er sich um und schritt mit seinen Begleitern die Straße zurück.

Die Nachtwölfe sahen ihnen still nach, ihre befreiten Freunde mitten unter sich. Ein Siegesgefühl wollte sich jedoch nicht einstellen. Hatten sie wirklich richtig gehandelt?

Die zwei Tage danach wirkten friedlich, doch niemand traute diesem Schein. Fast alle blieben die meiste Zeit in ihren Häusern, hofften und warteten. Während Vertex in Tristrams Schmiede arbeitete, hatte Tenebrae Gesellschaft bei Carex' Familie gesucht, wo sie ruhelos auf und ab ging. Cinis und Ignis versuchten sich Spiele für drinnen auszudenken und verdrängten tapfer ihren Wunsch, hinauszulaufen.

Erschrocken sprangen die beiden in die Ecke, als die Tür aufgestoßen wurde. Die Erwachsenen stürmten vor, bereit, sich dem Eindringling zu stellen.

Doch es war nur Altor, der atemlos hereinstürzte. »Carex, ich brauche ... Tenebrae, du bist auch hier, wie gut ... Ihr müsst mir helfen! Diese verfluchten Priester ... unser Hinterhalt hat ihnen genau verraten, wo wir zu finden sind. Zwei von ihnen sind hier ... und sie haben Ira mitgenommen!«

Tenebrae ballte die Fäuste. »Jetzt reicht es endgültig. Wir machen unsere Drohung wahr! Wenn sie nicht hören wollen ...«

»Müssen sie fühlen.« In Carex' Gesicht glühte entschlossener Zorn. »Arista, bleib bei Lacrima und den Kindern. Altor, zeig uns den Weg!«

Sie preschten durch die Gassen. Kurz darauf hatten sie die Entführer eingeholt, die das Pestviertel bereits verlassen hatten. Wenn die Nachtwölfe nicht gesehen werden wollten, mussten sie schnell sein.

»Ihr haltet unsere Drohung wohl für einen Scherz?« Tenebrae sprach leise, aber mit aller Schärfe, zu der sie fähig war.

Die Priester blieben stehen und drehten sich um, weder Überraschung noch Angst in den Gesichtern. Ira hing in ihren Armen, versuchte sich zu wehren, doch kam nicht gegen sie an.

»Wir stellen euch ein Ultimatum«, knurrte Carex. »Lasst sie frei, oder ihr sterbt!«

Beide Männer blieben unbeeindruckt. »Wer dem Bösen gehorcht, um des eigenen Lebens willen, wird selbst zum Bösen übergehen. Der Herr hat uns auserwählt, um die Welt von allem Schändlichen zu reinigen, gleichgültig, welcher Preis zu zahlen ist.«

Mit eisiger Stimme entgegnete Tenebrae: »Dann fragt ihn, ob er weiß, was ein Nachtwolf ist.«

Die drei verwandelten sich und griffen an. Die Priester hoben die Hände vor das Gesicht, mehr Widerstand leisteten sie nicht. Die Wölfe packten ihre Kehlen und erdrosselten ihre Schreie, bevor sie laut werden konnten. Es war rasch vorbei.

»Weg hier!«, raunte Carex. »Ich höre Schritte.«

Sie wechselten ihre Körper und hasteten taumelnd davon, während hinter ihnen etwas am Boden aufschlug. In der nächsten Gasse drückten sie sich an die Wand und lauschten keuchend.

»Wo ist Altor?!« Iras Stimme war ein stiller Schrei.

Carex lugte um die Kante des Hauses. »Noch dort. Und es kommen Leute!«

Die drei blickten zurück. Altor war direkt bei den toten Priestern gestolpert und versuchte sich aufzurappeln, während er von einer kreischenden und brüllenden Menschenmenge umstellt wurde. Immer mehr kamen hinzu, darunter auch Stadtwachen. Um nicht aufzufallen, näherten sich Ira, Carex und Tenebrae ebenfalls.

Altor erhob sich mit panischem Blick. »Nein, ich habe keine Schuld! Ich rannte gerade hierher und sah eine Gestalt, welche von den Leichen aufsprang und weglief. Ich wollte sie aufhalten, doch wurde niedergerungen!«

»Und genau so war es?«, fragte einer der Wachen. »Von allen Seiten kamen Menschen, die diese Gestalt hätten sehen müssen. Wohin ist dein Täter geflohen?«

Altor sah gehetzt um sich. Tenebrae überlegte fieberhaft, wie sie ihren Bruder aus dieser Lage retten konnte ... Seine Hände, sie waren nicht blutig, auch trug er keinerlei Waffen. Und der wahre Mörder könnte schlicht mitten unter ihnen stehen. Ja, das würde sie einwerfen.

Sie öffnete den Mund. Da blieb Altors Blick an ihr haften, wurde kalt und bestimmt. Langsam hob sich sein Arm, der ausgestreckte Finger zeigte genau auf Tenebrae.

»Sie war es! Sie ist diejenige, die ich weglaufen sah. Sie ist zweifellos ein Werwolf, warum sonst hätte sie die Priester töten sollen? Seht sie euch nur an! Diese pechschwarzen Haare, in der Hölle verbrannt, diese waldgrünen Augen, die vor animalischer Wildheit funkeln. Dort steckt euer Teufel!«

Tenebrae blieben die Worte im Halse stecken. Ihre Sinne setzten aus, ihr Geist schien sich von ihr loszulösen, entzog sich dem Geschehen. Es war nicht sie, die von kräftigen Händen gepackt und weggeführt wurde. Es war nicht sie, die man durch etliche Gassen bis zum südlichen Turm brachte. Und es war auch nicht sie, die auf dem kalten Steinboden des Kerkers aufschlug.

Warum? Warum? Warum?

Kein weiteres Wort konnte Tenebrae fassen. Warum? Warum hatte ihr eigener Bruder ihr die alleinige Schuld zugeteilt? Wie konnte er einem Rudel-, noch dazu einem Familienmitglied so etwas antun? Sicher, er hatte selbst in Lebensgefahr geschwebt, doch dieses Schicksal einfach auf jemand anderen zu verlagern? Ein Wolf dachte immer zuerst an das Rudel. Tenebrae würde niemals auch nur auf den Gedanken kommen, einen Genossen für ihren eigenen Fehler büßen zu lassen. Sie hätte nach anderen Möglichkeiten gesucht oder sich der Strafe schlicht gestellt.

Und weshalb hatte Altor gerade sie gewählt? Allein aufgrund ihres Aussehens? Eine in Panik undurchdachte Wahl? An die dritte Option wollte sie nicht denken. Die eigene Schwester ... Sie hatten sich nie besonders nahegestanden, nicht so wie ihre Wurfgeschwister. Aber das ... Sie empfand keine Wut, nur bittere Enttäuschung. Für sie war das gesamte Rudel durch ein Band fundamentaler Liebe verbunden, unabhängig von gegenseitiger Abneigung einzelner Mitglieder. Erst, wenn Tenebrae sich von ihnen allen umringt sah, stieg in ihr das Gefühl, dieses wunderbare Gefühl von unbezwingbarer Einheit auf: *Wir*. Und diesen Rudelgeist zu verraten, war die schlimmste Sünde für jeden Wolf. Oder sollte es sein.

Allmählich glitten Altor und die Grübeleien aus ihrem Kopf. Ihr Blick klärte sich und nahm Fleck für Fleck ihre Umgebung wahr: die Dunkelheit, die runde Mauer um sich herum, das kalte Gestein unter ihren Beinen und in ihrem Rücken. Schleppend, als käme jeder einzelne Gedanke auf einer Schnecke dahergeritten, begriff sie, wo sie sich befand, und was das bedeutete: Es war vorbei. Endgültig. Wenn man noch mehr Beweise für den Mord fand, abgesehen von dem falschen Augenzeugen, erwartete sie der Galgen. Und sie würden garantiert etwas finden. Ein weiterer Beobachter, der meinte, sie weglaufen gesehen zu haben, würde schon ausreichen. Einzig Flucht könnte ihr Leben retten. Doch wie? Nicht einmal ihr Wolfskörper konnte an diesem Ort etwas ausrichten.

Schwerfällig wollte sie aufstehen, als sie das Metall spürte, welches sich in ihre Knöchel grub. Sie schaute hinab und entdeckte erstmals die Fessel, die den Abstand ihrer Füße bis auf einen geringen Spielraum fixierte. Das Schloss daran war mit einer Kette verbunden, welche in die Mauer hinter ihr eingelassen war. Unbeholfen erhob sie sich und sah sich um. Viel gab es nicht zu sehen. Der Kerkerraum war geschlossen und leer, allein eine gekrümmte Treppe führte an der Wand entlang hinauf. Sie begann der Wölfin gegenüber, ihr Ziel blieb ihr verborgen. Entmutigt sank Tenebrae in sich zusammen, zog die Beine an und starrte geradeaus. Nach einiger Zeit schlang sie die Arme um die Knie und ließ ihren Kopf in die entstandene Kuhle sinken. Allmählich fiel sie in einen unruhigen Halbschlaf, wirre Bilder tanzten vor ihren Augen. Ein Tanz mit Fackeln und Mistgabeln, um eine zusammengekrümmte Gestalt herum, die ihren Namen rief, direkt vor der Kirche, mitten im Wald. Ein Duft stieg auf, nach Steinpilz, auf dem Tannennadeln klebten. Sie griff nach ihnen, doch sie bohrten sich in ihren Knöchel. Wie scharfe Zähnchen.

Tenebrae schreckte auf, sah den Schemen einer riesigen Ratte an ihrem Fuß und stieß sie weg. »Dreistes Biest ...«

»Autsch!«, jammerte es vor ihr. »Klar, was hab ich auch anderes erwartet ... Da tut man einmal dem unwürdigsten Flohpelz der Welt einen Gefallen, und wie wird man belohnt? Getreten und beschimpft! Dann bleib halt hier und versauere meinetwegen.«

Tenebrae blinzelte. Diese Stimme kannte sie. »Niger?«

»Ja wer denn sonst! Vielleicht das Schlossgespenst?! Jetzt steh endlich auf, bevor ich es mir anders überlege.« Der Fledermarder trippelte näher, sein Körper war von einem seltsamen Band umwunden. *Carex' Schutzkette!*, erkannte sie erstaunt. *Maluneths magisches Abschiedsgeschenk.* Ehe sie die Bedeutung dessen begriff, stupste Niger ihr einen metallisch klirrenden Ring vor die Füße.

Tenebrae ergriff ihn und hielt einen Schlüsselbund in der Hand. »Ist einer davon ... für die Fessel?«

»Nein, damit sollst du dir in der Nase bohren. Jetzt beweg dich endlich oder wir fallen aus dem Zeitplan! Schleich dich die Treppe rauf, da oben lenken die anderen deinen Wächter ab. Zieh ihm von hinten eins über. So weit der Plan.« Niger sprang davon.

»Warte!«

»Was denn noch?!«

»Verzeih, dass ich dich damals im Wald angegriffen habe.«

»Vergessen, vergessen. Aber wehe, du machst das nochmal!« Das dunkelbraune Kerlchen huschte die Stufen hinauf.

Tenebrae steckte alle Schlüssel nacheinander in das Schloss.

Einer passte. Knackend sprang es auf, sie nahm es ab und legte die Kette behutsam auf den Boden. Danach zog sie den Riegel aus den Metallschlaufen um ihre Knöchel und streifte sie ab. Mit dem Riegel in der Hand eilte sie die Treppe hinauf, wurde langsamer, als sie Stimmen wahrnahm.

»... ist aber auch meine Schwester.«

Carex!

»Sollte ich mich fragen, ob Werwolfsblut vererbbar ist?« Eine fremde Stimme.

»Versuch es, vielleicht gibst du dir sogar eine Antwort.« Verärgertes Schnauben. »Unverschämtes Gesindel. Schert euch endlich davon, oder ihr werdet ihr Gesellschaft leisten!«

Stufe für Stufe schlich sie weiter, gedämpfter Fackelschein zuckte an den Wänden. Gespannt spähte sie in den nächsten Raum. Ein Wärter stand mit dem Rücken zu ihr, vor ihm Carex und Laureyn. Eine weitere Treppe führte ins obere Stockwerk, eine Tür nach draußen. Leise näherte sie sich.

Die Augen ihres Bruders huschten für einen Moment zu ihr. »Ich glaube, Freundchen, du hast was auf den Ohren.« Flink pflückte er dem überrumpelten Wachmann den Helm vom Kopf. »Vielleicht hörst du mich jetzt besser.«

Jener hob noch die Arme, zu spät. »Was erlaubst du dir, ungehobelter Bauernflegel«, knurrte er. »Dafür wirst du der Hinrichtung deiner Schwester am Pranger beiwohnen!« Er griff nach dem Helm.

Tenebrae flitzte vor, hob den Metallriegel mit beiden Händen und schlug ihn gegen den Kopf des Wärters, der mit scheppernder Rüstung zusammen sackte.

»Ich sagte doch, Niger erfüllt seine Aufgabe prächtig.« Laureyn grinste die Nachtwölfin mit funkelnden Augen an.

»Ihr seid gekommen! Oh Nomera, ich dachte, wir sehen uns bei der Hinrichtung wieder.«

»Ach weißt du, mit Kopf gefällst du mir einfach besser«, lachte ihr Bruder und fiel ihr um den Hals.

»Auf denn, lasst uns verschwinden.« Laureyn bewegte sich auf den Ausgang zu, doch ehe er die Tür öffnete, schwang sie von selbst auf.

Tenebrae erstarrte, aber als Arcanus' Gesicht erschien, löste sich die Spannung von ihrem Körper.

»Wartet noch einen Moment, draußen laufen gleich zwei Nachtwächter vorbei. Ich gebe euch ein Zeichen, sobald es sicher ist.« Schon war er wieder verschwunden. Sein Blick hatte sie lediglich gestreift.

»Lasst uns den hier solange aus dem Weg räumen«, schlug Carex vor.

Tenebrae packte mit ihm zusammen den bewusstlosen Wachmann. Eine Stimme aus den oberen Stockwerken ließ sie innehalten.

»Pesold, geht es dir gut?«

»Verflucht, schnell raus hier!«, zischte Carex.

»Da sind die Nachtwächter«, erinnerte Laureyn. »Was jetzt?«

Carex sah sich hektisch um. »Da rüber mit ihm. Ich hab eine Idee.«

Sie trugen den Wärter an die Seite, die den Treppen gegenüber lag, und legten ihn ab. Daneben stand ein Tisch mit weiteren Gliederfesseln und Ketten darauf. Carex schnappte sich ein ovales, dickes Brett mit drei Löchern, eine Schandgeige, und deutete auf den Kerker. Alle drei huschten hinunter, während sich von oben Schritte über die Stufen näherten.

Still lauschten sie.

»Pesold!«

Die Nachtwölfe lugten von der Treppe aus über die Kante. Der zweite Wachmann lief keuchend zu seinem Kameraden, kniete sich nieder, den Rücken zu ihnen gewandt. Carex stürmte auf leisen Sohlen vor und hob die hölzerne Fessel. Der Wächter stand auf. Ein lautes »A...« verließ seinen Mund, bevor ein dumpfer Schlag das Wort abschnitt. Dann kippte er um.

Tenebrae seufzte auf. Im nächsten Moment schallte das Scheppern und Klirren der auf den Steinboden fallenden Fesseln durch den gesamten Turm, als der bewusstlose Mann auf den Tisch stürzte und ihn mit sich riss.

»Kannst du nicht besser zielen?!«, entfuhr es ihr.

»Ich war leider damit beschäftigt, ihn vom Alarmschlagen abzuhalten«, gab Carex zurück. »Woher sollte ich wissen, dass er in diese Richtung umkippt?«

Über ihnen waren erneut Stimmen zu hören.

»Ähm, die kommen jetzt nicht runter, oder?«, flehte der Nachtwolf.

Ferrum ließ seine menschliche Hülle fallen und sprang ein Stück die nächste Treppe hinauf. »Oh doch«, kam trocken die Antwort. »Zwei, vom Wehrgang.«

»Großartig«, zischte Tenebrae und schielte verzweifelt zu der Tür, die sich noch immer nicht für ein Entwarnungszeichen öffnen wollte.

Carex nahm kurzentschlossen seinen Umhang ab und warf ihn auf die Fackel. Es wurde dunkel. Vorteil für die Nachtwölfe.

»Sie kommen«, raunte Ferrum, sprang die Stufen runter und war wieder Laureyn. »Falls jemand einen Plan hat, wäre jetzt der richtige Zeitpunkt.«

»Hab ich«, flüsterte Carex und bedeutete seinen Kameraden, in den Kerker zu gehen. Die Zwei eilten hinab, während er oben blieb.

»Bring eine Fackel mit, hier ist es stockfinster«, war es über ihnen zu hören.

Tenebrae spähte in den Raum hinauf, um zu sehen, was ihr Bruder vorhatte. Er lauerte in Wolfsgestalt gegenüber bei der Treppe. Von oben näherten sich Schritte in Begleitung von tanzendem Licht, das noch nicht bis zum Boden drang.

Der Nachtwolf spannte die Hinterbeine an, wartete, sprang – dem hinteren Wächter vor die Beine.

Jener stieß einen erschrockenen Laut aus, stolperte und riss seinen Vordermann mit sich. Gemeinsam stürzten sie die Treppe hinab, schlugen am Boden auf, blieben liegen. Einer ächzte, versuchte aufzustehen. Tenebrae hechtete vor, schnappte sich die erloschene Fackel und ließ sie auf ihn niedersausen. Er brach zusammen. Stille kehrte ein. Die drei atmeten auf.

»Das muss man dir lassen, Bruder. Du verstehst es, selbst verursachte Probleme zu beheben.«

»Ebenso die anderer«, fügte Laureyn hinzu. »Ich gebe zu, er hat mich erstaunt, als er so hemmungslos vor deinen Wärter trat und deine Freilassung forderte.«

»Es war das erste, was mir einfiel.«

»*Das* hast du gesagt? Und ich habe es verschlafen ... Mein kleiner Held!«

»Ihr könnt gerne eine Hymne für mich dichten. Aber lasst uns vorerst endlich verschwinden.« Carex, wieder in Menschengestalt, griff nach der Tür. Dann hielt er inne.

Tenebrae beobachtete ihn. »Stimmt etwas nicht?«

»Mir fällt gerade ein, dass ich eine Sache nicht bedacht habe. Du bist eine geflohene Mörderin. Man wird dich suchen. In jedem Haus.« Er schaute hinauf. »Der Wehrgang hier müsste nun unbewacht sein, oder?«

»Wahrscheinlich. Warum?«

Sie traten über das erste Stockwerk hinaus auf die Mauer. Die Reiße glitzerte im Mondlicht und bahnte ihren Weg nach Süden, neben der Straße des Südtores. Linkerseits hinter den Feldern erhob sich die Silhouette eines Waldes. Kühler Wind schlug ihnen entgegen, erfüllt vom Gestank des Grabens, doch darunter trug er verführerische Düfte heran.

»Wenn wir Tenebrae die Mauer hinunterbefördern, mit einem Seil oder so ... könnte sie ungesehen fliehen.«

»Und wo sollen wir eines herbekommen?«, erwiderte jene.

»Suchen. Hier wird sich doch irgendwo etwas Brauchbares finden.«

Sie gingen zurück in den Turm, wo ein paar Waffen an der Wand lehnten und immerhin zwei Schränke standen. Gerade kam Arcanus die Treppe herauf und sah sie mit einer Mischung aus Ärger und Sorge an. »Was habt ihr da für ein Getöse veranstaltet?! Ich musste den Drehspieß samt Gestell umstoßen, der vor dem Wirtshaus steht, und mich als betrunkener Gast ausgeben, um die Nachtwächter vom Turm fernzuhalten.«

»Es gab ein kleines Missgeschick«, antwortete Tenebrae. »Jetzt ist alles ...«

Carex pfiff durch die Zähne. »Das ist zwar kein Seil, aber viel besser.«

Die anderen gruppierten sich hinter ihm. Er hatte einen Schrank mit Waffen und Eroberungsarsenal geöffnet und hielt einen Haufen aus Seilen und Holzstäben in den Händen: eine Strickleiter. Zwei eiserne Haken lagen dabei.

Damit traten sie auf den Wehrgang, hakten die Leiter zwischen den Zinnen ein und ließen sie hinabrollen.

»Viel Glück, Schwesterchen. Wir kommen bald nach! Hoffentlich.«

Tenebrae war gerade dabei, sich über die Mauer zu schwingen, als sie innehielt. »Nein. Ihr kommt nicht nach, ihr kommt mit! Das hier ist die perfekte Gelegenheit für das gesamte Rudel, zu verschwinden.«

»Alle? Jetzt?«, fragte Carex zweifelnd.

»Etwas Besseres wird sich uns nicht bieten. Es ist ideal! So können wir die Stadt verlassen, ohne dass uns die Mischwesen beobachten. Nachts, wenn die Tore ohnehin geschlossen sind, passen sie sicher nicht auf.«

»Da hast du recht«, stimmte Laureyn zu.

Die Nachtwölfin sah ihre beiden Genossen an. »Sind wir uns einig?«

Carex' Miene leuchtete auf. »Und ob wir das sind!«

»Es wird aufwendig, alle zusammenzutreiben«, überlegte Arcanus. »Uns bleibt nicht viel Zeit.«

»Dann lasst uns aufbrechen!«

30
Ein mutiger Freund

Ungestüm rannte Tenebrae die Treppen des Turms hinab. Ihr Körper pulsierte vor Eifer und Vorfreude.

Rasch fesselten sie die vier Wachen mit den Ketten und knebelten sie mit Stücken von Arcanus' Umhang. Danach vergewisserten sie sich, dass sich keine Wächter auf dem Platz vor der Tür herumtrieben, und stürmten durch die nächtliche Stille in Richtung ihres Viertels.

Dort angekommen, blieben sie keuchend stehen. »Am besten legen wir fest, wer welche Häuser übernimmt«, überlegte Tenebrae. »Wir dürfen niemanden vergessen.«

»Und ich sorge dafür, dass jedes Mischwesen erst am späten Morgen die Stadt betritt«, entschied Laureyn. »Wenigstens das kann ich für euch tun.«

Die Nachtwölfin wandte sich ihm zu. »Du hast bereits so unglaublich viel getan. Dein Mut und deine Einsatzbereitschaft sind bewundernswert, und nun weiß ich, dass ich dir vertrauen kann. Richte auch Niger meinen tiefsten Dank aus. Gebt auf euch acht!«

Ein ungewohnter Ausdruck trat in Laureyns grünliche Lehmaugen, eine Mischung aus Überraschung und so etwas wie ... Betroffenheit? Schon war seine gefasste Miene zurück. »Keine Sorge, das werden wir. Setzt alles daran, dass eure Flucht gelingt.« Er lief davon.

Wehmütig sah Tenebrae dem kupferblonden Mann hinterher. Einem Mischwesen, dem sie ihr Leben zu verdanken hatte.

Rasch teilten die drei Nachtwölfe die Häuser unter sich auf, dann trennten sich ihre Wege.

Tenebrae lief Arcanus ein Stück nach und hielt ihn auf, bevor er nach der ersten Tür griff. »War es deine Idee, Ferrum und Niger um Hilfe zu bitten?«

Es war ihm anzusehen, dass er im Augenblick andere Dinge für dringender hielt als diese belanglose Frage. »Dein Bruder hatte mich verzweifelt aufgesucht und um Hilfe gebeten. Darauf kam mir die Idee eines kleinen Helfers, der unbemerkt den Schlüssel stehlen konnte. Dann suchten wir Ferrum auf, zusammen überredeten wir Niger. Carex' Schutzkette trug ein Wesentliches dazu bei.«

»Ich danke dir. Hätte auch nur einer von euch sich nicht so eingesetzt, wäre es vorbei gewesen.«

»Es war eine Selbstverständlichkeit.« Arcanus öffnete bereits die Tür. »Nach all unseren gemeinsamen Erlebnissen kann ich dich nicht einfach aufgeben.« Er war verschwunden.

Nur deshalb? Ein bitterer Beigeschmack trübte Tenebraes Glücksgefühle.

Sie schluckte ihn hinunter und lief zu ihrem ersten Haus. Als sie mit allen durch war, durchsuchte sie auch jedes andere, um absolut sicherzugehen, dass sie niemanden zurückließen. Umsonst, denn alle waren geräumt. Schließlich stand sie auf der Straße allein. Ein letztes Mal schaute sie sich um, dann machte sie sich auf den Weg.

Bald hatte sie das Pestviertel hinter sich gelassen und eilte wachsam durch die Gassen. Dabei streifte der Geruch von Metall und Kohle ihre Nase. Sie warf einen raschen Blick zur Seite, wo Tristrams Schmiede samt Haus an ihr vorüberglitt.

Für Abschiedsgedanken war keine Zeit. An der Ecke zur nächsten Straße hörte sie Schritte, stockte und presste sich an die Wand. Laternenschein erhellte den Weg, zwei Nachtwachen stapften vorbei, die Augen müde geradeaus gerichtet.

Die Nachtwölfin wartete, bis sie außer Sicht waren, warf einen sich vergewissernden Blick über die Schulter und erstarrte. Still wie ein Geist, mit nichts weiter als einem weißen Unterkleid am Leib, war Nethe hinter sie getreten. Die Arme um sich geschlungen, eine ungläubige Neugier in den Augen, lächelte sie Tenebrae an.

»Ich konnte nicht schlafen, weil ich die ganze Zeit an dich denken musste. Dann habe ich dich durch das Fenster vorbeilaufen sehen. Wurdest du freigelassen? Ich wusste, dass du keine Mörderin bist!«

Was jetzt? Sie musste das Mädchen loswerden, schnell. Eine

kalte Ruhe überkam die Nachtwölfin.»Doch, das bin ich. Ich musste es tun. Die Priester der Sonne bedrohen uns, trotz aller Warnungen.«

»Du hast sie ... doch ...? Wen meinst du mit ›uns‹? Wer seid ihr? Wer bist *du*?«

»Ist das die richtige Frage? Willst du wirklich wissen, *wer* ich bin, und nicht *was*?«

Nethe trat einen Schritt zurück.»Bist du ein Werwolf?«

»Nein. Wir sind Nachtwölfe. Und wir sind nicht, wie die Geschichten es euch glauben lassen. Unsere Absicht ist es lediglich, friedlich und unbemerkt unser eigenes Leben zu führen. Nethe, hör nun gut zu: Ich kann dich mit einem einzigen Biss töten. Aber das will ich nicht, und es ist auch nicht nötig. Wenn du also uns beiden einen Gefallen tun möchtest, verkriechst du dich jetzt still in dein Bett, bleibst dort bis zum Morgengrauen und schweigst über all das, was du gerade gehört hast. Andernfalls bleibt mir keine Wahl. Du bist ein kluges und freundliches Mädchen. Entscheide weise.«

Nethe zögerte. Dann ging sie langsam rückwärts, bis sie an die Wand ihres Hauses stieß und nach der Tür tastete. Einen Moment später war sie im Inneren verschwunden. Tenebrae seufzte lautlos, bevor sie sich umwandte und ihren Weg fortsetzte.

Am Ende der letzten Gasse, die auf den Platz vor dem Südturm führte, traf sie auf eine kleine Gruppe Ginsterwölfe, die unsicher um die Ecke schauten. Tenebrae gesellte sich zu ihnen und folgte ihren Blicken: Zwei Stadtwachen standen in der Nähe des Tores und unterhielten sich leise. Zwar ein gutes Stück entfernt, aber wenn die Nachtwölfe die Straße zum Turm überquerten, könnten die beiden sie sehen.

»Wir warten hier schon eine ganze Weile«, raunte Imber.»Wie kommen wir an ihnen vorbei?«

»Sie müssen gehen, andernfalls werden sie uns bemerken«, stellte Noctifer klar. Er stand weiter hinten, die Hand so vor dem Gesicht, dass er die übrigen Nachtwölfe nicht sehen konnte. Seine Muskeln zuckten.

»Können wir sie irgendwie weglocken?«

Sie überlegten und berieten, kamen aber zu keiner Lösung. Die Zeit wurde knapp. Sie mussten die Stadt verlassen, bevor der erste Sonnenstrahl ihre Bewohner weckte.

»Da kommt jemand!«, flüsterte Imber.

Die Wölfe hielten inne. Ein Mädchen schritt über die Straße direkt auf die Wachen zu. Es war Nethe, einen weiten Mantel über das Kleid gestreift. Tenebrae verfluchte ihre eigene Gnade. *Hätte ich diese Göre doch nur umgebracht.* Die Schmiedstochter erreichte die Wächter und wechselte ein paar Worte mit ihnen. Die Nachtwölfe spannten sich an. Das Mädchen streckte den Arm aus und wies nach Westen, weg vom Südturm. Die Männer nahmen Nethe zwischen sich und folgten dem Hinweis. Ein flüchtiger Blick des Mädchens in die Gasse, wo sich die Nachtwölfe verbargen, dann waren sie außer Sicht.

Der Weg war frei. Tenebrae wollte loslaufen, als Imber sie zurückhielt. »Können Noctifer und ich kurz mit dir sprechen?«

»Natürlich.«

Sie ließen die übrigen Ginsterwölfe vorauseilen.

»Wenn das wahr ist«, begann die zierliche Frau, »und wir in wenigen Minuten die Stadt verlassen, dann ... dann verabschieden wir uns hiermit.«

Tenebraes Herz verkrampfte sich, doch sie ahnte den Grund. »Für dich, Noctifer?«

»Ob Nomera oder nicht, dieser ungewöhnliche Wald ist meine letzte Chance.« Er wischte sich Speicheltropfen vom Mund. »Die Gier wird herrischer, meine Gedanken unheimlicher. Ich weiß nicht, wie lange ich noch standhalten kann.«

»Deswegen müssen wir sofort aufbrechen, sobald wir draußen sind. Ich hoffe, wir schaffen es rechtzeitig.«

»Das werdet ihr. Und so sehr ich euch beide vermissen werde, ich möchte, dass ihr uns ohne Zögern verlasst. Vielleicht sehen wir uns eines Tages wieder. Bis dahin wünsche ich euch alles Glück der Welt.«

Sie betraten den Turm und eilten die Stufen hinauf in das obere Stockwerk, das vor Nachtwölfen überquoll. Selbst Larva war anwesend, dicht an Arcanus gedrängt. Saxum sah die Neuankömmlinge kommen und überprüfte, wer sich darunter befand. Dann wandte er sich an Genista. »Mein Rudel ist komplett. Fehlt noch jemand von deinem?«

»Bin ich eine Amme, die all ihre Kinder im Blick haben muss? Jeder ist selbst für sich verantwortlich.«

Saxum musste sich sichtlich zusammenreißen, um nicht zuzuschlagen.

»Soweit ich weiß, sind dies die Letzten«, half Raphanus aus.

»Nun denn, bereitmachen zum Aufbruch!« Genista marschierte durch die Menge auf den Wehrgang.

Raphanus wechselte einen entschuldigenden Blick mit Saxum, der seinerseits das Rudel zusammenrief.

Auf den anderen Türmen waren Schemen im Fackelschein zu sehen, welche die Nachtwölfe in der Dunkelheit noch nicht entdeckt hatten, ebenso wenig ihre fehlenden Kameraden.

Hintereinander kletterten die Nachtwölfe die Strickleiter hinab, Genista vorneweg, Saxum als Letzter. Als Tenebrae von der untersten Strebe sprang und im weichen Gras landete, taumelte sie über die Erde wie durch einen überwältigend schönen Traum.

Das Rudel verwandelte sich, Litus und Unda stiegen auf die Rücken zweier Ginsterwölfe. Dann glitten sie alle halb tastend, halb schlitternd die Böschung hinab und ins Wasser des Grabens. Am anderen Ufer kletterten sie wieder hinauf, konnten sich kaum noch halten und jagten unter dem wachsamen Blinzeln der Sterne davon. Einzig Tenebrae blieb für einen Moment stehen und blickte zurück, wo sie den Augen von Noctifer und Imber begegnete. Ein kurzes Heben ihrer Nasen, dann wandten sich die Zwei nach Norden und rannten los, an einen hoffentlich besseren Ort.

Die schwarze Wölfin fuhr herum und stürmte ihrem Rudel nach, holte es ein und wurde Teil des dunklen, warmen Stromes, der wie ein einziges Geschöpf durch die Nacht glitt. Jeder von ihnen musste sich beherrschen, nicht vor Glück in den Himmel zu heulen. Doch das gemeinsame Schlagen ihrer Herzen ersetzte den Gesang und ließ eine stille Melodie von Gefühlen durch ihren Geist pulsieren.

Gegen Morgen erreichten sie dichten Wald, wo erfrischende und modrige Duftströme sowie sachtes Rascheln und die ersten Vogelstimmen um ihre Sinne strichen. Als sie sich sicher fühlten, verteilten sie sich zur Jagd.

Gesättigt und gestärkt berieten sie ihr weiteres Vorgehen.

»Ich habe es endgültig satt, mich durch alle Lande hetzen zu lassen«, knurrte Saxum. »Die Mischwesen müssen ausgemerzt werden. Von heute an!«

Genista stöhnte. »Gerade sind wir der Stadt entkommen. Und nun willst du uns schon wieder in den Kampf schicken? Wir sind endlich frei, ohne jemanden auf unserer Spur. Lasst uns verschwinden, bevor sie uns erneut aufstöbern.«

»Genau das wird eintreten, gleichgültig, was wir tun. Bald werden sie unseren Aufbruch bemerken und uns suchen. Wir werden nicht in Ruhe leben können, solange sie existieren. Und ich sage euch, wie wir sie vernichten: Wir suchen uns einen idealen Ort, um ungestört unsere Kräfte zu erneuern und eine wohldurchdachte Gegenwehr zu errichten. Sind wir bereit, greifen wir an!«

»War es nicht dein Plan, weitere Rudel als Verstärkung hinzuzuziehen?«

»Dieses Vorhaben war lange genug erfolglos. Wahrscheinlich hat Caedes alle in der Umgebung beseitigt. Nun, da sich die Zahl unserer Feinde erheblich verringert hat, könnten wir mit der richtigen Taktik ohne fremde Hilfe gegen sie ankommen. Egal wie, wir werden es beenden!«

Zustimmendes Gejaul erhob sich, durchmischt von sorgenvollem Winseln. Es würde nicht einfach werden, doch der Kampfgeist des Rudels war erwacht.

Allmählich brachen sie nach Süden auf. Bald stießen sie auf einen Bach, der sich von Norden durch den Wald schlängelte. War es derselbe, der Nomeras Quelle entsprang? Sie folgten ihm, da er Ihnen Trinkwasser zusicherte.

Tenebrae lief leicht und zuversichtlich dahin, bis ihr ein apfelähnlicher Geruch, süß und sauer, in die Nase stach, kurz bevor eine Stimme hinter ihr raunte: »Tenebrae, es tut mir ...«

»Verzieh dich, Altor.« Sie beschleunigte. »Ich will nichts von dir hören.«

»Warte, lass es mich erklären ...«

»Keine Entschuldigung der Welt könnte deine Tat begleichen. Was du auch sagst, ich werde dir nicht verzeihen, also belass es dabei. Die Familie bedeutet dir nichts, das muss ich akzeptieren.«

»Du verstehst das nicht. Die Familie ist mir das Wichtigste von allem! Allein ihr zuliebe habe ich gehandelt, für meinen Sohn, meine Gefährtin. Sie brauchen meinen Schutz, sie dürfen nicht noch jemanden verlieren. Du bist alleinstehend, Tenebrae. Du hast keine Ahnung von solchen Verpflichtungen.«

Für einen Augenblick erstarrte sie, ließ zu, dass Altor weiter in ihren Raum eindrang, bis sie die Beherrschung wiederfand und den nun viel zu geringen Abstand wahren, aber nicht mehr vergrößern konnte.

»Und gerade deshalb«, sprach sie leise, »liegt mir jeder Einzelne meines Rudels am Herzen.« Sie passte eine Lücke zwischen den anderen Nachtwölfen ab, schlüpfte hindurch und versuchte, sich so weit wie möglich von ihrem älteren Bruder zu distanzieren.

»Du fängst mich nie! Ich war schon immer schneller als du.«

»Dann lass uns sehen, ob sich Zeiten ändern können.« Tenebrae hetzte zwischen Baumstämmen und Gesträuch hindurch und versuchte, Carex' Schwanzspitze nicht aus den Augen zu verlieren. Mit seiner kleineren Statur war er deutlich wendiger als sie, da musste sie ihm Recht geben. Doch das gab ihm noch lange keine Siegesgewissheit.

Voller Elan fegte sie durch diesen duftenden, üppig bewachsenen Wald, in welchen sie der Bach geführt und der sie zum Bleiben ermuntert hatte. Seither hatten sie es nicht bereut. Zwar hatten sie im südwestlichen Teil die Duftmarken eines gewöhnlichen Wolfsrudels entdeckt, diesen Bereich aber kühn für sich beansprucht. Die Altansässigen würden ihn angesichts der Zahl der Eindringlinge wohl kaum zurückfordern. In der folgenden Nacht hatten sie ihre Freiheit endlich wieder mit einer Netris gefeiert. So schnell würden die Mischwesen sie sicherlich nicht finden, bevor die Symbole durch Wind, Wasser und Waldbewohner in der Erde verschwunden waren.

Von nun an waren die Nachtwölfe gehalten, die meiste Zeit beisammen zu bleiben, damit kein Einzelner von ihren Feinden überrascht werden konnte. Doch ein wenig Spaß war ihnen nicht zu verübeln, oder?

Unbekümmert sprang Tenebrae über die tanzenden Lichtflecken am Boden hinweg, die frühe Abendsonne funkelte golden durch das Blätterdach, als würde sie die Wölfin anfeuern. Noch einmal gab sie alle Kraft, folgte Carex' Sprung über den Bach, hinter dem ihr Bruder abbremste und sie sich auf ihn stürzen konnte. Freudig jaulend rollten sie über die Erde und rauften miteinander wie Welpen.

»Hast du mich vor lauter Mitleid gewinnen lassen?«

»Von wegen Mitleid. Mir ist auf einmal so ein stechender Geruch in die Nase gestiegen, und dann habe ich diese Holzplatten gesehen.«

Tenebrae hielt inne. »Holzplatten?« Sie schaute sich um und entdeckte zwischen den dichten Sträuchern tatsächlich aufrechte Bretter, wie Wände winziger Hütten. In der Luft lag die schwere Süße von Krankheit und Tod. »Was hat das zu bedeuten?«

»Würdest du von mir heruntersteigen, könnten wir es herausfinden.«

Sie verwandelten sich sicherheitshalber und näherten sich in Menschengestalt den mit kleinen Lücken nebeneinander errichteten Objekten, konnten nichts dahinter entdecken und schlichen an ihnen entlang nach links. Kurz darauf erreichten sie eine Art Tor: Der Boden glitt von jungen Bäumen umrahmt hinab auf eine Fläche, quer hängende Äste ließen den Durchgang kaum erkennen. Dahinter betraten sie ein winziges Dorf, oder eher eine Ansammlung einiger grob gezimmerter, schlichter Hütten, teilweise verfallen. Je eine Reihe zu beiden Seiten, dazwischen festgetretene Erde mit einer Feuerstelle samt Kessel im Zentrum. Von Bewohnern keine Spur.

Vorsichtig spähten sie in das erste Häuschen, die wie die anderen statt einer Tür lediglich ein zerrissenes Stück Stoff besaß, und wichen keuchend zurück.

»Wir müssen dem Rudel sofort hiervon Bescheid geben«, erfasste Carex die Lage. »Für Welpen und Alte kann es hier gefährlich werden.«

»Tu das. Ich werde mich noch weiter umsehen.«

Sie trennten sich. Tenebrae warf einen Blick in jede Hütte, überall bot sich ihr das gleiche Bild: Leichen in verschiedenen Verwesungsstadien, allesamt gezeichnet von der Pest. Wer waren diese Menschen? Warum hatten sie hier gelebt und wie konnte sie in dieser Isolation die Krankheit erreichen? Die Nachtwölfin schritt nachdenklich zwischen den Häuschen dahin, insgesamt zehn, nebst einem Vorratshaus mit Resten verdorbener Lebensmittel.

Am anderen Ende angekommen war der Schrecken fast vergessen. Vor ihr plätscherte der Bach, der sich um das Dörfchen herum und nach links einen Hang hinunterwand. Ihr Blick folgte ihm und traf auf ein Bild, das friedlicher nicht hätte sein können: Eine weite, sanft abfallende Senke lag vor ihr, von kräftigen Gräsern bedeckt, dazwischen wedelten ein paar Birken mit ihren zarten Zweigen. Im oberen Bereich erstreckte sich ein kleines Hirsefeld, zu Tenebraes Linken stand am Waldrand eine weitere grob gezimmerte Hütte, deutlich größer und in besserem Zustand, daneben ein Karren. Auf der gegenüberliegenden Seite im Süden wurde die Wiese von dichterem Wald begrenzt, rechts von einem Teich. Wie eine Schale lag das Gebiet vor ihr, freundlich und einladend.

Nicht weit von ihr grasten einige Schafe, die das Bild vollendeten. Wenn sie noch immer in der Nähe der winzigen Siedlung blieben, müsste nicht ein Hirte bei ihnen weilen? Tatsächlich, auf einem Stein hockte ein breit gebauter Mann, die Hände stützten seinen Körper auf einem Holzstab mit gebogenem Griff ab. Hellbraunes, ein wenig angegrautes Haar wallte unter einer laubfarbenen Haube hervor, über einem hellen Leinenhemd trug er eine grünliche Weste, dazu braune Hosen. Vielleicht konnte er ihr ein paar Fragen beantworten.

Leise lief sie den Hang hinunter. Während sie überlegte, wie sie das Gespräch beginnen sollte, hob ein Schaf den Kopf, entdeckte sie und trabte davon.

Der Hirte bemerkte es und drehte Tenebrae das Gesicht zu. Sie erstarrte.

Er beobachtete sie ohne erkennbare Regung, bis sich ein Lächeln durch seinen dichten Bart zog. »Warum so schüchterlich, Finsterchen?«

Bei seiner tiefen, warmen und unendlich gemächlichen Stimme entspannte sie sich. Mit neuem Mut trat sie näher. »Sei gegrüßt«, begann sie zaghaft, als trete sie einem weisen Zauberer gegenüber. »Ich ... ich habe einige Fragen. Wärest du so freundlich, sie anzuhören?«

»Sicher, Finsterchen. Frag nur.«

»Lebst du alleine hier?«

»Nein. Lebe mit Ziegen.«

»Welche Ziegen? Ich sehe nur Schafe.«

»Keine Schafe. Ziegen. Wollziegen.«

Tenebrae begann zu zweifeln, ob dieser Hirte ihr wirklich weiterhelfen konnte. Hoffentlich hatte ihn die Einsamkeit nicht verrückt werden lassen.

»Nächste Frage: Was weißt du über diese Hütten am Waldrand?«

Der Mann schwieg und schaute wieder auf seine Herde. Die goldene Sonne schwebte stetig weiter dem Horizont entgegen. Dann war auf einmal ein Murmeln zu hören: »Agnes, Trutwin, Endres, Keterlyn, Helena ...«

»Wie bitte?«

Der Hirte schluchzte. »Bin ein Feigling. Hab mich fernhalten. Bloß kurz rein, für Woll und Milch. Zu wenig, so zu wenig. Bin ein schlechter Freund.«

Tenebrae brauchte eine Weile, um zu begreifen, dass er die Toten meinte. Anscheinend hatte er versucht, sich um sie zu kümmern, sich wegen der Seuche jedoch nicht näher herangetraut.

»Nein, du bist kein schlechter Freund. Du hast alles getan, was du tun konntest. Die Pest kann niemand aufhalten, geschweige denn besiegen. Im Grunde genommen ist es überaus tapfer, sich überhaupt in ihre Nähe zu wagen. Wegzugehen, das wäre feige gewesen. Doch mit deinen Taten hättest du dich nicht furchtloser verhalten können. Du bist ein mutiger Freund.«

Er schluchzte noch einmal, weniger kummervoll. »Kann sie aber nicht erdigen. Wag es nicht. Nicht mindestens das.«

»Wenn du gestattest, kann ich sie für dich begraben. Ich bin sehr widerstandsfähig.«

Der Schäfer wandte Tenebrae das Gesicht zu. »Ehrlich? Danke, Finsterchen! Du so lieb.«

Die Nachtwölfin verließ den Hirten und überlegte bereits, welche jungen und starken Mitglieder ihres Rudels sie für die Beerdigung um Hilfe bitten könnte. Auf diese Weise ließe sich zugleich die Gefahr der Pest bannen, somit brauchte sie den rätselhaften Schäfer nicht einmal zu erwähnen. Dabei fiel ihr auf, dass sie noch immer nicht wusste, warum diese Menschen überhaupt hier gelebt hatten.

31
Standhaft wie ein Baum

Ein geschwungener Haken, eine gerade Linie mit einem Kreis, das gleiche noch einmal und ein letzter Strich, auslaufend in einer Kurve. Fertig war das Netrissymbol. Ferrum betrachtete es mit Stolz. Seine Form war zwar nicht so komplex wie das Zeichen der Mischwesen, aber seine schlichte Eleganz war hübsch anzusehen.

Der Uhuluchs erhob und streckte sich nach Katzenart. Dann schlich er durch die Büsche davon, als kurz darauf etwas hinter ihm knackte und er sich nochmals umdrehte. Ein stattlicher Hirsch war auf die kleine Lichtung getreten.

»Ach Arbor. Jetzt hast du mein Kunstwerk zerstört.«

Das flossengeschmückte Rotwild hob einen Huf und betrachtete das eingestampfte Netrissymbol. »Was soll das?«, fragte er mit seiner unveränderlich ernsten Stimme.

»Ich wollte eine falsche Fährte legen. Die Nachtwölfe haben sich in einem Gebiet nicht weit von hier niedergelassen und scheinen dortbleiben zu wollen. Wenn wir im Süden Netriszeichen verteilen, glaubt Caedes womöglich, sie seien in diese Richtung geflohen.«

Der Wasserhirsch betrachtete zweifelnd die Linien. »Vielleicht. Ich zeichne es nach.«

»Vielen Dank. Und, Arbor ... Ist es nicht allmählich an der Zeit, uns aktiv gegen Caedes zu stellen? Ich meine, die Mischwesen zu verlassen? Möglicherweise können wir so ...«

»Ferrum, das hatten wir bereits ausführlich diskutiert. Nur von innen heraus, so nah an der Wurzel wie möglich, können wir etwas ausrichten. Unser Vorhaben jetzt bloßzustellen, hätte Gefahr und Konsequenzen zur Folge. Das hast du am eigenen Leib erfahren. Habe Geduld, wir werden Caedes stürzen. Aber dazu kommt es auf den richtigen Augenblick an.«

Und warum kann dieser Augenblick nicht jetzt sein? »Wie du es für richtig hältst, Arbor. Wir warten.« Der Kater drehte sich um und verschwand im Gesträuch. Die Meinung seines Anführers nachzuvollziehen, gelang ihm nicht ganz. Wie konnte man inmitten des Feindes sicher sein? Ferrum schaffte es kaum mehr, entspannt durch die Wälder zu laufen. Verborgen vor den eigenen Gefährten ... er war es leid.

Hinter ihm raschelte es, flinke Pfoten hasteten Richtung Norden. Der Uhuluchs hielt inne, rannte zurück, begegnete Arbor, welcher der flüchtenden Gestalt nachsprang.

»Was ist geschehen?«

»Jemand hat mich gesehen. Nimm einen großen Bogen nach Osten und stoß von dort aus hinzu.«

»Arbor ...«

»Folge meiner Anweisung! Du weißt, was zu tun ist.«

Entsetzt sah Ferrum dem Hirsch hinterher, dessen riesiger Krebsschwanz wippend zwischen den Bäumen verschwand. Natürlich wusste er es, doch würde er den Mut dazu aufbringen? Wie befohlen lief er in einem Bogen in dieselbe Richtung wie sein Freund. Sicher, kein so vertrauter Freund wie Niger. Aber dennoch ein Freund.

Bald ertönte der scharfe Schrei eines Adlers, verstärkt durch das Kreischen eines Esels: Caedes' Versammlungsruf. Ferrums Herz krampfte und hämmerte rauschende Wellen durch seine Ohren. Die Worte aus dem so lange zurückliegenden Gespräch aller Gegenläufer drangen in seine Gedanken. Darüber, was jedes nicht betroffene Mitglied bei der Enttarnung eines anderen zu tun hatte: nichts. Und dieses Nichts würde das schwerste Ausharren seines Lebens werden.

Er erreichte die dicht gedrängte Versammlung. Mischwesen aller Größen und Formen hatten sich um eine Freifläche geschart und brüllten sich gegenseitig an. Flink zwängte sich der Uhuluchs nach vorn. Im Zentrum des Zorns stand Arbor, den Kopf selbstsicher zurückgeworfen, die kräftige Brust hervorgestreckt.

Ihm gegenüber hatte sich das bunteste Mischwesen der Geschichte aufgebaut: ein von allen denkbaren Tierbeinen getragener Bär, geschmückt mit Schnabel, Stacheln, Hauern, Schweif, Hörnern, Fühlern und Flügeln – das Ungeheuer Caedes. Kurz ließ jener den Blick über seine Mischwesen schweifen, dann fixierte er Arbor. »Du sollst ein Netrissymbol gezeichnet haben. Stimmt das?«

»Ja«, sprach der Hirsch voller Selbstvertrauen. Nicht das kleinste Zittern schwächte seine Stimme. Ferrum wusste nicht, ob er ihn bewundern oder bedauern sollte.

»Bist du allein dafür verantwortlich? Oder hattest du vielleicht Hilfe ... von Ferrum?«

Der Luchs schluckte. Er rief sich Arbors eindringliche Worte bei jenem schweren Gespräch ins Gedächtnis und erhob sich. »Ich habe nicht das Geringste damit zu tun. Meine vergangenen Taten sind meine eigene Sache, und ich habe meine Lektion gelernt.«

Hinreichend zufrieden schwang Caedes seinen mächtigen Kopf zurück in Arbors Richtung. »Wozu hast du dieses Symbol gezeichnet? Es gab keinen Grund.«

»Meine Gründe gehen niemanden etwas an.«

»Sie gehen *alle* Mischwesen an! Wir sind eine Einheit. Alleingang bedeutet Verrat.«

»Du wagst es, von Einheit zu sprechen? Du warst es, der die Einheit der Mischwesen zerbrach!«

»Vielleicht wollte er mit dem Zeichen eine falsche Spur legen«, warf jemand ein.

»Ist das wahr?«, fragte Caedes gedehnt.

»Diese Hetzjagd ist Wahnsinn«, sprach Arbor, statt zu antworten. »Seht ihr das nicht? Bei dem Versuch, die Nachtwölfe zu unterwerfen, schaden wir uns selbst mehr als ihnen. Noch nie haben wir so viele Verluste erlitten, noch nie so lange Zeit ohne Rast gelebt. Warum folgt ihr Caedes noch immer? Was hat er euch gegeben? Erinnert euch an unser früheres Leben, friedlich und sicher. Es war nicht vollkommen, aber war es nicht viel besser als diese Jagd? Erwacht aus eurem Traum. Öffnet die Augen! Begreift ihr nicht, was hier vor sich geht? Was Caedes mit uns macht? Er ist unser wahrer Feind!«

»Was erlaubst du dir!«, brüllte ihr Anführer und sprang vor. »Ich war es, der uns aus unserer Nische befreite, unser Schattendasein beendete! Habt ihr unsere Erfolge vergessen? All die Genugtuung zu sehen, wie unsere Feinde untergehen? Und du willst das alles aufgeben, nur weil du diese eine Durststrecke nicht durchhältst?« Er richtete sich zu voller Größe auf. »Oder ist es eher so, dass du für eine andere Seite kämpfst? Antworte! Wolltest du uns in die falsche Richtung locken?«

»Ja, um ...«

Caedes peitschte mit den Flügeln. »Du hilfst den Nachtwölfen, dem Feind. Du bist nichts weiter als ein Verräter! Wie kannst du dich gegen die Mischwesen, gegen deine eigene Familie stellen?«

»Ich handle allein zu unser aller Wohl. Der einzige, dem ich mich entgegenstelle, bist du.«

»Spar dir den Atem! Niemand hier fällt auf deine Lügen herein.« Der bunte Bär ließ seinen Blick über die Menge schweifen. »Jeder von euch, der beweisen will, dass er ein wahres Mischwesen und kein feiger Verräter ist, hat jetzt die Gelegenheit: TÖTET IHN!«

Der Befehl erschütterte Ferrum wie Donner. Doch niemand regte sich. Er schöpfte Hoffnung. Im nächsten Moment preschte ein gutes Dutzend von Caedes' engsten Vertrauten vor, schnappte nach Arbors Beinen und sprang ihm an die Kehle. Der Hirsch trat aus und fegte sie mit seinem Geweih beiseite.

Das brach die Hemmungen der übrigen Mischwesen. Fast alle stürmten auf den Verräter zu, zerrten an seinen Flossen, zerkratzten seine Flanken. Er wehrte sich zäh, doch ohne seine ehemaligen Genossen zu verletzen. Er hielt sie bloß von sich fern, um lange genug für seine Aufrufe zum Umdenken stehen zu können. Er schwieg keinen Moment. Auch nicht, als seine Läufe einknickten, die Angreifer seinen Rücken erklommen.

Vom Rand aus verfolgte Ferrum das Gemetzel mit eiserner Miene, die das Brodeln in ihm verbarg. Wie er fanden viele keinen Platz im Getümmel und spornten ihre Kumpane stattdessen an; darunter die Gegenläufer, die es vortäuschten.

Sein Herz schrie auf, als Arbor unter der Last zusammenbrach. Die feste Stimme des Hirsches war noch zu hören, unbeugsam und unbeirrt bis zum Schluss.

32
Keinen Tag länger

Das Grab war eilig ausgehoben und schmiegte sich unauffällig an einen Hügel. Nicht die beste Ruhestätte, die sich ein Mensch wünschen konnte, aber immerhin waren die Toten nun beerdigt und mit ihnen die Pest.

Die restliche Nacht hatte Tenebrae sicherheitshalber mit den anderen, die ihr dabei geholfen hatten, verschlafen. Am folgenden Tag erwachten sie und spürten glücklicherweise kein Anzeichen der Krankheit, dank ihres tierischen Anteils, der sie weniger anfällig für die Seuche machte.

Auf leichten Pfoten trabte sie durch den Wald und witterte nach Beutespuren. Bald schnappte sie einen Geruch auf, der sie alarmierte: Mischwesen! Er kam ihr jedoch vertraut vor, und sie erkannte ihn, noch bevor sein Urheber aus dem Gesträuch vor ihr trat.

»Ferrum!« Sie hielt verwundert inne. »Ist es nicht gefährlich, dich hier zu zeigen?«

»Ich achtete darauf, dass mir niemand folgt.« Seine Augen huschten hin und her. Er wirkte ungewohnt fahrig. »Abgesehen davon *muss* ich hier sein. Ich habe Beobachtungsdienst.«

»Das bedeutet wohl, die Mischwesen haben uns gefunden.«

»Ja. Ich bin gekommen, um dir mitzuteilen, dass sie euch aus der Ferne permanent überwachen. Und dabei wird es nicht lange bleiben.«

»Danke, dass du einmal mehr dein Leben für uns aufs Spiel setzt. Verdächtigt Caedes dich, uns bei der Flucht geholfen zu haben?«

Er wandte den Blick ab. »Ich bin mir nicht sicher. Bei gar nichts mehr ... Tenebrae, Arbor ist tot.«

Die Nachtwölfin erstarrte. »Der ... der Anführer der Gegenläufer? Wie konnte das geschehen?«

Ferrum sprach bitter. »Er wurde ermordet, öffentlich, von seinesgleichen. Für etwas, das ich getan habe! Wahrscheinlich bin ich der nächste auf Caedes' Liste.«

»Wenn du in Gefahr bist, finden wir einen Weg, dich bei uns zu verstecken. Es gibt da einige Hütten ...«

»Nein.«

»Dann suchen wir einen Bau ...«

»Das meinte ich nicht. Sondern das Verstecken. Arbor hat das getan, und so sehr ich ihn bewundere für all seine Taten, was hat es uns erbracht? Hätten wir uns eher von den Mischwesen getrennt, wäre er vielleicht noch am Leben.« Fest stampfte er mit der Pranke auf. »Ich möchte nicht dasselbe Schicksal erleiden! Keinen Tag länger werde ich mich feige verstecken und von Caedes unterdrücken lassen. Hörst du mich, du irres Scheusal?! Mit dem Zögern ist jetzt Schluss! Die Zeit des Kampfes ist gekommen, und ich werde nicht eher ruhen, bis du endgültig besiegt bist!«

Aus dem Nichts schoss ein graublauer Körper auf Ferrum zu und warf ihn um. Beide rollten über die Erde, sprangen auf und standen sich mit gesträubtem Fell gegenüber.

»Vertex, lass ab von ihm!«, rief Tenebrae.

Der Rüde fuhr herum. »Wie bitte? Bist du des Wahnsinns? Er will dich töten!«

»Nein, er meinte Caedes. Er ist unser Freund!«

»Hat dir die Pest die Nase vernebelt? Das ist ein Mischwesen und kein Nachtwolf! Wir sollten ihn sofort töten oder wenigstens zu Saxum bringen.«

»Vertex, du wirst ...«

»Nein, Tenebrae, ich stimme ihm zu. Bringt mich zu eurem Rudel.«

Entgeistert starrte sie Ferrum an. »Was ist in dich gefahren?«

»Eine Idee. Doch dazu müsst ihr mich reden lassen.«

»Wer sollte dir schon zuhören!«

»Vertex, ohne ihn hätten wir nicht aus der Stadt fliehen können.«

Der blaugraue Nachtwolf verharrte verblüfft. Dann knurrte er: »Wenn das wahr ist ... ich lasse ihn trotzdem nicht aus den Augen.«

»Wen schleppst du uns eigentlich noch alles an, Tenebrae?«
Abschätzig sah Saxum auf den geflügelten Luchs herab, der in der Mitte des versammelten Rudels stand.

»Nur Freunde, die uns helfen können. Dank diesem hier konnte ich dem Kerker entfliehen, und nur dadurch fanden wir die Möglichkeit, unbemerkt die Stadt zu verlassen. Hört ihn an, er ist keine Gefahr für uns.«

Ferrum hob den Kopf und sprach ungeachtet der vielen hasserfüllten Augenpaare mit fester Stimme. »Nachtwölfe, trotz all der vergangenen Feindseligkeiten sind wir in einem geeint: im Hass auf Caedes und dem Wunsch, ihn aufzuhalten. Um dieses Begehren umzusetzen, lautet mein Vorschlag: Dezimiert eure Feinde, indem ihr sie zu euren Verbündeten macht. Viele Mischwesen leiden unter ihrem Anführer und sind seiner Herrschaft überdrüssig, trauen sich jedoch nicht, das anzusprechen. Böte man ihnen Sicherheit, ein Ziel, könnten sich einige von Caedes trennen und sich euch anschließen. Das dürften durchaus mehr sein, als ihr erwartet.«

»Das ist eine hervorragende Idee! So gewinnen wir die Kampfkraft, die sie verlieren.«

»Tenebrae, du hast anscheinend vergessen, wer hier der Leitwolf ist. Was auch das bedeutsame Wissen betrifft, das du mir vorenthalten hast.« Saxum schaute missbilligend auf die schwarze Wölfin herab, die beschämt den Blick abwandte, und anschließend mit nachdenklicher Miene auf Ferrum. »Nun gut, Mischwesen. Ich schätze, du hast bereits einen Plan.«

Unter dem Aufsteigen der Morgensonne lief der Großteil aller Nachtwölfe nach Nordwesten auf das hügelige Waldgebiet zu, in dem sich die Mischwesen niedergelassen hatten. Angeführt wurden sie von Ferrum, der als einziger nicht unruhig, sondern stolz erhobenen Hauptes voranschritt. Frischer Wind schlug ihnen entgegen und trug den Geruch des Feindes heran, vor dem jeder Nachtwolf am liebsten geflohen wäre.

Schließlich gab der Luchs ein Zeichen, woraufhin sich sein Gefolge ins Gebüsch niederlegte, wo es nicht mehr auszumachen war. Selbst Genista drückte sich folgsam auf den Boden. Es war nicht leicht gewesen, sie davon zu überzeugen, dem Plan eines Feindes zu folgen. So wie bei fast jedem Mitglied beider Rudel.

Ferrum schritt direkt auf die Versammlung aller Mischwesen zu, die zuvor in seinem Auftrag durch Niger einberufen worden war. In der Mitte konnte Tenebrae ein besonders großes und bunt zusammengewürfeltes Exemplar sehen. Das musste Caedes sein.

Kühn trat der Uhuluchs seinen Kumpanen gegenüber. »Mischwesen, Freunde, ich habe euch etwas Wichtiges mitzuteilen! Erinnert ihr euch an unsere Erwartungen, mit denen wir zu unserem Eroberungsfeldzug aufbrachen? Freiheit, Glück, das perfekte Leben ohne Angst und Zwang? Und nun fragt euch: Was haben wir erreicht? Sind wir nicht längst über unsere Ziele hinausgeschossen?«

»Er klingt wie Arbor«, ging ein deutliches Raunen unter den Mischwesen um.

»Und seine Worte waren wahr!«, fuhr Ferrum fort. »Ich weiß, viele von euch fühlen das gleiche. Weder er noch ich sind Verräter, das ist allein Caedes. Er verrät unsere Ziele. Trennt euch von ihm und schließt euch mir an! Gemeinsam können wir all dem Leid ein Ende setzen.«

»Schweig, du Narr!«, brüllte der Anführer der Mischwesen. »Ich wusste, du bist auf Arbors Seite. Und noch dümmer als er. Glaubst du wirklich, es würden sich genug gegen mich wenden? Für einen feigen Lügner? Wenn du es so willst, sollst du das Schicksal dieses trügerischen Hirsches teilen. Auf, Kameraden! Ihr wisst, wie man mit Verrätern verfährt.«

Die Menge stürzte vor, der Ferrum grinsend entgegensah. »Nur zu! Versucht es.«

In diesem Moment sprangen die Nachtwölfe auf und postierten sich rundherum hinter dem geflügelten Luchs.

Die Mischwesen stockten.

»Er ist wirklich ein Verräter!«

»Ich habe Caedes verraten, aber nicht euch«, fuhr der Luchs fort. »Ihr solltet aufhören, zwischen Mischwesen und Nachtwölfen zu unterscheiden, sondern zwischen dem Wunsch nach Krieg oder Frieden. Vergesst die Rache, dann seht ihr, wie viel wir mit unseren Feinden gemein haben. Lasst uns zwischen beiden Fronten eine goldene Mitte eröffnen: den Weg der Verweigerung und der Selbstbestimmung. Es ist keineswegs feige, sich dem Krieg zu entziehen. Es beweist umso mehr Mut, sich gegen jene zu stellen, deren Handlungsweise man nicht länger akzeptiert. Wollt ihr diesen Weg gehen, sucht bei den Nachtwölfen Zuflucht. Dort seid ihr sicher und werdet gegen niemanden mehr kämpfen müssen. Wer ist bereit?«

»Als ob auch nur ein einziger ...«, begann Caedes zu höhnen, verstummte, als sich Niger aus der Menge löste, auf Ferrum zu trippelte und auf seine Schultern sprang. Kurz darauf folgte ihm die Pferdebache Avena. So perplex starrten ihnen alle nach, dass niemand sie aufhielt. Selbst Caedes nicht.

»Fühlt euch nicht gezwungen«, führte Ferrum seine Rede dem Ende zu. »Denkt über meine Worte nach und entscheidet später. Caedes kann euch nicht alle zugleich beobachten. Kommt ihr zu uns, werdet ihr an der Grenze auf patrouillierende Nachtwölfe treffen. Seid unbesorgt: Keiner wird euch anfallen, ohne sich nach eurer Absicht zu erkundigen.« Der Luchs neigte den Kopf. »Auf bald. Wir gehen.«

Die Gesamtheit aus Nachtwölfen und Gegenläufern drehte sich um und trabte so leicht durch den Wald, als handle es sich um einen Spaziergang.

»Warum greifen wir nicht an?«, rief ein Mischwesen.

»Willst du uns all die Opfer ersetzen?«, zischte Caedes leise. »Wir müssen jetzt geplant vorgehen.« Lauter wandte er sich an seine Feinde: »Glaubt ja nicht, ihr wärt nun sicher!« Seine Stimme zitterte.

Ferrum und Tenebrae tauschten siegessichere Blicke. Sie hatten den mächtigen Anführer überrascht, sie hatten ihn überrumpelt. Ungestört kehrten die Nachtwölfe in ihr Heim zurück und bemerkten vor Erfolgsgefühlen kaum, dass drei ihrer einstigen Todfeinde mitten unter ihnen waren.

Der Plan war gelungen. Der Plan eines Mischwesens. Der Wind hatte gedreht.

So zuversichtlich wie seit Langem nicht mehr trabte Tenebrae durch den Wald. Natürlich, genaugenommen hatte der Wind noch lange nicht gedreht, doch zweifellos an Schwung verloren. Eine erste Gegenbrise schwächte ihn und würde so bald nicht nachlassen.

Es war ein warmer Tag, der daran erinnerte, dass inzwischen der Juni begonnen hatte. Flaumige Wölkchen zogen in lockeren Verbänden über den Himmel, wie Schafe, die Tenebraes Gedanken zurück zu dem Hirten trugen. Es war Zeit, die Geschichte dieser winzigen Siedlung mitten im Wald zu erfahren.

In Menschengestalt suchte sie die große, baumarme Senke auf und lief direkt auf den Schäfer zu, der in derselben Haltung auf demselben Felsen saß, als hätte er sich nie fortbewegt.

Noch bevor sie sein Blickfeld erreichte, ertönte die fröhlich brummende Stimme: »Wieder da, Finsterchen!«

»Das freut dich so?«

»Freilich. Mag dir.«

Nach nur einer kurzen Begegnung? Dieser Hirte verwunderte sie und weckte zugleich ihre Neugier. Sie setzte sich neben ihn ins Gras. »Deine Freunde ruhen nun in Frieden. Wir haben sie am Rand der Wiese begraben.«

»Oh, unendlichen Dank, Finsterchen! Ihr Engel. Stell Andere vor, ja? Möchte auch danken.«

Verdammt, hatte sie ›wir‹ gesagt? Es sollte doch niemand von den mysteriösen Leuten wissen, die sich hier niedergelassen hatten. Andererseits schien es den Schäfer nicht zu verwundern, und es gab ohnehin keinen, dem er es erzählen konnte.

Tenebrae ließ den Blick über die Wiese schweifen. Vor ihr grasten ungefähr ein Dutzend grauweißlicher Schafe samt einigen Lämmern, dazwischen döste ein besonders zotteliges Exemplar, nicht mehr als ein gewaltiger Haufen Fell. Der warme, schwere Geruch der Tiere erfüllte sie mit Geborgenheit und machte sie schläfrig. Der Hirte strahlte einen ähnlichen Duft aus, von Wolle und Bienenwachs.»Wie lautet eigentlich dein Name?«

Er wandte ihr das etwas schmutzige Gesicht mit dem struppigen Bart zu und schaute sie aus offenen, graubraunen Augen an.»Baldewin.«

»Nun, Baldewin, warum lebten deine Freunde hier im Wald? Woher kamen sie?«

»Aus Stadt. Hat sie weggeschickt, wegen krank. Gehten in Wald, bauten Hütten, das konnten gut. Kümmerten für alles selber.«

»Die Stadt hat sie verbannt?« *Das unbewohnte Viertel* ... Die Bewohner waren nicht in ihren Häusern verstorben, wovon die Nachtwölfe ausgegangen waren. Sie hatten sie lange vorher verlassen müssen!»Wie grausam. Und du ... bist freiwillig mitgekommen?«

»Ja. Waren Familie, Freunde. Wollte helfen, mit Wolle, Milch und so.«

Dieser Mann versetzte sie immer mehr ins Staunen.»Dein Mut und deine Güte ... sind über alle Maße ehrenwert. Ich frage mich nur, nachdem ... warum bist du nicht in die Stadt zurückgekehrt? So einsam, wie du hier nun bist.«

Baldewin sah sie verständnislos an.»Nicht allein. Du hier, andere hier. Trutwin, Helena, Keterlyn, Agnes hier.«

»Deine Freunde? Aber ... sie sind tot.«

Baldewin schüttelte den Kopf.»Lebendig, schau! Dort Keterlyn, da Helena, hier Trutwin und Agnes.« Der Hirte wies nacheinander auf seine Schafe.

Tenebrae blinzelte verwirrt. Da fiel ihr auf, dass alle gezeigten Tiere Lämmer waren. Um an die Verstorbenen zu erinnern? Als Ersatz?»Ich verstehe. Das ist dein Leben ... Bist du glücklich hier?«

»Oh ja. Nur die Wolfen. Stehlen manchmal Wollziegen. Sind so böse. Liebe Ziegen.«

»Du meinst Wölfe?« Sie ließ den Blick schweifen. Die Nachtwölfe würden die große Senke in ihr Territorium eingliedern müssen.»Weißt du, Baldewin, für Raubtiere sind Lebewesen kein Besitz. Sie sehen in deinen Scha... Wollziegen nur leichte Beute, frei verfügbar wie jedes andere Tier. Du musst deine Herde schützen, sie verteidigen. Ein Hütehund wäre ideal.«

»Reicht Okul nicht?«

»Wer?«

Baldewin pfiff leise, ein kaum hörbares Ausstoßen von Luft. Daraufhin erhob sich der gewaltige Haarhaufen in der Mitte der Herde, streckte sich und kam zu ihnen herüber getrottet. Tenebrae entdeckte Ansätze von Pfoten und Ohren und erkannte erstmals den Hund in dem Schafspelz. Ein zottiger Koloss, dem das strähnige Fell bis auf den Boden hing, dessen Augen nicht zu sehen und dessen Nase nur zu erahnen war. Allein die breite, rosige Zunge bot eine Orientierung, wo vorne und wo hinten war.

Okul blieb kurz vor Tenebrae stehen, schnüffelte, und ehe sie seine Entscheidung abschätzen konnte, ließ der Fellbrocken sein ganzes Gewicht fallen und kam halb neben, halb auf ihr zu liegen. Die Nachtwölfin schnappte nach Luft, verharrte einen Moment lang und stieß sie geruhsam wieder aus, als die friedliche Wärme des Hundes sie durchdrang. Sie entspannte sich, auch wenn sie sicher war, ihn nie aus eigener Kraft von sich herunter bekommen zu können, und begann, sein dickes Fell zu streicheln.

»Ja, Okul beschützt die Herde, davon bin ich überzeugt. Aber ein wenig Unterstützung täte ihm gut. Ich kann euch helfen, sie zu bewachen.«

»Oh, wirklich? Du mein Engel, Finsterchen. Weiß ich!«

Sie blieb noch lange dort, fühlte sich rundum zufrieden und dachte nicht darüber nach, wie sie den Hütehund loswerden konnte. Sie wollte es nämlich nicht.

Von da an besuchte Tenebrae Okul und Baldewin häufiger und nicht nur, um die Schafe zu beschützen. Sie boten ihr eine ausgezeichnete Atmosphäre, um ihren Geist zu reinigen und nachzudenken. Auf diese Weise war ihr ein neuer Verwendungszweck für die leeren Hütten in den Sinn gekommen. Sogleich hatte sie Litus und Unda aufgesucht und ihnen die winzige Siedlung gezeigt. Mit ihren nun rein menschlichen Körpern war das Leben im Wald schwer, abgesehen von dem Schmerz durch den Verlust. Hier jedoch konnten sie ihren menschlichen Alltag leichter umsetzen, den Ort für ihre Zwecke gestalten und zugleich mitten unter ihrem Rudel leben.

Trotz ihres Leids zeigten sich die beiden aufrichtig dankbar. Unda steigerte sich sogar nach eingehender Inspektion in eine Welle von Glück hinein, in der sie die Hüttenansammlung zum Elf-Burgen-Ring erklärte. Den anderen gefiel der Name, der schließlich zu Elburing vereinfacht wurde. Ein Ort, der allen Nachtwölfen nutzen konnte. Nicht nur Belua stand den beiden bei, auch viele andere unterstützten die Geschwister, um die heruntergekommenen Hütten instandzusetzen und zu einer Heimat umzuformen.

»Der braucht auch einen Namen.« Unda deutete auf den Bach hinter dem Elburing.

Tenebrae ließ sein Wasser über ihre Zunge streichen und meinte eine Spur des Energiestroms zu spüren. »Ich bin mir sicher, dass er Nomeras Quelle entspringt.«

Die Geschwister blinzelten sie an. »Nomera?«

Die schwarze Wölfin sog scharf die Luft ein. »Ich meine ...«

Warum ihnen dieses Wissen vorenthalten? »Diesen mysteriösen Wald. Ferrum hat mir erzählt, dass die Mischwesen dort ihre Kräfte verstärken konnten. Sie vermuten, es sei Nomera.«

»Ob sie es wirklich war?«, überlegte Litus. »Es wäre durchaus möglich.«

»Sie war es!«, rief Belua. »Das beschließen wir einfach.« Sie überlegte. »Fluss Nomeras. Der Bach des magischen Ursprungs. Der Nomeras Quelle entspringt ...«

Tenebrae stellte die Ohren auf. »Der Urspring.«

Die anderen waren begeistert. Von da an verbreitete sich der Name des Baches sowie das Gemunkel um Nomera im ganzen Rudel.

Und das waren längst nicht die einzigen Erfolge. Heute war Tenebrae auf dem Weg zu den Gegenläufern. Sie konnten sich zwar frei unter den Nachtwölfen bewegen, hielten sich aber meist im östlichen Wald auf, so weit weg von Caedes wie möglich. Die meisten Nachtwölfe, die gerade nicht jagten oder schliefen, patrouillierten im Westen und hatten bereits eine feindliche Truppe Mischwesen abgewehrt. Manchmal aber hatten sich tatsächlich einzelne genäht, und nun gäbe es die ersten Früchte zu ernten, wie Ferrum nicht ohne Stolz mitgeteilt hatte.

Tenebrae erinnerte sich an die allererste Frucht zurück, die ihm ein paar Nächte zuvor auf den Kopf gefallen war: Eine junge Wildkatze mit Krähenflügeln, welche sie in einem eher einseitigen Streitgespräch mit dem Uhuluchs angetroffen hatte.

»Wer ist das?«

»Mein liebreizendes Schwesterchen Vesper«, hatte Ferrum gegrollt.

»Ich weiß überhaupt nicht, warum du dich so aufregst. Du wolltest doch, dass alle zu dir kommen. Jetzt ist es wieder verkehrt!«

»Natürlich wollte ich das, aber ... hast du wenigstens darauf geachtet, dass dir niemand folgt?«

Verwirrt hatte Vesper den Kopf schiefgelegt. »Ich dachte, dir sollen möglichst viele folgen.«

Ferrum hatte sich deutlich bemühen müssen, sich zu beherrschen. »Nebelsdunst! Ist dir eigentlich bewusst, dass dein Leichtsinn uns alle gefährdet? Zum Glück bist du ein Kind und nicht weiter wichtig für Caedes. Aber wenn dich jemand dabei beobachtet hätte, dass du dich auf den Weg hierher machst, hätte er dich verfolgen und herausfinden können, wo genau das Versteck der Gegenläufer liegt. Oder dich einfach umgebracht.«

»Du hast nichts davon gesagt, dass es gefährlich wird!«

Es hätte wohl nicht mehr viel gefehlt, um Ferrum zum Platzen zu bringen.

»Vesper, bist du Cinis schon begegnet?«, war Tenebrae daraufhin in die Situation eingetreten. »Wenn nicht, kann ich dich zu ihr führen.«

»Oh ja, bitte! Die freut sich wenigstens, mich zu sehen. Und übrigens hasst sie Pella und Pennis genau so sehr wie ich!«

»Ihre Namen lauten ... ach, wie auch immer.« Der Luchs hatte bloß Ohren und Flügel hängen lassen und war abgetrabt.

Wenig später hatte nicht nur Cinis Freude am Wiedersehen ihrer Freundin. Auch ihre Schwester und die Brüder Carbo und Cornix hatten wie selbstverständlich mit dem Mischwesen gespielt.

Tenebrae lenkte ihre Gedanken zurück in die Gegenwart und betrat kurz darauf eine kleine Lichtung, wo sie von den Gegenläufern sowie Saxum, Genista, Arcanus und drei fremden Mischwesen erwartet wurde.

»Gut, dass du da bist«, sagte Ferrum. »Temeritas beschreibt uns gerade die Lage unter den Mischwesen. Die anderen beiden sind Asina und Violat. Fahr bitte fort, Temeritas.«

Der Benannte nickte. Bei ihm handelte es sich um ein schwarzes Pferd mit den Vorderbeinen eines Wolfs und den Hinterbeinen eines Auerhahns. »Die Stimmung unter den Mischwesen ist angespannter denn je. Wir alle fühlen uns ständig beobachtet. Aber Caedes größte Waffe, unsere Menge, zeigt nun ihren Nachteil. Jeder muss sich regelmäßig Nahrung beschaffen, viele jagen gehen. Er kann uns nicht alle zugleich im Auge behalten, und das weiß er auch. Seine engsten Vertrauten übernehmen das Spitzeln, jede verdächtige Bewegung wird sofort bloßgestellt. Leicht ist es nicht, sich unbemerkt wegzustehlen, aber mit Geduld und Vorsicht möglich.« Temeritas schüttelte seine Mähne. »Caedes schleudert zwar ständig mit Drohungen um sich, setzt sie bisher jedoch nicht um. Er braucht jeden Mitstreiter, eine weitere Hinrichtung muss wohl überlegt sein. Er konzentriert sich mehr darauf, den Hass auf euch Nachtwölfe aufrechtzuerhalten und seinem Gefolge Mut und Siegessicherheit zuzusprechen. Diese Gewissheit strahlt er trotz aller Aufregung sogar selbst aus, als besitze er einen geheimen Trumpf. Vielleicht gelingt es ihm auch bloß gut, diesen Anschein zu erwecken.«

»Hoffen wir Letzteres«, meinte Ferrum. »Und nun schildert eure Gründe, warum ihr das Risiko auf euch genommen habt, wegzugehen.«

Temeritas ergriff erneut das Wort. »Meine Gefährtin Asina und ich leiden bereits lange unter Caedes' Führung. Wir wollen ein gemeinsames Kind, doch er gestattet es nicht. Er fordert ausschließlich ideale Nachkommen. Daher dürfen Kämpfer und Schleicher nur Partner der eigenen Gruppe wählen.«

»Temeritas gehört zu den Kämpfern«, setzte Asina die Rede fort. Sie besaß die Gestalt einer braunen Eselin mit Ziegenhörnern und statt Hinterläufen zwei Paar Schmetterlingsbeinen. Aus ihren Schultern ragten beeindruckend riesige Flügel eines Nachtpfauenauges, auf denen Braun, Orange und warmes Weiß um zwei dunklere Ringe herum spielten. »Ich hingegen bin weder wehrhaft noch klein genug, um zu einer der Gruppen zu gehören.«

Für Caedes bin ich wertlos und darf mein unnützes Erbe nicht weitergeben.« Asina warf ihrem Gefährten einen Blick zu. »Wir missachteten seine Befehle und erwarten schon sehr bald ein Fohlen. Ich fürchte, Caedes würde es sofort töten, sobald er es zu Gesicht bekommt. Liebe existiert unter den Mischwesen nicht mehr. Das vermisse ich.«

Tenebrae hatte über solche Dinge nie nachgedacht und sprach ihr Mitgefühl für die beiden aus, sowie die Versicherung, dass ihr Kind behütet aufwachsen werde.

Als letzte meldete sich Violat zu Wort. Sie war ein skurriles Geschöpf mit einem menschlichen Oberkörper, dem gehörnten Kopf eines Schafs sowie dem Schwanz und den Beinen eines Fuchses, auf welchen sie aufrecht lief. Ihre Stimme war hart und beinahe gleichgültig. »Ich muss gestehen, ich habe immer schon gern gekämpft. Ich hasse die Nachtwölfe, das kann ich nicht leugnen, aber eigentlich folgte ich Caedes für das bessere Leben, dass er uns versprach. Kreaturen wie ich, deren Gestalt Mensch und Tier gleichermaßen vereint, haben es am schwersten. Ich wünschte mir eine Welt, die allen Teilen zugleich bietet, was sie brauchen, ohne diese nervige Hülle nutzen zu müssen. Ich hatte geglaubt, Caedes könnte mir diesen Wunsch erfüllen. Nun dämmert es mir, was er für ein Scharlatan ist. Ich würde ihn gerne dafür bezahlen lassen.«

Saxum ließ seinen durchdringenden Blick zwischen den drei Mischwesen hin und her wandern und blieb bei Violat am längsten hängen. Schließlich gab er sein Einverständnis. »Eure Beweggründe klingen glaubhaft. Ihr dürft bleiben, solange ihr euch in der Nähe anderer Gegenläufer oder Nachtwölfe aufhaltet. Wer sich zu weit entfernt, dem entziehe ich sofort jegliche Erlaubnis.«

Die drei stimmten den Bedingungen zu. Tenebrae unterdessen überlegte. »Violat, vielleicht kannst du bei uns deinen Traum ansatzweise wahrwerden lassen: Mitten im Wald stehen ein paar verlassene Hütten, gut versteckt und ausreichend für ...«

»Gut versteckt?« Ferrum horchte auf. »Wo?«

»Oberhalb der großen Senke, vom Ursprung umspült und dicht von Bäumen und Sträuchern umwachsen.«

Die Augen des Luchses begannen zu leuchten. »Das ist ideal, Tenebrae. Mir war bereits der Einfall gekommen, an einem geschützten Ort regelmäßige Konferenzen abzuhalten. Es wird Zeit für mehr Organisation. Können wir eine Versammlung einberufen, Saxum?«

Es war Abend, und die Besprechungen dauerten bis tief in die Nacht hinein. Zunächst legten sie fest, wie weit sich das Reich erstreckte, das ihr vorübergehendes Heim werden sollte: Im Norden und Westen der Großteil des Buchenwaldes, Buchbogen genannt, mit genügend Abstand zum hügeligen Gebiet, in dem sich die Mischwesen niedergelassen hatten, von nun an Feindhügel. Im Süden die große Senke mit dem Teich, der die Grenze zum Wolfsrevier markierte und am Südwestufer in sumpfiges Gelände überging. Und im Osten der lichte und gestrüppreiche Eichenwald, die Eichsichel. Das Zentrum bildete der Elburing, den der Ursprung umfloss und anschließend in den Teich mündete.

Aus den Patrouillen an der Nordwestgrenze wurden Wächter, die in regelmäßigen Abständen einen festen Platz besetzten und ihn nur bei Ablösung verlassen durften. Diese Aufgabe sollten ausschließlich dazu ernannte Nachtwölfe übernehmen, um immer die gleichen Gesichter zu zeigen und dem Feind nicht zu erlauben, ihre genaue Anzahl zu ermitteln. Altor meldete sich sofort und äußerst hingebungsvoll als Freiwilliger. Tenebrae hielt nicht viel davon. Sie vermutete, dass er damit bloß seinen Fehler ausgleichen und seinen Rudelgeist beweisen wollte.

Die Wächter würden Mischwesen, die behaupteten, sich ihnen anschließen zu wollen, mindestens zu zweit zu Ferrum geleiten, dem die Verantwortung für die Gegenläufer oblag. Um zu verhindern, dass Verräter heimliche Botschaften an Caedes überbringen konnten, durften sich die aufgenommenen Mischwesen ausschließlich östlich des Baches und des Teiches aufhalten. Die Eichsichel und der daran angrenzende Teil der großen Senke wurde ihr Heim.

Außerdem wurde eine Art Rat bestimmt, der alle vier Nächte eine Versammlung abhalten würde, in der Neuigkeiten verbreitet und die nächsten Schritte besprochen werden konnten. Stattfinden würden jene im Elburing, stets am Morgen, damit Nachtwölfe und Mischwesen gleichermaßen wach und aufmerksam teilnehmen konnten. Zu den Mitgliedern zählten alle Gegenläufer, die Rudelführer sowie eine Reihe weiterer erfahrener oder begeisterter Nachtwölfe: Tenebrae, Arcanus, Raphanus, Agilitas, um trotz seines verkrüppelten Beines nützlich zu sein, und Silex, den Saxum bestimmt hatte.

Unda und Litus, die ohnehin im Elburing lebten, würden den Versammlungen beiwohnen und als Wissensspeicher dienen, die alle Uninformierten jederzeit aufsuchen konnten. Das Gefühl, wichtig zu sein, half ihnen bei ihrem Kummer. In den übrigen Nachtwölfen weckten die neuen Strukturen das Empfinden einer Wendung, einer allmählich anschwellenden Kraft, die eines Tages stark genug sein würde, Caedes und seine Anhänger zu überrollen.

33
Endgültig besiegt

Die neuen Regelungen wurden erfolgreich in ihren Alltag eingegliedert und von jedem angenommen. Die Wächter erfüllten ihre Aufgabe gewissenhaft. Hin und wieder schickte Caedes kleine Truppen seiner Mischwesen los, die versuchten, unbemerkt über die Grenze zu kommen oder einzelne Wächter anzugreifen. Bisher wurden sie jedes Mal rechtzeitig entdeckt und ohne viel Blutvergießen vertrieben.

Die erste Versammlung war bereits abgehalten worden, zu der jedes Mitglied zuverlässig erschienen war. Wichtige Neuigkeiten hatte es in dieser kurzen Zeit nicht gegeben, stattdessen hatte Tenebrae die anderen Nachtwölfe davon überzeugen können, täglich Baldewins Schafe zu bewachen, um im Gegenzug Milch und Wolle zu erhalten. Besonders Litus und Unda ließen sich dafür begeistern. Das Vorratshaus war zwar inzwischen gereinigt worden und wurde regelmäßig mit Früchten, Nüssen, Pilzen und Wurzeln nachgefüllt. Aber die Geschwister freuten sich über jede Ergänzung ihres Speiseplans, der vorrangig aus Hirsebrei bestand. Dem offenbar von menschlicher Hand angelegten Hirsefeld nach zu urteilen, hatte jene wohl ebenso den vorigen Bewohnern des Elburings als Hauptnahrungsmittel gedient.

Wie der Vorratsspeicher waren auch alle anderen Hütten ausgebessert worden, wenngleich nicht gerade fachkundig. Ersetzte Wandteile waren schief angebracht, kleinere Löcher auffällig mit Schlamm und Kies gestopft und die Dächer mit wie wahllos gegriffenem Material bedeckt worden. Nun wirkten sie wie eine Mischung aus Haus und Erdbau. Doch war nicht genau das die ideale Behausung für einen Nachtwolf?

Andere Gegensätze ließen sich hingegen nicht so leicht vereinen. Der Groll zwischen Nachtwölfen und Mischwesen saß noch immer tief und hatte bereits zwei Rangeleien verursacht.

Würden sie die Kluft jemals überwinden?

Auch eine weitere Misere trübte Tenebraes Stimmung. Trotz all ihrer Versuche litten die beiden Opfer der Sonnenpriester weiterhin unter ihrem Verlust, bis Belua mit einem hoffnungsvollen Einfall zu ihrer Freundin kam.

»Larva ist doch mächtig, oder? Ich habe gehört, sie hat Lacrima von den Sonnenzauberern befreit. Dann kann sie bestimmt auch ihr Werk rückgängig machen.«

Tenebrae sah sie traurig an. »Ich befürchte, nicht einmal Magie kann Totes zum Leben erwecken.«

»Fragen wir sie. Irgendetwas müssen wir tun können!«

Doch dazu mussten sie die weiße Wölfin erst finden. Seit sie hier angekommen waren, hatte sie niemand gesehen, und selbst Arcanus, der die meiste Zeit mit ihr verbrachte, wusste nicht, wo sie sich im Moment aufhielt, versprach aber, ihr bei nächster Gelegenheit die Bitte zu überbringen.

In der folgenden Nacht geschah nichts.

Am nächsten Abend wollte Tenebrae noch einmal bei den Geschwistern vorbeischauen. Den halben Tag lang hatte sie Baldewins Schafe bewacht und trug nun einen Kübel warmer Milch in den Händen, denn heute hatte der Hirte ihr das Melken beigebracht. Allzu geschickt stellte sie sich dabei zwar nicht an, was wohl vor allem im Unbehagen der Schafe begründet lag, die das Raubtier in ihr spürten, doch Baldewin war ein geduldiger und gütiger Lehrer, der ihr schließlich die größtenteils selbst gezapfte Milch überlassen hatte. Dieses ideale Mahl für die beiden jagdunfähigen Nachtwölfe würden sie von nun an für jede Wache erhalten. Später, mit den wärmeren Tagen, würden sie auch Wolle bekommen, um daraus Fäden spinnen zu können. Eine Handspindel hatten sie unter den zurückgebliebenen Gegenständen ihrer Vorgänger bereits gefunden, ebenso wie Strickzeug. Für die Wintertage wäre dickere Kleidung durchaus praktisch.

Nachdem Tenebrae dem Hirten geholfen hatte, die Schafe in die mickrige Scheune am Rand der Senke zu treiben, die ihm Stall, Vorratsschrank und Nachtlager zugleich war, machte sie sich auf den Weg. Unter dem Vollmond setzte sie ihre Schritte in den Elburing und erstarrte. Einen winzigen Augenblick eher hatte Larva den Platz vom gegenüberliegenden Eingang aus betreten. Die nebelfarbene Wölfin, von der Gestalt her beinahe ausgewachsen, starrte die schwarze aus ihren unergründlich blauen Augen an und weckte in ihr das Gefühl, unerwünscht zu sein.

Schließlich löste die Weiße ihren Blick und wandte sich Unda und Litus zu. Einige Momente lang verharrten sie alle in Stille. Dann drehte sich Larva um und lief bedachtsamen Schrittes in den Wald zurück.

Die Geschwister sahen sich an, nahmen sich an den Händen und folgten dem gespenstischen Geschöpf hinaus. Belua und Tenebrae blieben zurück und warteten. Fast die halbe Nacht lang.

Und dann standen die beiden vor ihnen. Nein, nicht in ihrer Wolfsgestalt, und gleichwohl nicht als Menschen. Sie hätten nicht sagen können, ob die zwei Wesen ihnen gegenüber mehr dem einen oder dem anderen glichen. Sie standen auf zwei Beinen, doch die Längen ihrer Gliedmaßen waren aneinander angeglichen worden, sodass es ihnen nun möglich sein sollte, auch auf allen vieren zu laufen. Ihre Finger waren kürzer und besaßen Krallen statt Nägel, ohne ihre Geschicklichkeit verloren zu haben. Ihr Gesicht lief im Ansatz einer Schnauze mit scharfen Zähnen aus, größere, spitze Ohren sowie ein kleiner Schwanz vervollkommneten das Bild. Jegliche Kleidung hatten sie abgelegt, denn kurzes, dunkles Fell bedeckte ihre Leiber, genug, um warm zu halten. Sie konnten sowohl menschliche als auch wölfische Laute erzeugen sowie magisch kommunizieren. Keine der Fähigkeiten ihrer einstigen zwei Körper beherrschten sie perfekt, stattdessen verfügten sie über alle zugleich. Larva musste es gelungen sein, die wölfischen Eigenschaften ihrer Menschenkörper zu verstärken.

Ein ungewohnter Gesang, halb wölfisch, halb menschlich und voller Glück, hallte aus dem Elburing in die Nacht hinaus, während Unda und Litus ihre Möglichkeiten austesteten und immer mehr Gefallen an ihren neuen Gestalten fanden. Es war nicht, was sie erhofft hatten. Aber vielleicht war es sogar besser.

Seither hatten die Geschwister es nicht bereut. Larva zeigte sich jedoch nie, um nach ihnen zu sehen oder Dank entgegenzunehmen.

Tenebrae war froh, diesen Schmerz nicht länger in ihrer Gemeinschaft wissen zu müssen. Die Feindseligkeiten zwischen Nachtwölfen und Mischwesen hingegen blieben bestehen, die Übergriffe reduzierten sich nicht, trotz der steigenden Zahl der Gegenläufer. Tenebrae hatte keine Ahnung, was sie dagegen ausrichten konnte, spürte sie doch selbst ein letztes Flüstern des alten Grolls.

Ob sie mit Ferrum darüber sprechen sollte? Konnten sie gemeinsam einen Weg finden, die Rivalität zu schwächen? Nachdenklich wanderte sie durch die Eichsichel. Allmählich zog die Nacht ihren dunklen Schleier über die Welt. Es roch nach Regen.

Irgendwann empfingen ihre Ohren die Geräusche zweier streitender, nur allzu bekannter Stimmen. Sie ließ sich von dem Lärm leiten, bis sie auf eine kleine Lichtung traf, wo vor einem in einen Hügel gegrabenen Bau Niger lag und seine Hautflügel auf die Öhrchen drückte.

»He, Kleiner, was geht da drinnen vor sich?«

Der Fledermausmarder schlug die Augen auf. »Na was wohl? Satan und Teufel zanken sich darum, wer in der Hölle das Feuer machen darf.« Jammernd wälzte er sich auf den Rücken. »Das ist ja nicht zum Aushalten!«

»Warum gehst du nicht einfach?«

»Weil ich mit Ferrum noch was bereden wollte.« Und nach einer Pause: »Übrigens bin ich kein Kleiner.«

»Nun gut, Großer, dann werde ich dort unten mal Wasser verschütten.« Tenebrae kroch in den Bau und fand zwei Katzen vor, die sich mit gesträubtem Fell und aufgerichteten Flügeln gegenüberstanden. »Darf ich erfahren, worum es geht?«

Ferrum und Vesper fuhren zu ihr herum. »Diese Blödian will einfach keinicht Geschichte schlafzählen!«

»Freunde, ich kann euch nicht verstehen, wenn ihr gleichzeitig redet. Vesper, was will dein böser Bruder denn von dir?«

»Warum darf sie zuerst sprechen?!«

»Ich bitte dich, Ferrum. Sei doch nicht so kindisch. Nun, Vesper?«

»Er sagt, ich soll nachts schlafen. Aber ich kann im Dunkeln nicht schlafen, nur mit Geschichte, und er will mir keine erzählen!«

»Sie darf nur tagsüber hinaus, weil in dieser Zeit weniger Nachtwölfe unterwegs sind«, erklärte Ferrum. »Solange es noch immer zu Auseinandersetzungen kommt, ist es für sie zu gefährlich.«

»Aber ohne Geschichte werde ich niemals einschlafen!«

»Ferrum, wenn du so etwas forderst, solltest du ihr auch die Bitte erfüllen.«

»Tenebrae!«, rief der Luchs empört.

»Ich würde auch so lange bleiben. Ich wollte mit dir ohnehin eine Kleinigkeit besprechen.«

Aus den gründurchzogenen, lehmbraunen Augen schossen Blitze. Doch schließlich ließ er Kopf und Schnurrhaare sinken und legte die Flügel an. »Also gut. Wenn es sein muss. Und welche willst du?«

»Die Ursprungsgeschichte!«

Ferrum warf einen unsicheren Blick zu Tenebrae. »Ich glaube nicht, dass sie jetzt angebracht ist.«

»Doch, das ist völlig in Ordnung. Ich würde gerne einmal eure Version hören.« Zur Bekräftigung ließ sich Tenebrae am Rand des Baus nieder und machte es sich bequem.

Im gleichen Moment kam Niger herein getrippelt: »Das gibt es ja nicht – da muss nur ein Flohpelz daherkommen, und schon herrscht Frieden.«

Wären Ferrums Blicke giftig gewesen, der Marder hätte sich augenblicklich in eine grün blubbernde Pfütze verwandelt.

»Du wirst trotzdem noch warten müssen, Niger«, sagte Tenebrae freundlich. »Es gibt eine Gutenachtgeschichte.«

»Na, wenn das so ist, dann bleib ich halt solange.« Der geflügelte Marder lief auf die Nachtwölfin zu und sprang zu deren größter Verblüffung auf ihre Schultern, wo er sich einige Male im Kreis drehte und sich gemütlich zusammenrollte.

»Und du möchtest ernsthaft zuhören?«, fragte Ferrum die Wölfin.

Tenebrae verdrehte noch immer den Hals nach der Pelzkugel in ihrem Nacken und konnte ihre Aufmerksamkeit kaum davon lösen. »Warum nicht? Ich betrachte das als Lehrstunde. Erzähl einfach, als wäre ich nicht hier.«

»Nun gut, wie du willst. Dies ist die Ursprungsgeschichte.«
Ferrum legte sich ebenfalls hin, seiner gebannt schweigenden
Schwester gegenüber. »Habt ihr euch jemals gefragt, was Magie
in ihrem Ursprung ist? Magie funkelt an jedem Lebewesen. Sie
ist unser stärkster Kern, der mehr ist, als er zu sein scheint.
Sie ist die zauberhafte Blüte, die daraus hervorsprießen kann, wenn er
aufmerksam gepflegt wird. Die Energie, die unsere Heimat schuf.
Ihr Glitzern verbirgt sich in jedem Geschöpf, in Gestein, Erde
und Wasser und verleiht der Welt ihren lebenswerten Zauber.
Sammelt sich besonders viel dieses Energiestaubs im Untergrund, sprießt ihre Kraft empor und wandelt das umliegende
Gebiet in ein wundersames Reich.

Solche Gebiete nennen wir magische Mütter, denn sie sind in
der Lage, neuartiges Leben zu gebären. Eine von ihnen kennen
wir gut: Nomera, den Wald des magischen Ursprungs, wo einst
das Wunder geschah. Es begann mit einem wandernden Menschen, der ziellos durch Nomera zog. Dabei fand er ein Reh, das
gestolpert war und sich das Bein verletzt hatte. Da der Wanderer
alle nötigen Mittel mit sich führte, versorgte er die Wunde des
Rehs, sodass es bald wieder laufen konnte. Dafür war es dem
Wanderer überaus dankbar. ›Wie kann ich dir helfen?‹, fragte es
ihn. ›Nun‹, sprach daraufhin der Wanderer, der durch Nomeras
Einfluss das Tier verstehen konnte, ›ich wünschte, ich hätte deine
Läufe, damit ich schneller vorankomme.‹ ›Es wird sich erfüllen‹,
sagte das Reh und sprang davon.

Der Wanderer ging weiter, noch immer auf seinen klapprigen
Beinen. Er hatte Hunger, und so stellte er eine Falle auf, mit der
er nach einigem Warten ein Kaninchen fing. Als er es verzehren
wollte, kam ein Luchs des Wegs. Er war noch jung und hatte
frühzeitig seine Mutter verloren. Deshalb konnte er noch nicht
gut jagen und war sehr mager. ›Ich bin kurz davor, es endlich zu
schaffen‹, sagte er, ›aber inzwischen fehlt mir schlicht die Kraft.‹
Und so überließ der Wanderer dem Luchs das Kaninchen und
sammelte für sich stattdessen Beeren und Pilze. Wieder bei Kräf-
ten verabschiedete sich der Luchs. ›Gibt es etwas, das ich für
dich tun kann?‹ ›Ach‹, sprach da der Wanderer, ›ich hätte so
gerne deinen kräftigen Körper und dein zahnbewehrtes Maul,
dann könnte ich mir leichter Nahrung beschaffen.‹ ›Vielleicht
hast du Glück‹, antwortete der Luchs und war verschwunden.

Noch nicht vollkommen gesättigt schritt der Wanderer weiter und hatte allmählich das Gefühl, im Kreis zu gehen. So stieg er auf einen Hügel, wo er sich zwar auch nicht orientieren konnte, stattdessen aber einen Habicht am Himmel entdeckte. Der Vogel drehte einige Runden und landete danach neben ihm. ›So lange muss ich schon nach Beute Ausschau halten, so erschöpft bin ich nun und es wird eine kalte Nacht.‹ Darauf sprach der Wanderer: ›Komm zu mir, ich wickle dich in meinen Umhang und entfache ein Feuer.‹ ›Vielen Dank, ich fürchte nur, ich kann dir dafür keine Gegenleistung erweisen.‹ ›Ach‹, sagte der Wanderer, ›ich brauche nichts. Es wäre nur so schön, wenn ich deine Flügel hätte. Dann könnte ich die Landschaft überblicken und wüsste endlich, wohin ich gehen muss.‹ ›Warte nur ab‹, sprach daraufhin der Habicht, und sie suchten nach einem Platz für die Ruhe.

Diese Nacht, eine Neumondnacht, verbrachten die beiden Gesellen gemeinsam. Als am nächsten Tag der Wanderer erwachte, war der Habicht bereits aufgebrochen. Und wie der Wanderer aufstehen wollte, bemerkte er Veränderungen an sich: Sein Körper war kräftig und von dichtem Fell besetzt, er stand auf vier langen, behuften Beinen, sein Kopf war noch derselbe, besaß aber eine lange Schnauze voller Zähne, und aus seinen Schultern entfalteten sich zwei gewaltige Schwingen. Voller Dankbarkeit konnte er nun seine neuen Fähigkeiten nutzen und lebte fortan glücklich und zufrieden.«

Ferrum nahm einen tiefen Atemzug. »Das ist eine der vielen Geschichten, wie Mischwesen geschaffen wurden. Durch viele weitere Ereignisse bevölkerten mehr und mehr von ihnen die Welt. Doch durch ihre Vielgestaltigkeit hatten sie Schwierigkeiten, sich in einen Lebensraum einzugliedern. Gerade die Mensch-Tier-Mischlinge sehnten sich sowohl nach der Stadt als auch nach dem Wald und fühlten sich dennoch nirgends daheim. Aber ihre Zerrissenheit blieb nicht unbemerkt. Die Nebel, die geheimnisvollste Macht auf Erden, hörten ihr Leid und ermöglichten den Suchenden den Zutritt auf eine andere Ebene, in eine andere Welt, wo sie alles fanden, was sie brauchten.

Doch von Zeit zu Zeit sehnten sie sich nach ihrer früheren Heimat zurück. Sie benötigten die Lebensräume jedes Teilkörpers, die Befriedigung jedes einzelnen, und ebenso etwas völlig anderes, für alle zugleich. Und das bis heute. So öffnen sich seit jeher die Nebel zu besonderen, dunklen Nächten, in denen die Pflanzen, Tiere und Gesteine ihre Farbenpracht nicht mehr jedem zeigen können und das Magische erst sichtbar wird. In solchen Zeiten können die Wissenden die Welten wechseln und weilen dort, wo sie es begehren.«

Ferrum warf einen Seitenblick zu Tenebrae, seine Stimme verhärtete sich.

»Doch diese Ausflüge waren mit Gefahr verbunden. Eines Morgens näherten sich ein paar Mischwesen einer Stadt und bemerkten eine Gruppe Holzfäller nicht rechtzeitig genug. Die Männer entdeckten sie, sahen eine Bedrohung in ihnen und griffen mit erhobenen Äxten an. Zeit, zu entkommen, blieb nicht mehr, und so waren die Mischwesen gezwungen, sich zu verteidigen.

Dieses Hindernis war noch nicht überwunden, als sich bereits ein neues näherte: Nachtwölfe, eine weitere Kreatur Nomeras, voll tierischer Überlegenheit und menschlicher Habgier. Sie beanspruchten alles, Wälder wie Siedlungen, für sich und vertrieben die Mischwesen fortan, wann immer sie sich Dörfern oder Städten näherten. In immer erbitterteren und tödlicheren Schlachten kämpften die Mischwesen um ihre Rechte, bis sie letztendlich ihr Überleben über ihre Sehnsüchte stellten.

Seither sind wir nur hinter den Nebeln beheimatet und in den letzten Wäldern, die nicht von Nachtwölfen verseucht sind. Aus Zwang wurde Erfinderkraft, wir gestalteten unser Leben so erträglich wie möglich und führen heute ein friedliches Dasein; wenn auch nicht von dem Glück erfüllt, das wir uns wünschen.«

Ferrum schwieg. Auch sonst war es im Bau vollkommen still. Vesper hatte sich zusammengerollt und schien tief zu schlafen. Tenebrae konnte sich nicht regen. Sie fühlte sich wie ausgepeitscht.

Nach einer Ewigkeit voller Spannung erhob sich Ferrum und trottete wortlos aus der Höhle. Die Nachtwölfin erwachte aus ihrem Schock, wollte aufspringen und erinnerte sich an Niger. Sein Atem klang ruhig und gleichmäßig. Vorsichtig rollte sich Tenebrae auf die Seite und schob den Marder mit ihrer Schnauze behutsam von ihren Schultern auf den Boden. Der kleine Kerl erwachte kurz, ringelte sich erneut zusammen und schlief wieder ein. Leise erhob sich die Nachtwölfin und schlich aus dem Bau.

Draußen saß Ferrum auf der Lichtung und starrte in den Wald hinaus. Inzwischen hatte es zu nieseln begonnen. Das zarte Klacken der Tropfen schallte durch die Luft.

»Du wolltest mich sprechen«, erklang die eiserne Stimme des Luchses.

»Das ist jetzt unwichtig. Ich möchte mit dir über etwas anderes reden.«

Ferrum drehte sich zu ihr um, die lehmgrünen Augen härter als sonst.

»Ist diese Geschichte wahr? Der letzte Teil, hast du den genauso erzählt wie immer oder meinetwegen abgeändert?«

»Du sagtest, ich solle sie so erzählen, wie sie ist, und das tat ich.«

»War dies das erste Mal, dass Mischwesen auf Nachtwölfe trafen?«

»Die Geschichte besagt es so.«

»Und ihr wolltet wirklich nur die Stadt besuchen, in ihr leben und die Menschen weder vertreiben noch töten? Hattet ihr nie das Ziel, die Menschheit zu unterwerfen?«

Ferrums Blick verfinsterte sich. »Was soll das heißen? Seit Jahren wollen wir nichts anderes, als dort zu leben, wo wir möchten. Nämlich in den Wäldern, die ihr besetzt, und in den Dörfern, die ihr bewacht.« Er beherrschte seine Stimme und blieb ruhig, konnte aber eine gewisse Schärfe nicht unterdrücken.

»Ferrum, ich möchte dir unsere Version der Ursprungsgeschichte erzählen, nur den letzten Teil. Da heißt es, einige Nachtwölfe hätten beobachtet, wie Mischwesen eine Gruppe Menschen angriffen. Wir dachten immer, ihr hättet das getan, weil ihr die Stadt erobern wolltet.«

»Willst du damit allen Ernstes sagen, ihr habt uns immer von den Siedlungen ferngehalten, weil ihr dachtet, wir wollten sie angreifen?«

»Das haben uns die Geschichten so vermittelt.«

»Aber es war Notwehr!«

»Natürlich, nur haben die Nachtwölfe das falsch gedeutet. Sie sahen nur Mischwesen, die Menschen angriffen. Was sollten sie da denken?«

»Soll das heißen, unser gesamter Krieg beruht auf einem Missverständnis?«

Die beiden magischen Geschöpfe starrten sich an. Nur das Prasseln der Tropfen war um sie herum zu hören. Nach und nach wurde ihnen der Wert ihrer Entdeckung bewusst. Alle Streitigkeiten konnten für immer beigelegt, vielleicht sogar die letzten Rachsüchtigen vom Frieden überzeugt werden. Zum ersten Mal sah Tenebrae in dem Luchs ihr gegenüber einen wahrhaftigen Freund, dem sie vertrauen konnte, ohne, dass die tief sitzenden Lügen der alten Geschichten Bedenken in ihre Gedanken mischten. Als hätte sich eine Blase aus Rauch um sie herum aufgelöst, die sie ihn nicht klar hatte sehen lassen. Nun begannen seine Augen unbeschwert zu lächeln, und die Wölfin fühlte sich ihm so tief verbunden wie nie zuvor. Etwas war geschehen, ein Ereignis, so kurz und doch so machtvoll. Wie ein Gesetz, das gefallen war. Wie eine Tür, die sich geöffnet hatte. Wie ein Sprung von zwei untergehenden Booten auf ein gemeinsames Schiff.

Lächelnd wandten sie sich um und entfernten sich jeder auf seinem eigenen Weg, begleitet vom stetig anschwellenden Trommeln der Tropfen. So leicht und ungehindert trugen Tenebraes Schritte sie über das Laub, als wäre sie bisher durch Morast gewatet. Der Zweifel, die Vorsicht, die in der Nähe jedes Mischwesens etwas in ihr verschlossen hatten, waren nun vollkommener Leichtigkeit gewichen.

Die Nachtwölfin blieb stehen. Vor ihr erstreckte sich die große Senke. Schmale Bäche flossen den Hügel hinab und befreiten die Wiese von sämtlichen Blättern und Zweigen. Der Regen spielte dazu die Musik der stillen Überlegenheit, den Gesang des Sieges. Tenebrae betrachtete die glänzende Landschaft und sah danach in den silberschwarzen Himmel hinauf. Unter den Bäumen blieb sie nahezu trocken.

Mit sicherem Blick schaute sie nach vorn und trat hinaus auf das Gras, so weit, dass der Regen jedes Haar ihres Körpers erreichen konnte. Sie stellte sich gerade hin, schloss die Augen und streckte ihre Schnauze den Wolken entgegen. Die Tropfen prasselten auf ihr Fell, trafen auf die Scherben der Wand, die zwischen der Wölfin und jedem Mischwesen einst gestanden hatte, und spülten sie davon. Ihre nassen Haare legten sich glatt an und boten keinem Körnchen Dreck Halt. Lange stand sie so da und ließ sich von der Kraft des fallenden Wassers reinigen.

34
Ein Geschenk, zwei Opfer

Still starrten die Versammelten sie an. »Das ist alles?«, schnaubte Genista. »Das soll eure großartige Entdeckung sein, die unsere Probleme lösen wird?«

Ferrum warf einen Seitenblick zu Tenebrae, die ihrerseits erwiderte: »Manchmal können Kleinigkeiten heftige Auseinandersetzungen herbeiführen, vor allem, wenn keine Partei bereit ist, die Ursache zu ergründen oder den anderen zu verstehen.«

»Das ändert nichts an den heutigen Schandtaten der Mischwesen«, grollte Saxum.

»Wenn unsere Vorfahren ihnen damals keinen Grund gegeben hätten, wäre es nie dazu gekommen«, bemerkte Silex neben ihm leise.

Jeder anwesende Felswolf erstarrte, allen voran ihr Rudelführer. Sein Sohn selbst hingegen gewahrte nichts davon, blickte nachdenklich auf die Erde und schien vollkommen im Thema vertieft zu sein.

»Sie klingt vielleicht marginal«, fuhr Ferrum fort. »Doch sie ist die wichtigste Erkenntnis, die wir je hatten, und ja, ich glaube, dass sie uns zu Frieden verhelfen kann. Sorgt dafür, dass jeder es erfährt. Die Wächter sollen hierherkommen, sobald sie abgelöst werden, und sich die Geschichte von den zwei Wolfsmenschen anhören. Wenn nicht den Krieg, so kann sie wenigstens die gegenwärtigen Streitereien beenden.«

Saxum erwachte aus seiner Starre. »So wird es geschehen. Sind weitere Neuigkeiten zu besprechen?«

»Ja, und zwar deutlich dringlichere.« Genista setzte sich auf. »Rixa hat im nördlichen Teil des Buchbogens eine ernste Entdeckung gemacht: Die Sacerdosolis haben schlichte Unterkünfte auf einer Lichtung errichtet. Sie scheinen bleiben zu wollen.«

»Unsere Flucht ist ihnen nicht entgangen«, knurrte Saxum.

»Ich will, dass jemand ihre Schritte fortwährend verfolgt. Nubes ist klein und flink genug, Rixa soll ihm den Ort zeigen und sich dann mit ihm abwechseln. Zu jeder Versammlung möchte ich von euren Beobachtungen unterrichtet werden.« Er wandte sich Ferrum zu. »Und nun zu den Gegenläufern. Wie viele sind es inzwischen?«

»Dreizehn, darunter sieben Kämpfer, und es werden stetig mehr.«

»Sind es genug, um gegen Caedes zu bestehen?«

»Ich fürchte, nein. Zu viele sind noch immer auf seiner Seite.«

»Dann warten wir weiter. Gab es Zwischenfälle an der Grenze?«

»Eine«, antwortete Arcanus. »Doch die Wächter sind gut aufgestellt und achtsam. Sie haben die feindliche Gruppe rechtzeitig entdeckt und vertrieben.«

»Gut. Die Versammlung ist beendet.«

Tenebrae stand auf und streckte sich. Sie beschloss, den beginnenden Tag mit Baldewins Schafen zu verbringen, und trabte zum Westausgang des Elburings.

»Warte, Tenebrae!« Fast schon auf der großen Senke holte Silex sie ein. »Ich wollte dir nur sagen, wie phantastisch das ist, was ihr da herausgefunden habt. Auch wenn es manche noch nicht verstehen, diese Erkenntnis ist genau, was wir gebraucht haben.«

Sie lächelte ihn an. »Danke, solche Worte haben mir eben gefehlt. Dennoch bin ich zuversichtlich, dass bald alle einen so tiefen Blick entwickeln werden wie du. Dein Einwurf vorhin war unglaublich klug, kleiner Bruder.«

Kurz knickten Silex' Ohrenspitzen ein. Dann straffte er seinen ganzen Körper und richtete den Kopf auf. Seine Augen sahen sie anders an als sonst, schienen sie durchbohren und sich zugleich daran hindern zu wollen. »Weißt du, es ist lange her, seit wir das letzte Mal etwas gemeinsam unternommen haben. Hast du Lust, mit mir zu jagen?« Seine Rute zuckte vor Vorfreude.

»Das ... kommt unerwartet. Ich hatte gerade vor, zu Baldewin zu gehen, und eigentlich habe ich im Moment keinen Hunger. Aber ich möchte gerne wieder Zeit mit dir verbringen. Vielleicht später.«

Er fiel einen Hauch in sich zusammen. »Ja ... ja, wenn es dir recht ist. Mich würde es jedenfalls sehr freuen. Ich sehe dich dann, Tenebrae.«

Sie stupste seine Nase an und setzte ihren Weg fort, während der ungewohnt sanfte Klang, mit dem er ihren Namen ausgesprochen hatte, in ihren Ohren nachhallte.

Als sie den Elburing verließ, stach ihr ein scharf pilziger Geruch in die Nase. Wenige Schritte vor ihr stand der riesige Ginsterwolf Cicatrix, der sie großäugig anstarrte und auf einmal im Kreis zu springen begann. »Ich bin ein Schaf! Hüte mich! Hüte mich!« Dabei gab er kehlige Geräusche von sich, nicht ansatzweise einem Blöken ähnlich.

»Du bist kein Schaf. Und halt dich bloß von der Herde fern.«

»Schade.« Der rotschwarze Rüde ließ Kopf und Ohren hängen und trabte davon.

Tenebrae sah ihm argwöhnisch nach, bis sie sich verwandelte und zu dem Hirten hinab lief, der diesmal auf einem anderen Felsen saß, da seine Herde weiter gewandert war.

»Sei gegrüßt, Baldewin.« Sie setzte sich neben ihn ins Gras.

»Tagchen, Finsterchen.«

Wie angenehm und beruhigend seine Stimme um sie herum summte, das völlige Gegenstück zu Cicatrix' klirrendem Kratzen. Genussvoll ließ die Wölfin ihren Blick über die Schafe schweifen, deren Wolle in der Morgensonne golden leuchtete.

»Hast auch eigenen Name?«

»Ja. Tenebrae.« Sie biss sich auf die Zunge. *Du Dummkopf, du kannst ihm doch nicht deinen wahren Namen verraten!*

»Geht schön durch Ohren«, kommentierte ihn der Schäfer mit aufrichtigem Ton, ohne jegliche Verwunderung, beinahe verträumt. Vielleicht war es doch kein Fehler.

»Du fühlst dich wohl in meiner Gesellschaft und der meiner Genossen, nicht wahr? Es wird dich bestimmt freuen, zu hören, dass wir einige Zeit hier verbringen werden.«

»Nur einig Zeit? Nicht immer?«

»Wäre es dir lieber, wir blieben auf ewig hier?«

»Würde so schön. Mag euch.«

War es nur die lange Einsamkeit, die ihn schlichtweg jeden willkommen heißen ließ, oder bedeutete ihm die Gegenwart der Nachtwölfe so viel? Nachdenklich schielte Tenebrae zu ihm hinüber. Er empfand die Nähe der Neuankömmlinge als so angenehm, obwohl er nichts über sie wusste. Nie hatte er sich erkundigt, woher sie kamen oder was sie hier wollten. Fragte er sich denn nie, wer sie waren?

»Ich kann nichts versprechen, Baldewin. Ich gehe jedoch davon aus, dass wir so bald nicht fortgehen werden.«

Der Hirte seufzte erleichtert.

Die spätere Jagd mit Silex hatte Tenebrae gutgetan. Sie hatten Kaninchen aufgespürt und waren ihnen wie Welpen nachgehetzt. Der schmächtige Rüde war dabei regelrecht aufgegangen. Es war ein befreiendes Spiel gewesen, und sie hatte ihm versprochen, solchen Unternehmungen von nun an öfter nachzugehen.

Zum Glück gab es auch in schwierigen Zeiten hin und wieder Gründe für Freude. Zwei Nächte später verbreitete sich eine frohe Neuigkeit: Asina und Temeritas hatten ihr Fohlen bekommen. Gleich am folgenden Tag machte sich Tenebrae auf den Weg zum Ostrand der großen Senke, wo sich die Familie niedergelassen hatte.

Es war sonnig. Die blühende Wiese war erfüllt vom Surren der Bienen, Hummeln und Fliegen. Vor den Pfoten der Wölfin stoben bei jedem Schritt Grashüpfer in alle Richtungen, immer wieder tanzten Schmetterlinge vor ihrer Nase. Süß und schwer hing die Luft über der Senke.

Schon von weitem sah sie das schwarze Hahnenwolfspferd. Erhaben stand es da und verbarg das Geschehen hinter sich. Mit gesenktem Kopf näherte sich Tenebrae und rollte sich direkt vor ihm auf den Rücken. Ob Pferde mit dieser Art der Unterwerfung überhaupt umgehen konnten? Temeritas jedenfalls schien zu verstehen und gab die Sicht frei.

Tenebrae erhob sich und wurde eines so bunten und niedlichen Mischwesens ansichtig, das sie sich hübscher nicht hätte vorstellen können: ein braungraues Mauleselfohlen mit schwarzer Mähne, dem Hinterteil eines Wolfs, den Vorderbeinen einer Ziege und zwei buschigen Fühlern auf der Stirn. Munter sprang es auf noch wackeligen Beinen umher, hielt inne, als es die Wölfin bemerkte, und betrachtete sie neugierig. Dahinter lag Asina und beobachtete den Vorgang mit leuchtenden Augen.

»Sie heißt Iuba«, sagte die Schmetterlingseselin sanft. »Sie ist bildschön. Wenn Caedes nur den Nutzen eines Kindes sieht, ist er blind.« Tenebrae streckte ihre Nase nach der des Fohlens aus, das erst daran schnüffelte und dann mit einer Mischung aus Meckern und Wiehern zur Seite hüpfte. Der Anblick löste in ihr eine Glückswelle und ein Stechen zugleich aus. Sie seufzte. »Möge dir der Druck all unserer Schwierigkeiten fernbleiben, Iuba, damit du unbeschwert und ohne Hass auf die Nachtwölfe aufwachsen kannst.«

»Dafür sorgen wir«, bekräftigte Temeritas.

Tenebrae blieb noch eine Weile, bis sie sich verabschiedete. Ein Ziehen in ihr flehte zwar, zu der Kleinen zurückzugehen, aber sie konnte nicht ihre ganze Zeit dort vergeuden, zumal Iuba ihre Gegenwart nicht geheuer schien.

Bei der nächsten Versammlung forderte Saxum neue Erkenntnisse über die Sacerdosolis, doch weder Rixa noch Nubes waren anwesend.

»Ich hätte zuverlässigere Spione wählen sollen«, knurrte der Leitwolf.

»Unterstellst du meinem Rudel, seine Aufgaben zu vernachlässigen?«, keifte Genista.

»Siehst du deine Ginsterwölfin hier?«

»Deiner ist ebenso wenig ...«

»Anstatt ihnen Ungehorsam vorzuwerfen«, ging Raphanus dazwischen, »würde ich mich fragen, ob den beiden ein Unglück widerfahren sein könnte. Solch ein Verhalten sieht Rixa nicht ähnlich.«

Saxum wandte sich ihm zu. »Sollen sie so töricht gewesen sein, sich von ihnen fangen zu lassen?«

»Möglicherweise hat sie etwas überrascht.«

»Das sollten wir ergründen«, meinte Arcanus. »Ich melde mich freiwillig, diese Aufgabe zu übernehmen.«

»In Ordnung«, knurrte Saxum. »Aber gib Acht. Sollten Nubes und Rixa tatsächlich in der Gewalt der Priester sein, müssen wir unter allen Umständen vermeiden, dass ihnen weitere folgen.«

Vielleicht war es bloß Tenebraes besorgter Erwartungshaltung geschuldet, dass sie Arcanus von diesem Morgen an nicht mehr sah. Es war schon immer schwer gewesen, ihn zu finden, ihm gar zufällig zu begegnen. Doch konnte es genauso gut sein ... Sie konnte ihre Gedanken nicht von ihm lösen und streifte so lange durch den Wald, bis sie es nicht mehr ertrug. Ihre Schritte führten sie durch den Buchbogen nach Norden, wo ihre Vorsicht sie noch einmal zurückhielt. Sollte sie wirklich selbst nach ihm suchen? Ohne Hilfe, ohne jemanden von ihrer Befürchtung in Kenntnis zu setzen?

Unschlüssig lief sie hin und her. Wie vom Himmel gefallen stand plötzlich Larva vor ihr. Fordernd starrte sie die Schwarze an, hinter ihrem gefassten Ausdruck meinte Tenebrae eine Spur von Furcht zu erkennen. Im nächsten Moment sprang die Weiße nach Norden und gab einen raschen Lauf vor, dem ihre unsichere Tante kaum folgen konnte. Doch sie musste, es schien dringend zu sein, obwohl es an ihrer Würde kratzte, sich von dieser herrischen Wölfin befehligen zu lassen.

Lautlos wie ein Trugbild trabte jene dahin. Abrupt hielt sie inne, ließ ihre Begleiterin näher kommen und stieg dann mit langen Schritten über einen Ast hinweg. Tenebrae wäre einfach weitergelaufen, hätte nicht ein flüchtiger Blick auf den Boden eine Seilschlinge offenbart. Das dürfte das Verschwinden der drei Kundschafter erklären.

Larva führte sie an zahlreichen weiteren Fallen verschiedenster Art vorbei, jede gut versteckt und sachkundig befestigt. Die Sonnenpriester schienen darin erfahren zu sein. Tenebrae hätte ihre Rudelmitglieder zu gerne hiervor gewarnt, konnte jedoch nur auf deren Vernunft hoffen, nicht ebenfalls auf die Suche nach den Verschwundenen zu gehen, denn Larva duldete keinen Aufschub.

Nach einer Weile ließ ein Summen die Luft vibrieren, schwoll zu einem unheimlichen Gesang an und richtete jedes Haar auf Tenebraes Körper auf. Obwohl sie am liebsten geflohen wäre, beschleunigten die beiden Wölfinnen ihre Schritte und jagten unter der aufgehenden Sonne auf eine Lichtung zu. Dort umringte ein Kreis aus Sacerdosolis drei Baumstämme. Auf jedem lag eine gefesselte Gestalt: Rixa, Nubes und Arcanus.

Tenebrae jaulte entsetzt. Kein Priester scherte sich um sie. Mit dem Mut der Verzweiflung preschte sie in das Ritual hinein, stockte und stolperte zurück, als wäre sie ins Fegefeuer gerannt. Erst jetzt fiel ihr das gelbe Licht auf, das den Ort umhüllte. Sie fuhr herum und griff einen der Männer direkt an. Hitze schlug ihr entgegen, sie drehte ab, ihre Pfoten fühlten sich an wie verbrannt. Kein Durchdringen, nirgends. »Larva! Tu doch etwas. Du hast die Macht, nur du kannst ihnen helfen!«

Die Weiße flitzte um sie herum wie ein getriebener Geist, stockte und starrte sie mit ungewohntem Blick an. Panisch, hilflos und ... flehend? Aber wenn Larvas Magie nicht ausreichte, was konnte Tenebrae dann tun?

Der erste Sonnenstrahl traf auf die Lichtung wie ein Dolch. Die gefangenen Wölfe kreischten auf voll Schmerz und Angst. Eine der drei Stimmen stach mit ihrer rauen Tiefe hervor, flatternd vor Qual wie ein Nachtschwärmer, der selbst mit zerfetzten Flügeln nur seine unerfüllte Aufgabe vor sich sah.

Tenebraes Herz ging in Flammen auf. »Das dürft ihr ihm nicht antun!« Vor Verzweiflung raste sie mehrmals gegen die heiße Energiekuppel, jedes Mal mit dem irren Willen, nicht zurückzuschrecken, bis sie sich fühlte wie am Grillspieß. Schrill winselnd schnappte sie nach den Priestern, wetzte hinter ihnen hin und her, als sie es nicht mehr ertrug.

Ein Biss in die brennende Schnauze hielt sie auf. Larva stand vor ihr, der eindringliche Blick wies nach Westen.

Nebel.

Sie rannte los und verschwendete keinen Gedanken daran, ob Dampfschwaden ihnen jetzt helfen konnten. Einen Augenblick später stockte sie davor. Es war kein Neumond, sie durfte ihr Reich nicht betreten. Aber ...

»Larva, auf dich hören sie bestimmt. Sag ihnen, was sie tun sollen!«

Die Weiße war hinter ihr stehengeblieben, ungewohnt furchtsam.

Ihnen blieb keine Zeit mehr. Tenebrae tat einen beherzten Schritt in die verschleierte Welt. Die Luft knisterte vor Spannung und Zorn, Worte Tausender Stimmen flüsterten aufgebracht: *Selbstsüchtige! Tyrannin! Schicksalsschlächterin!* Die Eingedrungene wappnete sich gegen ihre Strafe. Nichts geschah. War gar nicht sie gemeint?

Umgehend kam sie zur Sache. »Ehrwürdige Nebel, ich bin mir bewusst, dass ich euch zum falschen Zeitpunkt aufsuche. Aber in diesem Moment findet ein gewaltiges Verbrechen statt, dessen Verhinderung eure Macht verlangt! Das letzte Mitglied des Nebelrudels, *eures* Rudels, steht kurz vor einem grausamen Schicksal. Kein anderer Nachtwolf ist euch so tief verbunden wie er. Wie soll er euch weiterhin ehren ohne seine wölfische Hälfte? Was soll er denn noch alles erleiden müssen?! Ich flehe euch demütigst an: Rettet ihn, rettet diese drei Unschuldigen!«

Die Stimmen der Nebel verschwammen wieder, flüsterten rege und unverständlich miteinander. Dann ein deutliches Wort: *Gegendienst.*

Was sollte sie feuchter Luft geben können? »Ich ... Nehmt euch, was ihr braucht!«

Augenblicklich ballten sich die Schleier um Tenebrae zusammen, zogen die Kraft in Strömen aus ihr heraus. Es wurde dunkel.

Leise Stimmen. Vielleicht die Nebel. Ob sie tot war? Ihr Körper fühlte sich so schwer an, als gehöre ihre Seele einem Berg. Sie empfand keine Schmerzen, konnte sich aber nicht rühren. Ihre Gedanken waren jedoch so ermattet, dass sie das nicht störte. Im Gegenteil, sie genoss es, vor allem diesen sanften, fließenden Druck, der von ihrem Nacken aus eine wohlige Welle der Entspannung durch ihren ganzen Leib sandte. Sie holte tief Luft – atmen konnte sie anscheinend noch – und stieß einen Seufzer aus.

Der Druck verschwand. »Zikade?«

War das ihr Name? Und wem gehörte diese traumhaft summende Stimme? Mit aller Kraft zog sie die Lider hoch, sah Blätter und Zweige um sich herum. Schleppend kehrten ihre Erinnerungen zurück. »Schwärmer?«

»Es ist geglückt. Die Nebel haben das Ritual unterbrochen und die Sacerdosolis vertrieben. Wir sind dir aus tiefstem Herzen dankbar. Nichts kann deinen Mut und deine Bereitschaft, dein Leben zu opfern, begleichen.«

Sie blinzelte. »Ich hätte sterben können?«

»Angesichts deiner Bitte gleicht es einem Wunder, dass du noch lebst.«

»Dennoch fühle ich mich, als könnte ich nie wieder aufstehen.«

»Es braucht Zeit, bis deine Kräfte vollständig zurückgekehrt sind. Ich erlebte einst das Gleiche. Erst nach zwei Nächten war es mir überhaupt möglich, sichere Schritte zu setzen.«

Tenebrae stellte überrascht die Ohren auf. »Darf ich fragen, was du von ihnen verlangt hast?«

»Luna war schwer krank geworden, und ich war gewissermaßen daran schuld. Ein anderer hatte sie ebenfalls als Gefährtin begehrt, und obwohl sie sich ausdrücklich für mich entschieden hatte, forderte er, um sie zu kämpfen. Wir waren jung und ich zudem so dumm, die Herausforderung anzunehmen. Ich war überzeugt, ihm überlegen zu sein. Doch ich verschätzte mich. Es wurde ein erbitterter Kampf, den niemand von uns aufgeben wollte. Lunas verzweifelte Schreie, genau das zu tun, ignorierten wir – bis sie zwischen uns stand.« Er schluckte. »Die Wunde entzündete sich. Hoffnung gab es kaum. Die Nebel vollbringen zwar in unseren Geschichten immer wieder unglaubliche Taten, doch in der Realität hatte meine Generation bislang nichts davon erlebt. Es erschien mir somit nahezu unmöglich, dass sie mir helfen würden.«

»Und sie haben es dennoch getan?«

»Erst in dem Moment, als ich aufhörte, sie zu bitten, sondern es befahl. Ich wusste genau, was ich wollte, und war bereit, alles dafür zu opfern.«

Tenebrae schaffte es endlich, den Kopf ein wenig zu drehen und sich Arcanus zuzuwenden, der an ihrem Rücken lag. »Du bist wahrlich etwas Besonderes.«

Er kniff sie sanft in den Nacken und massierte ihn, wie er es zuvor getan hatte. »Das Gleiche könnte man über dich sagen.«

»Hat Lunas zweiter Verehrer euch fortan in Ruhe gelassen?«

»Im Gegenteil. Er sah meine Bindung zu ihr wachsen und wurde stetig eifersüchtiger. Es dauerte, bis er einsah, dass sie nicht zueinander gehörten.«

Tenebrae nahm einen hellen Schemen im Hintergrund wahr.

Ihre Augen brauchten eine Weile, ihm Kontur zu verleihen, bis sie Larva erkannte. Unbeweglich stand sie da und beobachtete die beiden.

Das erinnerte die schwarze Nachtwölfin an die Übrigen, für deren Rettung sie beinahe ihr Leben gegeben hätte. Mit der Geschwindigkeit eines Regenwurms versuchte sie sich umzusehen. Irgendwo in der Nähe vernahm sie die Stimmen von Rixa und Nubes, die sich außerhalb ihres Sichtfelds unterhielten. Sie waren tatsächlich hier. Sie alle.

Tenebrae schaute in den Nachthimmel hinauf. Sie musste länger als einen ganzen Tag bewusstlos gewesen sein. Fand am kommenden Morgen nicht die nächste Versammlung statt? »Bald können wir die anderen vor den Fallen der Priester warnen.«

»Allerdings erst nach der heutigen Konferenz.«

»Wir sollen sie verpassen? Aber wir dürfen nicht riskieren, dass jemand uns sucht und ebenfalls gefangen wird.«

»Zunächst müssen wir warten, bis deine Kräfte so weit zurückgekehrt sind, dass du gehen kannst. Solange müssen wir auf die Vorsicht der anderen vertrauen. Ebenso können wir niemanden vorschicken, denn durch diesen gefährlichen Teil des Waldes sollten wir uns nur gemeinsam wagen.«

»Larva kann uns sicher hindurch führen. Es wirkte, als kenne sie jede Falle.«

»Und im Augenblick scheint sie mir nicht von der Seite weichen zu wollen. Ich aber möchte *dich* nicht zurücklassen. Somit sind wir alle an dich gebunden.«

Sie murrte zwar, doch weitere Argumente hatte sie nicht. Also schloss sie die Augen und gab sich der Ruhe sowie Arcanus' warmem Atem in ihrem Nacken hin. Und wenn sie ehrlich war, gab es in diesem Moment nichts, was sie lieber wollte.

»Damit wird das betreffende Gebiet als verboten erklärt«, bestimmte Saxum.

»Das löst aber nicht das Problem«, warf Arcanus ein.

»Die Priester direkt anzugreifen ist zu gefährlich«, überlegte Raphanus. »Wir brauchen einen wohl durchdachten Plan, um sie loszuwerden.«

»Ich schlage vor, wir kundschaften die ...«

»Wartet mal.« Silex spitzte die Ohren. »Ich glaube, ich habe da was gehört.«

Alle Versammelten schwiegen. Um sie herum raschelten nur die Blätter im Wind.

»Nichts. Lasst uns fortfahren.«

»Nein, Saxum.« Ferrum hatte das Fell aufgestellt. »Da ist etwas.«

Zwei Nachtwölfe am Rand schrien auf. Eine Horde fremder Mischwesen stürmte zu beiden Eingängen in den Elburing und stürzte sich auf jeden Anwesenden, sogar auf ihre einstigen Kumpane. Bevor Tenebrae reagieren konnte, stieß Arcanus sie in die nächste Hütte. Schlagartig füllte sich der schmale Platz. Der rauchgraue Wolf war im engen Gerangel kaum zu erkennen, hielt aber unnachgiebig die Stellung, um den Weg zu ihr zu versperren. Ihre Kräfte waren noch nicht bereit, sie zu verteidigen.

Der Kampf tobte heftig, doch ebenso kurz. Als wütendes Jaulen Verstärkung ankündigte, verschwanden die Angreifer sofort. Es wurde still, Nachtwölfe und Gegenläufer standen keuchend da und versuchten, den Vorgang zu begreifen.

Ein Schrei voller Trauer und Wut zerriss die Luft. Er kam von Ferrum. Zu seinen Pfoten lag der reglose Körper von Niger.

35
Die Prüfung der Finsternis

»Wir suchten in der Nähe des Elburings eine von Altor erlegte Hirschkuh«, berichtete Cataracta, eine der Nachtwölfe, die ihnen so rasch zu Hilfe geeilt waren. »Wir sind ihm während seines Wachdienstes begegnet, und da hat er gemeint, wir könnten uns die Reste nehmen. Bevor wir die Beute fanden, hörten wir die Schreie.«

»Gut reagiert«, erwiderte Saxum. »Dank euch erlitt niemand ernste Verletzungen.«

Niemand?! Tenebrae wandte sich ab und durchquerte den Elburing, vorbei an all den Überfallenen, die sich gegenseitig die Wunden leckten. Sie betrat eine bestimmte Hütte, groß und am besten ausgebaut, wo ihr Unda entgegenkam.

»Wird er es überstehen?«

»Ich weiß es nicht«, antworte die Wolfsfrau. »Wir haben alles getan, was wir konnten. Nun liegt es an ihm.«

Tenebrae schob ihren Kopf am geflickten Stoffvorhang vorbei ins Innere. Im warmen Halbdunkel erspähte sie den Fledermarder, gebettet in eine Schlafstätte aus frischem Moos. Unter den Umschlägen aus Tüchern, die mit Pflanzensäften von Wegerich, Fetthenne und Johanniskraut getränkt waren, bewegten sich seine Flanken schwer und ungleichmäßig.

Vor ihm kauerte Ferrum, leckte seinem Freund immer wieder über das Gesicht und versuchte sich an einem Schnurren, das ihm jedoch im Halse stecken blieb. Als er Tenebrae bemerkte, setzte er sich auf und zog die Schultern hoch, den Blick weiterhin auf Niger gerichtet. »Ich kann nicht glauben, was diese Bastarde angerichtet haben. Dass ich mich ihnen einst zugehörig gefühlt habe. Und trotzdem, ich sah sie kommen, und was habe ich getan? Nichts. Ich konnte mich nicht rühren, keine Kralle gegen sie ausfahren. Hätte ich eher reagiert, wäre es nicht so weit gekommen.«

»Das waren deine früheren Freunde. Natürlich ist es verständlich ...«

»Verständlich, sicher, aber war es richtig? Meinetwegen könnte Niger sterben. Meinetwegen seid ihr alle verletzt worden. Meinetwegen konnte dieser Angriff überhaupt stattfinden.«

»Wie meinst du das?«

»Siehst du es denn nicht?!« Der Luchs stand auf und wandte sich mit funkelnden Augen um. »Wir haben einen Verräter unter uns! Woher sonst hätten die Mischwesen von der Versammlung im Elburing wissen sollen? Es kann nur einer der neuen Gegenläufer sein. Und ich hatte die Verantwortung für sie! Ich hätte den Trug erkennen müssen. Wie konnte ich so naiv sein. Ich muss den Dreckskerl entlarven, sofort ...« Ferrum fiel wieder in sich zusammen und schaute auf das Pelzhäuflein neben sich herab.

»Du tust gar nichts, außer hierzubleiben und dich um Niger zu kümmern. Überlass den Verräter Arcanus und mir. Wir werden ihn finden, versprochen.«

Ferrum schien nicht überzeugt, nahm aber erneut seinen Platz vor dem Marder ein, angespannt und mit hängenden Flügeln. Tenebrae ertrug es kaum, ihn so zu sehen, und ließ die Zwei mit schwerem Herzen allein. Eine Aufgabe erwartete sie.

Bevor sie Arcanus aufsuchen konnte, trat Raphanus mit betretenem Ausdruck auf sie zu. »Ich fürchte, dass die Mischwesen so tief in unser Gebiet gelangen konnten, ist zum Teil meine Schuld.«

»Wie bitte? Inwiefern?«

»Ich habe Cicatrix letzte Nacht als Wächter eingeteilt. Ich dachte, ihm täte eine Aufgabe gut, und hoffte, er wäre klug genug, sie ernst zu nehmen. Womöglich war er es nicht. Es tut mir unendlich leid.«

»Ich möchte deine Entscheidungen als Ältester nicht infrage stellen, aber ich muss gestehen, ich hätte ihn niemals ausgewählt. Unabhängig davon muss jemand den Mischwesen Informationen über unsere Versammlungen zugetragen haben, sonst hätten sie nicht genau hier und jetzt angegriffen. Denjenigen gilt es nun zu finden.«

Betrübt entfernte sich Raphanus, und Tenebrae ging weiter auf Arcanus zu. »Können wir reden?«, fragte sie ihn mit gedämpfter

Stimme.

»Worüber?«

»Es scheint, als habe Caedes einen Verräter bei uns eingeschleust. Abgesehen von Ferrum kennen wir beide die Gegenläufer gut, und ich möchte es weder ihm noch den Rudelführern anvertrauen, sich damit zu befassen.«

»Dem stimme ich zu. Gehen wir.«

Sie entschieden sich für die große Senke und gingen in ihren menschlichen Gestalten an Baldewin vorüber, der sie erfreut grüßte. Auf der anderen Seite der Schafherde legten sie sich nebeneinander ins weiche Gras. Tautropfen schimmerten im zart rosafarbenen Licht der Morgensonne. Seichter Dunst hing über der Wiese und schirmte die beiden Nachtwölfe in ihrer Besprechung ab.

»Nun«, begann Tenebrae. »Es muss sich um einen der Gegenläufer handeln. Ferrum und Niger sind ausgeschlossen. Temeritas und Asina halte ich ebenso für unschuldig, schließlich hatten sie einen offensichtlichen Grund, vor Caedes zu fliehen. Avena gehört zwar schon lange dazu und scheint ebenso wenig infrage zu kommen, allerdings kenne ich sie nicht gut genug. Dann wären da noch Violat und die neuesten Gegenläufer ...«

»Vielleicht sollten wir zu Beginn eher Fähigkeiten als Gründe betrachten.«

»Weshalb?«

»Der Verräter muss die feindlichen Mischwesen kontaktieren können. Er müsste daher unauffällig genug sein, um an den Wächtern vorbei zu gelangen.«

»Letzte Nacht hatte Cicatrix Wachdienst.«

»Selbst, wenn er seiner Aufgabe in dieser Nacht nicht gerecht geworden ist, so muss der Verräter bereits zuvor die nötigen Informationen überbracht haben.«

»Vielleicht gab es vorher schon hin und wieder unachtsame Wächter.«

»Aber allein darauf zu hoffen? Wenn eines der Mischwesen absichtlich von Caedes hierher geschickt wurde, dann muss er sichergehen, dass es zu ihm zurückgelangen kann, ohne sich dabei ausschließlich auf die Dummheit anderer zu verlassen. Zu diesem Zweck hat er vermutlich einen Schleicher gewählt.«

»Könnte er nicht auch die Reihe der Wächter im Norden oder

Süden umgehen?«

»Ein solch weiter Weg würde viel Zeit beanspruchen. Es wäre Ferrum sicherlich aufgefallen, hätte sich eines seiner Mischwesen so lange nicht blicken lassen. Außerdem sind im Wald so viele Nachtwölfe unterwegs, dass gewiss einer den Geruch bemerkt hätte. Jeder kennt die Regel, dass sich die Gegenläufer nicht westlich des Baches aufhalten dürfen.«

»Diese Gefahr besteht aber ebenso auf direktem Wege ... Wir sollten alle befragen, ob jemand auf eine merkwürdige Spur gestoßen ist.«

»Cicatrix wäre der erste. Er könnte uns Klarheit verschaffen, ob tatsächlich seine Unzuverlässigkeit die feindlichen Mischwesen hereingelassen hat.«

»Einen Versuch ist es wert.« Tenebrae rollte sich auf den Rücken, winkelte die Arme nach hinten an und legte ihren Kopf darauf. Grübelnd sah sie in die Wolken und verfolgte ihre sich ändernden Formen. Von keinem Gegenläufer hätte sie jemals gedacht, er könnte bloß einem Plan Caedes' folgen. Bei Violat und ihrer kalten Ausstrahlung hatte sie zwar ein unangenehmes Gefühl beschlichen, doch würde sich ein Verräter so gleichgültig und grimmig darstellen? Außerdem war die gehörnte Fuchsfrau offensichtlich eine Kämpferin. Und was war mit all den neuesten Zuwächsen, die sie kaum kennengelernt hatten? Es war zum Verzweifeln.

Sie seufzte. »Letztendlich können wir uns bei keiner Vermutung sicher sein, oder? Alles wäre durch eine Verkettung unglücklicher Umstände und schlauer Pläne möglich. Was wiederum hieße, dass wir gar nichts wissen.«

Arcanus zog die Stirn in Falten. »So kommen wir nicht voran. Wir sollten zunächst all das überprüfen, was wir überprüfen können. Ich spreche mit jedem Nachtwolf, du mit den Gegenläufern und Cicatrix. Vielleicht finden sich weitere Hinweise.«

Tenebrae versank erneut in ihren Gedanken, während allmählich die Müdigkeit von ihr Besitz ergriff. Krampfhaft hielt sie an ihren Überlegungen fest. Bald sah sie Violat, Avena und Iuba zusammen auf Ferrum reiten, der sie durch die Luft über die Wächter hinwegflog und dabei in den Fluss abstürzte, in dem Niger verzweifelt versuchte, ans andere Ufer zu gelangen. Schließlich meinte Cicatrix mit der Stimme von Arcanus und einem unglaublich weichen Fell, dass sich alle viel zu sehr überanstrengten und die Grübelei endlich sein lassen sollten.

Als Tenebrae erwachte, strebte der Tag bereits seinem Ende entgegen. Dichtes Haar strich über ihren Arm. Lag Arcanus etwa in Wolfsgestalt neben ihr? Und atmete er schon immer so schnaufend? Sie drehte den Kopf und schaute in Okuls weißes Gesicht. Sofern es sein Gesicht war. Friedlich döste der riesige Hund vor sich hin. Von Arcanus keine Spur.

Die Nachtwölfin streckte sich ausgiebig und setzte sich auf. Noch waren ihre Kräfte nicht vollständig zurückgekehrt, und sie brauchte einige Momente, bis sie aufstehen konnte. Die Schafe waren ein wenig weiter gewandert, Baldewin saß an derselben Stelle und schob sich handweise Brombeeren in den Mund.

Sie trat auf ihn zu. »Seit wann ist Arcanus ... also der, mit dem ich hergekommen bin, schon weg?«

»Mittag«, brummte der Schäfer und sah sie mit schmunzelnden Augen an. »Ein Freund?«

»Oh ja, der beste.«

»Guter Wahl.«

Tenebrae musste lächeln und verließ die Weide, um sich als Wölfin auf den Weg in das Gebiet der Gegenläufer zu machen und dort mit ihrer Ermittlung zu beginnen.

Iuba entwickelte sich prächtig, Asina und Temeritas waren stolz, aber wegen des Verräters ebenso beunruhigt. Avena waren Sorge und Ärger deutlich anzumerken, hatte sie doch stets auf die Vertrauenswürdigkeit neuer Gegenläufer geachtet und sie gewissenhaft beobachtet. Nie sei jemand auffällig lange weg gewesen. Tenebrae befragte alle Mischwesen, aber mit jedem weiteren Gespräch sank ihre Zuversicht. Keines schien etwas zu verheimlichen oder sie zu belügen. Selbst Violat hatte ihr geduldig, wenn auch ungerührt geantwortet.

Sie sprach sogar mit Vesper, die nicht verstand, warum ihr Bruder so lange fortblieb. Niedergeschlagen berichtete die Wölfin ihr von dem Angriff und Nigers Zustand.

»Echt? Oh, dann ... richte Ferrum meine besten Wünsche aus. Er soll sich nicht sorgen, Niger wird es bestimmt schaffen. Auf bald, Tebrae!«

Die Nachtwölfin sah der geflügelten Wildkatze nach. Hoffentlich behielt sie Recht.

Mit der aufkommenden Nacht wuchs ihr Hunger und so versuchte sie, sich einer Jagdgemeinschaft anzuschließen. Ein Beutetier zu hetzen fiel ihr noch immer schwer. Sie stieß auf Lacrima und Vertex, die sie gerne unterstützten. Trotzdem kam sich Tenebrae furchtbar jämmerlich vor, denn alles, was sie tun konnte, war den Keiler aufzuschrecken und in die richtige Richtung zu scheuchen. Gesättigt verabschiedete sie sich, um sich der nächsten Aufgabe zuzuwenden. Während sie noch darüber nachdachte, wo sie Cicatrix am ehesten finden würde, stieg ihr sein Geruch nach Pfifferling in die Nase. Überrascht und ebenso erleichtert folgte sie ihm, bis sie den rotschwarzen Nachtwolf auf einem Stein liegen sah. Reglos starrte er in den Wald und sah nachdenklich aus. Sollte sie ihn wirklich ansprechen?

»Cicatrix, ich ... könnte ich mit dir über die letzte Nacht sprechen?«

»War sie nicht schön, diese Nacht? Ein halbvoller Mond, der einer federweichen Hand gleich über der Welt schwebt und uns alle behütet, silbrig schimmernde Wolken, die wie riesige Fische durch den tiefblauen See voller glitzernder Kiesel gleiten, und der frische Wind, der wie der Atem der Magie die endlose Zeit voran bläst.«

»Ähm ... eigentlich hatte ich etwas anderes im Sinn.«

»Ist eh alles romantischer Schwachsinn. Keine Sau behütet uns.« Cicatrix drehte sich zu ihr um. »Und wasss willsssst du sonssst von mir wisssen?«

Tenebrae trat einen Schritt zurück. Wie konnte sich die Stimmung dieses Irren so schlagartig wandeln? »Du ... du warst letzte Nacht Wächter, und ich wollte fragen ... hast du deine Aufgabe ernst genommen und darauf geachtet, keinem Mischwesen einen Grenzübertritt zu ermöglichen?«

»Unterstellst du mir, meine Pflichten nicht zu kennen?!«

»Nein, ich wollte nur ...«

»Deine Schenkel sehen heute besonders köstlich aus. Schmeckst du mit Stinkmorcheln oder Bucheckern besser?« Cicatrix ließ sich vom Stein gleiten und schlich mit gierig funkelnden Augen auf sie zu. Selbst in dieser Haltung war seine

Größe überwältigend.

Tenebrae ergriff die Flucht. Dieser Verrückte war unberechenbar, und sie hatte nicht vor, für diese eine Antwort erneut ihr Leben zu riskieren. Wer wusste schon, wie weit sein Wahnsinn inzwischen fortgeschritten war und wozu er seinen Wirt befähigte.

Auf einmal musste sie an Noctifer denken. Hätte seine Sucht ihn mit der Zeit ebenfalls dazu getrieben, seine Kameraden anzufallen? Inständig hoffte sie, dass er und Imber es rechtzeitig nach Nomera geschafft hatten. Bei der Vorstellung, wie sich das ehemalige Mitglied des Wolfsblutrudels über die zarte Nachtwölfin hermachte ...

Tenebrae stockte mitten im Lauf. War das möglich? Es schien absurd. Doch hatte Cicatrix nicht ebenfalls einen tiefen Riss im linken Ohr?

Tenebrae fand keine Ruhe mehr. Etwas in ihr wollte ihr einreden, dass ihre aberwitzige Idee nichts weiter war als ein aus bloßen Zufällen geborenes Hirngespinst. Doch konnte sie die vielen Anhaltspunkte einfach außer Acht lassen? Und damit im schlimmsten Fall ihr Rudel gefährden?

Sie schaffte es nur schwer, sich beim späteren Austausch mit Arcanus zu konzentrieren und nicht sofort ihren Verdacht hinauszuposaunen. Auch er hatte keine vielversprechende Spur vorzuweisen. Niemand hatte westlich des Ursprings ein Mischwesen gesehen, gehört oder gerochen, allerdings habe er noch nicht jeden Nachtwolf befragt. Tenebrae bezweifelte, dass sie den Verräter auf diese Weise finden würden, bevor er noch mehr Schaden anrichtete.

Als sie daraufhin ihre Vermutung ansprach, betrachtete der rauchgraue Wolf sie erst überrascht, dann nachdenklich. Er war ihr nicht abgeneigt, warnte aber davor, voreilige Schlüsse zu ziehen.

Sie mussten es überprüfen. Arcanus erschien es zunächst wichtiger, die ausstehenden Befragungen nachzuholen. Daher machte sich Tenebrae, gleich nachdem sie auseinandergegangen waren, auf die Suche nach dem Verdächtigen. Auf dem Felsen war nichts mehr von ihm zu finden außer seiner Duftspur. Sie führte zielstrebig nach Norden, dem Wind schräg entgegen, der aus Nordwesten blies. Beste Voraussetzungen für eine Verfolgung.

Nach einem kurzen Sprint entdeckte sie den rotschwarzen Riesen in der Ferne, bevor sie die Kraft verließ und sie ihm langsamer hinterher trabte. Sein Gang wirkte trotz des dürren Körpers schwer. Ob sie sich nah genug vorwagen konnte, um sein linkes Ohr eingehend zu betrachten? Es wäre ein eindeutiger Beweis.

Sie versuchte es. So lange, bis ihre Sinne ihr eine Warnung zuriefen. Nicht jedoch des Verfolgten wegen, sondern des Gebietes, das jener gerade betreten hatte. *Die Fallen* ... Wusste Cicatrix gar nichts davon? Sollte sie ihn warnen? Da beobachtete sie, wie er unvorhergesehen einen Satz in die Luft machte. Vor Verblüffung vergaß Tenebrae ihre Gedanken. Vorsichtig folgte sie ihm und untersuchte den Boden an dieser Stelle, wo ein feines Seil gespannt war. Verdutzt blickte sie ihm nach. Woher ...? Sie schüttelte den Kopf und beeilte sich, ihn nicht zu verlieren. Es war wie ihre Wanderung mit Larva. Ständig wich Cicatrix irgendetwas aus, und die schwarze Wölfin tat ihm einfach alles gleich, auch wenn sie nicht immer die zugehörige Falle entdeckte.

Die Sonne ging bereits auf. Endlich duckte sich der dünne Rüde hinter ein Gebüsch, Tenebrae in sicherem Abstand ebenfalls. Vor ihnen öffnete sich eine Lichtung, auf der behelfsmäßige Unterkünfte aus Stöcken und Tierhäuten errichtet worden waren. Dazwischen bewegten sich einige Sonnenpriester geschäftig hin und her oder standen in sich ruhend am Rand. Die Blätter raschelten, Böen kamen auf.

Cicatrix verwandelte sich. Der dürre Mann mit den zerfetzten Kleidern und dem krausen, roten Haar erhob sich aus dem Gesträuch, stellte sich in den Schatten eines Baumstammes und gab den Ruf eines Kuckucks von sich.

Einer der Priester horchte auf, bemerkte ihn und kam mit einem überraschten Lächeln auf ihn zu. »Zach, welch Geschenk des Himmels, dass wir uns nach all den Jahren einmal wieder sehen. Und wie meine Augen erkennen, hat sich dein Leben noch immer nicht zum Besseren gewandt. Vermochtest du die Angelegenheit nicht zu klären?«

Cicatrix trat hinaus ins Licht. »Egal, wie ich es ihnen zu begründen versuchte, sie hörten nie zu und sahen bloß die Schuld. Aber das ist unwichtig. Ich komme zurecht und helfe, wo ich kann. Eine neue Mission verlangt Euer Talent. Allerdings betrifft es diesmal keine armen Seelen, sondern reine Teufelsgeschöpfe. Ihr werdet sie töten müssen, um die Ausbreitung ihres Gifts zu verhindern.«

»Der Wert der Reinigung wiegt stets mehr als der einer Zerstörung. Doch ohne diejenigen zu vernichten, für die es bereits zu spät ist, wird die Brut niemals zu gedeihen aufhören. Möge der Herr dir für deine Botschaft Gnade erweisen. Allerdings stellten wir in dieser Gegend unlängst zahlreiche Fallen auf.«

»Die Fallen sind nicht alles. Wartet nur ab. Mein Plan wird Euch etliche Dämonen auf einmal zukommen lassen.«

»Nun, seit unserer letzten Begegnung weiß ich wohl, wie verlässlich deine Versprechen sind. Und was verlangst du dieses Mal als Lohn?«

»Das gleiche wie letztes Mal.«

»Rätselhafte Wünsche wie eh und je. Leider können wir damit derzeit nicht dienen, doch sobald dein Vorhaben geglückt ist, haben wir gewiss einen übrig. Nun müssen wir lediglich erfahren, was wir zu tun haben.«

»Noch heute stellt ihr so viele Fallen auf, wie ihr könnt, allesamt eng beieinander an einem bestimmten Platz, und schon morgen früh werdet ihr die Früchte ernten. Dieser Platz ...«

In diesem Moment drehte Cicatrix den Kopf nach links, ein Windstoß blies seine Haare zurück. Da prangte es: Ein tiefer Schnitt in seinem Ohr und ein kürzerer, der davon abzweigte. Für einen Augenblick verdunkelte sich die Welt um Tenebrae.

Cicatrix wandte sich wieder dem Priester zu. »Wo exakt würde ich Euch gerne an einem geschützten Ort beschreiben. Hier haben die Bäume Ohren.«

»Selbstverständlich.« Der Mann verschwand zusammen mit dem Nachtwolf im kleinsten Unterschlupf.

Wie versteinert hockte Tenebrae in ihrem Versteck und versuchte zu verarbeiten, was sie gerade erlebt hatte.

Ihre Vermutung hatte sich bestätigt. Cicatrix war ehemaliges

Mitglied des Wolfsblutrudels. Und er hatte bereits vor langer Zeit mit den Sacerdosolis Bekanntschaft gemacht. Wie hing das alles zusammen? Was hatte er vor? Und die wichtigste Frage: War er nun verrückt oder nicht?

Wenn er seit so vielen Jahren nicht mehr in Adamas' Rudel lebte, müsste er laut Noctifers Erzählung wahnsinnig geworden sein. Sein Verhalten eben entsprach dem jedoch absolut nicht. Hatte er einen Weg gefunden, dem Wahnsinn zu entschlüpfen? Zumindest teilweise? Doch wie hatte er fliehen können? Adamas hätte ihn niemals entkommen lassen. Und was zum Kuckuck war sein Plan?

Er wollte den Sacerdosolis Teufelsgeschöpfe liefern. Welche meinte er? Die Nachtwölfe? Aber diese *waren* laut der Priester zu retten, nicht unerlösbar, wie Cicatrix behauptete. Vertrauten sie ihm so sehr, dass er ihnen weismachen konnte, es handle sich um eine weitere Kreatur? Egal warum, sie taten es. Aber wozu das alles? Er wollte doch nicht ...?

Der Priester hatte von einer Belohnung gesprochen. Er hätte nach geglücktem Plan *einen* übrig. Einen was? Einen Nacht-wolf?!

Tenebraes Gedanken überschlugen sich. Cicatrix konnte die Sucht nicht gänzlich überwunden haben. Nun sah er die Gelegenheit für ein unauffälliges Blutmahl.

Plötzlich kam ihr eine ganz andere Idee. Was, wenn der Ver-räter ...

Sie zuckte zusammen. Cicatrix und der Priester traten auf die Lichtung, schüttelten sich die Hände und verabschiedeten sich mit freundlichen Worten. Tenebrae duckte sich und beobachtete, wie sich der Nachtwolf in den Wald entfernte, dort den Körper wechselte und auf gleichem Weg zurück nach Süden lief. Sie beeilte sich, ihm zu folgen, denn sie brauchte ihn, um gefahrlos das Fallengebiet zu durchqueren. Der Wind hatte zum Glück inzwischen ganz auf Westen gedreht.

Endlich wieder auf sicherem Terrain, hatte Tenebrae das Gefühl, jeden Moment vor Spannung zu bersten. Sie fand keine Kraft mehr, dem roten Wolf nachzulaufen, aber das war auch nicht länger nötig. Nun musste sie dringend mit jemandem spre-chen.

Sprachlos lauschte Arcanus Tenebraes Schilderungen, blieb aber skeptisch bei ihrer Idee, er könnte der Verräter sein. »Welcher Grund sollte ihn antreiben?«

»Seine Sucht. Es dürstet ihn nach einem Blutmahl, nur kann er nicht einfach ein Rudelmitglied töten. Das muss ein anderer Täter erledigen, um jeden Verdacht auf Cicatrix zu verhindern. Zuerst geht er einen Pakt mit den Mischwesen ein, verrät ihnen alles über die Versammlungen und lässt sie die Grenze passieren, damit sie für ihn einen Nachtwolf erlegen. Da sie es nicht geschafft haben, nutzt er nun die Sacerdosolis.«

»Weshalb tut er all das erst jetzt? Es sind bereits Jahre vergangen, seit er das Wolfsblutrudel verlassen haben muss. Hätte er in dieser Zeit nicht längst wieder ein Blutmahl benötigt? Mehrere?«

»Anscheinend hat er einen Weg gefunden, dem Drang lange genug zu widerstehen. Eines in einem halben Jahr genügt ihm vielleicht, wenn auch mit deutlichen Spuren an seinem geistigen Zustand. Er könnte bei unserer Flucht aus dem Felsrevier noch rasch das Blut eines Toten geleckt haben. Und davor ... Womöglich ist einmal ein Mitglied des Ginsterrudels spurlos verschwunden.«

»Das gilt es zu überprüfen. Und sollte es sich bestätigen ... Tenebrae, vielleicht hast du den Verräter tatsächlich enttarnt.«

Und damit das Rudel von einem Ungeheuer befreit. Sofort machte sie sich auf die Suche nach einem Ginsterwolf. Am Rand der großen Senke traf sie Carex' Töchter an, die vergnügt mit Vesper spielten. Auch Carbo und Cornix waren dort, die unter den wachsamen Augen ihrer Eltern ebenfalls mit dem Mischwesen raufen durften. Jetzt, Anfang Juli, schien die Sonne warm und malte tanzende Muster durch die Blätter auf die Wiese.

Tenebrae setzte sich neben Aerarius und Aethra und betrachtete das ausgelassene Spiel der Kleinen. »Es ist schön zu sehen, wie gut sich Mischwesen und Nachtwölfe vertragen können, nicht wahr?«

»Oh ja«, antwortete Aethra. »Das hätte ich nie für möglich gehalten.«

»Wohl wahr«, fuhr die Felswölfin fort. »Es ist nicht lange her, da fürchteten wir noch, dass die Mischwesen kommen und unsere Angehörigen verschleppen, wie in den Geschichten. In unserem Rudel ist das nie vorgekommen. In eurem?«

Sie lachte. »Nein, von uns ist nie jemand verschwunden, der nicht eines Tages zurückkehrte.«

»Doch«, warf Aerarius ein. »Meine Halbschwester Sal.«

Seine Gefährtin drehte erschrocken den Kopf. »Oh, verzeih. Sie hielt sich so selten unter uns auf, ich habe sie völlig vergessen. Wie lange ist das nun schon her?«

»Etwa ein Jahr.«

Also ein halbes Jahr vor der Flucht des Felsrudels. Es passte. Tenebrae blieb noch eine Weile und lauschte dem Gespräch der Eltern und den Stimmen der Kinder. Wirklich zuhören konnte sie nicht. Die Sonne senkte sich bereits dem Horizont entgegen. Wenn die Sacerdosolis am nächsten Morgen ihre neuen Opfer vorfinden sollten, dann würde Cicatrix seinen Plan heute Nacht vollziehen.

Sie zog sich zurück, um sich ein weiteres Mal mit Arcanus zu bereden.

Der Rauchgraue hörte sich ihren Bericht mit finsterer Miene an. »Es ist tatsächlich wahr. Wie willst du nun vorgehen? Saxum in Kenntnis setzen?«

»Ja, aber vorerst nur ihn. Wir brauchen jetzt schnell einen Plan, wenn wir Cicatrix aufhalten wollen, und dazu darf das Gerücht nicht durch den ganzen Wald schallen. Er könnte es bemerken. Wir werden sein Vorhaben vereiteln und ihn im selben Moment überführen. Die Frage ist bloß, wie, wo und wann. Wir wissen lediglich, dass heute Nacht einige Nachtwölfe an einem unbekannten Ort in Fallen geraten werden. Was könnte Cicatrix tun, um dies zuwege zu bringen?«

»Er muss eine Gruppe von ihnen dazu bewegen, zum selben Ort zu eilen. Ein Angriff womöglich oder eine Flucht, deren Richtung er selbst vorgibt. Beispielsweise, indem er sie anführt oder einen vermeintlichen Angreifer meldet.«

»Und das dürfte er erst gegen Ende der Nacht tun, damit die Gefangenen nicht vorher befreit werden können. Bliebe die Frage des Ortes.«

»Im Grunde ist er unwichtig. Wir müssen Cicatrix lediglich beobachten und verfolgen. Allerdings habe ich zunächst jemanden zu finden, der meinen Wachdienst übernimmt. Ich bin für die zweite Hälfte der Nacht eingeteilt.«

»Das ist ideal, Arcanus! Cicatrix könnte es auf die Wächter abgesehen haben: viele Nachtwölfe beieinander, die er mit einem falschen Alarm in dieselbe Richtung lenkt. Sollte er das wirklich tun, könntest du sie, mitten unter ihnen, warnen und aufhalten.«

»Im besten Fall wird das nicht nötig, wenn du und Saxum ihn zuvor stellen könnt.«

»Ich bespreche alles mit ihm, wir finden eine Möglichkeit. Ich werde ihn sofort suchen.«

»Und ich Cicatrix. Wir sehen uns wieder, sobald alles beisammen ist. Folgt dann meinem Heulen.«

Die beiden trennten sich. Tenebrae überlegte, wie sie den Leitwolf am schnellstens finden konnte. Heulen war die leichteste Methode. Aber würde das Cicatrix womöglich warnen, dass sie Verdacht hegte? Ihr kam eine Idee: Sie heulte nach Silex. Für ihre Treffen der letzten Tage hatten sie sich ebenfalls auf diese Weise verabredet.

Es dauerte nicht lange, bis eine erfreute Antwort durch den Wald schallte. Erst, als Tenebrae ihm offenbarte, was ihre wahre Absicht war, und sie seine Stimmung sinken sah, tat es ihr leid, ihn dafür benutzt zu haben. Doch es gab jetzt Wichtigeres. Immerhin konnte ihr der schmächtige Rüde den Aufenthaltsort seines Vaters nennen.

Saxum lauschte ihrer wahnwitzigen Idee, als könne er ihr nicht glauben. Diesmal aber hatte sie mehr als nur eine flüchtige Erscheinung gesehen, und ihm war bewusst, dass er sofort handeln musste, falls ihre Annahme stimmte. Allerdings ließ Tenebrae im Gefühl, dass jede Sekunde zählte, den Zusammenhang mit dem Wolfsblutrudel komplett aus und beschränkte sich darauf, dass ein weiteres Vergehen des Verräters kurz bevorstand. Als Motiv genügte vorerst Wahnsinn.

Sie schlug dem Rudelführer ihre eigenen Pläne vor, denen er nach raschem Nachdenken zustimmte. Es war wichtig, Cicatrix bei der Tat zu überführen, um einen Beweis zu haben. Eine einzelne Beobachtung reichte nicht.

Die beiden beschlossen, eine kleine Gruppe fähiger Wölfe zusammenzustellen, um den Verdächtigen zu beschatten und zu verfolgen. Saxum selbst war mit seiner imposanten Gestalt dafür nicht geeignet und würde sich daher in der näheren Umgebung aufhalten, um eingreifen zu können.

Tenebrae schlug Carex und Vertex vor. Sie hatten Mut wie Entscheidungsfähigkeit bewiesen, und vor allem vertraute sie ihnen. Der Leitwolf bewilligte ihre Wahl. Getrennt suchten sie nach den beiden. Arcanus' Heulen würde sie wieder zusammenführen. Zunächst zog es Tenebrae in den Elburing. Vielleicht wurde sie dort fündig. Da fiel ihr Blick auf die große Hütte. Sie blieb stehen und starrte auf den Eingang. Dann trat sie ein. Die Zwei befanden sich in genau denselben Positionen, in denen Tenebrae sie verlassen hatte. Als wäre die Zeit hier drinnen stehengeblieben.

»Sein Zustand verschlechtert sich.«

Sie stellte die Ohren auf. Ferrums magische Stimme klang so hohl und kratzig, dass sie ihn kaum darin wiedererkennen konnte. Natürlich, Gemütslagen beeinflussten das Sprechen, aber sie hatte noch nie erlebt, dass sie sich sogar auf die magische Sprache auswirkten.

Sie trat an die Seite des Luchses, sein sonst so gepflegtes Fell rieb struppig an ihrem. Sie suchte nach aufmunternden Worten, doch ihre Gedanken waren wie blockiert. Schließlich raunte sie: »Vesper ist überzeugt, dass er es schaffen wird.«

»Wäre ich bloß auch so zuversichtlich wie sie.«

»Versuche es. Wie soll er die nötige Kraft finden, wenn du ihn bereits aufgegeben hast?«

Ferrum schwieg.

Eine Weile noch saßen sie nebeneinander und sahen still auf den Marder hinab. Dann verhärtete sich etwas in Tenebrae. Entschlossen stand sie auf und lief nach draußen. Wenn Niger starb, trug Cicatrix die Schuld daran.

Als Nächstes wandte sich Tenebrae der Weide zu. Vielleicht hütete gerade jemand die Herde. In Menschengestalt lief sie den Hügel hinab, konnte aber keinen Nachtwolf entdecken. Die Sonne näherte sich bereits dem Horizont. Sie fuhr herum und eilte zurück.

»Warte, Finsterchen! Warum so hastig?«

Tenebrae stockte, drehte sich um und schaute dem Hirten in sein freundliches, ein wenig gekränktes Gesicht. »Es tut mir leid, Baldewin, aber ich habe jetzt keine Zeit.«

»Nur kurz reden, immer Zeit. Haben lang nicht mehr.«
Mitleid und Schuld durchbrachen ihren Widerstand. Gehorsam
setzte sie sich zu dem Schäfer ins Gras und beobachtete nervös
den Sonnenstand.

»Kummer, mein Finsterchen?«
Sie seufzte. »Ach Baldo, manchmal wünschte ich, ich wäre
eine deiner Wollziegen. *Sie* müssen nicht ständig so wichtige
Entscheidungen treffen und jeden Tag von Neuem um ihr Leben
kämpfen.«

»Haben trotzdem nicht leicht. Wollen manchmal keine sein.
Eine hasste ihre Wolle. Kratzte immer. Dann Gewitter, Blitze von
Gott. Feuer brach aus, brennte ihre Wolle weg. Fühlte sich freier
dann, doch kalt im Winter.

Eine ist mal ihr Lamm verschwunden. War immer so süchtig
nach Ferne. Haben mit Okul dann gefinden, bedroht von Wolf.
Okul bissel lahm. Mutter greifte selber an. Wolf biss ihre Kehle.
Hat aber überlebt. Okul ja da.

Wolfen gefährlich. Anderer Hirte mal ganze Herde verloren.
Nur einen nicht, den dunkel zottigen. Kam dann zu uns. Aber nie
nah. War Zauberer. Ist einmal Klippe runterfallen. Hat aber überlebt. Weiß nicht, wie.«

Tenebrae ließ den Blick über die Schafe schweifen. »Ich sehe
ihn nicht.«

»Weiter wandert. Gehörte nicht her.«
Die Zwei schauten eine Weile schweigend auf die vierbeinigen
Wölkchen vor sich. Die Nachtwölfin wäre gern länger geblieben,
doch das schwindende Licht erinnerte sie an ihre Mission.

Sie erhob sich. »Vielen Dank, Baldewin. Es ist angenehm,
deinen Geschichten zu lauschen, und ich werde sicherlich zeitnah
wiederkommen, um mehr davon zu hören. Aber vorerst habe ich
etwas Wichtiges zu erledigen.«

»Mach nur. Auf bald!«
Angespannt setzte Tenebrae ihre Suche fort. Nach einiger Zeit
endlich stieß sie auf eine frische Fährte ihres Bruders mit seiner
Gefährtin und folgte ihr.

»Carex, ich brauche deine Hilfe!«, rief sie, als sie die beiden
eingeholt hatte. »Seid ihr bereit für eine unglaubliche Geschichte?«

Bis auf das Thema Wolfsblutrudel erzählte sie ihnen alles.

Arista erfasste ein wütendes Schauern, Carex Entschlossenheit. »Eigentlich folgen wir gerade Rätselhafter Gefährtes Ruf«, erklärte jener. »Der clevere Vogel hat anscheinend einen Kadaver für uns gefunden und wartet schon ganz ungeduldig, dass wir ihn öffnen. Aber so etwas Dringendes duldet keinen Aufschub!« »Ich gehe vor und erwarte euch nach der Aufregung zu einem üppigen Mahl«, entschied seine Gefährtin. »Ist das auch in Ordnung für dich?«, erkundigte sich Carex. »Sonst muss er sich eben noch etwas gedulden.« »Ach nein, ich reiße mich wirklich nicht darum, dabei mitzumachen. Aber bitte versprich mir, auf dich aufzupassen! Ihr beide.«

Das taten sie. Dann ertönte Arcanus' tiefes Heulen. Carex und Tenebrae verabschiedeten sich und trabten ihm entgegen. Die Nacht war weit vorangeschritten, finster unter der undurchdringlichen Wolkendecke, welche die Luft darunter zusammenzudrücken schien. Nicht einmal Nebel waren da, um sie aufzulockern.

Saxum und Vertex erwarteten sie bereits. Arcanus zeigte ihnen eine wenige Minuten alte Fährte von Cicatrix, bevor er sie verließ, um seine Wacht anzutreten. Die vier folgten ihr, bis sie den roten Riesen entdeckten. Sorgfältig auf die Windrichtung bedacht hielten sie sich in seiner Nähe auf. Er tat nicht viel, lag nur da und starrte vor sich hin oder trabte ein paar Schritte umher.

Mit einem Mal wandte er sich nach Westen und lief zielsicher los, die drei Beobachter dicht auf der Spur, während Saxum zurückblieb. Tenebrae sah ihre Befürchtung bestätigt: Er steuerte direkt auf die Wächterreihe zu.

Der Wind stand günstig, alles schien ihr Vorhaben zu unterstützen. Selbst die Tiere, die Pflanzen, der gesamte Wald schwieg, als ob er das Geschehen gebannt verfolgte. Schlagartig war Tenebrae diese tiefe Stille unwohl. Sie fühlte sich beobachtet, als würde jeder den Blick allein auf sie richten. Als würde man sie prüfen.

Die erste Wächterin, Rixa, kam in Sicht. Cicatrix trat direkt auf sie zu. »Wachablösung«, quiekte er.

Die Wölfin schien es nicht weiter zu kümmern, ob der rote Rüde vor ihr tatsächlich als Wache eingeteilt war. Sie war sichtlich froh, ihre eintönige Arbeit unterbrechen zu können, und trabte wortlos davon. Cicatrix nahm ihren Platz ein und sah sich mit gespitzten Ohren um. Die Zeit verstrich.

Obwohl Tenebrae wusste, was sie zu tun hatte, schwand ihre Bestimmtheit mit jedem Herzschlag. Ihr ganzer Körper krampfte sich vor Spannung zusammen, als würden sich zwei Seiten in ihr streiten. Dann setzte sich Cicatrix erneut in Bewegung, verstohlener jetzt, in nordwestliche Richtung, auf die Feindhügel zu. Immer wieder hielt er inne, um sich umzusehen und zu wittern.

Plötzlich duckte er sich tief ins Gesträuch, schlich flinker voran, stockte wieder, witterte, wartete. Unvermittelt preschte er los, geduckt und so leise er konnte, sein schmaler Körper glitt rasch außer Sicht.

Carex wollte ihm nachjagen, doch Vertex hielt ihn zurück. »Wir können ihn nicht mehr einholen, ohne uns zu verraten. Was, wenn er zurückkommt und wir ihm direkt in die Fänge laufen?«

»Was hat er überhaupt vor?«, raunte der kleinere Rüde.

»Vielleicht aus größerer Entfernung auf die Wächter zuzurennen, als melde er Angreifer«, überlegte Tenebrae.

Sie bewegten sich langsam weiter. Nichts regte sich vor ihnen. Irgendwo rief eine Eule. Ihr Schrei weckte ein seltsames Gefühl in Tenebrae. Auf einmal hegte sie Zweifel bei allem, was hier geschah. Ohne ersichtlichen Grund flackerten Namen in ihrem Geist auf: *Noctifer ... Salomea ... Arcanus.*

Ein heißkalter Schauer schlich ihr über den Rücken, die eindringliche Warnung des Instinkts, dass etwas völlig falsch lief.

»Er kommt«, flüsterte Carex.

Eine große, rotschwarze Gestalt raste auf einen unbestimmten Punkt weiter rechts von ihnen zu.

»Er wird jeden Moment die Warnung ausrufen.« Vertex spannte die Hinterläufe an. »Sobald er an uns vorüber rennt, greifen wir ein.«

»Nein.«

Die Rüden starrten Tenebrae an.

»Nein«, wiederholte sie bestimmt. »Wir warten bis zum letzten Augenblick, in dem er die Wächter alarmiert. Keine Sekunde eher.«

»Sicher?«, wisperte Carex. »Könnte es dann nicht zu spät ...«

Er verstummte, als Cicatrix an ihnen vorüber schoss. Vertex' Muskeln zuckten, sonst blieben alle still.

Wütendes Knurren und Keuchen riss ihre Aufmerksamkeit von

dem Roten weg. Ihre Blicke sprangen nach Westen, wo mehr als ein Dutzend Mischwesen durch die Sträucher preschten. Die drei drückten sich tiefer an die Erde und beobachteten die Meute, die Cicatrix Richtung Nordosten nachjagte. In der Ferne vollführte der rotschwarze Nachtwolf seltsame Sprünge und Haken, die seinen Vorsprung deutlich verringerten. Die Mischwesen holten rasch auf, hatten ihn fast erreicht – und kamen abrupt ins Stocken. Nacheinander stolperten sie oder blieben hängen, stießen erschrockene und zornige Schreie aus. Auf die Entfernung konnten die Beobachter die Ursache dafür nicht erkennen.

Geduckt liefen sie näher, während Cicatrix ein gutes Stück rechterseits gelassen zu den Wächtern zurück trabte. Dann blieben sie stehen, sahen die Mischwesen, vorrangig Kämpfer, die sich in verschiedenen Fallen wanden. Stumm standen die drei Nachtwölfe da, der erste bläuliche Schein des Morgens streckte sich über den Himmel. Wenig später näherten sich von Nordosten weißgewandete Gestalten.

»Und nun?«, flüsterte Carex.

»Ich habe nicht die geringste Ahnung«, antwortete Tenebrae.

36
Schuld gleicht einer Narbe

Saxum verengte die Augen. »Er hat uns einen Gefallen getan.«
»Anscheinend«, murmelte Tenebrae.
»Und ist nicht unser Verräter.«
»Vermutlich.«
»Ich halte fest: Cicatrix hat ohne Wissen des Rudels die Sacerdosolis benutzt, um eine gute Menge Mischwesen unschädlich zu machen. Was soll ich nun mit dieser Information anfangen?«
Betreten schaute Tenebrae zu Boden, ihre zwei Gehilfen schwiegen ratlos an ihrer Seite. War jetzt der Moment, ihnen von Cicatrix' Zugehörigkeit zu den Wolfsblütern zu erzählen? Etwas ließ sie zögern: Wenn der Antrieb für seine Tat tatsächlich das Wohl des Rudels war, würde ihn seine grausige Vergangenheit in ein äußerst schlechtes Licht rücken. Sie war sich nicht sicher, ob Saxum ihn wie Noctifer mit der gleichen Herzlosigkeit behandeln und verjagen würde ... einen gerissenen Rebellen, der ihnen zukünftig noch mehr seines Wissens und seiner Fähigkeiten zuteilwerden lassen könnte.
»Vollkommen aufrichtig verhalten hat er sich jedenfalls nicht«, warf Vertex ein. »Offenbar kennt er die Sacerdosolis und hat uns das vorenthalten.«
»Nicht ganz«, erinnerte Carex. »In der Stadt hat er uns auf ihre Macht aufmerksam gemacht, als sie Lacrima mitgenommen haben.«
Der blaugraue Rüde sah ihn zweifelnd an. »Heißt das, er ist gar nicht verrückt, sondern bloß genial?«
»Vielleicht beides«, überlegte Tenebrae.
»Und was machen wir nun?«, fragte Carex. »Das Rudel in Kenntnis setzen?«
»Wir haben uns auf wichtigere Probleme auszurichten«, mahnte Saxum. »Der wahre Verräter läuft noch immer unerkannt

herum und muss dringend enttarnt werden. Ich denke bis zur nächsten Ratsversammlung über Cicatrix nach. Im Augenblick halte ich das für zweitrangig.«

Die vier trennten sich. Nur Carex und Tenebrae gingen zusammen zu Arista und taten sich mit ihr an dem von Rätselhafter Gefährte entdeckten Hirschkadaver gütlich, während sie von dem Ereignis berichteten.

Danach traf sich Tenebrae mit Arcanus im Elburing. Ihre Gedanken waren wirr und sie hatte das Gefühl, in ihrem menschlichen Körper besser nachdenken zu können.

»Was sollen wir nun tun?«, überlegte sie verzweifelt. »Er hat sich zwar ehrenhaft verhalten, aber seine Vergangenheit bleibt trotzdem zwielichtig. Ist er ein Held? Oder eine undurchschaubare Gefahr? Spielt er nur ein doppeltes Spiel? Ein dreifaches? Sollten wir ihn weiter beschatten? Ihn vielleicht ...«

»Vorerst tun wir gar nichts«, wischte Arcanus ihre Worte beiseite. »Die Angelegenheit liegt nun in Saxums Verantwortung. Handle nicht wieder in seinem Rücken. Wir haben beide eine zermürbende Zeit hinter uns. Lass uns ruhen und uns später erneut damit beschäftigen, sobald unsere Geister geklärt sind.«

»Und was, wenn Cicatrix inzwischen ...«

»Zikade.« Er legte seine Hand bestimmt auf ihre Schulter. »Du bist müde. Geh und ruh dich aus. Eher wirst du keine klaren Gedanken fassen können.«

Seine Berührung hätte normalerweise ihre volle Aufmerksamkeit auf sich gezogen. Jetzt aber reagierte ihr Inneres fast gar nicht darauf. Mit einem Seufzen zwang sie sich zur Ruhe. »In Ordnung. Ich werde dem nachgehen, versprochen.«

»Danke. Ich ziehe mich ebenfalls zurück. Wir sehen uns später.«

Sie sah ihm nach, wie er aus dem Elburing stapfte.

»Du hast von Cicatrix gesprochen.«

Tenebrae schaute auf und betrachtete den schlanken Mann vor sich, dessen dunkelrotes Haar ihm über die kräftigen Schultern floss. Sie kannte ihn nicht, wahrscheinlich ein Ginsterwolf, mit dem sie bisher wenig zu tun gehabt hatte. Seine schnelle, spitze Stimme kam ihr zumindest bekannt vor.

»Wer bist du?«

»Adam. Du weißt, wo er steckt?«

»Cicatrix? Keine Ahnung. Er könnte überall sein.« Wollte er nicht seine Belohnung von den Priestern abholen? »Vielleicht im nördlichen Buchbogen. Wozu willst du ...?«

Da hatte er sich schon zum Gehen gewandt. Tenebrae wurde skeptisch. Warum wollte dieser Kerl Cicatrix' Aufenthaltsort wissen? Sie überlegte, wer er sein könnte. Inzwischen kannte sie alle Mitglieder des Ginsterrudels bei ihren wölfischen Namen. Häufig wählten sich Nachtwölfe einen Decknamen, der ihrem wahren ähnlich klang oder denselben Anfang ...

Sie sprang so heftig auf, dass sich ihr ganzer Körper schmerzhaft verzog. Ohne sich darum zu scheren, hetzte sie aus dem Elburing, verwandelte sich noch im Sprung und verfolgte die süßliche Duftspur. *Oh Tenebrae, du matschiges Madenfleisch, du dämlicher Flohbiss von einem Trottel! Solltest du das hier überleben, wirst du als diejenige in die Geschichte eingehen, die absolut nichts durchschaut.*

Bald darauf raste sie ungebremst in den mit Fallen gespickten Teil des Buchbogens. Die Spur führte direkt hindurch. Ein Restchen Verstand schrie zum Umkehren, doch sie wusste, sie würde nicht ruhen können mit dem Gedanken, jemanden in Gefahr gebracht zu haben, der ihrem Rudel offenbar einen enormen Vorteil verschafft hatte.

Dennoch drosselte sie ihren Lauf, achtete auf den Boden und versuchte sich zu erinnern, welche Stellen Larva und Cicatrix gemieden hatten. Immer wieder schaute sie sich um und witterte, ob sie den Verfolgten irgendwo entdecken konnte.

»Suchst du mich?«

Tenebrae fuhr herum. Er stand längst hinter ihr. Angst ergriff sie, während sie den riesigen, dürren Nachtwolf mit der spitzen, hastigen Stimme und dem euphorischen Grinsen anstarrte.

»Ein solch dummes Rudel wie ihr ist mir wahrlich noch nie untergekommen. Seit Tagen schon wandle ich unter euch und niemandem fällt das auf und dann gibst ausgerechnet du mir eine so freundliche Wegbeschreibung. Wie schade, dass ich dich nicht bei uns aufzunehmen versucht habe, es wäre so leicht geworden.«

Tenebrae blieben die Widerworte im Halse stecken. »Was willst du von Cicatrix?«, entgegnete sie stattdessen. »Er war Mitglied deines Rudels, nicht wahr?«

»WAR?!« Adamas schäumte vor Wut. »Er IST Mitglied meines Rudels! Er trägt die Zeichen, die ihn ewig binden. Einmal Wolfsblut, immer Wolfsblut.«

»Und nun willst du dich rächen, weil er dir entwischt ist?« In fließenden Schritten glitt der sehnige Wolf an Tenebrae heran. Sabberfäden hingen an seinem Maul. »Entwischt?«, zischte er, die Augen vor Zorn und Wahnsinn überquellend. »Du glaubst, ich suche ihn seit Jahren, nur weil er mir entwischt ist? ER HAT MIR ALLES GENOMMEN! Mein Rudel, meinen Stolz, mein Vertrauen. Dabei schien er das idealste Wolfsblut zu sein, das die Welt zu bieten hat. Oh, wie bin ich neidisch geworden, ihn voller Spaß und Hingabe und noch dazu so erfolgreich zu sehen! Immer wieder übertraf er meine Erwartungen. Ich war so sicher, er würde mein Nachfolger werden. Nie gab es jemanden in meinem Leben, auf den ich mich so sehr verlassen konnte.« Seine Stimme wurde klagend. »Ich liebte ihn wie einen Sohn, gab ihm eine Heimat, hätte ihm so viel mehr schenken können. Und welchen Dank erbrachte er mir?!« Wild warf er den Kopf mit dem entstellten Gesicht hin und her, sein verbliebenes Auge blitzte. »Niemals hätte ich gedacht, er würde mich so hintergehen. Nichtsahnend sind wir ihm gefolgt, als er uns zum nächsten Opfer führen wollte, und dann steckten sie alle in diesen Fallen, denen nur ich entkam, und da stand er plötzlich, mein Liebling, und kämpfte gegen mich auf Leben und Tod. Ha, aber der Feigling war zu schwach und floh. Hätte ich ihn einholen können, oh, ich hätte ihn zerfetzt! Doch vorerst brauchte ich Verstärkung. Ein neues Rudel, das meine Verpflegung während der Suche sichern würde. Fast fünf Jahre irrte ich mit ihm umher und wartete auf meine Rache. Nun ist auch dieses Geschichte.« Adamas fletschte die Zähne und kam einen Schritt näher. »Ursprünglich hatte ich mich an dir und vor allem an Noctifer rächen wollen. Da hörte ich von Cicatrix' Anwesenheit und konnte mein Glück kaum fassen. Doch ein wenig Stärkung vor dem Kampf kann nicht schaden.«

Nackte Panik ergriff Tenebrae. Sie hatte diesen Wolf kämpfen erlebt, sah seine wilde, unerbittliche Art deutlich vor sich. Hatte sie auch nur die geringste Chance?

Langsam trat sie rückwärts. »Wo sind eigentlich die zwei Wolfsblüter, die dem Felssturz entkommen sind?«

»Waren mir eine großartige Unterstützung als Proviant.«

Tenebrae schnappte nach Luft und setzte zwei hastige Schritte zurück. Jäh riss etwas ihr Hinterbein hoch, ihre Vorderkrallen kratzten haltlos über die Erde, dann fand sie sich in der Senkrechten wieder. Vorne berührten ihre Pfoten gerade noch den Boden, ein Drehen ihres Halses offenbarte eine Seilschlinge um ihren Hinterlauf.

Adamas lächelte sie genüsslich an, Schaum tropfte von seinen Zähnen. »Du siehst, selbst das Schicksal ist auf meiner Seite.«

Höllenhitze und Eiseskälte schoss durch ihren Leib. Zugleich meldete eine nüchterne Stimme: *Es ist vorbei.*

»Junge, die Welt besteht aus Zecken und Flöhen. Wo bleibt da noch Platz fürs Schicksal?«

Augenblicklich fuhr Adamas herum. Zwischen zwei Wacholderbüschen stand Cicatrix und grinste dämlich in die Gegend.

»Cicatrix, alter Freund, was hab ich dich vermisst! Der Beste von allen, leidenschaftlich und fähig zugleich, und sieh dich jetzt an: ballaballa, was? Du hast den Preis tatsächlich angenommen. Wie macht sich denn der Wahnsinn als engster Vertrauter? Musst du dich von all deinen Freunden fernhalten, um sie nicht versehentlich zu zerfleischen, falls du überhaupt welche hast? Bekommst du auch nur einen Brocken Reh hinunter ohne den Gedanken an das, was du stattdessen hättest haben können? Suchen dich im Traum die blutigen Überreste all der Unschuldigen heim?« Er senkte den Kopf, der Atem strich immer rauer durch seine Kehle. »Oh mein Junge, was hast du uns beiden angetan. Dabei habe ich dich so geliebt.« Seine Stimme wurde hastiger und entfloss ihm wie der schäumende Speichel seinem Maul. »Umso glücklicher bin ich jetzt, denn du wirst mein letztes Blutmahl sein!«

Er raste auf Cicatrix zu. Jener machte einen Satz in die Luft, landete halb auf der Schulter des Angreifers und rollte an dessen Flanke herunter. Erneut stürzte sich Adamas auf seinen Gegner, der rechtzeitig entwischen konnte. Doch der ehemalige Leitwolf ließ ihm keine Ruhe. Rastlos rasten die Zwei umeinander und wechselten so abrupt die Richtung, dass ihnen kein Auge folgen konnte. Ungehemmt und voller Kraft bissen sie in die empfindlichsten Stellen ihres Konkurrenten und rissen sich Fell und Fleisch vom Leib. Die brutale Kampfweise schockierte Tenebrae zutiefst. So kämpfte kein Nachtwolf.

Cicatrix konnte mit dem rasanten Tempo gut mithalten, schien jedoch immer einen Hauch nachzuhinken. Unvermittelt jaulte er, als Adamas seine Schulter zu fassen bekam. Ohne Rast umwirbelten sie sich weiter, kaum etwas war zu erkennen. Cicatrix verbiss sich in Adamas' Hinterlauf, doch es war seine eigene Stimme, die dabei aufschrie. Verwirrt sah Tenebrae genauer hin. Sie hatte die beiden verwechselt, so ähnlich sahen sie sich: schwarzrotes Fell, geschlitztes Ohr, dürr, riesig. Der einzige Unterschied war der Schaum um Adamas' Maul. Und dass Cicatrix etwas kleiner war.

Tenebrae versuchte die Vorderpfoten auf einem Ast am Boden abzustützen, um besser sehen zu können. Cicatrix wich zwar weiterhin geschickt aus, jedoch ohne einen effizienten Treffer zu landen, was ihm dauerhaft keinen Sieg einbringen würde. Zudem war es unübersehbar, dass er hinkte und allmählich müder wurde. Und sie selbst hing hilflos herum und konnte nur zusehen. Sollte sie Verstärkung rufen? Doch was, wenn diese ebenfalls in die Fallen tappte?

Cicatrix begann, mehr in die Offensive zu gehen. Aber wie flink er sich auch wand und zubiss, sein Kontrahent war ihm stets ein Stück voraus.

Schlagartig änderte Adamas die Richtung. Cicatrix machte kehrt, doch seine Hinterläufe gaben nach und knickten weg. Das schäumende Maul schnappte von links nach seiner Kehle. Cicatrix drehte den Kopf nach unten weg.

Adamas erwischte sein Ohr – und riss es ab.

Während er den Hautlappen ausspuckte, rappelte sich Cicatrix hoch und hastete einen Hügel hinauf. Geifernd vor Frust setzte Adamas ihm nach, warf sich auf seinen Rücken und verbiss sich in seinen Nacken. Vom Gewicht mitgerissen rollten sie den Abhang hinab.

Mit der letzten Umdrehung schleuderte Adamas seinen Gegner auf die Erde. Benommen blieb er liegen. Adamas bäumte sich auf, um zum finalen Schlag hinabzustürzen, als ihm Cicatrix plötzlich am Hals hing. Ein Ruck seines Kopfes, und Adamas sackte zusammen. Cicatrix fiel auf alle viere zurück und starrte auf den schlaffen Leib hinab. Einige Augenblicke lang war alles still.

Bis es krachte.

Tenebraes Pfoten scharrten über die Erde, ihr Stützast war gebrochen. Das riss Cicatrix aus seiner Starre. Völlig gleichmäßigen Schrittes stakste er in das Gebüsch neben der Nachtwölfin und machte sich dort so lange zu schaffen, bis sich das Seil löste und sie auf den Boden hinabließ.

Wortlos und ohne einen Blick zurück entschwand Cicatrix ins Gesträuch.

Niemand erfuhr von den Ereignissen im Buchbogen. Tenebrae hatte sich schweigend und völlig erschöpft auf den Rückweg gemacht und sich im nächstbesten Moosbett zum Schlafen zusammengerollt. Erwacht war sie erst in tiefster Nacht.

Ein weiteres Mal zog es sie in den Elburing, wo Unda und Litus an der Feuerstelle saßen und sich unbefangen unterhielten. Sie schlich in die große Hütte und hielt verwundert inne. Sie war leer. Das verhieß nichts Gutes. Vielleicht aber ...

Eilig verließ sie den Verschlag. Auf dem Weg in den Wald streifte ihr Blick das Vorratshaus. Sie stutzte. Woher kam der Laib Brot? Die nächste Quelle dafür war die Stadt.

»Woher habt ihr diesen Brotlaib?«, fragte sie die Geschwister. »Hat Baldewin euch seinen geheimen Ofen anvertraut?«

Unda drehte sich überrascht um. »Ein Brot? Ehrlich? Keine Ahnung, wie das hierher kommt. Ich habe niemanden es bringen sehen.«

»Und selbst wenn Baldewin einen Ofen hätte«, fügte Litus hinzu, »fehlt uns das Mehl, um eines zu backen.«

Verwundert trabte Tenebrae weiter.

Sie durchquerte den Wald in Richtung Osten und suchte nach der Lichtung, wo der Bau lag, in dem Ferrum damals die Ursprungsgeschichte erzählt hatte. Ein anderer Ort kam ihr nicht in den Sinn.

Sie näherte sich. Lag dort eine große Gestalt vor dem Eingang? Ja, es war der Uhuluchs, die Pinselohren aufgestellt, die Flügel angelegt, das Fell gepflegt. Als er sie bemerkte und den Kopf hob, entdeckte sie auch den kleinen, dunklen Körper an seiner Seite.

Voller Erleichterung wollte sie sich auf ihn stürzen und ihn rundherum ablecken, konnte sich aber gerade noch zurückhalten. Ferrum schmunzelte.»Lass ihn vorerst ruhen. Er kann sehr ungemütlich werden, wenn sein Schlaf gestört wird.«

»Das klingt doch ganz nach dem alten Niger.« Behutsam streckte sie ihre Nase nach dem kleinen Kerl aus, nahm seinen gleichmäßigen Atem wahr und sog seinen angenehmen, schweren Duft in sich auf.»Deine Schwester hat Recht behalten.«

»Ausnahmsweise ja. Nicht lange nach deinem Besuch begann sein Zustand sich zu verbessern, bis er erwachte und sich über die muffige Hütte beklagte. Hier kann er sich nun vollständig erholen.« Der Luchs verlagerte vorsichtig seine Haltung.»Ist der Verräter schon enttarnt?«

»Wir hatten einen Verdächtigen. Nun stehen wir wieder am Anfang.«

Ferrum setzte eine nachdenkliche Miene auf.»Ich bin in dieser Hinsicht ebenfalls kaum einen Schritt weitergekommen.« Er senkte die Stimme.»Allerdings habe ich eine Idee, wie wir den Verrat für uns nutzen können: indem wir die Mischwesen in ihre eigene Falle stoßen. Wir werden die nächste Versammlung um einen Tag verschieben und dafür sorgen, dass alle Gegenläufer davon erfahren und somit auch Caedes. Nur die Nachtwölfe werden wissen, dass diese Zusammenkunft bloß als Lockmittel dient. Alle, die verfügbar sind, sollen sich rund um den Elburing verstecken und hinzustoßen, sobald die Mischwesen angreifen. Auf diese Weise können wir Caedes um einige seiner Kämpfer bringen. Wir müssen dringend daran arbeiten, den Mengenvorteil zu verlagern, wenn wir ihn besiegen wollen. Zwar hat sich die Zahl unserer Gegner – und damit meine ich lediglich die Kämpfer – inzwischen auf etwa sechzig reduziert. Doch dem gegenüber stehen nicht einmal vierzig Nachtwölfe.«

»Verzeih, Ferrum, ich kann kaum weiter als bis zehn zählen. Aber ein Dutzend sagt mir etwas. Könntest du es damit formulieren?«

Der Luchs grinste belustigt.»Nur bis zehn?«

»Was kann ich dafür, in einem ärmlichen Bauerndorf aufgewachsen zu sein? Und was sind schon Zahlen: zwei Felder, fünf Hirsche, acht Wölfe, das macht noch Sinn zu zählen. Alles darüber sind einfach nur viele.«

Murrend rollte sich Niger zusammen und murmelte etwas von Krach, Respekt und Flohpelz.

»Schon gut«, fuhr Ferrum mit gedämpfter Stimme fort. »Nicht alle kommen so viel herum wie wir, und nicht jeder hat ein solches Bildungsbedürfnis wie ich. Derzeit stehen fünf Dutzend feindliche Kämpfer ungefähr drei Dutzend Nachtwölfen gegenüber.«

»Kürzlich ist ein gutes Dutzend Mischwesen, vorrangig Kämpfer, in die Fallen der Sonnenpriester geraten.«

Ferrums überraschter Blick glich die Kränkung durch ihre miserablen Rechenkünste allemal aus. »Das ist eine erfreuliche Neuigkeit. Doch es reicht noch nicht aus, um den finalen Kampf zu wagen.«

»Was ist mit euch? Hast du die Gegenläufer mitgezählt?«

»Das habe ich wohlwissend *nicht* getan. Ich schätze, niemand von uns würde gegen seine ehemaligen Kameraden in die Schlacht ziehen. Auch wenn ich manchen von ihnen zu gerne die Krallen über die Nase ziehen würde, sind noch immer alte Freunde darunter. Ihnen fehlt bloß der Mut, sich Caedes entgegenzustellen, und das Wissen, worauf unsere Jahrhunderte alte Feindschaft beruht.

Wir kämpfen nicht mehr gegen die Nachtwölfe. Aber ebenso wenig werden wir *für* euch kämpfen.«

Tenebrae schwieg angespannt. Mit einem leisen Seufzen erhob sie sich. »Dann werde ich mich mal um die Vorbereitung der Falle kümmern. Ich schätze, du wirst dich hier vorerst nicht wegbewegen und auch nicht zur nächsten Versammlung erscheinen.«

»Das schätzt du richtig.«

»Soll ich euch mit Beute versorgen, solange Niger nicht genesen ist?«

»Danke, aber ein anderer Gegenläufer hat bereits angeboten, das zu übernehmen. Konzentriere dich auf die Falle. Wenn sie gelingt, dürfte unser Sieg nicht mehr fern sein.«

»Außerdem haben sich die mutigsten Adligen und fähigsten Jäger aus dem ganzen Land in der Stadt einquartiert, um sich des Problems mit den Bestien anzunehmen«, verkündete Unda.

»Du solltest dir schon überzeugende Neuigkeiten einfallen lassen«, zischte Litus sie kaum hörbar an.

»Das ist nicht erfunden«, hauchte sie zurück. Und lauter: »Lacus hat es mir erzählt. Er war mit Flumen im Norden jagen, hat sie durch den Wald schleichen sehen und sie belauscht.«

»Als hätten wir nicht genug Ärger«, grollte Saxum. »Sonst noch etwas?«

Alle Versammelten schwiegen gespannt. Spätestens, wenn die Besprechung für beendet erklärt wurde, würden die Mischwesen angreifen. Außerhalb des Elburings warteten gut zwei Dutzend Nachtwölfe auf diesen Moment. Viele von ihnen waren dafür von ihrem Wachdienst befreit worden. Da der feindliche Trupp sich hereinschleichen *sollte*, brauchten sie die Grenze heute nicht mehr als nötig zu bewachen.

»Damit ist die Versammlung beendet.«

Tenebrae erhob sich. Inzwischen fühlte sie sich gänzlich erholt und bereit für einen Kampf. Sie lauschte. Es blieb still. Verhielten sie sich zu auffällig? Waren die Mischwesen nicht da?

Da erhob sich das Geschrei – von Nachtwölfen! Die Ratsmitglieder stürzten aus dem Elburing und sahen ihre gesamte Verstärkung gegen eine Überzahl an Mischwesen kämpfen. Ehe sie eingreifen konnten, hatten sich die Angreifer schon verzogen. Sofort kümmerten sich die Nachtwölfe der Versammlung um ihre Freunde, welche die Überraschung heftig getroffen hatte. Zu heftig. Einer von ihnen stand nicht mehr auf.

Während sie gemeinsam das Klagelied für den Ginsterwolf sangen und sich dem Ernst der Lage einmal wieder bewusst wurden, tauschten Arcanus und Tenebrae einen finsteren Blick.

Kein Gegenläufer hatte von der Falle gewusst.

Der Verräter war ein Nachtwolf.

37
Der Bann des Blutes

Ein widerlicher Geruch löste den Schleier von ihrem Blick, klärte langsam ihren Geist. *Wie aus weiter Ferne drang eine vertraute Stimme zu ihr durch: Tenebrae, hörst du mich? Komm wieder zu dir!* Die Nachtwölfin blinzelte, schmeckte Blut auf der Zunge. *Verwandel dich! Sofort!* Sie verstand nicht, warum, doch sie reagierte. In Menschengestalt nahm sie ihre Umgebung deutlicher wahr. Sie bemerkte Silex neben sich, einen stinkenden Lappen in der Hand, den er ihr eben auf die Nase gedrückt hatte. Dann sah sie das Bild der Zerstörung vor sich, menschliche Körperteile, gebadet in Blut. Dumpfer Schmerz ihrer Wolfsgestalt hallte herüber, von Kiefer und Pfoten, als hätte sie gerade heftig gekämpft. »Bei Nomera, hat mich etwa ...?«

»Ja, du hast einen dieser Adligen angefallen. Sie sind hier auf der Jagd. Wir müssen weg, bevor sie uns entdecken!« Silex zog sie mit sich.

Nach und nach kehrten Tenebraes Erinnerungen zurück, von der entspannten Beutesuche mit dem grauschwarzen Rüden, der Fährte, die sie verfolgt hatten, bis ... »Aber ich kann nicht verflucht sein! Warum hat sich das bisher nie gezeigt?«

»Wir haben eine Netris gefeiert, kurz nachdem wir hier angekommen sind. Die Mischwesen müssen das bemerkt und genutzt haben.« Er stockte. »Vorsicht! Da kommen welche.«

Die beiden Nachtwölfe kauerten sich in die Büsche. Von Norden ritten zwei Männer zu Pferd durch den Wald und jagten etwas Weißem nach. Tenebrae schnappte nach Luft. Larva! Hinkend raste sie vorbei, einen Pfeil in der Hüfte.

»So wird sie ihnen niemals entkommen!«, rief Tenebrae und sprang auf.

»Was hast du vor?«

»Egal wie, ich muss ihr helfen.« Sie rannte den Jägern nach, bevor Silex sie aufhalten konnte. Doch auf zwei Beinen war sie so unendlich langsam ...

Unversehens schoss ein blauschwarzer Blitz aus dem Gesträuch auf die Reiter zu, sprang und riss den vorderen vom Pferd, das daraufhin scheute und floh. Der zweite stoppte und schlug die Nachtwölfin mit dem Schwert von seinem Begleiter weg. Ohne sich weiter um sie zu scheren, half er ihm auf sein eigenes Tier und ritt der Weißen nach.

»Lacrima!«

Tenebrae hechtete zu ihrer Schwester, die keuchend im Gebüsch lag, einen langen Schnitt an der Flanke.

»Larva«, winselte die blauschwarze Wölfin. »Rettet Larva!«

»Lauf du ihnen nach. Ich bleibe bei ihr.« Silex stand neben ihnen und kniete sich zu Lacrima. Unermesslich dankbar nahm Tenebrae die Verfolgung auf.

Durch die zusätzliche Last kam das Pferd langsamer voran, war ihr aber trotzdem weit voraus. Als die Männer die große Senke erreichten, blieben sie stehen und rissen es auf der Suche nach der weißen Bestie herum. Tenebrae kam hinzu und beobachtete sie aus den Büschen heraus. Weiter vorn, im Licht der aufgehenden Sonne, war Baldewin mit seiner Herde auf die Bildfläche getreten.

Die Reiter bewegten sich auf ihn zu. »Gott zum Gruß, Hirte. Hast du einen weißen Wolf vorüber laufen sehen?«

»Weißes Wolf? Meinst sicher Okul.«

Der Hütehund trottete hinter dem Schäfer hervor. Auf einem Hinterbein hinkte er.

»Ein *Hund*?!«

»Pah, was für eine edle Trophäe!«

»Bei Gott, wenn ich den Kerl erwische, werde ich ihm jedes seiner rostroten Haare einzeln ausreißen.«

»Und danach soll er mir mein Pferd wiederbringen. All die Mühe umsonst ... Lass uns wenigstens das andere Biest mitnehmen.«

Der Vordere wendete sein Tier und ließ es in den Wald zurück traben. Baldewin sah ihnen hinterher, bückte sich dann zu Okul hinab und strich ihm sacht durch das lange Fell. »Alles gut. Dorn draußen. Pfote heilt bald wieder.«

Tenebrae verfolgte den Vorgang erleichtert. Mit einem Schlag wurde ihr die neue Bedrohung bewusst: Lacrima! Eilig rannte sie den Männern nach und in sicherer Entfernung an ihnen vorbei, bis sie den Ort erreichte, an dem ihre Schwester noch immer lag und erfolglos aufzustehen versuchte.

Silex saß mit nacktem Oberkörper daneben, sein Hemd hatte er notdürftig um die Wunde gewickelt. Bei Tenebraes Ankunft hob er den Kopf. »Wo ist Larva?«

»Vorerst in Sicherheit. Jetzt wollen die Jäger Lacrima holen. Wir müssen sie schnellstens hier wegschaffen!«

»Wie? Sie kann kaum laufen, und wir werden sie nicht rasch genug wegtragen können, ohne dass sie uns entdecken. Zudem würde sie noch mehr Blut verlieren.«

»Dann locke ich sie weg. Ich verwandle mich und renne ...«

»Hast du den Fluch vergessen?! Du würdest sie sofort anfallen und ...« Silex hielt inne. Larva war vor ihn getreten. Sie streckte den Kopf, berührte seine Nase und verharrte einige Momente. Dann setzte sie einen Schritt zurück.

Silex blinzelte, seine Miene schwankte zwischen Erkenntnis und Zweifel. Mit bestimmtem Blick schließlich verwandelte er sich. »Ich kann sie riechen! Ich rieche sie und nichts passiert!« Augenblicklich fuhr er herum und sprintete los, dem sich nähernden Pferd der Jäger direkt vor die Hufe und daran vorbei. Das Tier scheute, die Männer schrien und trieben es zur Verfolgung an.

Ehe Tenebrae den Vorgang verarbeiten konnte, stand die weiße Wölfin auch vor ihr und drückte die Nase gegen ihre. Zarteste Fäden von Energie zogen sich durch Tenebraes Inneres, spannen ein Netz und schienen etwas einzuhüllen ... eine trügerische Blase, die hier nicht hingehörte. Das Geflecht trug sie mit sich und warf sie aus ihrem Körper.

Sie verstand. Einen Moment darauf saß sie in ihrer Wolfsgestalt da und begann, Lacrimas Wunde zu lecken. Etwas später traf auch Silex ein. »Wir sind in Sicherheit. Die Zwei haben mich aus den Augen verloren und aufgegeben.«

Tenebrae schlappte ihm über das Gesicht. »Danke, Silex. Du warst so mutig! Hast du denn keinen Augenblick daran gedacht, dass dich ein Pfeil hätte treffen können?«

»Ehrlich gesagt, nein. In diesem Moment zählte nur das Leben deiner Schwester.«

Tenebrae hatte das Gefühl, sich vor Rührung aufzulösen. »Danke«, flüsterte sie. »Auch für vorhin, als du mich aus dem Fluch zurückgeholt hast. Du überraschst mich immer wieder, mein kleiner Held.« Sie spürte, wie Silex' Herz bei ihren Worten höher schlug. Kurz darauf fügte sie hinzu: »Woher hast du diesen übel riechenden Lappen, den du mir auf die Nase gedrückt hast?«

»Ein Stück Stoff meines Hemds, das ich mir nach meinen ersten Anfällen zum Schutz vorbereitet habe. Du möchtest lieber nicht wissen, womit er getränkt ist.«

Tenebrae vertraute ihm und lenkte ihre Gedanken in zwei andere Richtungen: Eine davon führte sie zu der Erkenntnis, dass der Verräter noch immer am Werk war. Die andere hingegen zu der Hoffnung, eine gewaltige Schwachstelle der Nachtwölfe wieder ausgleichen zu können. Sofern Larva zustimmte.

»Sie redeten von jemandem, der ihnen einen weißen Wolf als Trophäe versprochen habe. Es klang nach Caedes. Die Misch-wesen haben Larva aber nie zu Gesicht bekommen, und so gut, wie sie sich hier versteckt, dürften auch die Gegenläufer nichts von ihr erfahren haben. Es bestätigt sich immer mehr: Der Ver-räter, den viele von euch bereits erahnt haben, ist ein Nachtwolf.«

Schockierte und ernste Blicke hüpften durch die Runde. Es war die erste Zusammenkunft seit einer Woche. Die Versammlungen waren vorerst abgesagt worden, um nicht erneut von den Misch-wesen überfallen zu werden. Heute Abend fand sie daher mitten auf der großen Senke statt, damit sich ihre Feinde nicht unbe-merkt nähern konnten. Jeder, der keinen Wachdienst hatte, nahm teil, denn was sie zu besprechen hatten, war von äußerster Wich-tigkeit.

Saxum bleckte die Zähne. »Demjenigen, der unsere Gemein-schaft so reuelos ausliefert, ziehe ich persönlich das Fell ab. Wer ist es?«

»Mit einem Schuldigen können wir leider noch nicht dienen. Aber Arcanus, Ferrum und ich arbeiten daran. Bitte, seid alle aufmerksam und teilt uns jeden noch so kleinen Hinweis oder Verdacht mit. Es könnte der beste Freund sein.«

Der Anführer des Felsrudels blickte finster drein. Über Cicatrix hatte er noch immer nichts verlauten lassen und es anscheinend auch nicht vor. Das Wissen um die Begebenheit hatte sich dafür selbstständig gemacht, war zu einem Gerücht über einen Verrückten geworden, der durch Zufall, trotz oder wegen seines Wahnsinns, etliche ihrer Feinde beseitigt hatte. »Nun gut. Ferrum, wie stehen unsere Chancen?«

»Besser, aber nicht ideal. Um Caedes ebenbürtig zu sein, müssten sich wenigstens noch ein Dutzend Mischwesen von ihm trennen. Doch ich fürchte, so lange können und sollten wir nicht warten. Ewig wird er nicht mehr zögern, den finalen Kampf zu beginnen. Viel Zeit bleibt uns zwar nicht, aber durch ein paar weitere Maßnahmen könnten wir die Wahrscheinlichkeit für unseren Sieg erhöhen: Wir müssen das Ziel anstreben, jederzeit bereit für die finale Schlacht zu sein, und uns entsprechend vorbereiten, indem wir sorgfältig planen, Strategien entwerfen, Waffen besorgen, die unsere Feinde nicht erwarten, und Caedes die Waffen entziehen. Ich kann mir vorstellen, dass er die Sacerdosolis für weitere Schläge gegen uns nutzen wird. Wir sollten sie loswerden.«

»Ja, am besten für immer!«, rief Unda zornig. »Sie haben entschieden genug Leid verursacht. Das muss ein Ende haben. Was würden *sie* wohl sagen, wenn man ihnen einen Teil ihrer selbst ausreißt, nur weil er angeblich bösartig sei?«

Die Menge murmelte zustimmend, doch niemand hatte einen Vorschlag.

»Das könnte die Lösung sein ...«

Die zarte, silberhelle Stimme hätte ohne die Stille wohl keiner gehört. Nun richteten sich alle Augenpaare auf Silex. Erst bemerkte er sie nicht, dann sah er sich erschrocken um, starrte auf seine Pfoten, hob wieder den Kopf, ein wenig selbstbewusster. »Wir könnten uns die Menschen zu Hilfe nehmen. Sie haben Angst vor Magie, oder? Und die Sonnenpriester nutzen sie. Bisher haben die Menschen das geduldet. Doch was, wenn man sie auf den Gedanken brächte, dass das, was die Macht hat, Gutes zu tun, auch die Macht hat, Böses zu tun?«

Schweigen hing über der Versammlung. Tenebrae beobachtete interessiert Saxums Reaktion, die zwischen Überraschung, Stolz und Zweifel schwankte.

»Das ist ein kluger Einfall, Junge«, durchbrach Raphanus die Stille. »Es wäre einen Versuch wert.«

Genista schnaubte. »Also gehen wir jetzt alle zurück in die Stadt und rufen zur Hetzjagd gegen die Priester auf, oder wie stellt ihr euch das vor?«

»Beinahe, ja. Doch wir werden nicht alle gehen, und die Gerüchte werden subtil unter den Menschen verbreitet. Was hältst du von meinem Vorschlag, Saxum?«

Der Leitwolf warf den Kopf hoch, als hätte er das Gespräch erst jetzt mitbekommen. »Ich stimme ihm zu. Wer meldet sich freiwillig?«

»Wartet«, drängte Litus dazwischen. »Sollten wir die Gelegenheit nicht gleich für ein paar Besorgungen nutzen? Wir könnten Wolle und Milch und vielleicht einige Waldfrüchte, Pilze und Beeren und all dies, verkaufen und das Geld für andere Dinge ausgeben, beispielsweise Tücher für Verbände. Unda und ich sind keine allzu hilfreichen Kämpfer mehr und könnten uns stattdessen um die Verletzten kümmern.«

»Oder die Mischwesen abschießen«, fügte seine Schwester mit funkelnden Augen hinzu. »Schaut mal, ob ihr ein Paar Steinschleudern auftreiben könnt.«

»Hervorragende Idee«, schnurrte Ferrum. »Damit werden sie nicht rechnen.«

»Und als Freiwilliger melde ich mich«, gab Arcanus kund. »Ich habe die Zeit in der Stadt im Wirtshaus verbracht. Von mir würden sie eher erwarten, als Händler wiederzukehren. Alle weiteren, die mich begleiten wollen, sollten ihr Aussehen so weit wie möglich verändern.«

Sie stellten eine kleine Gruppe von Nachtwölfen wie auch Mischwesen zusammen, die wenig in der Stadt aufgefallen waren.

»Wie werden wir die Sachen transportieren?«, fragte Carex, der Teil davon war.

»Ich glaube, ich habe einen Karren neben Baldewins Scheune gesehen«, meinte Tenebrae. »Er wird ihn uns bestimmt leihen.«

Saxum ließ den Blick schweifen.»Ist damit alles geklärt?«
Überall begegneten ihm bestätigende Mienen.

Tenebrae beobachtete sie einen Moment lang, dann erhob sie
sich.»Ich habe noch eine Botschaft. Es besteht die Möglichkeit,
den Fluch der Mischwesen endgültig aufzuheben. Unsere Rettung heißt Larva. Sie hat ihn bereits von Silex wie auch mir
gelöst, auf eine Weise, die ich nur Magie nennen kann. Und
heute wird sie uns alle davon befreien. Kurz nach der Versammlung wird sie hier erscheinen, und jeder, wirklich *jeder* Nachtwolf sollte im Laufe der Nacht hinzustoßen, da ihr inzwischen
alle den Fluch in euch tragen könntet. Gebt diese Kunde an die
Wächter weiter und löst sie von ihrem Dienst ab, damit auch sie
kommen können. Fürchtet euch nicht vor Larva. Sie mag so
fremd anmuten wie kein anderer Nachtwolf, aber sie ist zweifels-
frei ein Teil unseres Rudels.«

Die Versammlung endete in nachdenklicher Stille und löste
sich allmählich auf.

Tenebrae schlängelte sich durch die Menge auf Carex zu.»Darf
ich dich um eine Kleinigkeit bitten? Du weißt doch, wo der
Schmied wohnt, dem Vertex, Lacrima und ich behilflich gewesen
waren, oder? Er hat eine Tochter namens Nethe. Könntest du ihr
eine Handvoll Nüsse und Beeren überbringen, als kleine Gabe,
zusammen mit meinem Dank? Sie wird wissen, wofür.«

Ihr Bruder sah sie erstaunt an, lächelte dann aber.»Was immer
du wünschst. Du kannst dich auf mich verlassen.«

Dankbar legte sie ihren Kopf auf seine Schultern. Nachdem er
sich entfernt hatte, suchte sie Unda auf und fragte sie vorsichtig:
»Geht es Lacrima wieder gut?«

Die gelbbraunen Augen der Wolfsfrau blinzelten sie verständnislos an.»Nach so kurzer Zeit? Glaubst du, in einer Hütte des
Elburings heilen Verletzungen schneller?«

»Natürlich nicht. Ich wollte bloß sichergehen, dass sie nicht
sterben wird.«

»Doch, mit Sicherheit wird sie das.«

Entsetzen packte Tenebrae, Unda hingegen lächelte.»Eines
Tages zweifellos. Aber nicht heute, und nicht an dieser Wunde.«

Erleichterung löste ihren Krampf.»Große Nomera ... treib
solche Scherze nicht noch einmal mit mir!«

Sie lachte.»Nein, das kommt nicht wieder vor, versprochen.

Doch wenn du mir eine so perfekte Vorlage bietest ...«

»Ah, verstehe. Bei dir muss ich exakt auf meine Wortwahl achten.« Sie seufzte. »Es ist so bewegend, zu sehen, dass du deinen Humor wiedergefunden hast.«

»Und das habe ich Larva zu verdanken. Sie ist unglaublich! Ich verstehe nicht, warum so viele sie fürchten. Wenn nach der heutigen Nacht noch ein Nachtwolf verflucht ist, dann ist allein seine Feigheit daran schuld.«

Um die Zwei war es mit einem Mal still geworden. Die besagte Wölfin war auf der großen Senke erschienen und ließ ihren blauen Blick über die Anwesenden schweifen. Ungläubig, furchtsam oder beinahe drohend starrten jene zurück.

Niemand regte sich. Schließlich löste sich Belua aus der Menge und wackelte auf Larva zu. »Ich bitte dich demütigst, den Fluch zu lösen!«

Die Weiße sah ungerührt auf sie herab. Einige Herzschläge lang geschah nichts, bis Belua den Blick auf die Erde senkte. Larva tat es ihr gleich, berührte ihre Nase und stand einen Moment lang still da. Dann hoben beide den Kopf, Belua leckte der Zauberin einmal über das Kinn und hinkte davon.

Sie verlangt Vertrauen, erkannte Tenebrae. Doch ihr dies entgegenzubringen, trieb einige an ihre Grenzen. Wer sich endlich vorwagte, brauchte oft lange, um die Augen tief genug abzuwenden. Es glich dem, was Silex zuvor gesagt hatte, wenn auch in anderem Zusammenhang: Wer wusste schon, ob die Macht für gute Taten nicht ebenso die bösen beherrschte.

Manche hatten das Glück, von vorneherein von Larva beiseitegeschoben zu werden. Immerhin war nicht jeder vom Fluch betroffen. Dennoch erschreckte es Tenebrae, wie viele ihn bereits trugen.

Allmählich leerte sich die Senke und füllte sich in der zweiten Hälfte der Nacht mit den Wächtern wieder auf. Da alles anstandslos vonstattenging, machte sich Tenebrae mit gutem Gefühl auf den Weg in den Wald. Schritt für Schritt marschierten sie auf den Sieg zu.

Dem Angriff auf ihre Schulter konnte Aethra nur knapp entwischen. Sofort setzte sie zum Gegenstoß an, sprang auf Iras Rücken und riss sie zu Boden. Doch die kleine, kräftige Wölfin war längst aufgesprungen, wirbelte herum und biss ihr in den Vorderlauf. Gellend schrie Aethra auf.

»Stopp, Ira!«, rief Arista. »Das ist kein Mischwesen!«

Jene ließ los. Ächzend hinkte Aethra von ihr weg. »Schon gut. Es ist nicht so schlimm.«

»Es sollte überhaupt nicht schlimm sein«, warf Tenebrae dazwischen, die den Vorgang wie alle anderen vom Rand aus verfolgte. Das halbe Rudel war anwesend. »Ira, reiß dich zusammen, oder wir winden uns bereits vor der Schlacht vor Schmerzen.«

»Ich dachte, wir üben kämpfen, und das ist nun mal kein Welpenspiel«, keifte Ira zurück.

»Gewiss, doch du musst lernen, deine Kraft gezielt einzusetzen«, mahnte Raphanus. »Gegen jemanden zu kämpfen, ohne ihn unnötig zu verletzen, ist die beste Übung, um später jeden Angriff zu dosieren und zu lenken. Das spart wertvolle Energie.«

Seine beherrschte Stimme brachte Ira zu einer murrenden Entschuldigung.

»Und denkt daran: Hier geht es nicht darum, den anderen zu besiegen, sondern verschiedene Kampftechniken zu erproben und Schlagfertigkeit zu trainieren. Wer möchte als Nächster?«

»Ich würde gerne.« Flumen erhob sich aus der umstehenden Menge. »Doch ich fürchte, es ist keiner mehr übrig, der noch nicht an der Reihe war.«

»Dann nimm mich.« Agilitas hinkte auf die Lichtung.

Flumen betrachtete ihn unsicher und schielte auf sein verkrüppeltes Hinterbein. »Bist du sicher?«

»Ich weiß, was ich tue. Bitte, drossel deine Kraft nicht meinetwegen.«

Flumen blieb skeptisch, stellte sich ihm jedoch in kampfbereiter Haltung gegenüber.

»Fang nur an«, ermunterte ihn sein Herausforderer.

Der Ginsterwolf sprang lässig vor. Flink rollte sich Agilitas auf den Rücken und rammte ihm noch im Flug die Beine in den Bauch. Flumen driftete ab und schlug hart am Boden auf. Mit überraschtem Ausdruck rappelte er sich auf und sprang seinen Gegner noch einmal an, der ihm gewappnet gegenüberstand. Erneut ließ sich der Felswolf fallen, rollte sich diesmal seitlich weg und stand kurz darauf wieder auf drei Pfoten. Dieses Spiel trieben die beiden noch einige Male, bis Flumen müder wurde. Schließlich rutschte er beim Umdrehen weg, was der andere sofort ausnutzte, sich auf ihn warf und seinen Nacken packte. Eine tödliche Position. Agilitas hatte gewonnen.

Verblüfft starrten die übrigen Nachtwölfe den Sieger an, während er von seinem Rivalen hinabstieg. Einen Moment später bestürmten sie ihn, vor allem die schwächeren, wie er das gemacht habe und ob er es ihnen beibringen könne. Er offenbarte ihnen, bereits lange daran gearbeitet zu haben, schätzte jedoch, dass sie in der kurzen Zeit genug erlernen würden, um es sicher anwenden zu können.

Die restliche, inzwischen sehr warme Julinacht verbrachten sie fast ausschließlich damit. Erste Erfolge zeigten sich bereits. Beherrschten sie die neue Technik bis zum Beginn der finalen Schlacht, hatten endlich auch die kleineren Nachtwölfe eine Möglichkeit entdeckt, ihre Genossen erheblich im Kampf zu unterstützen. Die Mischwesen würde das überraschend treffen. Und das Wichtigste: Agilitas hatte seine alte Wendigkeit zurückerlangt, für die er einst bekannt gewesen war.

Mit der Morgendämmerung machte sich Tenebrae in ihrem menschlichen Körper auf den Weg zu Baldewin. Sie hatte die Schafherde noch nicht erreicht, da entdeckte sie die Entsandten aus der Stadt, wie sie den Karren zurück neben den kleinen Stall stellten. Froh über ihre wohlbehaltene Rückkehr eilte sie auf sie zu und erkundigte sich nach ihren Erfolgen. Tatsächlich hatten sie fast alles verkaufen und die geplanten Sachen besorgen können. Auch die Gerüchte über die Sacerdosolis, verbunden mit der Bemerkung, dass sie sich tief in den Wald zurückgezogen hätten und dort scheinbar etwas planten, hätten erstaunlich gut angeschlagen.

Die beste Neuigkeit überbrachte ihr Carex. Er hielt ihr eine kleine, unförmige Metallscheibe voller Risse und Kerben entgegen. Ein Geschenk von Nethe. Sie habe gemeint, sie sähe aus wie der Mond, obgleich es bloß ein Abfallstück aus der Schmiede ihres Vaters sei.

Es hätte auch ein Grashalm sein können. Tenebrae rührte allein die Geste des Mädchens. Dankbar nahm sie das Stück an sich. Vielleicht konnte sie später etwas Schafwolle aufsammeln und daraus einen groben Faden spinnen. In den Rissen des Metalls würde er guten Halt finden, sodass sie ihn um den Hals tragen konnte. Als Andenken daran, dass es Menschen gab, die über den Rand ihres Glaubens und ihrer Ängste hinausblicken konnten.

»Es ist schon seltsam«, meinte Carex.»Dieses Mädchen ist uns wohlgesinnt, obwohl es nur ein Mensch ist. Und dann ist uns in der Stadt eine fremde Nachtwölfin begegnet, die uns überhaupt nicht ausstehen konnte. Sie hat sich sogar ziemlich vehement gegen die Gerüchte über die Sonnenpriester gestemmt.«

»Das kann ich zum Teil erklären.« Schlagartig kam Tenebrae ein Gedanke.»Nein, ich glaube, ich kann alles erklären.«

Sie schleifte ihn mit sich und suchte nach Aethra und Aerarius. Inzwischen hielt sich das Paar mit seinen Söhnen fast immer am oberen Rand der großen Senke auf, wo sie auch diesmal zu finden waren.

»Aerarius, ich muss dich etwas Wichtiges fragen: Deine Schwester, Sal, warum ist sie nur deine Halbschwester?«

Der Rüde schaute sie überrascht an, erzählte aber bereitwillig:»Unsere Mutter hatte sich zwar einen Nachtwolf zum Partner gewählt, doch ihre Liebe galt einem Bauern, mit dem sie ein weiteres Kind hatte.«

Tenebrae erriet, warum sich diese Wölfin zunächst gegen ihre Gefühle gewandt hatte: um glücklichen Nachwuchs zu bekommen. Zeugten Mensch und Nachtwolf ein gemeinsames Kind, fand es sich oft weder in der einen noch der anderen Welt zurecht. Entweder entstand ein Mensch mit unstillbarer Sehnsucht nach dem wilden Leben im Wald, oder ein Nachtwolf, der seine Zweigestaltigkeit und doppelten Verpflichtungen hasste.

»Aerarius, war Sals menschlicher Name Salomea?«

Seine Augen weiteten sich.»Ja.«

»Dann weiß ich, wo sie ist.«

38
Zärtlichkeit und Zorn

Zur nächsten Neumondnacht meldeten Späher, dass die Sacerdosolis verschwunden waren. Ihre Unterkünfte und der Ritualplatz waren unverändert zurückgeblieben. Was mit ihnen geschehen war, konnte niemand sagen. Es kümmerte auch keinen. Anschließend waren Gruppen durch den Wald geschlichen, um alle übrigen Fallen aufzuspüren und zu zerstören. Einen Tag später wurde er als sicher erklärt.

Bald fiel auf, dass die Stadteskorte außer den geplanten Sachen unbemerkt noch eine weitere mitgebracht hatte: Einige Katzen waren anscheinend mit der Gruppe heimlich durch das Tor geschlüpft und tummelten sich nun im Elburing und rundherum. Tenebrae erfreute es, dass sie den Weg aus der Stadt und den Gefahren dort gefunden hatten.

Die Kampfübungen fanden jede Nacht statt, Fortschritte zeigten sich. Ein Duell dauerte immer länger und musste häufig wegen reiner Erschöpfung abgebrochen werden. Das bereitete sie ebenfalls auf die Schlacht vor, in der ihnen niemand eine Erholung gönnen würde. Neu war auch, dass sich die Gegner nach beidseitiger Vereinbarung gezielt Verletzungen zufügten. Einerseits testete und steigerte das ihre Widerstandsfähigkeit und bereitete andererseits Unda und Litus auf die Versorgung der Wunden vor. Nie passierte etwas Ernstes, alles lief planvoll ab.

Das Wetter wurde jetzt, Ende Juli, immer heißer. Nächtelang blieb der Regen aus. Die Stimmung heizte sich merklich auf, alle reagierten gereizter und stritten sich häufig. Was Tenebrae jedoch die meisten Sorgen bereitete, war der Verräter. Es hatte zwar keine Überfälle mehr gegeben, doch er weilte nach wie vor unter ihnen, und das könnte für die finale Schlacht in einer bösen Überraschung enden. Aber so sehr sie auch nachdachte, sie kam der Lösung nicht näher.

Dafür berichtete Ferrum von einer stetig wachsenden Zahl Gegenläufer, inzwischen fast zwei Dutzend. Die feindlichen Mischwesen und die Nachtwölfe dürften sich nun von der Menge her nahezu ebenbürtig sein. Heute stellte ihr der Uhuluchs einen der neuen Schleicher persönlich vor. Allerdings mit ernster Miene.

Piceus nannte sich der Buntspecht mit dem Unterleib eines Wiesels, der sich mit Vogelbeinen an einen Ast krallte. Und er hatte eine wichtige Botschaft.

»Einer eurer Milchwelpen ist unser Gefangener. Ich war dafür eingeteilt, ihn zu bewachen, zusammen mit Tenera, die ihn säugt, seit ihr Kitz entwöhnt ist. Nur seinetwegen läuft ihre Milch weiter.« Der Specht klang bekümmert. »Wir wissen nicht, wozu das alles. Aber es wird mit Sicherheit nicht zu seinem Besten sein.«

Tenebrae blinzelte ihn irritiert an. »Verzeih, wir vermissen keinen Welpen.«

»Wirklich nicht?« Piceus legte den Kopf schief. »Er lebt bereits seit dem Aufenthalt in der Stadt bei uns. Es ist ein Mädchen. Sie kann doch nur von euch stammen.«

Die Wölfin schüttelte den Kopf. »Unsere einzigen weiblichen Kinder sind Ignis und Cinis, die erstens vergnügt unter uns leben und zweitens zu alt sind für Milch. Ripa und Clementia sind gestorben. Larva ist erwachsen. Ich wüsste nicht, wessen Junges das sein sollte.«

»Aber ich lüge nicht! Ihr müsst die Kleine retten, genauso wie Tenera. Sie haben der armen Rehdame schon ein Bein gebrochen.«

»Vielleicht bekam eine Wölfin Nachwuchs, ohne es jemandem mitzuteilen«, überlegte Ferrum. »Oder sie stammt von einem anderen Rudel. In jedem Fall sollten wir uns ihrer annehmen.«

»Und wenn es eine Falle ist?«, wisperte Tenebrae.

Die Luchsaugen bohrten sich in ihre. »Denkst du, Caedes ist so verzweifelt, dass er glaubt, uns mit einer offensichtlichen Lüge ködern zu können? Und falls Piceus die Wahrheit sagt: Kannst du dieses Junge guten Herzens lassen, wo es ist?«

Sie seufzte. »Natürlich nicht. Aber sollten wir dabei in die Fänge der Mischwesen geraten, werde ich dich eigenhändig an sie ausliefern. Piceus, wo wird dieser Welpe festgehalten?«

Nachdem sie Saxum informiert und sein Einverständnis für ihre Aktion erhalten hatten, bewegten sich Tenebrae, Ferrum und Piceus in der nächsten Nacht auf die Feindhügel zu. Als sie sich der Wächtergrenze näherten, fanden sie statt eines Nachtwolfs, dem sie ihr Vorhaben schildern konnten, eine große Lücke. Erst nach einer Weile trafen sie auf Vertex, der ihnen nichts über den Verbleib des fehlenden Wächters sagen konnte und ihre Mission zwar nicht guthieß, ihnen aber Glück wünschte.

Vorsichtiger und gespannter schlichen die drei weiter, achteten auf jeden Geruch, jedes Geräusch, bemerkten einen Spähertrupp der Mischwesen und wichen ihm aus. Wenig später kam ihnen Piceus, der immer wieder die Gegend erkundete, warnend entgegen: »Versteckt euch, da vorn kommt jemand!«

Die beiden duckten sich ins Gesträuch. Kurz darauf raste eine große Gestalt an ihnen vorbei, gefolgt von einer zweiten. Ferrum und Tenebrae starrten ihnen fassungslos nach. Es war ein Nachtwolf, gejagt von einem Mischwesen.

»Wer war das?«, zischte der Luchs.

»Keine Ahnung«, murmelte die Wölfin, hatte den Fliehenden jedoch sehr wohl erkannt. Und hatte er nicht etwas im Maul getragen? Erinnerungen blitzten auf, eine furchtbare Vorahnung stieg in ihr hoch, ätzend wie Säure. Doch ehe sie sie fassen konnte, kreischte nicht weit hinter ihnen eine Vielzahl wütender Stimmen auf.

»Er ist in Gefahr!« Tenebrae sprang auf und jagte auf die Geräusche zu. Der Nachtwolf war an den Spähertrupp geraten, bestehend aus zwei Schleichern und einem Kämpfer. Ferrum und die Wölfin stürzten hinzu und konnten die vier Mischwesen nach kurzem Gerangel in die Flucht schlagen.

Kalt wandte sich Tenebrae um. »Altor, was ...«

»Später!«, unterbrach sie Ferrum. »Sie werden Verstärkung rufen. Wir müssen zurück.«

»Nein!«, schrie Piceus. »Was wird aus Tenera, ihrem Kitz und dem Welpen?«

»Der Welpe ist hier.« Tenebrae sah scharf auf das Fellbündel zwischen Altors Kiefern. Wie vermutet: Clementia. »Ferrum, bring die Kleine in Sicherheit. Die anderen zwei hole ich. Altor, du kommst mit mir. Piceus, zeig uns den Weg.«

Ihr älterer Bruder war sichtlich dagegen, seine Tochter einem Mischwesen zu überlassen, doch sie hatten keine Zeit für Abstimmungen. Der Uhuluchs griff resolut und dennoch sorgsam den Welpen aus Altors Maul und eilte mit ihm Richtung Grenze. Tenebrae fuhr herum, registrierte, wie ihr Bruder ihnen widerstrebend folgte, und rannte dem Specht hinterher. Sie beschloss, dass ihnen einfach kein Mischwesen über den Weg laufen würde.

Der Ort war abgelegen, eine kleine Freifläche, auf der ein Reh mit dem Hinterteil eines Eichhörnchens samt buschigem Schwanz lag, daneben ein Kitz gleicher Gestalt.

Tenebrae näherte sich ihnen bedachtsam. »Bitte nicht erschrecken. Ich bin die Tante des Welpen, den ihr versorgt habt, und das ist sein Vater. Wir werden euch jetzt dorthin bringen, wo ihr sicher seid und wo man sich liebevoll um euch kümmern wird.«

Die Eichhornricke hob langsam den Kopf und sah sie scheu an. »Sagt ihr die Wahrheit?«, flüsterte sie. »Würdet ihr das wirklich für uns tun?«

Ehe die Nachtwölfe etwas erwidern konnten, stürzte ein Grünspecht mit Fuchsschwanz auf sie herab und hackte nach ihnen. »Wehe, ihr rührt sie an, dann schlage ich sofort Alarm!«

»Nicht, Fax!« Piceus flatterte heran und drängte ihn weg. »Sie haben bereits den Welpen. Caedes braucht Tenera nicht mehr und wird sie töten, Lenis gleich mit. Und was wird erst aus uns, wenn er erfährt, dass wir versagt haben?«

»Und was schlägst du stattdessen vor?!«

»Uns den Gegenläufern anschließen.«

Fax landete auf einem Ast und sah Piceus skeptisch an. »Denen da?«

»Denk daran, was Ferrum gesagt hat: Lass uns nicht nach dem Aussehen urteilen, sondern nach Zielen!«

Tenebrae wartete den Ausgang des Gespräches nicht ab. Sie verwandelte sich, nahm behutsam die Rehgeiß auf die Arme und wies Altor an, das Gleiche mit dem Kitz zu tun. Tenera ließ es zu, wenngleich sie vor Schmerz aufstöhnte. Ihr Junges, Lenis, blickte sich bloß furchtsam um. So schonungsvoll wie möglich liefen die beiden Nachtwölfe zurück, wenig später begleitet von zwei bunten Vögeln.

Der Weg schien endlos lang. Tenebrae flehte jegliche Mächte an, sie vor feindlichen Mischwesen zu bewahren. Sie wusste nicht, was sie in einem solchen Fall tun würde.

Endlich erreichten sie die Wächtergrenze, wo sie Ferrum mit Clementia erwartete. Altor fiel es spürbar schwer, seine Tochter im Maul des Luchses zu lassen, der schlecht an seiner statt das Kitz tragen konnte. Die drei brachten ihre Fracht zum Elburing und legten Tenera samt ihrem Kind in die Hütte, die zuletzt Lacrima beherbergt hatte und die inzwischen zum Haus der Genesenden geworden war.

Litus kam hinzu und erkundigte sich nach den Umständen. »Caedes hat ihr das Bein brechen lassen?«, wiederholte er fassungslos.

»Nachdem ich mich einmal zu weit entfernt habe«, antwortete Tenera leise. »So, wie ich es immer tue, wenn ich ein Kind habe. Ich wollte mich meiner Aufgabe nicht entziehen.«

»Wie kann auch nur ein einziges Mischwesen solch einem Anführer die Treue halten! Keine Sorge, ich frage Raphanus, was hierbei zu tun ist. Er hat uns viel über die verschiedensten Behandlungen vermittelt. Du wirst vielleicht nicht mehr so laufen können wie einst, aber ich verspreche dir, du wirst wieder aufstehen.«

Tenera sah ihm nach und seufzte. »Ihr seid so gütig. Das hätte ich niemals von Nachtwölfen erwartet. Bereits, als ich erfuhr, dass Caedes einen eurer Welpen für seine Zwecke missbraucht, wollte ich nicht länger unter seiner Führung leben. Doch wohin sollte ich gehen, mit meiner Tochter? Ich hatte zu viel Angst. Und dann half uns eines der Wesen, die ich so fürchtete, diese furchtbare Zeit zu überstehen. Ich habe eure Kleine ins Herz geschlossen. Lenis liebt sie ebenso. Die Zwei sind wie Schwestern.«

Altor unterdrückte ein Grollen und wollte Clementia wieder an sich nehmen, die von Ferrum abgesetzt worden war. Doch Tenebrae drängte sich dazwischen. »Lass sie vorerst hier. Wir haben etwas zu besprechen, wobei sie nicht zuhören sollte.« An Tenera gewandt fügte sie hinzu: »Erholt euch gut und fürchtet euch nicht. Hier wird euch niemand schaden. Nicht mehr.«

Sie trat hinaus auf den Platz, wo sie und Altor sich verwandelten und zusammen mit Ferrum und den Spechten schweigend in Richtung Eichsichel schritten. Auf einer abgeschirmten Fläche drehte sich Tenebrae zu ihrem Bruder um und explodierte. »Du elender Narr! Du kriechender Feigling! Sie war die ganze Zeit am Leben, und du hast nichts gesagt.«

»Ich durfte es nicht! Caedes hat mich erpresst. Sie haben Clementia aus dem Fluss geholt und mir mit ihrem Tod gedroht, falls ich ihnen nicht genug nützliche Informationen überbrächte oder jemand davon erfährt.«

»Und dem bist du brav nachgegangen? Hast ihnen alles über uns verraten, damit in der letzten Schlacht kein Nachtwolf am Leben bleibt? Bist du wirklich so dumm zu glauben, Caedes hätte dich verschont und dir Clementia zurückgegeben? Er hätte sie ohne zu zögern getötet, sobald sie für ihn nutzlos geworden wäre.«

Altor zeigte keine Spur Einsicht. »Was hätte ich sonst tun sollen?«

»Uns alles erzählen! In der Stadt, hier – es gab genug Gelegenheiten. Glaubst du, Caedes' Ohren wachsen an jedem Baum? Kein feindliches Mischwesen kommt ohne weiteres hierher. Er hätte es nie bemerkt.«

»Und dann was? Allein euer Wissen hätte sie auch nicht befreit.«

»Du denkst, wir hätten nichts unternommen? Dir steht ein ganzes Rudel zur Seite, befreundet mit etlichen Mischwesen. Gemeinsam hätten wir einen Plan entworfen.«

»Und wenn das belauscht worden wäre? Sieh doch, ich war nicht tatenlos. Ich wollte Caedes keinesfalls bis zum Ende dienen. Habe ich nicht eben selbst versucht, meine Tochter zu retten?« Er klang beinahe stolz.

»Oh ja, ein heldenhafter Akt. Ich wette, du hast diesen Entschluss erst gefasst, als dir Piceus' Bericht von dem gefangenen Welpen sowie unser Vorhaben zu Ohren gekommen ist. Welch meisterhafte Umsetzung! Du hättest niemals die Grenze erreicht. Was wäre dann aus euch geworden?«

»Und stattdessen alles herausplaudern und das Risiko eingehen, dass Caedes Clementia umbringt? Wir reden über ein

Kind, Tenebrae. Wie kannst du sie dieser Gefahr ausliefern wollen?«

»Altor, ich verlange nicht von dir, deine Tochter für das Rudel zu opfern. Ich verlange von dir, über die Angst hinaus zu denken! Auf die Weise, wie du gehandelt hast, hättest du Clementia nie zurückbekommen. Stattdessen hast du nichts weiter bewirkt, als deinem Rudel zu schaden. Ist dir bewusst, was du angerichtet hast? Du hast uns alle in Gefahr gebracht. Du hättest Lacrima und Larva beinahe in den Tod geschickt. Niger wäre fast gestorben. Etliche von uns wurden verletzt. Und dabei ist es nicht geblieben: Du hast ein Leben auf dem Gewissen, Altor. War dieser Ginsterwolf so wertlos, für Clementia geopfert zu werden? War all die Schuld, die du dir aufgelastet hast, es wert, für nichts?« Sie holte zitternd Luft und versuchte ihren Zorn zu bändigen. »Schätz dich glücklich. Du hast deine Tochter wieder. Nun geh und bring sie Ira. Ich vermute, nicht einmal sie weiß von ihrem Überleben. Und hüte dich, mir je wieder vor die Augen zu treten. Du bist nicht länger Mitglied meines Rudels und als Bruder schon lange vergessen.« Tenebrae wandte sich ab. Mit festen Schritten stakste sie an Ferrum vorbei, der still zugehört hatte und ihr nun folgte.

Hinter ihnen blieb nichts als Schweigen zurück.

Die größte Demütigung erwartete Altor bei der kommenden Versammlung. Vor dem Großteil aller Nachtwölfe musste er seine Taten gestehen. Vonseiten des Felsrudels schlug ihm Fassungslosigkeit und teilweise Verständnis entgegen, vom Ginsterrudel blanker Hass. In dieser tosenden Brandung erhärtete sich Saxum zu einem Felsbrocken reinen beherrschten Zorns. Er jagte den Verräter nicht davon, wie es viele forderten. Stattdessen trat er langsam auf Altor zu, der mit gesenktem Kopf und eingeklemmter Rute dastand. Kurz starrte der Leitwolf auf ihn herab. Dann stürzte er sich auf ihn und biss ihm ins Gesicht. Es war weniger ein Ausbruch von Frust, sondern eine gezielte Botschaft. Die

Rangelei dauerte nicht lange an, und als Saxum fertig war, überließ er Altor dem Urteil Genistas. Diese Angelegenheit betraf beide Rudel. Die Anführerin fiel mit großer Genugtuung über den Verräter her, der wohl nur dank seiner kräftigen Gestalt schlimmeren Schaden verhindern konnte.

Eine Ahndung nach Wolfsart.

Da sie nun nichts weiter bedrohte als die gegnerischen Mischwesen, bereiteten sich alle umso tatkräftiger auf den großen Kampf vor. Tenera blieb im Elburing, solange sie nicht laufen konnte, und wurde dort liebevoll umsorgt. Regelmäßig kam Ira mit Clementia vorbei, damit ihre beiden Kinder zusammen sein konnten, die sich nach einander sehnten. Gemeinsam beobachteten die zwei erleichterten Mütter ihre Töchter bei ihren noch tollpatschigen Spielen. Die Rückkehr ihres Welpen schien die sonst leicht reizbare Wölfin besänftigt zu haben. Bisher hatte sie die Nähe eines Mischwesens nicht so gelassen akzeptiert.

Angesichts all dessen fragte sich Tenebrae, wer während der Schlacht für die Kinder sorgen würde. Bei der nächsten Besprechung wurde daraufhin eine einzelne Milchmutter, Rixa, ausgewählt, welche die jüngsten Welpen Rapax, Alacritas und Clementia säugen würde. Gemeinsam mit Tenera würde sie sich bei den frischen Eltern Asina und Temeritas aufhalten, damit sie auf alle weiteren Jungtiere Ignis, Cinis, Carbo, Cornix, Vesper, Iuba und Lenis aufpassen konnten.

Anschließend wollte Saxum wissen, inwiefern er auf die Gegenläufer als Verbündete während der Schlacht zählen konnte.

Abgesehen von Violat erklärte sich kaum ein Mischwesen bereit, aktiv mitzukämpfen. Die wenigsten wollten ihren ehemaligen Kumpanen als Gegner gegenübertreten. Ihr Hauptziel war es, sie von der Verweigerung jeglicher Befehle Caedes' zu überzeugen. Letztlich einigten sich die meisten der Kämpfer darauf, das Gefecht aus dem Hintergrund zu verfolgen und einzugreifen, sobald ein Nachtwolf von einem Mischwesen überwältigt zu werden drohte.

Danach besprachen sie, wann der Kampf stattfinden sollte, und einigten sich darauf, auf den Angriff der Mischwesen zu warten. Auf diese Weise opferten sie zwar den Vorteil der Überraschung, aber nicht den des Ortes. Sie würden sich auf bekanntem Terrain bewegen und in der Nähe des Elburings bleiben, wohin sich die

Verletzten zur Versorgung ihrer Wunden zurückziehen konnten. Damit war alles geklärt und geregelt. Viel stand dem finalen Kampf nicht mehr im Weg. Tenebrae wanderte nun häufig ziellos durch den Wald, dachte nach oder reinigte ihren Geist von all den Plänen. Einmal wehte ihr dabei der Geruch von Granit und Kiefer entgegen, Silex' Duft. Er setzte einen Schwall Sorgen in ihr frei. War der kleine Rüde ausreichend auf die Schlacht vorbereitet? Würde er sich überhaupt einbringen? An den Kampfübungen hatte er sich nie beteiligt. Allenfalls zugesehen.

Sie folgte dem Geruch und fand den grauschwarz gemusterten Nachtwolf auf einem Felsen liegend, still und nachdenklich. Tenebrae sprang hinzu und legte sich an seine Seite.»Wie geht es dir, Silex?«

Er nahm einen tiefen Atemzug.»Ich bin mir nicht sicher. Mein Gespräch gestern mit Vater gibt mir zu denken.«

»Lass mich raten: Du sollst dich furchtlos in den Kampf stürzen.«

»Nein.«

Sie stellte überrascht die Ohren auf.»Nicht?«

»Diesmal war es völlig anders. Er war so ruhig und beherrscht, wie ich ihn noch nie erlebt habe. Nicht *mir* gegenüber. Er redete davon, dass ich nur mitkämpfen soll, wenn ich es mir wirklich zutraue. Ich soll mein Leben nicht in Gefahr bringen und selbst entscheiden, wie weit ich mich vorwage.« Er hob den Blick.»Ich frage mich, ob mit ihm alles in Ordnung ist.«

Tenebrae dachte das Gleiche.»Und nun? Was wirst du tun, sobald der Kampf beginnt?«

»Ich werde dort sein. Ich kann mich nicht verstecken, während mein Rudel kämpft und ich weiß, dass ich es unterstützen könnte. Ich bin mir noch nicht sicher, wie genau, aber falls ich gebraucht werde, bin ich da.«

Tenebrae wusste nicht, wie sie darüber denken sollte. Einerseits wirkte Silex mit seinem beginnenden Selbstbewusstsein nicht mehr so verloren, andererseits wollte sie ihn am liebsten in einen Turm sperren, um ihn zu schützen.»Ich bewundere deinen Mut und deine Bereitschaft. Aber bitte, sei vorsichtig und flieh, wenn du der Herausforderung nicht gewachsen bist.«

Er sah ihr sanft lächelnd in die Augen.»Ich passe auf mich auf, versprochen.«

»Und nun lass uns unsere Köpfe frei laufen. Wie wäre es mit einer Jagd?«

»Danke, Tenebrae, aber heute nicht.«

Sie blinzelte ihn verblüfft, vielleicht ein wenig enttäuscht an.

»Dann ein andermal. Auf bald!«

Während sie zwischen den Büschen hindurch trabte und überlegte, ob Saxum nicht der einzige war, um den sie sich sorgen sollte, entdeckte sie die stille Gestalt eines zottigen Nachtwolfs am oberen Rand der großen Senke. Arcanus? Sie lief auf ihn zu und setzte sich neben ihn, starrte eine Weile wie er hinaus über die Ebene und suchte nach einem Gesprächsbeginn. »Nun wird es nicht mehr lange dauern, bis du deine Aufgabe erfüllen kannst.«

»Du sprichst das sehr positiv aus.«

»Ist es das nicht?«

»Gewiss, aber es kann ebenso das Ende weiterer Dinge bedeuten. Unsere Welt danach wird nicht die gleiche sein wie davor. Und wer weiß, welche Opfer wir für den Sieg erbringen werden.«

Was war das für eine seltsame Zeit, die jeden veränderte? »Sollte ich mir Sorgen machen?«

»Ich möchte nur, dass du dich vorbereitest. Vielleicht läuft nicht alles nach Plan. Vielleicht erwarten uns Überraschungen. Oder es erfüllt sich ein Wunsch, der dir nicht gefallen wird.«

Sie blickte ihn unsicher von der Seite an. »Was meinst du damit?«

Er sog tief die Luft ein. »Mein Lebenssinn ist es, Caedes Einhalt zu gebieten. Gelingt mir das, besteht für mich keine Zukunft mehr. Keine Heimat. Kein Rudel. Nichts, das mir ein glückliches Weiterleben bietet. Ich kann ein gewisses Sehnen danach nicht leugnen, bei dem Sieg über Caedes zu sterben.«

»Das kannst du nicht ernst meinen!«, entfuhr es Tenebrae. »Jedes Leben ist ein Geschenk, sein Zauber erwartet dich überall.«

»All dieser Zauber wurde mir bereits genommen. Als ich Luna sterbend zurückließ, endete für mich die Zeit der Gefühle. Ich verließ mein Rudel und meine Heimat, alles, was mir je etwas bedeutete. Die Phase der Pflicht begann. Was ist ein Leben wert, in dem nichts mehr existiert, wofür es sich lohnt, weiterzumachen? Nichts, das die Leere füllen kann?«

»Arcanus, ich weiß, wie viel du verloren hast. Aber gleichgültig, wie furchtbar die Vergangenheit war, die Zukunft ist davon unabhängig. Sie erwartet jeden, und niemand weiß, welche Wunder sie bereithält. Weshalb kann deine nicht hier sein? Beim Felsrudel? Die Welt ist voller schöner Orte und liebenswerter Wesen. Warum keinen Neuanfang wagen, warum nicht das Vergangene hinter sich lassen?«

»Weil ich das nicht kann. Für andere mag das leicht sein, doch wer einmal alles besaß, was er braucht, kann das nicht vergessen. Neue Orte, neue Bekanntschaften mögen angenehm sein, doch sie werden niemals diesen Verlust ersetzen. Und in jedem Fall ist eines gewiss, an dem selbst du nichts ändern kannst: Ich gehöre nicht hierher.«

Tenebraes Herz krampfte sich zusammen. Es klang entschieden. Trotzdem, sie würde nicht aufgeben, um ihn zu kämpfen. Die Schlacht stand noch bevor. Sie würde alles tun, damit er überlebte. Danach schaffte er es vielleicht, das Glück in seiner Welt wiederzuentdecken, den Weg in einen Neubeginn zu finden: eine perfekte Heimat, ein geeintes Rudel, eine Wölfin, die er lieben konnte. Dabei würde sie ihm helfen. Und sie würde es schaffen, darauf vertraute sie, wie sie wusste, dass auf den Tag die Nacht folgte.

Noch lange saßen sie dort und schauten in die Ferne. Die Luft war lau vom warmen Tag, der Himmel klar. Arcanus' Blick hing unverwandt an der silberweiß leuchtenden, inzwischen eichelförmigen Scheibe des Mondes, die still ihren Weg entlang zog. Es schien, als wäre sein Herz längst an ihrer Seite, als glitte er mit ihr durch die funkelnde Welt, bis zum Horizont, vielleicht darüber hinaus.

39
Wir sind eins

Spannung lag in der Luft, beinahe greifbar. Das Wetter hatte sich so stark aufgeheizt, dass es schien, als könne ein einziger Funke, eine etwas zu rasche Bewegung den Himmel entzünden und die Welt in Flammen aufgehen lassen. Selbst in der Nacht war es noch warm, die Luft fühlte sich schwer, träge, doch ebenso energiegeladen an. Wie ein dösendes Ungeheuer.

Die Vorbereitungen waren allesamt abgeschlossen, die Kampfübungen hatten sich auf kleinere Balgereien reduziert, um niemanden zu schwächen. Nun gab es nichts weiter zu tun, als auf den Angriff der Mischwesen zu warten.

Als eines Morgens energisches Alarmgeheul von der Wächtergrenze durch den Wald schallte, wusste jeder: Es war so weit. An der Seite immer mehr hinzustoßender Rudelmitglieder eilte Tenebrae nach Westen, auf die wilden Kampfschreie zu.

Etliche Mischwesen hatten bereits die Reihe der Wächter durchbrochen und rasten ihnen entgegen. Sie trafen aufeinander, und das Gefecht begann.

Tenebrae wurde von einem Wildschwein mit Krebsscheren angefallen, dem sie geschickt auswich und sich auf dessen Rücken stürzte. Das Kampfziel der Nachtwölfe hatte sich grundlegend geändert. Sie fügten ihren Feinden keine tödlichen Verletzungen mehr zu, sondern schmerzhafte und schwächende. Vertreiben statt umbringen, so lautete die neue Devise. Tenebrae biss ihrem Angreifer kräftig in die Ohren und deutete danach einen Nackenbiss an. Das Wesen kreischte panisch auf. Sie ließ es davonrennen.

Rasch verschaffte sie sich einen Überblick und entdeckte Belua beim Anwenden der neuen Technik. Mit dem Hin- und Herrollen entkam sie jedem Angriff ihres Gegners, der sie wegen ihres kleinen, schiefen Körpers gewaltig unterschätzte. Immer wieder biss sie ihm in die Beine, bis er sich kaum noch halten konnte und floh. Ein anderes Wesen wollte sich von hinten auf sie stürzen, wurde jedoch von einem fliegenden Stein getroffen und taumelte seitwärts. Litus und Unda mit ihren Schleudern waren zwar nicht zu sehen, doch die Geschosse aus Richtung des Elburings bewiesen ihren Einsatz.

Abrupt stand ein hornbewehrtes Pferd vor Tenebrae. Es stieg und ließ seine Hufe auf sie hinabsausen. Sie wich rechtzeitig aus, doch diesen Gegner würde sie nicht allein besiegen können. Sie lockte es einen Hügel hinauf, in der Hoffnung, besser gesehen zu werden.

Es fruchtete. Vertex und Aerarius sprangen ihr zu Hilfe. Alle drei hechteten um den behuften Feind herum und schnappten nach seinen Beinen. Tenebrae bekam einen Knöchel zu fassen. Das Pferdewesen stieß sie weg, taumelte vor Schmerz seitwärts und erlitt weitere Bisse von den zwei anderen Wölfen, bis es zu Boden stürzte. Die drei fletschten die Zähne und gaben vor, nach seiner Kehle zu schnappen. Panisch wiehernd richtete es sich auf und rannte davon.

Vertex schüttelte sich und raste ohne Zeitverzug auf den nächsten Gegner zu. Tenebrae atmete tief ein und aus und tat es ihm gleich. Mitten im Sprung packte etwas ihre Schultern, zerrte sie den Hügel hinab und hielt sie in einer flachen Grube fest.

»Erinnerst du dich an mich, Eleyn?«

Ursula. Nein, Dextra! Das Bild des zerfetzten Solums blitzte vor ihren Augen auf.

Rasende Schmerzen vertrieben es, als die übergroße Dächsin ihre Bussardkrallen wild über Tenebraes Flanke zog. Die Wölfin versuchte dem Griff zu entrinnen, sich aus der Grube zu ziehen, vergebens. Der Schmerz raubte ihr alle Konzentration und Kraft.

»Mit meinen Spuren an deiner Leiche wird Caedes endlich wieder *mich* als seine engste Vertraute betrachten.« Sie stieß den Schnabel in Tenebraes Hals.

Die Spitze stockte jedoch, bevor sie eine tödliche Tiefe erreichen konnte, und wurde zurückgezogen.

»Lass sie los.«

Schweigen.

»Dein Nacken klemmt zwischen meinen Kiefern. Lass sie los!«

Dextras Griff lockerte sich. Mit dem Gefühl, in pulsierenden

Flammen zu stehen, zog sich Tenebrae auf die Pfoten, kroch aus der Grube und drehte sich um.

Silex hielt das Mischwesen umklammert. »Und nun gehst du zurück hinter die Grenze und bleibst dort, bis der Kampf entschieden ist. Hast du mich verstanden?«

Die Dächsin antwortete nicht. Er schüttelte sie. »Gütige Nebel, beiß doch einfach zu! Bloß erspar mir diese Demütigung ...«

»Leben ist mehr wert als Ehre und Loyalität. Ich wünschte, mein Bruder hätte das auch so gesehen und sich zurückgezogen, bevor du ihn töten konntest.«

Dextra blieb still. In der Nähe jaulte schrill ein Wolf auf. Schließlich knurrte sie: »Na schön, ich habe verstanden.«

Silex ließ sie los und beobachtete wachsam, wie sie aufstand und an den Kämpfenden vorbei wegrannte. Danach wandte er sich Tenebrae zu. »Wie schlimm ist es?«

Sie spürte das feuchte Fell am Hals, doch die Wunde war nicht tief. Angesichts der qualvollen Schreie um sie herum nicht der Rede wert. »Meine Haut brennt wie die Hölle. Aber damit komme ich zurecht.«

»Geh in den Elburing.«

»Nein, noch habe ich genug Kraft.«

Ein Ginsterwolf raste hinter ihnen vorbei, verfolgt von einem Falkenluchs.

Ihre Muskeln zuckten. »Unsere Kameraden sind in Gefahr. Wir brauchen jeden Einzelnen!«

Silex sah sie besorgt und streng an. »Versprich mir, dich zurückzuziehen, wenn es zu ernst wird! Du bist die wichtigste Person in meinem Leben. Einen weiteren Verlust verkrafte ich nicht ...«

»Keine Sorge, ich verspreche es. Du wirst mich nicht verlieren.« Sie stupste ihn ans Maul. »Wir sehen uns nach der Schlacht.«

Sie trennten sich. Tenebrae verschaffte sich einen raschen Überblick. Um sie herum herrschte dichtes Kampfgetümmel. Der Himmel war dunkler geworden, bedeckt von Wolken, in der Ferne grollte es. Auch etliche Schleicher leisteten ihren Dienst und bedrängten und attackierten die Nachtwölfe von allen Seiten. Viel Schaden konnten sie zwar nicht anrichten, die Ablenkung von den wirklichen Gegnern war jedoch nicht zu unterschätzen. Entnervt zeigten viele Nachtwölfe den Kleinen gegenüber kaum mehr Gnade.

Die Gegenläufer hielten ihr Wort und kämpften entweder direkt gegen ihre alten Kumpane oder bewegten sich zwischen den Fronten, verteidigten einen Verbündeten und redeten drängend auf den Angreifer ein. Dennoch sah es nicht gut aus. Einige Nachtwölfe fehlten bereits, hatten sich hoffentlich in den Elburing zurückgezogen und lagen nicht tot herum. Arcanus und Tenebraes Geschwister waren zum Glück noch auf den Beinen. Aber die Mischwesen blieben in der Überzahl und wurden nicht weniger. Sie entdeckte das Krebswildschwein von ihrem ersten Gefecht wieder. Was, wenn sich alle Vertriebenen so schnell erholten? War die Taktik, ihre Feinde nicht zu töten, doch falsch? Würde ihre Güte ihnen den Sieg kosten? Das Leben?

In der Ferne erklang ein Jagdhorn.

Das setzte in Tenebrae eine Idee frei. Sie machte kehrt, verließ den Kampfplatz und raste in die Richtung des langgezogenen Tons. Als sie die unerwartet große Truppe Reitersmänner sah, schlich sie in ein Gebüsch, verwandelte sich und lief mit erhobenen Armen auf sie zu. »Werte Jäger, haltet ein! Bitte, seid so gütig und hört mich an ... Dort hinten, da brachte mich seltsames Geschrei vom Wege ab: Eine Horde teuflischer Kreaturen, missgestaltet aus tausenden Tierleibern! Sie rannten auf die Stadt zu, vielleicht werden sie auch mein Dorf überfallen. Ich flehe Euch an, verbannt sie dorthin, woher sie gekrochen kamen!«

Die zwei vordersten Männer warfen sich einen bestätigenden Blick zu. »Sorge dich nicht, Weib. Wir sind auf dem Weg.«

»Oh, habt Dank. Ich bete für euren Sieg!«

Kurz darauf rannte sie auf ihren Wolfspfoten zurück und stürzte sich erneut ins Getümmel. Mehrere Mischwesen schlug sie in die Flucht, bis sie einem Luchsstier gegenüberstand, der sich nicht verscheuchen ließ.

»Was du auch tust, ihr werdet nie gewinnen«, höhnte er. »Wir haben eine Überraschung für euch vorbereitet.«

»Schätz dich nicht zu sicher. Vielleicht seid *ihr* diejenigen, die eine Überraschung erleben.« In diesem Moment zischte ein Pfeil zwischen ihnen hindurch.

Der Luchsstier grinste. »Soeben eingetroffen.«

Tenebrae drehte den Kopf. Die Jäger hatten das Spielfeld betreten und die Mischwesen unter Beschuss genommen. »Wie recht du hast.«

Ihr Gegner folgte ihrem Blick. Seine Augen weiteten sich entsetzt. »Was zum ... He! Ihr greift die Falschen an!«

Ein weiteres Geschoss sirrte über sie hinweg. Tenebrae fuhr herum und suchte hinter einem Baumstumpf Schutz. Wind schüttelte die Bäume, der Himmel verdunkelte sich zusehends. In der Ferne flackerte immer wieder Licht auf.

Spitzes Jaulen holte ihren Blick zurück auf die Erde. Ein Pfeil hatte sich in Lacus' Schulter gebohrt. Doch nicht versehentlich. Mit Schrecken beobachtete Tenebrae, wie die Jägersmänner mit ihren Waffen ebenso gezielt die Nachtwölfe verfolgten, und begriff. *Sie sind nicht zufällig hier. Das war ein Plan der Mischwesen, bevor mir die gleiche Idee kam. Jetzt greifen sie alle an!*

Sie sprang aus ihrem Versteck, wollte Lacus zu Hilfe eilen, als ein Geschoss sie in die Hüfte traf. Ein weiteres in den Rücken. Sie zuckte zusammen, hielt hinkend inne. *Du wirst mich nicht verlieren.* Sie drehte um und eilte nach Südosten, zum Elburing.

Kaum zwei Schritte später warf sich jemand auf sie und packte sie mit scharfen Krallen. Schmerzhaft bewegten sich die Pfeile in Tenebraes Fleisch und brachen. Sie wand sich und erreichte nur, dass das Wesen beim Versuch, sich festzuhalten, Dextras Kratzer vertiefte. Der fast erloschene Brand entfachte sich von Neuem, Blut rann ihre Flanken hinab.

Eine dunkle Gestalt sprang auf sie zu und rammte den Angreifer von ihr herunter. Sie drehte sich nicht um, um zu sehen, wer es war, sondern wankte weiter auf den Elburing zu. Die Welt begann sich zu drehen, die Schmerzen raubten ihr die Konzentration. Panische Hitze rauschte durch ihren Körper, der keinen Aufschub mehr duldete.

Hechelnd schleppte sie sich durch den Bach und betrat die große Senke, um den rettenden Ort durch den Westeingang zu betreten. Bevor sie ihn erreicht hatte, fiel ihr Blick auf eine Gestalt am Waldrand. Sie erstarrte. Dort stand ein Ziegen-Hund-Mischwesen zwischen ihr und ihrem Ziel. Seine Augen ruhten auf ihr und begannen hässlich zu leuchten. Tenebraes Mut fiel in sich zusammen. Sie machte kehrt und rannte die Senke hinab, versuchte sich mühsam auf den Beinen zu halten. Die Schritte hinter ihr holten viel zu rasch auf. Und keine Möglichkeit, ihnen zu entkommen.

Mitten im Lauf stockte sie. Vor ihr stand Baldewin, hinter ihm die Schafe, die er gerade in den Stall treiben wollte. Die Wölfin und der Hirte starrten sich an. Gleich würde er seine Herde gegen sie verteidigen. Sie musste weg ... Doch ihre Beine zitterten, hielten keinen Spurt mehr aus. Hinter ihr näherten sich die Schritte des Mischwesens rasend schnell. Sie senkte den Kopf, sah aus den Augenwinkeln, wie Baldewin seinen Stock hob. Der Schlag ihres Freundes – sie hatte gehofft, das nie erfahren zu müssen. Sie schloss die Augen und wartete auf den ersten Hieb, von wem immer er kommen würde.

Es war der Hirte. Doch statt seinen Stock zu spüren, hörte sie nur seinen dumpfen Aufprall. Sie blickte zurück. Das Mischwesen war zur Seite geschleudert worden, kam schwankend auf die Beine und sah unsicher zu dem Schäfer auf. Drohend hob er seinen Stab erneut, und es eilte davon.

»Was hast, Finsterchen? Brauch Hilfe?«

Langsam drehte Tenebrae den Kopf und starrte Baldewin in sein besorgtes Gesicht. Was hatte er gerade gesagt?

Sie schüttelte die Verblüffung ab und verwandelte sich. Seufzend fühlte sie die Schmerzen in den Hintergrund rücken und stand auf. Baldewins Miene war die gleiche wie zuvor.

»Sorg dich nicht um mich«, beruhigte sie ihn. »Ich muss nur die Hütten erreichen, dort wird man sich um mich kümmern. Du hast schon genug getan. Beschütz deine Herde. Wartet im Stall, bis das Unwetter vorüber ist.«

Sie wandte sich dem Elburing zu. Damit ihre Wunden versorgt werden konnten, musste sie sich in ihrem Wolfskörper befinden, mit dem sie auch viel schneller ankommen würde. Eine kaum hörbare Stimme in ihr rief ihr zwar zu, genau das nicht zu tun, doch in ihrer Erschöpfung und Verwirrung über das eben Erlebte dachte sie nicht nach, überging die Warnung und verwandelte sich zurück.

Der Schmerz brach erneut derart heftig über sie herein, dass sie noch zwei Schritte vorwärts taumelte, umfiel und liegen blieb.

Ein fernes Grollen weckte sie. Im Geist sah sie Caedes vor sich stehen, in seinem furchteinflößendsten Körper. Sie zuckte, wollte aufstehen, doch ihre Beine gehorchten ihr nicht. Hinter ihren Lidern blitzte Licht auf, ein Flammenstoß aus Caedes' Rachen. Sie riss die Augen auf, blickte sich hektisch um. Eine behaarte Hand legte sich auf ihre Schulter. »Alles ist gut, du bist in Sicherheit.«

Sie erkannte Litus' Stimme, sah die Hütten um sich herum und ließ sich seufzend zurückfallen. Die Schmerzen waren nur noch ein dumpfes Hallen, die Pfeile entfernt, ihre Wunden versorgt worden. Um den Hals trug sie einen Verband, ihre zerkratze Flanke roch nach Pflanzensäften. Der Himmel bestand aus beinahe nachtschwarzen Wolken. Blitze zuckten darin, gefolgt von grollendem Donner.

Litus schaute mit nachdenklichem und argwöhnischem Ausdruck auf sie herab. »Wie viel hast du diesem Schäfer von uns erzählt? Und warum, in Nomeras Namen?«

»Ich habe ... ihm nichts erzählt.«

»Und wieso kommt er mit dir in den Armen hierher, behandelt uns wie Nachbarn und bittet inständig darum, uns um dich zu kümmern? Im Ernst: Was hast du ihm gesagt?«

»Nichts, ehrlich. Ich stand in Wolfsgestalt vor ihm, und er ... er hat ... mich ... erkannt. Glaub mir, ich verstehe das selbst kaum.«

Litus schien nicht überzeugt, nickte aber. »Und wie läuft der Kampf?«

»Schlecht. Die Mischwesen haben einen weiteren Verbündeten organisiert: Die Adligen, die sie zuvor schon auf uns angesetzt hatten. Keine bedachtsame Entscheidung. Jetzt jagen sie *alle*, Nachtwölfe wie Mischwesen.«

»Das bedeutet, wir müssen zurück.« Rivus erhob sich. »Wir haben uns lange genug ausgeruht. Unsere Freunde brauchen uns.«

»Recht hast du. Auf zum letzten Schlag!« Auch Cataracta stand auf, gefolgt von Nubes.

»Ich schätze, du wirst kaum hierbleiben wollen«, meinte Litus zu Tenebrae, womit er richtig lag. Erholung fühlte sich zwar anders an, doch für den großen Sieg war sie zu fast allem bereit. Auch Unda und ihr Bruder erhoben sich mit den Steinschleudern in den Klauenhänden.

»Für ein Leben ohne Flucht und Feindschaft!«

Die sechs Nachtwölfe sprangen aus dem Elburing und hinein ins Gefecht. Das Gewitter hatte den Wald inzwischen eingeschlossen und erhellte die Dunkelheit mit Blitzen, in denen schreckliche Szenen aufflammten. Der Himmel zischte und krachte, als würden über ihnen die höchsten Mächte die gleiche Schlacht ausfechten.

Die Jäger hatten mittlerweile ihre Pfeile verschossen und waren von ihren Rössern abgestiegen, um nun mit Schwertern und Lanzen gegen die Mischgeschöpfe vorzugehen. Tenebrae entdeckte ein am Boden kriechendes Mischwesen, auf das ein Mann mit erhobener Waffe zuschritt. So schnell es ihre verbliebenen Kräfte zuließen, eilte sie auf ihn zu, sprang und biss ihm die Klinge aus der Hand. Mit einem rauen Aufschrei stolperte er zurück und entschied sich beim Klang ihres Knurrens zur Flucht.

Sie rannte weiter, sah im Augenwinkel ein Fuchswesen von der Seite heranstürmen. Beide stockten, um nicht zusammenzustoßen, und starrten sich an. Molchschwanz, Käferbeine, rote Flügeldecken – er war derjenige, der sie vor ihrem ersten Gespräch mit Caedes angegriffen und im Dorf in die Falle gelockt hatte. Seinen Namen hatte sie in der Stadt erfahren: Sandyx. Auch er erkannte sie, sein Blick ruhte undeutbar auf ihr.

Raschelnde Schritte unterbrachen sie. Mit geradeaus gerichteter Lanze und purem Hass im Gesicht rannte ein Mann auf sie zu. Die Zwei sprangen auseinander, die Spitze bohrte sich in die Erde. Tenebrae fiel ihn von hinten an. Rechtzeitig fuhr der Jäger herum und schlug ihr den Stab seiner Waffe gegen die Flanke. Die Kratzer brannten auf, die Wölfin drehte ab und landete ungelenk auf dem Boden. Sandyx näherte sich von der anderen Seite, zuckte zurück, als der Mann in einer wilden Drehung nach ihm stach.

Erneut versuchte Tenebrae ihr Glück, lief um den Jäger herum und suchte ungeduldig eine Gelegenheit zum Angriff. Ihr Körper ermüdete rasch. Sie musste das hier schnell beenden. Als er wegrutschte und auf ein Knie fiel, sah sie ihre Chance und sprang. Da wirbelte er voller Elan herum und stieß mit aller Kraft seine Lanze vor.

Sandyx rammte die Wölfin, bevor die Spitze sie erreichen konnte. Sie rollten sich am Boden ab und landeten nebeneinander. Der Mann trat mit dem Blick auf sie gerichtet rückwärts, bis er mit dem Rücken gegen einen Baumstamm stieß und damit die Möglichkeit, ihn hinterrücks anzugreifen, beseitigte.

Unsicher liefen die zwei magischen Wesen vor ihm auf und ab, der voll krampfhaftem Ehrgeiz zurück starrte. Jeder Angriffsversuch scheiterte, zu schnell wirbelte seine Lanze durch die Luft, zu groß die Gefahr, getroffen zu werden. Kein Knurren, kein Zähnefletschen half. Sie versuchten sogar, sich von ihm abzuwenden, doch er nutzte diese Geste nicht zur Flucht, sondern zielte mit der Waffe auf die Nachtwölfin, verfehlte sie knapp und zog sich an seinen Platz am Baum zurück. Er war wild entschlossen zu töten.

Ein Krächzen über ihnen ließ die drei innehalten. Einen Moment später stürzte sich ein Rabe ins Gesicht des Mannes und hackte zu. Der Mensch schrie auf und fuchtelte mit einer Hand vor seinem Kopf herum, ohne den Vogel zu treffen, der ihn weiter bedrängte. Tenebrae ergriff die Gelegenheit, packte die Lanze und hielt sie fest. Sandyx sprang den Jäger an, kletterte bis zu seiner Kehle hoch und biss zu.

Die beiden traten zurück und blickten auf ihr Werk hinab, der Rabe ließ sich auf der Schulter der Wölfin nieder. War er etwa *dieser* Rabe?

Rufe voller Triumph lenkten sie ab. Die Kämpfe waren erloschen, ein letzter Jäger floh stolpernd Richtung Norden. Kein Blitz durchschnitt mehr den Wald, der Himmel grollte leise in der Ferne. Von den dunklen Wolken fiel erster Nieselregen und kühlte die aufgeheizte Luft ab, ohne die Geschöpfe unter dem Blätterdach zu durchnässen.

Die Rufe verebbten, es wurde seltsam still. Mischwesen saßen neben Nachtwölfen und sahen sich unsicher an. Tenebrae schielte zu Sandyx hinüber. Er saß hechelnd da und richtete müde und leise drohend die Augen auf sie. Die Botschaft war klar: *Ich kämpfe nicht, solange du mich nicht angreifst.* Sie schaute sich um. Überall fanden ähnliche Dialoge zwischen den einstigen Gegnern statt. Niemand regte sich. Manche legten sich erschöpft hin.

»Was ist mit euch?« Caedes, derzeit größtenteils Bär, ließ sich erstmals auf dem Schauplatz blicken und stapfte dorthin, wo eben der letzte Jäger verschwunden war. »Eure Feinde sind noch lange nicht besiegt. Denkt daran, was sie euch in den letzten Monaten angetan haben, was sie euch vor Jahrhunderten angetan haben! Glaubt ihr, sie werden euch nach nur einer Schlacht in Frieden lassen? Sie wollten uns damals keinen Flecken dieser Welt abtreten, warum sollte das heute anders sein?«

Die Mischwesen brummten etwas zwischen Zustimmung und Gleichgültigkeit. Einige knurrten halbherzig, eines versuchte sich an einem Fauchen, das in einem ausgedehnten Gähnen endete.

Schließlich erhob sich Ferrum aus ihrer Mitte und richtete die Flügel auf.»Brüder und Schwestern, hört her! Die Nachtwölfe haben Fehler begangen, aber wir und unsere Vorfahren ebenso. Der Ausgangspunkt dieses ewigen Streites war nichts weiter als ein Missverständnis. Und selbst, wenn ihr die Vergangenheit ausblendet und nur auf das Heute seht: Waren es wirklich die Nachtwölfe, die euch so viel Leid zufügten? Die Reise, der Steinsturz, die Kämpfe? Das waren nicht sie, das war Caedes! Sie verteidigten sich bloß gegen das, wozu er euch trieb. Und was war sein Antrieb dafür? Gerechtigkeit für die Mischwesen? Gewiss nicht. Sie diente Caedes nur als Mittel, um das zu erlangen, was Calamitas nie hatte: Ansehen, Achtung, Autorität. Erinnert euch, Freunde! Was von all dem, das er je getan hat, kam *uns* zugute? Hatte er unser zukünftiges Wohl im Sinn, als er uns durch Schnee und Sturm trieb?«

Niger sprang auf Ferrums Schultern.»Hat er auch mal einen Gedanken an die Kleineren unter uns verschwendet?«

»Stellte er uns die Wahl unserer Partner frei?«, rief Temeritas.

»Löste er das Versprechen eines perfekten Lebens jemals ein?«, ergänzte Violat.

Unruhe breitete sich unter den Mischwesen aus. Viele sahen sich unbehaglich an oder schauten nachdenklich auf die Erde.

»Erinnert ihr euch an den großen Arbor?«, begann Ferrum von Neuem.»Erinnert ihr euch, wie er bereits vor langer Zeit versuchte, euch all das zu erklären? Und was danach mit ihm geschah? Warum wohl ließ Caedes ihn töten? Nur für den Verrat? Oder eher für die Bedrohung durch die Wahrheit seiner Worte?!«

Niemand gab einen Laut von sich. Selbst Caedes schwieg, obwohl er den Eindruck machte, etwas sagen zu wollen. Wusste er nicht, was? Oder sah er ein, dass er sein Gefolge nicht mehr würde bewegen können? Zwar schienen nicht alle Mischwesen von den Worten der Gegenläufer überzeugt, doch kämpfen würden sie heute nicht mehr. Sie waren erschöpft, verwundet, litten Schmerzen und wurden nicht angegriffen. Wozu noch einmal Kraft aufbieten?

Viele richteten den Blick auf ihren Anführer. Hastig hüpften seine Augen hin und her, bis sie mit einem Mal still standen. Ein entschlossenes Funkeln erwachte in ihnen, als ob die Blitze des Gewitters in sie eingeschlagen hätten. Er fuhr herum und rannte gen Osten davon.

Die Nachtwölfe begannen triumphal zu heulen. Zögerlich, doch immer hingebungsvoller stimmten die Mischwesen ein. Vielstimmiges Krächzen aus den Baumkronen schloss sich an.

Es war nicht nur der Sieg über Caedes, den sie feierten. In dem Gesang schwang eine unausgesprochene, aber keinesfalls ungehörte Botschaft mit: *Wir sind eins.*

Voller Lebenslust bereicherte Tenebrae das Siegeslied mit ihrer Stimme. Im selben Moment blitzte etwas in ihrem Augenwinkel auf, das ihre Knochen erschlaffen ließ: Arcanus war aufgesprungen und stürmte Caedes hinterher. Das konnte nicht wahr sein ... Der Feind floh, sie hatten gewonnen. Was wollte er mehr? Stöhnend erhob sie sich, der singende Rabe flatterte von ihren Schultern. Von ihrer Kraft war nicht viel übrig. Doch sie würde Arcanus nicht allein lassen, denn niemand sonst würde ihm beistehen. Einem besiegten Gegner nachzujagen, verdiente keine Unterstützung. Normalerweise.

Tenebrae verfluchte ihre Gefühle für den einsamen Nebelwolf, während sie versuchte, ihn einzuholen. Ihre Beine schwankten wie die Bäume im Wind, jeder Igel hätte sie überholen können. Entgegen all den Warnschreien ihres Körpers zerrte sie ihre letzten Reserven hervor, vertrieb Schmerz und Müdigkeit und dachte nur an Schwärmer.

Stimmen kündigten das sich nähernde Ziel an. Tenebrae erreichte den Fuß eines sanften Hügels, auf dem sich die beiden Kontrahenten gegenüberstanden. Das Mischwesen verhöhnte den Nachtwolf, der seine Anfeindungen schlagfertig entkräftete. Bei Caedes' Bemerkung, er könne sich ihm nicht einmal allein stellen, drehte Arcanus den Kopf und entdeckte Tenebrae. »Bei den

Nebeln!« Er sprang zu ihr hinab.»Was denkst du dir hierbei? Bring dich sofort in Sicherheit!«

»Ich kann dich das nicht allein machen lassen. Und egal, was du sagst, du hältst mich nicht davon ab!« Arcanus' wütende Augen schlossen sich für einen Moment. Er seufzte.»Aber folg wenigstens dieser Anweisung: Setz *dein* Leben an erste Stelle.«

»Versprochen. Hast du einen Plan?«

Vor ihnen ertönte Caedes' genussvolle Stimme.»Na, hat dich deine Feigheit nun doch übermannt?«

»Er ist sich seines Sieges sicher«, wisperte Tenebrae.»Vielleicht können wir das nutzen. Wir springen um ihn herum, täuschen Angriffe vor, reizen ihn. Wenn er zornig genug ist und unachtsam wird, gelingt uns womöglich eine Ablenkung, um ihn von einer unerwarteten Seite zu treffen.« Arcanus eilte den Hügel hinauf, dicht gefolgt von der schwarzen Wölfin.

»Sieh an, Eleyn, meine alte Freundin. Ach, ihr beide seid gekommen, damit ich mich an meinen zwei ärgsten Widersachern rächen kann? Ihr seid zu gütig.«

Arcanus sprang auf ihn zu und drehte ab, als gewaltige Ziegenhörner Caedes' Bärenschädel entsprangen. Tenebrae schnappte nach seinem Luchsbein, kurz bevor eine riesige Flosse aus seiner Seite wuchs und nach ihr schlug. Sie spürte das Aufklatschen der Haut an ihrer Hüfte.

Caedes schnurrte und quiekte vergnügt wie beim Balgen mit Jungtieren. Er kämpfte kaum, er wehrte die beiden Nachtwölfe bloß mit allen erdenklichen Körperteilen ab, die er plötzlich entstehen ließ. Tenebrae spürte, wie ihre Kraft schwand. Ihnen blieb nicht viel Zeit.

Sie begab sich direkt vor Caedes und lief dort unter seiner Schnauze hin und her.»Flatter nicht zu kühn, kleiner Schmetterling.« Mit diesen Worten gewann sie seine volle Aufmerksamkeit.»Ich werde dich besiegen, denn das habe ich bereits geschafft. Erinnerst du dich, in meiner Heimat? Mir gelang es, mein Rudel zu warnen, sodass kein einziger bei der Jagd gesehen wurde und jeder im Dorf dich für einen Narren hielt. Dir hallt es sicher noch in den Ohren, ihr Gelächter, nicht wahr?«

Es war nicht der erhoffte Zorn, aber genug, damit das Mischwesen Arcanus vergaß. Der Rauchgraue verstand und zog sich in den Hintergrund zurück, schlich sich in Caedes' Rücken und verschwand aus Tenebraes Sichtfeld, während sie weiterhin versuchte, ihren Gegner an die schlimmsten Momente seines Lebens zu erinnern.

Dann preschte Arcanus aus dem Schatten, sprang von schräg hinten auf seinen Nacken zu. Ohne Vorwarnung schoss eine gigantische Krebsschere aus dessen Schulter und griff nach ihm. Der Wolf drehte sich weg, entging ihr knapp und rollte sich am Boden ab. Das Mischwesen lächelte überlegen. »Haltet ihr mich für so töricht? Seht es ein: Ich bin unbesiegbar!«

Arcanus versuchte noch einmal, ihn direkt anzugreifen, doch in einer überraschend wendigen Drehung schlug Caedes mit einer Bärentatze nach ihm. Tenebrae sah das Mischwesen sich von ihr abwenden und darin eine letzte Chance. Sie bündelte all ihre übrige Kraft und preschte vor, auf seinen Hals zu. Sie sprang, sah einen übergroßen Adlerflügel auf sich niederschlagen. Ihr Überlebensdrang riss sie zurück, während die kräftigen Federn ihren Körper streiften. Wieder am Boden wollte sie sich in sichere Distanz zurückziehen, als sich ihr ein gewaltiger Wespenhinterleib entgegen bog. Sie hechtete zur Seite, ihre Beine gaben nach und knickten ein. Der Schwung warf sie auf den Rücken und ließ sie den unerwartet nahen Abhang hinabrollen. Keuchend blieb sie liegen, versuchte sich aufzusetzen, sank zurück. Hilflos musste sie Arcanus bei seiner Niederlage zusehen.

Wir schaffen es nicht. Was soll ich bloß tun, Luna? Ihr Nebel, wo seid ihr? Habt ihr mich allesamt verlassen? Arcanus hob den Blick zum wolkigen Himmel. *Luna, ich wünschte, du wärst an meiner Seite. Deine Beharrlichkeit, deine Güte ... Du hättest den Weg zum Ziel gefunden. Würde ich nur deine Worte hören ...*

Es ist nur eine Illusion.

Arcanus richtete den Blick auf das bunte Mischwesen und verstand. Er schloss die Augen, während Caedes lässig auf ihn zu schritt.

Es ist nur eine Illusion.

In seiner Vorstellung dämpften sich die Geräusche und änderten ihren Klang.

Es ist nur eine Illusion.
Rundlicher Leib, lange Ohren, weiße Flügel. Er formte die Gestalt, bis er den fertigen Körper vor sich sah.
Es ist nur eine Illusion.
Die neuen Beschaffenheiten verbanden sich mit den Geräuschen des Trugbildes, sodass er die gesamte Wahrheit in seinem Inneren wahrnahm.
Nur eine Illusion ...
Mit geschlossenen Lidern sprang er vor.

Tenebrae fiel das Herz auseinander, als Arcanus losrannte, die Augen bedeckt, direkt auf Caedes zu. Fassungslos sah sie, wie der Wolf sprang, flach und leichthin. Das bunte Ungetüm richtete sich auf und schlug mit der Pranke nach ihm. Sie glitt ungehindert hindurch. Das Bild verschwamm, verzerrte sich. Tenebrae wurde übel, sie musste den Blick abwenden. Ein Aufschrei folgte. Dann Stille.

Langsam drehte sie das Gesicht zurück, schielte den Hügel hinauf. Das Mischwesen war verschwunden. Kurzzeitig sah sie nicht einmal Arcanus, bis er seinen Kopf hob und in dieser Haltung verblieb, abgewandt von ihr. Mühsam kam sie auf die Pfoten, schleppte sich den Hang hoch und an seine Seite. Ruhig und aufrecht stand er da, den Blick vor sich auf die Erde gerichtet. Sie folgte ihm und entdeckte den starren Körper des Bibers, betrachtete seine Hasenbeine, die langen Ohren, die Schmetterlingsflügel und die vor ungläubigem Entsetzen weit offen stehenden Augen.

»Wie ...?«

»Erinnerst du dich daran, was Ferrum einmal sagte? Ein Mischwesen in menschlicher Hülle bleibt ein Mischwesen, doch allein der Anblick eines Menschen löst die Erwartung aus, einen Menschen zu hören, zu riechen und zu spüren. So schafft bloßer Schein eine neue Realität. Bei Caedes verhielt es sich nicht anders. Er war so besessen davon, seinen verhassten Körper zu ändern, dass er die Täuschung nie bemerkte: Es war nur eine Illusion. Eine weitere magische Hülle, mächtig genug, um jegliche Formen anzunehmen, die er wünschte. Dahinter blieb er stets derselbe Biber, als der er geboren worden war. Und den zu töten ist wahrlich nicht schwer.« Arcanus sah bedauernd auf Caedes' Leiche hinab. »Er hat jeden meisterhaft getäuscht, vor allem sich selbst. Hätte er nur sein Schicksal angenommen, vielleicht wären ihm die liebenswerten Seiten seines Körpers bewusst geworden. Und uns wäre vieles erspart geblieben.«

»Aber warum haben wir das nicht eher bemerkt? Der Kampf eben ... wir waren nie in Gefahr, und dennoch fühle ich mich, als hätte ich ein Monster bekämpft.«

»Darum geht es: das Gefühl. Caedes war fähig, all unseren Sinnen seine Wunschgedanken aufzuzwingen. Wir sahen, hörten und fühlten, was er wollte. Wir spürten seine Krallen, seine Federn, seine Haut, obwohl nichts davon existierte. Bevor wir seine Hülle durchstoßen konnten, brachen wir den Angriff ab. Er hat uns nie abgewehrt.«

Sie schüttelte den Kopf und betrachtete noch nicht gänzlich gefasst den Biber. »Wie konnte er in diesem kleinen Körper die weite Reise überstehen?«

»Manchmal kann die vollkommene Überzeugung ungeahnte Kräfte entwickeln und eine neue Wahrheit schaffen.«

Eine Weile starrten sie auf ihren so mächtig geglaubten Gegner hinab. Tenebrae schaffte es nur mit Mühe, ihre Verstörung zu überwinden. Es wäre die ganze Zeit so einfach gewesen ...

»Weshalb bist du ihm nachgerannt? Wolltest du Rache nehmen?«

»Hätte ich mich rächen wollen, hätte ich ihm etwas Grausameres angetan: die Lüge seines Körpers offenbaren und ihn damit ziehen lassen. Doch es war nie mein Ziel, den Schuldigen zu bestrafen, sondern die Unschuldigen zu schützen. Ich habe das Glitzern in seinen Augen gesehen, seine Entschlossenheit. Ja, er hat seine Armee von Mischwesen aufgegeben, aber das sind nicht alle dieser Welt. Er hätte sich leicht neue suchen können, und das Morden hätte von vorn begonnen. Ich musste es beenden.« Er seufzte tief. »Hoffen wir, er erhält in seinem nächsten Leben einen Körper, der ihm weniger missfällt.«

Einige Momente noch standen sie schweigend da. Tenebraes Beine begannen zu zittern.

»Lass uns gehen. Dich erwartet der Elburing.«

40
Neuanfänge

Die nächsten Tage und Nächte verschlief Tenebrae. Nur, wenn die weniger Verletzten den schlimmeren Fällen Nahrung brachten, erwachte sie. So erfuhr sie erst viel später alles, was es über den Kampf zu wissen gab: Das Wundersamste war, wie wenig Gefallene es zu beklagen gab. Unter den Nachtwölfen war allein Raphanus gestorben, von den Mischwesen einige Schleicher und drei Kämpfer, keins davon ein Gegenläufer. Die meisten Toten hatten die Jäger zu verantworten.

Der Gesang zum Gedenken an die Opfer erklang diesmal so vielstimmig wie nie zuvor. Nachtwölfe erhoben ihre Stimmen gemeinsam mit Mischwesen. Das Lied erzählte von der Liebe zu den gefallenen Freunden, von der Klage, dass all das hatte geschehen müssen, bis hin zum Sieg, der ihnen den Weg in eine neue Zukunft ermöglichte.

Wie sollte diese neue Zukunft aussehen? Und vor allem, wo sollte sie stattfinden? Eine große Versammlung wurde einberufen, zu der auch alle Mischwesen eingeladen waren, von denen die meisten erschienen. Nicht jedes betrachtete die Nachtwölfe als Freunde, doch die Feindschaft war verflogen.

»Was gibt es denn noch zu besprechen?«, fragte Genista. »Wir kehren in unsere alten Territorien zurück. Was sonst?«

»Das Felsrudel kann nicht zurückkehren«, bemerkte Saxum mit ungewohnt matter Stimme. Es war nicht zu übersehen, wie schwer ihm der Kampf zugesetzt hatte. Sein rechtes Hinterbein hing in der Luft. »Dort sind wir als Werwölfe bekannt. Und ihr wart ebenfalls lange Zeit fort. Hältst du eine Rückkehr für klug?«

»Wir erzählen ihnen, die Werwölfe hätten uns zu ihren Dienern gemacht, doch die Sacerdosolis konnten uns das Gift austreiben. Das sollte reichen. Mein Rudel macht fast die Hälfte der Dorfbewohner aus. Sie können nicht auf uns verzichten.«

Saxum seufzte schwer.»Und das Felsrudel wird eine neue Heimat suchen müssen.«

»Ehm, müssen wir wirklich?«, meldete sich Silex zu Wort. »Warum bleiben wir nicht hier?«

»Du weißt, dass hier kein Dorf ist.«

»Brauchen wir denn eines? Ja, bisher war es fester Bestandteil unseres Lebens. Im Leben aller Nachtwölfe. Aber nur, weil es bisher so war, heißt das nicht, dass sich daran nichts ändern kann, oder? Was wir wirklich brauchen, ist ein Ort, an dem sich beide unserer zwei Seiten wohlfühlen und ausleben können: einen Wald und eine Siedlung. Warum sollten wir sie mit Menschen teilen müssen? Hier haben wir doch längst eine geeignete gefunden: den Elburing!« Silex stand auf, seine zaghafte Stimme wurde kräftiger.»Seht ihr es denn nicht? Genau hier bietet sich uns die ideale Heimat, eine Heimat geschaffen für Nachtwölfe. Stellt euch das nur vor! Hier können wir völlig ungestört unsere Zweigestaltigkeit leben, ohne ständiges Lügen und Verstecken. Sehnt ihr euch nicht auch danach?«

Jeder blieb still, einerseits verblüfft über den selbstsicheren Wortschwall des sonst schweigsamen Rüden, andererseits vertieft in dessen Inhalt.

»Wahrer könnte man es nicht aussprechen«, erhob Lapis ihre Stimme.»Diese Reise hat uns in ein kleines Paradies geführt. Ich glaube, die Entscheidung wird uns nicht schwerfallen.«

Saxum ließ den Blick schweifen.»Gibt es Einwände, warum das Felsrudel dieses Gebiet nicht zu seinem neuen Territorium erklären sollte?«

Alles schwieg.

»Damit ist es beschlossen. Wir bleiben.«

Vereinzelte Jubellaute lösten sich aus der Menge. Silex hatte aus den Herzen vieler gesprochen.

»Saxum«, rief Litus.»Wäre es dir recht, wenn Unda und ich uns euch anschließen würden? Unser altes Dorf können wir nie wieder betreten. Nur hier können wir unsere vermischte Gestalt zeigen.«

»Unsere Rudel sind bereits lange Zeit zusammen, Grenzen sind verwischt. Das Revier ist groß genug. Es kann bleiben, wer will.«

Eine Welle von Gemurmel lief durch die Versammlung. Schließlich teilten sich die Anwesenden in zwei Gruppen auf, zu denen sich jeder seinen Wünschen entsprechend gesellen konnte. Neben Litus und Unda wechselten Aethra und Aerarius mitsamt ihren Söhnen Cornix und Carbo ins Felsrudel, zur größten Freude von Cinis und Ignis. Sogar Cicatrix fand sich auf der Seite der Bleibenden ein. Eine Felswölfin hingegen schloss sich dem Ginsterrudel an: Cataracta wollte ihrem Freund Rivus in seine Heimat folgen.

Noch in derselben Nacht hallte das vielstimmige Abschiedsheulen durch den Wald. Die beiden Rudel waren während ihrer gemeinsamen Zeit zwar keine Einheit geworden, sich jedoch nah genug gekommen, um die Trennung zum Teil zu bedauern. Nette Bekanntschaften, kleine Freundschaften, alt wie neu, teilten sich. Doch was sie zusammen erlebt hatten, würde niemals in Vergessenheit geraten.

Eine Woche lang bauten sie voller Hingabe ihr Territorium zu einer wahren Heimat aus. Neue Grenzen wurden gezogen, Gebiete zugeteilt, Lieblingsorte gefunden. Ein Großteil der Feindhügel wurde in ihr Revier eingegliedert und in Friedhügel umbenannt. Der dunklere Buchbogen wurde vor allem von den Felswölfen genutzt, da er sie an ihren früheren Wald erinnerte. Die ehemaligen Ginsterwölfe bevorzugten die lichtere und gestrüppreichere Eichsichel. Die große Senke wurde ein Platz der Erholung und zum Spielen für die Kinder.

Unda und Litus gaben sich alle Mühe, den Elburing zu einem Ort herzurichten, der ihrer aller Bedürfnisse gerecht wurde. Nicht nur im pragmatischen Sinn, sondern ebenso durch kleine Verzierungen für das Wohlgefühl, wie Polsterungen aus Schafwolle, Pflanzenranken an den Wänden und Blüten in den Vorhängen.

Inmitten all dieses Glücks gab es jedoch auch Dinge, die nicht angenehm, aber unumgehbar waren. Dinge, die, wie Arcanus gesagt hatte, aus dem Erreichen eines Ziels hervorgingen. Die sich vor dem Sieg schöner angefühlt hatten als danach.

Am Abend der nächsten Neumondnacht saß Tenebrae am

oberen Rand der großen Senke neben Ferrum und Niger. Vor ihr, im warmen Licht der untergehenden Sonne, tollten Ignis, Cinis und Vesper in wilden Haschespielen über die Wiese. Etwas abseits tappten Clementia und Lenis umher, die nur sanft miteinander spielten und am liebsten gemeinsam die Welt entdeckten. Ira und Tenera lagen einträchtig nebeneinander und sahen ihren Kindern zu. Ein frischer Wind kam auf.

»Es wird kühl«, meinte Ferrum. »Wir könnten Glück haben.«

»Wie man es betrachtet«, erwiderte Tenebrae.

Tenera stand bereits auf und rief ihre Tochter. Lenis kam mit Clementia zu ihr getrottet und leckte dem Welpen das Gesicht. Wortlos, doch nicht weniger innig verabschiedeten sich die beiden.

Danach betraten die zwei Eichhornrehe den Wald, Ira und Clementia nahmen einen anderen Weg.

Die Übrigen blieben bis zum Einbruch der Nacht. Als es so weit war, erhob sich Ferrum, streckte sich nach Katzenart und gähnte. »Komm, Vesper. Es wird Zeit.«

Die beiden Welpen und die Krähenwildkatze kamen übereinander hüpfend angerannt. Angesichts ihrer Energie und Lebenslust fühlte sich Tenebrae auf einmal alt.

»Müssen wir wirklich schon gehen? Wir sind gerade ...«

»Es wird zwar kühler, Vesper, aber es ist noch immer Sommer, und du weißt, wie unberechenbar die Nebel sind. Wir wollen sie nicht verpassen.«

»Ich schon.«

»Vermisst du deine zweite Heimat nicht? Und Ma?«

»Aber ...«

»Es wird nicht für immer sein. In einem Monat seht ihr euch vielleicht schon wieder.«

»Das ist aber lang.«

Cinis stupste ihre Freundin an. »Geh. Ich warte auf dich.«

Vesper sah das Wolfsmädchen an und ihre Miene leuchtete auf. Noch einmal patschte sie spielerisch nach den Ohren des Welpen, bevor sie in den Wald lief, gefolgt von Niger, Ferrum und Tenebrae. Eine Weile trabten sie dahin, bis sich auf einer Lichtung weiter vorn erste Schleier zeigten.

»Da!«, rief der Fledermarder. »Komm, Vesper, wollen wir doch mal sehen, wer schneller ist.« Er rannte los, die Wildkatze dicht hinter sich.

Ferrum blieb stehen, Tenebrae ebenfalls. Nach einem Moment drehte er sich zu ihr um.»Nun müssen wir uns verabschieden.«

Sie seufzte.»Ich kann es kaum glauben. Jahrhunderte lang konnten Mischwesen und Nachtwölfe sich nicht ausstehen. Und jetzt fällt es ihnen schwer, sich zu trennen. Wir sollten Caedes wohl danken.«

»Unsere Vorfahren waren nicht seit Anbeginn der Zeiten Feinde. Erst das Missverständnis hat sie dazu getrieben. Die Wahrheit dahinter besagt etwas ganz Anderes: dass wir im Kern zusammengehören.« Er lachte leise.»Genau genommen seid ihr ein Teil von uns.«

»Wie meinst du das?«

»Ich meine«, begann Ferrum, während er eine Kralle in die Erde steckte und etwas zu zeichnen begann,»dass uns im Grunde keine Unterschiede trennen.« Ein langer Strich, ein Kreis, dasselbe noch zweimal.»Wir beide haben unseren Ursprung in Nomera und eine besondere Bindung zu den Nebeln.« Ein abschließender Bogen, ein neuer Ansatz, das gleiche noch einmal gespiegelt.»Wir sind beide Mischungen aus Tier und Mensch, die es schwer haben, in diesen zwei Welten zurechtzukommen, und letztlich einen Ort dazwischen brauchen.« Ein letzter Schwung, und das Kunstwerk war fertig.»Kommt dir das bekannt vor?«

Tenebrae betrachtete das Gebilde. Es sah aus wie zwei übereinandergelegte Zickzacklinien, die Kringel statt Spitzen besaßen.»Ein wenig wie das Netrissymbol. Bloß komplizierter.«

»Es hat alles seine Ordnung.« Er setzte seine Kralle in den Bogen unten links und fuhr die Linie nach.»Ein M ...« Am Ende angekommen hüpfte die Kralle nach oben links und verfolgte auch diese.»... und ein W. M und W in einem. Mischwesen. Und nun schau.« Er zeichnete erneut die Furche von unten links an nach, endete jedoch beim dritten Kreis.»Was ist das?«

Tenebrae versuchte, die anderen Ornamente auszublenden. »Das Netriszeichen.«

»Und hier ...« Er begann im linken Kreis der drei unteren,»... ist noch eines. Euer Symbol steckt in unserem. Wir sind eine Einheit.«

Tenebrae starrte das Muster an. So komplex, voller Geheimnisse, und doch so simpel. »Nutzt ihr es ebenso wie wir, um die Nebel zu besänftigen?«

»Viel mehr. Damit öffnen wir sie.«

Sie stellte die Ohren auf. »Erst *dadurch* gewähren die Nebel euch Einlass in das Reich dahinter? Jetzt verstehe ich. Wir konnten nie nachvollziehen, weshalb sie euch ohne jegliche Forderungen eintreten lassen und von uns allein für den kurzen Zutritt das Netriszeichen verlangen. Sie öffnen sich euch erst, sobald ihr das Symbol zeichnet.«

»Nicht bloß für uns, sondern für jeden, der es kennt und anzuwenden weiß.«

Tenebrae schwieg nachdenklich, bis sie begriff und Ferrum entgeistert anstarrte. »Bedeutet das, ich kann ... nun auch ...?«

»Ja.«

Sie war sprachlos. »Aber ... warum zeigst du mir das? Etwas von so viel Wert?«

»Weil ich dir vertraue. Es ist natürlich nicht mein Ansinnen, dass du bei jeder Gelegenheit zu uns hinüber spaziert kommst. Doch ich denke, eines Tages könnte es nützlich sein. Für Notfälle wie für Ausnahmen. Ich bin der Meinung, wir sollten jetzt, da wir unsere Verbundenheit erkannt haben, das ein oder andere Geheimnis offenbaren und unsere Welten nicht mehr lückenlos voreinander verschließen.«

Tenebrae wiederholte die Worte im Geist und versuchte ihre Bedeutung in sich aufzunehmen.

»Ferrum, wo bleibst du?«, schallte Nigers Stimme durch den Wald.

»Einen Moment noch, Niger.«

»Warum bleibt ihr nicht?«, entfuhr es Tenebrae. »Das Gebiet hier bietet so viel Schutz und Vielfalt, auch für euch. Ihr müsst euch nicht länger hinter den Nebeln verstecken.«

»Wir verstecken uns nicht. Wir leben freiwillig und gerne dort. Die Mischkörper etlicher von uns sind so speziell, dass sie sich nirgends zurechtfinden. Die Nebel haben das verstanden. Sie bieten uns den Zugang in eine Welt, die wir selbst mit unserer Freiheitsliebe gestalten konnten. Seit der Verstärkung unserer Magie durch Nomera wurden unsere Möglichkeiten dazu fast unbegrenzt. Wenn wir Caedes etwas zu verdanken haben, dann das. Inzwischen sind unsere Arbeiten daran abgeschlossen, also brauchen wir unsere neue Macht nicht mehr. Daher haben wir beschlossen, wieder zu denen zu werden, die wir vor der großen Reise waren, und unsere zusätzlichen Fähigkeiten nicht mehr zu nutzen. Wir werden auch unsere Kinder nicht nach Nomera bringen, um die gleichen zu erhalten. Sie werden nicht einmal etwas davon erfahren. Das Wissen darüber werden wir sorgfältig bewahren und es nur an die Vertrauenswürdigsten der folgenden Generation weitergeben.«

»Das ist überaus ehrenwert. Danke.«

»Und sorge dich nicht um unser Wohlbefinden. Das Reich hinter den Nebeln ist mehr als eine Zuflucht. Es ist unsere Heimat, und unvergleichlich prachtvoll. Weißt du, dort haben wir sogar ...« Er grinste. »Aber das wäre zu viel verraten. Auf bald, Tenebrae. Wir sehen uns zur nächsten Netris.«

»Auf Wiedersehen, Ferrum. Doch eine Frage hätte ich noch.«

»Und die wäre?«

»Würgst du tatsächlich Gewölle aus?«

Ferrum stutzte. Dann fauchte er. »Gewöllekotzer war bloß ein Spitzname, erfunden von Dummköpfen. Meine Verdauung ist rein kätzisch, merk dir das!«

»Dann kommst du um die Fellknäule wohl nicht herum.«

Der Uhuluchs grollte, bevor sich sein Grinsen erneut ausbreitete und seine Augen funkelten. »Ich mag geduldig sein, Tenebrae. Aber diese Neckereien werde ich nicht vergessen. Das kehrt eines Nachts zu dir zurück.«

»Ich freue mich schon jetzt!«

Ferrum wandte sich um und trottete in Richtung der Nebel. In diesem Moment fiel Tenebrae etwas an ihm auf. »Hattest du nicht vorher einen längeren Schwanz?«

Der Luchs zuckte zusammen und drehte ein wenig betreten den Kopf. »Nun ja, wie du weißt, war mir mein Stummelanhängsel immer zuwider. Besonders, als Vesper größer wurde und ich ständig ihren wunderschönen Katzenschwanz vor der Nase hatte. Aber auch diese kleine Korrektur war das Werk unserer verstärkten Magie. Fortan möchte ich bei der Wahrheit bleiben. Auch wenn sie erbärmlich ist.«

»Sie ist ein Teil von dir. Freunde dich mit deinem Stummelchen an, und du wirst ihn vielleicht mögen lernen.«

Sein Pinselohr drehte sich ihren Worten zu. Dann richtete er den Blick nach vorn und trat mit kräftigen Schritten auf die Nebel zu.

Tenebrae sah ihm nach, bis er verschwunden war. Tief sog sie den letzten Duft metallener Eicheln ein und beobachtete die wogenden Schwaden. Ferrums Worte zogen durch ihren Geist, als hingen sie noch in der Luft. Mit seinem Geschenk hatte er ihr auch ein Stück seiner Weisheit übergeben. Sie würde es bewahren und in Ehren halten.

41
Der Geist des Mondes

Die Mischwesen waren gegangen, ihr neues Leben aufgebaut. Und wie phantastisch es war! Kein Verstecken, keine Beschränkungen, kein Zwang. Das Leben ihrer Träume. Tenebrae war, als würde sie sich in Glück räkeln. Das Gefühl ebbte jedoch bald ab, da sie es nicht mit all ihren Lieben teilen konnte: Arcanus war unauffindbar. Auch auf ihr Heulen reagierte er wie immer nicht. Sie glaubte nicht, dass er sie verlassen hatte. Doch mit jeder weiteren Nacht ohne ihn zog sich ihr Herz enger zusammen.

Auf einem ihrer einsamen Streifzüge durch die Dunkelheit stand ihr unvermittelt Larva gegenüber, die blauen Augen entschlossen und fordernd. Ein Blick, der keinen Widerspruch duldete. Tenebrae ließ sich ungern von der gerade einmal vier Monate alten Wölfin befehligen, doch solange sie die Schwarze zu Arcanus führte, war es ihr recht.

Sie folgte der Weißen nach Südwesten über die große Senke und auf das sumpfige Gelände zu, das Tenebrae bisher nie betreten hatte. Ein unwohles Gefühl breitete sich in ihr aus, vor allem, weil sie in einem unbekannten Gebiet mit jemandem unterwegs war, der sie offenbar nicht leiden konnte.

Weiden säumten ihren Weg, ihre zarten Blätter bildeten vor dem sternklaren Himmel ein schwarzes Geflecht. Die Pfoten der Wölfinnen sanken in feuchte Erde ein, tappten durch die ersten Pfützen. Um sie herum war das Quaken der Kröten zu hören, gelegentlich ein Blubbern.

Inmitten einer großen Sumpflache erhob sich aus dem Schlamm ein kleiner Flecken festen Bodens. Von diesem ragte eine zottige Gestalt empor, den Rücken zu ihnen, den Blick in die Ferne. Tenebrae blieb stehen, atmete tief ein und aus und trat langsam auf den Nachtwolf zu. Nur eine schmale Brücke stabiler

Erde führte zu ihm hinüber.

»Arcanus?«

Keine Reaktion.

»Arcanus! Warum bist du an diesem Ort? So fern vom restlichen Rudel?«

»Weshalb ist mein Rudel *mir* so fern? Weshalb haben sie mich allesamt verlassen?«

Tenebrae erschrak. Es klang so entsetzlich bitter, wie sie es noch nie von ihm gehört hatte. »Aber dein Rudel lebt. Es ist hier, es wartet.«

»Das ist *dein* Rudel. Nicht meines.«

»Es könnte deines werden.«

»Niemals. Unter ihnen bin ich ein Fremder. Daran wird sich nie etwas ändern.«

Sie trat noch näher. »Aber du lebst bereits so lange an unserer Seite. Wir haben so viel gemeinsam durchgestanden. Du bist längst ein Teil von uns.«

»Wenn du vollkommen ehrlich zu dir selbst wärst, würdest du die Lüge dahinter erkennen. Ich war stets nur *bei* euch. Nicht unter euch.«

»Alles kann sich wandeln. Du könntest ein festes Mitglied des Felsrudels werden. Ich werde Saxum fragen, er hat bestimmt ...«

»Tenebrae.« Er wandte ihr das Gesicht zu. Sie wusste nicht, was sie mehr schockierte: Sein Blick oder ihr Zurückweichen davor. »Hör auf, mich mit flachen Argumenten überzeugen zu wollen. Ich gehöre nicht hierher, das ist nicht meine Heimat und ihr seid nicht mein Rudel. Das ist kein bloßer Glaube, es ist Tatsache.« Er drehte den Kopf zurück.

Tenebrae konnte es nicht fassen. Alles hätte so schön sein können ... Und dieser Wolf ertränkte all ihr Glück in seiner Bitterkeit!

»Schwärmer, warum kannst du deinen Blick nicht für das Gute öffnen? Sieh dich um: Wir haben so viel erreicht, seit wir uns zum ersten Mal begegnet sind: Die Lügen, die Reise, die Hast, die Kämpfe ... all das ist vorbei. Wir haben Caedes besiegt, neue Freundschaft geschlossen und eine unvergleichliche Heimat gefunden. Verdammt, es ist doch alles in Ordnung!« Tenebrae wünschte, sie könnte die Magie wieder einsaugen, mit der sie ihre letzten Worte erzeugt hatte. Aber es war zu spät.

»Schön, dass du das so siehst.« Seine Stimme hatte sich verhärtet. »Lässt du deine Sicht der Dinge immer für alle anderen gelten?«

»Verzeih mir, Arcanus. Es ist nur ... jeder von uns erlitt Verluste, und wir alle müssen lernen, damit umzugehen.«

»Lass gut sein, Tenebrae. Dein Leben ist in Ordnung, also lass mich mit meinem allein.«

Es klang endgültig. Entmutigt drehte sich die schwarze Wölfin um. Ihr Blick traf Larvas, die blauen Augen voll himmelschreiender Verzweiflung. Sie blieb stehen und versuchte es noch einmal, ohne ihn anzusehen. »Ich empfinde vollstes Verständnis für dich. Aber du kannst das Geschehene nicht ändern. Du musst es hinter dir lassen und ein neues Leben beginnen. Und hier wäre genau der richtige Ort dafür.«

»Er bietet nichts, was mich befriedigen könnte.«

»Oh Arcanus.« Sie wandte den Kopf nach hinten. »Vorher ist es dir auch gelungen, über den Schleier deiner Trauer hinwegzublicken. Warum jetzt nicht mehr?«

»Weil mein Dasein jetzt, nach dem Sieg über Caedes, keinen Sinn mehr hat. Zuvor, mit nichts weiter als meinem Ziel vor Augen, brauchte ich all meine Kraft und konnte nicht zulassen, dass Trauer mich schwächte. Meine Aufgabe war das einzige, das mir Halt gab. Mit ihrer Erfüllung stürzten die Mauern nieder, und all die Qualen strömten erneut auf mich ein. Selbst das eine, was genau dies verhindert hätte, wurde mir verwehrt: beim Sieg über Caedes zu sterben.«

»So darfst du nicht denken.«

»Warum nicht? Der Tod würde mir die Zeit des Ausharrens auf ein neues Leben verkürzen. Was würde er an meinem Zustand schon ändern? Was bin ich mehr als ein Geist auf der vergeblichen Suche nach einem Sinn.«

»Es findet sich immer irgendwo ein Sinn. Die Welt hat so viel zu bieten, was niemand erahnen kann. Nur weil dir dein Leben nicht gefällt, so wie es jetzt ist, kannst du es nicht einfach wegwerfen wie einen abgenagten Knochen. Dafür ist es viel zu wertvoll, einzigartig, mit all seinen Zeiten, den Tagen und den Nächten. Komm und versuche, etwas Neues zu beginnen!«

»Etwas Neues ... Warum muss ich mich erneut auf die Suche begeben? Ich will nichts Neues, ich will das Alte. Ich war vollkommen zufrieden damit. Warum darf ich nicht wütend auf das Schicksal sein? Es hat mir alles genommen: mein Rudel, meine Familie, meine Gefährtin. Es hat mich durch alle Lande gejagt und jegliche Kräfte abverlangt. Es hat mich benutzt, um euch zu retten. Ohne mich wäre dein Rudel zerstört, Caedes nie bezwungen worden, alle Nachtwölfe der Welt weiterhin in Gefahr. Ich habe alles geleistet, das Meiste verloren und nichts gewonnen.«

»Schwärmer ...«

»Du kannst nichts tun. Verschwinde, Tenebrae. Verschwinde.«

Sie senkte den Kopf und trat den Rückweg an. Als sie an Larva vorbei kam, raunte sie ihr zu:»Keine Sorge, ich gebe ihn nicht auf. Ich werde wiederkommen.«

Tenebraes Gedanken beschäftigten sich in der folgenden Zeit mit nichts anderem mehr. Doch eine Idee zu entwerfen, die Arcanus aus seinem Loch holen würde, glich dem Versuch, einen Felsbrocken mit einer Wollschnur zu ziehen.

Auf einem ihrer Streifzüge riss ein aggressives Knurren sie aus den Grübeleien. Sie folgte ihm und stieg einen Hügel hinauf, wo sie auf eine Reihe Zuschauer traf, die auf die andere Seite hinabblickten. Dort standen sich Saxum und Ira gegenüber, die Ruten steil aufgerichtet. Der Leitwolf ließ sein durchdringendes Grollen ertönen, wich jedoch vor der Herausforderin zurück.

Tenebrae konnte nicht glauben, was sie da sah, bis ihr Blick auf Saxums angewinkelten Hinterlauf fiel. Ihr Anführer hatte offenbar eine nicht mehr heilende Verletzung erlitten. Nun machte sich auch sein hohes Alter bemerkbar, das er mit seiner Kraft bisher erfolgreich hatte überspielen können. Dreißig Jahre waren bereits bewundernswert für einen Nachtwolf, dessen Altersstufen sich zwischen denen von Mensch und Wolf ansiedelten. Davon war Saxum nicht mehr weit entfernt. Die Stärksten des Rudels sahen ihre Chance, eine neue Ordnung herauszufordern.

Tenebrae entdeckte Silex in der Nähe und trat an seine Seite. »Es tut mir leid. Gerade jetzt, wo ihr euch besser versteht.«

»Es ist in Ordnung. Er war so lange Leitwolf wie kein anderer vor ihm. Ich fürchte mehr darum, dass er die Herausforderung annimmt. In seinem Zustand könnte das böse enden.«

Ira knurrte schärfer und sprang mit gebleckten Zähnen nach vorn. Immer weiter drängte sie Saxum zurück, seine Rute begann zu kippen. Ein letzter Moment des Widerstands, dann ließ er sie fallen und wandte den Blick ab. Ira stieß ein triumphales Heulen aus. Der ehemalige Anführer drehte sich um und schlich hinkend davon.

»Es wird nicht leicht für ihn, damit fertig zu werden«, bemerkte Tenebrae.

»Gewiss nicht«, stimmte Silex zu. »Aber vielleicht kann er daraus etwas lernen.«

Ira ließ ihr Heulen weit in den Wald hinaus hallen und erhob damit Anspruch auf den Rang als Leitwolf. Doch sie war nicht die einzige. Agilitas trat knurrend und mit erhobenem Schwanz auf sie zu. Sofort stürzte sich die Wölfin auf ihn. Der verkrüppelte Wolf verwendete zwar seine siegreiche Rolltechnik, aber Ira war darauf vorbereitet und eine überaus schnelle und gnadenlose Kämpferin.

Gleichgültig, wer von beiden gewann, es würde nicht bei diesem Kampf bleiben. Erst, wenn jeder den Sieger als Leitwolf akzeptierte und niemand mehr auf das triumphale Heulen reagierte, gab es einen neuen Anführer. Und selbst dann nur so lange, bis sich ein neuer Herausforderer meldete.

Ein Biss in die Schulter, und Agilitas kniff winselnd die Rute ein. Ira ließ ihn los, drehte sich um und stand Vertex gegenüber, der bereits auf seine Gelegenheit wartete. Tenebrae und Silex verließen den Schauplatz und spazierten gemeinsam durch den Wald.

»Mutig, schlau, treu ... Ich finde, du könntest ebenfalls eine gute Anführerin sein.«

»Ich? Eine Leitwölfin?« Kurz spielte Tenebrae mit dem Gedanken, doch ... »Nein. Das letzte Jahr hat mir so viel abverlangt, ich möchte mir nicht auch noch diese Verantwortung auflasten. Ich unterstütze das Rudel auf meine Weise, so, wie ich es bisher getan habe.« Außerdem hatte sie für Rangkämpfe keine Zeit. All ihre Aufmerksamkeit galt Arcanus.

»Dich beschäftigt etwas, richtig? Kann ich dir helfen?«

Sie seufzte. »Wohl eher nicht.« Oder doch? »Ach Silex ... Wie kann man jemanden, der alles verloren hat, zurück in ein erfülltes Leben führen?«

Er überlegte nicht lange. »Mit dem machtvollsten Glück, das es gibt: der Liebe.«

»Und wenn jene bereits gefunden war und nicht mehr existiert?«

»Können wir uns in dieser großen Welt sicher sein, ob nicht irgendwo eine zweite auf uns wartet, ebenso liebenswert, oder gar noch mehr?«

Er sah sie von der Seite an, doch sie hielt den Blick schweigend geradeaus gerichtet. Ihre Aufmerksamkeit galt Arcanus. War es endlich an der Zeit, den Versuch zu wagen?

Sie warf den Kopf hoch. »Das war genau das, was ich brauchte. Danke, Silex. Auf bald!«

Der Morast verschluckte Tenebraes Pfoten und ließ sie kaum weiter gehen. Sie war zu erregt, um darauf zu achten, wohin sie trat. Schlamm spritzte auf und verklebte ihr schwarzes Fell.

Arcanus saß auf seinem Flecken Erde wie der unbewegliche Wächter des Sumpfes. Hinter ihm lagen die Knöchelchen eines Kaninchens und daneben der unangerührte Körper eines weiteren. An beiden hing Larvas feiner Geruch.

Vorsichtig trat Tenebrae näher. Ihre Beine zitterten. Neben ihm auf seiner Insel fand sie einen schmalen Rest Platz und ließ sich dort nieder. Ein Hinterlauf glitt ins Wasser. Eine Weile starrte sie stumm auf den braungrünen Teich, bevor sie einen tiefen Atemzug nahm und zu sprechen begann. »Arcanus, hast du schon einmal daran gedacht, dass dein Tod nicht nur Leid beenden, sondern auch neues schaffen würde? Der Schmerz all derer, die dich vermissen werden?«

»Davon ist niemand mehr übrig.«

»Du weißt, dass das nicht wahr ist. Würde Larva sich sonst um dich kümmern? Du bist so vielen begegnet und in Erinnerung geblieben. Und ... Arcanus, wenn es jemanden gäbe, der alles dafür tun würde, dass du bleibst und ein neues Leben voller Freude und Erfüllung aufbauen kannst. Jemanden, der so viel mit dir gemeinsam durchlebt, an deiner Seite gekämpft und sich für dich eingesetzt hat. Jemand, der dir auf ewig treu bliebe, dir sein gesamtes Leben widmete, der dir all seine Zuneigung und Fürsorge, sein Vertrauen schenkte und sich nichts lieber wünschte, als sein Leben an deiner Seite zu verbringen ... würdest du dann bleiben?«

Arcanus blieb still. Plötzlich fuhr sein Gesicht zu ihr herum.

»Tenebrae, was erzählst du da?«

»Würdest du nach Luna auch eine andere akzeptieren?«

Er wandte seinen fassungslosen Blick wieder dem Sumpf zu. Die Zeit verstrich. »Dein Angebot ehrt mich. Aber ich kann es nicht annehmen. Ich habe meine Gefährtin vor vielen Jahren gewählt, ihr bereits Welpen versprochen. Es mag Nachtwölfe geben, die ihren ersten Partner vergessen können. Ich gehöre nicht dazu. Tenebrae, du bist eine bewundernswerte Wölfin und mir eine angenehme Freundin, der sowohl ich als auch dein Rudel viel zu verdanken haben. Das und nicht mehr. Meine Gefährtin ist Luna, und selbst die Tatsache, dass sie tot ist, ändert nichts daran. Ich kann sie nicht verraten.«

»Wäre es Verrat, das Verlorene hinter sich zu lassen? Weiterzumachen? Einen Neubeginn zu wagen?«

»Ja. Es würde unsere letzte Verbindung endgültig zerreißen. Wenn Neues geboren werden soll, muss Altes sterben. Dein Rudel hat sich mit dem Beschluss, hierzubleiben, für die Zukunft entschieden und dadurch etwas untergehen lassen: seine ursprüngliche Heimat, und somit seine Abstammung. Es mag die richtige Entscheidung gewesen sein. Nicht jedoch für mich. Meine Wahl ist die Vergangenheit. Verzeih.«

Tenebrae sank zusammen. Schweigen hüllte sie ein, während sie beide auf den Sumpf hinab sahen.

»Du willst dein Leben also tatsächlich aufgeben?«

»Ich wüsste nicht, was mich davon abhalten sollte.«

»Dein tierischer Anteil wird einen Selbstmord verhindern.«

»Es gibt Wege, das zu umgehen.«

Wieder Stille. Nur das gelegentliche Glucksen des Wassers war zu hören. Ein Krötenquaken. Ein einsamer Vogel.

»Arcanus, ich kann dich zu nichts zwingen. Aber ich bitte dich: Denk sorgfältig über deine Entscheidung nach, gerade über eine so endgültige.« Sie stand auf. »Ich hoffe, du findest den richtigen Weg.« Ihre schlammschweren Pfoten schleiften über den weichen Boden und trugen sie aus dem Sumpf hinaus. Wohl zum letzten Mal.

Tenebrae schleppte sich durch die nächsten Nächte und versuchte, ihre neue Heimat zu genießen. Doch eine bisher nie gekannte Schwere ließ sich nicht von ihren Pfoten lösen. Noch immer hafteten vertrocknete Reste von Schlamm an ihnen. Das Heulen der um den Rang des Rudelführers streitenden Wölfe schallte weithin hörbar durch den Wald. Eine Entscheidung war noch nicht in Sicht. Tenebrae hatte das Interesse daran längst verloren. Wann immer sie das Geknurre hörte, änderte sie die Richtung.

Das brachte sie eines Abends in die Nähe des Elburings, wo sie den Duft von gegrilltem Fleisch witterte. Sie folgte ihm und betrat den Platz, wo von der Feuerstelle kleine Flammen empor zuckten. Darum herum hatten sich Litus und Unda gemeinsam mit Aethra, Aerarius und Lapis in ihrer Menschengestalt niedergelassen und waren in ausgelassene Unterhaltungen verstrickt. Lapis entdeckte Tenebrae und warf ihr eines der Fleischstücke zu, die sie an Stöcken über dem Feuer grillten. Die schwarze Wölfin fing es auf, legte sich damit vor eine Hütte und verspeiste es Happen für Happen, während sie dem Gespräch der kleinen Gruppe lauschte.

»Und er hat die Hirsche tatsächlich angegriffen?«, fragte Lapis. »Allein?«

»Drei stattliche Bullen, mitten in der Brunft«, antwortete Aerarius. »Die haben ihn glatt aufgespießt. Und all das nur, um seine Angebetete zu beeindrucken.«

»Ach, was wandeln doch für Irre auf der Welt.« Die Felswölfin schüttelte den Kopf. »Bei uns lebte auch so eine: Venefica.«

»Venefica?«, warf Tenebrae dazwischen. »Der Name sagt mir nichts.«

»Sie starb, als du gerade erst geboren warst«, erwiderte Lapis. »Ihr Partner ebenfalls, an einer Krankheit. Sie waren die Eltern von Caltha und Castanea.«

Aethra runzelte die Stirn.»Ich glaube, denen bin ich noch nicht begegnet.«

»Sie haben die Flucht nicht überlebt. Aber du kennst bestimmt Calthas Kinder, Cataracta und Vertex.« Lapis wendete einen Fleischspieß im Feuer.»Zurück zu Venefica: Sie war ein leichtlebiges und freizügiges Wesen. Nie hat sie sich um ihre Deckung geschert, ist im Dorf auf und ab spaziert und hat Gott und den Himmel verleumdet. Ständig ist sie in den Wald gelaufen, wann immer sie wollte, ohne darauf zu achten, ob jemand sie beobachtete. Und statt Ausreden hat sie beunruhigende Andeutungen von sich gegeben. So endete ihr Leben bald auf dem Scheiterhaufen.«

Aerarius schüttelte den Kopf.»Welche Eltern lassen solche eine Entwicklung zu?«

»Das kann ich dir leider nicht beantworten. Venefica kam aus einem anderen Rudel zu uns.« Lapis schwieg nachdenklich.»Ich glaube, sie hat nie erwähnt, aus welchem. Nur, dass sie die ältere Schwester ihrer Leitwölfin sei ... Nebula, so weit ich mich erinnere. Auf die Frage, weshalb sie gegangen ist, hat sie immer nur ausweichend geantwortet. Wer weiß, welche Gründe sie zu ihrer Reise trieben ...«

Das Gespräch rückte in weite Ferne. Nebel hüllte Tenebraes Wahrnehmung ein und bündelte ihre Gedanken in einer einzigen Idee: ein funkelnder Stern, der durch den Himmel ihres Geistes flog und weitere anstieß. Ein Sternenregen der Erkenntnis prasselte durch ihren Kopf, ordnete sich und formte ein deutliches, strahlendes Bild.

Das wäre durchaus möglich. Was meinst du, Tenebrae?

Schlagartig verschwand der Nebel. Klar sah sie den Weg vor sich.

»Tenebrae! Hörst du noch zu?«

Sie sprang auf.»Ja ja, nein, bis später.« Sie preschte am Feuer vorbei hinein in den Wald.

Tenebrae jagte durch den Sumpf, dass eine Wolke aufspritzenden Wassers sie einhüllte. Kurz vorm Ziel stockte sie. Die kleine Insel war leer. Er hatte doch nicht ...? Panisch rannte sie weiter am Ufer entlang. *Oh Schwärmer, bitte, nicht jetzt ...*

Da saß er. Erleichtert hielt sie an und trat neben ihn in den Morast. »Arcanus ...«

Er stieß ein Stöhnen aus. »Was willst du hier?«

»Dich retten. Ich habe Neuigkeiten!«

»Tenebrae ... es hat keinen Sinn.«

»Jetzt schon.«

»Kannst du mir Luna zurückbringen?«

»Ja. So ungefähr.«

Arcanus stellte die Ohren auf, überrascht, doch argwöhnisch. »Zunächst: Luna war mit eurer Anführerin verwandt, richtig?«, begann Tenebrae.

»Sie war Nebulas Enkelin.«

»Und deren Schwester Venefica hat das Nebelrudel verlassen.« Er sah sie verwirrt an. »Woher weißt du davon?«

»Weil jene zufälligerweise auf das Felsrudel traf und sich ihm anschloss. Dort fand sie einen Partner, mit dem sie vor ihrer beider Tod eine Tochter zeugte: Caltha, die Mutter von Vertex.« Tenebrae wartete gespannt. Arcanus schwieg.

»Und wer steht mit Vertex in Verbindung?«, fragte sie ungeduldig.

»Cataracta.«

»Wer ist seine Gefährtin, verdammt!«

»Lacrima.«

»Und die haben welches Kind?«

»Larva. Was soll das alles?«

»Verstehst du nicht? Luna und Larva sind verwandt! Larva trägt Nebelblut in sich.«

Arcanus blieb ernst. »Tenebrae, nur weil sie entfernt verwandt sind ...«

»Warte, es kommt noch besser! Die Erscheinung des weißen Wolfs, der dich auf deiner Reise begleitete, tauchte erstmals nach Lunas Tod auf, nicht wahr? Es könnte sich demnach um ihre Seele handeln.«

»Das ist nicht sicher ...«

»Gehen wir einfach davon aus. Dann verschwand deine Begleiterin. Das war wann?«

»Im Frühling.«

»Und welcher Welpe wurde zeitgleich geboren?«

»Viele.«

»Aber nur einer, kurz nachdem die Geisterwölfin dich verlassen hat. An Vollmond.«

»Das muss Larva gewesen sein. Und?«

»Du Dummkopf! Hat dich die Hülle deiner Bitterkeit erblinden
lassen? In Larva lebt Lunas Seele!«

Stille. Arcanus starrte reglos auf den Sumpf. »Das ist noch
lange kein ...«

»Oh Schwärmer! Kann es sein, dass du gar keine Rettung
sehen *willst*? Öffne endlich dein Herz! Warum war es dein Auftrag, die Weiße zu finden? Wie passt es zusammen, dass Larva
ständig von ihren Eltern wegrannte, in deiner Nähe aber zum
bravsten Kind der Welt wurde, geradezu verzaubert? Warst nicht
du derjenige, bei dem sie letztendlich Zuflucht suchte? Bei dem
sie so rasch heranwuchs? Was ist der Grund dafür, dass sie so
vollkommen anders ist? Warum wusste und konnte sie mehr, als
wozu sie hätte fähig sein sollen? Mit der Macht ihrer Liebe und
ihres Willens muss sie einen Weg gefunden haben, den natür-
lichen Lauf von Tod und Leben samt seinen Bedingungen zu
durchbrechen. Doch ein solcher Betrug verlangt Strafe. Ihre
Sprachlosigkeit erschwerte ihr, dir all das mitzuteilen. Erkennst
du es jetzt? Erkennst du *sie*? Du hast selbst gesagt, sie sei etwas
ganz Besonderes. Und das ist sie. Deinetwegen!«

Arcanus rührte sich nicht. Auf einmal zuckten seine Ohren und
er wandte sich um. Tenebrae folgte seinem Blick. Blass wie
Nebel, still wie ein Geist, strahlend wie der Mond. Der Rauchgraue drehte sich ihr gänzlich zu. Larva trat in leichten Schritten
an ihn heran, schmiegte ihren zarten Leib an seinen. Zaghaft
erwiderte er die Berührung.

Tenebrae zog sich zurück und schlich durch den Sumpf davon,
bis sie die große Senke betrat. Sie blieb stehen, sog die kühle
Nachtluft ein und blickte hinauf in den klaren Himmel. Aus
unerreichbarer Ferne strahlte der schmale Mond auf die Erde
hinab und wies jedem Nachtgeschöpf den Weg. Heute jedoch
schien er nur für Einen zu leuchten.

42
Es gibt eine Waffe, die stärker ist als jedes Schwert

In den nächsten Tagen drehte sich alles um die Rangkämpfe. Abgesehen von den bisherigen Teilnehmern hatte auch Aerarius sein Glück versucht, jedoch ebenso wie Agilitas kaum Siege erzielt. Somit schwankte die Entscheidung zwischen Vertex und Ira, die sich nahezu ebenbürtig waren.

Gerade kämpften Aerarius und Vertex gegeneinander, was Tenebrae neben ihren Wurfgeschwistern und weiteren Zuschauern gebannt verfolgte. Der Ginsterwolf schlug sich wacker, doch Vertex wirbelte um ihn herum wie wildes Flusswasser, seine Angriffe ebenso heftig. Seine Kraft und Wendigkeit bildeten einen ideal abgestimmten Bund, und genau das machte ihn zu einem der Favoriten.

Der Stärkste des Rudels war derjenige, dessen Fähigkeiten sich bis zur Perfektion und damit der Unbesiegbarkeit ergänzten. Dazu zählte nicht nur das Kampfgeschick. Ein Duell prüfte darüber hinaus Aufmerksamkeit und Entscheidungsfertigkeit der Gegner, ihre Autorität und wie gut sie ihren Gegenüber einzuschätzen vermochten. All dies konnte in jeglicher Zusammensetzung einen guten Leitwolf ausmachen. Deswegen war es wichtig, dass es keine Regeln gab, um jedem die Möglichkeit zu bieten, seine Talente optimal auszunutzen. Theoretisch war es sogar erlaubt, zu töten, doch das geschah nahezu nie. Ein solcher Sieger musste davon ausgehen, vom Rudel verjagt zu werden.

Vertex verbiss sich in Aerarius' Hals und zerrte ihn hin und her. Der Ginsterwolf jaulte und versuchte sich loszureißen, bis der blauschwarze ihn freigab. Mit eingezogener Rute lief Aerarius davon. Darauf hatte Ira gewartet. Ohne das geringste Anzeichen von Müdigkeit zu zeigen, stellte sich Vertex der kleineren, aber äußerst zähen Nachtwölfin gegenüber und griff sofort an.

»Werden die sich jemals einig?«, fragte Carex kopfschüttelnd.

»Du hättest doch auch gerne den idealen Anführer, oder?«, erwiderte Tenebrae. »Jenen zu ermitteln dauert eben.«

»Ja, sicher.« Er legte sich hin und ließ den Kopf auf die Pfoten fallen. »Aber allmählich wird es langweilig.«

»Du wirkst so missmutig in letzter Zeit. Betrübt dich etwas?«

»Es ist Rätselhafter Gefährte. Er hat sich ewig nicht mehr blicken lassen. Ich weiß, er braucht seinen Freiraum, aber ... so lange war er noch nie weg.«

»Ich bin mir sicher, er hat seine Gründe. Er hat dich bestimmt nicht verlassen, und ihm ist auch sicherlich nichts zugestoßen. So eine Krähe ist ziemlich ...«

»Unglaublich!«, entfuhr es Lacrima.

Tenebrae und Carex fuhren herum. Die Augen ihrer Schwester hingen ungeteilt am Kampfgeschehen. Sie folgten ihrem Blick: Vertex war es gelungen, Ira auf die Seite zu werfen und ihre Kehle zu packen. Die Wölfin wand und wehrte sich, doch diesem Griff konnte sie nicht entkommen. Widerstrebend ergab sie sich.

Vertex ließ sie los und stieß ein wildes Triumphgeheul aus. Dieser Kampf war deutlich schneller beendet worden als jeder zuvor, und das, obwohl der Sieger seine Kraft bereits für den vorigen aufgewandt hatte. Ein eindeutiges Ergebnis. Wenn nun niemand mehr seine eigene Stimme gegen Vertex' Heulen erhob, akzeptierte ihn jeder als neuen Leitwolf.

»Er hat es geschafft«, flüsterte Lacrima voller Glück. »Er wird ein wunderbarer Anführer sein.«

Die restliche Nacht lang schallte Vertex' Heulen durch den Wald. Niemand nahm die Herausforderung an.

Bis zum Morgen.

Die Stimme war kräftig und scharf. Vertex begegnete ihrem Besitzer am Fuße eines Hügels. Es war Altor. Die Narben der Strafbisse trug er noch immer im Gesicht. Dennoch strahlte er Würde und Entschlossenheit aus.

Oberhalb war beinahe das gesamte Rudel versammelt. Tenebrae saß zwischen Silex, der mit stiller Nachdenklichkeit hinabsah, und Carex, dessen Ernst und Zorn sie deutlich spürte. Genauso wie Lacrimas furchtsame Anspannung, die an seiner anderen Seite stand. In ihr selbst stiegen schlimme Befürchtungen auf. All die Fehlentscheidungen Altors wirbelten durch ihren Geist. Er durfte auf keinen Fall Leitwolf werden, und mit diesem Gedanken war sie sicher nicht allein. Allerdings wusste sie auch, dass einige für den Verräter Verständnis gezeigt hatten. Zudem überkamen sie beim Anblick seines kräftigen Körperbaus Zweifel, ob Vertex ihm trotz seiner rasanten Vehemenz gewachsen war.

Vertex eröffnete den Kampf und sprang um seinen Gegner herum, der sich nicht schnell genug drehen konnte. Der Blauschwarze fiel ihn von hinten an, doch Altor warf ihn von seinem Rücken. Dann griff er selbst an, bekam den Wendigeren aber nicht zu fassen. In dieser Form führten sie das Duell fort, ohne dass jemand einen Treffer landete. Ein weiteres Mal sprang Vertex auf Altors Schultern und schnappte nach seinem Nacken. Altor warf den Kopf herum, packte dessen Bauchfell und riss ihn zu Boden. Er stürzte sich auf den Kleineren, hielt ihn fest und legte seine Kiefer um dessen Hals. Lacrima keuchte auf. Verbissen wand sich der Blauschwarze ein letztes Mal, dann ließ er seinen Leib erschlaffen.

Einige Zuschauer jubelten. Sie hatten Altor seine vergangenen Taten offenbar verziehen oder sie vergessen. Altor hob den Kopf und heulte. Niemand stellte sich ihm entgegen.

»Das darf nicht wahr sein!«, stieß Tenebrae aus. »Dieser Tor hat keinerlei Sinn für richtige Entscheidungen. Das Rudel steht bei ihm nicht an erster Stelle.«

»Bist du noch immer nicht fähig, ihm zu verzeihen?«, fuhr Ira sie an. »Einen einzigen Fehler, dessen Grund Liebe war? Jeder hat eine zweite Chance verdient.« Andere in ihrer Nähe murmelten zustimmend.

»Es war nicht nur *ein* Fehler ...« Tenebrae scharrte in der Erde. Sein ausgestreckter Finger, der Kerker, Nigers Wunden, Lacrimas Opfer, der tote Ginsterwolf ... all die furchtbaren Bilder zuckten durch ihren Geist. »Das können wir nicht zulassen. Er ist feige, dumm und denkt nur an seinen eigenen Liebeskreis. Carex, tu doch etwas!«

Der Kopf ihres Bruders fuhr herum. »Spinnst du? Ich hasse ihn genauso wie du, aber sieh mich an! Was kann ich schon ausrichten. Warum kämpfst du nicht gegen ihn?«

»Ich?« *Mutig, schlau, treu. Und stark.* »Aber ... ich habe

bereits so viel für das Rudel getan. Ich will keine Anführerin ...«
Sie schaute auf Altor herab, sah seinen fürsorglichen Blick, den
er Ira zuwarf. Wenn er das alles nur für sie ...»Ich kann ihm das
Rudel nicht überlassen.« Zögernd erhob sie sich.

»Nein, bleib hier. Du hast recht, du hast genug getan.«
Fassungslos drehte die Wölfin den Kopf zu Silex, der seinerseits aufstand, sich zwischen den Anwesenden hindurchschlän-
gelte und den Hügel hinab trabte. Sie wollte etwas sagen, ihn
anschreien, konnte ihm aber nur stumm nachsehen. Lacrima und
Carex riefen irgendetwas. Niemandem sonst fiel der kleine, graue
Rüde auf, der sich dem deutlich größeren Altor gegenüber stellte.

»Ich erhebe Anspruch auf den Rang des Leitwolfs.«
Alle wurden still.
Altor lachte. »Nein, Junge. Das ist kein Kampf für dich.«
»Du weigerst dich, gegen mich anzutreten?«, fragte Silex sach-
lich.

»Ich befürchte, du würdest schon den ersten Schlag nicht überleben. Aber wenn du darauf bestehst ...« Der große Wolf streckte
sich ausgiebig. Sein Herausforderer stand ungerührt und gerade
da, den Schwanz steil aufgerichtet. Durch die Zuschauer lief ein
Tuscheln, manch ein Kichern.

Lässig sprang Altor vor. Silex trat einen einzigen Schritt beiseite und ließ ihn vorbei fliegen. Bis der Koloss sich umgedreht
hatte, stand ihm der schlanke Wolf längst bereit gegenüber. Altor
machte einen weiteren Satz, halbherzig und mit einem Ausdruck,
als würde er mit einem Welpen spielen. Wieder hatte Silex
keinerlei Mühe, ihm auszuweichen. Sein Blick war ruhig und
aufmerksam. Altor hingegen wurde nun wütender, stieß sich
kräftiger ab und flog schneller. Mit einem leichtfüßigen Hüpfen
wich der Kieselgraue ihm problemlos aus und erwartete den
nächsten Angriff in sicherem Stand. Der Schwarze fuhr herum
und knurrte, seine Augen funkelten zornig. Sein Gegner blieb
vollkommen still. Altor spannte die Beine an und stürzte im
Haken vor. Auch damit hatte Silex keine Schwierigkeiten. Der
Große wurde immer rasender und griff umgehend erneut an.
Nichts, dem der flinke, noch nicht einmal hechelnde Wolf nicht
gewachsen war.

Altor wandelte sich nun völlig. Verbissen und wild änderte er
ständig die Taktik. Erst griff er von der einen, jetzt von der ande-

ren Seite an, nach abrupten Richtungswechseln, in plötzlichen Sprüngen, immer brutaler. Nie berührte er auch nur ein Haar des flinken Wolfs, der jedem seiner noch so gerissen geplanten Angriffe mit Leichtigkeit auswich. Er bereitete sich stets auf alles vor, erwartete nichts und wurde nie überrascht.

Inzwischen keuchte Altor heftig und fixierte seinen Gegner hasserfüllt, während er nach einer Siegeschance für sich suchte. Auch Silex' Blick wandelte sich. Er begann zu lächeln. Seine Augen füllte allmählich reine Freude aus, mitnichten schadenfroh, sondern einfach nur glücklich. Altor machte das noch rasender. Mit neuer Kraft stieß er zu. In einem weiten, hohen Sprung flog ihm Silex davon, dynamischer und unbeschwerter als je zuvor. Irgendetwas war in dem schmächtigen Nachtwolf vorgegangen. Er hüpfte umher wie in einem Spiel, wich nicht mehr einfach nur aus, sondern vollführte kunstvolle Seitensprünge. Er tanzte geradezu um Altor herum. Immer neue Bewegungen probierte er aus, sprang schwungvoll über den größeren hinweg, drehte sich im Kreis, wand sich elegant durch die Luft und zeigte Meisterleistungen von akrobatischen Künsten. Einem Seitenangriff entging er durch einen halben Salto, einem hinterhältigen Schlag durch eine anmutige Drehung um die eigene Achse, einem brutalen Biss durch einen Tanz aus grazilem Kreiseln.

Der Kampf schien vergessen. Silex ließ seinem Spaß freien Lauf und wurde mit jedem Mal glücklicher, sprang immer höher und waghalsiger. Statt Energie zu verlieren, schien er stetig neue zu gewinnen. Das Schattenspiel der Blätter unter der Morgensonne tanzte dazu. Wieder und wieder blitzte Silex' fliegender Körper in ihrem goldenen Licht auf.

Der andere Wolf keuchte inzwischen heftig, seine Angriffe wurden schwächer, die Sprünge kürzer, die Wendungen schlapper. Schließlich blieb er stehen, sammelte noch einmal Kraft und preschte mit aller Gewalt auf Silex zu. Der ließ sich einfach zu Boden fallen und rollte unter dem Koloss hindurch, sprang wieder auf die Pfoten und strahlte ihn an.

Schwankend und zitternd drehte sich Altor zu ihm um und starrte ihn mit hängendem Kopf erbittert an. Silex blickte erwartungsvoll zurück, in lockerleichtem Stand und mit sanft wedelnder Rute. Bei Altor hingegen rührte sich nichts mehr außer seiner

Zunge. Während seine Beine langsam einknickten, hielt er den Schwanz krampfhaft in der Waagerechten.

Und dann, endlich, erschlaffte er, sein Blick fiel.

Die Menge brach in Jubel aus. Silex sah in einer Mischung aus Glück und Ungläubigkeit um sich, als müsse er überlegen, ob der Applaus tatsächlich ihm galt. Die Zuschauer stürzten den Hügel hinab und bestürmten glückwünschend den kleinen Nachtwolf.

Tenebrae blieb hinter ihnen zurück. Noch immer hing sie in den letzten Augenblicken des Schauspiels fest. Als sie sich endlich in Bewegung setzte, gab es keine Lücke mehr, um zu ihrem einstigen Schützling durchzudringen.

Die Gruppe lachte und löcherte Silex mit allen Fragen, der um sich blickte, als würde er nichts weiter hören als sein eigenes hüpfendes Herz. Seine Augen schienen das Glück in goldenen Funken zu versprühen. Dann sprang sein Blick auf einen Punkt in der Ferne und blieb daran hängen. Kurz darauf drängte er sich zwischen den durcheinander sprechenden Nachtwölfen hindurch und trabte eine kleine Anhöhe hinauf. Tenebraes Augen folgten ihm, bis sie seinen Vater entdeckte, der alles still aus dem Abseits beobachtete. Gemeinsam verschwanden sie aus ihrem Blickfeld.

Die Menge redete weiter, bewundernd und ungläubig, doch auch mit beginnendem Zweifel.

»Es war beeindruckend, aber taugt er wirklich als Anführer?«, meinte Agilitas. »Er kann das Rudel nicht beschützen, indem er mit seinen Feinden spielt.«

»Er muss es auch leiten können«, fügte Arista hinzu. »Bisher wirkte er nicht wie jemand, dessen Autorität eine so große Gruppe unter sich zusammen halten kann.«

»Seinen Einfallsreichtum hingegen hat er längst bewiesen«, erinnerte sie Lapis. »Denkt daran, wie oft uns seine klugen Ideen weitergebracht haben.«

Tenebrae hörte nur mit halbem Ohr hin. Sie freute sich für Silex, wirklich, doch ... er, ein Anführer? Irgendetwas daran passte nicht.

Langsam setzte sie ihre Pfoten in die Richtung, in die der kleine Wolf verschwunden war. Sie erreichte die Anhöhe und sah Vater und Sohn sich einige Schritte weiter unterhalten. Schließlich humpelte Saxum davon, Silex sah ihm nach.

Tenebrae näherte sich ihm von hinten. »Was hat er gesagt?«

»Er ... ist stolz, unendlich stolz auf mich.« Einen Moment später fuhr er mit leuchtenden Augen herum.»Tenebrae! Ich habe dich vorhin gar nicht gesehen.«

»Ich ... bin nicht rechtzeitig durchgekommen. Tut mir leid.«

»Das macht nichts. Dafür können wir jetzt ungestört reden.« Sein gerade gestreckter Schwanz wedelte leicht.

»Silex, ich ... ich danke dir von ganzem Herzen. Du hast uns davor bewahrt, von einem Verräter geführt zu werden. Ich glaube nicht, dass ich ihn jemals hätte besiegen können. Dass ich überhaupt eine gute Leitwölfin wäre. Ich frage mich bloß ...«

Der grauschwarze Rüde sah sie erwartungsvoll an.»Nur zu. Du kannst mir alles sagen, Tenebrae.«

»Fühlst du dich wirklich geeignet für diesen Rang?«

Er schaute ihr aufrichtig in die Augen.»Ja. Von heute an ja. Denn jetzt weiß ich, was in mir steckt. Bisher hat meine Angst alle meine Stärken blockiert. Aber immer, wenn sie mich losließ, wenn etwas anderes wichtiger war, dann traten Fähigkeiten zum Vorschein, die mich selbst überraschten. Dabei waren sie von Anfang an ein Teil von mir. Weißt du, eben, bei Altors Sieg, als ihr euch so aufgebracht unterhalten habt ... da waren mit einem Mal diese Erinnerungen. Ich sah mich, als Welpen, aber nicht den, der sich im Gebüsch versteckt, sondern den davor. Jemanden, den ich vergessen hatte. Ich sah mich balgen, mit dir, deinen Geschwistern, Cataracta und Vertex. Jeden habe ich besiegt, mit wortwörtlich spielender Leichtigkeit, ohne Zähne und Pfoten. Meine einzige Waffe war die Freude.« Er nahm einen tiefen Atemzug.»Wie aus diesem Welpen der Feigling wurde ... ich kann es mir vorstellen.«

Tenebrae entwich ein Winseln.»Oh, Silex ... und ich habe immer gesagt, du bist kein Kämpfer, du bist kein Leitwolf. Ich konnte dich einfach nicht so sehen. Bitte verzeih.«

»Ist schon in Ordnung. Das konnte ich früher auch nicht.«

Sie richtete sich auf.»Ich spreche dir meine besten Glückwünsche zu deinem Sieg aus. Du warst unglaublich! Erweist du mir nun die Ehre, dich abschlabbern zu dürfen, mein großartiger Anführer?«

Silex lachte.»Du darfst immer, Tenebrae!«

Sie stürzte sich auf ihn, leckte sein Gesicht ab und tollte mit ihm ausgelassen über die Hügel.

Sobald die Verblüffung über den überraschenden Sieg überwunden war, sahen manche eine neue Chance. Aerarius trat
gegen Silex an, der ihn ebenso mühelos besiegte wie Altor.
Auch Ira stellte sich ihm voller Entschlossenheit entgegen und forderte
sein Können mit ihrer rasanten Angriffsweise heraus, musste sich
letztlich aber ebenso geschlagen geben. Vertex ließ sich bei den
Kämpfen nicht einmal mehr blicken.

In dieser Nacht erhob der grauschwarz gemusterte Rüde sein
helles, klares Siegesheulen. Niemand reagierte. Silex war der
neue Leitwolf.

Der September hatte bereits begonnen. Noch immer war es
warm, nur hin und wieder kam kühlerer Wind auf. Eine dieser
Brisen trug einen harzigen Duft mit sich, der Tenebraes Herz wie
einen Nachtfalter flattern ließ.

Da kamen sie. Die helle Gestalt an der Seite der rauchgrauen
leuchtete wie das sich nähernde Ziel. Dahinter folgten zwei
dunkelblaue, die Tenebrae überrascht als ihre Schwester samt
deren Gefährten erkannte. Die kleine Prozession blieb stehen, nur
Arcanus trat weiter auf die tiefschwarze Nachtwölfin zu. Sein
glänzendes Fell, der wohlgenährte Leib, das stille Glück in
seinen Augen ...

»Und?« Ihre Stimme war bloß ein Hauch.

»Sie ist nicht Luna, obgleich sie einige Gemeinsamkeiten
teilen. Aber sie ist Larva, eine wunderbare Wölfin und meine
neue Gefährtin.«

Tenebrae seufzte tief.

»Ich kann meine einstige Gefährtin nicht wiedergewinnen.
Doch in diesem Geschöpf erkenne ich einen Teil von ihr wieder
und verrate sie somit nicht, wenn ich mich mit ihm verbinde.
Tenebrae, ich habe dir mein Leben zu verdanken. Du hast mich
vor einem fatalen Fehler bewahrt, meinen Blick geklärt und
sowohl mich als auch Larva gerettet. Es gibt nichts, womit ich
dieses Geschenk je aufwiegen könnte.«

»Dich ins Leben zurückgeholt zu haben ist Ausgleich genug. Ich konnte dich nicht in deiner Verbitterung versinken lassen.«

»Und nun, Zikade, ist es Zeit, uns zu verabschieden.«

Tenebraes heile Welt begann zu schwanken. »Was?«

»Der Ort hier ist wunderschön. Doch weit entfernt im Westen liegt ein verlassenes Gebiet, in dem die Steine sprechen, die Bäume singen und Nebel den Wald verschleiern. Dort lebte einst ein Rudel, welches das Wissen um diese geheimnisvolle Macht seit Ewigkeiten hütete. Dieses wertvolle Wissen droht, verloren zu gehen. Es ist meine und Larvas Pflicht, jenes Rudel wieder aufzubauen.«

Tenebrae starrte Arcanus in seine kupferroten Augen, die vor Bestimmtheit glühten. Sie suchte nach Worten, warum er hierbleiben sollte, bleiben *müsste*. Auch wenn er für sie als Gefährte verloren war, wollte sie ihn als Freund in ihrer Nähe wissen. All ihre gemeinsamen Erinnerungen wirbelten durch ihren Geist. Sollte das alles jetzt vorbei sein? Eine Flutwelle an Gefühlen überschwemmte Tenebrae und drohte einen Moment lang, sie zu ertränken. Dann war sie vorüber, nur Tropfen blieben zurück.

So war es immer bei Arcanus gewesen, stellte sie fest. Sobald er in ihre Nähe kam, schwollen ihre Emotionen heftig an, um wieder langsam abzuklingen. Wie flach sie werden würden, wenn sie längere Zeit beisammenblieben, hatte sie nie erfahren können. Vielleicht war ihre Beziehung gar nicht geeignet für eine dauerhafte Bindung, obwohl sie das nicht glauben wollte.

Tenebrae senkte den Kopf. Sie wusste, dass seine Entscheidung richtig war, obgleich es ihr schwerfiel, das zu akzeptieren. »Ich werde dich vermissen.«

»Zikade.« Er trat einen Schritt näher. »Ich bewundere und ehre dich zutiefst dafür, was du mir angeboten hast. Und glaube mir: Hätte ich dich vor Luna gekannt, so wärest du meine Gefährtin geworden. Jetzt, in der wirklichen Zeit, in der du es nicht sein kannst, bleibst du die beste Freundin, die ich je kennenlernen durfte. Du bist eine mutige, starke, kluge, treue und einfühlsame Nachtwölfin, wie man sie sich nicht besser wünschen könnte. Wer dich zur Gefährtin haben darf, wird großes Glück erfahren.«

»Auf denjenigen werde ich wohl noch lange warten müssen.«

»Ich glaube, das ist nicht nötig. Lebt nicht bereits ein passender Wolf in deinem Umkreis? Gleichaltrig, liebenswert, außergewöhnlich?«

Sie schaute auf.»Du redest doch nicht von ... meinem Schützling?«

»Ist er nicht längst über diese Stufe hinaus gestiegen?«

»Ja, seine Entwicklung ist deutlich vorangeschritten, und er ist ein angenehmer Freund. Nicht mehr.«

»Er könnte mehr werden.«

»Dazu muss ich wissen, ob er auch in der Lage ist, seine Familie zu beschützen.«

»Bewies er seinen Mut und seine Stärke nicht oft genug? Rettete er nicht sogar dein Leben?«

Sie erstarrte.»Woher weißt du davon?«

»Deine Schwester hat es mir kürzlich erzählt. Seine Fähigkeit, die richtige Entscheidung im Anblick der Gefahr binnen kurzer Zeit zu treffen, ist bemerkenswert.«

Tenebrae sah zur Seite.»Ja, das ist sie. Aber was hat er damit schon bewiesen? Einfallsreichtum, Gemütsruhe und Charakterstärke. Doch ich brauche mehr. Er muss jederzeit seiner Familie zu Hilfe eilen, ausdauernd einen Feind verfolgen und mich und meine Jungen verteidigen können, wenn ich nicht in der Lage dazu bin. Wie kann ich mir darin sicher sein?«

»Dafür liegt ein schlichter Weg bereit: Teste ihn.«

Tenebrae murrte.

»Nun siehst du selbst, wie schwer es ist, den Blickwinkel eines anderen anzunehmen, wenn die eigene Sicht versteift ist. Du hast mir geholfen, sie neu auszurichten. Vielleicht kann ich jetzt das gleiche für dich tun und dir auf den richtigen Weg verhelfen, wohin auch immer er führt.«

»Zu dir«, murmelte sie.

»Zikade, wir waren füreinander unersetzliche Begleiter und werden auf ewig im Vertrauen verbunden sein. Aber ich fürchte, für mehr passen wir nicht zusammen. Außerdem ...« Er schmunzelte.»Bevorzuge ich helles Fell.«

Tenebrae lachte leise. Sie hatte es niemals geschafft, Humor bei ihm zu wecken. Larvas Einfluss war unglaublich.»Nun, ich sollte euch nicht aufhalten. Lebwohl.«

Arcanus stupste aufmunternd ihre Nase an.»Es muss nicht das letzte Mal sein. Das Revier des Nebelrudels ist nur einige Wochen von diesem entfernt. Eines Tages, sobald sich die Lage

unserer Rudel stabilisiert hat, können wir diese Reise antreten.«
Sie hob den Kopf. »Eines Tages, in jedem Fall. Aber vergiss mich bis dahin nicht, ja?«

»Wie könnte ich.« Zärtlich rieb er sein Gesicht an ihrem.

»Jeder zukünftige Nebelwelpe wird die Geschichte von der finsterschwarzen Nachtwölfin zu hören bekommen, die ihr Rudel vor dem Untergang bewahrte, Freundschaft mit den Mischwesen schloss und letztlich einem verbitterten Blinden zu Einsicht und neuem Leben verhalf.«

»Und wir werden die Geschichte jenes geheimnisvollen Fremden weitergeben, der sich ungeachtet seines Verlustes allein auf eine beschwerliche Reise begab, an deren Ende er mit seiner Willenskraft und seiner Weisheit die drohende Vernichtung aller Nachtwölfe verhindern konnte. Ebenso werden wir uns an die nebelfarbene Wölfin erinnern, die ihm von Beginn an zur Seite stand und den Sieg erst ermöglichte.«

»Viele Geschichten werden erzählt werden, von etlichen Einzelnen, die großartige Taten in dieser Zeit vollbracht haben.«

»Aber manche haben eine Sonderstellung verdient. Ich bin so glücklich und dankbar, dass ich dich auf deiner Reise begleiten durfte, Schwärmer. Achte auf Larva, und pass auf dich auf.«

»Du ebenfalls. Und finde deinen Weg.«

Ein letzter Nasenkuss, und Arcanus wandte sich um, lief zurück, wo Larva ihn erwartete, still, erhaben, geisterhaft. Er schmiegte seinen Hals an ihren Nacken, nur eine kleine Geste, doch so unglaublich zärtlich, wie er sich der Schwarzen gegenüber nie verhalten hatte. Eine Bindung so stark, wie niemand sonst sie ihm bieten könnte.

»Tenebrae?«

Lacrima und Vertex waren vor sie getreten. Die blauschwarze Wölfin trat verlegen von einer Pfote auf die andere. »Es ist keinesfalls mein Ansinnen, dich noch mehr zu betrüben, aber ... wir haben lange darüber nachgedacht und sind uns einig ...«

»Wir wollen mit ihnen gehen«, endete Vertex.

Tenebrae war zumute, als stürze ein Felsbrocken auf sie herab. »Das meint ihr nicht ernst ...«

Lacrima richtete sich ein wenig auf und sah ihrer Schwester mit all ihrer tropfenzarten, klaren Liebe in die Augen. »Wir haben so viele Fehler begangen«, begann sie sanft, aber entschieden. »Wir haben unsere Tochter missverstanden, falsch behandelt und letztlich vertrieben. Nun wird sie ein neues Leben beginnen, weit fort von hier. Und so traumhaft der Ort hier ist, ich könnte seine Schönheit nicht genießen, solange ich sie nicht bei mir weiß. Ich muss sie begleiten und die Zeit mit ihr nachholen, die ich versäumt habe.«

»Der Wiederaufbau des Nebelrudels wird nicht einfach«, fügte Vertex hinzu. »Mein Blut könnte ihnen behilflich sein.«

»Ihr wisst davon?«

»Seit meiner Niederlage durch Altor haben wir uns zurückgezogen. Da standen sie plötzlich vor uns und haben uns alles erzählt. Eigentlich sollte es der Abschied einer Tochter von ihren Eltern werden, doch als wir davon erfuhren, stand unsere Entscheidung beinahe fest. Wir fragten sie, und Arcanus willigte ein. Sogar Larva schien froh darüber zu sein und uns endlich verziehen zu haben. Ich kann verstehen, dass ihr bis dahin Wichtigeres im Sinn stand.« Vertex wandte den Blick nach Westen.

»Arcanus erzählte uns von seiner Heimat und weihte uns in einige Gepflogenheiten des Nebelrudels ein. Er meinte auch, er habe meine guten Fertigkeiten als Leitwolf bemerkt und könne sich mich, sobald ich mit allem Unbekannten vertraut wäre, als Anführer des Nebelrudels vorstellen. Das wird jedoch die Zeit entscheiden. Diese Wölfe führen keine Rangkämpfe durch. Jedes Mitglied soll den gegenwärtigen Rudelführer spüren.« Er machte eine Pause. »Dieser Ort scheint ein überaus besonderer zu sein, eine lebenswerte Heimat. Der hier ebenfalls, doch wenn ich mich umschaue – keine Pflichten, meine Eltern tot, meine Schwester weggezogen – hält mich hier nichts mehr.«

Tenebrae schluckte schwer. »Weiß es Carex?«

»Ja«, antwortete Lacrima. »Er war traurig, hat es aber verstanden und konnte mich glücklich verabschieden.«

Eine Weile schwieg Tenebrae. »Ist das der Weg, den dein Herz dir rät?«

Die blauschwarze Wölfin schaute zu Boden. Dann hob sie gerade und entschlossen den Kopf. »Ja.«

Tenebrae seufzte. »Du wirst mir fehlen, große Schwester. Viel Glück.«

Lacrima warf sich gegen sie. Innig rieben sie ihre Gesichter am Fell der anderen. Tenebrae erkannte, dass sie dieser Abschied mehr schmerzte als jeder davor. Als sie sich wieder trennten, schimmerten Lacrimas Augen in einer Mischung aus Erleichterung und Trauer.

Tenebrae trat einen Schritt zurück. »Eines Tages besuche ich euch. Vertex, pass mir gut auf sie auf. Sonst wirst du meine Zähne fühlen.«

»Du kannst auf mich zählen.«

Er schob Lacrima sanft zur Seite. Gemeinsam gingen sie zurück und stellten sich neben die beiden wartenden Nebelwölfe, alle der Zurückbleibenden zugewandt. Larva trat als einzige nicht zum Abschied vor. Allein ihr Blick verriet die Dankbarkeit der tiefschwarzen Wölfin gegenüber, stärker und ehrlicher, als jene erwartet hatte.

Dann begann Lacrima zu heulen. Hoch, klar, melodisch, von Schmerz und Schuld und unendlicher Freude, wie auf einem Glockenspiel abperlende Tränen. Dazu schwang sich Vertex' tiefe, wilde Stimme, ein klangvoller Flussstrudel voller aneinanderstoßender Zinnkugeln. Als Nächster erhob Arcanus seinen Gesang, volltönend, taktreich und vielfältig, eine kleine Kapelle, verborgen tief im Wald. Zuletzt streckte Larva ihre Schnauze gen Himmel. Kein Laut war zu hören, dennoch floss Tenebrae ein Schauer über den Rücken, schön und unheimlich zugleich. Sie selbst antworte mit ihrem tiefen, klaren Heulen, das Flöten spielenden Schatten glich.

Ihre Stimmen vereinten sich zu einem Konzert des Abschieds, schwangen sich zum Höhepunkt hinauf, klangen ab und verhallten. Nach einem letzten Blick drehten sich die vier zukünftigen Nebelwölfe um und wandten sich dem Westen zu. Leicht trabten sie voran, wurden schneller und entschlossener und strebten ihm schließlich voller Energie entgegen, bis sie in die nächtlichen Schatten des Waldes entschwanden.

Die einsame schwarze Gestalt sah ihnen noch lange nach. Irgendwo dort draußen wartete ein neues Leben auf sie. Vielleicht ein schweres, vielleicht ein zauberhaftes. Vielleicht genau das richtige.

Hinter ihr raschelte es, sachte Pfotenschritte näherten sich. »Ah, hier bist du!« Silex trat an Tenebraes Seite. »Dieses Heulen klang herzzerreißend ... Was ist passiert?«

»Arcanus kehrt mit Larva in sein altes Revier zurück. Lacrima und Vertex haben sich ihnen angeschlossen.«

»Oh ... deine eigene Schwester ... das tut mir schrecklich leid.«

»Sie hat ihre Entscheidung getroffen. Und damit bin ich einverstanden, auch wenn es schmerzt.«

»Aber ... Arcanus und Larva? Ich dachte immer, du und Arcanus ...«

»Er hat seine wahre Gefährtin gefunden. Ich war nicht bestimmt für ihn.« Gespielt beleidigt fügte sie hinzu: »Mein Fell ist ihm zu dunkel.«

»Ich finde dein Fell sehr hübsch.« Silex schwieg kurz. »Ich kann sie leider nicht zurückholen, aber dich vielleicht mit einer Kleinigkeit aufmuntern. Kommst du mit?«

»Wohin?«

»Hat dich mein Heulen nicht erreicht? Ich berufe meine erste Versammlung ein.«

Tenebrae schaute verlegen zur Seite. »Entschuldige, das habe ich wohl überhört.«

»Kein Problem. Aber ich darf das Rudel nicht noch länger warten lassen. Gehen wir.«

Gemeinsam eilten sie zum Elburing und liefen gerade hinein, als Ira bemerkte: »Bei so vielen Gesichtern hat er seinen Schwanz gleich wieder eingezogen ...« Sie hielt inne, erblickte die beiden und grinste. »Und sich deshalb Beistand gesucht.«

Tenebrae mischte sich unter die Menge. »Er hat dafür gesorgt, dass sein Rudel vollzählig ist«, berichtigte sie. »Und die Schwerhörigen persönlich abgeholt.«

Silex stellte sich in den östlichen Eingang und wandte sich den Anwesenden zu. »Brüder und Schwestern! Vor euch als euer Anführer zu stehen, erfüllt mich mit einer tiefen Freude. Natürlich bin ich mir bewusst, dass das kein Spiel ist. Ich kenne die Aufgaben, die dieser Rang mit sich bringt. Ich weiß, dass ich dieses Rudel mit all meiner Energie und Liebe in eine erfüllte Zukunft leiten kann, und verspreche, dass ich mein Bestes tun werde, um das zu erreichen.

Und was wir nicht bereits erreicht haben! Schaut euch nur um, nehmt den Schatz um uns herum wahr: Ein Ort, dessen Vielfalt und Schönheit uns alles bietet, was wir brauchen. Wir sind am Ziel. Und damit meine ich nicht bloß am Ziel unserer weiten Reise, sondern am Ziel unserer Sehnsüchte. Genau hier, an diesem besonderen Ort.

Ich habe lange nachgedacht und bin zu dem Schluss gekommen, dass wir all unsere Rudelbezeichnungen aufgeben sollten. Wir sind eine Vereinigung aus Fels-, Ginster- und sogar Teichrudel, wenn man auch bloße Blutsverwandtschaft zählt. Lassen wir all diese Abstammungen hinter uns und gründen eine neue Gemeinschaft. Eine Gemeinschaft, die selbst keinen Namen trägt, dafür aber der einzigartige Ort, an dem sie lebt. Und wie soll er heißen? Er ist so ideal für uns, als wäre er das Reich der Nachtwölfe, ein Gebiet der Zuflucht für jeden Suchenden. Deshalb lautet mein Vorschlag: Patria Lupi Noctis, die Heimat des Nachtwolfs. Oder kurz: Palunoc. Was meint ihr dazu?«

Genüssliches Murmeln lief durch die Reihen. Jeden schien Silex' Rede gefangen zu haben, selbst diejenigen, die ihm seine neue Rolle nicht zutrauten. Außerdem war seine Namensidee klug gewählt. Damit hatte er in ihre Zukunft den Ursprung der Nachtwölfe eingebunden, die in der Zeit geschaffen wurden, als die Römer weite Teile der Welt beherrschten. Oder bereits davor, wie jene Wölfin, die in einer anderen Nomera weit im Süden geboren worden war und zum Wahrzeichen Roms aufstieg. Aus dieser Zeit war nur die Sprache übriggeblieben, welche die Nachtwölfe weiterhin für ihre Namensgebung nutzten.

»Meine Freunde, es ist mir wichtig, dass wir alle einer Meinung sind und uns mit unserer neuen Heimat gleichsetzen können. Soll ihr Name Palunoc sein?«

Zustimmendes Jaulen ertönte. Nur wenige schwiegen, niemand erhob die Stimme dagegen.

Silex seufzte vor Erleichterung. »Ihr ahnt nicht, wie viel mir das bedeutet ... Danke! Doch meine Ideen sind nicht die einzigen, die zählen. Lasst uns Palunoc gemeinsam gestalten! Überlegt euch, was ihr euch vorstellt, dann werden wir es zusammen bereden und umsetzen. Jeder kann seinen Teil beitragen, Schwache wie Starke, Furchtlose wie Ängstliche.« Kurz ließ er die Worte wirken. »Und nun habe ich eine weniger erfreuliche Mitteilung.« Er berichtete von Arcanus' Abreise mit Larva, die sich ihm samt ihren Eltern angeschlossen hatte, und erinnerte daran, wie viel sie alle diesen besonderen Nachtwölfen zu verdanken hatten. Danach kündigte er weitere Versammlungen an, die er von nun an alle fünf Nächte zum gleichen Zeitpunkt im Elburing abhalten wollte, um Neuigkeiten, Probleme und Wünsche zu besprechen. »Und nun, Bewohner Palunocs: Viel Freude in eurer Heimat!«

Die Menge löste sich auf. Noch nicht gänzlich überzeugt, aber größtenteils zufrieden verließen die meisten Nachtwölfe den Platz, manche blieben.

Tenebrae schaute zu Silex hinüber, der sich mit leuchtenden Augen umsah. Solch eine Rede hätte sie niemals von ihm erwartet. Allmählich begann sie seine innere Stärke zu sehen, die immer mehr nach außen drang. Und das, obwohl die Wölfin sie doch längst selbst erlebt hatte. Sie erinnerte sich an den Moment zurück, als sie in der Seilschlinge gesteckt hatte, panisch, fahrig, während er in diesen wenigen Augenblicken den Plan entwickelte, der ihr das Leben rettete. Immer wieder hatte er sie überrascht, was Anlass dazu hätte geben sollen, sein wahres Wesen zu erkennen. Aber zu dieser Zeit war ihr Herz von sprudelnden Hoffnungen umwölkt gewesen. Nun jedoch ... *Du hast meinen Blick geklärt.* Sie stand auf. *Vielleicht kann ich das gleiche für dich tun.*

Sie trat auf Silex zu. »Das war großartig.«

»Findest du wirklich? Danke.«

»Jetzt bin ich mir vollkommen sicher, dass du ein hervorragender Leitwolf sein wirst. Wollen wir unsere erste Jagd in Palunoc gemeinsam unternehmen?«

Er stellte die Ohren auf. »Dir gefällt der Name?«

»Er ist perfekt.«

Aus seinen Augen strahlte reine Freude. »Mit niemand anderem lieber.«

Als sie Seite an Seite hinaus in den Wald trabten, fühlte Tenebrae ihr Herz angenehm höherschlagen. Nicht heftig, eher leicht und locker. Wenn Arcanus in ihr Wellen auslöste, dann tauchte Silex sie in einen warmen Teich. Aber vielleicht war das genau das Richtige für eine beständige Partnerschaft.

Dennoch, dieser eine Ausflug würde nichts entscheiden. Sie brauchte mehrere Bestätigungen, um ihre Wahl endgültig zu treffen.

43
Der Test

Die Blätter raschelten verheißungsvoll, als Silex sich von seinem Schlafplatz erhob und ausgiebig streckte. Hinter ihm schnarchte Saxum, an den Felsen geschmiegt, der sie beide vor dem Wind schützte. Auch wenn die tieforange glühende Sonne noch über dem westlichen Horizont schwebte und ihr warmes Licht den Wald durchdrang, fühlte sich Silex bereits munter. Mit leichten Schritten trabte er Richtung Süden und ließ seine Gedanken fliegen.

Seine erste Rede als Leitwolf war nun fast einen Monat her. Seitdem hatte sich einiges verändert. Jeder akzeptierte ihn als vollwertigen Anführer, niemand hatte ihm den Rang streitig gemacht. Die meisten schienen sogar viel von ihm zu halten. Er war zwar nicht der Typ eines Rudelführers, den sie gewohnt waren, aber genau das brachte ihm die Sympathie ein, die er sich gewünscht hatte. Er wollte keine Achtung oder gar Ehrfurcht, er wollte geliebt und freudvoll empfangen werden, wo immer er auftrat.

Er näherte sich dem Elburing, den gerade Nubes in seiner menschlichen Gestalt betrat, die Hände voller Nüsse. Eine neue Organisation von Silex, damit der Nahrungsspeicher gefüllt blieb, genau wie die regelmäßige Bewachung von Baldewins Schafen.

Palunoc entwickelte sich prächtig. Silex war stolz auf seine Leistungen, auch wenn ihn hin und wieder Zweifel und Befürchtungen überkamen. Noch war alles einfach, aber würde er der Verantwortung dauerhaft gewachsen sein? Würde er schwere Entscheidungen richtig treffen? Krisen überwinden? Das Rudel zusammenhalten und Palunoc zu dem machen, von dem er träumte? Nichts davon konnte er beantworten. Nur, dass er sein Bestes geben würde. Das ohne Zweifel.

Er erreichte den oberen Rand der großen Senke, hielt an und ließ seinen Blick schweifen. Der westliche Himmel erstrahlte in einem Fluss von Rottönen, über den rosafarbene Wolken mit goldenen Rändern zogen. Im warmen Abendlicht schienen sich die herbstlichen Gewänder der Bäume zu entflammen: die Buchen über Silex' Kopf in glühendem Kupfer, die Eichen und Haseln im Südosten in leuchtendem Gelb, ebenso wie die Kleider der feingliedrigen Birken auf der großen Senke, die sprühenden Funken gleich in der Brise zitterten. Wind kam auf und brachte die Blätter zum Tanzen, die rauschten und knackten wie Feuer. Der Wald brannte, leidenschaftlich und ausgelassen.

Hinter ihm raschelte es. Er drehte sich um und sah Tenebrae sich ihm nähern. Selbst das goldene Licht, das fleckenweise ihr Fell traf, konnte ihm nicht die geringste Aufhellung entlocken. Tiefschwarz glänzte ihre Gestalt zwischen den Schatten. Sie sah schöner aus als je zuvor.

Sie blieb stehen. Silex jaulte einen Gruß. Sie erwiderte ihn nicht, betrachtete ihn bloß mit einem ungewohnten Blick, erwartungsvoll und abschätzend. Unsicher trat der Rüde einen Schritt auf sie zu. Die Wölfin drehte sich um und lief tiefer in den Wald, hielt inne und wandte sich ihm erneut zu. Ihre Augen funkelten auffordernd. Er trabte ihr nach, sie lief wieder davon, schaute dabei über ihre Schulter zurück. Silex blieb nicht mehr stehen. Tenebrae sah nach vorn und beschleunigte ihren Lauf. Kurz darauf rasten die beiden Nachtwölfe durch den Wald, sprangen durch Schatten und tanzendes Licht.

Silex musste seinem Körper einiges abverlangen, um die Schwarze nicht aus den Augen zu verlieren. Bald lenkte ihn allein ihr Duft nach regennassem Farn, herb und frisch, intensiver als sonst. Er heizte seinen Wunsch nach ihrer Nähe an.

Flink jagte er zwischen Stämmen und Sträuchern hindurch, sprang über Äste, fegte durch raschelndes Laub. Sein Herz sprühte Funken, brachte sein Inneres zum Glühen. Hitze schoss durch seinen Leib, verlieh ihm Kraft und Ausdauer. Die dunkle Gestalt kam bereits in Sicht. Er war fest entschlossen, sie einzuholen.

Tenebrae bemerkte sein Aufholen und begann wilde Haken zu schlagen. Doch Silex war wendig, blieb dicht hinter ihr und beschleunigte zugleich. Eine nie gekannte Energie war in ihm erwacht und kannte keine Grenzen. Er folgte den Bewegungen der Finsterschwarzen, näherte sich stetig. Dann sprang er.

Das plötzliche Gewicht brachte die Wölfin zu Fall. Doch ehe Silex das als Sieg feiern konnte, rollte sie sich auf die Pfoten und stellte sich ihm gegenüber, wortlos und keuchend. Unvermittelt bleckte sie die Zähne und stürzte auf ihn zu. Er wich ihr problemlos aus, auch als sie erneut nach ihm schnappte. Dann aber stand sie still und starrte ihn herausfordernd an. Er wartete. Nichts geschah. Langsam trat er auf sie zu. Sie setzte einen Schritt zur Seite. So kam er nicht weiter.

Er nahm Anlauf und sprang. Doch auch Tenebrae war wendig und wich aus. Silex erlaubte ihr keine Pause und ging ohne Unterlass zum nächsten Angriff über. Eine Weile jagten beide umeinander. Niemand erreichte etwas.

Silex hatte begriffen, dass er selbst handeln musste. Aber wie? Er überlegte, während er weiterhin um sie herum hetzte, um sie zu ermüden.

Als ihre Energie sichtlich nachließ, duckte er sich und raste auf sie zu. Er zischte unter ihr hindurch und rammte ihre Beine. Sie stürzte. Sofort warf er sich auf sie. Sie versuchte sich aufzubäumen, doch ihr fehlte die Kraft. Siegreich jaulend packte Silex ihren Nacken.

Tenebraes Körper wurde weich. Entgegen all ihrer Stärke und Dominanz gab sie sich ihm gänzlich hin. Der Rüde, der in ihrer Nähe immer hüpfende Freude empfunden hatte, ging in Flammen auf. Die sich unter ihm windende Wölfin heulte wild in sich überschlagenden Tönen voller Glück. Er spürte ihr unverhofft hitzig hämmerndes Herz, das genau wie seines Funken versprühte und sie beide miteinander verschweißte.

Die raschelnden Blätter unter dem rosigen Himmel verbargen ihr Treiben, bis die Nacht sich niedersenkte.

Epilog

»Habt ihr euch jemals gefragt, was Magie in ihrem Ursprung ist? Magie ist der Schimmer des Besonderen, der uns alle eint. Sie ist der funkelnde Kern, der erglüht, sobald wir seine Kraft wecken. Sie ist die leuchtende Blüte, die daraus sprießt und deren Duft unser Leben bereichert. Die Energie, deren Ströme durch die gesamte Welt ziehen und wunderbare Reiche schaffen. Solche Gebiete nennen wir magische Mütter, denn sie verfügen über die erstaunliche Macht, neuartiges Leben zu gebären. Eine von ihnen kennen wir besonders gut: Nomera, der Ursprung unser aller Vorfahren.«

Die zahlreichen Zuhörer in der Hütte lauschten gebannt.

»Sie schuf zwei unterschiedliche, im Grunde jedoch sehr ähnliche Wesen. Die einen werden Mischwesen genannt, vielgestaltige Geschöpfe aus den Körperteilen von Tieren und Mensch und einer Seele, welche das Beste beider Lebensformen vereint. Die Seele der Nachtwölfe hingegen bewohnt zwei Körper zugleich, einen menschlichen und einen wölfischen, zwischen denen sie jederzeit wählen können. Beide Kreaturen vereinen Mensch und Tier, beide können weder gänzlich in der einen noch in der anderen Welt leben und beide arrangierten sich durch eigene Ideen mit dieser schwierigen Lage: Während die Nachtwölfe regelmäßig zwischen Siedlung und Wald wechseln, leben die Mischwesen dort, wo sie sich am wohlsten fühlen. Eine weitere Heimat fanden sie hinter den Nebeln, wo sie sich ihre eigene Welt einrichteten.«

Tenebrae atmete tief ein und gab sich gänzlich dem letzten Teil der Geschichte hin.

»Doch auch sie betraten gelegentlich das Reich der Menschen, und eines Nachts geschah das Unglück: Ein paar Mischwesen näherten sich einer Stadt. Zur selben Zeit hatten sich einige Holzfäller auf den Weg in den Wald gemacht, entdeckten die eigenartigen Tierwesen, hielten sie für Monster und griffen an. Jenen blieb nur die Verteidigung. In diesem Moment drehte eine Gruppe Nachtwölfe ihre Runde und bemerkte den Kampf. Sie glaubten, dass die Mischwesen die Menschen absichtlich angegriffen hätten, um in die Siedlung zu gelangen, aus Machtgier. Deshalb sahen sie es als ihre Pflicht an, die Menschen zu verteidigen. Und so begann der jahrhundertelange Krieg zwischen Nachtwölfen und Mischwesen.

Heute jedoch leben wir selbstverständlich Seite an Seite, denn das Missverständnis konnte geklärt und die Feindschaft überwunden werden. *Wir* wissen es, aber längst nicht alle unserer Genossen dieser großen Welt. Deshalb: Wann immer ihr einem Unaufgeklärten begegnet, redet mit ihm, überzeugt ihn und tragt die Wahrheit in die Weite hinaus!«

Ehrfürchtiges und gerührtes Raunen lief durch die Zuhörer, leuchtende Augenpaare ruhten auf der Erzählerin.

»Gibt es Nomera wirklich?«, quiekte Clementia.

Tenebrae lachte. »Oh ja, es gibt sie, und sie ist wortgetreu der Ort deines Ursprungs. Eines Tages wirst du sie besuchen können, so wie ihr alle. Und nun hinaus mit euch und genießt die Zeit!«

»Aber du hast uns noch so viele andere Geschichten versprochen«, protestierte Vesper. »Von Luna der Liebenden, Sal der Flüchtenden, Solum dem Liebevollen, Baldewin dem Sehenden, Castanea der Fürsorglichen, Arcanus dem Geheimnisvollen, Nethe der Verständigen, Arbor dem Standhaften, ...«

Tenebrae spürte einen durchdringend grinsenden Blick von der Seite. »Wir haben noch etliche Nächte vor uns. Nach und nach werde ich euch alle erzählen.«

»Außerdem ...«, Ferrum streckte sich ausgiebig, »... müssen wir allmählich zurück.«

»Oh nein! Drei Monde lang musste ich der blöden Nebel wegen auf diesen Augenblick warten. Und du hast gesagt, wir können diesmal auch länger bleiben.«

»Habe ich das?« Hilflos lächelte der Luchs der neben ihm liegenden Wölfin zu.

»Palunoc ist ein phantastischer Ort für jede Mischkreatur«, versicherte Tenebrae. »Es spricht nichts dagegen, wenn ihr noch einen Monat bleibt und ihn euch anseht.«

»Also gut. Aber diesmal überlegst *du* dir eine Ausrede für Ma. Klar, Schwesterchen?«

»Juhu!« Die Krähenkatze vollführte einen Freudenhüpfer.

»Komm, Vesper«, rief Cinis eifrig. »Ich zeig dir meinen Lieblingsort, und dann musst du unbedingt diesen ulkigen Felsen sehen ...«

Gemeinsam mit ihr, Ignis und Vesper sprangen auch Carbo und Cornix munter aus der Hütte.

»Darf ich auch noch bleiben?«, fragte Lenis mit leiser Stimme ihre Mutter Tenera.

»Aber natürlich«, antwortete das Eichhornreh. »Auch uns wird ein Monat hier guttun.«

Nach und nach verschwanden fast alle Versammelten, vorrangig Kinder mit weiteren Familienmitgliedern, Nachtwölfe wie Mischwesen.

Tenebrae drehte den Kopf nach hinten und stupste die dunkle Pelzkugel an, die sich auf ihren Schultern zusammengekringelt hatte. »Aufwachen, Niger. Die Geschichtsstunde ist vorbei.«

Ein Auge öffnete sich, dazu ein zweites, dann fielen beide wieder zu. »Nö.«

»Komm schon, Niger.« Ferrum stand auf und trottete auf den Ausgang zu. »Du willst doch nicht, dass ich Palunoc allein erkunde.«

»Aber so warm und weich ...«

»Ach wirklich?« Tenebrae streckte ihre Zunge aus und fuhr damit kräftig über sein Fell.

»Igitt! Jaja, schon gut.« Der Marder sprang von ihrem Rücken und schüttelte die Fledermausflügel aus. »Flohpelzsabber. Na großartig.« Vor sich hin murrend trippelte er hinter Ferrum aus der Hütte. Es wurde still.

»Du bist eine wunderbare Geschichtenerzählerin.«

Tenebrae drehte den Kopf und lächelte dem grauschwarz gemusterten Wolf an ihrer Seite zu. »Leider nicht so gut wie unsere alte Carmen.«

»Aber die beste in Palunoc. Eine neue Carmen.« Silex' Augen leuchteten. »Das Glück, in solcher Weise mit Geschichten aufzuwachsen, hat nicht jeder. Es wird gut für unsere Welpen sein.« Zärtlich berührte er ihre Flanke.

Sie lachte leise. »Oh ja.«

Eine Weile schwiegen sie einträchtig.

»Wir müssen uns noch Namen überlegen.«

Tenebrae blickte ihren Gefährten erstaunt an. »Jetzt schon? Bis zu ihrer Geburt wird es noch über drei Monate dauern.«

»Und dann sollten wir vorbereitet sein. Warum nicht jetzt, ehe wir keine Zeit mehr finden?«

»Wir wissen nicht einmal, wie viele es werden, oder gar ihre Geschlechter.«

»Dann überlegst du dir einfach zwei Mädchen- und zwei Jungennamen. Damit wären wir auf beinahe alles gefasst.«

»Warum ich? Es sind auch deine Kinder.«

»Du bist die Mutter.«

Tenebrae dachte nach. »Also gut, Vorschlag: Jeder von uns entscheidet sich für einen männlichen und einen weiblichen Namen. Was hältst du davon?«

»Eine gute Idee. Ich wähle Solum.« Er überlegte kurz. »Und Glarea. So hätte mein Bruder heißen sollen, wenn er ein Mädchen geworden wäre. Nun bist du dran.«

Sie nahm einen tiefen Atemzug. Wie sollte sie in so kurzer Zeit zwei passende Namen für ihre ersten Welpen finden? Ihr waren über ihre Lebzeit hinweg bereits einige hübsche in den Sinn gekommen, doch jetzt brauchte sie etwas ganz Besonderes ...

»Cicada und Noctuvagus«, verkündete sie.

Silex' Ohren zuckten. Dann schmiegte er seinen Kopf an ihren Hals, worauf sie ihr Kinn auf seinen Nacken legte. Innig rieben sie sich aneinander. Tenebrae genoss den Moment, der ihr ein tiefes Wohlgefühl schenkte, und wünschte sich im Augenblick nichts lieber.

Nach einer Weile erhoben sie sich und traten aus der mit Wolle ausgelegten Hütte.

Vor dem Eingang blieben sie stehen, sogen den vielfältigen Duft nach Leben, gegrillten Speisen und Geborgenheit ein und betrachteten das rege Treiben im Elburing. Nachtwölfe in jeder Gestalt sowie Mischwesen in allen Formen tummelten sich auf dem Platz und unterhielten sich unbefangen. Die Stimmung war so ausgelassen und leicht wie seit langem nicht mehr.

Einige hatten sich am Lagerfeuer versammelt, wo sich auch ein paar Katzen niedergelassen hatten, die den Elburing als Rückzugsort nutzten. Hier fanden sie alles, was über ihre Grundbedürfnisse hinaus ging, ohne Hass und Abscheu fürchten zu müssen: Behaglichkeit, Wärme, Gesellschaft, vielleicht die ein oder andere Streicheleinheit. Ebenso waren Raben ein fester Teil der Gemeinschaft geworden, die gemeinsam mit den Nachtwölfen auf Jagd gingen, sie zu geeigneter Beute führten und jetzt, zur Nacht, in den Bäumen rund um den Elburing schliefen.

Ein Lächeln breitete sich in Tenebrae aus, als ihr schweifender Blick an Baldewin hängen blieb, der in ein vergnügtes Gespräch mit Arista vertieft war. Der Hirte hatte eines Tages ohne Vorwarnung den Elburing betreten und vor den Augen der mischgestalteten Geschwister und weiterer Wölfe Wolle abgeliefert, als erfülle er eine tägliche Aufgabe. Seither war er zum gern gesehenen Mitglied ihrer Gemeinschaft aufgestiegen. Niemals hatte er nach den Hintergründen seiner neuen Freunde gefragt, weder wer oder was sie waren, noch wo sie herkamen. Umso mehr erkundigte er sich nach Persönlichem wie Erlebnissen, Vorlieben und Meinungen. Inzwischen konnte er jeden Nachtwolf in jeder Gestalt treffsicher mit seinem Namen ansprechen.

Auch war Baldewin nicht mehr der Einzige, der Tiere hielt. Mittlerweile hatte sich das Rudel eine Schar Hühner angeschafft. Zudem waren Schweine in Planung, vielleicht ein paar Kühe, und bald würden sie neben dem Hirsefeld auf der großen Senke mit dem Anbau von weiterem Getreide und Gemüse beginnen.

Palunoc entwickelte sich zu einer wohnlichen Siedlung, einer wahren Heimat. Voller Glück sah sich Tenebrae im Elburing um, wo ausgelassen gelacht, gefeiert und genossen wurde. Ein wenig schmerzvoll dachte sie an ihr einstiges Territorium zurück, aber inzwischen wusste sie, dass sie es niemals zurücktauschen würde, selbst wenn keinerlei Schwierigkeiten dagegen sprächen. Arcanus hatte recht. Manchmal musste Altes sterben, damit Neues geboren werden konnte.

Der Moment ihres Abschieds drängte sich in ihren Geist. *Finde deinen Weg*, hatte er gesagt. Welcher war ihr Weg? Das Leben in Palunoc an der Seite des Leitwolfs? Tenebrae reflektierte das letzte Jahr. So viel war bis zu diesem Punkt geschehen: der erste Angriff der Mischwesen, der Beginn des Fluchs, der Hass der Dorfbewohner, die Winterreise, das Wolfsblutrudel, die Stadt, der Verrat und schließlich die finale Schlacht. Während all die Erlebnisse durch ihre Gedanken zogen, fiel ihr auf, dass sie an jeden einzelnen Konflikt geraten war, ohne selbst die Hauptrolle gespielt zu haben. Sie war nicht als letzte Überlebende zur Rettung ihrer Art aufgebrochen, keinem kannibalischen Rudel beigetreten und hatte auch keine heimliche Rebellion hinter dem Rücken eines brutalen Anführers aufgebaut. Dennoch hatte sie all diese Schicksale und Bestrebungen erlebt, am Rande, von Berichten und Beobachtungen. Natürlich hatte sie genügend eigene Schwierigkeiten erfahren, war in so ziemlich jede Falle geraten, entführt, verraten und eingesperrt worden und hatte mehr als ein Mal um ihr Überleben kämpfen müssen. Doch jedes dieser Ereignisse war Teil eines größeren Geschehens, durch jenes erst hervorgerufen.

Nach und nach wurde Tenebrae ihre wahre Rolle während dieser weiten Reise bewusst: das Bindeglied aller einzelnen Teilnehmer samt ihrer Geschichten. So viele Personen hatte sie kennengelernt, ihre Vergangenheit erfahren und sie bis zum Schluss begleitet. Wie ein Fluss, der verschiedenste Orte besuchte und miteinander verband, oder ein Faden, der die anderen Stränge zusammenhielt.

Du bist eine wunderbare Geschichtenerzählerin.

War *das* ihr Weg? Die Schicksale anderer kennenzulernen und sie den folgenden Generationen weiterzugeben, um die Erinnerungen an sie zu erhalten?»Kann das Leben anderer die eigene Lebensaufgabe sein?«, fragte sie Silex.

»Selbstverständlich«, erwiderte er. »Ich kenne jemanden, der genau das ...«

»Tenebrae!« Carex rannte in Menschengestalt auf sie zu, eine Krähe auf der Schulter.»Komm mit! Da wartet Besuch auf dich, den du unbedingt sehen musst. Komm schon!« Er zupfte so lange an ihrem Nackenfell, bis sie sich in Bewegung setzte.»Und verwandel dich am besten.«

Sie tat wie geheißen und folgte ihm in Richtung des östlichen Eingangs. Als sie die Frau mit den langen, fahlbraunen Locken entdeckte, begannen ihre Füße zu fliegen.»Malu!«

»Tenebrae! Welch ...«

Die Nachtwölfin fiel ihr so heftig um den Hals, dass sie sich beide in den Armen liegend am Boden wiederfanden. »Du gute Güte, sachte, Kindchen! Auch die Knochen einer Hexe können brechen.«

Lachend wälzte sich Tenebrae auf die Seite und stieß gegen etwas Weiches. Mit einem erschrockenen »Marr« huschte eine schwarze Gestalt durch ihren Augenwinkel. Die Wölfin drehte sich um. »Oh, verzeih, Alraune! Ich war unachtsam.« Sie streckte ihre Hand aus, wartete auf die Erlaubnis der Katze und kraulte sie dann sanft am Hals. »Es ist so schön, dich wiederzusehen. Euch beide! Wie habt ihr hergefunden?«

Maluneth rappelte sich auf. »Nun, in diesen Landen ist es ungeheuer schwer, eine Bleibe ohne jene Nachbarn zu finden, die einen zu gern als Brennholz verwenden würden. Als wir die Stadt verlassen hatten und ziellos umherschweiften, besuchte uns ein alter Freund und führte uns hierher.« Sie wies zu der Krähe auf Carex' Schulter.

»So, du hattest also Sehnsucht nach jemand anderem als mir.« Carex strich dem Tier über die Brust. »Aber solange du immer zu mir zurückkommst, ist mir das gleich. Du bist ein unglaublich hilfsbereiter Kerl, Rätselhafter Gefährte.«

Tenebrae ließ von Alraune ab und erhob sich. »Und er hätte euch an keinen besseren Ort führen können. Willkommen in Palunoc! Hier findet jedes Geschöpf, das zwischen Siedlung und Wald schwankt, eine passende Heimat. Wir können zwar nicht die bequemsten Betten bieten und unsere Kochkünste lassen ebenso zu wünschen übrig, aber dafür leben wir in einer bunten Gemeinschaft im direkten Austausch mit einer vielfältigen Natur.«

»Und ohne Angst vor Hexenkünsten?«

»Keine Sorge, hier wird dir nichts geschehen.« Carex grinste. »Ein Scheiterhaufen wird wegen der Waldbrandgefahr nicht geduldet.«

Maluneth lachte. »Dann wollen wir mal unsere neue Heimat erkunden.«

Die zwei Neuankömmlinge mischten sich unter die feiernden Bewohner. Die Geschwister sahen ihnen eng beieinander zu. Das Lagerfeuer bot genug Licht für die Augen jedes Taggeschöpfes. Seine Flammen flackerten und ließen die Schatten aller Anwesenden tanzen.

Silex, in den schlanken jungen Mann mit dem verspielt gewellten, schwarzen Haar verwandelt, näherte sich und stellte sich neben sie. Seine Gegenwart tauchte Tenebrae in wohlige Wärme, die bis in ihr Innerstes vordrang; keine oberflächliche Hitze, die sie bei Arcanus empfunden hatte.

Vor ihnen tummelten sich Individuen so vieler verschiedener Gruppen, von Katzen und Rabenvögeln über Mischwesen und Nachtwölfen bis hin zu Hexen und Menschen. Seite an Seite, wie eine einzige Familie, eine Einheit.

»Es scheint, als ob Palunoc nicht bloß die Heimat der Nachtwölfe ist, sondern *aller* verachteter und verfolgter Geschöpfe«, bemerkte Tenebrae.

Ein Lächeln reinen Glücks erleuchtete Silex' Gesicht. Stolz richtete er sich auf und überblickte den Platz.

Zwischen ihm, ihrem wahren Gefährten, und Carex, ihrem Bruder und in gewisser Weise letzten Verwandten, sog Tenebrae tief zufrieden die Luft ein und ließ ihren Blick über die bunte Gemeinschaft schweifen. Sie sah, wie Litus und Unda, die einst kümmerlichen und schließlich zerrissenen Ginsterwölfe, denen eine weiße Zauberin zu neuem Glück verhalf, unbeschwert am Feuer lachten. Gemeinsam mit Belua, Tenebraes guter alter Freundin in dem deformierten Körper, und Nubes, dem jungen Felswolf, der Gefallen an Undas immerwährendem Grinsen gefunden zu haben schien. Hinter ihm trabte in lockerem Schritt sein Vater Agilitas vorüber, der trotz seines Hinkens seine alte Wendigkeit zurückerlangt hatte. Er passierte Lapis, die mit vor Stolz glühenden Augen am Rand saß, direkt neben Saxum, der durch seine Verletzung Gelassenheit und Einsicht gelernt hatte. In der Nähe sah Ira, die hitzköpfige Felswölfin, ihren Welpen beim Spielen mit Lenis zu, genau wie ihr Gefährte, der vielleicht eines Tages wieder Tenebraes Vertrauen verdiente. Nicht weit von ihnen plauderten Aerarius und Aethra mit Arista, während ihre vier Kinder mit Vesper um ihre Pfoten herum tollten. Verborgen zwischen zwei Hütten verfolgten Cicatrix' irre Augen das Treiben. Ein Wolf, der sich kaum verändert hatte. Allein sein Gang schien ein wenig leichter.

Dazwischen tummelten sich all die Mischwesen, die heute Nacht in ihre Welt übergetreten waren: Ferrum, dem sie all das hier zu verdanken hatten, ragte in der Menge auf, auf dem Rücken sein Freund Niger. Avena, eine der ersten Gegenläuferinnen war dort, gleich neben Sandyx, den Tenebrae ins Herz geschlossen hatte, obwohl sie seinetwegen fast von zornigen

Bauern getötet worden wäre. Auf den Dächern saßen die beiden Spechte Piceus und Fax und lauschten Violat, die unter ihnen Geschichten glorreicher Kämpfe zum Besten gab. Asina und Temeritas fanden keinen Platz im Elburing, schauten aber von der großen Senke herein und beobachteten ihre Tochter Iuba beim Spiel mit dem gutmütigen Okul. Und dann waren da noch so viele Fremde, mit denen es Bekanntschaft zu schließen galt. Sie alle hatten jeglichen Widrigkeiten getrotzt und es bis hierher geschafft.

Doch das galt nicht für jeden, der diese Reise begonnen hatte. Tenebrae erinnerte sich wehmütig an all jene, die nicht hier sein konnten: Solum, ihre heimliche Liebe und das erste Opfer. Die weiteren Felswölfe, welche die Flucht nicht überlebt hatten. Arbor, der sie beeindruckt hatte, obwohl sie sich nur so kurz begegnet waren. Noctifer und Imber, denen sie es wünschte, in Nomera eine ideale Heimat gefunden zu haben. Genau wie jenen, die Palunoc verlassen hatten, um irgendwo dort draußen ein neues Leben zu beginnen oder ein altes fortzusetzen. Und mit ihnen nicht genug: So viele weitere Opfer waren in der Masse untergegangen. Nun oblag es den Verbliebenen, ihre Geschichten zu bewahren, weiterzugeben und die Erinnerung an sie lebendig zu halten. Tenebrae würde diese Aufgabe ernst nehmen und mit Freuden erfüllen.

Die Nachtwölfin ließ sich auf alle viere nieder und verwandelte sich. Langsam streckte sie ihre Nase dem Himmel entgegen und erhob ihre melodiöse Schattenstimme. Silex tat es ihr gleich und unterstützte sie mit hellen, rhythmischen Tönen, als würden Kieselsteine über Silberstäbe rollen. Carex schloss sich mit dem Klang einer Fiedel aus Buchenholz und Saiten aus Schilf an.

Nach und nach setzten weitere Nachtwölfe ein, die Gespräche verebbten. Auch die Mischwesen stießen mit verschiedensten Lauten hinzu, gefolgt von den hohen Stimmen der Katzen und der rauen einer Krähe. Maluneth stimmte ein schwungvolles Tanzlied an, Baldewin begann zu summen.

Die Lieder handelten von Sieg und Schwermut, von Glück und Gedenken, von Frieden und Freiheit. Sie alle vereinten sich zu einem einzigen Gesang und erhoben sich weit hinaus in die kalte, klare Nachtluft.

Finis

Die Autorin

Geboren und aufgewachsen im Herzen Thüringens, hat sich Katharyna Aschgart schon seit ihrer Kindheit in fremde Welten geträumt und in fantastische Wesen verwandelt. Neben ihrer heutigen Tätigkeit als Goldschmiedin bringt sie ihre zahlreichen Ideen zu Papier. Mehrere Romane warten darauf, in die Welt hinaus reisen zu dürfen.

Mehr von und über Katharyna Aschgart:

aschengarten.de

youtube.com/@katharyna.aschgart